红色长篇小说经典

平原枪声

李晓明 韩安庆 著

人民文学出版社

图书在版编目（CIP）数据

平原枪声 / 李晓明，韩安庆著. —北京：人民文学出版社，2017
（2025.2 重印）
（红色长篇小说经典）
ISBN 978-7-02-012801-3

Ⅰ.①平… Ⅱ.①李…②韩… Ⅲ.①长篇小说—中国—当代 Ⅳ.①I247.5

中国版本图书馆 CIP 数据核字（2017）第 101397 号

责任编辑　王永洪
装帧设计　陶　雷
责任印制　张　娜

出版发行　人民文学出版社
社　　址　北京市朝内大街 166 号
邮政编码　100705

印　　刷　北京中科印刷有限公司
经　　销　全国新华书店等

字　　数　389 千字
开　　本　880 毫米×1230 毫米　1/32
印　　张　15.625
印　　数　27001—30000
版　　次　1959 年 10 月北京第 1 版
印　　次　2025 年 2 月第 9 次印刷

书　　号　978-7-02-012801-3
定　　价　43.00 元

如有印装质量问题，请与本社图书销售中心调换。电话：010-65233595

目　次

一	肖家镇上	1
二	毒　手	14
三	决　裂	25
四	在民军	41
五	元旦的风暴	52
六	鬼子来了	69
七	仇　恨	81
八	三粒子弹	92
九	法庭上	106
十	母与子	116
十一	地下斗争	127
十二	捅了马蜂窝	144
十三	第一个回合	154
十四	三打马车	167
十五	不能失信	179
十六	夜走清洋江	189
十七	伏　击	201
十八	一枪未发	214
十九	"铁壁合围"	225
二十	兄妹俩	235

二十一	党的好儿女	249
二十二	各自为战	260
二十三	阴　谋	273
二十四	群众的心没有变	280
二十五	锄　奸	293
二十六	敌人的妄想	301
二十七	地道战	315
二十八	一打肖家镇	325
二十九	叛徒的下场	340
三　十	打开铜墙铁壁	349
三十一	"运输队长"	360
三十二	八路进城了	369
三十三	报　复	377
三十四	将计就计	390
三十五	狗咬狗	401
三十六	两份情报	409
三十七	二打肖家镇	425
三十八	三打肖家镇	437
三十九	洼地战斗	449
四　十	任　务	456
四十一	生死关头	464
四十二	黎明前的战斗	477
尾　声		488

一　肖家镇上

老槐树上吊着一个人。

这老槐树长在肖家镇的南街口,谁也说不上有多少年代了,它那满是皱纹的干裂了的树皮,就像一个受尽折磨的老人的面孔。如今已经是深秋了,它那不多的树叶子也落尽了,光秃秃的,更显得干枯、凄凉、悲惨。

被吊着的人看上去只有二十多岁,穿一身白色的符衣符帽,从这里可以断定他是城东吉祥镇白吉会的人。他的双手反缚着,腰勾下来,两条腿垂成一条线,一只露出脚趾头的破鞋挂在脚上,看样子已经不能支持了。他勉强把头抬起来,用那乞求的眼光望着众人道:"叔叔大爷,婶子大娘们,你们行行好救我一命吧,我也是安分守己的庄户人家……"

"不准嚷嚷,再嚷嚷我马上捅了你!"一个虎实实的小伙子拿苗子枪在他脸前一晃,厉声喝道,声如巨雷。这小伙子胸前戴一个红兜肚,穿一条红裤子,在这秋凉的天气,他却光着膀子,露出那古铜色的皮肤,脊梁上背一口五寸来宽的明晃晃的砍刀。他叫王二虎,是肖家镇红枪会里有名的一员战将,昨夜单刀独身闯进吉祥镇,生俘七个白吉会的人。

原来昨天不知为了什么,肖家镇的红枪会和吉祥镇的白吉会发生了一场恶战。白吉会勾结城里的民军,用机关枪扫死红枪会三十九个人,占了上风。红枪会吃了败仗,为了解气,决定拿这七个俘虏祭灵,一个村分一个,今天午时三刻开刀。一早,肖家镇的男女老少便来到老槐树下看究竟,霎时说长道短,议论纷纷。

"他娘的,白吉会没有好人!"

"哼!自作自受。"

"才二十多岁,还是个孩子啊!"

"唉!谁家不生儿养女,别残害这孩子了。谁去讲个情,留人家一条活命吧。"这是一位老大娘,说着拿衣襟捂在脸上。

那被吊着的人看见这情景,又用那乞求的眼光扫着大家道:"叔叔大爷,婶子大娘们,替俺讲个情,俺一家老小五口人就托大家的福了……"

"你再嚷嚷!……"王二虎又一喝,全场顿时鸦雀无声。

忽然一阵马蹄声响,一辆木轮大马车在背后停了下来,车上跳下一老一少。那老头是个瘦高挑个儿,一脸花白胡子,手里拿着长长的鞭杆,头前分开众人挤了进来。他忽然望着那被吊着的人愣住了,结结巴巴地说不成句子:"你,你……你不是小陈家店的陈……陈宝义吗?"

那被吊着的人眼睛慢慢闪亮起来,豆大的泪珠顺脸滚下:"老孟大爷,救救我……"

原来老孟赶车到过城东的小陈家店,认识陈宝义。这几天他给东家往城里倒腾东西,在城里住了两天,不了解乡里的情况。于是双手一摊,用他那颤抖着的声音向众人说道:"乡亲们,这是为了什么?这孩子是老实人!祖祖辈辈都是种地的啊!"

王二虎把眼一瞪:"他是种地的,别家的粮食是天上掉下来的吗?"

"二虎子!"老孟吃了一惊,接着用长辈的口吻说,"你和你大爷耍什么野蛮?都是种地的庄户人家,这是为了什么?"

王二虎瞪着眼睛吼道:"为什么?为了给我们红枪会的三十九个人报仇!"

一提起红枪会,老孟的脸唰地变成一张白纸,不由倒退了两步。这红枪会的头子是谁呢?就是他侍候了一辈子的东家,就是在肖家镇一跺脚全县地皮要颤三颤的苏金荣!

王二虎上前一步,继续说道:"仇有源,树有根,我王二虎平白杀过人没有?"

老孟被问得哑口无言,大张着嘴说不出话来。这时在老孟身后突然闪出一个英俊的青年人,浓眉毛,大眼睛,他伸出左手把二虎一挡,用他洪钟般的声音喝道:"不对!你们仇的源在哪里?你们仇的根在哪里?难道就在他身上吗?"青年人把手向陈宝义一指,"他为什么要杀你们红枪会的人?是为了他脚上那一双破鞋吗?还是为了家里那两亩地呢?你说,他为什么?"

王二虎一开始还理直气壮地用眼睛瞪着那青年人,在青年人一连串的发问下,他慢慢把眼光避开了。那青年人用手向北一指,把脸转向大家说:"乡亲们,你们听!"

顷刻,全场又鸦雀无声,北边传来了轰轰的炮声。这炮声人们已经听了一个多月了,可是仿佛今天才听到似的,心又嗵嗵地跳起来。青年人接着讲道:"乡亲们,战火已经烧到我们家门口了!可是,我们在干什么呢?在互相残杀,杀我们自己的同胞,这不等于给日本鬼子帮忙吗?乡亲们,我们不要受坏人操纵,我们要团结起来一致对外!"

犹如一声霹雳,把人们闭塞的、沉闷的脑壳炸开了,霎时呼吸到新鲜的空气,看到了明朗的青天,一个个都用敬佩的、希望的眼光,望着那个青年人。

忽然人群外一声尖叫:"谁家的叫驴跑到戏台上啦,在这充数!"

人们闻声,急忙让开一条道,中间闪出一人,但见他贼眉鼠眼,一个干瘦的脑袋像是用筷子插在肩膀上。这就是肖家镇上有名的无赖杨百顺,仗着他老婆"红牡丹"和苏金荣睡觉,便狐假虎威,成了肖家镇上一霸,老百姓给他起了个外号叫做"杨大王八"。

杨百顺把脑袋一歪,冲着那年轻人奸笑了一声,说道:"我当是谁哩,认识认识,这不是马庄马老山的儿子吗?马英,听说你到南宫共产党那里留洋去了,怎么样,弄了个什么官?带回来多少人马?多少杆枪?"

马英用那两道深沉的眼光盯住杨百顺,严肃地说:"没有人,也没有枪,我带回来的是共产党抗日的主张,冀南人民和全中国人民抗日的意志!"

"哈哈哈……"杨百顺一阵奸笑,"共产党这一套我早就领教过了,就是会卖膏药,糊弄老百姓还可以,东洋人可是不听这一套。"说到这里,他突然把脸一变,眉眼鼻子拧在一起:"我老实告诉你,这里没你的戏唱,少管闲事!"

马英用手朝杨百顺一指,喝道:"什么闲事!难道你们就可以拿着穷人的命开玩笑吗?这是大家的事,这是群众的事,你杨百顺当的什么家!"

在场的群众对杨百顺早已恨之入骨,只是敢怒而不敢言,这时见马英将他抢白了,心里暗暗高兴,都替马英助劲,用那不平的眼光瞪着杨百顺。

杨百顺见风头不对,顺势一把将马英的手腕抓住,喝道:"你不要在这里逞能,有本事去见苏会长!"

马英一听,怒火万丈,把胳膊一抡,吓得杨百顺倒退几步。刹那间,多年积压在这个年轻人心中的仇恨,就像要从他的胸腔里一齐爆发出来!

原来马英家是苏金荣的佃户,因为积年累月借下苏家的债还不清,就把马英的姐姐——十七岁的兰妮送到苏家去帮工,工钱虽说寥寥无几,可家里总算少了一口人吃饭。

一天,马英的父亲马老山给苏金荣到衡水拉洋货去了,家里就剩下马大娘和马英母子两个。一场巨大的暴风雨来了,风卷着雨在猛烈地冲击着这个村子,像要把这村子洗平似的,窗纸被打破了,雨点涮打在炕上,马大娘一手抱着马英,一手拿被单子就去堵轰隆一声,一个巨雷在他们的院空响起,屋里照得通亮,马英吓得哇哇哭起来。俗话说:巨雷报信必有灾!马大娘心惊肉跳起来,莫非他爹在外出了什么事?……就在这一霎时,兰妮披散着头发,浑身湿淋淋地从雨水中跑进来,脸色惨白……"娘,娘……"她一下扑到马大娘的身上便哭成泪人一样。

"怎么啦,孩子?你又受委屈啦,你说啊!"马大娘紧紧抱住自己的两个孩子,马英也不哭了,瞪着两只圆溜溜的小眼睛望着姐姐。

"娘,娘,我……我叫他家的二……东家……"兰妮哭着说不出口,她把头埋在娘的怀里。

"孩子,孩子,你……你叫他……"马大娘的声音颤抖着,嚎啕起来。

"娘,"兰妮把头紧紧贴在娘的胸上,低声说,"我没脸见人了。你是我的亲娘,我才对你说,你不要对别人说,人活在世上,总要有脸,我虽说死了,一家大小还要活着……"

马大娘不哭了,女儿的每句话,都像是一根根的钢针刺在她的心上:"孩子,你说的是啥啊!"

"娘,不要告诉我爹,就说我病死的,他老人家脾气倔,不要闹出乱子,只希望你们能过个平安日子就好了。等马英长大,他要有出头日子,再告诉他替我报仇!"兰妮说罢,抱住马英,在他的小脸蛋上亲了两下,就往外走;马大娘丢下怀中的马英,一把将女儿拉住:"孩子,你上哪去?你不能……"这时她才发觉女儿的手这样滚烫,再一摸她的额头,烧得要命。兰妮被母亲拉回来,一头栽到炕上,马大娘扑到女儿身上,摇着她问道:"孩子,你到底怎么啦?"

"我……我吞了烟土啦。"

"啊——"一声霹雳,马大娘摇着女儿哭!喊!叫!……雷鸣!闪电!暴雨!可怜十七岁的少女,在她对这世界还茫然的时候,便结束了她短短的一生。

仇恨！仇恨！暴风雨能把这世界洗平，可是也洗不清这仇恨啊！……第二天，马老山回来了，问女儿怎么死的。

"病死的。"马大娘转过脸去说。

"好好的怎么会病死，准是在他家折磨死的！"马老山瞪着那满布血丝的眼吼道，"你告诉我，孩子究竟是怎么死的？"

马大娘被逼不过，只得将实情原原本本告诉了他。马大爷头上的青筋立刻暴起来，拍着桌子骂道："祖祖辈辈给他种地，到头落不了好死，不过啦！"

第二天，马老山请人写了一张状子，在县衙门告下了苏家的二东家苏金荣。那县官说没有真凭实据；苏金荣在大堂上还一口咬定自己是受过高等教育的人，说马老山败坏了他的名声。最后马老山被判了个"诬告好人"，在监狱里关了两个月。

马老山气得晕过去好几次。出狱那天，一直挨到天黑才回家。在月光下，他望着老婆孩子流下两滴泪，摸了一把菜刀，便又奔回城里来了。

马老山走到县商会门口，朝里望了望那辉煌的灯光，在一个角落里藏起来。苏金荣当时是县商务会长，正在里边打麻将，直到下一点钟才散伙。

马老山听得苏金荣在过道里讲话，浑身的血立刻沸腾起来，双手握紧了菜刀。忽然眼前一闪，走出一人，马老山赶上一步，用尽全身之力将菜刀劈将下去。那人忽觉脑后一阵风，急忙把头偏过，菜刀正劈在他的右肩，"啊呀！"一声，跌倒在地。此时走在后边的苏金荣掏出手枪照马老山叭的一声，击中马老山的胳膊，菜刀掉在地下。顷刻来了满街巡警，将马老山捆了。

这正是一九二七年的白色恐怖时期，反动派正在残酷地镇压革命。他们给马老山安上个"共产党暴动"的罪名，判处了死刑。马老山在就义前，一边在街上走着，一边昂然地诉说自己的冤屈，揭露苏家的罪恶，沿街的人听了，无不落泪。

那时马英刚刚八岁,一颗仇恨的种子便种在他那幼小的心灵上。马大娘为了母子活下去,为了给男人、女儿报仇,把全部希望寄托在马英的身上,她到处跑着给人家帮工,什么活儿都干,忍饥受冻,积下几个钱供马英上学。

马英好容易上了几年小学,可是再往上巴结,那是无论如何也上不起了。他说:"娘,咱上不起学不上了,我去当兵去!"

马大娘一听,气得浑身直哆嗦,拉住他的手说:"傻孩子,你说这话不怕你娘生气吗?好铁不打钉,好人不当兵啊!"

"娘,不当兵,咱怎么报仇?"

"当了兵还不是在他苏家手心里握着。听娘的话,孩子,好好上学,将来当个大官,管住他苏家。"马大娘说到这里,嘴角上露出一丝微笑,接着又愁苦地说:"后响我到你姨父家看看。"

马英的姨父在肖家镇天主堂里当长老,也算一个富户,因为马英家里穷,两家很少往来,马大娘也是个有骨气的人,只有到这节骨眼上,才去求人。

天黑,马大娘高高兴兴地从镇上回来了,她说姨父答应帮助,还随身带来一块现大洋,说是给马英作进城考学的盘费。不过有个条件:如果考上了,这盘费就算奉送;考不上呢,必须照数偿还。她把这块现大洋交到马英手里,千嘱咐、万叮咛道:"孩子,你可要给咱娘俩争这口气啊!"

马英就是怀着这颗屈辱、复仇的心,走进了县立师范学校。就在这一年,爆发了轰轰烈烈的"一二·九"学生运动,马英也被卷进这次大风暴里,从这里他才认清了斗争的方向,革命的道理,一次又一次地积极参加了学生运动,并且认识了这个学校学生运动的领导人、地下党员杜平老师。

抗日战争一开始,杜平便派马英到南宫八路军东进纵队里去受训,在那里他参加了中国共产党。毕业回来,县委便派他到肖家区开辟工作。肖家镇在县城的正北,离城十八里地,是衡水通往县城的要道,这里的情况最复杂,苏金荣又十分刁滑,所以县委才把马英派到这里。他是本地人,熟悉情况,但县委也考虑到他和苏金荣的关系,当他临走时,县委副书记杜平对他交代完任务,特别强调说:"记住党的政策,千万不要感情冲动。"

马英懂得领导的意图,也知道这副担子的分量。苏金荣是全县最大的地主,是一个最阴险最狡猾的家伙,又是他最大的仇人!如果叫马英去跟他干仗,那是比较容易的,仇恨会给他带来巨大的勇气和力量;可是叫他去和他打交道,去争取团结他抗日,这首先在精神上要忍受巨大的痛苦。而苏金荣这个家伙将会怎样对付他呢?……

马英在回来的路上,坐在老孟的马车上就反复考虑着对策。如今听杨百顺提起苏金荣,不由怒火万丈,又一想,这正是和苏金荣谈判的好机会,就愤愤地说道:"我正要见他!"

老孟听了,慌忙凑上去拉了拉马英的衣角。马英一甩手,便大步朝前走去。杨百顺晃着个脑袋跟在后边。群众也随着拥进镇去,为马英助劲,可是又为他捏着一把汗。

肖家镇是县里头一个大镇子,足有五百户人家,一条南北大街贯穿市镇。大街的南段是些生意门面,以前十分兴隆,只是眼下萧条了;大街的北段住的都是财主,尽是些高门楼,苏家的大门最高,坐西朝东,门口还有两个旗杆墩子。杨百顺把马英领进大门,让他在客厅坐了,又命两个红枪会的人暗地监视着,便直奔后院去见苏金荣。

苏金荣正坐在太师椅上抽水烟。他四十多岁年纪,穿一件绸袍子,戴一顶缎子帽垫,脸瘦而黄,蓄着八字胡,故意表现得很气派、威严。他见杨百顺进来,微微欠了欠身子。杨百顺深深鞠了一躬,便挤眉弄眼地报告道:"苏会长,马英回来了。"

"哪个马英?"苏金荣的眉毛动了动。

"就是马老山的儿子。听说到南宫共产党那里留了几天洋,一回来就在镇口卖起膏药来,还想把白吉会的人放了哩……"

杨百顺一口气讲个不休,苏金荣一句话也没说,呼噜噜、呼噜噜地一股劲抽着水烟。如今时局发生了很大变化,八路军东进纵队开到冀南了,那些败退下来的中央军也老实了,有的被收编了,各县都在纷纷成立"民族革命战争战地总动员委员会"。昨天他收到八路军东进工作团的一封信,邀请他商讨成立"战委会"的事,他正在为这事打着算盘:不参加,这天下暂时是共产党的,那自己一点地位也没有;参加了,谁知道共产党安的什么心,还不是借着抗日的牌子弄他的钱!如今马英又回来了,他来干什么?我们是仇人……

杨百顺跟苏金荣在一起混了多年,知道凡是他一股劲抽水烟的时候,就是要下毒手了,所以便自作聪明地献计道:"会长,我看把这小子扣起来吧,你知道你们两家……"

苏金荣一挥手,打断了杨百顺的话,又狠狠地抽了两口水烟,啪的一声,把烟袋往桌子上一放,脸上露出一丝阴笑,接着在杨百顺耳边低声叽咕了几句什么。杨百顺连声称是,一溜烟朝镇北的龙王庙去了。

苏金荣整了整衣帽,朝前院客厅走去。马英正在客厅里不耐烦地来回踱着,忽听脚步声响,一转脸,见苏金荣已经走进客厅,二人的眼光碰在一起……仇人!仇人!仇人来到眼前,马英眼睛里冒出愤怒的火光,两只拳头也不由自主地握紧了。这时他耳边忽然响起一个熟悉的声音:"记住……党的政策……抗日统一战线……千万不要感情冲动。"

在苏金荣的印象里,马英只不过是一个笨头笨脑的穷孩子,可是现在站在他面前的却是一个气宇轩昂的青年,特别是他那炯炯逼人的目光,使他倒抽了一口冷气。但他立刻镇静下来,堆起一脸假笑,客气地说:"马同志回来,有失远迎,请多多原谅。"

马英往太师椅上一坐,把一只握紧拳头的胳膊往八仙桌上一落,不客气地说:"不敢劳你的大驾。"

苏金荣接着让伙计沏茶拿烟,忙活了一阵,然后才落座,慢条斯理地说道:"苏某虽不才,也深明大义,当前国难临头,我岂有袖手旁观之理。中共提出联合抗日主张,我苏某举双手拥护……"

这些话要是出自别人之口,马英也许不会怎么介意;但出自苏金荣之口,他就有一种特有的敏感和警惕。他心里暗暗说道:"别他妈糊弄我,我早就看透了你!"

苏金荣只管空谈他的抗日道理,对于马英的来意,他十分明白,却故意避而不谈。这是因为如果把白吉会的人放了,他就不能以此来笼络和迷惑人心;而更主要的是,这是他和共产党走的第一步棋,这一步棋的输赢,关系着全局的胜败。要是这步棋走输了,共产党就会赢得人心,人们就会逐渐认清他的真面目,红枪会就有瓦解的危险,他的统治地位也就不巩固了。所以他想用这些进步道理来迷惑马英,转移马英的视线,从思想上解除这个青年人的武装。

马英对他这一套早已听得不耐烦了,便打断他的话,直截了当地说道:"既然你深明大义,这就好说。当前我们共同的敌人是日本帝国主义,对自己人就不应该互相残杀,所以我要求你把白吉会的人放了,这也是广大群众的要求。"

苏金荣听罢,心里暗暗骂道:"好个不知厉害的东西,既然想见识见识,就给你点厉害看看!"他心里这样想着,脸上却仍堆着假笑说:"这事我不当家,仇也不是给我苏金荣报的,这还不是大家的仇?如果要放人,你得到龙王庙对会里的弟兄们讲讲,只要大家同意了,我万分欢迎。"

马英正想借此机会向群众做一次宣传,便追问道:"讲通了怎么办?"

"我马上放人。"但他随即也反问道,"要是讲不通呢?"

"任凭大家处理。"

"好吧,一言为定。"

二人说罢,一齐走出大门,朝龙王庙走来。大门外的群众又一拥随在身后,都想去看个究竟。老远老远,就听到庙里红枪会的人乱叫唤,声音又直又硬,一高一低,听了叫人心里不舒服。马英暗想:这些反动家伙把农民愚弄成什么样了啊!

走上庙门口的大石桥,苏金荣转脸对马英说:"请稍等一等,我先到里边让大家安静一下。"径自朝庙里走去。

这时来看动静的群众一齐围在桥头,议论纷纷。有的说:"这也不知又耍的什么手段?"有的说:"秀才见了兵,有理说不清!"老孟三挤两挤,挤到人前,对马英说:"你,你回去吧,慢慢再争这口气,这伙人喝了符,六亲不认啊!"

马英笑着说:"老孟大爷,不要紧,都是自己的乡亲,怕什么?"

这时庙里安静下来,苏金荣走出庙门,把手一扬,说道:"请吧!"

马英没有答话,昂然走入庙内。

这是一座老古庙,宽大的院落,高高的围墙,四周有十多棵大杨树,插入云霄,把天空密封起来。红枪会的人个个赤膊卷腿,磨刀擦枪,横眉瞪眼地注视着马英。也分不清哪是泥像,哪是真人,阴森森的寒气逼人。马英不由打了个冷颤,可是他马上警惕起来:这是在和会道门进行斗争!全镇的人都在望着我,全区的人都在望着我,绝不能动摇;坚定,坚定,坚定就是胜利!

苏金荣倒背着手向大家介绍说:"现在有共产党的代表给大家讲话。"

马英上前跨进一步,用他那炯炯的目光把所有的人扫了一遍,严肃地说道:"乡亲们……"

一句话未了,平地跳出两个恶狠狠的家伙,用苗子枪逼住马英喝道:"哪里来的野猫子,我们会里的事情不要你管!"

马英一见,勃然大怒,圆睁着眼睛厉声喝道:"这是你们会长请我来的！"

人群中有人乱吼怪叫："赶走他！赶走他！""捆起来！捆起来！"那两个家伙听了，把枪一扔，从腰里解下绳子就来捆马英。

忽然人群中走出一人，把两只胳膊左右一伸，就像使着一根杠子，把那两个家伙拦得倒退了好几步。这人就是王二虎，他用雷一样的嗓门吼道："不能不让人家讲话嘛！"

瘦高个儿赵振江也在后边挥着手说："有话也得等人家讲完了再说。"

"客气点，客气点。"

"都是自己乡亲嘛！"人群中有人附和。

那两个家伙只好坐下了。苏金荣的阴谋破了产，没有吓唬住马英，只好佯装说："都是自己人，不得无礼。"

马英把手一挥，精神焕发地讲道："乡亲们，报告给你们一个好消息：八路军东进纵队开到我们冀南啦……"

这时杨百顺不知从哪里钻出来，上前一拱手，牛头不对马嘴地称呼道："马先生，我请教。"接着摇头晃脑地假充圣人说："什么东进纵队，西进纵队，我们没见过；可是正牌队伍我们看到不少，哪一个不糟害老百姓，我算是小舅子！"

杨百顺的话立刻博得不少人喝彩，乱附和着：

"什么正牌军，都是土匪兵！"

"都是牛皮大王！"

"老子什么也不信，就信我手里的大刀片！"

马英暗想：必须先把杨百顺打下去。于是避开大家说："杨百顺，你可不要跳到秤盘里——拿自己来量别人。八路军不但不抢人，也不偷不摸，就是借老百姓一针一线，也要原物归还。"

这一下揭了杨百顺的底，谁都知道他是善于偷鸡摸狗的，顷刻院子里响起一阵哗笑。杨百顺的黄脸皮上顿时泛起一块块的红斑，他恼羞成怒，正要出口还击，王二虎站起来说："是听人家的，还是听你的，少说两句也不会把你当哑巴卖了！"

杨百顺虽然能巴结苏金荣说几句话，但因名声太坏，苏金荣不重用他，根子不硬，碰到王二虎这样天不怕地不怕的人，就草鸡了，只好溜到一边不说话。

马英接着说："八路军是咱穷苦老百姓的子弟兵，你们说，自己人怎么会抢自己人呢？"

赵振江腾地站起来，对大家说："昨日我进城看见两个八路军，人家就是不含糊，说话都和和气气，就像咱们亲哥们一样。"

这一来立刻吸引了大家的注意力，个个惊喜非常。马英趁机把八路军大大介绍了一番，从八路军的组成一直讲到"三大纪律八项注意"，还给他们讲了一个八路军英勇善战的故事。接着从这里讲到敌我力量，国际形势，又渐渐扯到统一战线，团结抗日，最后才引到放人的问题上。

红枪会的人从来没听过这些新鲜事儿，听得入了神，有的暗里叽咕道："人家就是有两下子。""说得头头是道。"苏金荣在一旁听得火辣辣的，又不好制止，气得直翻白眼珠子。

马英讲完话，赵振江首先站起来说道："把人家放了算啦，反正杀了人家，我兄弟也不能起死还阳。"

王二虎说："都是中国人，多留一条命打鬼子！"

一个老头说："救人一命，多积一份德。"

"放了算啦。""放吧，放吧。""……"人们嚷成一片。

苏金荣见大势已去，假笑着对马英说："兄弟们没有意见，我更没说的，我苏某生平是主张行善的，放吧。"当他看着马英满怀胜利微笑走出大庙时，他的上眼皮往下磕，阴沉地嘟囔道："让你这一步，走着瞧吧！"

二 毒 手

在原来县政府的大门口,挂起了"战委会"的牌子。

苏金荣走出战委会,无限烦恼涌上他的心头:什么减租减息、公平合理负担,还不是尽敲老子的竹杠!……他仿佛看到成群结队的农民,走向他的粮仓,一布袋一布袋把他的粮食背走。那个年轻人马英,正站在他家的石头台阶上指挥着,兴致勃勃,满面笑容。马英越笑,他越恨,以至咬牙切齿,忽地咬住自己的舌头,这才狠狠吐了一口唾沫。

想到马英,他不禁想到龙王庙那次失败,从那次失败自然又想到白吉会的头子王金兰,不由暗暗咒骂道:"不知天高地厚的家伙,竟然想翻到我的头上,真是癞蛤蟆坐金銮殿——梦想!"他忽然又想起民军司令刘中正今天在"战委会"会议上递给他一张条子,说晚上请他去吃饭。根据以往的经验,他知道这里面必有文章。他和刘中正几年前在天津就有过交情,可是这一次刘中正为什么帮助王金兰捣他的台子呢?今晚请他吃饭又是为了什么?这使他一时摸不透,脑子里乱纷纷的,没有个头绪……

苏金荣回到公馆,抽了两袋水烟,思谋了一阵。他少不得要到刘中正那里去一趟,目前县里没有八路军的正规队伍,这里主要的武装力量就是刘中正掌握的那六七百民军了。他要维持他在这个县的统治,就必须把刘中正笼络住;而刘中正要不依靠他的势力,在这个县里也很难站住脚。所以他决定很好地和刘中正谈判一下。当太阳的最后一条光线从院墙上抹去以后,他便朝民军司令部去了。

那刘中正原是黄埔军官学校的学生。据说有次蒋介石到学校训话,见刘中正在太阳底下站了四个钟头一动也不动,很赏识他,当场赞扬了他几句,就因为这样,刘中正一毕业便当上了营长。为了感谢他的主子蒋介石,他便学着蒋介石将自己的名字改作刘中正。抗战一爆发,日寇沿着平汉路长驱直入,国民党的队伍望风而逃,有的已经远远落在日寇的后面。刘中正所在的这个军跑到冀南已经垮了,他便纠集一部分散兵、土匪,依靠着苏金荣这些土豪劣绅的地方势力,在这里打起了"民军第二路"的旗号,自称司令。对于苏金荣的为人,刘中正是比较了解的,他暗暗给自己定了一条原则:决不能依附于苏金荣,屈膝人下,一定要保持自己的独立性。多年的经验告诉他,只要有枪杆子,到哪里都有他的地位。他利用王金兰的白吉会和苏金荣的红枪会之间的矛盾,敲了一下苏金荣,就是有意给苏金荣一个信号。并且要继续利用这种矛盾,巩固他的地位。但他并不想打倒苏金荣,这不仅他打不倒,就是打得倒,也会使他自己在这里失掉了根子。

当下刘中正听说苏金荣来了,迎了出去,双手一拱说:"恭喜苏兄,荣任战委会的副主任。"

这话说不上是恭维还是讽刺,苏金荣只觉得听来刺耳,冷冷地答道:"何必拿愚兄开心,大权操在共产党手里,我不过是给人家跑跑龙套。"

"怎么是跑龙套呢?依我看呀,倒是你的主戏。你说,要粮、要钱、要人,哪一点离了你也唱不成。"

"这哪是让我唱戏啊,这是拆我的台子嘛!"苏金荣气愤地说道。

刘中正听了,心中暗喜。他说这话的用意就是要苏金荣把矛头转向共产党,减少对他的压力。而苏金荣要反对共产党,必须依靠他,这样他反过来就可以控制苏金荣,那他就可以大发横财了。他乘胜追击道:"老鼠拉木锨,大头在后边,将来还要革你的命哩!"

"去他妈的吧!"苏金荣猛然把桌子一拍,桌上的茶盘茶碗哗哗乱响,"我苏家的江山……"就在这一霎时,苏金荣的头脑清醒了,把话停住,暗道:"我中刘中正的计了!"这时他已经完全弄明白刘中正的用意,灵机一动,倒打一耙,突然哈哈一阵大笑,说道:"老弟,不瞒你说,如今我想开了。常言说,识时务者为俊杰。眼下是共产党的天下,就得随共产党,我这家产豁出来不要了,破了财,落个开明士绅也不错。再说,天津汉口都有我的生意,大不了到外边住几年,共产党是红胡子出身,坐不了天下,到那时我回来,这房子地还不是我的?!"苏金荣越说越坦然、自在,渐渐有些得意。忽然他长叹一声说道:"老弟啊,我倒是替你担心。共产党为什么跟你讲统一战线,还不是看见你这几百条枪红了眼。统一战线,统一战线,我看统不了几天就把你这几百人统到共产党的裤裆里了。你说,共产党来到冀南收编了多少散兵,能把你这块肥肉漏掉了吗?"

这一下正触到刘中正的痛处,半晌说不出话来,用他那大皮靴喀喀在地下来回踱着。他想:如果苏金荣真像他说的那样做了,投靠了共产党,我岂不是完全孤立了吗?我的前途怎样,那将不堪设想!可是他转念又想道:不会,这个老奸巨猾的家伙是在吓唬我吧?他岂会做那样的傻事?不,也许,他说的那些不是没有一点道理,这老家伙是什么事情都会做出来的!但他还是硬撑着劲说道:"苏兄,话好说,事难做,难道你真舍得了你这万贯家财,我却不信。"

苏金荣从刘中正不肯定的口气中仿佛看到了他内心的矛盾,于是,冷笑了一声道:"逼到了那一步,就是孩子老婆也得舍啊!"

刘中正停住了脚步,屋子里片刻沉静之后,苏金荣又哈哈一阵大笑,站起来拍了拍刘中正的肩膀说:"老弟,那是后话,不到万不得已的时候我不走那一步棋。眼下我们还是拧在一起,共同对付共产党。日本人没有把我们收拾了,叫共产党把我们收拾了,那像什么话?"

刘中正听到这里长出了一口气说:"苏兄高见。"

就这样,这个反动老练的军官,便不自觉地被苏金荣笼络住了。

这时护兵端来了丰盛的酒菜,刘中正向护兵低语了几句什么,便一面向苏金荣斟酒一面说道:"听说共产党派了一个年轻人到你镇里,名叫马英,曾舌战龙王庙,闹得会里不得不把七个白吉会的俘虏放了,可有此事?"

苏金荣一愣,立刻又装着满不在乎地笑着说:"这事不假,是我故意给他个甜头尝尝。我要真斗不过这个毛孩子,岂不把这万贯家财早断送了。"

刘中正又故意问道:"听说马英和你有世仇?"

苏金荣暗吃一惊,一时摸不透对方的用意,只好推说:"这年头也难说,共产党把穷人富人一划两半,没有仇也有仇啊!"

刘中正又说:"有仇也罢,无仇也罢,反正这个人必是你的后患……"

正说话间,屋里光线忽然一暗,门口走进一个高大的胖子,满脸络腮胡,只见他把双手一拱,说道:"苏刘二兄请了。"

苏金荣一见是白吉会的会长王金兰,脸立刻阴沉下来,把酒杯往桌上一放,对刘中正说道:"这是为了什么?我要告辞了。"说着撩起长衫就走。刘中正上去一把拉住苏金荣说道:"苏兄,我是特地为你们两家讲和的。"

王金兰又一拱手说:"小弟实在得罪了,还望苏兄高抬贵手,不看金刚,也看佛面。"他说着向刘中正瞟了一眼。

苏金荣见王金兰在自己面前说了软话,又碍着刘中正的面子,只得坐下。但心想:你们占了我的便宜,挫了我的威风,却又来给我说好听的,捉我的大头,我岂能吃这一套!便说:"二位的盛情我领教。常言说,宰相肚里能撑船。我岂能为这一点小误会就伤害自己人的面子,只是我实难向会里交代。"

王金兰忙道:"兄弟愿拿十头整猪,十只整羊,当众向你赔礼。"

这王金兰二十年前原是个破落户,因为学了一手拳脚,又不行

17

正,就在苏金荣家里当了一名打手。他信佛信教,声言是金刚下界,会请神治病,不知怎么瞎猫碰上个死老鼠,治好了两个,于是名气就传开了,方圆几十里地的人都来求神,王金兰就这样发了横财,离开苏家,搬到吉祥镇。八年前吉祥镇的白吉会和土匪杨胖子闹冲突,白吉会的头子被杨胖子的洋枪打死了,那年头很乱,吉祥镇的地主都不敢出头露面,王金兰便一跃当上了白吉会的头子。他在一天夜里,独身背着一把砍刀摸到土匪窝里,把杨胖子和他的六个徒弟杀了个精光,于是威名大震,成了县里的一霸了。只是比起苏金荣来,他还甘拜下风,王金兰终究是个"土鳖",只在乡里有点势力;苏金荣走京下卫,路子宽,在外边结识了不少官僚士绅。拿他们个人比较,王金兰只是一匹夫、恶棍;苏金荣则阴险毒辣,计谋多端,所以他能压王金兰一头,实际上也经常压他,生怕他的势力再发展,超过自己。王金兰也深感到这种压力,不免有些小小的反抗,这次勾结刘中正和红枪会一战,就是其中的一次。但王金兰同样不想打倒苏金荣,他也知道这是他自己的能力达不到的,在某种程度上还必须依赖苏金荣,这也就是他向苏金荣赔礼的原因。按说拿十头猪十只羊当面赔礼,已经是会门之间械斗赔礼的最高礼节了,但苏金荣觉得王金兰本是自己手下之人,不能和自己平列,这样就降低了自己的身份。他说:"二十条牲畜只怕顶不了三十九条人命吧!"

刘中正笑着说:"苏兄,别那么认真了,三十几个穷棒子能值几个钱?还是你说的话:'我们拧在一起,共同对付共产党。'老兄,现在你的对头是那个马英,这是你的心腹之患!"他说着向王金兰使了个眼色。

王金兰把胸脯一拍,说道:"苏兄,兄弟愿为你除患!"

此时苏金荣已经完全看出这是刘中正耍的手腕,他暗想:这小子这一着玩得不坏,一箭三雕:既敲了我,又在我面前落好人,还利用我们两家的纠纷巩固了他的地位。不过在总的方面,刘中正却输给了他,这就是刘中正不管怎样不能完全摆脱他的控制。他想如果能利用王金兰除掉马英,那真是一件美事,即使共产党查出来,与他的关系也不大,于是他故意挑逗着王金兰说:"老弟,你可别小看马英,有勇有谋,恐怕不在老弟之下!"

王金兰哈哈一阵狂笑,说道:"屎毛!不要说一个毛孩子,就是三两排人我也可以给他一锅端了!我王金兰干别的不行,干这个,不含糊!"他说着唬地从腰里拔出一把一尺来长的尖刀,往那只盛大鲤鱼的盘子上一击,当的一声响,那磁盘齐刷刷地分成两半,尖刀穿过鲤鱼插在桌子上。王金兰接着挑起那条鲤鱼说:"苏刘二兄,如相信我,请吃我这一道菜。"

苏金荣、刘中正一人挟了一口,刘中正捧场道:"愿老弟马到成功。"

苏金荣说:"不知老弟何时动身?"

王金兰说:"明早拿马英的耳朵来见!"

苏金荣满斟一杯酒,递给王金兰,王金兰一饮而尽,接着发出一阵狂暴的笑声……

轰……轰……

夜深人静的时候,北边传来了时大时小、时长时短的清晰的炮声。但是人们的心已经安定下来了,昨天八路军东进纵队有一个团从这里北上,这是抗战以来人们看到的第一支由南向北开的队伍。

马英躺在炕上,半截身子露在被窝外面,双手背在脑后,瞪着眼睛出神。马大娘坐在儿子身旁,一针一针地在灯下纳着鞋底,她转脸看了儿子一眼,停住手中的活计说:"睡吧,天不早啦,还想啥呢?"

"我想,咱们的队伍大概跟鬼子打上了吧!"

"能把这些大杀的打走了就好。"

19

马大娘说着给儿子拉了拉被子。马英把两只胳膊缩在里边,可还是睡不着。他又想起刚才聚集在他家里的乡亲们,那些热忱而又淳朴的面孔,不管是老头还是小孩,不管是青年还是妇女,只要他们了解了党的抗日的方针路线,就对抗日充满了信心,在他们的身上仿佛潜藏着一种巨大的力量。马英今天觉得他更加爱他的乡亲们了,一股暖流通过他的全身。在这股暖流中有那么一小股是来自母亲那里的,善良勤劳的母亲坐在他的身边,他感到无限幸福,但又怜惜母亲千辛万苦,他翻过身说道:"娘,你也该睡了。"

"别管娘,快睡吧,我把这点活做完。"

马大娘自从女儿和男人死后,全部生活的理想都集中到儿子身上了。儿子在她的心中燃起了一把火,使她有了战胜一切艰难困苦的力量。不过那时儿子还只是理想和希望,虽然马英经常挥着小拳头对她说:"要给姐姐和爹报仇!"可是他终究还是个不懂事的孩子啊!而如今,儿子长大成人了,参加了共产党,"共产党"是什么?她说不清楚。大约总是了不起的人吧,要不儿子怎么懂得那么多道理,全村人都敬仰他呢!今天她能守着儿子做活,看着儿子安心地入睡,这是做母亲的一种最大的享受。但她忽然一阵烦愁,又替儿子担起心来:听说他在肖家镇和苏金荣斗了一场,他能斗得过这个老家伙吗?他太年轻啊!苏金荣的黑心谁不知道,要是……她想到这里,不知为什么,眼角里滚下了两行泪珠。

马英还没有睡,也想到这个问题:第一仗是把苏金荣打败了,他会甘心吗?他在准备干什么呢?红枪会的人在这个问题上是被说服了,可是在许多问题上他们还糊涂啊!下一步,下一步该怎么办呢?……

马大娘看了看儿子那安详的面孔,还以为他是睡了,长出了一口气,将麻绳缠在鞋底上,嗯地把灯吹了。

啪啪啪!啪啪啪!突然一阵激烈的敲门声。

马大娘一惊,下炕就往门口跑。马英一翻身跳下炕,把母亲拉住说:"娘,我去。"

"你……"马大娘拉儿子没有拉住,马英已抢先跑了出去。

"谁?"

"我……"一个姑娘喘吁的声音,既熟悉而又陌生。

马英开开门,星光下望见一个年轻的姑娘,正用那一双惊疑的黑眼睛望着他,他不由惊疑地叫了一声:"建梅……"

"你快跑吧,白吉会的人马上来暗杀你了!"姑娘仍然喘着气说道。

马英略略沉思了一下说:"真的吗?"

"我听杨百顺喝醉了酒说的。"

这时马大娘早已赶到门口,推着儿子说:"快跑,快跑……我的好孩子!"

"娘,你?"马英抓住母亲的两只胳膊。马大娘推开儿子说:"别管我,别管我,快跑!"

马英和建梅一齐朝北街跑去,刚刚拐过丁字街口的关帝庙,就听到身后一阵脚步声,仿佛是有人闯进他家了。马英转身就要往回跑,建梅一把拉住他说:"他们是专来害你的,不碍大娘事。"

二人顺着东街跑出村,一直向东跑了三里地,才在一块坟地里歇下来。这时正是更深夜静的时候,只有满天的星斗在闪耀着,二人相互对望了一眼,都觉得有些奇怪,一霎时,许许多多的往事在这一对青年人的头脑里翻腾起来。

建梅是苏金荣的侄女。建梅虽然出生在财主家里,却没有财主小姐的气味;原来建梅生下来的第二年,她爹得罪下土匪杨胖子,杨胖子声言非要杀她爹不行,她爹吓得不敢待在家里,带着她娘和她哥哥建才跑到天津。建梅因为离不了奶,就寄养在陈妈家里。陈妈为了当奶母顶苏家的租子,把自己生下的儿子丢了,来养建梅。陈妈是个好心人,把建梅当亲闺女看待。建梅一天天长大了,地里和家里的活都能做,像陈妈一样勤快、朴实,只是性格比陈妈开朗些,不知底细的人都说这闺女是陈妈生的,建梅自己也这样认为。有时,邻居们的孩子逗着问她:"小梅子,你姓啥啊?"

"俺姓陈。"建梅答道。

"不,你姓苏。你是肖家镇大财主苏家的闺女。"孩子们纠正她道。有时玩恼了,还外加上一句:"你是财主黄脸婆生的!"

建梅每当受到这些嘲笑,就扑到陈妈怀里诉苦:"娘,他们……"

陈妈遇到这种情况,就无可奈何地搂着她哄她道:"乖孩子,别理他们,你就是我生的嘛。"

建梅十岁那年,晴空一声霹雳,她娘派人来接她回去了。原来这年她爹在天津死了,土匪杨胖子也被王金兰杀了,她娘带着她哥哥又回到了肖家镇。建梅从小生长在穷人家里,在她的眼睛里,除了勤劳善良的娘——陈妈,就是那矮矮的小土屋和那不到半亩的一块土地;可是现在她就要离开这一切,走进那高大的门楼,去见那黄脸婆,去和那些陌生的人一起生活!……她感到恐惧、厌恶,哭叫着不走。自然这都无济于事,还是被弄回去了。到了家里,她娘给她拿出从天津带回来的新衣裳,各色各样的点心,可是她什么也不要,一个劲地哭,还偷跑了一次,半路上被她娘捉回去打了一顿。为此她娘去请教苏金荣怎么办,苏金荣说:"人为财死,鸟为食亡。她自小生在穷人家,眼界小;来到这里好吃好喝,别说她才十来岁,就是八十岁的老头也不愁他的心转不过来。"

可是苏金荣的算盘并没有打对,建梅在苏家住了七八年,性格并没有改变,每天除了上学之外,回来还刷锅洗碗,做针线活,帮助老孟侍弄牲口。她娘常骂她:"贱骨头!"

建梅有时不理,有时顶撞两句,还是照样做她的活。在这个家里只有劳动才能给她一点安慰。在她回到家里的第二年,陈妈为她在家连气带病,死了,这一来深深地刺伤了她那幼小的心灵,使她对于苏家的一切都充满了厌恶和憎恨。

建梅和马英认识是在肖家镇小学校开始的。马英入校的第一天,一群财主少爷便将他包围起来,要给他个下马威。马英从他爹那里继承下来唯一的财产,就是这一身硬骨头,根本不吃这一套,于是他挥起小拳头便和这一群少爷公子干起来。正在打得难分难解的时候,一个小女孩跑过来瞪着小黑眼珠说:"你们欺负人家干啥!"

那些少爷公子认识她是苏金荣的侄女,便一哄而散。

不知是因为马英穷,还是因为他那坚强的反抗精神,在建梅这个小女孩纯洁的心上唤起了对他的深切同情,她走到马英跟前天真地安慰道:"不要怕他们。"

马英用怀疑的眼光瞅了建梅一阵,看她那黑红的脸膛、结实的身子,的确不像一个财主家的小姐时,才勇敢地对她说道:"我不怕他们。谁来,就叫他尝尝我这铁拳头的厉害!"

建梅看着他那股劲,越加喜欢了,便问:"你是哪庄的?叫什么?"

"我是马庄的,叫马英。你呢?"

"我是镇上的,叫苏建梅。"

马英心里一惊,急问道:"你和苏金荣是一家子吗?"

"那是我二叔啊!"

马英听了,浑身一炸,狠狠地歪着头瞅了建梅一眼,说一声:"假装好人!"便大步走开了。

建梅连着叫了几声,马英头也不回。"假装好人!……"我是假装好人吗?他为什么这样看我?……想着想着,两串亮晶晶的泪珠便从眼眶里滚了出来。

这就是他们两个认识的开始,也就是他们决裂的开始。从此他们两个再也没有说过一句话,每当碰到面,建梅就羞得低下头,而马英总是用一种戒备的眼光望着她。他们就这样同了六年学。马英对建梅这种特殊的态度,不仅没有使这个少女减少对他的同情心,反而使她由同情而变为对他敬爱。马英的勤劳、勇敢、聪明,特别是他那反抗精神,使她发现了在这个少年身上埋藏着一种巨大的潜力;他那奋发学习的精神,种种独到的见解,和他那与众不同的性格,又使她感到在他的头脑里有一种远大的理想。这一切燃烧着这个少女的心,使她往往情不自禁地要瞅机会偷看上马英一眼,而她得到的回答是除了对方的毫不理会之外,就是那冷冷的目光,不,是仇恨的目光。这时她的心里是多么难过啊!为了这个,她不知道曾偷偷哭过多少次。她总想,为什么他这样看不起我呢?为什么他这样仇视我呢?……但她渐渐终于明白了,在他们之间有一道高大的墙壁啊!

建梅高小毕业之后,她娘便不让她上学了,把她关在家里学绣花。马英也考进了县城里的师范学校,两个人再没有见面的机会,不过他常从苏家赶车的老孟那里听到有关建梅的一些消息。老孟原来和马英的父亲有些老交情,和马英也熟,马英从县城回家常搭老孟的马车。老孟这个人好唠叨,又喜爱建梅,便将建梅的好处、身世都讲给马英听了。马英这才渐渐了解了她,也同情她的遭遇,不过他常常警告自己:我和苏家是仇人啊!

这次马英回来,老孟在路上就告诉他:建梅还是以前那个老样子,谁也买不动她的心,而且非常关心当前的时局,愿意出来抗日。马英当时曾想把她弄出来做抗日工作,但不知是因为考虑到她的家庭关系,还是觉得她是个女孩子,怕引起什么不方便,终于打消了这个念头。

马英回来的消息,建梅最先是从她叔父苏金荣那里听到的,并且知道马英在争取放人的斗争中取得了胜利。她那被这个监狱似的家庭束缚着的心,忽然欢跃起来,她又哼起离开学校就不哼了的歌子,自己对着自己笑。……在她的生活中,又爆发出了新的生命的火花。

第二天,建梅在镇南口老槐树底下听到了马英的第一次抗日演说。马英那洪亮的声音,那新颖的抗日道理,那充满胜利的信念,抓住了这个姑娘的心。她的心在紧张地跳动,她的脸蛋兴奋红了,她再也不能待在家里,她要出去抗日。她想,我那个老顽固二叔都能抗日,我就不能抗日吗?但她忽然又仿佛看到她所熟悉的马英那冷淡和仇视的眼光。他会要我吗?他,他不会要我的,他又会说我"假装好人"的。她的心又冷下来了。

就在前一个小时,她忽然从杨百顺的口中听到白吉会要来暗杀马英的消息,她什么也顾不得了,拼命朝马庄跑去。她想,不管怎么样,就是他说我"假装好人"也好,我得把他救出去。

现在她终于把马英救出来了,旷野上只有他们两个人,多好的机会啊!可不能错过,她要对他说,可是先说什么呢?是诉说她过去的身世,还是提出参加抗日的要求?……就在这时,她听到了马英那响亮而又坚定的声音:"建梅,你出来参加抗日工作吧,我们非常欢迎你。"

这话是建梅早就等待着的,这次她终于等到了,可是又仿佛等了好多年了。她不知是幸福、兴奋,还是心酸,她怎样回答呢?她想说:"马英同志,我早就想参加抗日的。"又想说:"马英同志,我一定把抗日工作做好。"可是她什么也没说出口,两行晶亮的泪珠,从她的眼眶中滚了出来……

三　决　裂

鸡叫了好几遍了,天还是黑乌乌的。老孟一骨碌从炕上爬起来,拍去身上的谷草,披上那件老羊皮袄,便朝马棚里走去。

老孟今年五十岁了,他叫什么名字谁也说不上来,人们只知道他叫老孟,是给人家赶马车的。在人们的印象里,仿佛他一生下来就叫老孟,一生下来就给人家赶马车似的。

　　对于老孟的历史,只有他自己和苏金荣两个人知道。老孟原来是衡水郊外的一家贫农,因他爹闹病,借了苏金荣父亲十两银子,苏金荣的父亲当时在衡水开钱庄,利上加利,番上加番,不上三年,便把老孟家里那三间破房、一亩半地全滚进去了。于是他爹领上全家到关东去逃荒,在关东他爹扛脚累死了,他娘又被恶霸逼死;两个哥哥,一个是煤窑崩塌压死的,一个是闹暴动被军阀杀害了。在他二十一岁那年,一个人披着一件老羊皮袄又回到了衡水。在衡水他见到了苏金荣,这时苏金荣的父亲已死了,他从他父亲那里知道了老孟家里的情况,见他年轻力壮,就把他留下来赶车,并讲好条件不计报酬。残酷的生活伤害了老孟的心灵,在强大的恶势力的压迫下,他把头低下了。

　　就这样,老孟给苏金荣整整赶了三十年马车。他的胡子由黑变白了,他那件老羊皮袄的毛也脱光了,他没有成家,也没有生儿养女,三十年他落下的唯一财产,就是那身干硬的骨头架子。按他自己常说的话是:"不求官,不求财,只求吃饱不生灾。"

　　他这三十年的生活,像一池塘水,是平静的、无味的,没有风暴冲击起来的浪花。他有仇,也有恨,可是他都咽到肚子里了。他有希望,也有理想,可是慢慢在记忆里都消磨完了。他像是失掉了笑容,忘记了欢乐。不过每当他碰到这两件事情时,他仿佛又恢复了青春,人们可以看到他愉快的表情和听到他欢乐的笑声:一是当他滔滔不绝地讲起《三国》《水浒》的时候,——他是很喜欢唠叨这些典故的,不过当你一插问到他个人的历史,他便把嘴一闭,一句话也不说了;一是当他见到马英和建梅这两个青年人的时候。他认为马英是唯一看得起他的人,他认为建梅是唯一重视他的劳动的人。

　　晴天一声霹雳,共产党来了,冲击起他这一池塘水。马英在回来的路上,坐在他马车上告诉他许多穷人翻身和抗日的道理。这些道理像是一下子变成一个活的小动物在他肚子里乱蹦,他的心不能平静了。他忽然感觉到周围这一切的变化与他有着密切的关系,有许多事情需要他做,而且是应该做的。于是他第一次用他那激动的声音对马英说:"打日本我老汉也算一分,豁出我这百十来斤都搁上它!"

马英笑道:"老孟大爷,别光门后耍大刀。平常见个黄鼠狼子都吓得跑,打日本你不害怕?"

"孩子,你怎么也这样看你大爷!"老孟将鞭子在空中一摇,叭的一声响,壮着胆子说道:"骑驴看唱本——走着瞧吧,我要杀几个日本鬼子,把我的孟字抠了。"

马英忙说:"我和你开玩笑的,打日本这台戏少不了你这个角儿。"

老孟听罢,抖动着胡子笑了,因为马英终究是看得起他的啊!

昨天,马英让他从杜平那里带回来一封信,这信里写的什么他不知道,不过从杜平交信的严谨态度,和马英看信后那种愉快的心情,他知道这一定是一封不平常的信。当他又一次向马英提出要参加抗日的时候,马英说:"你这就是抗日工作啊!"这时,他的心是那么激动,那么甜蜜。三十年来,他赶着马车不知进了多少次城了,可是把它全加起来,也不顶这一次啊!这也就是他今天老早便醒了的缘故。

老孟走到马棚里,拌好料。那马一见老孟,高兴地扬了扬脖子,叫了两声便把头滚到槽子里嚼起来。老孟心爱地抚摸着它那光滑的坚实的脊背说:"吃吧,吃饱,现在咱们干活可比从前有意思了啊!"

"咯咯咯……"一阵银铃般的笑声。建梅从老孟的身后一下子蹦到他脸前边,闪亮着眼睛说道:"老孟大爷,你真会给自己开心。"

"看这闺女,把我吓了一跳,大早起来做啥啊?"

"去讲演啊!"建梅把手中的讲稿在老孟脸前一晃,"马英同志派我到西河店去讲演,可是我心里怪害怕,老孟大爷,你跟我一块去吧。"

"嘿!讲演我可不行,要叫我跑跑腿还差不多。"

建梅故意翻起眼睛说:"我就知道你光会吹。昨天你还对马英说:只要抗日,干啥都行。你看还不到一天就打退堂鼓。"

老孟被这一激,把大腿一拍,鼓起劲说:"好吧,我跟你去讲两段,讲错了可别怪我啊!"他说着做了个鬼脸,逗得建梅又咯咯地笑起来。

早晨,天气特别晴朗,那蔚蓝色的天空洁净而又明亮,就像刚刚被雨水冲刷过似的。一阵风吹过,公路旁的杨树哗哗直响,干黄的树叶子从树上落了下来。一队队排成人字形的雁群,从高空掠过,向南飞去。建梅像是出了鸟笼子的鸟一样,深深呼吸了一口新鲜空气,又低着头专心背她那讲演稿子。老孟倒背着手,晃着他那高大的身躯,转过脸来对建梅说:"建梅,你大点声背,让俺也记两句。"

建梅背着忽然一顿,笑着说:"你别打岔好不好,又叫俺忘啦。"说着看了看讲稿,才高声地背起来。

这时迎面走来一人,扭着脖子,戴一顶小帽垫,一歪一歪地过来了,笑着对建梅说:"梅姑娘,上哪去啊?"

"讲演去。"建梅只顾背讲稿,没有注意是谁,猛抬头一看,才发现是杨百顺。

"讲演什么?"杨百顺又问道。

"你不要管!"建梅生起气来。

杨百顺讨了个没趣,斜看了老孟一眼,扭着脖子走了。

老孟担心地说:"糟糕,你怎么告诉他呢?他回去非说坏话不行!"

"我忘啦。"建梅接着又倔强地说:"随他去说吧,我不怕。"

西河店是肖家镇通往县城公路上的头一个村子,相隔只有六里地,一霎时便来到了。老孟把建梅领到村东的奶奶庙门口说:"你看这地方怎么样?"

"行了。"建梅说罢便走上庙台,用她那清亮的声音唱起了抗日歌:

> 工农兵学商
> 一齐来救亡……

正在村边玩耍的小孩们,见庙台上有个大姑娘唱歌,都围拢来了,有的还跟着瞎唱。建梅见孩子们想唱歌,就一句句地教起来。跟着一些大人们也围拢来了。

这时,老孟趁势跑到村里吆喝道:"共产党讲道的来了,讲的是打日本鬼子,谁要听到村东头庙台上去啊!"

庙台底下的人越聚越多,建梅停止了教歌,用眼往台下一扫,黑压压一大片,心就不由扑扑地跳起来。忽然眼前浮起了马英在老槐树下讲演的那种激昂的表情,耳边响起了马英那充满胜利信念的声音,她鼓起勇气连珠炮似的讲道:"老乡们,你们都想知道眼下的情景,这世道要变成个什么样子,日本鬼子来得了来不了?……"她自己也弄不清开头这几句话是怎么讲出来的,声音有些颤抖,好像是从嗓子眼里冲出来的,但很快她便平静下来了,"老乡们,日本是个什么东西呢?它是个帝国主义,在我们中国的东边,有咱河北省的一半大……"她也不管群众听得懂听不懂,就从日本的地理、人口,直到侵略中国的目的,一鼓气讲起来。

这时村中的人听说奶奶庙门口有个女八路来讲道,都纷纷来看稀罕,庙台下的人越发多了。人群中一些老头和青壮年都被这些似懂非懂的新鲜道理吸引着;但占人群中绝大多数的老大娘小媳妇,多是来看热闹的,她们听不懂,就唧唧喳喳地在台下议论起来。建梅听到台下乱嘈嘈的,就不知该怎么讲好了,忽然她听到一个老太婆说:"这哪是女八路啊,这是肖家镇上大财主苏金荣的侄女嘛!"听到这里,她思想就开了小差,眼前浮起她二叔、她娘的影子,赶也赶不走,准备好的讲演词也忘完了,她翻起眼睛看着台前那棵大杨树上的叶子,可是怎么也想不起来。台下的人更乱了。

正在这时,杨百顺带着两个伙计分开众人,走上前来说道:"梅姑娘,你娘叫你回去哩!"

建梅一看,气得脸通红,也顾不着讲演了,愤愤地对他们说:"我不回去!"

"这可是大太太的话,你不回去我们担待不起。"杨百顺说着就来拉她,她哪里肯走,杨百顺便指挥那两个伙计一齐动手,生拉硬拽地把她弄走了。

听讲的人们立刻呼呼啦啦走了一大半。老孟这时已经从村里吆喝回来,他见杨百顺来拉建梅,心中非常气愤,可是又没法近前,弄不好连自己也会被抓回去哩!他见建梅已被拉走,群众要散伙,心中一急,嚷道:"我来讲它两段。"说着一挥手走上庙台:"老乡们,日本是个小国,中国是个大国,小国不如大国,大国总比小国强!……"

老孟只顾仰着脸讲,颠来倒去总是这两句。低头一看,人早都走光了,不由便骂起来:"真是不开窍!"

窗下,马英又将昨天杜平给他的信打开,仔细阅读着。这在他已经养成习惯,杜平的每一封信他都要照例读上无数遍。杜平写的信息是那样简短、含蓄,那些深刻而又精辟的见解,好像都蕴藏在这些简短文字的后面,只有经过深思苦想,才能从其中取得。这仿佛又是杜平故意做的。就说"掌握形势"这四个字吧,当前这个县的形势怎样呢?日寇即将袭来,国民党退走了,地方上的反动势力不得不和我们合作,但他们怕共产党和广大群众甚于怕日寇,所以他们自然又纠合在一起,形成一条地下反动统一战线,来对付我们。那么为什么要提"掌握"二字呢?这就说明要注意形势的变化。为什么强调了"掌握"二字呢？这是说明当前处于动荡的时代,形势变化急骤无常,难以捉摸啊！……

马大娘看着儿子脸上一时愁一时喜的表情,想起前几天夜里那场风暴,叹了口气,又担心地说道:"孩子,你这样工作能行吗？没有枪,没有炮,赤手空拳,能打得过人家？……"

"娘,"马英转过脸说道,"可是群众向着我们啊,你没看见来咱家开会的乡亲们那股劲头,只要能把群众发动起来,大家团结一条心,比什么力量都大！"

"唉,千家万户怎么能一条心啊！从前也不知有人闹过多少次,开头说得好好的,一上阵都散了。"

"那时没有共产党的领导,如今……"马英一时不知怎样向母亲解释,说到半路把话停住了。

马大娘望着儿子那激动倔强的样子,越觉得他还是个孩子,就越为儿子担心,不由近前抚摸着他说:"娘不是不愿意你工作,娘恨不得你把这些黑了心的都除掉,可你娘跟前就你这一个命根子啊！你要是有个好歹……苏金荣、王金兰都是些杀人不眨眼的家伙,他们要是再来……"

"娘,不要紧。咱们共产党已经警告过他们了,他们也不是没长脑瓜子！这伙人总把自己的命看得比别人值钱些！"

马英虽然这样劝说母亲,可是心里对县委这样警告王金兰也有些不解,既然肯定这次毒手是他下的,为什么不将这家伙干掉呢？想着,他那双眼睛又落在杜平的信上:"统一战线是为了争取群众,争取进步力量,争取更多的人参加抗日,孤立顽固派。""争取,争取……"为什么他这样强调"争取"呢？"争取",这就是说要更多的人参加抗日,要有一个"争取"的过程,也就是要有一定的时间;那么反过来,要是现在把王金兰干掉,就没有这个"争取"的时间,群众还没有觉悟过来,就会混乱,地主们也就会惊慌、反抗;再反过来,我们要是暂时不杀王金兰,把大多数人争取过来,"孤立顽固派"，那顽固派岂不就自然孤立起来了吗？"对！对！"马英不由失声叫了出来。

"对什么呀？"马大娘吃惊地问道。

"我说县委警告王金兰警告得对！"马英说着又被信上下边那两行小字吸引住了："要设法武装群众，只有握住枪杆，才能更广泛地吸引、发动、鼓舞群众，才能更有力地和敌人进行斗争！"他忽然又想道：刚才母亲说我"没有枪，没有炮，赤手空拳……"

啪啪！啪啪！叫门声打断了马英的沉思。

"一听叫门我这心就跳。"马大娘说着朝大门走去。

马英在屋里听得母亲在门口说："他大爷啊！"

"在家吗？"

"在。"

马英听出是老孟来了，急忙迎出去，只见老孟抖着胡子拍着手说："糟啦，糟啦，清早我跟建梅到西河店去讲演，半路上碰见杨大王八，他回去不知说了些什么坏话，回来就把建梅抓走啦，关到她娘对面的南屋里。你知道，她娘和苏金荣把她许给刘中正做姨太太，她说啥也不干，都哭成了泪人。她娘已经先打发杨大王八进城联络去了……"

马英急促地在屋里来回踱着，心中焦虑万分，考虑着怎样才能把建梅救出来呢？……他脑子里忽然又浮起这个念头：枪、枪，再没有枪是不行了，没有枪杆子腰杆子就硬不起来！他突然转身对老孟说道："苏金荣家里藏的有枪吗？"

老孟被问得愣了半天，然后凑在马英耳边说："大前年我从城里拉回来两布袋硬邦邦的东西，苏金荣亲自押着，我就知道有鬼，抽空一摸，出了一身冷汗，都是枪！总有七八条。"

"你知道他埋在哪里？"

"那可说不上，这种事他哪会叫咱知道？"

"建梅知道不知道？"

"兴许知道吧？也说不上。怎么，要取他的枪？"

"是啊，武装抗日群众。"

"苏金荣知道了他可不依啊！"老孟吃惊地说道。

这个问题马英已经考虑过了。如果让苏金荣自动把枪捐出来，那是办不到的；如果要通过建梅把枪挖出来，那苏金荣就只好吃个哑巴亏。他对老孟说："苏金荣是县里战委会副主任，天天口头上叫唤着抗日，他有啥说的；再说建梅是他家里的人，作为捐献，我们也不是硬搜他的。"

老孟一想有理，可是又担心地说："谁不知苏金荣是个阴阳脸，暗地里他会跟咱罢休？"

"我的老大爷！"马英拍了拍老孟的肩膀，"有了枪杆还怕他干啥？"接着又笑了笑说，"老孟大爷，这可不能门后耍大刀，要拿到当街上去耍啊。"

老孟脸一红，又把大腿一拍说："别说了，有啥事你就分配我吧，不要说挖枪，就是挖他的脑壳我也干。"

马英立刻从笔记本上撕下一张纸，嚓嚓写了几行小字，交给老孟严肃地说："把它交给建梅，不能让任何人知道。"

老孟二话没说，把纸条往腰带里一掖，便兴冲冲地走了。

马庄在肖家镇的正东，只隔三里地。老孟腿又长，迈开大步，三晃两晃便回到苏家。他摸到后院，见院里没人，就蹑手蹑脚走到南屋门口，轻轻叫了一声："建梅……"

建梅正躺在炕上望着天花板出神，忽听老孟喊她，慌忙跳下炕来走到门口问道："见到他了吗？"

老孟隔着门缝望见建梅那红红的脸上满是泪印子，心里一酸，忙把那个纸条递过去，只说了一个字："信！"

建梅拆开纸条，用那双含着泪花的眼睛盯在上面："建梅同志……"一股热流霎时通过了她的全身，她急用手背把眼泪一抹，但见那纸条上写道：

建梅同志：

　　你的情况我全知道了，我们一定设法救你。不过你暂不忙出来，有重要任务需要你在家里完成。听说你二叔有一部分枪支，不知埋藏在哪里，你如知道更好，不知道，一定要想法把情况弄出来。有了武器，我们就有了一切。

马　英

在这封简短的信里，除了亲切的关怀之外，还有无限的信任。建梅的眼光最后落在"马英"这两个流利的草字上，这两个字她是那么熟悉，那是在教室的黑板上，校门口的墙报上看过的，可是如今竟然落在给她的亲笔信上了！……

"死丫头，你到底吃饭不吃饭，不吃饭饿死你！"她娘在对面屋里说话了。

建梅忙说："老孟大爷，你先回去，太阳落的时候再来一下。"

老孟走了两步又拐回来说："你能吃勉强着吃点，可不能饿坏身子。"

建梅望着老孟的背影，想起了自己的任务，时间刻不容缓，必须在今天下午完成！可是枪埋藏在哪里？她连个影子也不知道啊！她的眼睛又盯住那张小纸条，她仿佛看到了马英那期待的眼光，写信的姿势……"不知道，一定要想法把情况弄出来。""想法"，"想法"，想个什么法子呢？她二叔一家人都搬进城里住了，她哥哥老早就往南边去了，家里只有她娘一个人，她，她，她会知道么？就在这一霎时，她的脑子忽然一亮，想起大前年为埋什么东西，她娘曾和苏金荣吵过一次架。那埋的是什么呢？莫非就是枪吗？要是，那她娘一定知道。可是她娘怎么会告诉她呢？她想：不如装着先把那亲事答应下来，好从娘口里把藏枪的地点套出来再说……

当的一声，门上的锁开了。她娘走进来，拉着又黄又干的老脸，没好气地指着她说："你吃不吃呀，你真的不想活了就给我死！"

建梅朝着桌上那碗鸡蛋面条，说道："凉啦，还怎么吃？"

她娘一听她口气软了,忙说:"我去给你热热。"

一忽儿,她娘便把面条端回来了,碗里冒着腾腾的热气。对她说:"吃吧。"

建梅咽了一口闷气,端起碗唿流唿流地吃起来。

她娘接着道:"十七大八啦,能总在外面跑吗?也该着……"

建梅打断她的话说:"娘,那事我答应了。不过我年纪还小,过两年再结婚行吗?"

这回答出乎她娘意料之外,但似乎又是在她意料之中:姑娘家嘛,结婚前总是要卖卖胃口的,可是到底还不是由着爹娘嫁出去,于是忙说:"行啊,行,只要你答应了,啥时候结婚由你。"她心想:只要你答应了,进了城还由得了你?接着便数叨起刘中正来:"你女婿虽说年纪稍微大点,可是长得不赖,耀武扬威,有官派,听你二叔说,蒋委员长都看得起他。以前在天津当营长,如今又当了司令,将来还不知道升到什么官!再说他那两房太太,老的老了,丢的丢了,你去了还不是独占……"

建梅再也听不下去了,面也吃不下去了,又是气,又是恨:娘啊,娘,你为什么这样狠毒呢?为了贪官图财,就把亲生女儿往火坑里推吗?但在这气恨之中她又有些可怜她:她守寡多年,守着他们兄妹两个在苏家受气,对苏金荣低三下四,任他作弄摆布,精神上那么空虚和无知……她忽然觉醒起来:我这是在想什么啊?任务!任务!怎么完成任务呢?就在这时,听到她娘说:"在这个家里你二叔掌大权,霸道得不行,哪有咱孤儿寡母过的日子!你能找个好主,咱一家老小就有了靠山……"

建梅听到这里,灵机一动,说道:"娘,搬进城,不跟俺二叔住在一起。"

她娘说:"那自然啦,难道他的气咱还没受够?今早上杨百顺从城里来,说你女婿已经找下房子了,三进院子。"

建梅说:"那咱们搬走了,咱家地下埋的东西咋办呀?"

她娘叹了口气说:"咱家埋的有啥啊?有,也是你二叔家的。"

"哼!就他霸道。"建梅故作生气地问道,"娘,大前年你为埋东西和二叔吵架,那是埋的啥啊?"

她娘还是第一次见建梅跟自己站在一条线上,替自己说话,心里喜出望外,早把矛头转向了苏金荣,她毫不在意地说道:"你爹死前在天津存着三百块现洋,我知道他把它取回来了,我当他是埋现洋哩,就吵着找他要,后来才知道他买了枪……"她说到这里,忽然把话停住,她想到苏金荣曾交代过:"对谁也不能说啊!"

建梅一听到这个"枪"字,满心欢喜,又故作天真地追问道:"娘,啥枪?是不是打仗的盒子炮?那是咱们的钱买的吗?"

听建梅这么问,她娘赶忙说:"快别说这个了,那不是咱女人家管的事。"

建梅却说:"为啥不管,以前咱就是吃了这个亏啦,俺二叔就是会拿枪杆子吓人。"

她娘听建梅说得有理,又乘机说道:"就是,我给你找个当官的女婿,就是为了免得以后受人欺负。"

建梅说:"不管怎么样,那枪是咱的,咱得取走。娘,那枪埋在哪啊?"

"在偏院北屋祖先神像底下……"她娘说到这里,忽然又把话顿住,忙岔开话扯起别的了。

可是建梅早已把这几个字记住了。她娘又扯了些什么,建梅一句也没有听见。她的心早已飞出这个房子,飞到马英那里,她仿佛看见马英笑着向她祝贺,她仿佛看见马英带着人正从偏院北屋神像底下取枪,一霎时这些枪已经背在一队年轻小伙子的身上,昂然从她眼前走过……

太阳渐渐向西边沉下去了,老孟在二门口等了好一会,终于把黄脸婆盼出来了。等她走进北屋,老孟便悄悄地向建梅的南屋走去。她娘现在已经放松了对建梅的禁闭。建梅把匆匆忙忙写给马英的信塞给了老孟,并在他耳边嘱咐了几句,便打发他走了。

天黑了。煤油灯下,她娘又对建梅无止境地唠叨起来。一忽儿讲天津的洋楼有多高,一忽儿讲天津的京戏有多好听,还有什么女人要烫发呀,穿高跟皮鞋呀,结婚坐小汽车呀……可是建梅的思想早飞到偏院的北屋里,她暗暗助着劲说:"快,快,快点把枪挖走!"……忽然听见偏院叭叭两声响鞭,她心里那块石头落下来了。这是老孟给她的暗号,意思是说大功告成了。建梅理了理头发、衣裳,开始和她娘谈判:

"娘,我不进城了,那亲事我不答应。"

"你,你说什么?"

"娘,"建梅拉住她娘的手说,"那是俺二叔用的计,他为了笼络刘中正,就拿我当成送人情的礼物。娘,你可别上他的当,我是你的亲生女儿,你就舍得把我往火坑里推吗?娘,我不愿意依靠人,我不愿意赚吃坐穿;我要靠我自己,我要留下来做抗日工作,我要真正做个有用的人……"

她娘的脸色由黄变红,由红变紫,由紫变白,气急败坏地骂道:"你,你,你刚才说的都是骗我的!你这个不识好歹的贱骨头,放着太太不当,跟着穷八路有啥出息!"

建梅见她娘一时又摆出那凶狠的面孔,心里火了,就和她吵:"穷!穷!穷有啥短处!还不是财主把人家剥削的?"

"你说这没良心的话。我疼你爱你,哪点不是为了你好?"她娘忽然拍着大腿嚎啕起来,"我好苦的命啊!男人早死了,儿子走了也不回来,闺女又要跑,我咋不死啊……"

"娘,"建梅平和了一下说,"你要是真疼你闺女,你就让我参加工作,你要是不让我工作,就别怪你闺女狠心,咱们就……"

没等建梅说完,她娘又扯起嗓子吼道:"就怎么?就怎么?再说,我撕了你的嘴!告诉你,你走也得走,不走也得走!"

建梅一听,拔腿就往外跑,她娘赶上去抓她,没有抓住,在屋里转了一圈,抄起个鸡毛掸子追了出来。

建梅咚咚咚地刚跑进过道,忽听前面一个人说道:"梅姑娘,上哪去?"她抬头一看,见杨百顺带着两个背大枪的民军站在面前,不由更火了,就冲着他们吼道:"滚一边去!"

杨百顺早已看出这里面有问题,把双手一拦说:"别生气,别生气,有事好商量……"

这时黄脸婆已经追来,口里喊着:"把她拦住!"接着跑上来用鸡毛掸指着建梅说:"你跑,你往哪跑!老实说,你走不走?"

杨百顺又歪着脑袋奸笑着说:"梅姑娘,可得听大人的话啊,常言说:父母是层天嘛!"

建梅知道跑不了,就愤愤地说:"反正我不走,看你们怎么样?"

"反了,你!"她娘命令道,"把她捆起来!"

她娘的话刚落音,杨百顺就从腰里抽出绳子去捆建梅。建梅照准他那歪脑袋叭的就是一耳光。杨百顺顾不了这些,蹿上去就扭住了建梅的胳膊,建梅正要喊,一个民军顺手把一条手巾塞到了她嘴里。她拼命反抗,可是无济于事。

杨百顺说:"大太太,趁早走吧,夜长梦多。"

"好吧,就走。"

"我去找老孟套车去。"

"可不要找他啦,那老东西跟着共产党闹腾得忘了形啦!"

建梅娘的话,提醒了杨百顺,他说:"我自己去。"

杨百顺到马棚里看了看,老孟不在,他睡的炕上也没有,不管三七二十一,就先把车套上了。他们把建梅抬在车上,用被子蒙着,车上还放了几口大木箱,黄脸婆和杨百顺坐上车,两个民军前后护着,便悄悄出镇了。

建梅蒙在车上,想哭,可是没有泪。她忽然想起以前听来的那些绑票、捆人的故事,如今却落在自己头上了!可是绑自己的却是自己的亲娘,这有钱人的心真太狠毒了啊!……唉!都怨自己的觉悟不高,为什么我不早点跑出来呢?我还留恋她什么呢?难道这七八年我还没把她看透吗?……她忽然像是看见了那个反动军官刘中正。一个月前刘中正路过肖家镇时曾住在她家,苏金荣特地要她到客厅里去见他,当时她还不知道他们的用意,现在想来,他们是早有打算了。可我真的就落到他们手里?不,我宁死也不能让他们称心如意!……我死,没有什么,可我再也不能工作了,我再也见不到老孟大爷和马英同志了啊!……

建梅想着想着,忽然听到杨百顺和她娘在说话:

"大太太,你看我老杨办的这一手利索不利索?"

"那还用说,谁不知道你老杨是个能人。"

"见了会长司令,替小人说句话啊。"

"放心吧,我啥时亏待过人。"

"大太太,"杨百顺进一步邀功说,"就说上一次杀马英,还不是我老杨领的路,可不知哪个小子走漏风声,没弄成……"

建梅听了气得直咬牙:原来那是你领着干的呀!一霎时,杨百顺的许多罪恶都在她脑子里翻腾起来,这个人不除掉,那对马英他们的工作影响可大啦!她忽然想到跑,跑回去告诉马英,可是一晃胳膊,绳子捆得紧紧的,一动也不能动,急得她出了一头汗。

马车没敢进西河店,从村东绕过去,然后又拐上大路,慢慢接近了沙河边。此时更深人静,只有那马蹄的嗒嗒声,黄脸婆和杨百顺的心不由都收紧起来。

"站住!"突然一声口令,路旁跳出几个人,持枪将车拦住。杨百顺吓得从车上溜下来,黄脸婆也说不出话了,那两个民军一前一后像是拴马桩子似的竖在地上。

原来取完枪,老孟给建梅送了个信号便去接她,不想走到前院,听得杨百顺将建梅拦住,便去报告马英,带着人马在这里截住。

马英走上前说道:"我们检查一下。"

杨百顺说:"这是妇道人家的车,怎么好检查!"

"可是这车上押着我们的干部。"

"没有的事,这是接太太进城哩。"

"你老实点。"马英拿枪对住杨百顺的胸口,杨百顺早吓得把双手举起来。马英在他身上摸了摸,说道:"东西我们不要,只检查一下,有我们的人,就领回去;没有,就算了。"

马英说罢走到车前,把被子一揭,看见建梅双手反缚着,昏迷不醒地弯曲在车上,口里噙着一条白羊肚手巾,不由愤愤地说:"对亲生女儿这样,心也未免太狠毒了!"

建梅忽然听到这使人痛心的话,睁眼一看,见是马英,那眼泪便像泉水似的涌了出来,接着昏过去了。马英把建梅嘴里的手巾拿掉,又去解绳子。被吓傻了的黄脸婆此时也醒来了,拽着马英说:"你不能领走我的闺女,这是我的闺女!"

"这是你的闺女,可又是我们的干部,她究竟跟谁,要她自己说,共产党讲自愿嘛。"马英给建梅解完绳子,扶起她道,"建梅,醒醒,醒醒。"

建梅把眼睛睁开了,像是做梦,她凝视着马英说:"真的是你们来救我了吗?还是我做梦呢?"

"真的是我们来救你了。建梅,你说,你是跟你娘走,还是跟我们参加工作?"

建梅双手抓住马英的胳膊说:"我死也要和同志们在一起!"

"你这个小没良心的,我养了你这么大,管你吃,管你喝……"她娘拽住她吵起来。建梅突然转过脸来说:"你管我吃?你管我喝?你们自己都是吃的穷人的血汗!我……我算看透了你们!"

建梅一使劲,跳下马车,可是她站不稳,马英赶紧将她扶住。黄脸婆趁势弹着腿、拍着巴掌哭闹起来:"共产党拐我的闺女啊!……"

老孟突然拿"独角龙"① 逼住黄脸婆摆起了威风:"你再哭,再哭我崩了你!"

黄脸婆一下子变成泥菩萨,坐在车上大气也不敢出了。

建梅忽然问道:"杨大王八呢?"

这时大家才发现杨百顺跑了。建梅叹了一口气,坐在地下,她的腿酸得一步也走不动。

四 在民军

在全县各界人士抗日动员大会上,县委副书记杜平以"战委会"副主任的身份,报告了苏金荣捐枪的消息,当场就有不少士绅、地主响应,自动报出捐献枪支的数字。这一来弄得苏金荣哭笑不得,不过他还是冠冕堂皇地讲了一通抗日的主张,可是当他一回到他的公馆,脸色就勃然大变,破口痛骂起来,先骂苏建梅丧尽天良,又骂杜平诡计多端,最后骂到杨百顺身上,说他是饭桶、废物、无能之辈,就连他亲嫂子黄脸婆也捎带进去了。直弄得孩子老婆都不敢靠近他。

"二叔,我回来了。"

忽然在他耳边响起一个低沉的声音,抬头一看,一个青年人立在客厅门口。只见他穿一件宽大不合身的黑夹袄,脸瘦而白,只有他那一双乌黑的眼睛,使人觉得有些像建梅。苏金荣愣了一下说:"这不是建才吗?"

"嗯。"苏建才答应了一声,一屁股坐到太师椅上,双手捧住脑袋,一忽儿又揉起眼睛,像是低声抽泣起来。

---

① "独角龙":是一种最落后的手枪,一次只能装一粒子弹。

苏建才自从小时候他爹把他带到天津以后,就一直在天津上学,直上到高中。"七七"事变一开始,他娘不放心,三番五次写信把他从天津催了回来。苏建才虽然软弱,却也还有一些正义感,回到家向苏金荣表示要参加抗日,苏金荣给二十九军军部的一个副官写了一封信,叫苏建才去赶中央军去。就这样,苏建才拿着苏金荣的介绍信,带着五十块现洋,不顾他娘的阻挠,和退却的二十九军在平汉线上展开了长途赛跑,谁知道越追越远,好不容易在第三天头上赶上了二十九军的一伙子散兵,想不到这伙散兵却把他的现洋抢走了,把他的介绍信也撕了。可是苏建才那颗抗日的心还在燃烧着,他把自己那一身黑制服卖了,继续往前赶,下决心到南边去找正规的中央军去。当他快走到漳河边,忽然听到一种传说:中央军把守在漳河沿上,架着十八口铡刀,没有证明文件的,一律按奸细办理,一铡三段,扔到漳河里喂王八。这下子把他吓住了,他转而想道:"我是去抗日的,这样不明不白地死了,不能够抗日,不就有负于国家和民众的委托么?"就这样,他又要着饭走了回来。路上一个农民见他冻得可怜,送给了他一件黑夹袄。

苏金荣当下见他这情景,心里早已明白,说道:"回来了也好,这年头出外混事可是不容易。"

苏建才本来等待着他这严厉的叔父一顿教训,想不到回答得却是这样平和,还带有些同情,心里安定了一些,接着把他到南边的遭遇讲述了一遍,最后说:"都怨我太粗心,没有把信保存好,要不然……唉,反正糟糕!这国民党退得也太快了!"

苏金荣摆出长者的口吻说:"年轻人啊,年轻人总归是年轻人,不过,出去闯荡闯荡也好。"

苏建才第一次在他叔父面前感到温暖,振作起来说道:"二叔,我不见黄河心不死,您再给我找个地方吧。"

这一下正合了苏金荣的心意。他一见苏建才就引起他一件心事,这就是苏建梅和家庭的决裂,他本想利用苏建梅来笼络和控制刘中正，想不到这一着完全落空了。所以他便想到抓紧苏建才，把他打入刘中正的队伍，以便逐渐掌握一部分实力，这也就是今天他对苏建才的态度特别好的缘故。现在听苏建才又要求他，便得意地说："建才，你回来得真凑巧，也许是天赐良机，该着回来，如今咱这里住着一支抗日队伍，番号是民军第二路，他们的司令叫刘中正，是我的老朋友，你要愿意去，我一句话就行了。到里边，只要你好好干，将来还愁不能……"他本来要谈升官发财之类的话，一想这些不合苏建才的口味，改口说："将来还愁不能报效国家……"

正说着，刘中正来了，苏金荣忙把苏建才引见给刘中正。刘中正把他上下打量了一番，随便夸奖道："小伙子长得不错。"

这一来弄得苏建才十分狼狈，低头看了看自己那一身穿着，脸由耳朵红到脖根。苏金荣忙道："建才这孩子可是个好孩子，有骨气，不见黄河心不死，一心要参加抗日。今天老弟来了正好，就把他带走吧，在老弟的教养之下，说不定还能成个人才。"

刘中正说："老兄培育出来的，还会有错，只怕到小弟那里，就让令侄受委屈了。"

苏建才闻听站起来说："说什么委屈不委屈。目前国难当头，民众正处于水深火热之中，作为一个中华民族的青年应当奋起抗战，生命都可以置之度外，还能顾这些吗？"

这几句激昂的言词，使刘中正十分难堪，只好说："如今的青年人这样深明大义，真是中华民族之万幸啊！"

苏建才望着刘中正那崭新的黄呢子军装，斜背着的武装带，深筒子黑皮靴，精精神神，威威武武，确实和他追上的那些丢盔掉甲的散兵不同。再说这"民军"二字，顾名思义，也该是抗日的队伍，"民"就是"民众"，"民军"就是民众组织起来的队伍啊！可是又听刘中正和他叔父的口吻，总觉得有点不对味。在回来的路上他听过共产党的宣传，人家说得真是有条有理，听说这个县也有共产党，为什么叔父他们一字未提呢？于是他问道："刘司令，我想请教您一个问题。"

"那请吧。"刘中正双手插在马裤兜里,表现得胸有成竹。

"共产党是不是真正抗日的?"

"哈哈哈……"刘中正没有回答他,却来了一阵近似发狂的大笑。这笑声像是出于他的本能,又像是故意的,弄得苏建才好不自在,只好问道:"刘司令莫非笑我问得幼稚吗?"

"不,不,我是笑共产党的手腕真高明。"刘中正接着说,"你不要误会,我可是不反对共产党,目前国共合作嘛。不过要靠共产党抗日?那可是瞎子打灯笼——白费蜡。抗日救国种类多得很:有拿枪杆子救国,像兄弟这样。"他用手拍了一下胸脯,好像他是抗日英雄似的,"有和平救国……"接着他把汉奸的"曲线救国论"重述了一遍,最后说:"还有一种叫做嘴巴救国,这就是共产党的救国方针,嘴头上讲得怪漂亮,实际上一点抗日的事也不能办,论起来真是笑话……"

刘中正的这番话弄得苏建才的脑子成了一盆糨糊,糊里糊涂。对刘中正用枪杆子抗日这一点他是赞扬的,但对于刘中正完全否定宣传的作用却有些反感,他自己在"一二·九"学生运动时不也听同学们宣传过抗日吗?难道这都是笑话吗?这时他忽然听见刘中正又说道:

"……你们年轻人的心我是理解的,有抗日的热情,喜欢高谈抗日救国;可是一论到实际,拿起枪杆和敌人拼命的时候,就……"

这一下正触到苏建才的痛处,不觉满面惭愧,对刘中正产生了无限敬仰,于是他鼓起勇气说道:"刘司令,我愿跟你抗战,不为国家民众树立功勋,誓不为人!"

"好,好。"刘中正洋洋得意,接着恶毒地说,"你们还是年轻啊,对一切事情看不透,容易受骗。共产党就是豆腐嘴,刀子心,打着抗日的旗号,迷惑青年人,从中扩充自己的实力。"刘中正面对着苏建才讲话,却不时用眼瞟苏金荣,意思是说:你看我给你做的工作怎么样啊？

苏金荣确实从内心里感激刘中正,省得了他许多唇舌,而这些话出自刘中正的口,比出自他的口有效得多。他站起来拍了拍苏建才的肩膀说:"刚才刘司令的话都听见了吧,真可以说是金玉良言,你要好好记住,以后在刘司令亲自教导下,一定有所造就。"

就这样,苏建才被刘中正分配到民军第二路二团里当副官。苏建才对这个职务倒无所谓,他想:只要抗日,干什么都行,苏金荣对他的这个职务却不满意,因为副官一点兵权也没有,可是也不好提出异议。刘中正对苏金荣的用意是很明白的,他知道和苏金荣打交道是很难有便宜可占的。苏建梅的婚事告吹,他并不在意,他认为自己不怕找不到姨太太;对苏建才的入伍,他却有所戒备,给一个团部副官,既不伤苏金荣的面子,也不碍大事。刘中正对这点掌握得很紧,不是他的亲信嫡系,一律不给要职,所以民军成立以来虽然吸收了不少青年知识分子,却都是一些大大小小的副官、文书、帮写。

第二天,苏建才由司令部一个副官领着上民军第二团去。

第二团住在西街的耶稣堂里,门口站着岗。苏建才不知是因为兴奋,还是紧张,到了大门口停住了。他往院里一瞅,见有十几个当兵的乱七八糟地倒在院里晒太阳,一个个黄皮寡瘦,这使他蓦然想起在平汉线上遇到的那一伙散兵……

"苏副官,请啊!"

直到那副官提醒他时,他才大步跟着一直朝里走去。当他一步跨进团长房子的门槛,便立刻愣住了,清清楚楚,有两个人躺在炕上抽大烟,烟枪嘟嘟直响。他想:难道抗日队伍还兴抽大烟吗?

那副官介绍道:"胡团长,这是苏建才,新来的,到你们团里当副官。"

靠左边的一个满脸松肉皮的瘦子哼了一声,费了好大劲才抬起眼皮操着一口东北话说:"那么多副官,尽他妈吃闲饭的!"

这胡团长名叫胡二皮,是东北军十几年的老兵油子,跟着刘中正当连长也有好几年,他手下的七八十个人也都是老兵油子,抽足了大烟不要命,是刘中正的主力亲信部队。这次跟着刘中正退到这里,又补充了百十个人,便封成团长。刘中正对他十分娇惯,他也非常放肆,他敢打平级的军官,敢和刘中正对吵,打骂他的部下更是家常便饭,所以初见面就把苏建才数落了一场。直弄得苏建才面红耳赤,进退两难,这时那副官急忙进一步介绍道:"苏副官是苏副主任的令侄,司令请团长特别照顾。"

胡二皮这才欠了欠身子说:"对不起,对不起,兄弟是当兵出身耍笑惯啦。"

那副官也在一旁帮着说:"胡团长真可以说是身经百战,是咱民军第二路的主力。"

苏建才虽说受了一场侮辱,可是对方已经赔了情,也许这真是军人的粗鲁哩!他最关心的是这个团的实力,听那副官说,这是民军的主力,不由便一阵高兴,忙问道:"胡团长,我们这个团有多少人啊?"

"两千。"

"都住在哪里?"

"都住在这里啊!"

苏建才莫名其妙地望了望众人。胡二皮看出了他的意思,伸出一只手翻了两翻说:"我的队伍里以一当十。"

顿时屋子里响起一阵哗笑。苏建才仿佛觉得众人是笑自己似的,心里不是味,退了出来。

在对面屋里他换上一套军装,坐了一会,心绪乱纷纷的静不下来,又到院里看了一会武器,也觉得无限烦恼。他整了整军服,走出耶稣堂,就到大街上去散步。

一直转到傍黑,他才往回走。他刚一踏进院门,就听到一个人嚷道:"他妈的,这是老子先知道的,老子该着多要!"

"去你娘的吧!要不是老子,你他妈的有个屁用?"另有一个粗嗓子叫道。接着是军需的声音:"算了,算了,多一点少一点有啥呢?下回找齐就是了。"

苏建才回来问军需:"怎么回事啊?"

军需说:"弟兄们到外边弄了点东西,分不公了。"

"是抢?"苏建才吃惊地问道。

"什么抢不抢。"军需说,"这年头还管得那么多,你的就是我的。"

像是一声霹雷,苏建才的头蒙了。现在他完全明白了,什么"民军"!"抗日"!这不是和抢自己的那一窝子土匪一样吗?……

这天晚上,他翻来覆去怎么也睡不着,悔恨自己错走了一步路。

第二天天不明,队伍集合了,胡二皮带着队伍,全副武装出发了。苏建才问:"去做什么啊?"

"征兵。"军需说。苏建才心里已经明白了,再没做声。一会军需拿来两个本子,请他帮助造"名册"。他也只好答应抄写。

上午,队伍回来了,押来两三百个老百姓。一会叫这些老百姓排成队,由胡二皮训话,他叫大家不要害怕,只穿上军装点个名,点完名各自回家;不过谁要应错了名字,或者点名前跑了,就要打断谁的"狗腿"!说着他掂了掂手中的马棒。接着就开始了训练,念一个名字,喊一声"有!"每个人都顶一个名字。

苏建才从窗户里看得真切,他完全明白了,他们是吃空名呢!怪不得团里只有两百人,就造了五百人的名册。这就是他参加的"抗日"。想到这里,心中不由一阵阵发疼。

吃过中午饭,真兵假兵混在一起,排列在操场上,单等司令点名。约有一顿饭工夫,刘中正来了,手里拿着文明棍,屁股后头跟着副官、护兵一大群,比平常更加威风,这和他面前站的那些歪七竖八的人一对照,正是个反比。刘中正坐在队前一把椅子上,不时用他那双凶狠的眼光注视着这些兵。这一来苏建才暗地捏了一把汗,他望着这些老实巴交、愁眉苦脸被抓来的农民,心想今天非闹出乱子不可!

点名开始了,胡二皮拿着点名册喊了一声口令,便将册子交给一个副官,退到一边,原来他一个大字不识。当下那副官喊一个名字,就有一个人答应一声:"有!"离点到苏建才的名字还老远,苏建才的心就跳起来,终于听见了"苏建才"三个字,他仿佛是鼓起了平生的力气喊了一声:"有!"可是那声音仍然微弱的只有他周围几个人才能听见。

点名顺利进行完毕,刘中正站起来讲了一通"军人守则",就散伙了。

苏建才从操场回来,懒洋洋地往炕上一躺,就听见对面团长屋里唧唧喳喳吵个不停,啊!他们在分赃呢!一忽儿,军需走进来扔给他两块现大洋说:"拿去买烟抽吧。"

他望着这两块现大洋,就像看见两个魔鬼,不由想起被土匪抢走的他那五十块钱,而如今自己不也做了土匪吗?他回想起自己的以往,不禁感叹道:"想不到我苏建才落到了这种地步!"

苏建才在学校里是有名的才子,写一手好字,画一手好画,而最出色的是他写的抒情诗,很受老师同学的赞扬,大家都称他为"中国的雪莱"。他自己也立志成为一个诗人。抗日战争爆发以后,他那颗民族反抗的心燃烧起来,卷进了这场大风暴,他不顾千辛万苦去追赶中央军,可是结果落了个光打光;他怀着满腔的热情投入民军,可是不知不觉又做了土匪。他感到在这强大的黑暗压力下抬不起头,在这错综复杂的情况面前,茫然、悲愤、悔恨、愁苦、失望,一齐朝他袭来……

"苏副官,"忽然进来一个勤务兵说,"你的信。"

他接过信,急忙拆开一看,但见上面写道:

哥哥:

　　听说你回来了,我很高兴。可是听说你参加了民军,我又很吃惊。我想你很快也就会明白了。如果你真心愿意抗日，希望你马上回到家乡来，咱们区在共产党的领导下，已经成立了战委会、农会、自卫队，广大群众动员起来，正在进行备战工作和减租减息，真是热火朝天！欢迎你早日回来吧！

妹　建梅　十一月七日

　　他看着看着，两只手紧紧地握住那张信纸，像是掉进大海里，突然抓住一棵树一样。共产党，共产党，为什么刘中正大肆诬蔑共产党呢？他明白了，这是因为共产党是真正抗日的，民军是土匪啊！他下定决心，听妹妹的话，找共产党去！

　　五更，大地还在朦胧中。苏建才爬起来看了看身边几个赌棍，因为昨晚熬了夜，现在呼噜呼噜睡得正沉，他用辞职书将两块现洋包了起来，压在枕头底下，穿上他的便衣，装做小解，便溜出了耶稣堂。

　　他想：这差事是他二叔介绍的，要走也得告诉他一声，不然使他面子上不好看。拐过西街口，便直奔苏金荣的公馆，走到门口，他忽然停住脚步，猛省道："啊！不能见他。我为什么这样糊涂？这一切不都是他摆的圈套吗！"他仿佛生平第一次发现了他二叔的阴险、毒辣，苏金荣那斯文带笑的面孔，一下子变得狰狞可憎，好像要抓住他吃了似的，不由打了个寒颤，返身急急出了北门，上了奔肖家镇的大路。

　　他张皇地在大路上奔走着，不时地回头张望，生怕刘中正派人追了来。其实他倒不是怕刘中正，有着苏金荣的面子，刘中正怎么不了他；他实际怕的倒是苏金荣，要是苏金荣发现他投共产党，岂肯放他走。不过他一推算，就安下心来，现在天还早，团部也许还没有发觉；就是发觉了，还得往司令部转，等转到苏金荣那里，就不知什么时候了。忽然他又想起了他的母亲，走得仓促，也没能告诉她一声，她知道了不知又该哭成什么样子？儿子闺女全走了，只孤单单地留下她一个人。不知怎么他又埋怨起建梅来：你是个女孩子家,守着娘多好,为什么出来呢?我出来才是理所应当的。想到这里又忽然惭愧起来:自己走错了路,反而落到妹妹后面,如今又来找她,自己为什么没有早看准这条路呢?一句话,来晚了……

想着走着,他忽然感到脚下一空,扑通一声,掉了下去,半晌才明白这是摔在沟里。他想:这是怎么回事呢?莫非走下路了?站起来一看,见这条沟齐刷刷地斩断了公路,沟旁翻着黄澄澄的泥土。他明白了,这是防止鬼子的汽车,有意破的路啊!以后每走不上半里路就有一条破坏沟,公路两边所有的马车路,都挖了五六尺深,沟沿上挖下了无数的单人掩体,这不是证明共产党要在这里坚持抗战吗?谁说共产党光卖嘴巴?……

肖家镇南街口的那棵老槐树和小学校的白墙壁,渐渐映入了他的眼帘,不由长出了一口气说:"可到家啦!"

"站住!"突然一声口令,从沟里跳出一男一女两个小孩,把他拦住。那男孩拿一杆苗子枪,女孩背个小书包,伸出一只手说道:"路条?"

"啥路条?"苏建才莫名其妙。

"过路的路条啊!"小女孩用眼睛盯着他,男孩子的苗子枪逼得更近了。

"我才回来,不知道,让我过去吧。"他说着就往前走。

男孩把枪一扔,上去抱住他一条腿,死也不放。

苏建才只好说:"我找战委会有事。"

女孩说:"跟我走。"

男孩把手松开。苏建才跟着女孩朝镇里走去,女孩警惕地和他拉开一段距离头前走,男孩在后边狠狠盯着他,生怕他跑了。这时他才看到女孩左胳膊上戴一个红袖章,上面写着"儿童团"三个字。

离镇不远,苏建才望见小学校门前围着一圈人在开会,中间有个穿长衫的人在讲话,他渐渐看清这是小学校的校长马宝堂在讲话,便问道:"他是干什么的呀?"

女孩说:"这是战委会的主任你都不认识,你还说你找战委会哩!"

苏建才想:原来他是战委会的主任啊!忽听一阵掌声,马宝堂退了下去,大概是讲完了。又听见一个人说:"请农会主任讲话。"

霎时人群中出现了个瘦高老头,苏建才一愣:"这不是赶车的老孟吗?"

只见老孟抖动着白胡子讲道:"乡亲们,我这个大老粗说话好干脆。抗日先得吃饱肚子,可是庄稼人谁不是少这顿没那顿的……"

"有!"一个小伙子打断他的话喊道,"苏金荣家里的粮食三年也吃不完。"

"对,"老孟接着道,"不只他一家,财主们谁家没有?所以就要实行减租减息,抗日大家都有份嘛!……"

人群中响起一阵暴风雨般的掌声。

苏建才只顾听得发愣,那女孩催促道:"你怎么不走了?"

就在这一霎时,苏建才发现建梅坐在主席桌子旁边,顾不得女孩的阻拦,三挤两挤挤到建梅跟前。建梅猛抬头发现他回来了,亲热地叫了一声哥哥,便把他引到学校里面。

建梅和苏建才从前并没有什么感情,每年暑假寒假苏建才从天津回来,他们才有见面的机会,对苏建才那股洋气劲,建梅还有些讨厌;不过他每次回来都要带许多新书和杂志,这一点建梅是很喜欢的,所以分开之后,她有时不免想念他。今天苏建才接到她的信来参加抗日,她显得格外高兴和亲热。

苏建才望着他这十七岁的妹妹,头发剪得短短的,腰里扎一条宽宽的皮带,精精神神,再看那群众热火朝天的劲头,就连老孟也当了农会主任啊!……心里又浮起那个老念头,不禁脱口而出:"来晚了!"

建梅天真地说:"不晚,一点也不晚,来得再巧也没有啦。如今咱们这工作刚开展起来,忙得不可开交,正需要人哩,你又会编会写……"

正讲着,马英闻声赶来了。建梅忙介绍说:"这是我哥哥,这是游击队长马英同志。"

马英说:"我们非常欢迎你回来。"

苏建才仔细端详着马英,忽然发现马英腰间那支手枪,使他想起苏金荣和刘中正,脸上浮起一片愁容,低下头说道:"我没得到二叔的同意,他要抓我回去怎么办?"

马英说:"怕什么,抗日这是光明正大的事嘛!老实说,他也不敢。"说着瞟了建梅一眼。

建梅把头一歪说:"别怕他,他连我都不敢抓!"

苏建才又长出了一口气,仰起头来。

太阳爬出云层,照进小学校这宽大的院落,他仿佛觉得今天的太阳比以往任何时候都要明亮和温暖。

五 元旦的风暴

明天就是元旦了。

在战委会的办公室,大家正忙着出一期墙报,刊名叫做《抗日烽火》,由苏建才主编。他画了许多插画,花花绿绿的,非常引人注目,大家不住地赞扬:"画得好。"现在一切大都就绪了,只差刊头上的四个字,这个任务得由马宝堂主任来完成,他是全县有名的书法家。一忽儿建梅把马宝堂请到,大家立刻围拢来,像是看什么稀罕物件似的,炕上炕下凳子上都站的是人。建梅双手端着灯,故意调皮地说:"不要挤,不要挤,再挤马主任挥不开胳膊了。"

马宝堂在这种场合下写字并不是头一次,从他中秀才到现在有好几十个年头,哪一年不给人写字。可是他的心里,从来也没有像今天这样高兴:在今天他写的不再是那些陈旧的对联,而是宣传抗日的报头。在今天人们对他的尊敬,就不单是把他作为一个写字匠了,而是把他当做抗日的领导者,人们寄托给他的希望,远远超过他自己的理想。最使他高兴的是能够和他的学生马英、建梅在一起工作,能够畅所欲言地在一起讨论问题了。马英、建梅对他的信任和热爱,使他这个从来没有享受过儿女欢笑的老人,感到无限甜蜜。此时看见建梅和他逗笑,也笑着反逗建梅说:"再调皮,我给你涂个大花脸。"

人群中响起一阵哄堂大笑。

马宝堂挽起袖子,定了定神,立刻将大笔挥开了,人们都屏住呼吸,当他把"抗"字最后那一勾写完之后,苏建才第一个叫道:"写得好!"

"好,好!""真有劲!"人群中有些人跟着瞎附和。

轰!……

一声炮响,震得窗纸哗哗直响,这炮声来得这样突然,这样近,马宝堂的手不由一哆嗦,大笔掉在纸上,弄了个大黑砣。屋里顷刻静下来。

轰!轰!又是两声炮。

建梅捡起笔,塞在马宝堂的手中说:"快写吧,别管它。"

"不,不……慌。"马宝堂说着走到院里,众人也跟了出来。

明晃晃的月亮挂在天空,照得大地如同白天,北边的炮声一阵紧似一阵,大家的心都不约而同地收紧起来。

一阵脚步声,马英从县里开会回来了。大家一窝蜂围上去:"有情况吗?"

"怎么,一听炮声就慌啦?"马英反问道,接着笑了笑说,"明天不是元旦吗?这是鬼子给我们放的鞭炮啊!"

要在平常,大家早该是一阵哄笑,可是今天谁也没笑,都沉默着,他们从马英的语气和神色中,觉察出与往常有些异样。马英接着说:"这是怎么啦,该干什么干什么嘛。"

大家听罢都回屋里去了,一些来凑热闹的人也都走了。马英把建梅叫出来说:"老孟呢?咱们马上开个会。"他们的区委会是刚刚成立的,就他们三个党员,马英担任区委书记。

建梅说:"又去调查杨百顺的下落了。"

马英说:"好吧,我先跟你谈谈,等一会儿召开干部会议传达。"

"有情况吗?"建梅性急地问道。

"是啊,最近几天鬼子可能大举进攻,我们的主力部队为了保存力量,和敌人开展游击战争,马上也要转移。在这大风暴即将到来的时候,地方上的反动势力很可能对日投降,把枪头朝向我们,县委一再嘱咐我们,要提高警惕,应付一切可能的变化……"

正说着,老孟突然闯进来,拉住马英道:"他娘的,杨百顺这小子跑出去就暗地投了王金兰,王金兰派他回来活动了一天,准备把红枪会再闹腾起来。"

马英说:"他现在走了没有?"

"刚刚出镇。"

"你带两个游击队员,在路上截住把他干掉!"

"是!"

老孟把"独角龙"一抢,带上两个队员甩开长腿便绕着小路朝吉祥镇跑去。队员张玉田紧跟在老孟屁股后头,大口地喘着气说:"老孟大爷,咱可得小心点,杨大王八这小子可是手黑呀!"

"别怕他,这小子是草鸡毛,上不了阵势。"老孟壮起胆子道。

队员大年愣里愣气地说:"咱这回上阵,可谁也不能含糊,豁出和杨大王八拼了!"

老孟笑着说:"放心吧,他那一套我在沙河沟上早就领教过了,一上阵就拉了稀,窜得可快。"

玉田说:"这回可不能让他窜了。"

老孟把握十足地说:"他窜不了。咱们三个分头埋伏,我把左边,你们两个把右边,两头一夹,罐里捉鳖——没跑。"

约摸跑了十七八里地,一个个累得满身大汗,老孟停住脚步说:"这一下可把杨大王八扔到后边了。"

大年说:"再往前走走保险。"

老孟说:"再走,到了王金兰的窝里了,枪一响,白吉会出来怎么办?"

从城北的肖家镇到城东的吉祥镇,只有三十里地,如今已经走了十八里地,再往前走的确不好办了。老孟领着二人拐上大路,在一片坟地里分头埋伏下来。

明亮的月光一照在这坟地,就失掉了它的光芒,给人一种暗淡、阴森、凄惨的感觉,眼前总仿佛有些什么忽悠忽悠乱动。大年和玉田这两个年轻人在一个坟头后相互靠得紧紧的,老孟却不在乎,这时他心里暗想:到那时候只要我往出一蹦,吓也吓他个半死。可是足足等了半个时辰,也不见杨百顺的影子。对面的大年沉不住气了,探出头来说:"老孟大爷,这小子是不是过去了?"

老孟说:"不会,他又没长着翅膀。"

玉田说:"他会不会绕小路?"

老孟说:"不会,咱走小路怎么没碰着他。"

他的口气虽然说得很肯定,可是心里却直嘀咕,忽然想起马英对他说的话:"我们共产党员,在任何情况下,都要有坚定的信心,用我们坚定的信心去影响群众。"回想起刚才回答他们的话,不正是这样做了吗?心里感到美滋滋的。下定决心,不等到天明不回去!

这时,杨百顺还在路上慢悠悠地走着。为什么他走得这样慢呢?就是因为他没有完成任务,一路上盘算着怎么样向王金兰交代。原来一个星期以前,苏金荣和衡水的汉奸挂上勾,随着就偷跑到衡水。鬼子立刻交给他一个任务,叫他组织地方上的反动武装,消灭八路军,策应日寇,并且当场许给他县维持会长的官衔。苏金荣暗地指挥刘中正、王金兰进行阴谋活动。他们的分工:刘中正带领民军在城内解决县委会和县大队;王金兰率领白吉会和红枪会解决肖家镇的游击队,决定在三两天动手。可是自从苏金荣离开肖家镇以后,那里的抗日工作开展得很活跃,红枪会渐渐解体了。杨百顺就是在王金兰面前夸下海口,要来组织红枪会,重整旗鼓,想不到在肖家镇一连碰了几个钉子,他见风头不对,只好溜了回来。这一来自然要大丢面子,升官发财的梦就做不成了。他百思苦想,忽然心生一计:回去谎报马英发现了他们的计划,让王金兰早早把他除掉,一来去掉自己的心病,二来可以掩盖自己的无能,三来也是自己的一功啊!他越想越入神,越想越得意,不由得哼起下流的小调来……

嗵!一声枪响。

杨百顺忽觉嗖的一阵风,从耳边擦过去,吓得转了向,愣住了。

原来老孟放枪的位置和杨百顺只差五步远,当杨百顺洋洋得意地走近他时,心中升起怒火万丈,心想只要他一勾二拇指,这个家伙就糊里糊涂完蛋了。他这是第一次枪毙人啊,他的心跳起来,他的手抖起来,所以一枪没打准。就在这一霎时,他清醒了:这是在和一个狡猾的敌人斗争,不能有丝毫犹豫!随即从坟后蹿出来,照杨百顺脑后又一枪,谁知子弹瞎火了,没打响。杨百顺这时也清醒了,拔腿就跑,大年、玉田早迎头赶上,一人扭住他一只胳膊。杨百顺回头一看,才知道用枪打他的是老孟,第一次向老孟求告道:"好大爷,饶孩子一命,我有啥不是,请大爷只管教训。"

老孟二话不答,照他脑袋又是一枪,谁知又瞎火了。杨百顺见求告无用,拼死一挥,从玉田手中挣脱一只胳膊。这一来老孟慌了,把枪倒过来,照准杨百顺的脑袋狠狠就是一下,一股鲜血顺着他的耳朵流下来,接着狠狠地又是两下,只见他双眼一翻,倒下了。

"死了,死了。"大年重复着说。

附近村庄的白吉会,听到枪响,报警的锣声,一阵接一阵地响了起来。

"快走,快走。"老孟像是觉得身后有人追来似的,带着大年、玉田拔腿就往回跑,一忽儿三个人便消失在灰蒙蒙的平原上了。

杨百顺假装死去,偷眼看着老孟他们走远了,霍地坐起来,暗暗骂道:"等着吧,小子们,老子不宰了你们不姓杨!"这时忽然感到头疼得厉害,急忙撕下一条袖子包扎,跟跟跄跄朝吉祥镇跑去。

深夜,王金兰的房子里灯火明亮,里面散发出一股大烟味,一忽儿又传出红牡丹的浪言淫调。杨百顺自从投靠了王金兰,就把他老婆红牡丹从苏金荣那里转租到王金兰名下。杨百顺走到门前,见门虚掩着,不敢擅自闯入,只得轻轻咳嗽一声。

"进来。"红牡丹听出是杨百顺的声音,说道。

杨百顺将两扇门推开。

"我的娘!"红牡丹一看杨百顺满脸是血,嚎叫一声,钻进被窝。

王金兰杀人不眨眼,自然不稀罕这个,躺在炕上纹丝不动地抽大烟,漫不经心地问道:"谁给你画了个花脸?"

"马英。"杨百顺故意淡淡地答道。

这一来王金兰沉不住气了,急忙问:"他妈的,他们是不是发觉我们的计划了?"

"不发觉打我做什么?"杨百顺反问他,接着说,"他们成立了什么锄奸团,一个一个锄,你的名字也上了锄奸团的账本啦!"

王金兰说道:"这些小子不要命啦,敢来老虎嘴上拔毛!"

杨百顺见到了火候,献计道:"先下手为强,后下手遭殃,要是弄不好,叫他们跑了,皇军来了,咱怎么交账?"

一句话提醒了王金兰,哗啦一声把大烟摊子抖了,嚷道:"一不做,二不休,今夜就去宰这帮穷小子!"

咚咚咚……一阵激烈的鼓响,白吉会集合起五六百人,吃了朱砂喝了符,挥着大刀、苗子枪,怪声乱叫着,一窝蜂地朝肖家镇进发。

张玉田正在村边放哨,忽听远远人声嘈杂,仔细一瞧,见东南的大路上白乎乎的一片,像平地发了一股山洪,漫卷而来。他转身就往小学校跑,一边跑一边喊:"白吉会来了!白吉会来了!……"

大家正在听马英传达县委指示精神,听这喊声,都愣住了。马英说:"老孟大爷,你去看看出了什么事情。"

老孟刚欠起屁股,就见张玉田闯了进来,上气不接下气地说:"白吉会来了,都拖枪带刀,准是来打我们的!"

苏建才忙说:"咱们撤吧?"

"不能走。"马英把笔记本一合,站起来说,"全体上房,把手榴弹抬上去,守住学校。"

大家立刻掏出武器,抬着手榴弹箱子拥了出去。马宝堂也慌里慌张,端起灯跟着大家就往外跑。建梅正收拾桌子上的文件,从他手里夺下灯说:"你拿这个干啥呀?"

马宝堂说:"我没有枪,我没有枪!"

建梅顺手从腰里抽出个手榴弹塞给他。

顷刻,大家都拿着武器爬上房,往四下一看,白吉会已经将小学校团团围住。建梅眼尖,看见杨百顺头上包块白布藏在不远的一棵大树后面,便转身问道:"老孟大爷,那不是杨百顺吗,你没有把他打死?"

老孟擦了擦眼睛:"是他。"转身问大年:"你说他死了,他怎么没死啊?"

大年说:"你打的你都不知道,我怎么知道?"

正说着,忽听杨百顺在树后边骂道:"老孟头,你这个老绝户,杨爷与你有什么仇,为什么打老子?"

老孟也顾不上埋怨大年,和杨百顺对骂起来:"老子打了你!怎么样?没打死你,是便宜了你这个王八羔子!"

"你这个老王八蛋,你杨爷抓住了你剥你的皮!"杨百顺气得在树后直蹦。

马英过来对老孟说:"你和他瞎骂什么?"随即向杨百顺喊道:"叫王金兰出来说话。"

一会儿,王金兰出来了,上身脱得一丝不挂,露出那黑黑的胸脯,上面长着一片黄毛,满脸杀气,两只眼睛瞪得像豹子一样,手执一把大刀,不等马英说话就大骂道:"穷小子们,你们说话是放屁!嘴上说的团结抗日,暗地里杀我们白吉会的人,还想暗算老子,老子神机妙算,早算出来了。"

马英答道:"王金兰,你不要不识好歹,共产党说话向来说一句算一句。杨百顺一贯为非作恶,暗里挑拨战委会和白吉会的关系,企图充当汉奸,罪有应得,不干你们会里的事,我劝你们早日回去,咱们还是朋友……"

王金兰又骂道:"你不要卖狗皮膏药,要想叫我回去,除非把枪缴出来。"

马英也火了,把匣子枪的大小机头一张,喝道:"王金兰,你不要自找苦吃,我这枪子可是不认识你!"

"老子枪刀不入!"王金兰把大刀在脸前一晃,做了个避弹法的样子,又骂道,"老子身经百战,刀劈过土匪杨胖子,死到我手下的英雄好汉数也数不过来,还尿你这个毛孩子!"

杨百顺也帮着腔喊道:"穷八路净吹牛皮!"

王金兰把大刀一挥,喊道:"跟我往上冲!"

"噢……"一阵怪叫,白吉会的人便从四面八方冲了上来。

马英对大家说:"把武器准备好,不到万不得已的时候不准打。"他随即向白吉会的人喊道:"乡亲们,你们不要冲了,再冲我们就开枪了!"

白吉会有人犹豫起来。

王金兰舞着大刀骂道:"谁不冲,我砍了谁!"

"噢……"又一声怪叫,继续往前冲。

马英憋住气,用枪瞄准王金兰,叭的一枪,正打中王金兰的右胳膊,当啷一声,大刀掉在地下。众人见王金兰中了枪,稀里哗啦卷了回去。

上午,王金兰用一只胳膊指挥着众人又连续冲了两次,到半路都折回来了。杨百顺献计用火烧,因为这小学校四周不邻房子,他们无法靠墙拢去,准备到天黑进行,王金兰命令一面准备柴草,一面紧紧围住,防止突围。

马英、苏建梅、苏建才三个人,趁机轮流向白吉会的人喊话,进行政治攻势。马宝堂本应参加这一工作,可是一看白吉会那些人横眉瞪眼的样子,话到嘴边就讲不出来了。

后晌,突然吹起东北风,一霎时刮得天昏地暗,阴云四起,布满了天空。东北风吹得那北方的炮声时断时续,时清时浑,给人一种阴暗莫测的感觉,人们又把心提到了嗓子口。

在县城通往肖家镇的公路上,有两个人迎着寒风急促地走着。前面那人有二十六七岁年纪,清秀面孔,前额宽而亮,眼睛深又明,只因为脸色过于瘦黄,就显得失去了青春的光采,他走路一瘸一瘸,仿佛吃着很大力气。他身后跟着一个十四五岁的小鬼,圆脸蛋吃得磁钉瓜实,红通通的,走路时弹踢着脚,一蹦一跳。这就是县委副书记杜平和他的通讯员小董。

"杜政委,"小董一蹦,蹦到杜平的身边,"这个鬼天气,你的腿一定又该疼了,我来搀住你。"

"不疼。"

小董知道政委不愿加重他的负担。忽然脑子一转,想起一个办法,哧溜爬上路边一棵柳树,喀嚓掰下一根棍子,跑过来递给杜平说:"这个怎么样?"

"很好。"

杜平接着试了试棍子的长短,嘿嘿地笑了。他这一笑,就恢复了青春的活力，他那一双深深的眼睛就放射出强烈的光辉，人们再也不会相信他是浑身负担着沉重疾病的人。

谈到他的病，小董最清楚，他可以像说数来宝似的一口气说出一大排，什么：关节炎、心脏病、肺结核、肠胃病，外加脚气神经疼。可是小董弄清杜平这些病，是费了很大周折的。杜平照例是一字不说的，他只好逢人打听，特别是碰到和杜平在一起工作过的老同志，他就要盯住问个明白，渐渐地他不仅弄清了杜平这些病，而且弄清了这些病的根源。杜平十六岁就在学校参加了革命工作，到现在整整十年了，这十年他不知道被敌人捕过多少次，足足有一半时间他是在监狱里度过的。敌人对他用过电刑、火刑、坐老虎凳、压杠子、灌凉水，最厉害的是那无形的长期阴暗的监狱生活，把他这个健康的青年人摧残毁了。有一次小董忍不住向他提意见：

"杜政委，上级给我的任务是叫我好好照顾你，为什么你有病老不对我说？"

杜平笑了："你一张口就是我有病，我看没病也要叫你把病咒出来的。我为党工作的好好的，怎么说有病呢？"

小董红着脸说："还说没病，没病，咱叫人家出来评评，看看是你有病还是我有病？"

"我看你倒是真有些急躁病。"

"你不要逗我了，你的病根我都知道从哪里来的，是在反动派的监狱里得的，对吗？"

"不对。他们倒是治好了我的病。"

"啊？"小董吃惊地歪起脑袋。

"你不知道，我以前倒是真有不少病，那是小资产阶级的幼稚病、狂热病、急躁病、软弱病、片面病……可是自从进了监狱，我慢慢懂得了革命的长期性、残酷性，革命必须发动广大工农群众，必须进行武装斗争，树立了革命必胜的信心，我以前那些病慢慢就好了。"

小董张着口傻愣愣地听杜平讲着,他虽弄不清楚杜平说的那些名词,但他觉得他说的很有道理,因为他看到杜平虽然浑身疾病,可是他比那些健康的人还要坚强啊!

由于天阴的缘故,杜平浑身的关节一扭一错地疼痛,他拄着棍子咬紧牙关,疾疾地朝前奔走。而更使他焦虑的是最近的时局变化,时局变化得太快了,许多工作都没来得及做。本来还有几天准备时间,可是今天中午军分区突然来了信:日寇明天将要用一个师团的兵力向这里大举进攻,我们的主力部队决定在今天转移,城里的民军已经开始阴谋活动。下午县委立即做出决定:县委、县大队、全体公开进行活动的工作人员,以及从民军中争取过来的一个连,在今夜十二点钟以前撤到县城以南,并且做好和民军战斗准备;同时派他立即赶到肖家镇,连夜把肖家镇的游击队撤到清洋江东岸。至于下一步如何开展游击活动都还没有来得及具体研究,只在十里铺留下一个联络点,一切工作只有在游击中再进行了。

走着,想着,他的思想就提前到了肖家镇:马英的影子清楚地出现在他的眼前,他心里充满了喜悦。杜平在师范学校第一次和马英相识,就爱上了这个青年人,他爱他那坚定的立场,爱他为人的直率和坦白,爱他雷厉风行的作风,同时,他也看到马英有着幼稚、轻率、感情容易冲动这些缺点。他帮助马英克服这些缺点,是很耐心的、细致的。就连每写一封信,谈一句话,他都要想怎样才能更好地帮助马英,他觉得党非常需要像马英这样的人,这样文武双全、德才兼备的人。他觉得他有一种责任,就是帮助马英很快地成长起来,当他看到马英每一点进步,心中就感到无限喜悦。在这个坚强乐观的人内心中,隐约地有那么一点点忧郁:他担心有那么一天疾病会突然剥夺了他为党工作的权利,所以他应当尽早地找一个接替他工作的人,这就是当他看到马英成长心中无限喜悦的非常秘密的一个因素,虽然有时连他自己也不承认这一点。此时,马英那精神百倍的影子在他眼前晃来晃去,忽然使他想到一个问题:如果就这样一枪不发,连夜撤走,恐怕他是不会情愿的啊? 他开始盘算如何说服这个青年人……

东北风仍然在天空呼啸着,好像传来了北方鬼子蹂躏下同胞们愤怒的吼叫。沙土在飞舞,树枝在摇晃,忽听喀嚓一声,脸前有根小树枝折断了。杜平的心不由跳动了一下,仿佛有什么不吉之兆,仔细一听,北方的炮声不响了。他停住脚步说:"小董,你听听北边的炮声还响不?"

小董抠了抠耳朵,歪着脑袋一听,说:"不响了,准是叫咱主力部队把鬼子打跑啦。"

"嗯。"杜平想:这说明主力部队已经转移了,敌人说不定今夜就可能来到肖家镇!时间,时间,刻不容缓了。他转脸说道:"小董,加快走,天黑前一定要赶到肖家镇。"

小董说:"还加快!我看像这样走,你的腿都受不了。"

"有情况啊!时间不能等我们。"杜平说着急急拄起棍子朝前走去。

小董从他那严肃的话音中,知道这里有文章,不敢辩嘴,飞快地跑到杜平前面。

天色暗得地和天都快分不开了,夜幕即将来临,他们现在已经遥遥望见肖家镇的老槐树了。小董忽然指着小学校的外围对杜平说:"杜政委,你看!"

杜平顺他的手指望去,小学校外围有许多的人影在乱动,因为是白色,看得很清楚,他脑子里立刻浮起个不祥的念头:"白吉会!"紧接着他听到学校房上的喊话声,喊的什么听不清楚,但他已经完全明白,王金兰把马英他们包围起来了!

怎么办呢?眼看着天就要黑了!鬼子说不定就要来了!怎么把他们救出来?冲进去给他们报信?不行,冲不进去,冲进去又怎么办?突围吗?一定有伤亡。找王金兰去谈判?不,不行,王金兰是有计划进行的阴谋,你怎会说动他的心?岂不是自投虎口!回县搬兵？不,更不行,时间来不及,还打乱了县委整个部署,并且又可能遭到民军、白吉会的夹攻……一个接一个方案朝他的脑子里奔来,一个接一个又被他否定了。他的脑子飞快地转动,可是在他的外表上又是那么沉静。

小董看杜平那神态,早已明白他的心事,急得在他身边乱转,他想说,他路熟,让他冲进去把情况告诉马队长。又想说,他枪法准,他可以混在白吉会里把王金兰打死。可是不能对他说呀,他正在用尽心思想更妙的办法哩!

"想一想,想一想,要好好地想一想,一步走错,就会给党造成损失,就要让同志们流血!"杜平自言自语地说着。忽然看见急得来回乱转的小董,便问:"小董,你说我们怎么办呀?"

"让我冲进去。我目标小,路熟,保证完成任务。"

杜平看着他那圆圆的小脑袋,他那黑黑的小眼睛,他那握得像铁锤似的小拳头。不要看他年纪小,他说得出就能干得出的。这个孩子跟随杜平才三个月,可是他给了杜平多少温暖、喜悦和同志的友情啊!他怎么能让一个小孩子去冒这个险呢?

"小董,你想让我看着你一个人去冒险吗?"

"杜政委,你的腿有病,怎么能去呢?"小董接着天真地说,"我把你送到我表哥家先去休息,请等着我的好消息啦。"

杜平的脑子忽然一亮:"小董,你的表哥叫什么?"

"王二虎!"

"王二虎……"他重述着,"这个名字好熟悉啊!"他终于想起来了,马英在一次汇报中,曾提到王二虎在龙王庙中支持过他,还有个赵振江,对他支持也很大,他们都是基本群众,因为他们在红枪会,积极性没有发挥出来。目前红枪会已经解体,又没有头领,他相信他们是决不会加害于他的。他决定走群众路线,动员王二虎和赵振江发动一部分红枪会的人去干掉王金兰。他们下了公路,弯过肖家镇,进了北街口。

路上杜平打听起王二虎和赵振江的情况,小董告诉他:王二虎有三个外号:一个叫"炮筒子",意思说他是直脾气,弄不通的事打破头也不干,弄通了的事你叫他跟你上刀山都行;一个叫"三眼枪",只要你舍得装火药,要他多响他有多响,意思说他最适合用激将法;还有一个叫做"气死牛",说他拉犁耕地比牛耕得深和耕得快,据说有次不知谁家的牛惊了,拖着个牛车在肖家镇的大街上乱撞,吓得家家关门闭户,他追上去一把将牛车抓住,那牛就挣扎着动弹不得了,气得直吐白沫。赵振江呢?外号叫做"赛赵云",他打得一手好拳,是镇上有名的打拳能手,每年逢会玩灯,都少不了他,他一个人拿杆苗子枪,二三十人休想近他。他以前在苏金荣家当过长工,后来不愿受苏家的压迫,不干了。回到家里种菜卖菜,他家只有一亩地,因为他肯下劲,种得经心,收得多,家里老小五口也就勉强过得去了。到了冬天,他就打野兔、鸟儿卖,所以他有一手好枪法,有次为了和人打赌,在夜间瓦房上插了三炷香,他一枪打断一支,枪枪不落空。他虽然本事很大,可是不爱吹,也不好说话,说一句就是一句,心里有数。他和王二虎都只二十三四岁年纪,从小就常来往,二人性格虽说不一样,可是很合得来,是一对最好的朋友。

杜平一直被小董有声有色的介绍吸引着,他在盘算着如何对他们进行工作。当他把一切都想妥帖之后,瞅了小董一眼,心里暗暗感谢身边这个小参谋。

走进北街,向西拐进一个小胡同,小董飞快地跑到尽头一家门口,轻轻推开两扇门,喊了一声:"二虎哥!"

"谁?"随着粗喉咙的声音,走出一个虎实实的小伙子。

显然,这一定是王二虎。他身后跟着走来一个瘦长的年轻人,杜平不知根据什么,就果断地判定这是赵振江。

小董忙向他们二人介绍说:"这是县里的杜政委。"又向杜平说:"这是我的表哥王二虎,这就是赵振江。"

王二虎望了杜平一眼,不知该说什么。赵振江忙说:"请屋里坐吧。"

这两个淳朴正直的人一下子便感染了杜平,他觉得在这样的人面前不需要考虑谈话的方式问题,于是开门见山地说道:"不用进屋了,时间来不及。我是特地为解救肖家区战委会而来的,想你们早已知道白吉会的行为了。"

赵振江慢腾腾地说:"我们正在为这个事着急哩,谁不知道战委会是抗日的。"

王二虎说:"这事就是他妈的王金兰做得不对。"

杜平说:"何止不对,王金兰已经做了汉奸。"

王二虎和赵振江互相对望了一眼,万分惊讶。

杜平接着说:"实不相瞒你们,今夜或明天鬼子就要来到,王金兰、刘中正、苏金荣串通一气,准备在今夜消灭县里的抗日武装,向日寇献功……"

"王金兰,我操他活祖宗!"二虎没等杜平说完就骂起来,"我去把他砍了。"说着就抄大刀。

杜平忙说:"王金兰人多艺强,你如何能近他?"

二虎说:"王金兰中了一枪,正躺在苏金荣的家里,就是他不中枪,俺也不惧他。"

"不可。"赵振江拦住二虎道,"王金兰虽然负伤,身边必然有人守卫。昨天杨百顺不是让红枪会和他们合伙吗?我们就假扮红枪会借谈判为名,给他个措手不及。"

杜平听罢,满心欢喜。忽觉心胸一疼,嘴里上来一股腥味,猛张口,吐出一摊鲜血。众人大惊。杜平平静地说:"你们不要管我,快去。"当他看见王二虎赵振江兴奋地走出去之后,忽然想到一个问题,忙对小董说:"你跟他们去,告诉他们最好能不动刀枪,避免流血牺牲,把王金兰捉住,强迫他撤兵。"

小董走了。他这时才感到浑身难受得不能支持,倒在炕上。……

王二虎赵振江领着二三十人,穿着红裤子,戴着红兜肚,包上红头巾,掂着刀枪拥到苏家的大门口。一忽儿一个守卫出来说:"派代表一人,空手去见。"

王二虎把刀递给赵振江。赵振江说:"小心,有情况送个信号。"

王二虎点点头,便晃着他那宽大的肩膀走进去。

院里的四角上挂着四盏红灯,十几个彪形大汉站立两厢,手握大刀注视着王二虎。王二虎见这个见得多了,眼都不眨,便走进客厅。

王金兰正盘腿打坐在太师椅上,身后有两个保镖的。他一见王二虎,大模大样地说道:"兄弟,这时候来只怕有些迟了!"

二虎叉腰站立在地下说:"不迟,只要你现在下命令撤兵。要不,那可就真迟了!"

王金兰突然把眼一瞪,吼道:"敢在我金刚头上动土,抓起来!"

那两个保镖的闻声就来抓王二虎,只见王二虎两只拳头左右一伸,那两个家伙便翻倒在地下,他顺手抄起王金兰的大刀。

王金兰忙说:"兄弟息怒,老哥跟你开玩笑的。"

王二虎把刀在八仙桌上一拍:"少废话,跟我走!"

王金兰只得耷拉着脑袋站起来,那两只豹子似的眼睛也显得暗淡无光了。此时,院里那十几个彪形大汉早已拥到门口,可是不敢动手。

王二虎左手扭住王金兰的胳膊,右手提着大刀,向外喝道:"让开点!"

那些彪形大汉只得退到两边,王二虎扭着王金兰走出来,走到院中间。王金兰转脸说:"有什么话你就说吧,还领我上哪去哩?"

"不行。"王二虎吼道。

王金兰就趁这一停顿,瞅中二虎的手腕,倒弹一脚,只听当啷一声,王二虎的刀飞了出去。十几个彪形大汉顷刻拥来。又听叭的一声枪响,头前一个大汉倒下了,余下的立刻又退了回去。原来小董偷偷爬上房暗中打了一枪。王二虎始终扭着王金兰没有放开,就在大汉们急忙退去的这一霎,他抄起那死者的大刀一刀将王金兰的脑袋劈了。这时赵振江闻得枪声,率众闯进院里,手握苗子枪大喝道:"谁敢上来!"

对面跳出个愣小子,二话不答,挥起大刀。赵振江手起一枪,正扎在那小子的手腕上,当啷一声把刀扔了,白吉会的人个个失色,乖乖地把刀放下。

"打出去!"王二虎大喊一声,左手提着王金兰的脑袋,右手舞着大刀冲出大门。大家也随着拥了出去。

大街上的白吉会见红枪会从苏家大门里杀将出来,知道情况不妙,又见来势凶猛,纷纷逃窜。王二虎赵振江带着大家直杀出镇南。

杨百顺正带着一部分白吉会在搬柴草,忽见红枪会的人杀来,大喊道:"打!打!……"

这时有一个保镖的跑到这里送信道:"还打什么,王金兰都叫人家杀了!"

众人一听,不战自乱。杨百顺趁着混乱赶紧溜走了。

赵振江见白吉会跑了,站在高处大喊道:"不要追了,跑了就算啦。现在王金兰已经死了,鬼子就要来了,大家看怎么办啊?"

"投八路,打鬼子!"王二虎第一个喊道。

"对,对。""投八路去!"大家乱哄哄地喊叫着,朝小学校拥去。

马英在房上见白吉会的人四散退去,红枪会的人蜂拥而来,听出是王二虎他们的喊叫声,便命把门打开。马宝堂正从梯子上往下爬,忽然看见王二虎提着血淋淋的人头,吓得手一松,摔了下来,建梅忙把他扶进屋去。

马英跑上前和大家握手,一边说:"谢谢大家。"当他握住赵振江的手时,听赵振江说:"要谢,应该先谢杜政委。"

"杜政委!……"马英的心颤抖了一下,急忙用两只眼睛四下扫去,在院墙的角落里,他望见杜平正朝他这里微笑。他两步跑上前去,握住杜平的手,半晌说不出话来。

杜平说:"县委的决议,有枪的跟着队伍,没有枪的留下隐蔽,现在立即动身,撤到清洋江东岸。"

马英一惊:"我们是抗日的,能就这样一枪不发走吗?老百姓会怎样看我们?"

"同志,我们不能让敌人一锄头把我们锄掉啊!要懂得保存革命种子的重要,今天走,正是为了明天回来。"

马英虽然不愿意走,可是对于杜平的信任已经战胜了他那倔强固执的性格:"好,我执行党的决议。"

杜平微笑了。

六 鬼子来了

夜,紧张的夜,繁忙的夜,难忘的夜。

一切都已经就绪了,马宝堂忽然说:"我不走了。"

"那怎么行?"马英着急地说。

"你看我这个样子,还能走吗?"马宝堂白天在房上伤了风,又从梯子上摔了一跤,说着话便咳嗽起来。

"不能走也得走啊!就是抬,我们也要把你抬走。"

"那我还去累赘你们?"

"咱们抗日还能讲这个。"

"不,不,我老了,也做不了啥工作,只要你们走了我就放心啦。"

"那不行,你是战委会主任,他们怎么会放过你!"

"我这么大岁数了,他们怎么不了我。"

"你,你把他们当成什么好人了?"

"孩子,你怎么说这个话!……"

二人你一言我一语,声音越说越高,马英的脸涨得通红,马宝堂的胡子直抖。可是在他们这激烈的争吵中包含着多么深厚的友情啊!

讲起他们两家的友情,那可真有一些年代了。马宝堂的父亲和马英的祖父就是老世交,当他们生下马宝堂和马老山时,就商量让他们将来成为一文一武,改变这穷苦的命运。这样就让马宝堂去读书,把马老山送去学拳术,两位老人拼着命在地里死受活受来供养他们。但他们的理想落了空,马老山因为扭了腰,只好回到家里种地;马宝堂好容易进了个秀才,可是再蹬不上去,回到镇上教书。马宝堂和马老山虽然职业、性格完全不同,但穷苦的命运仍然把他们拧在一起,不过他们两家的友情却是从马英的出世进一步加深的。马英是晚生子,马大娘三十五岁才生他,"过满月"那天,马宝堂去道喜,把马英抱在怀里看了看说:"这孩子天庭饱满,地阁方圆,耳朵大,将来少不得是个'七品'哩!"还说:"长大了一定让孩子读书。"

马老山说:"只怕生在咱穷人家没那个福。"

马大娘说:"全靠他大爷搭帮了。"

"没说的,这孩子我要亲自教导他。"马宝堂抚着胡子笑了。

后来,马英就进了肖家镇的小学,马宝堂自动把马英的学费文具全部包下来,他没有儿女,对马英就像对自己的亲儿子一样,有时还要把着马英的手教写字。对马英的聪明和智慧,他常在众人面前夸奖,说:"这是我们马庄的荣耀!"言下之意:这也是我马宝堂的荣耀呀!

马英对马宝堂十分尊重,他感激在他孤苦的童年遇到这样一位好心的老人。后来尽管他发现马宝堂的思想过分陈旧,但他每次从师范学校回家,总要去看望马宝堂一下,还常带些报纸或别的礼品。可是,在他上南宫受训之前,和马宝堂发生了一次争执,马宝堂说共产党不是正统,将来坐不了天下,要他去投中央军。自然马英没听他的话,还是到南宫去了。

就在马英走后的第三天,马庄发生了一次变故。北边的炮声越来越近了,人们谁也无心下地,吃过饭,便三三两两拿着旱烟袋到关帝庙前打听消息。

这马庄本是个几十户人家的小村子,从村南一眼可以望到村北,关帝庙就盖在村中心的丁字街口上,由于村小人穷,关帝爷的生意也不好,香火很稀,庙前总是冷清清的。可是因为最近关帝庙前成了谈论时事的中心,这里便热闹起来,成了全村人关心的地方。

马庄没有财主,全是些贫雇农。他们大部分都是租着村西三里地肖家镇上大地主苏金荣的地。马庄唯一有地位的人,要算马宝堂了。到底是念过书的人,见闻多,知识广,他很快便成了关帝庙前议论国事的主要角色。什么"国难当头"啊,"亡国奴不如丧家之犬"啊,很多这样的文言名词。庄稼人虽然不能完全听懂,但可以领会到其中的主要意思,知道情况确实不妙了。有的说道:"这年月可怎么办啊!"还有的人问道:"可有什么解救的法儿么?"

马宝堂用手拈着白胡子,嘿嘿地笑了:"天无绝人之路啊,能人之外有能人!就拿关东来说吧,大帅死了,少帅还在啊!① 日本鬼子欺少帅年幼,一天日本鬼子的领事把少帅请了去,少帅一进领事馆,那领事就问道:'学良,带来了吗?''什么?''图章啊!'那领事要买东三省的收据呢!少帅说:'带来了!'说着就用手从腰里掏,你们猜是什么?"

"什么?"大家异口同声地反问道。

---

① 大帅:指张作霖;少帅:指张学良。

"腰别子!"① 马宝堂神气十足地说,"那领事一见就吓趴啦。"

"少帅要是在我们这里就好啦!"不知谁这样说道。

"不要紧,"马宝堂洋洋得意,"能人之外有能人嘛,还有比少帅厉害的,关内蒋介石的中央军有好几百万……"

傍黑,杨百顺在街上一边拼命地敲锣,一边扯着破嗓子喊道:"男女老少都听着:明天中央军从前线归来,要从咱这一带路过。各家各户要备上点心、果子,在村头欢迎!"

在杨百顺身后跟着马宝堂先生,也温和地补充着说道:"乡亲们:前方的将士们也辛苦了,大家好坏凑合着点。国难当头啊!"

人们见马宝堂先生出来了,都开开门打招呼。马庄是个偏僻的小村,这里的人从来没见过正规队伍,听说中央军来了,又是从前线下来的,都心甘情愿拿出些慰劳品。东家一点,西家一点,到了晚上已经凑了不少东西。

第二天清早,马庄南北大街上,沿街摆了五张长桌,桌子上蒙着红布,布上放着香炉,每个香炉中端端正正插着三炷香。香炉四周放着用盘子盛着的梨、糖包子,还有染红了的熟鸡蛋,还有一壶酒,就像是过节似的。吃过早饭,全村的男女老少就由马宝堂带领,来到村北口上等候。

这正是八月天气,庄稼还未收割,微风吹过,金黄的谷穗来回荡漾,看着真是爱人。人们这时好像有了希望,男人们有说有笑,女人们逗着自己怀中的孩子,八九岁的儿童更是活泼,到处跑着、跳着闹。人们都在盼望着保卫自己的队伍,可是等呀,等呀,一直等到太阳当顶,还没见个影子。

就在这时,忽然村北大路上扬起一阵尘土,不知谁喊了一声:"来啦!"人们顿时紧张起来,热闹的村北口变得鸦雀无声。

大路上的队伍来得很快,看样子是连走带跑,不多会就来到了

---

① 腰别子:是一种最原始的装火药的手枪。

村前。头前一人,歪戴着帽子,满脸横肉,腰间围着一面青天白日旗,手里提着匣子枪。马宝堂一见,慌忙深深地鞠了一躬,口中一字一句地说道:"前方将士,劳苦功高!"

话音未落,只听啪的一声,马宝堂脸上重重地挨了一记耳光,六十多岁的人如何经受得住这猛一击,扑通一声,便跌倒在地,满口吐血。直听那提匣枪的家伙叫骂道:"他妈的屁!什么功高不功高?老子要三百块大洋,五百斤猪肉!"随着这家伙,后面的散兵一拥而上,把桌上供奉的东西抢了个精光。这时人们大乱,都没命地往家跑,散兵的叫骂声,孩子们的哭喊声响成一片。

马宝堂挨了这次打,两个月没下炕。马英回到镇上,他的伤还没好,见了马英就诉说道:"天理难容,天理难容!我有什么罪?把我给打了。唉,也是在劫者难逃啊!……"

马英把当前的形势和共产党八路军的情况对他介绍了一番,马宝堂惊讶地听完马英的话,说:"孩子,你酌量着办吧。我常说,你是有能耐的人,要好好干他一场!俗话说:'乱世出英雄'!"

马英动员他工作,他摇了摇头。自从中央军使他失望之后,他由"深明天下事"变为"一概我不知"了。半月之后,当他拄着拐杖走出他的家门之后,大吃一惊:世道变了,人心变了,村里组织了农会、儿童团,肖家区还组织了游击队,宣传讲演,减租减息,男女老少,个个忙碌,再不像在关帝庙前听他谈论"腰别子"那种神情了。他的昏花了的眼睛突然亮了,他看清了,抗日只有跟着共产党走,他拄着拐杖到肖家镇找马英参加工作。这时正逢成立区的战委会,大家推他为战委会主任,这是他生平做的最有意义的一件事,他自豪;但更使他自豪的,是马英。马英在他眼里是一个非凡的英雄人物,而这个英雄人物是他的学生,是他早就公开向群众宣布过了的。你看,他的眼力不错吧!

如今,鬼子就要来了,大家要撤过清洋江去,过了清洋江,就到外县了啊!俗话说,"故土难离",他活了六十多岁,还没有出过县境呢！这次担任战委会主任,他已经使出了最后一把劲,他觉得他的精力已经枯竭了,不能再做什么工作了,他去了只能累赘他们,但他是乐观的,他相信马英和他领着的这伙青年人,一定能够干出一番惊天动地的事业来。他不走的另一个理由,就是他觉得他一生没有做过一件坏事,这是全区人都知道的,他在人们中间有着很高的威望,就连苏金荣这个阴险的家伙,几十年也没有怎样了他!……人上了年纪,身上的机件好像都失灵了,他一旦认定了这条道理,就很难改变。所以马英和他吵了半天,他还是不走。

杜平刚刚召集罢农会小组长、党员会议,让他们分头向群众送个信,进来见这情形,只好对他说:"马主任,你实在不走,就留下来,家里也有许多工作要做。不过暂时要躲避一下,地方上的坏分子还不少!"

马宝堂说:"你们只管放心就是了。"

建梅说:"宝堂大爷,过两天我们就回来看你。"

马宝堂说:"只求你们在外平安。等把鬼子打走了,你们凯旋归来,我带领乡亲们到十里开外去迎接。"

杜平说:"我们不是撤出这个区,而是在这一带打游击。"

要出发的人整装好了,一共有二十九个人:马英、老孟、苏建梅、苏建才、王二虎、赵振江、张玉田,还有杜平、小董,还有游击队的战士们。他们走出小学校,绕着学校的院墙弯向东去,一直上了正东的小路。大家不时地回头望望,心里默默地在说:"再见吧,乡亲们!"

张玉田忽然发现北方远远地白乎乎一片光亮,忙问:"你们看,那是啥?"

"鬼子的汽车。"赵振江答道。

"不准说话。"马英命令说。

顷刻一片沉静,脚下发出踢土的沙沙声。

到了马庄,马英便朝他的家奔去。他轻轻地拍了两下门,叫一声:"娘。"

马大娘披着衣服机警地出来了。

"我走啦!"马英生硬地说。

"你!"马大娘上去拉住儿子的一只手,像是怕他跑了似的。马英生活在她身边,就像她心中的钟摆,有了他,她的心才能跳动。

"娘,鬼子明天就要来了,你可要躲一躲,过几天我们就要回来的。"

"鬼子!"马大娘倒抽一口冷气,"……孩子,你去吧,走得远远的,娘不阻拦你。"

"谢谢娘。"马英转身就走。

"等一等。"马大娘叫住他,随后到屋里拿了几个窝头,用手巾包住塞在马英手里,"在路上吃,孩子。"

马英一句话也没说,此时语言已经无能为力了。他用双手紧抱住窝头,大步走去,走了几步不觉回头一望,母亲靠在门框上正用衣襟擦泪呢!

天,已经是五更时分了。

朝气蓬勃的肖家镇一下子变得空虚了,沉静了。接到农会的消息,能够跑的已经跑了,不能跑的把东西藏起来等待着灾难的降临。谁家也没有睡觉,你靠我我依你地挤在炕上听动静,前半夜白吉会闹得天翻地动,后半夜一静就更显得静了,静得连孩子吃奶的声音都能听到。怎么回事呢?鬼子是不是真要来?什么时候来?谁也估摸不透,一个个心里都感到空落落的。

在肖家镇的大街上忽然大摇大摆地走出两个人,一男一女。男的歪戴礼帽,穿一身破西装,尖皮鞋,手拿文明棍;女的抹着粉,画着眉,涂了口红,穿一件花旗袍,还特地用火钳在头发上烫了两个卷子。这二人并非别人,正是杨百顺和红牡丹。原来杨百顺跑回吉祥镇刚好碰到来联络的汉奸,说今天早上鬼子要来,他便急忙和红牡丹打扮一番,来迎接鬼子,心想这可又成他的天下了。

梆梆!杨百顺用文明棍挨家敲门,红牡丹在身后尖着嗓子喊道:"皇军来了,到镇口去欢迎去!"

大家听到是这两个妖精,都装做没听见。杨百顺火了,在街上骂道:"皇军来了,统统砍你们的头!"

这时,北边传来的汽车声由远而近,杨百顺和红牡丹慌忙跑向镇北口。鬼子的汽车已经停住了,都从车上跳下来。鬼子兵全是穿的黄呢子军装、牛皮鞋,矮个子,小眼睛,翘嘴巴,帽子后边还有四块布,像猪耳朵似的呼扇着。鬼子兵端着明晃晃的刺刀,朝镇子里搜索前进,他们忽然看见杨百顺和红牡丹,几个鬼子便一齐冲上来,嘴里叽里呱啦乱叫,红牡丹沉不住气,吓得尿了一裤子,杨百顺只顾点头赔笑,浑身却直哆嗦。一个留洋头、镶金牙的翻译官走过来问道:"什么的干活?"

"欢迎皇军,八路已经跑光了。"杨百顺说。

翻译官看了看他和红牡丹的穿戴,早已明白了八九,转过身去和一个骑在马上的日本军官说了几句话,又对杨百顺说:"太君说你良心大大的好,前面带路。"

杨百顺喜出望外,行了一个九十度的鞠躬礼,便朝前走去,红牡丹也高兴得跟在杨百顺身后扭,刚才尿湿了贴在身上凉冰冰的裤子现在也忘记了。他们一直把那日本军官领到小学校。后边的大队汽车、骑兵便一堆堆地拥进了肖家镇。

那日本军官名叫中村,是一个大队长,三十多岁年纪,戴着一副近视眼镜,留着个仁丹胡子,脑袋很小,肚子很大,头上戴顶小呢帽,脚上穿双大皮靴,整个看来上边小,下边大,他坐在椅子上两腿一叉,就像是个恶菩萨。中村见杨百顺身后有一个妖艳的女人,便问道:"你的什么人?"

"我的太太。"杨百顺又鞠了个躬,"特来招待太君的。"说罢,掏出一支大前门香烟递给中村,中村接过烟,红牡丹早在一旁划着洋火凑过来,还不时用她那双媚眼在中村脸上瞟来瞟去。中村乐得哈哈大笑,又对杨百顺说:"我的进城,大大的司令。你,你的太太和我一同进城,统统的有官做。"

杨百顺噗通一声给中村跪下,说道:"愿为皇军效劳,就像孝顺自己的爹娘一样。"中村不懂,翻译官翻了一遍,他听罢忙把杨百顺扶起,从此杨百顺就成了中村的干儿子了。

中村接着问道:"八路跑到什么地方去了?"

"不知道。八路队长的娘和战委会主任都在马庄,抓来一问便知道了。"杨大王八献计说。

"好的,好的,统统抓来。"

杨百顺骑上日本的大洋马,带上几个日本骑兵便朝马庄来了。

马宝堂回到家里躺到炕上,又想起马英他们,这时走到哪里了,过了清洋江没有,想着想着就迷糊过去了。忽然听到一阵马蹄声,奔向自己的家来,心里害怕,想下炕出去躲躲。这时他老伴正在院里天地前烧香,听到有人砸门,吓得把香扔了,歪着小脚就往屋里跑,还没走到门口,杨百顺早领着日本鬼子砸开门先闯到屋里来了。

杨百顺两手插在裤兜里,站在地中央,冷笑了一声,讥讽地说:"马主任,皇军司令请你商议国家大事哩。"

"你……你……你看我这个样子,能……能去吗?病……病……"马宝堂的嘴怎么也不听使唤。

"老家伙!"杨百顺那一双贼眼像是两颗流星直射在马宝堂的脸上,"跟八路军去讲演的时候你没有病?在肖家镇上了小学校的房子你没有病?皇军请你的时候有病了?……对不住,请吧。"

马宝堂遭到这个流氓突然的打击,不知所措,气得胡子颤抖着:"杨百顺,你也不要把事做得太绝了。"

"去你妈的吧,这会看得起你杨爷了!"杨百顺说着一耳光打在马宝堂脸上,他踉踉跄跄一头栽到地上。他无声地哭了,可是眼里不是流的泪,是血!他的老伴一屁股坐在地上,也不会说话,也不会动,这个瘦弱胆小的女人吓傻了。

　　日本鬼子把马宝堂拴在马后,可怜这个白发苍苍的老先生,只好光着脚跌跌撞撞跟在鬼子的马后边跑。没跑几步,跌倒了,跌昏了,鬼子把他驮在马上。走到镇里,马宝堂醒过来了,他看到男女老少哭着叫着,正被鬼子往村南赶,他一眼看到赵振江那年轻的媳妇,正抱着她不满一岁的儿子小宝,也杂在人群里面跑着。忽然一个鬼子从她怀里将小宝夺走,赵振江的媳妇哭叫着去夺,鬼子狂笑着将小宝扔了过去,那边一个鬼子接住又扔了过来,像玩球似的。砰的一声,紧接着是孩子的一声尖叫,原来那鬼子没有接住,孩子一头摔在青石台阶上,白花花的脑浆流了出来,鬼子们一阵大笑。赵振江的媳妇哭着骂着去夺孩子,不想被一个鬼子拦腰抱住,就势吻了她一下,她气急了,啪地给了他一个耳光,那鬼子把她丢开,叭的一枪,赵振江媳妇倒在了血泊里。马宝堂又昏过去了。

　　他又一次醒来,已经是在镇南的广场上,他的身旁绑着马英的母亲,身后是一群饿狼似的汉奸兵,帽子上像狼牙似的青天白日帽徽还没有去掉。啊!这不是他曾"迎接"过的那国民党散兵吗!眼前黑压压坐着一片老百姓,四周的鬼子端着刺刀。只见杨百顺走出来说道:"各位乡亲,皇军初次来到,让大家见识见识。顺便问问八路的下落,和大家无关。"他接着又转过脸来问马大娘:"你儿子上哪去了?"

　　马大娘不做声,只是望着那黑乌乌的天空。

　　"你儿子到哪去啦?说,老杂种!"杨百顺跳起来,啪地打了马大娘一耳光。

　　马大娘突然把眼一瞪:"去杀你们这些魔鬼去了!"

　　"呜里哇啦……"只听中村一声怪叫,他身边那只大洋狗便朝马大娘扑来,马大娘跌倒了。这时人群中乱成一片,有的哭,有的喊,有的叫,鬼子的机关枪嘎嘎嘎嘎地响起来,子弹嗖嗖地从人们头上擦过,大家静下来了,只有那一两岁不懂事的孩子还在母亲的怀里哭叫。一个鬼子走来,拿刺刀往一个母亲的怀里一捅,便把那哭着的孩子挑了起来,舞着在空中乱转,鲜血顺着枪杆流在强盗的魔爪上。很多母亲吓得用衣襟把自己孩子的嘴堵住。

马宝堂那软弱的、干枯了的心在撕裂着:亡国奴,亡国奴,亡国奴就要任匪寇蹂躏!……马大娘被狼狗咬得血淋淋的惨状,鬼子刺刀上挑着的孩子,在他眼前晃着晃着,变成了岳飞、戚继光、郑成功这些英雄人物的形象,仇恨的怒火在他软弱、干枯的心上燃烧起来,他挣扎着从地下站起来说:"你们不要残害他们了。我是战委会主任,我知道,你们问我!"

狼狗停止狂咬了。马大娘带着惊奇然而又是愤怒的眼光望着马宝堂:不,不,他老人家不会……

杨百顺笑着对马宝堂说:"都说你老先生是开明人士,真是名不虚传,讲讲吧,他们跑到哪去啦?"

"呸!"马宝堂唾了杨百顺一脸,"卖国贼,无耻之徒,我在九泉之下也不与你甘休……"

忽然这时人群中一个老太婆歪着小脚走出来,扑到马宝堂的身前,这就是他的老伴,她扯住马宝堂那长袍子哭道:"老头子,你受得了那些罪?……"

"住嘴!"马宝堂大喝道,"我堂堂正人君子,怎么能卖主求荣。一死有之,岂能惧哉!"

杨百顺正要用鞭子抽他,只见中村对翻译官叽咕了几句话,翻译官把杨百顺拦住。随后他对鬼子讲了几句,有两个鬼子过来将马宝堂拴在一匹马后边,一个鬼子跳上马,一甩鞭子,那马便飞跑出去,马宝堂被拖走了。

"老婆子怎么样啊,这坐飞机的味可不好受啊!"杨百顺狞笑了一声。马宝堂的老伴吓得说不出话。一会那马拖着马宝堂转回来了。只见马宝堂浑身是泥,衣服开了花,紧咬着牙关。杨百顺冷笑了一声,对马宝堂的老伴说:"怎么样?你的心也不要太狠了!"

马宝堂的老伴昏过去了。马大娘望着这一对老夫妻的惨状,想起他们两家的交情,想起马宝堂对马英的好处,她想对马宝堂说句话,可是说什么呢?她不知道。只有那无声的眼泪一个劲从眼眶里往外涌……

中村哇啦一声,那马又飞也似的跑出去了,马宝堂的身体在高低不平的地上弹了起来,马后留下一条血印。

那马喷着鼻子又一次跑回来了,马宝堂瘫痪在地上,身下流出一摊血。马大娘不顾一切地扑上去,只见马宝堂使劲睁开眼睛,微微地说了一句:"马英孩子做得对……"便把双眼合上了。

马大娘直愣愣地望着马宝堂惨白的脸和地下的一摊血。唉,这位善良而又正直的老人为马英花费了多少心血啊,今天又为抗日把他的血流尽了!……她的心剧烈地疼痛,她的头昏了,无限悲恸像是一卷套子塞满她的胸腔。渐渐地,渐渐地,她清醒了,她由悲恸转为自豪:她们家能够结交下这样的人;她的儿子能够有这样的老师;在这个世界上能有这样的人,用他的血去控诉这些魔鬼的罪恶,用他的血去唤醒人们起来跟魔鬼们拼,这不值得自豪吗?……她由自豪又化为力量,忍住浑身的疼痛,猛然站起来,一头撞向中村!

中村没提防,被撞得人仰椅翻,从地下爬起来一声怪叫,立刻有个鬼子将一桶洋油泼在马大娘身上。杨百顺嚓地划着洋火,他们要烧人了!

"拼!""拼!""跟鬼子拼了!"人群中站出几个年轻人。

杨百顺吓得一哆嗦,火灭了。

嘎嘎嘎嘎,鬼子的机关枪响了,年轻人倒在血泊中。

杨百顺又把洋火划着了,一步步朝马大娘走去。人们都把头低下来,不忍看这惨状。忽然中村一摆手,杨百顺嚓地把洋火吹灭了。只见中村身边站着一人,头戴礼帽,身穿蓝绸袍子黑缎马褂,脚蹬一双礼服呢便鞋,手执文明棍。杨百顺慌忙走到众人面前说道:"现在有县里的维持会苏会长给大家讲话,鼓掌欢迎。"

广场上响起杨百顺单调的掌声。

苏金荣走上前厚颜无耻地讲道:"乡亲们,受惊啦,受惊啦。我苏某晚来一步,要不也不会弄成这个样子。不过,这就是大家的不对了,皇军初来,你们怎么能这样对待呢?这像个什么欢迎的样子?皇军是来帮助我们统一天下的嘛!……"接着把中日亲善的道理讲了一通,最后说:"大家不要害怕,和以前一样,该种地的种地,该读书的读书,该做买卖的做买卖,回去平平安安过日子吧!"

苏金荣就这样沿村讲演,安定人心,一直讲到天黑才进城。

黑暗的夜来临了,鬼子住满全县,在各村的大街小巷到处用桌子、门板燃起了一堆堆的大火,他们让一些年轻的妇女脱得赤条条的伴着他们跳舞……不从者,便活活扔在火堆里烧死。鬼子的嚎叫声,被害者的惨叫声,此起彼落,连连不断。鬼子在许多村上放起火来,那火苗直冲向天空,人喊马叫,牲口跑得遍地都是。

日本帝国主义者,这些披着人皮的野兽,正在我们祖国的土地上疯狂地倾泻罪恶!

七 仇 恨

清洋江离肖家镇仅有二十里地,夜间,肖家镇这一带一高一低蹿起来的火苗,在清洋江上可以看得清清楚楚。入夜好久了,同志们谁也不回去吃晚饭,都在这清洋江岸,默默地望着这罪恶的大火。清洋江的水哗哗啦啦无止境地向东北流去,可是它洗不掉同志们心上的仇恨。

马英踱到一棵树下,见建梅在地下坐着,双手抱着膝盖,低着头想心事。要在从前,建梅会忽然跳起来热情地招呼他,可是现在她没有动,就像没有人来似的。马英也没有做声,靠在树上,扯下一片树叶子,在手里揉成碎块,抛在地下。

"建梅,你在想什么呢?"好久,马英才问道。

"我是想宝堂大爷,他躲了没有呢?万一他要被敌人捉住了,他受得住吗?……"

"如果要是你呢?"马英没有正面回答她。

"我……"建梅有些生气了,"我在入党志愿书上不是写清楚了吗?你还不相信我?"

"为什么不相信?"马英解释说,"我是说,如果我们能经受得住,宝堂大爷不也可以受得住吗?"

"我想也是的。"

老孟坐在沙滩上抽烟,抽啊,抽啊,抽了一袋再装上一袋,他的思想在肖家镇上跟着杨百顺奔跑:他仿佛看见杨百顺领着鬼子到处抓人,帮着鬼子打人、杀人,马宝堂好像已被捉住,杨百顺打他耳光,这家伙是最爱打人耳光的,马宝堂嘴里流血了,杨百顺还在拼命抽打,这耳光就像打在他的脸上,直觉得脸上热辣辣的……他的思想不知不觉就从肖家镇跑出来,跑到去吉祥镇路上那块坟地里,他好像又听到杨百顺向他求饶的声音。唉,我为什么只打了他几下呢?我为什么打得那么不吃劲呢?我为什么没把他打死呢?……今天队长批评我,我还往大年身上推,我还强调这个毒蛇太狡猾,我……猛抬头,看见马英立在他身边,他站起来抓住马英的胳膊,眼内噙着泪花说:"队长,我接受。我错啦,我错啦,我错了呀!……"

马英心里无限激动,许多老人浮现在他的眼前:父亲,早就死了;宝堂大爷,留下了;只有他,跟着他们出来了,五十岁的人了啊,容易的吗?……他声音沉痛地说:"老孟大爷,让我们接受教训吧!"

老孟用他那破皮袄袖子沾了沾眼角。

"日本鬼子,我操你八辈老祖宗!你们烧吧,烧吧,老子捉住你们大卸八块!"忽然王二虎跳着对着河西岸骂起来。

马英走过去对他说道:"你骂什么呢?"

二虎不做声了。老孟在旁边说:"叫他骂吧,骂骂心里痛快些。"

马英忽然见赵振江一个人睡在沙滩上,就在他身边坐下来,推了推他说:"想什么,想家吗?"

赵振江没有回答,抓起一把沙子,又慢慢撒在地上。马英安慰道:"不要紧,不要紧的。"可是说了这两句,就再也找不到别的话了。再看那边的小董,一个人只顾拿着两块砖头对着敲呢,嘴里不知还喃喃些什么。

"同志们,你们是跟鬼子生气,还是跟肚子生气呢?这样总不吃饭怎么能行?回去,回去。"杜平从村子里跑来,向大家喊道。接着他走到马英跟前,拍着他的肩膀说:"队长带头生气呢!"

"你不知道,大家都有情绪!"马英噘着嘴说。

"这不怕,不过我们要注意把大家这种情绪引到积极方面来。"杜平推着马英说,"先回去吃饭,工作等会再研究。"

"都回去吃饭!"马英无可奈何地向大家喊道。

"走,走!"老孟第一个跳起来,"不吃留给鬼子吗?"

"吃,多吃点,好揍他个王八蛋!"王二虎也附和着骂道。大家都起来往回走,只听小董嘟囔道:"光知道叫人家吃饭,自己不吃饭!"

"你说什么啊,小鬼?"杜平拉住他道,"谁说我没吃饭,刚才我在村里吃得饱饱的。"不想刚说到这里,他那肚子空得咕咕叫起来,他哄着小董道:"你听,它都在向你表示态度呢!"

小董憋不住,笑了,接着又噘起嘴说:"只怕它是对你提意见吧!"说罢拽住杜平的手,非硬拉他走不行。

"小董,我懂得吃饭的重要。能吃,我就会自觉地抢着吃。"杜

83

平严肃地说道。

"唉！你怎么得了那样个怪病呢？"小董把手一甩,向马英他们追去了。

沙滩上只留下杜平一个人,对岸的大火还在熊熊地燃烧,清洋江的水还在无止境地流,他的思绪也在一起一伏地漫无边际地奔跑……

深夜,杜平把下一步工作想妥之后,才转回去,路上顺便查了一下岗。走到屋门口,他见小董坐在门槛上,双手撑着脑袋一点一点地打瞌睡。听到脚步声,忽然腾地站了起来,揉揉眼睛。

"还不睡？"杜平爱怜地摸了摸他的脑瓜。

"等你哩。"

"等我做什么？快睡去。"

杜平走到炕边,见王二虎仰面朝天躺在窗根,左手直伸,右手弯曲,做出一个拉弓的姿势,脑袋下枕着一口五寸宽的大刀。杜平才和他认识两天工夫,就深深爱上这个猛小子。靠王二虎睡的是老孟,蜷曲着他那高大的身躯,使劲地打着呼噜,白胡子仿佛还在颤抖着。挨着老孟睡的是建梅,这个爽朗活泼的姑娘把她那双一向闪耀着的大眼睛合上了,长长的睫毛弯成一个月牙形,她的脸是那样文静,她睡得那样安详。杜平暗暗感叹:这姑娘纯洁得真像是瀑布下的一块玉石,被水冲洗得愈加完美、干净、坚硬了。他的视线不觉又转到马英身上,他那两道粗眉显得更浓更黑了,这说明他已经是一个成年人了,可是杜平总觉得他脸上有那么一点孩子气。他忽然发觉苏建才翻来覆去好像睡不着,就躺在他身边轻声问道:"没有睡？"

"嗯。"

"想什么？"

"不知道。"

的确,苏建才此时也不知道在想的什么。他的脑子里钻进了许多人,浮起了许多事,这些人在他脑子里打架,这些事在他的脑子里搅动,他只觉得眼花缭乱、昏昏沉沉……

杜平忽然觉得一副沉重的担子落在他的肩上。现在同志们有两种情绪:一种是彷徨、恐惧,集中表现在苏建才身上;一种是急躁、轻敌,集中表现在王二虎身上。这些同志都是好同志,问题是看你怎么领了,领不好就要出娄子。第一步工作就是要抓紧做好思想工作,思想统一了才能有统一的行动。而更重要的是必须马上派人和县委取得联系,没有县委的指示,怎样行动呢?对当前的情况和对策,连他也弄不很清啊!……

"鬼子!鬼子!……"老孟突然惊叫道。

大家都从梦中惊醒,坐起来,王二虎抄起大刀就往炕下蹦。老孟揉揉眼睛说:"我梦见杨大王八领着鬼子来了。"

建梅说:"你就会自己吓唬自己。"

老孟说:"我想,这回我可要把这王八羔子砸死!"

二虎说:"又吹哩,又吹哩!"

大家哄笑了一阵,又睡了。

杜平推了推马英说:"明天想叫你化装回去和县委联系一下。"

"行啊。"马英激动地说。

"先到肖家镇看看,顺便把那里的情况了解了解,然后再到县委去。"

"……"

马英接受了这个任务,兴奋得再也睡不着了。

第二天上午,肖家镇那边有人过来说,鬼子今早都进城了,好走。这时马英正在东套间里化装,建梅一边帮着他扣袍子扣,一边问道:"你这回去,得几天啊?"

"刚才开会不是早决定了吗?最多两三天,你怎么又问呢?"马英奇怪地反问道。

"嫌我问多了吗?好吧,以后你就是到天边我也不管不问了。"

建梅故作生气地说。

"生气了吗?"马英开玩笑地说,"好,问吧,问一百遍我也不嫌多!"

建梅哧的一声笑了:"叫我问也不问了,咱高攀不上人家队长!"

"队长有你宣传部长厉害?"马英说罢,两个人不由都笑起来。

马英化装好了,头戴帽垫,身穿长袍,肩上背了个钱褡子,外挂一副茶色眼镜,他向前走了两步,转过身来对建梅说:"你看我像不像个做生意的?"

建梅歪着头看了看,笑起来:"我看呀,倒像个……"

"你们两个小鬼又在谈什么心啊?"杜平带着老大哥的口气说道。建梅见他进来,忙跳起来说:"杜书记,你来检验检验,合不合格?"

"啥合不合格,又不是卖我?"马英一说,逗得大家都笑了。杜平叫马英朝前走几步看看,马英走了几步,杜平大笑起来:"不行,不行,你那样雄赳赳地干什么?把你那个队长忘掉吧。腰弯一点,步子迈小一点……"马英一一照办。

"行了,行了,你看呢?"杜平回头对建梅说。

"右手应该撩起袍子。"建梅正经地说道。

马英只好按着她说的做,接着对她说:"行了吗?"

"行了。"建梅说。

马英这时才松了一口气,往椅子上一坐说道:"可把我憋得不轻!"

这时小董跑进来,忽然又向外喊道:"都来看,掌柜的来了!"

大家听说,一拥而进,接着便七嘴八舌地开玩笑。乱了一阵,杜平对大家说:"不要闹了,赶紧走吧。"马英把枪挂在腰里,又带了一个手榴弹,杜平把他送到门口嘱咐道:"切记,小心谨慎,头脑要冷静,不到万不得已的时候,不要暴露自己的身份。"

"知道了。"马英答应了一声,急急朝村外走去。每当他到县委去的时候,他都有一种迫不及待的心情,这一次更加强烈,他三天前才在县委开过会,可是仿佛觉得有好长时间了;他们和县委相隔也不过几十里地,但他总觉县委好像在非常遥远的地方。当他一想到今天晚上就可以见到县委,就可以从那里取得新的斗争计划,心里便充满了喜悦,他不知不觉便想到县委书记兼县大队长李朝东身上,这个无忧无虑有本领的人,他一定有对付鬼子的办法!……他忽然低头看了看自己这一身穿戴,不觉好笑起来,他本来是最讨厌生意人的,现在倒装起生意人了……

一过清洋江,他的心情完全变了,脚步也显得沉重起来,越往前走心里越觉得空虚,好像失掉了什么似的。现在他已遥望见涧里村废墟上仍然冒着白烟,走近一看,是烧掉了的四五家人家,有个女人坐在废墟上"我的天呀……"地哭,一个四五岁的孩子扯着她的衣裳,直叫:"娘!娘!"

马英走进大街,见一家门里一位老大爷惊疑地望了望他,赶紧把门关上了。他走出村口,不知是由于烟灰呛的,还是走的时间长了,嘴里感到渴得要命。他见路旁有一口井,辘轳上还挂着一个木桶,他过去哗啦啦啦地把水桶放了下去,往下一看,忽然见一个披散着头发的十八九岁的大闺女脱得赤条条地躺在井底,井里的水已经染红了。马英觉得脑子一阵昏眩,赶紧趴在辘轳上,日本鬼子一件一件的罪证,像是在用一把锋利的刀子往他心上雕刻,他的心感到剧烈的疼痛。

过了涧里村,就清楚地看见马庄了。马庄的上空弥漫着烟雾,除了村西北角那一片房子被丁字街隔住外,其余的房子全烧了。马英走到村口,迎面走来一个老太婆,手里拄着一根棍子,披头散发,嘴里不住喃喃地说道:"我的老头子上天了,玉皇大帝都请他客呢!"

马英一惊:这不是马宝堂的老伴吗?这样说,宝堂大爷是死了？马英急忙问道："大娘，宝堂大爷他……"

"他上天了，你们年轻人不知道，他的心好，连玉皇大帝都感动了，专请他去的。哈哈哈……"老婆子说着狂笑起来。

她疯了！她疯了！马英想把她拦回去，可是她推开了马英，朝着肖家镇走了，嘴里又在说："他上天了，他上天了，哎呀，我要找玉皇大帝要人哪！"

"……你们凯旋归来，我带领乡亲们到十里开外去迎接！"这声音是那样清晰地在马英耳边回旋，就像马宝堂抖动着白胡子在他面前讲似的。昨天还是好好的人，一夜之间，就不见了。宝堂大爷，放心吧，这笔血债我记下了！

马英走进村里，他几乎认不出自己的家了，房子塌了，院墙倒了，瓦砾堆里一个碗柜子还在燃烧着，从空子里钻出一股白烟。满院子是烧焦了的木炭、纸灰，一阵风吹来，卷得在空中乱舞。只有南墙脚下那块光溜溜的捶布石头，依然原封不动地放在那里。马英坐到上面，凝视着这一切，父亲、母亲……他忽然看到那根烧剩下的半截门框，昨天母亲还靠在那根门框上擦着眼泪，送他走啊！……他不敢再想下去。

马英忽忽悠悠朝肖家镇走去。进了北街，听到远远的废墟上发出丁丁当当的响声，转脸看去，见二虎娘还在废墟里拾那些破碗破罐，马英跑过去叫道："大娘，我回来了。"

二虎娘直愣愣地瞅着他，马英摘下眼镜，她突然揪住他的长袍子说："你回来啦，你把我儿子领到哪去啦！鬼子把我的房子都烧了，全村人都被害！"她喘了一口气，瞪着眼睛又说道："马老先生叫鬼子用马拖死了，你娘叫鬼子抓走了，这日子可怎么过呀！"

马英脑子胀得像要爆炸了似的，几乎失去了知觉，一句话也说不出来。

二虎娘发了一阵脾气，出出气，解解恨，突然像是成了另外一个人，扑在马英身上哭起来。马英说道："大娘，我们总有一天会打回来的!"

"你们回来做啥?只要能在外边平安无事就行了。"二虎娘说着从身上掏出两块干饼塞在马英手里,"你还没吃饭吧,孩子,拿去。"说罢又去翻拾那些破碗破罐了。

宝堂大爷,宝堂大爷,莫非你就这样惨死在敌人的手里了?母亲,母亲,你在什么地方?你那一颗善良的心还在跳动吗?……乡亲们,我们对不起你们,我们还没有保卫你们的力量;但是……马英把牙咬得咯咯响,那颗复仇的心,就像压在枪膛里的一粒子弹,随时都要射出去!

马英绕着胡同往赵振江家走去,街上和胡同里到处是一堆一堆的火灰。罐头盒子、酒瓶子,还有老百姓的锅碗瓢勺扔得满街都是。马英走到赵振江家门口,见门倒扣着,正在犹豫,听到背后有脚步声,他警觉地把头扭过来,一看正是赵大爷回来了,手里掂着把铁锹,满身是土。一见马英,忙说:"屋里坐。作恶!作恶!"

"做什么去了?"马英问。

"埋孩子们去了。"赵大爷长叹了一声。马英说不出话来。赵大爷接着道:"孙子、媳妇,全死了。"

"宝堂大爷咋死的?"停了半晌马英问。

"老人死得有骨气。"赵大爷赞赏地说,"他把杨大王八骂了个狗血淋头,还唾了他一脸,好不痛快!"

"杨大王八?"马英惊疑地问道。

"都是这王八小子坏的事!"赵大爷愤愤地说,"鬼子一来,他就领着挨家捉人。"

哧的一声,马英掏出手枪就往外跑。赵大爷上去拉住他道:"你上哪去,他早跟着鬼子进城了。"这时马英耳边忽然又响起一个熟悉的声音:"头脑千万要冷静!"他把枪收回去,接着打听镇上的情况。赵大爷把他走后的变化一五一十讲了一遍,讲一句叹息一声,嗓子里不住打哽。马英咬着嘴唇听完了,站起来说:"我这就走,以后有事还要托付你啊。"

"这种时候了,还用交代什么。你告诉振江,不要叫他惦记家里。"

马英告别了赵大爷,忙着赶路了。

他走到城东的七里营,天已傍黑。忽然村西传来汽车的呜呜声,街上的老百姓乱跑,因为天快黑了,都往地里跑,马英也跟着跑起来,刚跑出村,他猛然想道:瞎跑什么呢?趁着天快黑了,不如找个地方隐蔽起来看个究竟,鬼子也不是三头六臂!想着,他便转身往回跑。到了村西口,看好旁边不远有一间塌了的房子,躲在后面从门缝里往外瞧,路上的动静都能看得清清楚楚。马英找了块砖头,坐在门后,憋住气,专等着鬼子来哩!

呜呜的汽车声愈来愈响,已经看到了,汽车上满载着鬼子,个个都戴着又圆又亮的钢盔,不知道的人还以为是装着一车西瓜呢!过去三辆汽车,接着是一百多个骑兵,再后面是四路纵队的步兵。忽然有个鬼子站住,朝这边瞄准,叭!叭!打来两枪,子弹穿透门扇,从马英身边擦过,落在废墟上变成两个小铅块。他以为鬼子发觉了,抽出手榴弹就要和鬼子拼,又听当的一声响,接着是鬼子一阵狂笑,他明白了,这是鬼子拿门环打靶哩!步兵过去,是九匹马拉的大野炮,一共四门,走到村边四吊角架开,轰!轰!轰!……连打了十几发进行示威,多么疯狂猖獗的敌人!鬼子终于都过完了,他们没有停留,穿过村子一直向东去了。马英想,他们去做什么呢?是过清洋江,还是在这一带"扫荡"?……忽然又听到叽里呱啦地有人在唱歌,他往马路上一瞧:有个日本鬼子,东摇西摆地瞎唱,看样子是掉了队的。马英的心突然紧张起来,脑子里浮起一个念头:"打死他!"一个鬼子算得了什么?鬼子不也是肉长的吗?看着看着,那个鬼子已经走近了。一不做,二不休,马英掏出手榴弹,拉出弦,照准那个鬼子扔过去。"轰"的一声,鬼子不声不响地倒下了,马英还在发愣,莫非鬼子就这样死了?这时,突然有个人拦腰将他抱住,他用手去掏枪,可是已经动不得了;正在这万分紧急之时,忽听身后那人哈哈大笑起来,声音是这样熟悉,可是一时想不起来;那人终于把手松开了,马英转脸一看,是李朝东,心里真是又惊又喜,忙问:"李政委,你怎么来到这里了?"

"我来吉祥区检查工作。"李朝东严肃地说道,"太冒失了,小伙子!来,把鬼子弄过来。"说着指挥马英一起把鬼子的死尸拖在墙后,又把地下的血迹用土盖了盖。刚刚搞好,敌人三个骑兵拐回来了,查看了一下,见没有动静,又打着马走了。

李朝东教育马英说:"在紧张的情况下,一定要沉着,沉着就是把问题想一想,想好了就不紧张啦;遇事不动脑子,不紧张也要紧张起来,一紧张就要出娄子!……"

马英听着他耐心的教育,自然便想起他和李朝东初次相识的那段故事:

那是"七七"事变前两年,马英还在县城师范读书的时候,李朝东来县里检查地下党的工作,敌人发觉了要抓他,大街上的巡警乱跑。马英奉杜平的指示到一个党员的家里去通知他,他还坐在椅子上喝茶,一见马英就说:"你是马英,对吗?情况我已经知道了。"

"那还不赶快走,敌人马上就要来了!"马英说着拉他就走。

"等一等,"李朝东甩开他的手,"房后这个小胡同能不能通出去?"

"能。"马英说。

李朝东倒拉着他来到后墙根下,噌的一声,便骑上墙头,然后伸给马英一只胳膊,说:"来!"那时马英个子小,身轻,一下子便被他揪过墙去。李朝东说:"小鬼,你前边走,碰上巡警就咳嗽一声。"马英应了一声"行",就也学着李朝东的神情,坦然镇定地向前走去。

他们一前一后绕着胡同走,很顺利地来到北城墙根。这段城墙很高,地方也荒僻,没人守卫,他们悄悄上了城墙。李朝东从腰里取下绳子,马英正在想法如何把李朝东吊下去呢,只见李朝东将一头拴在城垛口上,顺着绳子一溜,便溜到城下,回头还笑着说了声:"再见。"马英都看呆了,不由感叹道:"这人真了不起!"

从那一天起,马英就对李朝东十分敬仰,把他作为自己学习的榜样,他发现在他身上除了有高度的政治觉悟和无穷的智慧以外,还有着熟练的战斗技巧,这样在他身上就产生了一种巨大的力量,再软弱的人跟他在一起,胆子也就大了。

李朝东对同志们的工作要求,是严格的,对缺点的批评是直率的,不管什么时间,什么场合,对什么人,都是一样。可是一批评完,就恢复了他那平易近人的作风,和同志们说笑起来。他把鬼子身上的刺刀、水壶解下来向马英说:"太不走运了,没有枪。"

"就这也不错。"马英笑着说,"闹了半天,鬼子的脑袋也是肉长的啊!"

"可不,还没有我们的结实哩,哈哈……"两个人说说笑笑,消失在这黑夜的路上……

八　三　粒　子　弹

早晨,光芒四射的太阳从东方升起,它将又一次照耀这座美丽的城市,这古老的房屋,整齐的街道,高大的城墙,无数的琉璃瓦,玻璃窗,也将要闪出耀眼的光辉。然而就在这晴朗的早晨,一队队的鬼子兵在大街上跑步,用他们那沾满鲜血的牛皮靴,踏着我们祖国的干净的土地,就连这城市里的空气,因此也显得浑浊不清了。

在西街耶稣堂宽大的操场上,鬼子的城防司令、小脑袋瓜中村,做了一会体操,练完了他那武士道精神的元气,便哼哼哟哟走向大厅。那红牡丹早端着一杯牛奶迎了出来,这妖精自进城以后,便寸步不离地随着中村,打扮得比以前更加妖艳了,穿一件粉红花缎旗袍,丝光袜子,高跟皮鞋,头发烫得像一只卷毛狮子狗似的,对着中村一口一个:"爸爸。"叫人听了,真要恶心得把肝脏都吐出来。

稍停,杨百顺走进来,给中村深深鞠了一个躬,张口说道:"干父,您早。"

中村一边用白绸手巾擦着他那近视眼镜,一边说:"你的衡水受训,回来大大的便衣队长干活!"

"什么时候动身?"

"明天。"

"有汽车坐。"红牡丹在中村的身后帮着腔。

"谢谢干父……"杨百顺一连说了好几声。他退出大厅,刚好碰上刘中正和苏金荣。现在前一个是伪警备队联队长,后一个是县维持会会长,两个人见了杨百顺,一齐问道:"杨先生好。"这杨大王八现在成了半日本鬼子、全城的要人,所以就连刘中正和苏金荣也敬他三分,只可惜的是红牡丹现在没他的份了。他点了点头嗯了一声,便趾高气扬地走了。

"报告!"苏、刘二人站在大厅之外异口同声地喊道。

"进来。"红牡丹操着一口夹生的北京话答道。她现在既是中村的私人秘书,又是他的干女儿,还兼着姨太太,身任数项要职,真可以说是"红"牡丹了。

苏、刘二人走进大厅,一齐说了声:"太君、小姐好。"便分立两厢,一个全副武装高挺着胸脯,身体站得笔直,似乎也想显示出一点武士道精神;另一个长袍马褂,弯着腰,笑容可掬,大约是想表现出一点高尚不凡的气派,这两个人物分站在耶稣堂的大厅门里,活像是一对新式的门神。

"请坐,请坐。"中村对他们十分客气,接着伸出一只胳膊指向刘中正:"你的!"又伸出一只胳膊给苏金荣:"你的!"刘中正和苏金荣弄不清他是什么意思,愣的目瞪口呆。

"太君说,他的两只胳膊有千斤之力。"红牡丹逗能似的说。

"不——对的。"中村瞪了红牡丹一眼,红牡丹故作生气地一扭屁股走了。中村接着挥动他那两只胳膊解释说:"你们的,大大的。"原来他的意思是说,他二人好比他的左右两只胳膊。

"懂了!"二人一齐站起来说道。刘中正喀嚓来了个立正,苏金荣连连不住地点头。不知道二人究竟是真的听懂了,还是吓得胡里马里应承了。那中村接着手舞足蹈,大喊大叫地讲了一套"大东亚共荣圈"和什么共存、共荣……震得这耶稣堂的大厅嗡嗡直响。苏金荣和刘中正一股劲地称"是!"如果数一数,准不下一百个。

中村讲了一阵子,那武士道精神的元气大约走光了,懒洋洋地靠在椅子上,大肚子一鼓一鼓地呼歇着。这时苏金荣近前献计道:"太君,皇军进城,共产党还没消灭,久后必为大患,不如趁早把它除掉!"

"土八路,小小的。"中村听罢,哈哈大笑。

"八路虽小,人心所向。再不然皇军乘此次出城扫荡,也好显示威风,征服人心。"苏金荣生怕日后共产党起来,进一步献计道。

刘中正也上前一步说道:"皇军出城扫荡,乘机搜罗一些壮丁,以扩充我军力量,土八路也将不难消灭!"刘中正想以此扩充自己的实力。

中村噘了噘仁丹胡子,一想,正合其"以华治华"的政策,忙说:"好的,好的,马上出发!"苏、刘二人见大事已成,便告辞退出,各各准备去了。

下午,鬼子、伪军分兵几路出了城,顿时,烟雾弥漫,喊声四起,又一次灾难降临了。刘中正骑在马上耀武扬威地出了南门。这城南本是县里最穷的地方,人稀地薄,没什么油水。你道他为什么要出南门?这里有道理。原来他手下有个密探,名叫尹麻子,这小子是个破落户,以前跟着他爹在天津当少爷,后来他爹抽大烟把家产踢腾光了,他三个月前才回到他的老家——十里铺。这小子从小浪荡惯了,庄稼活不能干,天天犯着官迷,想有朝一日能出头。就在这时刘中正在城里打起民军的旗号,他大约是和苏建才同一天投入民军的,刘中正见他有些歪点子,很赏识他,就把他收下来当了密探。昨天他回十里铺的时候,听有人说李大娘家住过八路,刘中正这次正要出来扫荡,他就向刘献计道:"听说城南十里铺一带有八路活动,不如出城南,如果捉到八路,岂不是一大功?"刘中正回想起他的新主子日本鬼子真比蒋介石待他还厚道呢!确该孝敬一番,立即派尹麻子前去打探,便随后带着一个中队出了南门。

傍黑,尹麻子大摇大摆地进了十里铺,县委放哨的通讯员小王没有注意他,尹麻子是本村人,路熟,钻进一个胡同,便绕到了李大娘的房后。

县委会整整开了一天,马英列席了这次会议。会上李朝东传达了地委的指示:当前的任务主要是保存和积蓄抗日力量,配合主力部队开展游击战争。大家又结合本县的情况讨论了毛主席的《抗日游击战争的战略问题》和《论持久战》。这一来,马英那个闷得像葫芦一样的脑袋,忽然像是变成一个到处透空的绣球,觉得明朗而又清醒。

吃了晚饭,天已是傍黑时分,大家料想敌人再不会来,就围在炕上擦枪,零件卸得七零八散。大家有说有笑,十分快活,不由高兴地唱起歌子。

房东李大娘走进来说:"快别唱了,这是啥时候啊!"

县委吴秘书笑着说:"啥时候,天快黑了,该咱们乐和的时候。"

马英看见李大娘,忽然想起母亲,心里一难过,不唱了。吴秘书推推他说:"没关系,咱唱咱的。"他说着又愉快地唱起来:

　　前进!中国的青年!
　　挺战!中国的青年!……

尹麻子在房后一听,便知道里边有八路,飞也似的跑回去报告。刘中正带着队伍正走到半路上,立即命两个小队往南直插十里铺埋伏在村北口,他亲自带着一个小队沿着路沟绕向村南,两下夹攻。

站在村北口放哨的小王,忽然看见敌人慢慢从路沟里摸进来,就往村里跑,刚一进街,就见民军从村南口漫街而来。小王知道跑回去已来不及,就叭叭地打了两枪。那刘中正枪法准,照准小王一枪,小王便应声倒下了。李朝东正在对面屋里和分区来的一个参谋谈话,听到两处枪响,知道敌人进街了,立即跑出来对大家说:"从后院跳墙,出村往东跑!"大家也来不及装枪,一个人用手巾提了一兜,跑到后院,搭起软梯子,一个跟一个翻了过去,绕着胡同出了村东,弯着腰在路沟里向东跑。这路沟有一公尺多高,弯下腰地面上的人看不见,大家松了口气,一面跑一面装枪,跑到一个十字路口,最前面的那个同志忽然拐了回来说:"南边也来了敌人!"

"冲过去!"李朝东喊道。大家一拥而过。敌人发觉了,叭叭地打起枪,接着就拐弯追过来。因为是突然的遭遇,离得很近,幸亏这路沟弯弯曲曲不容易打住。可是敌人见他们不打枪,便放大胆子,急追猛赶,嘴里还不住地喊:"捉活的!"

这时大家的枪都已装好,可是一摸,忘了带子弹,有个同志沉不住气说道:"没子弹!"

"八路没……"跑在前面的一个伪军一听就大喊起来,可是话没说完,李朝东照准他叭的一枪,把他撂倒了,喊道:"谁说老子没子弹!"

伪军被这突然一击,吓住了,放慢脚步。忽然又听到一个熟悉的声音喊道:"不要怕,穷八路吓唬人的!"马英听出这是刘中正的声音,心想:好小子,你专跟我们作对!可是枪里又没子弹,恨得直咬牙。汉奸们又不要命地追上来,脚步声越来越近了。前面忽然又出现了一条岔道,李朝东命令大家道:"向北拐!"他却直奔正东,并朝后又打了一枪,这分明是引诱敌人去追他。马英这时不知是对李朝东的尊敬,还是由于他的倔强,不愿以别人的牺牲来换取自己的安全,便没有跟着大家向北拐,却跟着李朝东一直跑来了。这一迟疑,敌人看见了马英的背影,又听见前面响了一枪,便朝他们追来。无数的枪弹朝他们猛烈地射击,耳边咻——咻——直响。

马英一边跑一边喊道:"快打枪!快打枪!"这时李朝东才发觉马英在后边:"你怎么来了?前边去!"马英不敢违抗,只好跑到前面。李朝东还是没有打枪,原来他只有三粒子弹,已经打了两颗,剩下这一颗必须到迫不得已的时候才能用啊!

这时已经跑了六七里路,马英第一次一气跑过这样远,可是又不觉得累。脑子也从来没有现在这样单纯,只有一个念头与希望,那就是冲出去!终于这希望快要实现了,远远看见前面的大东庄,大约只有一里多地。他那双腿忽然像是长上了翅膀,不知两只脚在地下怎么摆弄,好像它本身有了弹力似的,脚尖一落地,便蹿向前去。

一阵马蹄声响,一队鬼子骑兵从路沟上面飞驰而过,这些鬼子骄傲极了,倒背着马枪,双手扯着缰绳,那帽子后边四片猪耳朵似的布随风飘了起来,有两个鬼子还朝后看了看他们,但并未理会,似乎没有把这两个八路军看在眼里,企图迂回包围,在村前截住他们。这时李朝东向马英喊了一声:"进村!"便一跃从路沟上了地面,照准跑在后面的那个鬼子就是一枪,鬼子应声栽下马来,李朝东一跃上了马,加了两鞭,那马飞也似的向前冲去。鬼子们这一下慌了,赶紧摘枪射击,追赶,眨眼间那马便消失在灰蒙蒙的原野上了。就在这一霎时,马英已经趁机跑进了村。

马英刚走到十字街口,就见一群鬼子端着刺刀迎面朝他冲来,他急忙闪进一个胡同。这胡同有三道弯,马英一直往里跑,拐过最后一道弯,才发现是个死胡同,家家户户的门都关着。这时已经听到鬼子的嚎叫声、皮鞋声,马英急得拼命地用两只拳头在一家门上乱敲,门开了,门后闪出了一个老头,他一见马英手里掂着枪,吓得不知所措,呆呆地站在那里。

马英闯进来,倒插上门。这时,门口响起一阵脚步声、喊叫声,鬼子来到了。

　　"爹,你怎么了?"就在这时,听到一个姑娘的声音,她从屋里跑出来,拉住马英就走,"跟我来。"她连架带拖,把马英弄到北屋里。北屋墙上有一个小窗户,窗户后又是一个小院子,不知道的人还以为是到了别家了呢!他们翻过窗户,那姑娘便走到墙角,揭起一个盖子,下面原来是一口放东西的地缸,她叫马英藏在里面,然后把盖盖好,在上面又堆了一堆草。

　　在这同时,鬼子已经砸开了她家的门,几把明亮的刺刀一齐对住老头子,叽里呱啦地乱叫。老头子吓得说不出话,哆哆嗦嗦靠着墙一个劲往后退……哐的一声,把鸡笼子弄翻了,七八只鸡子咯咯咯咯乱往街上跑,鬼子高兴地跳起来,也不管老头子了,都跑到街上捉鸡。不巧一只鸡子跑到北屋里,有个鬼子也跟了进来,这屋子黑,那鸡子便朝着透明的窗户飞去。姑娘刚把草堆好,忽见扑棱扑棱一只鸡子从窗口飞了进来,吓了一跳,慌忙跑向窗口,不想正和那追鸡子的鬼子照了个对面。

　　"花姑娘!"鬼子狂喜地叫了一声,便朝这小窗窜来。姑娘想关窗户,可是来不及了。鬼子一下子跳了进来,上去将她抱住,两个人扭打起来。那姑娘虽然身强力壮,但终究敌不过鬼子,鬼子一下子把她压在地上。可是她既不喊叫,也不求救,不知是因为怕惊动了马英,还是因为只顾用嘴咬那鬼子,腾不出空来。

　　马英在地缸里迷迷糊糊听到有鬼子嚎叫,接着又是唧里哐当一阵殴打,随后他听到那姑娘急促的喘息声。他不知从哪里来了一股力量,用手一推那木盖子,从地缸里跳出来。鬼子忽然见地下跳出一个男人,吓了一跳,放下姑娘就来斗马英。马英用尽平生气力,照那鬼子就是一拳,不想鬼子闪过,马英打了个空,因为用力过猛,一下子撞到墙根,他赶紧用手扶住。他本来已经精疲力竭,这一来便把所有鼓起的那股劲几乎用光了。当他刚把身子转过来的时候,鬼子已经像猛兽一样地扑上来,将他按倒了。月光下,马英第一次看清了鬼子狰狞的面目,那凶神般的眼睛,锯齿似的胡子,他狠狠地用双手掐住这魔鬼的脖子,怎奈手不听指挥,力气不够了。只见那鬼子一手按住马英的胸脯,一手拔出那明晃晃的刺刀,对准了马英的咽喉……

啪的一声,就在这紧急关头,那姑娘举起一把铁锹,击在鬼子的后脑上。只见鬼子把刺刀一扔,两眼一翻,滚在马英身旁。马英突然感到一阵轻松,浑身瘫痪,不省人事了……

当他醒过来的时候,已经是第二天的上午。他觉得身上热乎乎的,睁眼一看,原来是躺在炕上,铺着盖着好几床被子,身边坐着一个大姑娘,她左手端着一碗汤,右手拿着一只小勺,马英想:这大概就是昨夜救他的那个姑娘了。这时他才发现这姑娘是这样美丽:她丰满而又结实,乌黑的头发,一根又粗又黑的长辫子,顺着肩膀拖在胸前,随着那一起一伏的胸脯微微跳动。她的脸色红中透黑,几根稀疏的前刘海飘在额前,她是长脸形,尖下巴,鼻梁高高的,嘴唇薄薄的。脸上的几块青伤,显然是昨夜和鬼子搏斗时留下的。这时她那双活灵活现的大眼睛忽然闪耀出惊喜的光芒:"同志,你好了,快喝点米汤。"

马英还以为是在做梦,心想没有这样好的事情吧,一时不知道该怎么说话,只是傻愣愣地望着她。那姑娘看出了他的意思,忙解释说:"你是昨夜藏到俺家来的。已经迷糊一夜了。"

"鬼子呢?"马英清醒一些了。

"早死了,都埋了。鬼子的大队和汉奸烧了村东三间房子,昨夜就走了。"她说话的声音那么爽朗愉快,接着把碗递到他嘴边说,"快喝吧,一会儿就凉啦。"

"同志,谢谢你,我自己来。"马英接过碗,昨夜的事实证明,他完全可以对她用这个称呼,他把这样的称呼看做是对她的一种最大的尊重。

"同志!"这姑娘不止一次这样称呼过别人,可是她的确第一次才听到有人这样称呼她,在她的心目中,"同志"是那些整天在外东奔西跑、有能耐的人;而她只是一个普通的姑娘,她一生下来母亲就死了,终年伴随着她的老父亲,从她记事那一天起,整天就是下地、烧饭、做营生,她所知道的,就那方圆十里地的天下。在她的周围虽有一些年轻小伙子常常注意她,那只是因为她长得美丽,年老的人虽也不断夸奖她几句,也不过是把她当做一个好闺女。而现在竟然有人称她同志了,她兴奋得脸红了,急忙凑近问道:"同志,'同志'怎么讲呢?"

"同志吗?"马英想了想,"就是说我们在一起革命!"他见她不懂,又解释说,"就是我们在一起打日本鬼子。"

"我们在一起……"第一次听到有个年轻小伙子和她这样说话,她忽然害起羞来,这时她才发觉她和他坐得太靠近了,忙把身子挪开。其实她昨夜拖他背他时完全没有想到这些。就在她挪开身子时一抬手,把碗碰了,汤泼了马英一身,她慌忙去擦,刚擦了两下,又赶紧把手缩回来。马英过意不去地说:"不要紧,不要紧。"

老头子进来了,他一见马英醒了,高兴地说:"谢天谢地,总算又过了一关,快走吧,鬼子今天还要来的!"

"爹,你是咋啦?"姑娘白了她爹一眼。

"大爷,我这就走……"

"同志,你不要听我爹的话。"姑娘没等马英说完,就抢着说,"到处是鬼子,你上哪去?藏在俺家地缸里保险没事。"

"我还有任务。"马英这时想起杜平、建梅他们,走的心更急了,"不要紧,趁天快黑,好走。"

姑娘想了想,转脸对她爹说:"爹,到街上看看好走不?"这姑娘在她父亲面前真有这样大的威力,老头子竟不声不响地出去了。她接着转过脸来对马英说:"我爹上了年纪,糊涂,你可别见怪。"

"哪里的话,"马英忙解释说,"难怪他老人家,这年头谁不担惊受怕。"

"哼！那也不能光顾自己。"她接着问道："同志,你上哪去呢？"

"过清洋江找队伍去。"

"什么时候回来呢？"

"什么时候回来？"这不只是姑娘一个人的声音,这是全县人民的希望。他坚定地说道："我们就回来,就要在这块土地上和鬼子干仗！"他接着掏出一个小本子递过去,"同志,你叫什么？把名字写上,以后我们好回来感谢你。"

姑娘脸红了,摇摇头。

"好,你说说,叫什么？"马英问。

"云秀。"

"姓什么呢？"

"姓常。"

马英把她的名字写在本子上,说："以后我再到你家来的时候教你认字。"

姑娘兴奋得脸更加红了,轻声地问道："同志,你叫什么呢？"

"我叫马英。大马的马,老鹰的鹰。"马英故意地说道,逗得云秀爽朗地笑起来。

"路上没人,能走。"老头子进来说道。云秀脸上那愉快的表情一下子全扫光了,马英站起来。

"等一等,你看你袍子撕破了,万一碰到坏人准疑惑你！"云秀说着便拉马英坐下,撩起自己的棉衣,从大襟上取下针线就给他缝。马英这时才看见昨天和鬼子搏斗时,扯了半尺长个大口子,雪白的棉花飞了出来。云秀做的一手好营生,真是飞针走线。马英想说句感谢的话,可是又找不到恰当的语言,只是傻愣着,一忽儿缝好了。

马英整理了一下棉袍,把枪往腰里一插,说："我走了。"

"拿这个空枪筒子有啥用？"云秀伸手把他的枪夺下来,往被子底下一塞,说,"我送你出村,枪先存到这里。"

马英一时不知该怎样对答,就默默地跟着云秀出村了。

到了村东口,云秀指给他说:"前面是柳庄,柳庄南是大杨村,北是小何村,东去五里地是刘家店,过了刘家店就看见清洋江了。"马英一一用心记下来,便踏上大路朝正东走了。云秀站在村口还一直凝神地望着。

路上没有一个人,马英心里发闷,前面村子里有没有情况,想打听一下都不能。走到柳庄村口,忽然一个卖洋油的老头慌慌张张地迎面走来,马英忙问:"村里有鬼子没有?"

"你没看我叫人家打了吗?都住满啦。"老头说。这时马英才看见老头脸上青一块、红一块的伤痕。他想是不是还回大东庄到云秀家里先藏起来呢?可是一想,这又要使老大爷担惊受怕,正在犹豫,突然村子里走出一队鬼子,和他相隔只有几十步远,他想躲也来不及了,就干脆大模大样地向村里走去,鬼子们并未理会他。

柳庄的街里两旁坐满了鬼子、伪军。还有被抓来的壮丁,用绳子像串珠子似的串着,排坐在墙角下,一个个鼻青脸肿,满身是土,看样子是从老远的地方抓来的。马英见无人过问,放大了胆子,更加坦然地穿村而过,看看已经出村了,在敌人的窝里倒不觉得怎么,出了村反倒心跳起来,生怕再碰上敌人。怕鬼就有鬼,大路上迎面开来了伪军的大队,为首一人骑着高头大马,马英一看,认得是他进城开会时见过面的刘中正,一颗心便不由紧张地收缩起来,在这同时刘中正也把马勒住了,双眼瞪着他,马英只管往前走。

"站住!"刘中正在马上喊了一声。马英吃了一惊,在马前站住了。

"我们好像认识呢?"刘中正瞪着两只贼眼说。马英灵机一动,接着说道:"我以前在城里做生意,常从司令部门前过,见过您好几次哩。"

"姓什么?"

"姓常。"

"哪村的?"

"大东庄的。"

"干什么去?"

"抓药去。"

"药方子拿来我看看。"

马英脑子一转:"这药已经吃了一剂,药单子留在药铺里。"

"胡说!准他妈是八路。"刘中正勃然变色。

马英暗吃一惊,仍然平静地说:"我有名有姓,有家有地,怎么是八路?"

"你说,前边是什么村?"

"刘家店。"

"北边?"

"小何村。"

"南边?"

"大杨村。"

刘中正看了副官一眼,副官忙说:"他说的倒不假。"

刘中正在马上沉思了一阵,再也想不起这个人是谁,看他年轻力壮,说了一声:"带走!"便打马头前走了。几个伪军一齐上来,不由分说,给马英来了个五花大绑,因为捆得过紧,那双手不多会就变成黑紫色了。他们把马英拴在队伍最后的一辆马车后头,这时马英发现车后还拴着两个人,其中的一个是县委的吴秘书,吴秘书也看见了他,都暗吃一惊。马英递了个眼色,暗示地说道:"我到前村抓药去,店里的人跑了没有?"

吴秘书一听便明白了他的意思,答道:"我见都跑光了,就留下一个小伙计。"

"不准说话!"一个伪军照准吴秘书就是一枪托子。马英放心了,只要大伙都跑出去就行,可是想起自己没完成任务,不由一阵难过。

队伍进村了,赶车的伪军挥起鞭子,三头大马扬着脖子跑起来,马英他们三个只好跟在后面跑。顿时尘土飞扬,呛得他们直打喷嚏。

马英走到街心,忽然看见迎面有两个鬼子端着刺刀押着一个老大娘走来。她血肉模糊,浑身已经没有一块完整的地方。然而她却昂然地朝前走着。她身旁的大金牙翻译官,咬着牙喝道:"老婆子,你说,八路到底在哪?"

"你们跟我来嘛,在前面!"

马英听出这正是房东李大娘的声音,不觉出了一身冷汗,莫非她……只见老大娘坦然地从马英脸前走过去了。

"站住!"翻译官狠命地把手中绳子一牵,将李大娘拉了个跟跄,"你说,这三个是不是八路?"

李大娘回过头来看了马英一眼,摇了摇头:"不是,在前面。"

"在他妈什么地方,老东西!"翻译官一句话还没说完,李大娘猛地挣脱他手中的绳子,向墙根的一眼井跑去,噗通一声,便一头扎到井里。叭!叭!鬼子一连朝井里打了几枪。马英看得清楚,热泪不由从眼眶里滚了出来。

翻译官生了气,骂骂咧咧走过来,把捆马英他们的绳子一解,说道:"跟我走!"

在一个麦场上,并排坐着两大串壮丁,中村正来回踱着嚎叫。翻译官走过去对他说了几句话,他便不讲了,走过来围着马英他们三个转了一圈。突然双眼一瞪,咻——地拔出战刀,指向吴秘书:"八路的?"

"不是的。"吴秘书镇静地答道。中村收起刀,摸了摸他的心,然后又转过去看了看他的手,就对一个伪军唧咕了一句什么。那伪军走过去把吴秘书的绳子解开,对他说:"太君找你说话。"

吴秘书刚往前迈了两步,伪军端起枪,叭的一声,吴秘书身子晃了两下，便不声不响地栽倒了。马英这时忽然感到双手坠得慌，一看，原来身旁那个被缚着的老百姓哆哆嗦嗦吓得站不住了。中村正是要以杀吴玉南来吓唬他们两个的，见一个被吓坏了，就命伪军解开绳子，他举起战刀："八路的！"一刀劈下来，顿时鲜血四溅，尸首倒在马英的身旁，他的两只脚已经浸湿在血泊里了。

"和鬼子拼！"马英握紧拳头，可是耳边忽然又响起一个熟悉的声音："头脑要冷静，不到万不得已……"现在还没有完全绝望啊……

中村照例在马英胸前摸了摸，又转到后边去看了看马英的手，突然把那鲜血淋淋的战刀放在马英的脖子上："八路军的？"

"不是的。"

"八路的没关系！"

"没关系也不是的。"马英这时已经准备好，只要中村把刀一举，他就跳着喊口号。"共产党万岁！"几个字已经放到嗓子眼上。不料中村把战刀抽回去了，向伪军们摆了摆手："八路的不是。"

马英如醉方醒，想不到死到临头却暂时逃出一条活命。这时两个伪军过来，推着马英："走！走！"把马英的绳子和那串壮丁的绳子结在一起了。

灰色的夜幕已经拉开了，鬼子整队回城，打着太阳旗，叽里呱啦地唱着歌子。鬼子后边是伪军，他们押着数十辆马车，马车上满载着抢来的物资，马车后拴着一串一串的壮丁。马英跟在马车后边跑得头昏眼花，渐渐模模糊糊看到那高高的城楼。他不止一次进过这座城，可是想不到竟会让人家绑着用马车拖进城啊！这时他忽然想到母亲，母亲莫非也是让人家这样绑着进城的吗？……想到这里，他不觉流下眼泪。鬼子！汉奸！好狠的家伙！只要我有一口气，我就要和你们干到底！

九　法　庭　上

马英等六人被推在一间小黑屋里,一股说不出的气味钻进马英的鼻孔,说臭不像臭,说腥不像腥,说霉又不像霉,可能是这三种气味混合在一起,变成一种怪味,真要使人呕吐。

咔嗒一声,门上了锁,屋子一下子黑得像掉到煤窑里。马英一迈腿,"哎呀!"有个人叫了一声。原来这屋子里住得有人!马英只好慢慢蹲下来,用手往地下一摸,是土,再往前一摸,是草。这草不扎手,软绵绵的,用手一捏便可挤出水来。忽然,和马英一齐进来的大个子周大贵吵道:"他娘的!住在这里憋也要憋死啊!"

"不要吵!睡觉!睡觉!"看守警察用枪托子在门上狠狠敲了两下。

"你们来了几个人?"一个年轻人热情地问道,像是招待客人似的。

"六个。"马英说,"你们呢?"

"半斤对八两。好啊,咱们凑起来恰好是一打。"那年轻人爽朗地笑了笑,接着对他的伙伴说,"挤一挤,天冷,挤挤暖和。"

马英在那年轻人的身边躺下,头顶着墙,脚蹬着墙,这大约就是房子的宽度了。忽然周大贵骂起来:"操他娘,泥水匠盖房子也不量量老子的身架!"原来他个子高,展不开身子,马英心里觉得好笑,忙劝他道:"别冤枉泥水匠了,人家也不知道给你盖的。"

"给你们脸不要脸,再吵送到太君那里杀了你们!"看守警察走过来骂道。

"别吵了,别吵了,把腿曲起来嘛!"躺在边上的一个老头子说道。因为他要经常到墙角那个大马桶里拉痢疾,所以只好躺在边上。可是周大贵一把腿曲起来就压在马英身上,于是只好仰面朝天地曲着,嘴里还不住的小声在骂:"俺犯了什么罪啦,受这个洋罪!"

呼——呼——,起风了。狂暴的北风像一只猛兽,从上空咆哮而过,震撼着这间小黑屋,大家真希望暴风能够把这间小黑屋一下子卷走才好。然而暴风并不能挽救他们,反而像趁势故意欺负他们似的,不知是从门缝还是墙缝钻进来一股股的凉风,直冻得他们浑身筛糠,上牙和下牙闹起别扭,大家久久不能入睡,一会你挤我,一会我挤你,睡一阵醒一阵,醒一阵又睡一阵,一夜不知道睡了多少觉。马英想:要不是被敌人捉住,这会儿早过了清洋江和杜平他们见面了。可是他们现在还等着我,等,等,一灯油熬完了,还是没有影子,建梅可能约着老孟到河滩上来望了,他们怎么能望得见呢?他们怎么知道我已经被敌人关在这黑暗的笼子里,成了废物,永远回不去了……也许,我藏在云秀家里就对了?我为什么要急着离开她家?要是夜晚走该有多好,躲也好躲……想到这里,他忽然暗暗埋怨自己道:"卖这些后悔药有什么用?能解决什么问题?被捕受刑、流血牺牲,这对一个革命者有什么奇怪呢!"想到这里,杜平那饱经敌人监狱折磨、坚贞不屈的形象就闪耀在他的眼前,他暗暗下定决心,一定要经受住考验!……他的心平静一些了,可是他的思想一下子又飞到另外一个问题上:如今,县委的联络站被敌人破坏了,李大娘也死了,县委的同志不知道跑到哪里,杜平他们以后将怎样联系呢?……马英的思绪像是一根扯不完的长线,他迷迷糊糊睡过几次,总也打不断。忽然微微听到后院有女犯人的哭声,一下子又想到他娘,莫非娘也关在这里?她身架子不好,又上了年纪,如何受得住?……

大家不知道睡了多少次,这会都醒了,估计天该明了,可屋里还是黑洞洞的。

"你看!你看!"周大贵用手指着墙角惊喜地叫道。大家看去,原来墙角下有一个小洞,透出鸡蛋大一片亮光,这证明天亮了。大家开始盘腿坐起来,沉默了一夜,这会儿话像是多了,相互叽咕起来。马英问昨夜和他打招呼的那年轻人:"你是哪里的?叫啥?"

"我叫肖阳,东关自行车行的。"

"做啥?"

"当伙计。"

"怎么被抓来的?"

"到吉祥镇去赶集,汉奸在俺身上搜出个螺丝帽,就硬说俺通八路!"肖阳愤愤地说。

"你那总算有个头,俺耕着地就把俺抓了来……"周大贵还没说完,又一个抢着说道:"把俺抓来的时候,俺那牛还在地里,也不知道它自己会不会回去。"

马英听到这里,心里忽然一亮,他想:大家愤愤不平,这不正是自己做工作的好机会吗?他有了信心。我怎能说自己是废物呢?敌人关住我的身子,可是关不住我的嘴,他向大家说道:"还说那些干啥,都是庄稼人,犯了什么罪?还不是因为咱是中国人!现在是鬼子的天下,人家骑在咱头上,要怎么样,还不是由人家摆弄!"

一句话说到大家的心上。是啊,还谈那些干什么呢?都是废话!大家顿时沉默起来。周大贵更感到发闷,又说道:"那咱就由鬼子摆弄?"

"慢慢来嘛,鬼子总混不长。"马英接着隐隐约约讲了一些抗日的道理,大家像是早晨刚发现的那个小窟窿似的,心里有点透亮了。

忽然门上那个小窗户开了,刚刚露出一个老警察的脑袋,黑帽子下一脸松肉皮,看样子年轻的时候是个胖子,他用那一双灰溜溜的眼睛向大家扫了一眼,少气无力一字一句地说道:"有人往家捎信没有?"原来这警察局看守所押的大部分是壮丁,并不十分严,允许向家里送信,警察通过送信也可以向被押的家属勒索几个钱,算作他们的外水。不过这些抓来的壮丁在去受军事训练之前,必须经过鬼子宪兵队长的一次审问,认为不是八路了才行。当下大家一听说能送信,纷纷要求送信,有的叫带吃的,有的叫带盖的。马英想:自己家破人亡,给谁送信呢?他忽然想到东关的侯老奎,他和马英的爹是老世交,十一年前马老山押在衙门里时,他就常往里送馍馍、衣裳关照他。之后马英在县里上学,也常到他的馍馍房来玩。他见了马英,总是摸着他的头说:"苦命的孩子,苦命的爹娘,他们拉扯你这么大可不容易,你要争口气!"他想到这里,就对老警察说:"你叫东关馍馍房的侯老奎来一趟。"

老警察点了点头。没多久,侯老奎来了,他一见马英就惊慌地问:"孩子,啥时候进来的?"

"昨夜。大爷你回去拿支笔拿点纸来。我想给家里写封信。"

"你娘不是……"

"我娘听说不在家,"马英没等侯老奎说出口,赶紧抢着说,"你送给镇上赵振江他爹,他会转到我家的。"

"行啊。还要别的啥吗?"

"不要了。"马英此时觉得只要能和党取得联系,别的什么都不需要了。

过了一会,侯老奎来了,拿来一支铅笔,一张白纸,还用手巾兜了一兜热馍。按说一般是不能写信的,因为侯老奎和这个老警察有些交情,算是额外照顾。马英脱下一只鞋翻过来垫在腿上,凑在那鸡蛋大的光亮下面写道:

母亲:

　　儿外出抓药,不幸中途染暴病,卧床不起,寸步难行。这都是孩儿不注意身体所致。但我想,人生得病也乃常情,儿虽染重病,绝不为病魔所吓倒,要和疾病进行斗争。儿所难过的是不能在堂前孝敬母亲,不知您近况如何,望接信后速来回信,以免儿挂念。

　　　　　　　　　　　　　　　　儿
　　　　　　　　常铁生　十一月初十日

"铁生"是他的小名,只有极少数人知道。他写完又反复看了几遍,确信这封信即便落到敌人手里,也不会出什么漏子,才把它交给了侯老奎。

已经是入狱的第三天了,马英还没有接到回信,也没有审讯,大家都闷得不行。周大贵又骂道:"他妈的还不过堂,是死是活来个痛快!"

"你倒想得好。鬼子知道你个子大,故意叫你憋在这个小房子里零受哩!"肖阳开玩笑地说。

"大概鬼子见你个子小,这房子专为你做的,对吗?"周大贵也来了一句,两个人没事就这样闹着开心。

"你看这是什么?"不知谁在地下摸到一本破书。马英拿在小圆洞下一看,是一本少前没后的《水浒》,于是他高兴地对大家说:"我来给你们念一段,解解闷。"

"算了吧,听那个干啥,又不能当饭!"周大贵说。

"念吧,念吧。"肖阳不知道故意和周大贵上劲,还是真的想听,"高兴一天算一天!"

马英一念,大家都听上劲了。可惜这本残缺的《水浒》太薄了,半天就读完了,周大贵听得最起劲,忙说:"再念一遍,非他娘逼上梁山不可!"

"出去过堂!"忽然老警察把门推开,向大家说道。大家一听就往外跑,不但不害怕,反倒高兴起来,因为在这小黑屋实在闷不过了,一来是为了看看久别的太阳,二来是死是活也希望来个痛快!

马英跑在最前面,一步跨进太阳地里,他的心情是多么愉快啊! 不由抬起头来朝天空一望,耀眼的阳光早射得他睁不开眼了。就在这一霎时,他觉得两眼一黑,浑身瘫软,不由自主地睡在地下了,紧接着一个一个……都像喝醉了似的,瘫痪在太阳地里。老警察噘起那两撮白胡子,习惯地慢腾腾地说道:"休息一下吧。"原来这长久闷在黑屋子里的人是见不得太阳的。

大约过了十分钟,大家精神复原了,老警察伸手掏出两个大馍递给马英说:"吃了。"

"做什么?"

"吃了馍挨打不疼。"

"谢谢。"马英感激地望了望老警察,把两个馍掰成十二块,分给大家吃了,跟着老警察朝后院法庭走去。法庭前有一道影壁墙,这是专为遮蔽阳光的。拐过影壁墙,一走进法庭,顿时大家身上的汗毛便竖了起来。这房子又高又大,四周没有窗户,阴森森的,寒气逼人,往房顶上看,正吊着两个人:一人光着脊背,双手反缚着,背上布满了一条条的血印,他用一种惊奇的眼光望着他们;另一人却只拴着两只大拇指,衣服也随着胳膊拽了上去,露出腰来,再往下看,他的脚上拴着两摞青砖,只见他双眼紧闭,微微地喘息着,看样子实在受不住了。梁头上还空着七八条绳子。房子四周摆的是老虎凳、夹棍、灌辣椒水的台子、正在烧着的烙铁……这些本来是死的刑具,现在像忽然变活了似的,一个个张牙舞爪地注视着他们!再往上看,是一条一丈多长的大案子,案子中间坐着一个小鬼子,因为他个子十分矮小,这案子又高,刚刚露出一个头,像是在案子上放着一个烂茄子,这就是日本宪兵队长小野。右边坐着大金牙翻译官,案子下是四只大皮靴和两只大洋狗,那狗前腿直立,后腿弯曲,仰着脖子,卧在地下,呼哧呼哧地吐出它那半尺长的舌头,等待着主子的命令。案子前面是一摊一摊没有干的乌黑的鲜血……

十二个人一字排在案子前,屏住呼吸,十二颗心在剧烈地跳动。

"八路的?"小野怒吼道。

"不是的。"大家像是受过训练似的,异口同声地说道。

"八路的没关系,不是的死了死了的!"

"死了的也不是。"

"出去！出去！通通出去，一个一个杀头！"小野跳起来吼道。

大家排着队走到院里，不知道鬼子要耍什么花样，紧跟着走出一个汉奸说道："来一个。"

"我去！""我去！"大家一听抢着往前走，想着是死是活早早决定算了。这时那拉痢疾的老头出来对大家说道："我去，我老了，反正是快入土的人了。"说罢，他颤颤巍巍地走进阎罗殿。

汪汪！……屋内传出一阵狗咬声，夹杂着老头子的惨叫声。过了一会，老头子不叫了，却听见那狗还在疯狂地咬，大家的心都蹦到嗓子口，心想：这老人该被他们糟蹋成什么样子啊！

狗不咬了，大家一齐注视着那影壁墙。两个汉奸把老人架出来，只见他满身血肉模糊，不成人形了，裤子被撕得一条一条的，露着的半截光腿已经成了红色。汉奸把他架到院里，一丢手，他便一头栽倒地下。

残暴！残暴！无人性的敌人！马英眼里冒着愤怒的火焰。只听那汉奸说道："再来一个！"

"我去！"马英大声说道。周大贵用胳膊把他一挡，抢上前去，回头对马英说："你的身子不行。"

周大贵走进去，就听到里边乒里乓当搞起来，可是没有喊叫声，马英心里暗暗敬佩道：大贵，你真是个硬汉子。

过了一会，周大贵出来了。他用手推开汉奸，摇摇晃晃地摸着墙往前走，只见他满脸血红，头比先前发大了，肚子鼓鼓的，这是用辣椒水灌的。周大贵摸着墙走到偏屋的窗台前，趴在窗台上，大口地吐着血水……

"再来一个！"汉奸又叫道。

"我去！"肖阳迈步就往前走，马英拽住说："我去。你是下一个。"

马英走进这阎罗殿。两个汉奸上来不由分说，便把马英倒背手捆上。哧的一声,马英只觉得头重脚轻,脑子一阵昏眩,身体悬在空中了,他忽然想起他救过的陈宝义,曾被人家这样吊在大槐树上,料不到自己竟……

"你的八路的?"小野问道。

"老百姓。"

"你的不是老百姓,八路干部大大的。"

马英心里一惊,但立刻又平静下来,鬼子是在吓唬他,"不是的。"他说。

鬼子问案子照例很简单,总是三言两语,加之小野今天已经问了四五十人,早已不胜其烦,见马英不承认,随即向两个汉奸咕噜了一声,汉奸便掂着鞭子走到马英跟前,马英咬紧牙,圆瞪着眼睛,心里暗暗说道:"挨不过敌人几鞭子还算得什么共产党员?我倒要看看敌人的鞭子是怎样打在我身上的!"

日——的一声,一个汉奸怒目咬牙,甩起那三尺长沾了水的皮鞭子,鞭子像是一条恶蛇蹿在空中,水点儿先落在马英的脸上,啪的一声,他觉得背上一阵剧烈的疼痛,啪啪!啪啪!……一连几十鞭子,他只见皮鞭子在空中乱窜,屋子旋转,渐渐不省人事了。

忽然他觉得浑身一凉,脑子清醒过来,睁眼一看,自己躺在地下,泡在水里、血里。

"你的八路的!"小野问道。

"不是的。"马英咬着牙说。

小鬼子摆了摆手,两个汉奸便把马英拖出去。刚拖出影壁墙,就见肖阳没等汉奸喊他,便走进去了。这时马英眼前忽然一亮,迎面走来一个又白又胖的矮个子警官,因为他穿的黑警服,那脸就更显得白了,肩膀上挂着一道杠子三颗星。他和马英正好照了个对面,不由都大吃一惊!马英正要说话,只见那胖警官向他摆了摆手,便咯咯地迈着大皮靴走进去了。

"郑敬之!"马英暗暗肯定道,"一点也不错,是他,他向我摆了摆手嘛。想不到这家伙成了叛徒!"

一小会儿,肖阳安然地出来了,只见郑敬之跟着从里边出来向大家喝道:"都他妈滚回去!"

大家弄不清是怎么回事,暗暗庆幸免了更多的人受酷刑。他们把马英等三个人搀起来往回走。

刚走到二道门口,忽然一阵脚步声,一个瘦黑的小警察押着一个老大娘走过来,斑白的头发散乱地披在肩上,一撮被血凝结起来的头发搭在脸前,双眼塌了下去,颧骨突出来,脸色铁青,踉踉跄跄地朝前走着,马英抬头一看,愣住了。只见老大娘那两只无光的眼睛突然一亮,直直地盯住了他。

"孩子!"她用尽力气叫了一声,三脚两步便扑到马英身上,"你……你……"一句话没说出口,泪水就像泉水似的涌了出来。

"娘,娘……"马英迷迷糊糊地以为自己是在做梦,一面紧紧抱住母亲,但愿这梦长一点。这把那小警察弄慌了,愣了一会,就慌忙去拖老大娘,这时郑敬之走过来怒喝道:"老婆子,你疯了!你不愿意交出自己的儿子,还想害人吗?"

"害人!"这句话提醒了马大娘:是啊,她认了马英就是害了他!她一下子把马英推开,愣愣地说道:"我认错了,我认错了……"

马英,这是她亲生的儿子,她眼看着他一天天长大,儿子会喊娘了,儿子会帮助她干活了,儿子越来越懂事了,儿子能带上队伍打鬼子了;儿子是她的光荣,是她的希望,她就要为儿子去牺牲,现在她见到儿子了,却不能认他……她的心碎了,她的头蒙了,她昏厥过去了。

翻译官听到外边哭闹,出来问道:"她在干什么?"

"疯了,乱打人呢!"郑敬之说。

"快点带进来!"翻译官说道。

这同时,大家怕出事,赶紧架着马英回小黑屋去了。

马英靠在墙角。肖阳脱下棉衣垫在他身后。他现在并不感到疼痛,只觉得浑身滚烫,昏昏迷迷,回想起刚才的一切一切,半信半疑:郑敬之怎么会投敌?他参加工作早,又坚定……我怎么刚好碰到母亲了呢?怎么这样凑巧,大概是自己在做梦吧!他叫道:"肖阳,肖阳你起来。"

肖阳不知他要干什么,慌忙站起来。马英清楚地看到他身后小窟窿里透出的光亮,这不是梦,莫非这一切都是真的,他的心跳起来。

"怎么,你好些了吗?"肖阳见他醒过来了,关切地问道。

"我不要紧。"马英说,"你看大贵和大爷怎么样?"

"我还可以灌他妈两桶,我操他祖宗哩!"周大贵听马英问他,气得又骂起鬼子来;肖阳低声对马英说:"老大爷恐怕难熬过去,他的痢疾还没好,刚才又拉了……"

这时马英忽然感到背上一阵剧痛,他忍着痛叫道:"大爷,大爷。"

老头子半天才喘息着答道:"我……我不中用了,你……你是念过书的人,你……"声音小得听不见了。

"不要紧。我们等他们来了就对他们讲,他们……"他们会怎么样呢?难道对这些魔鬼还能寄托什么希望吗?马英说不下去了,一阵沉默。大家都想安慰老人,可是谁也找不到恰当的语言。

一忽儿,肖阳忽然对马英说:"你记得吗?有个老大娘要认你做儿子呢!大概是迷了,你看她老人家被折腾成啥样子啊!"

母亲那被折磨得不成人形的样子,一下子出现在马英眼前,他心中一酸,眼泪便唰唰地流了出来,娘,你为了保护自己的儿子,流出了多少血和泪啊!

马英忽然又想起了郑敬之,就问肖阳道:"你进去鬼子怎么不打了呢?"

"这还得感谢那警官呢!"肖阳笑了笑说,"鬼子正要收拾我,胖警官对鬼子说道:'太君抓他们当壮丁,打坏了的不行。'那鬼子想了想说：'统统地滚蛋！……'"

"去他娘的吧，当汉奸的还有好人，还不是想把老子们弄去当炮灰！"周大贵又骂起来。

马英想：郑敬之是汉奸，但可能良心还没有坏透，要不，他会出卖我的，为什么反而掩盖我的身份，莫非……但他立刻打消了这种念头，对敌人不应该存在侥幸心理，要有足够的警惕，说不定敌人又在玩什么花样呢……不知在什么时候，他又迷迷糊糊地昏过去了。

十 母 与 子

马大娘被拖在法庭上，昏迷不醒。案子下那两条大洋狗对她也很熟悉了，它们自动地钻出来，吐着舌头，呼哧呼哧地围着她转，好像它们在这个坚贞不屈的母亲面前也已无可奈何了。

马大娘这已经是第三次被提审了，小野曾经交代过，如果第三次她还是不说出她儿子的去向，不把她儿子找回来，就要杀她的头。她慢慢睁开眼睛，地下是一滩血水，血！这是儿子的血，这是自己身上的血，她用手抚摸着这血水，暗暗说道："鬼子，你们瞎了眼睛！你们要我的儿子，我儿子就在你们眼前！……"

"快快地说，你儿子在什么地方？"小野暴跳起来。

"不知道。"

"死了死了的！"

两个汉奸听罢架着马大娘就往外走。

"太君，现在杀未免太早了吧？"郑敬之上前低声和小野说了几句话，小野点点头，又向汉奸们摆摆手……

马大娘昏昏沉沉，觉得身上热乎乎的，低头一看，怀里抱着马英，马英还是童年时的马英：方方的脑袋，圆圆的小脸，大大的眼睛，握着小拳头对她说:"娘,我长大给爹和姐姐报仇!"这时突然蹿出一条狼,把马英衔走了,她叫喊着去追,这时才看清那不是狼,是鬼子,马英也变成大人了,她哭,可是哭不出来,这时她忽然看到一个人对她狞笑,这是谁呢?苏金荣!马大娘浑身打了个寒颤,醒来了。强烈的太阳光从玻璃窗口照进来,她现在到了什么地方?……炕上铺的羊毛毡,新洋布棉被,红花绿边墙围,地下摆的是方桌靠椅,桌上放着座钟、茶壶、茶碗,炕的对面是一排红漆柜子。她想:我这是到了什么地方了呢?她忽然看到屋门口站岗的那个小警察,大家都叫他李小黑,马大娘自押到城里来,这个小警察就一直跟着她,有时她见他偷偷掉泪,可是一句话也不说。

"小黑,他们这是把我弄到哪啦?"马大娘支撑着身子问道。

"苏会长家。"

"哪个苏会长?"

"肖家镇的大财主,苏金荣嘛。"

"苏金荣!"马大娘浑身颤抖起来,丈夫和女儿惨死的形象就活现在她眼前。十一年来,她一听到苏金荣这三个字,就仿佛听到丈夫和女儿冤屈的喊叫,听到苏金荣的狞笑,这笑声和叫声总是糅合在一起,她永远忘不了这笔血债。

外面一阵脚步声,走进一个人来,这人正是苏金荣。他一进门就故作惊讶地说道:"大嫂子,受惊了,受惊了。我一直不知道,昨天才听说,就跟皇军求个情,把您接了过来。唉!"接着悲伤地说道:"受了一辈子穷,老来还受这个罪,不过总算熬出来了。皇军想送您座房子,我看我这偏院闲着,就给您住吧。现在就等您一句话了,把马英这孩子找回来……"

马大娘气得浑身直哆嗦,她想破口大骂他一顿,难道这就能解恨吗?她想扑上去撕他咬他,可是身上一点力气也没有了。

"您不要害怕,马英回来我担保不杀他,还有官升。"说着他从身上掏出一张委任状,"皇军很器重他,我也在皇军面前不断夸奖他,这孩子有才干,皇军答应他回来就是中队长。那时您就成了老太太了,听说马英和建梅不错,我把这闺女送给您做儿媳妇,将来就住在这西屋。"他用文明棍向外一指,"好住,好吃,好喝,儿孙满堂,也不亏您抚养他这一场……"

是啊,马大娘一生下马英就有过这种愿望,可是她明白,这不是能从敌人手中得到的,儿子曾经对她讲过,血的经历也告诉了她。她突然转过脸来冲着苏金荣说道:"你这个野兽,你害死我的闺女,又害我的儿子,你存的什么心!我交出儿子,谁还替我报仇!你说?你说?……"马大娘啐他,口干得沙啦啦的,口水也没有了,她想用头撞他,刚一抬起身子,一头便栽到炕上了,她大口地喘着气。苏金荣吓得倒退了好几步,他第一次看到这个软弱沉默的女人突然坚强起来了。他镇静了一下,又假赔着笑道:"何必生这么大气呢!好商量,好商量。我也是一片好心。一时想不开,再好好想想……"说罢便退了出来。要是在平常,苏金荣那脑门上的两股青筋早蹦了起来,可是因为要执行皇军的软化政策,他不好马上就对马大娘怎么样,只好气鼓鼓地走了出来。

苏金荣走到大门口,正好碰上司法股长郑敬之进来,郑敬之问道:"怎么样了?"

"顽固不化。"苏金荣气呼呼地说,"我看干脆把这老东西干掉算了,反正也难挤出油水,皇军还拿她当宝贝哩!"

郑敬之暗暗吃了一惊,忙说:"这是皇军的旨意,谁料得到……"

郑敬之走到屋门口,见四下无人,对李小黑说:"有人来了咳嗽一声。"李小黑点了点头。

"大娘!"郑敬之站在屋子的中央叫道。

"大娘!"马大娘被鬼子抓来以后,还是第一次听到有人这样叫她,她又想起以前身边那些青年人,可是转脸一看,是一个胖警官,她把眼合上了。

"大娘,"郑敬之向前靠近一步,"您不理我,这我明白,那是您把我当做了汉奸,您会骂我,咒我……"他的声音低沉,回想起元旦前夕县委搬走的那一天:

那是一个昏沉沉的夜晚,郑敬之气喘吁吁地跑了五里地,追上县委会。

"你跟来干什么?"李朝东大声地问他。

"真的叫我当汉奸,千人骂,万人咒……"郑敬之习惯地摊着两手嚷道。李朝东没等他说完,就摇着他的胳膊说:"老兄,你是怎么搞的!这是革命工作,县委的决议。你知道,咱们所有的人都暴露了,只有你,只有你,你要懂得这一工作的重要。你,要变成一把刀子,插在敌人的心脏!一把刀子!懂吗?"

"懂了。"郑敬之在任何人面前都显得能说会道,唯独到了李朝东面前,两片嘴就不听使唤了。

郑敬之回去就当了日伪警察局的司法股长,帮着鬼子预审案件,看着这些野兽屠杀自己的同胞,还要跟着他们酗酒,狂笑,骂人……这一切时时在折磨着这个革命的知识分子。他每天都盼着天快一点黑,只有天黑了,他才能离开这些魔鬼,回到家里过一夜干净的生活。他,妻子早就死了,家里只有一个六十岁的老母亲和一个小女孩。小女孩名叫荷花,已经八岁了。一天她放学回来,扑在郑敬之身上说道:"爹,秦老师说你是汉奸。"

"对,爹是汉奸,可不要跟爹学。"郑敬之叹息着摇了摇头,又嘱咐道,"到外边可不要乱说。"

"懂。"荷花点了点头。

自从鬼子把马大娘带进城,第一堂他就参加了审讯,他看到那两只如狼似虎的洋狗怎样去狂咬这位母亲,就像是咬他的心一样。昨天他巧妙地提醒了马大娘,使她没有和马英相认,但他看到了马英那锐利的眼光,他把他当做了叛徒、汉奸……他用缓兵之计暂时把马大娘救下了,可是怎么把他们母子救出去呢?他们是不信任他的,他要设法使他们相信,又不能公开暴露自己的身份,多难啊!

郑敬之镇静了一下,继续说道:"大娘,我虽然是个汉奸,但我还是个中国人,我的良心还没有坏透。当然您不会轻易相信我的,不过我可以用事实说明,鬼子百般拷打您,只不过是为了想找出马英,他们还不知道马英就在他们的监狱里。我要是坏人,一句话就够了,可是您放心,我决不会这样做,我再告诉您,马英的危险期已经过了,鬼子已经甄别完了,不久就要送到壮丁训练所去受训,那时再设法跑出去就不难了。我还想问您,您有什么话要给马英说吗?我可以转告他。"

"你?……"马大娘惊喜地转过脸来。但一看到他那一身黑色的警服,话到嘴边又吞回去半截,只淡淡地说道:"谁也不要为我担心。"

"好吧……"郑敬之刚说出两个字,就听见李小黑在外边咳嗽了一声,立刻变色骂道:"死到眼前,还执迷不悟……"

"什么的?"中村、小野、苏金荣一齐进来了。

"案犯不招供。"郑敬之立正答道。

"八格!没用的东西!"中村然后笑嘻嘻地坐到炕边,对马大娘说道,"你的大大的母亲,皇军非常敬佩!"他接着洋洋得意地把什么"中日亲善"的老调重弹了一番。马大娘只是紧闭眼睛,她不想看这些魔鬼。苏金荣在旁边提醒她道:"太君在和你讲话。"

中村向苏金荣摆了摆手,意思是不要惊动她,他很沉着地继续讲道:"你儿子回来,皇军的中队长。"他用手指了指自己的衣服、口,又指了指房子,用手在空中画了个大圈,"统统地,统统地!"苏金荣听到这里又慌忙把那张委任状从怀中取出来。马大娘把眼睛睁开了。敌人,多么可笑,多么可耻,多么愚蠢啊!她冷笑了一声说道:"拿来。"

苏金荣把那张委任状双手献上,马大娘接过来,哧哧嚓嚓撕了个粉碎,抛在中村的脸上骂道:"你们这些野兽!蠢货!都瞎透了眼睛！告诉你们，不要做梦了，要杀要剐就快一点！"

中村原形毕露，张牙舞爪挥起战刀，喀嚓一声，把那八仙桌子劈掉一角："明天的杀头！"

"带走！"苏金荣喊了一声，立刻又进来两个警察，把马大娘五花大绑捆走了。

马大娘走在街上，看到鬼子汉奸们三三两两在街上跑，一个老太婆就把他们弄得惊慌不安。她又看到街上那些男女老少投过来同情的眼光，忽然想起儿子讲的那些道理，是啊，只要大家都能团结起来打鬼子，不愁打不走。

她又被押回警察局的看守所，大门口加上一个岗，汉奸们跑进跑出，空气立刻紧张起来。一个看守兵打开小黑屋的窗户，惊慌地往里扫了一眼，像是怕他们跑了。周大贵看这情况，心里发闷，问道："出了什么事啦？"

"少废话！"看守警察喀丁一声，把小窗户关上了。

"我看你们这江山也坐不稳。"周大贵只嫌不解气。

过了一阵，听不见响动了，又像死一样的沉静。上午侯老奎送来两包烟，大家多天没有抽过烟，这回都一齐使劲地抽着，七八个火头在黑屋子里一闪一亮，倒增添了一些生气。马英忽然想起老头子，怎么不听他呻吟了，忙叫道："大爷！大爷！"

一连叫了好几声，没有答应，大家慌了，都围过去，用烟头一照，老头子脸色惨白，那突出来的嘴巴紧绷绷地合着。马英把他抱起来，大家一齐喊他，叫他，他再也不答应了，他死了。

周大贵跳起来，用双手捶着门喊道："来人！来人！"

"干啥？"老警察从小窗口伸进他那松皮脑袋，向死者扫了一眼，把胡子嘴一噘，"有什么大惊小怪，在这里是常见的事。"

"常见的事，你们就是拿人命不当回事！"周大贵举起胳膊就要打，马英忙把他拦住，"你怪他做什么，他是没有脑袋的人。"

一会儿老警察又带来一个人，把老头子拖出去了。老头子一去,屋子里显得空了、静了,大家都不约而同地联想到自己的命运,又想到马英的话,是啊,如今咱们中国人犯在鬼子的手里,人家要怎么摆弄就怎么摆弄。肖阳转过脸来对马英低声说道:"我看再不能就这样活受下去了,反正他妈的是死,不如跟鬼子干!我看你就领着大家伙干吧!"

"只要你领头,我就跟着干,下他娘油锅也行!"周大贵也在旁边凑过来道。

"干!干!"

"反正是活受罪!"大家也附和着说。

"低声点,低声点。"马英看大家的情绪很高,就说,"好吧,咱们都是患难之交,可要齐心,千万不能走漏风声,不管鬼子把我们弄到哪里,我们都要团结得紧紧的,跟鬼子干!"

黑暗中,十一个人都使劲地握紧拳头。他们聚集在一起才只几天,可是亲密得就像老战友似的。马英想:是啊,敌人不仅教育我们,还帮助组织我们,倒像我们的"老师"。

大家在里边唧唧咕咕,惊动了看守警察,用枪托子捣着门骂道:"再唧咕,一齐砍了你们!"

老警察听到了,走过来打开小窗户,平静地说道:"安静点,安静点。"

"到底出了什么事啦?"马英问。

老警察因为侯老奎的关系,又见马英是个文人,所以他对马英的态度和对别人就显然不同。

"要开全县大会了,杀一个女八路!"老警察似乎颇有兴趣地说道,"老婆子五十多岁了,可是真有种,大概是喝了共产党的迷魂汤啦。太君什么法子都使了,就是一个字也不说。"

"他娘的,一个老大娘有什么罪过!"周大贵愤愤地说道。

老警察用手指比了个"八"字:"她儿子是这个的游击队长。"

马英的心忽然跳起来,这老大娘是谁,莫非就是娘么?他慌忙问道:"可知道那女八路姓什么?"

"听说是姓马……"

轰!马英脸前就像打翻了花篮子似的,红红绿绿,眼花缭乱,他的头晕了:娘,你就这样被敌人残杀了!……娘,你死的光荣,死的伟大!我永远要记住这笔仇恨!马英气得用拳头敲得墙壁嗵嗵响。

惊动了旁边的肖阳,他问道:"你做什么?"

"我恨这些强盗!"马英说。

"你不是说吗,鬼子混不长,总有一天……"肖阳反而安慰他道。

"郑股长,回去啦!"忽然听见老警察说话声。

"多加小心。"这是郑敬之的声音。

马英想:郑敬之,这个杀人不见血的汉奸,他决不会放过我的,我要早做准备,看来他还想放长线钓大鱼,真是妄想!马英转过脸来对肖阳说:"万一敌人要把我杀了,你要领导大家干,可不能散伙!"

"你怎么说这话,不会的。"肖阳说。

"也说不定……"马英觉得不好再往下说了。

郑敬之回到家里天已经黑了,他就像热锅上的蚂蚁,坐也不是,站也不是。老娘说:"你是怎么了?"

"洞挖好了吗?"

"挖好了。"荷花在一旁抢先答道。

可是人怎么出来呢?……他正在发愁,忽然李小黑来了,他把郑敬之拉到一边低声说:"我有办法了,你看行不?就说红部① 提审,把大娘押出来。"

---

① 即鬼子司令部。

"那你呢?"

"我也藏在你家里。"

"你真行!"郑敬之使劲捏住李小黑的两臂,可是接着他忽然把手松了说,"今天晚上不是你的岗?"

"我已经和他们换了,晚上九点钟。"

郑敬之以前只把他当做一个单纯的富有正义感的小孩子,没想到在这紧急关头,竟能冷静地想出这样的妙策。他和李小黑是在最近偶然相识的:那是三天前对马大娘进行第二次审讯完毕后,回来的路上,他看见李小黑偷偷地哭,于是上去扳住他的头问:"哭什么?"李小黑一时支支吾吾答不上来。晚上他便把李小黑叫到家里盘问。李小黑隐瞒不过,只得把实情讲了出来:他原是衡水人,日本人说他哥哥是八路,把他母亲抓了去,打死在监狱里,他看见马大娘,想起母亲,故而啼哭。郑敬之听了心中暗喜,表面上却恶狠狠地说道:"原来你家里私通共产党,如今又同情八路,该当何罪!"李小黑脸一红,指着他骂道:"狗汉奸,你去向鬼子报告吧,我不怕死,总有一天……"郑敬之上去用手捂住李小黑的嘴,他的心激烈地跳动着,在这一团黑暗中,他终于看到一个火花在眼前爆发开来。他们就这样认识了。后来郑敬之才知道李小黑的哥哥真是一个八路军,而且和他在南宫一起受过训,于是更加信任李小黑了,他要让这个火花更加闪亮起来。这时他望着李小黑那奋不顾身的神情,白胖的脸兴奋得红了,高兴地说:"好吧,就这样办,九点二十分钟行动,我在胡同口接你!"

李小黑回到看守所。等到九点钟去换岗了,那站岗的交班时对他说:"黄警长刚才来交代,红部马上就来提人夜审。"

"警长呢?"李小黑不由心跳起来。

"出去了。"

李小黑不能再等了,一不做,二不休,看看四下无人,低下头对马大娘说:"大娘,我们要救你走了。"

"啊！什么？"马大娘问道。

"救你走！"

马大娘看着这个态度恳切的孩子，说不出话，将李小黑抱住，眼泪流了下来。李小黑说："别哭了，这就走，咱们就当做提审的。"

他让马大娘在头前走，他在身后紧握着枪，推上子弹，便押着马大娘走出来。

"上哪去？"大门口站岗的问。

"红部提人。"李小黑只管往外走。

"怎么只一个人押？"那门岗问道。

"那谁知道。"李小黑转过脸来不耐烦地说，"警长叫我一个人押，我有什么办法。"

"刚才黄警长交代了，红部是说要提人哩。"另一个门岗说道。先前说话的那门岗也就不再作声。

李小黑暗地里捏了一把汗，朝前走了几十步，便急忙拐进胡同。就在这时前面走来一人，李小黑赶紧拉马大娘躲在一个突出来的墙角后面。那走来的人正是黄警长，他隐约地看见前面有个黑影一闪，就喝道："干什么的？"

李小黑屏住气，把枪准备好。那黄警长以为是眼看离了，没有再理会，朝前走去，他走到大街，大街上来了几个人。

"黄警长，我们正找你呢！"那是伪军小队长王洪建的声音。

"提人吗？好，走。"

李小黑一听，吓了一大跳，这里离看守所只几十步远，他们不是很快就会发觉吗？想到这里，他架起马大娘就跑。那黄警长听到胡同里有人跑，更加不放心，就对王洪建说："你先走一步，我就去。"

说罢他便朝胡同里追来，李小黑听到后边有脚步声，更加慌了，拖着马大娘跑。他们跑得慢，那家伙追得快，他已经看清前面两个人的影子。马大娘对李小黑说："你快跑吧，不要管我了。"

"那怎么行!"李小黑还是拖着她只管往前跑。

"再跑我就开枪了!"黄警长在身后喊道,声音是这样近。李小黑想不开枪不行了,转过脸来就是一枪,正打在黄警长的腿上。这时敌人已经发觉马大娘不见了,又听见枪响,到处吹起哨子……

这里离郑敬之家已不远,拐过一个胡同就到了。李小黑索性把马大娘背起来往前跑,郑敬之家没有上门,他一头便蹿了进去。

"快藏起来!"郑敬之说罢,就掂着枪往外跑,刚拐过胡同就听见黄警长坐在地下叫道:"郑股长,犯人朝你那边跑了。"

郑敬之二话不答,照准他的脑袋给了一枪,这家伙就这样糊里糊涂完蛋了。他随即一手抱住这个倒霉的家伙,一手顺街朝前打枪。这时王洪建带着队伍从屁股后赶来了,问道:"怎么回事?"

"黄警长被反叛打死了!"郑敬之答。

"反叛呢?"

"正前方。"

王洪建带着队伍向前追去。

这天晚上敌人直闹了一夜,第二天又戒严一天,进行大搜查。自然是一无所获。这件事使中村大伤脑筋,将看守所的一班看守警察全换了,警察局长也挨了一顿臭骂。

晚上,一切事情都过去了,郑敬之心上像放下一块石头。他坐在司法股的办公室,看看所有的人都回家了,就把老警察唤来:"把那个姓常的带来。"

老警察走到小黑屋前,打开小窗户,向马英点了点头:"出来。"

马英知道出了事情,他跟大家一一握手,说道:"再见吧!"大家都摸不着头脑,惊慌地望着马英。马英跟着老警察一直走向后院。

"那个老大娘呢?"马英走着问道。

"毙了。"老警察说。这原是上司交代了的。

马英听罢,愤愤地大步朝前走去。

"报告!"走到司法股门前老警察喊了一声。

"进来。"

马英跟着老警察走进去,只见郑敬之一人坐在写字台前,大声说道:"怎么只带来一个?都带来!"

老警察不敢回话,来了个立正,向后转,出去了。

一阵喜悦的心情在郑敬之脸上出现,这是敌人进城以后第一次和他的老战友单独站在一起,有多少话要说啊,而首先要讲的,是要报告给他一个好消息……就在这一霎时,他看见马英锋利的目光,就像是两把刀子盯住他,他正要开口,马英一步蹿上来,啪的一个耳光打在他的脸上,双手揪住他的衣领骂道:"叛徒!汉奸!杀人不见血!你要干什么,你就痛痛快快干吧!"

郑敬之挨过鬼子宪兵队长的打,警察局长的打,可是第一次挨了自己同志的打,泪花从他眼里滚了出来,滚在他那白胖的脸上:"放开手,你冷静一点,你母亲已经被救出去了。"

"撒谎!撒谎!"

"你很快就会明白的……"

马英慢慢把手放开了:我打的究竟是什么人?是敌人还是同志?……他无力地靠在门上。

"报告!都带来了。"

"进来。"

十一个人站在地下,郑敬之整了整警服,大声对他们说道:"明天送你们去受训!"

十一 地下斗争

壮丁训练所设在原来的师范学校那里,两排教室全住满了壮丁。这里和看守所并无大的区别。四周墙上用铁丝网围了。大门上设有守卫岗,家里的人来探望,只能通过大门上那个小窗户,每次只给五分钟的时间。所不同的是没有关在黑屋里。天天出操,可以见到太阳,可是这出操的罪更难受。

训练所的所长名叫吴占江,外号吴胖子,他看来只有半个脑袋,那半个脑袋掉在衣领子里了。吴胖子有两副相:他见了鬼子顾问武藏,一下子笑得成了"弥勒佛";可是见了壮丁呢,立刻就变成"哼哈二将"了。武藏和吴占江一样矮、一样胖,两个人站在一起,就像是一对双生子,但仔细一瞅却大不相同,一个横眉瞪目,一个满面笑容,武藏是个酒鬼,喝了酒就打人,壮丁们一见他喝了酒,就都躲得远远的。有天夜晚吴胖子正在东亚轩烟馆吸白面,武藏掂着个空瓶子摇摇晃晃进来了,用胳膊在桌子上来回一刮拉,就把他那一摊子拾掇了,油灯也打了,吴胖子一声不响地弯下腰乱摸。

"什么的干活?什么的干活?"武藏一边说,一边用皮鞋乱踢。吴胖子慌忙起来给武藏捶背,一口一个"太君"。接着将武藏背起来,像屎壳郎滚蛋似的,背到自己的家,放到他老婆的炕上……

吴胖子回来,点起灯,蹲在地下摸呀,摸呀,摸一点,把手指放在鼻孔上嗅一嗅。

第二天刚巧有个人到吴胖子家串门子,看见鬼子跟他老婆在一起睡觉,还以为是鬼子强奸她呢,忙去报告吴胖子。吴胖子听罢把鼻子一哼:"真他妈多管闲事!"从此他这故事就传开了。

"这些汉奸走狗真他妈的无耻之极!"马英听了这故事暗自低声骂道。

他们来到的这一天,正是傍黑。壮丁们正在休息,有一个小鬼子硬要别人跟他摔跤。马英想:这一定是那个武藏了。这小子长得很结实,那些饿得又黄又瘦的壮丁自然摔不过他,一连叫他摔倒了几个,每摔倒一个,他便张口哈哈大笑。有一个十五六岁的孩子,让他摔倒了刚要爬起又被他一脚踢倒了,刚爬起来,又被他一脚踢了个脸朝天,那孩子不能动了,武藏将他拉起来,又是一脚……只见那孩子满脸是泪,浑身哆嗦。马英他们看着,个个气得直咬牙。这时正好吴胖子走过来,忙伸出个大拇指,向武藏讨好道:"太君无敌。"

"你的来一个。"武藏要和他摔跤。

"我的不行。"吴胖子吓得直哆嗦。武藏摔得高兴,不管三七二十一,拉住他就摔。吴胖子一屁股坐在地下,转脸说道:"我的输了,太君大大的……"

"我跟他摔一个。"周大贵气得再也忍不住,一步蹿上前去,马英拉他没拉住。

武藏忽然见来了个大个子,愣了一下,看样子自己的脑袋只达到他的胸间。他有些胆怯。可是也不好收场,就握紧两个拳头冲过来,周大贵用手把他的脑袋瓜子一扒拉,猛不防使了个扫堂腿,那武藏踉踉跄跄向前跑了七八步,一下子弄了个嘴啃泥。

全场一阵大笑。武藏恼羞成怒,从地下跳起来,张着他那满嘴泥巴的大口,"八格……"地骂起来。

"混蛋!你敢打太君!"吴胖子也叫起来,跑过来就给周大贵一耳光。马英忙上前拦住道:"既然是摔跤嘛,总有胜有败,为什么要打人?"

"你是什么东西,谁叫你管?他侮辱皇军,给我打。"于是几个警察上来七手八脚将周大贵打了一顿。

第二天,上操练正步走,两百人排成二路纵队围着操场转,武藏和吴胖子坐在操场边,身旁摆了一堆碎砖头,看谁的腿抬不起来,就拿砖头投谁。肖阳身架子不好,走了两圈,腿渐渐伸不直了,那武藏照他就是一砖头,吴胖子紧跟过来又给了一拳。一直到大家都抬不起腿的时候才让休息。就这样搞了一天,差不多的人都挨了打,晚上睡觉的时候,没有一个人不骂武藏和吴胖子的,周大贵骂道:"操他娘,还不如蹲在小黑屋里,要打就痛痛快快打一顿,免得零受。"

"零借整还。"肖阳还是那样满不在乎,他拾起石灰块在墙上划了两道,"今天挨了两次打,把他记下来。"

马英把他们两个拉在一起悄悄地说:"忍耐一点。再等几天就发枪了,发了枪再说。"

大家忽然觉得有了希望。是呀!鬼子抓我们来当兵,当兵就得给枪,有了枪就好办了……

一天傍晚,大家下完了操,正在喝这最后的一顿稀米汤,忽然有人喊道:"周大贵,你娘来看你啦!"

周大贵吃了一惊,他自抓来之后,就让人给他娘捎信说他到外边帮工去了,过几天就会回来,不要担心,可是她怎么会知道他在这里呢?……

周大贵的老娘已经七十岁了,她生了七个孩子,可是多半都生下来就得病,不几天就死了。算命的说:她家命中注定只能有两人。也真凑巧,老娘四十岁上生下周大贵,养活了;可是第二年老头子就死了。从此母子二人就守着那一亩地、一间破房、一床被子度过了这三十年。老娘因为长期过度的劳累,到了六十岁上什么活也不能做了,周大贵就把一切担子都挑起来,他唯一的生活内容,就是像牛一样地下地劳动,赚来吃的养活老娘,晚上,娘儿两个躺在一起,老娘就念叨道:"孩子,该给你说个媳妇了。"

"我不要,咱少这顿没那顿的,养得起?"周大贵说。

"养不起也得养,你这辈子不要媳妇,我死也不合眼。"老娘说着就哭了。

"娘,算命的不是说咱家只能有两条命吗,怎么能娶?"

"孩子,娶了媳妇娘去死,娘老了。"

"娘,你不能死,你死了给我娶一百个媳妇也不愿意。"

扫荡那一天,儿子忽然不见了,她到处打听,把周围几个村子跑遍了,敲门敲得手都肿了,也没有打听出儿子的影子。老娘一个人躺在炕上抱着那条破被子落泪。

忽然一个人捎来个口信,说儿子在外边帮工,她非要打听儿子在哪里帮工不可,那人被逼的没法,只好讲了实情。她当天就跑到城里。到了壮丁训练所的门口,可是人家不让她进去,看望壮丁照例是要钱的;她哭、闹,也无济于事。那些守卫的警察犹如泥胎似的,理也不理。壮丁们在操场上:"一二三四……"的喊声,她听得清清楚楚,仿佛听到了儿子那个大粗嗓门,可是看不见,真是隔墙如隔千重山啊。

老娘回来了,从哪里弄钱呢?地、房子,是万万动不得的,这是要传给子孙的。她上炕抱起那唯一的破被子,不,不行,卖了盖什么呢?放下被子,她又掂起墙角那口铁锅,但走到门口就站下了,不行,卖了它,用什么做饭呢?……唉!亲生儿子见面都要花钱,可是还顾得这些吗?……

如今老娘扒在这小窗口上望啊,望啊!终于看见儿子走过来了。啊!儿子变了,他的头发长长了,胡子长多了,脸变黄了,眼睛变大了。儿子走到脸前,可是她看不清楚,她的眼睛模糊了。满腔的语言争先恐后地挤到嗓子眼,堵住了,一句也说不出来。她终于哭了。

周大贵叫了一声"娘!"眼泪就滚出来。他想:娘这些日子是怎么过的啊,被抓来的时候家里只有三天的粮了。他咬着牙问道:"娘!这几天家里还有吃的吗?"

"有,有……"老娘说不下去了。

"要是没有了,"周大贵的声音在嗓子眼抖动着说道,"就先找东邻西舍的婶子大娘借一点,等我出去了再……"

老娘听儿子说到这里,哇的一声嚎啕起来。周大贵劝道:"娘,别哭了,别哭坏了身子。"

不劝还好,越劝他娘哭得越恸。

"娘,你有什么话要说吗?"停了一下周大贵问道。老娘忍住心里难过,用袖子擦了擦眼泪……

"到时间了。"值班的警察喊道。

时间像流星一划,五分钟过去了。

"走!走!"门外一个警察用枪托子赶她。

"俺还没跟俺孩子说话呀!"老娘扒住小窗户不走,哭喊道。警察一下子把她拽了个跟跄:"谁管你说话不说话。"

"你们讲理不讲理,你们有没有爹娘?"周大贵瞪着眼,双手把那两扇大门摇得哐当哐当直响,土从房顶上沙沙地落下来。

这下子惊动了吴胖子,走过来骂道:"谁他妈敢说不讲理!"

"你们就是不讲理!"周大贵转过脸来顶撞道。

"噢——又是你啊!"吴胖子冷笑了一声,"你还想造反!不给你点厉害瞧瞧还得了?"接着他把哨子嘟——嘟地一吹,吼道:"紧急集合!"

人们一听到这哨音,个个心惊肉跳,不知道又该揍谁了,大家把正端着的稀米汤碗乒乒乓乓放了一地,跑步到操场上。

"立正!"吴胖子喊了一声,四路横队站好了,大家不由相互望了一眼。

"周大贵,出来!"

周大贵站出来了。

"捆起来!"吴胖子一喊,立刻有四五个警察上来把周大贵捆起来,按到地下。吴胖子倒背着手,从队前走过,仔细观察着每一个人的表情,大家不愿意看他那丑样子,都把头低下来。忽然他看见马英那不平的眼光,便冷笑了一声:"出来!"又向肖阳看了一眼:"也出来!"

马英和肖阳站在队前,吴胖子从警察手里夺过两根鞭子往地下一扔,冲着他俩说:"给我打!"

"他有什么错?"马英怒目问道。

"他想造反!"

"他想造啥反,不过是看看他娘。"

"我早就看你不是东西,还违抗命令,捆起来!"吴胖子两眼瞪得像个猫头鹰。几个警察上来把马英也捆了。他这时一点也不感到畏惧,反倒升起一种光荣感:和自己的人在一起受刑,这是理所当然的。

吴胖子转过脸来问肖阳:"你呢?"

"我不打。"

"为什么?"

"我不愿意打。"

"都他妈的是一伙,捆起来!"

肖阳也被捆起来了,这年轻人觉得能和马英一样,也感到有些自豪。可是他那颗心在紧张地跳动,两只眼睛紧盯着吴胖子,看这家伙到底要干些什么。

"好吧,你们不打,叫你们看看!"吴胖子掂起三尺长的皮鞭子往水桶里一蘸,照准周大贵那宽宽的背上狠狠地就是一鞭:"你还想造反!"

"老子就是想造反!"周大贵趴在地下,歪着头瞪着吴胖子骂道。

"看你造反不造反!"吴胖子又是狠狠地一鞭。

"造反!"

又是一鞭。

"造反!"

啪!啪!啪!一连几十鞭,"造反,造反,造反……"声音越来越微弱了。

无情的鞭子还在空中乱舞。周大贵的棉衣被打得开了花。血慢慢地从里边渗出来。吴胖子累得满头大汗,嘴里喷着白沫。

马英在看守所曾经挨过敌人的鞭子,当时咬紧牙也不觉得怎么;这回看着鞭子抽在周大贵身上,觉得比打在自己身上还痛。多好的硬汉子啊!他扭头看了看肖阳,这个青年人已经哭了。

这时吴胖子累得直喘气。那武藏刚好走过来,一看是打周大贵,嗷嗷地叫道:"好的,好的!"他想起那一交之仇了。

"太君,"吴胖子一见武藏,像是老鼠见了猫,双手把鞭子奉上,指了指周大贵说道,"你的。"

武藏接过鞭子,先在周大贵身上抽了两下,然后一脚把周大贵踢了个翻个。他张着一口大黄牙狞笑道:"你的小小的!"

周大贵猛一看见是武藏,使劲直起脖子,咬着牙骂道:"小鬼子!你算得了什么?还不顶个屁!"

啪!武藏照准周大贵的脸上劈面就是一鞭,接着又一连照他的脸上打了几鞭子,他脸上的血肉模糊了。这时吴胖子又掂来一根对拃粗的大棍子,劈头盖脸地打下来,周大贵头上的鲜血直涌。武藏又带着狂笑用大牛皮靴在周大贵的胸上肚上乱踩起来。

这个正直、淳朴、坚强的农民终于停止了呼吸……

"拖走!"吴胖子喊道。两个警察一人拉住一条腿,把周大贵拖走了。

吴胖子掂着鞭子得意地走到马英脸前,歪着胖脑袋,奸笑着问道:"怎么样,看见了吗?"

马英牢牢记着在敌人面前不能暴露自己,可是他实在忍不住了,胸脯气得一起一伏地说道:"这有什么了不起,人家没有还手的余地罢了。"

"哼!嘴还硬,再硬也打死你!"吴胖子说着照马英腿上就是一鞭子。这时大家都过来求情说:"周大贵的事,与他二人无关。年轻人说话上点火气,请所长息怒。"

虽是求情,可是大家眼睛里都闪着怒火,吴胖子见这形势有些心虚,万一真把大家逼反了,自己的性命难保,于是顺水推舟地说道:"看在大家的分上,先饶你们两个一次。"

大家连忙给马英和肖阳解了绑,搀回去了。

这天夜里,大家都睡不着,个个心里愤愤不平,有的说:"明天不知道轮到谁头上了。"有的说:"总得想个法子啊!"还有的嘘声叹气。马英想:总不能让敌人这样折腾下去,要这样下去非叫敌人弄垮了不行,得想个法子敲敌人一下,让他老实点……

深夜,差不多都睡着了,有人打起呼噜,马英还是睡不着,周大贵的影子总在他脸前徘徊,好像要他报仇。他不觉感叹道:"你死得太早了,要不,能为抗日做多少工作啊!"

肖阳也没睡着,他拉了一下马英说:"我一合眼就看见周大贵,大概是他阴魂不散,咱们要替他……"

马英推了推他,要他不要说,接着就假装打起呼噜。

第二天天黑时,瞅了个空子,马英把肖阳几个人召集起来说道:"咱们十二个人已经死了两个了,敌人正在注意咱们,再不想办法恐怕咱们都活不长,还能抗日?"

大家听罢就唧唧咕咕议论起来,都主张和敌人拼。马英说:"硬拼不行,现在咱们赤手空拳,得等受完训发了枪。"

可是等到受完训还有半个月,不知能不能活到那时候呢,这时肖阳说道:"最坏的是那个武藏,吴胖子就是舔他的屁股。把他干掉了,吴胖子也就会老实点。"

"对!武藏天天夜里到东亚轩喝酒,回来的时候要从孔庙后边过,那里很静,就在那里把他收拾了算啦。"王小其接着说道。

大家都同意这个办法,决定今夜就动手。

夜里十点钟,大家都睡了。王小其偷偷到武藏住的房子窗口看了看,见这家伙不在家,便回来在寝室的门口敲了两下。

听到敲门声,马英和肖阳便装做解手,拿起早就准备好了的绳子跟着走出来。他们三个来到厕所,便搭起软梯子,马英和肖阳翻出了墙,王小其留在厕所放哨。

马英和肖阳都在城里住了多年,路很熟,拐了几个弯,便到了孔庙后边。这正是十冬腊月天气,寒冷的夜风钻进他们的衣袖,马英感到他那背上被打烂了的伤口有些发痛……

忽然听到脚步声和鬼子叽里呱啦的说话声,两个人蹲在墙角,屏住呼吸,心立刻紧张地跳起来。鬼子过来一大群,还夹杂着几个日本娘们,嘻嘻哈哈地从他们身边走过,散过来一股酒气。有个鬼子拿着手电筒乱照,雪白的电光从他们头上扫过,吵吵闹闹地拥过去了。

鬼子走了,一阵沉静。肖阳的手冻得冰凉,捧在嘴边直哈气,夜风愈来愈猛地从这空场子上扫过。

又过了好大一会,大约是深夜下一点了,仍然没见武藏的影子。肖阳说:"这小子是不是找吴胖子老婆睡觉去了?"

马英心里一跳,是啊,要是这小子不回来,那才糟糕呢,可是又一想,哪有那么巧?就说:"再等一会看看。"

两人又等了一会。忽然听到有鬼子唱歌声,就屏住气。过来了,是两个鬼子,一个高一个矮,仔细一瞧,没有武藏,好不泄气。

马英说:"今夜算这小子走运,让他多活一天,明天再来。"

肖阳来的时候劲头挺大,这会一泄气,觉得又冷又困,懒洋洋地说道:"走吧。"

二人一前一后往回走,走过空场子,拐进一个胡同,刚走到三岔口,突然从左街上走来一个鬼子,手里拿着酒瓶子摇摇晃晃正和走在前边的肖阳碰了个满怀,一看正是武藏。原来这小子没从空场子走,绕着胡同来了。他没等肖阳动手,上去将肖阳一抱,嘴里嘟囔道:"花姑娘的!"肖阳也趁势将他抱住。

马英一个箭步蹿上去,把挽好的绳子往他脖子上一套,转过身子一背,武藏两脚便离地了。这家伙吃的肥肥实实,足有一百七八十斤,可是马英一点也不觉得重,背着他顺小胡同就往空场子跑。到了一棵树下,肖阳把绳子头往树杈上一扔,然后将绳子猛一拉,哧——的一声,神不知,鬼不觉,武藏便上了天,舌头吐出了半尺长。

马英和肖阳把绳子头拴紧在树上,看看一切都妥当了,就兴奋地走了回来。走到厕所墙下,轻轻咳嗽一声,王小其在里边回答一声,于是二人便翻过墙头。王小其着急地问道:"怎么样啦?可把我等坏了。"

"上天啦!上天啦!"肖阳高兴地说。三个人接着一个跟一个走回了寝室。

第二天,再没见到武藏,王小其跑到吴胖子那里探听消息:"所长,太君哪里去了?"

"回国了。"吴胖子扫兴地说。

"回国了?"王小其心里暗暗发笑,"回他妈阎王殿去了倒是真的!"

小野夹着他那烂茄子似的脑袋从耶稣堂走出来,耳边仍然回旋着中村刚才的吼声:"中国人统统靠不住!你要利用中国人治中国人,把武藏的死因查清楚……"

这个刽子手,从"九一八"事变就来到了中国,八九年来他自己也弄不清屠杀了多少中国人。对付中国人的办法,他只有一个"杀"字。今天中村在他耳边吼了一阵,像是把他的头脑冲击得清醒了一些,他感到眼前的问题变得复杂起来,是不能单靠"杀"来解决的了。武藏的死,对他是一个谜:验尸的结果,完全证明是上吊自杀,可是根据他平时对武藏的了解,这个人是不会自杀的。武藏的周围全是中国人,这中间有什么变故,不得而知。他现在更感到中村说得对,必须利用中国人,只有通过中国人才能弄清这个问题。那么首先利用谁呢?他一下子便想到郑敬之身上,他觉得他是一个最有办法的人,所以便去请郑敬之来共同计议调查武藏的问题。

郑敬之一听到武藏吊死的消息,大吃一惊。他从武藏在训练所的行为、马英他们的表现,断定这件事是马英他们干的。这件事虽然干的巧妙,但却并不策略。自从马英被捕以后,他就一直为他捏着一把汗,目前马英的处境仍然十分危险,假若刘中正和苏金荣到了壮丁训练所,马英是很难逃得过他们的眼睛的。武藏的死,震动了敌人,使马英的处境更加危险,如果敌人对训练所实行大清查,吴占江这个家伙一定会往马英他们身上推,那就困难了……怎么办呢?他一路上反复地考虑着。

小野今天对郑敬之特别客气,又倒茶又递烟,还拍着他的肩膀大大夸赞了一番,然后才问起武藏死的原因,并且肯定地说:"你的聪明,大大的明白。"

郑敬之早已料到这一着。鬼子之所以征求他的意见,显然是对武藏的死有怀疑,也就是说,鬼子要他设法找出杀武藏的人。他知道,要想在敌人的心脏里站住脚,取得敌人的信任,就要满足敌人的某种要求。所以他便将自己预先编好的答词说出来:"武藏太君大概是被人暗害了的。"

小野忙问:"什么人的干活?"

"这个……"郑敬之说,"没有调查清楚。"

"讲,讲错了的没关系。"小野把嘴一努,"是不是壮丁训练所的干活?"

"一定是仇人的干活。听说武藏太君和吴占江的太太是大大的好朋友。"

"我的知道,吴占江的大大愿意。"

郑敬之摇了摇头:"中国风俗的不行,祖宗三代都不愿意的。"

这句话对小野起了作用,中国的风俗习惯之类,他在受特务训练的时候是曾经学过的,因此他又忙问:"你的说,吴占江的干活?"

"还说不定。"

小野再也耐不住性子,站起来吼道:"抓来的审问。"

马英目前尚在训练所,把吴占江抓来一审自然就麻烦了。郑敬之忙说:"吴占江的一定有同谋,把他一抓,别的人就要跑了,我的慢慢调查,一网打尽的干活。"

小野心里暗暗敬佩郑敬之,心想,要不然自己又犯了急躁病,忙拍着郑敬之的肩膀说:"好的,好的,不要惊动他们,将计就计。"

郑敬之从宪兵队部出来,长长出了一口气。第一关是过了,可并不是问题的了结,而正是问题的开始,下一步怎么办呢?……他想:首先得把吴占江制住,不能让他乱咬壮丁,使他承认武藏是自杀的,这样主动权就掌握到手了;其次,必须让马英立即离开县城,他一走就好办了,还可以把罪名加在吴占江身上……可是,他转而一想,他还不信任我啊!

郑敬之走进家里大门,就见荷花从屋里连蹦带跳地跑出来说:"吴胖子来了!"

门帘一挑,吴胖子提着两盒子点心,从屋里走出来,喀的一声先朝郑敬之敬了个礼,然后笑眯眯地望着荷花说:"荷花越长越机灵了。"又把点心塞在荷花手里。

郑敬之说:"这是送的哪份礼啊?说是阳历年嘛,过了;说是阴历年嘛,还没有到。"

"一盒是阳历年的,一盒是阴历年的。"吴胖子望了望荷花,"你说对吗?"

郑敬之冷笑了一声说:"只怕是为武藏太君送的吧?"

这话正说在吴胖子的心上,他像是突然挨了一闷棍,脑瓜里翻了锅,准备好的一大堆申诉词泼了一地,捞摸了半天也没抓住个头儿,"这……这……"吭吭哧哧地急得满头大汗。

郑敬之紧接着追问道:"小野太君问,武藏太君究竟是怎么死的?"

吴胖子本打算把武藏在训练所的行为,周大贵的死,马英、肖阳等人的不满情绪向郑敬之详细汇报一番,可是现在被他这一吓,心里只顾害怕,不能从头说起,只得结结巴巴回答道:"可……可……可能是被……被人家……"

郑敬之一听他要往外推,急忙打断他的话喝道:"不要吞吞吐吐。告诉你,这可是太君的人命案子,你要讲清楚,弄错了,就是有你这十个脑袋也赔不起。"

"人命案子!"一句话提醒了吴胖子,如果要说是被人杀害,那就成了人命案子,不管凶手是谁,首先就连累到他!他如何担待得起!……他暗自庆幸,好歹自己没有说出来,忙改口道:"一……一定是自杀的。"

郑敬之见他上了钩,故意说道:"太君好好地怎么会自杀?街上可是风言风语地都在说:你们两个有点……他和你老婆睡过觉,对吗?"

"不,不,那……那是我自动送上的。我爱护武藏太君,我效忠武藏太君,我……我敢对天发誓!……"吴胖子用手拍着他那大肚子,急得快要哭了出来。

郑敬之平和了一下,说:"不过现在还没有定论,你说武藏太君是自杀的,有什么根据,可以讲一讲。"

吴胖子慌忙东拉西扯,七拼八凑,连编带造,讲了一通武藏自杀的道理,最后说:"武藏死前喝了酒,一定是酒后一时糊涂,自杀了。"

郑敬之听罢,心中暗喜,说道:"你说得也有些道理,回去写份报告给我,再看看皇军的意思吧。"

"是,是……全仗股长包涵。"吴胖子如释重负,偷偷从腰里掏出十块钱塞在茶盘底下,喀的又敬了个礼退出去了。

郑敬之揭开茶盘,望着那十块钱,不禁脱口笑出声来,自言自语地说道:"大功成矣!"

傍黑时分,有人对马英说:"侯老奎给你送馍馍来了。"

马英紧张地跑向门口,侯老奎将一兜馍馍递给他,说:"新磨的面。"

马英接过来,侯老奎摆了摆手走了。

马英给了门岗一个馍,其余的分给大家,他自己留下一个带印子的,把它掰开,从中取出一个小纸条,但见那纸条上写道:

应同志:

你们杀死武藏一事,我已知道,幸已瞒过敌人。你母伤势现已养好,准备明日送出城去。对于你,我是信任的;对于我,希望你能好好把情况分析一下,就会明白的。并希望今夜你能到我家来一趟,一切误会将会消除,并有要事相商。

你的老战友

正　元月十五日

马英看了第一行,大吃一惊。忽然脑子里浮起一线希望:既然郑敬之知道了,可是又没有动静,莫不是……他立刻又警惕起来,这是不是敌人有意来诈我呢?……郑敬之究竟是个什么人?他猜不透。要说是自己的同志,母亲被敌人杀害了,这是尽人皆知的,郑敬之却说救到他家里,可是这毫无根据;要说他是汉奸吗?他掩护过他们母子关系,这么长的时间没有暴露他;要说是敌人放长线钓大鱼,可又有什么可钓呢?……他左思右想,拿不定主意。忽然想到郑敬之说,到他家去一趟一切误会都会消除的,眼前便出现了母亲被残害的形象。他决定到郑敬之家去一趟,考察一下他是什么人。

天黑,马英和肖阳偷偷离开训练所,直奔郑敬之家而去。到了门口,马英在门环上敲了两下,门开了,门后闪出一个小姑娘。这姑娘虽然长大了,但马英一眼就认出这是荷花,问道:"你爹在家吗?"

荷花惊奇地望着他点了点头。

"有外人吗?"

荷花又摇了摇头。马英向肖阳使了个眼色,要他在门口放哨,便和荷花走进去。荷花一走到院里就机灵地喊道:"爹,有人找你来啦!"

郑敬之在屋里答应了一声,揭开门帘伸着手迎出来说道:"你来得正好。"

马英挡住他的手冷笑道:"对不起!今夜我来了,有什么话请讲吧。"

郑敬之像是被泼了一头冷水,大张着嘴说不出话来,略略镇静了一下才说:"这里谈话不方便,咱们到后院去吧。"随又转身对荷花说:"到门口看看去。"

荷花就往外跑,马英忙把她拦住,戒备地说道:"不用了。"

"也好,"郑敬之明白了他的意思,又对荷花说,"你就坐在这里,有人来找我就说不在家。"

荷花惊疑地点了点头。这后院不大,只有三间屋子。郑敬之领着马英走进屋子,就对着炕上一个老大娘说道:"你看,这是谁来啦?"

母亲!马英的眼睛一亮。

儿子!马大娘的眼睛也亮了。

一霎时,母子的眼光碰成一条线,接着娘俩紧紧地拥抱起来。在敌人监狱里的时候,他们曾碰在一起,那时有多少话想说啊,可是现在却感到没有什么话可说了。停了半晌马英才说:"娘,你真的被救出来了?"

"是同志们把我救了。"

马英第一次听到母亲说同志,他转过脸来望着郑敬之,又是一阵紧紧的拥抱,同志!还有什么比同志更亲密呢?为了共同的理想,共同地忘我地战斗!两个战友同时流出眼泪,滴在对方的肩膀上。

屋子里沉默了一阵,郑敬之对马英说道:"大娘的伤养好了,明天送大娘出城。"

"都准备好了吗?"马英问。

"没有问题。"蹲在一边的侯老奎说。

郑敬之忙介绍说:"这是咱们党联系很久的一位老同志。"

马英上前激动地握住侯老奎的手说:"老侯大爷!"

"不,应当说老侯同志。"侯老奎纠正他说。

大家都笑了。

郑敬之对马英说:"明天由老侯同志赶车,起五更走亲戚,你也跟着一起走。"

"我不能走。"

"孩子,你不走怎么能行?鬼子和苏金荣天天都在生法子捉你!"马大娘着急地说道。

郑敬之也接着补充说:"是啊,太危险!杨大王八也快回来了。"

马英固执地说道:"不能,我绝不能走!我已经联络了十几个人了,我不能把他们丢下一个人逃走。再过几天就要发枪了,我要设法把他们拉出去,这不是一支抗日力量吗?"他拉住马大娘的手恳求道:"娘,咱们所以吃敌人的亏,就是因为咱们没有枪杆子,如今枪就要到手了,能丢开走吗?危险,总是有的,这是革命嘛!……"

马大娘叹了口气道:"好,就由你,千万要当心啊!"

郑敬之听说他联络了十几个人,忙说:"鬼子宪兵队的便衣队准备扩充几个人,要我在壮丁训练所里给他选几个,你不是说有咱们的人吗?乘机打进去几个,将来对我们的工作太有利了!"

马英考虑了一下,决定挑出肖阳、王小其等几个精明的小伙子去。并给县委写了封信,报告他在县城的情况。

第二天,郑敬之把马大娘、小李送出城。马英的信,也赶紧派人给县委送去了。

十二 捅了马蜂窝

深夜,北风在上空呼啸着,只见两个黑影向维持会的后门走去。顿时,漫天大火烧起来了,北风呼呼直叫,火苗把全城照得通亮,一股股的浓烟冲向天空。……大街上人喊马叫乱成一团。

马英他们几个悄悄返回,躺在地铺上,心里真有着说不出的痛快,看鬼子的热闹吧! 突然,院里嘟嘟响起连续不断的哨音,只听吴胖子叫骂道:"火烧屁股了,还他妈不起来,都去救火!"

大家只好爬起来拿上水桶、瓦盆、铁锹,朝维持会跑去。哪个有心救火啊,都恨不得让它烧得更大些才好,有的把水专往那没火的地方泼。火光中马英看见中村、小野、苏金荣、刘中正都像热锅上的蚂蚁似的,围着大火乱转,心里暗暗高兴。还是他妈的鬼子"有种",一队队冲到火里,才算把火救灭了。

第二天,鬼子在宪兵队部召开了紧急会议,城里的鬼子汉奸大头目都到了。中村连蹦带跳地将苏金荣大骂了一通,吓得苏金荣腰弯得像只马虾,不住地连连称是,里边穿的那件小缎子棉背心,早汗湿透了。中村最后限他今天查出失火的原因,说罢愤愤地走了出去。

苏金荣一直等到听不见中村那喀喀的皮靴声了,才慢慢地直起腰来,走上前去向宪兵队长献计道:"根据初步侦察,火是从后院放家具的屋子着起的,那里离壮丁训练所很近,是不是壮丁训练所里有不纯分子……"

郑敬之在旁边听了,暗吃一惊,忙打断他的话说道:"对,壮丁都是太君亲自审讯过的,想太君一定记得哪些是不纯分子。"

郑敬之这话看来是附和苏金荣的,实际上却是暗示苏金荣怀疑宪兵队长的审讯,挑起小野的火来。小野果然上了郑敬之的圈套,跳起来骂道:"八格!什么不纯分子?我的审过,不纯分子的没有!"

小野是在骂郑敬之,实际上连苏金荣也捎带进去了。苏金荣不敢再答话,便从宪兵队部退了出来,其余的人也一个跟着一个溜走了。

苏金荣回到家里,先让他的私人秘书拿上两根金条给红牡丹。然后写了一张由于工作不慎造成火灾的报告书和一张请罪书,请翻译官翻成日文,坐在自备的黄包车上,便朝红部去了。

中村正坐在耶稣堂的大厅中休息,苏金荣走进去头也不敢抬,双手捧着那两份公文,一步一步走上前去。中村这时火气像是消了一些,接过公文,让他坐下,苏金荣哪里敢坐,还是直愣愣地站着,肚子里像是有个小老鼠上下乱蹦。

红牡丹扭着屁股从里边出来了,苏金荣像是见了救命菩萨,深深鞠了一躬,却不敢说话。红牡丹会意地笑了笑,走向中村的身边。她一只手扶着椅子,一只手摸着中村的肩膀,用她那尖下巴磕在中村的小脑袋瓜上。她中文大字都不识,更不懂日文,却偏偏摆出一个有学问的样子,看着那公文,嘴里也不知喃喃地念些什么;一会她便尖声尖气地说道:"爸爸,我说他娘的穷八路也不敢啊!准是不小心失火了。"

中村的脑袋瓜虽小,鬼点子却多,他想:就是八路放的火,也不能声张出去,那样就大大丢了皇军的面子,他打心眼里也瞧不起八路军,于是顺势批准了这个报告。对于苏金荣,他知道这是他统治这个县不可缺少的人物,不但不加罪,反说道:"没关系的,你的大大的忠实皇军,以后县长的干活。"

苏金荣如梦方醒,万没想到,这次不但没有加罪,反有升官的希望,顿时感到恩深如海,忙说道:"誓死愿为皇军效劳!"

苏金荣走出大厅,觉得浑身轻飘飘的,好不快活,忽然红牡丹追出来说道:"怎么样啊?"

"全仗小姐功劳。"苏金荣慌忙答道。

忽然红牡丹扑上来,在他脸上亲了一下。苏金荣先是一惊,接着便有些飘飘然了。是啊!抱住这个破鞋的大腿,还愁不能当县长吗?……

傍黑,戒严解除了,十字街口出现了一张布告,前部分说失火原因是由于工作不慎而引起的,后部分是安定民心之类的官样文章,并要家家户户注意防火。直到这时,郑敬之才算放了心,回到家里对荷花说:"到训练所告诉你叔叔,叫他马上到秦老师家去一趟。"

荷花答应了一声,便活蹦乱跳地朝训练所来了。她已经来过几次,早和站岗的混熟了,不过每次她都是装做来玩的,谁也不知道她有事。自然他们不敢拦这小姑娘,因为她的父亲比他们的所长还要大一级呢!荷花进去找到马英轻轻地说:"我爹叫你马上到秦老师家去哩。"

"好。"马英答应了一声。等到天黑,便翻过墙头出来了。

秦老师名叫秦方芝,原来是马英在师范上学时的同学,她比马英年纪大,毕业也早,所以和马英不大熟悉。她一向很纯正,又受了郑敬之的影响,最近郑敬之已将她发展成地下党员。她家就在北城的墙角下,地方很偏僻,家里又只有她母女二人,并不引人注意。这城里没有一处马英不熟悉的,一会便绕到了。秦方芝正在门口等着,她个子不高,生得端正大方,马英一看,觉得她比过去老了,忽然想到她和郑敬之相识好几年了,为什么还不结婚呢?……想着已经走到门口,秦方芝热情地说道:"快到屋里坐吧。"不知怎么,在这些年月里大家都觉得相互之间比过去亲热多了。随后她又叫道:"娘,来看住门。"接着小声嘱咐说:"我们是开秘密会,可不能让外人进来。"

马英走进屋子,第一次看见郑敬之那生气的脸色。一见马英就祝贺道:"你这手干得真漂亮!"

马英笑着说:"这不算啥,我就要走了,给鬼子辞个行嘛!"

郑敬之说:"对,应该马上走,你的处境更危险了。你知道你这回是捅了马蜂窝,他们差点要审查壮丁训练所,那该有多危险!现在鬼子表面上虽然偃旗息鼓,暗地里可上了劲。"

郑敬之说着,就掏出了一封信递给了马英。

马英接过信,一眼便看见下面写着"杜平",他认得出这是杜平亲笔写的,看着那清秀的笔画,就仿佛看见杜平瘦瘦的面孔。在这一个多月里,每时每刻他都和敌人进行斗争,他扩大了队伍,打击了敌人,并且得到了郑敬之的帮助,可是又总觉得心中少了什么,空着那么一块,工作起来不踏实,就像断了线的风筝在空中飞舞着。接到这封信就像又接上了那股线,心里空着的那一块也像是填满了,可是在这一霎时,心里酸得要命,眼泪便从眼眶内挤了出来,就像丢失了的孩子忽然看到娘,这时真想要大哭一场。

……你的信因故昨日才接到,同时接到县委的指示,你应迅速离开县城,你所联络之人员应全部转交给郑敬之,让他们长期埋伏在敌人的心脏……

哐当,后院响了一声。

郑敬之急忙跑向后院。也是该着出问题,迎面蹿过一只猫来。郑敬之想一定是猫弄的了,只用手电灯胡乱照了一下,便回到屋子里。但事情却不是这样,原来那吴胖子早已看上秦方芝,日夜打着她的主意,这天趁黑便摸来了,不想翻墙时一不小心把一个破铁锅碰响了,恰好惊动一只猫,算是侥幸没有被发觉,他躲在墙角从手电灯的光亮中看清了查看的正是郑敬之,平时他就知道郑敬之和秦方芝有些来往,这会愈觉得酸溜溜的,他想趁此机会听一听,如果抓到什么把柄,他就可以敲秦方芝一下。他蹑手蹑脚走到窗前,只听郑敬之说道:"把你联络的名单交给我。"

"好。"答话的是他壮丁训练所那个姓常的。

吴胖子的心跳起来,心想:真是天助我也!他们通八路,这下子秦方芝也不愁不到我手了,郑敬之得自动让位……忽听郑敬之说道:"我去送马英……"

吴胖子大吃一惊:莫非这就是那个八路军的游击队长吗?吓得摸着墙倒退了几步。接着门吱的一声响,就见郑敬之、马英、秦方芝一齐出去了。

稍停,秦方芝回来了,郑敬之却没有回来。吴胖子想时机已到,便像条野猪似的猛地冲到屋里。

秦方芝吓了一跳,她早已知道他注意她了,心里十分厌恶,这会见他突然进来,就知事情不妙,但她还是镇静下来说道:"你来做什么?"

"来拜望拜望小姐。"吴胖子接着下流地说道,"你要给我赏个光,今夜我就不走了。"

"住嘴!"秦方芝没想到他说出这样的话来,"赶快给我滚!再不滚我要到皇军那里去报告!"

"报告吗?好啊!"吴胖子奸笑着说,"咱们一齐去,我也要去报告。你知道你犯下什么罪?私通八路!"

"啊!——"秦方芝不由惊叫了一声,但还是尽力镇静下来,她想,他是不是在诈唬人!接着她又厉声喝道:"你不要血口喷人!你有什么证据?"

"要证据吗?有,"吴胖子凶狠地说道,"老实告诉你,我已经来了多时了,那个马英把八路的名单都交给你们,当我还不知道吗?"

轰的一下,秦方芝的脑子昏了,她瘫痪地坐在椅子上:只要这个坏蛋到鬼子宪兵队长那里说上一句话,这整个县城的工作就全完了,郑敬之,还有许多同志……

"将就一点吧,小姐,我吴某也不是没能耐的人,将来说不定……"吴胖子说着涎水便顺着下巴流进衣领里,他伸着那两只老鳖似的肥爪子向秦方芝扑来。就在这一霎时,秦方芝心中一急,生出一计,用手将他推开,对他说道:"既然你都知道了,我依从你就是!只是我是受过教育的人,不愿意胡来,要也得明媒正娶。"

"我……我……我还等得到那时候?要等到那时候我今夜就不来了。"吴胖子伸手又去拉她。秦方芝又将他推开说:"那我也得将我母亲安置了,要不叫她老人家看见了像什么话!"

吴胖子见她一口答应了,早已乐得丢魂失魄,哪里还顾得许多,就说道:"你可别骗我!"

"我骗你你可以到皇军那里告我嘛。"说罢便走出来急忙对她娘说,"吴胖子来找咱的麻烦,你去缠住他,可别叫他走了,我一会就回来。"她说罢先跑到郑敬之的家,一看没有,便朝警察局跑去,走进二门正好碰上老警察,只见他把嘴一抿,笑着问道:"找郑股长吗?"

"他在吗?"

"不在。"

"上哪去了?"

"不知道。"

怎么办?她昏沉沉没有主张了。这么大个城,上哪里找他去呢?时间一刻也不容缓!要是那吴胖子到宪兵队去报告了怎么办?……她忽然想到:要是等吴胖子去报告,就不如自己主动先到宪兵队去告,给他加上个强奸皇军职员的罪名,反正他也没有抓住真凭实据,鬼子未必信他!还可以说他乱咬人呢……想到这里她便飞也似的朝鬼子宪兵队部跑去,她边跑边抖乱头发,一走进宪兵队部就连哭带叫,说吴胖子要强奸她。小野见秦方芝哭诉得真切,便问正在值班的肖阳:"怎么的处理?"

肖阳一听是告吴胖子,恨不得一下子把这家伙抓来,忙说道:"教员为皇军培养人才,吴胖子侮辱教员,就是不尊重皇军……"

"抓来的审问。"小野说道。肖阳巴不得他说这一句话,随即带着王小其朝秦方芝家里来了。

吴胖子见秦方芝一去不回头,她娘却来这里纠缠不清,心下不免有些疑惑,就跑到门口来看,不想正和肖阳碰了个对面,他一见来头不对,扭头就跑,但哪里还跑得了,早被肖阳、王小其揪住,五花大绑了。

吴胖子跌跌撞撞被拥到宪兵队部,一见小野那凶狠的眼光,吓得哆哆嗦嗦就站不住。忽然发觉秦方芝披头散发坐在一边,心里已经明白,正待喊叫,小野过来不由分说,啪啪给了他一顿耳光,骂道:"八格哑路!侮辱皇军职员,死了死了的!"

吴胖子吓了一跳,立刻不顾一切地嚎叫道:"她……她和郑敬之私通……"

肖阳一看风头不对,照着吴胖子的屁股上猛地抽了一鞭,借故说道:"你想强奸人家,还赖别人私通!"

吴胖子痛得把牙一咬,将这句话吞回去了。忽地又嚎叫道:"他们私通……"

啪!又是一鞭子。

"八……路!"吴胖子终于拼命嚎叫出来。

小野急忙制止住肖阳,问道:"快快地讲,什么八路的干活?"

"她,她……"吴胖子指着秦方芝,"她和郑敬之私通八路!"

秦方芝腾地站起来,扑向吴胖子,抓着他嚷道:"你胡说,你胡说,你诬赖人……"

小野拦住秦方芝,眼珠子一转,坐到椅子上,沉住气说:"一个一个地讲。"

肖阳见闹出娄子,想出去告诉郑敬之,又不得脱身,直愣愣地站着不知该怎样才好。

吴胖子见小野坐下了,定了定神,抖动着嘴唇说道:"今天我到她家去,走到窗前,听到里面在开秘密会,一忽儿出来三个人,有她、郑敬之、还有一个姓常的壮丁,那个壮丁就是八路军的游击队长马英……"

秦方芝起初有些害怕,后来想:怕什么呢?他又没有人证物证,我不会咬他吗?鬼子就是杀死我,也得把他搭到里头!她打断他的话说:"我问你,你到俺家干什么?"

"我……"吴胖子不敢照实说,哽住了。

"你说呀!"秦方芝追问了一句,却不等他回答就连珠炮似的说道,"我早就知道你存心谋算我,我和郑敬之订了婚你还不死心,今夜到俺家,我不遂你的心你就耍野蛮,我到皇军这里来告你,你没了法子,就坑害俺两个,在皇军这里胡说八道,我也会说,你私通八路,你私通八路军的牛队长!……"

吴胖子鼓起眼珠子说:"你胡说,我是亲眼看见你们的!"

秦方芝也说:"我也是亲眼看见你们的!"

"你在哪看见的?"

"你在哪看见的?"

"……"

小野今天表现得特别沉着,听着他们两个的争吵,小脑袋瓜在飞快盘旋:秦方芝和郑敬之的关系他是知道的,三天前他们举行订婚仪式,他还前去祝贺。今天吴胖子强奸未遂,诬赖他们,完全是合理的;可是吴胖子今天突然提到那个姓常的就是马英,这又不像是毫无根据。他忽然又记起中村的话:"中国人的靠不住!"就对肖阳道:"郑敬之和姓常的,统统地抓来!"

肖阳心想可有了给郑敬之送信的机会,转身就走,刚出屋门,就见郑敬之迎面而来,他急忙使了个眼色,要他赶快回去,郑敬之点了点头,却直往屋里去了。

小野一见郑敬之,突然问道:"马英什么地方去了?"

"马兵吗?"郑敬之笑嘻嘻地说,"昨天皇军从衡水来的那个骑兵中队,今天下午到十里铺扫荡去了。"

小野这一军没有将住郑敬之,泄了气,眯缝着眼睛说道:"你的串通马英的干活!"

郑敬之笑着说:"太君最爱开玩笑的。我的通八路,"他用手在脖子上一比,"死了死了的。"

小野突然把眼一瞪:"不是开玩笑,你的通八路!有人证。"

吴胖子忙说:"太君,我亲眼看见他们开会的。"

郑敬之偷偷把马英送出城,回到家里已经明白了一切,急忙赶来和吴胖子辩论。马英的逃走,使他有了战胜吴胖子的充分信心,他所担心的是秦方芝没有经验,会不会在敌人面前说漏,现在看见秦方芝那镇定的神情,便放下心来。哈哈一笑,坦然地对吴胖子说道:"你说我串通马英,他在什么地方?"

"他在壮丁训练所。"

"他原来叫什么名字?"

"常铁生。"

"你以前就认识他吧?"

"当然认识。"

"为什么不早报告?"

"那时我还不知道。"

"现在才知道吗?"

"嗯……"

郑敬之态度理直气壮,吴胖子神情张皇失措,一问一答,像审案子一样,这样吴胖子在小野的头脑里也挪了位置,由原告变为被告了。

这时肖阳忽地蹿进来,报告说:"姓常的逃走了!"

小野一听,眼珠子瞪得蹦了出来,吼道:"戒严! 警察局统统出去搜查。"又对郑敬之和吴胖子说:"你们放走八路,死了死了的!"

吴胖子指着郑敬之猪一般地嚎叫道:"一定是他放走的!"

"住嘴!"郑敬之向前逼上一步说,"你不要装蒜了。分明是你串通马英,暗杀了武藏太君,火烧了维持会,今天把马英放走,又来给我们栽赃,还想霸占我的未婚妻。告诉你,休想抵赖,你的情况我早早报告太君,太君大大地明白。"

小野猛然省悟到,他曾派郑敬之监视吴胖子,今见郑敬之的态度坦然自若,讲话条条有理,再看吴胖子那狼狈的样子,分明是做贼心虚,便冲他喝道:"快快地讲!"

吴胖子哆哆嗦嗦地说:"是他……他害的武藏太君,他……烧的维持会。"

郑敬之说:"你以前不是讲武藏太君自杀的吗?"

"不,不,我……我没有。"

"八格!"小野从柜子里取出他的报告和他贿赂给郑敬之的钱、礼物,往桌子上一掷,"你的良心坏了坏了的!"

"我,我……我那时……"

"打!"

肖阳一听口令,眼前立刻浮起周大贵惨死的情景,劈头就给了吴胖子几鞭。吴胖子晃了两晃,差一点摔倒,他想:如今被郑敬之反咬一口,我无证无凭,有理也说不清,给我加上私通八路的罪名,岂有我的活命?暗暗后悔不该咬郑敬之,这时只好退一步说:"郑敬之通不通八路我不知道,那个姓常的是不是马英我也不清楚,大概是我耳朵听错了,那个姓常的我保证给太君抓回来,那时一问便都知道了。"

小野见吴胖子怕死,想推责任,说道:"马马虎虎的不行,老实的讲出来没关系。"

吴胖子见有逃脱的可能,又退一步说:"太君,我老实说,我什么也不知道,我想霸占秦方芝,故意给他们栽赃的。"

秦方芝看着郑敬之一步步的胜利,心里暗暗高兴,恨不得一下子把这个死心汉奸杀死。忽然听见吴胖子这一番话,知道他想金蝉脱壳,忙对小野道:"太君,我原来不知道他私通八路,你可不要放了他。"说着又扑向吴胖子,连打带抓,"我打你这个八路!……"

郑敬之说:"老实讲,人证物证俱在,还敢耍笑太君!"

小野好容易抓住个八路的影子，可是吴胖子胡说八道，一忽儿推了个干净，又经郑敬之这一激，勃然大怒，哧地拔出东洋刀，搁在吴胖子的脖子上："老实地讲，不讲死了死了的！"

吴胖子吓成了一团："我……我……我……"

鬼子有种观念就是：凡是害怕的一定有问题。所以他们在审讯中往往用恐吓的办法。他见吴胖子这种情形，心里早已认定他私通八路，猛地把东洋刀挥了起来！

吴胖子本想说："我不是八路。"可是被这一吓，把个"不"字吓跑了，说成："我是八路。"

"八路什么的干活？"

吴胖子突然见小野的面孔变得狰狞可怕，脑子一时清醒，知道自己不该错误承认是八路，便用尽平生力气叫道："我不是八路！……"

小野一听吴胖子翻供，再也耐不住性子，嚓的一刀从吴胖子的头部劈了下去。

郑敬之故意惋惜地说："杀了，再不好问啦。"

小野一愣。警察局长进来报告说："全城搜遍，没有发现姓常的。"

小野一屁股坐在椅子上，像是走了气的皮球。他后悔自己不该马上杀死吴胖子，暗暗敬佩郑敬之，看来这次又莽撞了。想着想着，中村的吼声又在他耳边响起……

十三　第一个回合

鬼子来了不久，肖家镇就变了样。

离着老远，便可以看见肖家镇小学的白墙上写着三个大字："明朗区"。学校门口也挂上了"肖家镇维持会"的牌子。苏金荣的家属首先搬回镇上,一向关闭着的黑漆大门又敞开了,石台阶上还出现了一个背匣子枪的门岗。原来逃到四乡的地主也回来了,就连本来住在四乡的地主、商人,有些也往镇上搬。

在肖家镇的大街上,经常可以看到来来往往的汽车、马车,和那些由北往南开去的一队队的鬼子、伪军,这里成了敌人从衡水通往县城的要道。在这里每天都集结着好几百个民夫,修公路、盖炮楼。南街上的生意门面也都开张了,还有酒馆、烟馆、赌博场、妓院。大街上从早到晚,滚动着一群群奇形怪状的人,有穿长衫的士绅,有留洋头的汉奸,有背大枪的伪军,有打扮得妖精似的女人,还有用绳子拴成一串串被抓来的农民,用棍棒皮鞭赶着去做工的民夫。声音嘈杂,秩序混乱,在这里经常可以听到哭声、叫声、骂声;经常可以看到打人、捆人、赶人。……肖家镇出现了一种畸形的繁华。

几天之后,在镇南耶稣堂里,修起一座三层炮楼,刘中正派了一个中队住在这里,中队长名叫王秃子。真是名不虚传,他那冬瓜似的秃脑袋起明发亮。王秃子是刘中正的大舅子,早先在天津做投机生意,根本没有带过兵,拿住枪摸不到栓在哪里,不过仗着妹夫的势力,当上了中队长,而且守着这个要镇。起初,刘中正本打算把他的主力胡二皮派到这里,因为王秃子看这里是交通要道,生意多,有利可图,坚持要到这里,刘中正碍着这个亲戚关系,只得依顺了他,把胡二皮派到城东的吉祥镇。

王秃子来到肖家镇就开了一个烟馆,字号是"新满洲"。但是他的生意并不在这烟馆,他主要是靠这烟馆拉拢一些商人,买空卖空,连敲带诈,大做起生意来。对于队伍上的事他很少管,都交给下边几个小队长,他本人只做三件事:一是做生意,二是抽大烟,三是侍候他的太太,他是有名的怕老婆。

中午,太阳光艰难地拨开云层,照在"新满洲"烟馆的窗纸上,透过窗纸,又照在王秃子的秃脑瓜上。他抽了抽鼻子,挤了挤眼,大嘴一张,两只胳膊一展,伸了个懒腰,这是他每抽一会儿大烟后的一个必然动作,接着又躺下嘟嘟地抽起来。

喀喀喀,一阵皮靴声。王秃子猛抬头,见刘中正披着军大氅怒冲冲地站立在门口,忙站起来说:"妹夫来啦,这些人也不预先报告一声。"接着又向外喊道:"还不给联队长泡茶!"

"算了。"刘中正脱下两只皮手套,对着他拍打了几下说,"你这个队长倒当得好,电线都叫人家割完了,还躺在这里做梦呢!"

"什么?……"王秃子像只乌龟似的把脑袋瓜伸出好长。

"镇南公路上的电线叫八路军割了!"刘中正冲他吼道。

"八路?……"王秃子又把秃脑袋缩了回来,愣在那里。

"跟我走!"刘中正把王秃子带出来,骑上马便朝镇南的公路上跑去了。

从肖家镇到西河店中间有三里多地段的电线全被割了,路旁的电线杆一个个都成了干橛子,吓得王秃子舌头伸出来半天缩不回去。

"看见了吗?"刘中正问道。

王秃子直点头,说不出话。刘中正又道:"我命令你马上出去扫荡,限你明天把电线修好。"

"这个……"王秃子凑近刘中正,低声说,"妹夫,扫荡八路,还是你亲自来吧!"

刘中正冷笑一声:"杀鸡焉用牛刀,你用不着害怕,大股八路军都被皇军打垮了,这里只不过是有几个土八路。"他忽然大声说:"执行我的命令!"说罢,打着马向城里走了。

王秃子回到炮楼就先请示他老婆怎么办,他老婆是天津人,操着一口天津话指着他骂道:"脓包,要你这个队长干吗呀?叫扫荡就去扫荡嘛。"

"你说得倒好听,八路是好惹的吗?"王秃子哭丧着脸说。

"看你那德行,没见着八路就被八路吓傻啦。哪里他妈的有什么八路,都是老百姓!"她说罢一扭屁股,抽起烟卷,不答腔了。

他老婆本是给自己壮胆,不想倒提醒了王秃子,他想:是啊,自从皇军占了县城,大队人马三天两头出去"扫荡",八路军跑的跑了,死的死了,剩下的也不过是本地的两三个土八路,怎么一夜之间就会破坏这么多电线呢?对,准他妈的是老百姓!当下便点起全中队的人马和南北两个炮楼上的小队,一齐出动"扫荡"。

他们每到一个村,先打几枪,然后一拥而进,抢一阵子,抓两个老百姓,烧几间房子便走了。像是平地吹起一阵旋风,由一个村子卷到一个村子,一下午便把肖家镇周围十几个村子吹遍了。王秃子回到炮楼上,把抓来的二十多个老百姓进行审问,可是谁也不承认破坏电线的事,王秃子气得秃脑袋上都爆出火星子,连夜通知各村的维持会:"限明天把割坏的电线交出,还要照价罚款十倍,交不出来不放人,还要烧房子。"

深夜,隔壁传来一个女人的哭声,夜越是幽静,声音越显得凄凉,搅动得人心不安。杜平推了推张大爷说:"你过去劝劝她,让她放心,人总要想法救回来的。"

张大爷是游击队员张玉田的爹,他嗯了一声,就去摸鞋。他闺女小莲从炕上一翻身,坐起来说:"爹,我去吧。"

小莲才十五岁,可聪明伶俐,懂事。张大爷心疼她,便说:"你小孩子家,也会劝人?到那里瞎说八道。"

小莲说:"你就瞧不起我,我连这点事也不会办?"一边说一边下炕。

杜平是最理解年轻人心情的,又觉得让女孩子家去更合适,说:"你让她去吧。"又对小莲说:"可不要告诉她你家住的有外人。"

"知道啦。"接着院里咚咚咚响起一阵脚步声。年轻人走路总是喜欢跑的。

一忽儿,听不见那女人的哭声了。可是一家不哭了,还有许多人家在哭啊！十几个村子，有多少人家被烧了？有多少人家被抢了？有多少人被抓走了？……杜平耳边仿佛又响起哭声，是很多人的哭声。

这是他们肖家区游击队从清洋江东岸回来和敌人较量的第一个回合，一夜之间，发动百十个基本群众，神不知鬼不觉，割了敌人三里多地的电线，这是一个重大胜利。目前敌人正依靠着这些蜘蛛网似的交通线，疯狂地对冀南抗日力量发动进攻。破路、割电线是当前游击队的重要任务，这样就使敌人的指挥不灵，以便于我们的正规部队运动，进行反扫荡。他们割断敌人三里路的电线，至少可以使敌人三天不能通话，这不仅切断了肖家镇和县城的联系，对全冀南敌人的联络都是有影响的。但这也加深了当地群众的灾难，不解决这个问题，有脱离群众的危险，工作就不能继续开展，连立足都困难啊。想一想，好好地想一想……

啪！啪！啪！门环有节奏地响了三下。

杜平知道是到肖家镇上打探情况的建梅回来了。不知怎么，他一想到建梅就自然联想到马英，因为他们两个的勇敢、直率、倔强的性格有些相近。马英能马上回到这里该有多好！自从在他身边多了一个马英，他的胳膊挥动起来就更觉得有劲了。

建梅领着一个老头走进来。她摘掉脑后那个假盘簪，蓬松开头发，笑了笑说："这是赵大爷，我说跟他打听打听，他老人家自个来了。"

杜平看赵大爷，长长的脸面，高高的鼻梁，浓眉毛，和赵振江一个模样，只是下巴上多了一些黑杂的胡楂子，一看就知道这是个心里有数的人。

赵大爷开门见山地说："你们问那王秃子的事对吧？是这样……"他接着便将王秃子来到肖家镇开烟馆，修炮楼，割了电线，怎样挨刘中正的训，怎样和他老婆商量出来"扫荡"，连他的个性、脾气，和他在天津投机倒把的老历史也翻出来了。原来赵大爷在镇上卖菜,接触的人多,偏偏人们又爱谈王秃子的事儿,要是今天夜里王秃子给他老婆下跪了,明天早上就有人知道啦,碰上赵大爷又留心,所以听来不少情况。

小董从赵大爷一进来就醒了,摸黑在墙角听话,越听越气,等赵大爷一说完,就嘟哝道:"这种人还不如个猪哩,宰了他算啦!"

杜平摇摇头:"这种人可宰不得。"

"为啥?"

"建梅说说。"杜平看了她一眼,像是考问学生似的。

建梅仰起脸来想着,也像是面对老师答题。脸一红,说:"我们可以利用这种人。对吗?"

"你说呢?"杜平又问小董。

"大概是吧。"

杜平哈哈地笑了。每遇到一些问题,杜平总习惯采取这样的问法,这倒不是因为他当过教员,而是他在想,这样才能加深他们对这些问题认识的印象,通过这样的问话,他也往往能从中得到启示。他一边听赵大爷讲着,一边就暗暗盘算,王秃子正是个利用对象;在这种新的环境下必须运用一种特殊的战术,才能既打击了敌人,又能保护群众。可是要利用王秃子,中间必须还要通过一个人,通过谁呢? 他自然便想到王瑞生身上,他现在是肖家镇的维持会长。王瑞生以前也在师范学校教书,和杜平同事,他为人正派,如今忽然当了汉奸,其中有什么变故,他猜摸不透。在这大风暴的年代,一些中间派往往会突变,变好或变坏。他问:"赵大爷,王瑞生这个人怎么样啊?"

赵大爷感到这个人物很费解,想了半天才说:"要说嘛,这人不像个汉奸,家里也贫寒。不过,人心隔肚皮,这年头什么都难说,他常到苏家去。"

杜平站起来说:"今夜你领我到他家去一趟。"

赵大爷一口答应下来。忽然说:"马队长呢? 自从他来了那封信,一直没见着,怪惦念哩。"

杜平和建梅相互对望了一眼,杜平说:"他有任务。咱们赶紧走吧,赶早不赶晚。"

赵大爷、杜平、小董三个人排成一条线,出了涧里村,朝正西而去。涧里离马庄有三里地,马庄离肖家镇三里,一共只六里地。他们从一个小胡同绕进去,横踏过南北大街,这时那些酒馆、烟馆仍然掌着灯火,里边传出杂乱的声响。他们来到王瑞生家门口,杜平先叫赵大爷回去,便在门环上敲了几下。

"谁呀?"

"炮楼上的。"

王瑞生端着盏煤油灯开开门,愣住了。

"老王,我来看你的。"杜平拍了拍王瑞生的肩膀笑着说,随后一把拽住他就往里走。小董顺手插上门,提着枪站在门口。

王瑞生起初看见小董手里提着枪,面孔紧张,他有些害怕,后来见杜平那坦然的态度,还和从前在学校一样,才放下心。忽然一股委屈的心情涌上心头,滔滔不绝地诉说起来:"我做梦也没有想到,我会走到这一步。苏金荣硬要拉着我干这个差事,还把日本的司令弄来见我,你不干能行?一家老小七八口子都要活命啊!我这是被人家逼到了这一步。我一生都想着落个清白,可是到底跳到染缸里啦,一辈子洗不清啊。我亲眼看见马宝堂老先生死在鬼子的手里,他死得有骨气,值得,流芳百世。我……我真想那样死了倒干净!一家子,一家子,可是这一家子怎么办呢?……"他掏出手帕拭了一下眼角,"就这样,我家也没有免了灾。老二家前几天叫鬼子强奸了!昨天和老二吵了一架,转眼就上了吊,今早才弄下来。老二今天一跺脚,也跑了!"他说着领杜平去看了看他弟媳妇的尸首,最后说道:"老杜,按说,咱们现在已经成了对头,不过,我把这里的根根叶叶都对你讲了,我的为人你是知道的,说话算话。……现在,你看着办吧,该怎么办就怎么办吧。"

杜平说："老王，你不要误会，我绝没有别的意思。我们是老朋友，你今天正走在这个岔道上，我不能不来关照一下，这是为了你，也是为了乡亲。你的难处，我也了解，只要不真心为鬼子办事就行，可千万不能走错，走错一步后悔也就迟了！"

王瑞生像是就要摔进万丈深沟的时候，突然出现了一只巨大的胳膊将他拉住，他望着杜平激动地说："我是个中国人，我总要对得起自己的良心！你们以后看吧。"

杜平看条件成熟了，说道："我们有件事情请你帮忙办一下……"接着便如此这般对他讲了一番。王瑞生兴奋地说："行，行。"

杜平最后拉住他的手说："祖国在考验你！"

叭！一声清脆的枪声，划破静静的夜空，飞向肖家镇炮楼。

王秃子从梦中惊醒，哆哆嗦嗦地提着裤子跑出来，问道："出了什么事？"

"大概是八路拿炮楼。"护兵说。王秃子慌了，叫大家赶快起来抵抗。于是炮楼上响起一阵紧密的枪声。后来见没人还枪，也就自动停止射击。忽然护兵拿着一张布告跑上炮楼，这布告是刚刚从炮楼的院墙上揭下来的，糨糊还没有干，他对着王秃子说："队长，你看这是什么？"

王秃子接过来，只见那上面写道：

王秃子：

　　你自来到肖家镇以后，为非作歹，昨日又进行"扫荡"，罪恶甚大，我们权且把这笔账记下来。

　　告诉你，你得看远一点，日本鬼子不会在中国待一辈子。你要老老实实，人民还会原谅你，要是你继续为非作恶，当心你的脑袋！

　　　　　　　　八路军肖家区游击队队长：马　英
　　　　　　　　　　　　　　　　　　政委：杜　平

王秃子看罢吓得一夜睡不着觉。第二天一早，王瑞生来了，他把王秃子拉到一个僻静地方,用手比了个八字,机密地说:"昨夜这个到我家了,差点要了我的命。"

"他们来要干什么?"王秃子正摸不清头脑,忙问道。

"来了十五个,整整十五个,我数了的,一个也不错。"王瑞生故意不正面回答他,却先扯别的,仍装着惊慌失措的样子:"清一色的二把盒子,你知道谁带的队?马英!你听说过吗?"

"听说过,听说过,是个没褪胎毛的孩子。"

"你不要小看他年轻,真有本事!你没听说他大闹龙王庙,舌战红枪会吗?苏金荣都把他没有办法。听说他打枪百发百中,左右开弓,还能飞檐走壁。"他说着看了看炮楼的院墙,"像这样的墙一蹿就过来了……"

王秃子听王瑞生说得有声有色,虽不全相信,可是都有根有据,也不能不相信啊!

"还有那政委杜平,你知道吗?"王瑞生只管吓唬道,"这人才了不起哩!马英都服他。听说他念过'辩证法',念了这书就能上知天文,下通地理,能掐会算,人称赛诸葛……"

"你快说,究竟他们要怎么着啊?"王秃子越来越摸不着头脑,忙插嘴问道。

"这还用说吗?不准抓人,不准向老百姓要钱,不准修电线。我忙求告说:'皇军知道了吃罪不起,请行个方便。'他们后来说:要修也得买他们的电线。我想也只好如此,要不咱们还无处去买电线啊!"接着又凑到王秃子耳朵上说:"这样做个买卖还能落几个钱哩!"

那王秃子本是个生意精,一听到钱就转了向,只是心里还有些害怕。王瑞生说:"只要瞒着皇军就行,不这样,咱也得罪不起八路啊!"

王秃子觉得别无出路,这样又能赚钱,就一口答应下来。当天把抓来的人都放回去,晚上各村群众就把电线收起来送到肖家镇去了。王瑞生又设法弄了几个钱送给王秃子,说是卖铁丝赚来的。从此以后,老百姓天天割电线,割了又送回去。只是苦了那些电话兵,天天忙个不停。过了没多久,那些本来是崭新的电线,现在已经变成一节一节,跟蚯蚓一样了。

这样一来,敌人的电话就三天两头停摆,肖家镇本是衡水通向县城的要道,鬼子自然感到耳朵不灵了。衡水鬼子联队部怪罪到中村头上,中村又把刘中正叫去骂了一通,刘中正受了一肚子气,当天带着一个中队便朝肖家镇来了。

刘中正到了肖家镇,坐在维持会里,气冲冲地派他的护兵到炮楼上叫王秃子。王秃子听说妹夫来了,知道要有一顿气受,不过他心里早有老主意,随你怎么样说,我听着,不反抗就是了,你总不能把我怎么办!反正是个亲戚哩。王秃子一进维持会,说了两句客套话,往椅子上一坐,就不做声了。刘中正越看他那个样子,火气越大,于是便蠢猪、笨蛋、饭桶地破口大骂起来,无奈王秃子全然不理,真像是一拳打在老母猪身上,连个印子都不起。他揪住王秃子那肥大的耳朵说:"你要知道电线的重要,它就像是我们的耳朵,没有它我们就成了聋子!"

刘中正骂了一会,气消了一些,也再没有别的办法,只得问道:"八路既然天天破坏电线,你为什么不扫荡?"

"哪里是八路啊,尽是些老百姓。"王秃子慢条斯理地答道。

"老百姓?……你连老百姓都制不住,真是饭桶!"

"我怎么制不住? 不是罚他们的钱了吗?"王秃子不服气地说。

"钱,钱,你就是记着钱! 告诉你这不是做生意,这是打仗!"

"打仗也得要钱啊!"王秃子仍然不服气地说,"没有钱哪里来的电线修理? 光烧房子行吗? 再说老百姓有八路做后台,也不是好惹的!"

"不好惹? ……哼……"刘中正冷笑了一声,把吸剩的那半截烟头往地下一扔,用大皮靴猛力一踩,说:"我联队长今天要和他们较量较量!"当下他把肖家镇附近几个村的伪村长叫来布置了一番,亲自坐镇在肖家镇,要和八路干一场。……

这天夜里,建梅、张玉田带着破坏电线的群众,朝肖家镇南边的公路上来了。大约离公路二里远的时候,张玉田突然惊叫道:"你们看,前边是什么?"

大家看去,远远像是出现了一排忽闪忽闪的明星。可是又不大像,星星哪有这样整齐呢?都很疑惑。老孟让建梅带着群众暂停在这里,他和张玉田朝前摸去了,又走了一里多地,发现那排明星是在公路上的,每颗之间相距是一般远,玉田忽然想起来,忙对老孟说:"这是挂在电线杆上的灯笼吧?"

"像是的。他娘的挂这干啥呀?"老孟揉揉眼睛说。

"是啊,难道这里挂上灯炮楼上能看得见?"

二人猜不透,老孟想:管他娘的,到前面看个究竟再说。他指挥张玉田继续前进。刚刚完全把对面那灯笼看清楚的时候,忽然那灯笼霍地落下来,玉田说:"不好,敌人发觉了……"

嘎嘎嘎……一句话没说完,敌人的机关枪响了,子弹嗖嗖从头顶上飞过。

"向东北!"老孟喊着,朝后打了几枪。因为他们是从东南上来的,为了掩护群众撤退,他想故意把敌人火力吸引过来。

"这回不怕他,黑更半夜他上哪追啊!"玉田满有信心地说。

就在这时左前方响起机关枪,正前方也响起机关枪,火力十分强烈,打得空中团团是火,一照一大片。老孟从敌人的火力和布置上判断出这决不是肖家镇的王秃子,忙对玉田说:"敌人想包围我们,别打枪了,摸出去。"老孟虽然上了年纪,可是腿长,跑得倒快。他们刚转过一条路沟,忽然迎面跑来一个人,老孟问道:"谁?"

"我。"

"你怎么来了?"老孟听出是建梅的声音,着急地说,"叫你掩护群众呢!"

"早都走了。"

老孟不好再说什么,忙催道:"快往回跑。"

"不行,那边有敌人。"建梅说。

原来敌人将他们两头堵住了,大家正在为难,忽然前边响起枪声,这是王二虎、赵振江、苏建才听到枪声来接应了。又一会,肖家镇那边也响起枪声,这是杜平、小董和刚从城里出来的小李故意到镇上扰乱敌人去了。刘中正听到两处枪响,特别是肖家镇枪响,怕出事情,于是立即收兵回营了。

大家会合在一起,才弄清了情况,知道敌人在每根电线杆上都挂盏红灯,派有老百姓看守,如发现有人破坏电线,落灯为记,谁要不报告,与八路同罪。刘中正这些时候又亲自在这里督阵,所以一连十几天都无法下手,肖家镇的警戒也严了,里外失去了联系。大家闷闷不乐,想不出一个好法子。后来研究了一下,决定派人到肖家镇上打探一下,建梅自愿前去,考虑她是个女同志不引人注意,当即化了装,扮做走亲戚的,便朝肖家镇去了。

建梅去的这一天,刘中正刚好带着队伍回城去了。肖家镇的警戒松了许多,她没费什么事就到了赵振江家,刚推开门,正碰上赵大爷提着红灯笼往外走,他一见建梅,忙拉了一把,把门关上说:"你们可来了,真把我想坏啦。"

"刘中正卡得紧,进不来嘛。"建梅忽然想起来,问道,"看电线的有咱们的人吗?"

"多着呢!可有啥办法?刘中正说,谁要看见八路不落红灯,举家抄斩!这家伙毒得很,说得出就做得出。"赵大爷说罢叹了口气。

建梅想:是啊,不能难为群众。她那两条又黑又细的眉毛锁在一起。忽然她那一双大眼睛闪亮起来,只见她对赵大爷说道:"能不能把咱们的人弄在一块?要是行,就好办了。我们把电线割了,你们再落灯,等汉奸们从炮楼上下来,我们也走了。汉奸要问,你们就埋怨他们来晚了,老百姓赤手空拳怎挡得住八路?……"

"着啊!"赵大爷高兴地赞扬道,"你们年轻人心眼真灵活,就这么办,今夜就试试,我去联络人去。"

建梅正要走,赵大爷上去拉住她说:"闺女,马英到底怎么样了,我问起这事,看你们的神色总不对头。"

建梅一震,强笑说:"他好啊,你老放心吧。"

"好就好啊,你们在外工作,我就怕出事儿。"

这话勾起了建梅的心事。前几天马大娘从城里出来了,说马英不出来,坚持要烧维持会,这是十分危险的,杜平已经写信命他马上跑出来。可是好几天了,还没有听到马英任何消息,这是怎么回事呢?莫非发生了什么意外吗?……想着想着,眼前好像突然伸出一只魔爪,要抓取她身上什么东西,她的心噗通噗通跳起来……

建梅赶回来,心里才平静一些。她把和赵大爷商量的情况向杜平汇报了一下,老孟在一旁夸奖地说:"真行,真行,咱们游击队里又出了个女诸葛亮!"

"现在又说好听的了,忘记那夜打仗的时候训俺了吧?那么大脾气,真吓死人!"建梅故作生气地说。

"我给你赔个不是。"老孟把手往脑门上一举,喊道,"敬礼!"

王二虎开玩笑地说:"大老头子向小姑娘敬礼,真没出息。"

"别说人家小姑娘。"杜平打断王二虎的话说道,"小姑娘可尽想大问题,你没想起来,我也没想起来。"

二虎知道这话是批评自己不爱用脑子,脸通红,忙笑着说:"论这个,我也甘拜下风。"

建梅见大家都夸奖她,反倒不好意思了,说:"你们这是干啥呀,尽给别人戴高帽子。"

"不是戴高帽子,都是老实话。"杜平接着说,"好吧,咱们该马上行动了。"

他们分做两个小组,趁着天黑,便朝肖家镇南北两路出发了。在预定的地点早有自己的群众接应他们,还帮着他们割电线,等一切完毕之后,便把红灯放了下来,游击队故意打了几枪,作为证明。那些无组织的看电线的老百姓,忽然见落下一溜灯来,又听见枪响,生怕说有八路自己不报治罪,赶紧往下落灯。顷刻间,一个接一个,肖家镇南北十几里的灯笼全落下来了。

王秃子在炮楼上看得真切,心想:这一定是八路的大队到了,慌忙往城里摇电话报告,谁知电线早已断了,他哪里还敢出来,下令紧急集合,严加防守。唯一怨恨的是这夜太长了。

十四　三打马车

肖家区抗日工作活跃开展后,敌人一连在这里进行了几次残酷的"扫荡",杜平不得不带着区游击队暂时离开了这个地区。就在这时,接到马英出城的消息,这使杜平大吃一惊:目前肖家区情况仍然十分紧张,而且有两个联络站被敌人破坏,马英回到这里,马上找不到队伍,一个人活动,危险性很大。想来想去,必须派人去接应,顺便了解一下区里现时的情况,准备回去继续开展工作。

大家一听说回肖家区接马英,都举着胳膊报名,老孟说他路熟,夜间走方便;二虎说他劲大,干这个吃得消;建梅说她是女同志,不引人注意。她还想说这是她应尽的责任;可是又一想,这是她的责任,就不是别人的责任吗?于是只好把话吞回去。

杜平想:如果赵振江在的话,最合适了,文武全才。可是他带着小李和张玉田有任务外出了,只好派老孟和苏建才。他派苏建才去的用意是:一来他可以帮助老孟出点主意;二来,现在支部正讨论苏建才的入党问题,苏建才平时表现积极,可是没有经过严峻的考验,他想,这对苏建才也是个考验和锻炼的机会。杜平考虑好,说:"让老孟大爷和建才两个人去。"又转脸问建梅:"你有没有意见?"

建梅一想自己是支部委员,就笑了笑说:"我服从组织决定。"

王二虎可不答应,坚持要去。建梅想:人多好办事,就说:"让他去吧。"

杜平拍了拍二虎的肩膀,说:"可有一条,这次出去,你要听老孟大爷指挥。"

二虎哈哈一笑说:"我啥时也没有违抗过命令啊。"

当天夜里,三个人一行回到肖家区,分头进行活动,转了不少村子。后半夜,老孟和建才先到了预定集合点涧里村张玉田的家,二人从相互的表情上,已经知道落了空,都默默地坐在炕上。老孟掏出小烟袋锅,慢慢地装上烟,一连使劲抽了两口,说:"现在就看二虎子的了。"

苏建才说:"指望他,我不担心他闯出乱子就是好的。"

老孟说:"要是二虎子也找不到,那就是说马队长没有回到肖家区……"

"也可能是到别的区了。"苏建才接着说,"另一个可能……"他想说可能又被捕了,却没有说下去。

"不会,不会,绝对不会!"老孟理解到他的意思,也不知为什么一口咬定这样说。

随着叫门声,二虎兴冲冲地走进来。苏建才说:"怎么搞的?就你分的村子少,就你回来得晚。"

二虎说:"我到肖家镇去了。"

"肖家镇!"苏建才吃一惊。

"怎么?"二虎笑着说,"苏金荣、刘中正都去得,我王二虎就去不得?"

老孟用手一扒拉他说:"别管你上哪了,先说你找到了没有?"

二虎说:"没有啊,我还指望你们哩。"

"没有还那么大劲头?"老孟把眼一瞪,一屁股坐在炕上,好不泄气。

二虎凑上来说:"可是有个好消息,赵大爷说:今天衡水来了一辆马车,上边装的全是食盐、罐头、洋火,还有好几只皮箱,明天一早往城里出发,我看咱们正好到公路上把他截了……"

苏建才说:"你尽想些洋点子,咱们的任务还没有完成哩。"

"任务没完成也不能哭鼻子。打游击就是打游击,能打就打嘛!"王二虎大声说。

"我不同意。"苏建才脸涨得通红,"哪有这样打仗法,真是冒险主义!"

二虎一听火了,正要吵,被老孟止住,只得耐住性子,气鼓鼓地说:"请组长下命令吧。"

老孟因为一夜没找到马英,心里也憋着一股气,忽然把烟袋锅一抢,说:"打他个小舅子,改善改善伙食!"又对苏建才说:"怎么样?"

苏建才生怕别人怀疑他胆小,气冲冲地说道:"只要组长下命令,就是打县城也可以。"

公鸡叫头遍了。

张大爷说:"我给你们做点吃的。"

老孟说:"不用了,赶早不赶晚。"

二虎把袖子一卷,说:"只要打仗,三天三夜不吃饭也行。"

张大爷把他们送到村边说:"能打就打,不能打就回来,可不要逞强。"

老孟拍拍他的肩膀说:"放心吧,老弟,我不打没把握的仗。"

五更,一切都在朦胧中,三个满腔热血的同志,背着两支步枪一支独角龙,借着那微微的光亮朝公路上出发了。大地非常宁静,偶尔远处村庄里传来一两声鸡鸣。大家虽说和敌人干过几仗,可是打伏击这还是头一次,心中不免都有些紧张。

他们预定在肖家镇和西河店这段公路上截马车,这两个据点中间是一展平坦的公路,这时节又无庄稼掩蔽,他们商量了一下,决定到小李庄,小李庄离肖家镇有四里地,离西河店有二里地,他们想即便是西河店的敌人发觉了,也好应付,这里比肖家镇的敌人少些。

走到小李庄,才发觉小李庄离公路还有半里多地呢。藏在这里,等马车来了再往公路上跑显然就晚了。忽然二虎高兴地说:"有办法了,有办法了,你看!"

老孟和苏建才顺手看去,是一块坟地,看样子坟头足有四五尺高。老孟说:"走,我老汉专爱蹲坟头。"

苏建才笑着说:"蹲坟头就是不吉利,怪不得上一次你没有把杨大王八打死。"

二虎把胸脯一拍说:"没关系,你没看这回跟的谁啊。"

老孟郑重其事地说:"这是磨嘴的时候?"

二虎正想还嘴,苏建才推了他一把,不做声了。

这坟头交错地排着,藏在后面,公路上一点也看不见,这会天还未明,他们躲在坟后往北看了看,模糊不清;往南看了看,隐约地可以望见西河店的炮楼。他们安静地坐下来,现在唯一的任务就是等了。

三个人屏住气息,要考验耳朵的功能,可是公路上还是那样静,一点声息也没有,苏建才不时地看看老孟,老孟像是明白了似的,说道:"错不了,准会来的。"

轰隆轰隆……老孟隐隐地听到有些声息,他还以为是自己心疑的呢,就在这同时他看见二虎和苏建才都直起脖子,他想:可能是真的来了?轰隆声终于越来越响了,三个人互相对望了一眼,三颗心同时怦怦地跳起来。

慢慢地马蹄声也听见了,马打喷嚏的声音也听见了,连那车上伪军的打哈欠声也听见了……

"不准动!"像三只猛虎,三个人一起从坟后蹿了出来,长短枪都推上膛。那个伪军早吓得哆哆嗦嗦地把双手举起。这时他们才发觉原来是个空马车,上面只装着一袋麦子,也只一个伪军,没有枪,二虎在他身上摸了摸,什么也没有。大家都泄了气,老孟说:"上小李庄去。"

"是,是。"那伪军赶着车,他们三个跟在后边。

"你是哪个炮楼的?"老孟问。

"杜烟炮楼的。"

"干什么?"

"领粮食。"

"那辆装货的马车呢?"二虎插进来问道。

"哪辆装货的马车?"

"就是衡水来的那辆,你他娘尽装糊涂!"二虎说着就揍了他一枪托子。

"八路老爷,我……我不知道。"

老孟拉开二虎,说:"别打他,咱们再去等。"

苏建才说:"我看靠不住,汉奸们也不是傻子,专门拉着东西五更走,这不合规律。"

二虎大声冲道:"什么规律、骨碌?你不愿意等,你回去,打仗可不是做文章!"

苏建才最讨厌听这个词,像是一下子被蝎子螫了,忽地跳起来吵道:"打仗怎么样,怕打仗就不当八路!"

老孟说:"算了,算了,怎么都耍起小孩子脾气。建才,你把车押到小李庄,我和二虎再去等。"

"赶走!"苏建才气冲冲地对伪军喊了句,朝小李庄走去。

东方已经发白,大地上的一切慢慢都变清楚了。老孟这时才看到身边有几块人骨头,对面那个坟堆上有个大窟窿,看来骨头是从那里扒出来的。

"老天爷,你他娘慢一点明行不行!"王二虎一边骂,一边用手扒得坟头上的土沙啦啦直响,像是要把这地球揪住,不让它转动。

"别说话,你听!"老孟道。

轰隆轰隆……果然又听到马车声响了。两个人高兴了,紧握住手中的枪,心想,这会可没跑了!

和上一次一样,马车上所发出的一切声音都已听得一清二楚了,可以判断敌人已经来到身边。

"不要动!"二人一齐跳出来。

马车停住了,那伪军举起手来。一个人,一辆车,一口袋麦子,就连那伪军的模样也和上一个差不多。二虎在他身上摸了摸,照例什么也没有,好不泄气。

"哪个炮楼的?"

"西河店的。"

"干什么?"

"领粮食。"

二人心里暗暗想笑,这伪军们像是一个模子里倒出来的,连说话的声音都一样。老孟把胡子一翘,说:"二虎子,你把他押到小李庄,叫建才看住,再回来等,今天他妈的非截住它不行!"

"对!今天它不出来,夜里到肖家镇去抓它!"二虎子气得照那伪军的屁股又是一枪托子,"走!"

再说那西河店炮楼上站岗的伪军田三,忽然看见一辆马车下了公路往小李庄去了,觉得奇怪,今天是各炮楼到肖家镇领粮的,小李庄既无炮楼,怎么会往小李庄去了呢?……原来交代今天联队长刘中正的老太爷要从这里过,出了问题,层层杀头,所以格外小心,见到此情,他便慌忙下了瞭望台。

"报告!"

"干什么？"住在三层楼上的伪军小队长于老寿还没起床。于老寿早先在城里当刽子手。他自从来到西河店，腰里整天挂着个棒槌粗的大棍子，在街上东摇西闯，看谁不顺眼了就是一顿毒打，村里的老百姓没有一个不恨他的。

"一辆马车下了公路往小李庄去了，看样子像是领粮食的。"田三报告道。

"嗯……"于老寿实在不想起来，可是一想中队长王秃子曾交代出了岔子要杀头的，只得爬起来，披着棉军衣，拖着鞋，掂着望远镜上了瞭望台。

"啊！"于老寿大吃一惊。望远镜圈里出现了王二虎的影子，只见他掂着枪朝坟堆上去了，再一看坟后好像还蹲着一个人，他忙到楼上摇起电话："喂！"

"谁呀？"接话的是个女人，一口天津话。于老寿知道这是王秃子从天津带来的老婆，忙客气地说："王太太吗？我找王队长。"

"你是老于吗？干吗呀？"王秃子的老婆还是那样慢条斯理妖声妖气地答话，这可把于老寿急坏了，大声说："八路来了！"

电话中哐当一声，大约是她吓得把耳机扔了。接着是王秃子的声音，他学着日本鬼子的语气问道："什么的干活？"

"刘老太爷出镇了吗？"

"刚才送走。"

"西河店领粮食的呢？"

"早走多时了。"

"糟了。他们大概被八路截到小李庄了，我们至今还没见着影子呢！"

"那怎么办啊？"电话中传出王秃子愁苦的声音。

"咱们马上两路出兵到公路上合击。你再给东西各炮楼打个电话，让他们配合一下。"于老寿献策道。

"好吧。"电话中传出王秃子无可奈何的声音。

于老寿当下传令,除留几个人看炮楼外,三十多个伪军全副武装,偷偷地下了炮楼,顺着公路摸去了……

老孟和二虎还蹲在坟堆后,天已经大亮,火红的太阳从东方的地平线上露出半个脸。老孟忽然想到这处境实在危险,这时候截马车,西河店炮楼上能看得一清二楚,他生起回转的念头,可是又一想,食到嘴边了能不吃吗?他转过脸来悄悄问道:"二虎,怎么样啊?"

"干!干!"二虎说。

对呀,跟他们干一仗有什么了不起?他想,刘中正都领教过了,王秃子又算什么?……

早晨,还是那样宁静,地里没有人,公路上有没有人呢?不知道。大概没有人,因为没有声息嘛!

轰隆轰隆……听到马车声了,老孟想,等车过来,下了他们的枪立刻押住车就往东跑。想着,车已经来到跟前。二人往出一蹿:"不要动!"

押车的两个汉奸高高举起手来。王二虎上前把他们的两支大枪取了,往肩上一抡,十五斤重的东西放在身上就像不觉得似的。他见车上还有一个瘦老头,坐在那里吓得直哆嗦。

"赶快走!"老孟怕耽误时间,命令道。赶车的老乡,他一路上不知受了多少气了,现在遇上八路,心中好不高兴,他狠狠地朝马屁股上搋了两鞭杆,马车满载着物资晃晃荡荡便下了公路朝小李庄跑了。那个瘦老头还哆哆嗦嗦坐在马车上呢。

叭!叭!就在这时枪响了。老孟回头一看,黄黄的一溜敌人沿着公路追来了,大约不到半里地远;老孟一边打枪,一边叫二虎赶快押着车往小李庄跑。

叭!叭!苏建才见敌人追来,在村头打起枪,于老寿见村里也打枪了,摸不清底细,只好伏在地上还击。就在这一霎时,老孟他们已经进了村,一面还击,一面赶着三辆马车出了村北口,顺着路沟往东北方向跑。

于老寿从枪声中,分辨出他们没有几个人,就放大胆子穿村而过……

苏建才押着车子在前边跑,老孟和二虎轮流掩护撤退。跑了一会,先前那两辆马车跟不上了。苏建才说:"这东西不要算啦。"

"不行,这是拿命换来的!把他捣到前边那个车上。"老孟喊道。

"快点搬!"苏建才命令道。那四个汉奸只好两人抬一袋,把粮食搬到前边的车上,然后跟着马车跑,又跑了一会忽然少了两个汉奸。苏建才问剩下的两个汉奸:"他们上哪去啦?"

"谁知道?"两个汉奸哭丧着脸说。

"老老实实跟着走,再偷跑枪崩了你们!"苏建才喝道。

"是!是!"两个汉奸只好继续跟在车后边跑。

过了一会,又少了一个汉奸。又过了一会一个也不见了。老孟赶上来问道:"汉奸们都哪去啦?"

"都跑了。"苏建才嘟囔着说。

老孟再一看车上的东西丢得七零八散,剩下的没多少了,可是那瘦老头还抱着脑袋在车上躺着呢!他又喊道:"老乡,加油啊!"

"好!"老乡答应了一声,刚绕起鞭子,忽听咔嚓一声,鞭杆被打断了。

叭!叭!前边也响起枪声,这是肖家镇王秃子的队伍截来了。

"向东南!"老孟喊道。于是又拐向朝东南的路沟。跑了一会,再一看只剩下他们三个人了,马车也不知道在什么时候丢啦。老孟一摸子弹不多了,忙对他二人说:"节省子弹!"

敌人两路合成一路追赶。原来他们知道马车上坐着刘中正的老太爷,怕错伤了他,枪打得很谨慎,这会见老太爷被抢救回来了,拼命地集中火力,子弹立刻像雨点般地射过来,老孟直觉得身边咝——咝——子弹乱窜。

"看你的袖子!"落在后边的苏建才对老孟说道。他一看,是右胳膊上的棉袄袖被打着了,用手一扒拉,火星子乱飞。他看了看前边忽忽悠悠的王二虎,忙说:"枪拿过来,我背一支!"

"我还行啊!"王二虎一边答话,一边不停地朝前跑。

老孟跑着跑着,忽然隐约地看见前边远远地又像出现了炮楼。

嘎嘎……嘎嘎……就在这时前边响起机关枪声。王二虎说道:"这是他妈的吉祥镇的胡二皮出动了!"

"往东北!"老孟又喊道。苏建才忽然听到前边枪响,不知道哪里又来了一股劲,立刻拐向往北的路沟。

一气跑了十多里地,先上来跑的浑身是汗,这会汗早已出完了,只觉得嘴里渴得要命,两片嘴合不拢去,张着嘴直喘气,嗓子眼就像往出喷火似的。

敌人已经三路合一了,枪声十分密集。不过看样子他们已是疲惫不堪,总是不紧不慢地追着,却总没追上。

他们正跑着,忽然发现了沙土岗子,王二虎在前面惊叫道:"不好,到清洋江了!"

这时清洋江水只有齐腰深,可以蹚过去,只是清洋江西岸的沙滩很宽,走不到江心敌人就会追上,那是无论如何逃不出敌人的火力网的。可是敌人已经从屁股后追来,再没有第二条路了。老孟说:"冲过去!"他想:跑不过去就钻到江底,说什么也不能当俘虏!三个人迅速地跳出路沟,跑向沙滩,大家忽然看到那清凌凌的江水,恨不得喝上几口,随即拼命向江心跑去……

忽然敌人的背后打起枪来,敌人立即停住,布好阵势,朝后边干开了。就在这一霎时,他们已跑到江心。不管三七二十一,都把腰弯下来,用嘴对住水,咕咚咕咚一口气喝了个饱,然后伸了伸腰,三个人互相搀扶着爬上了清洋江的东岸。

上了岸,他们在一片树林子里隐蔽了。对岸的枪声逐渐稀少,终于完全停止了,江里也没有任何动静。

他们估计敌人不会再来追,就决定暂时休息一下。这时大家才感到又饿又累,浑身酸软,往树阴下边一躺,一会便睡着了。

沙啦啦啦……一阵风吹得树叶子乱响,老孟被惊醒了,不放心地四下里望了望,忽然见远远河岸上爬上来一个人。他忙推醒身边的二虎和苏建才:"有敌情。"二人顿时坐起来端起枪。

江岸上又爬上来一个人,一会,又爬上来两个,一共是四个人,慢慢摸索着朝这边来了。老孟对他二人说:"我们跑也跑不动了,子弹也没几颗了,好好隐蔽起来,不让敌人发觉。"

二虎接着说:"发觉了就跟他拼,一个换他几个!"

苏建才说:"小声点吧,这可不是你逞能的时候。"

"怎么,你们两个又来啦!"老孟发急地说,"回到家里吵行不行?"

那四个人继续朝这边走,越来越近了。忽然,二虎子说:"苏建梅!"

"不要说话,别认错了!"老孟说着,一边用手遮住太阳定睛看起来。

"错不了。"二虎说着就站起来双手罩在嘴上喊道,"苏——建——梅——"

"二——虎——子——"对面果真传来建梅银铃般的声音,"你长上兔子腿啦?跑得真快!"

二虎子喊道:"你这个小丫头,不要骂人,来了我再跟你算账!"

"我不怕。"建梅一边招手,一边飞快地朝前跑,她那短短的头发被风吹得蓬乱地飘了起来。

建梅身后那三个人也跟着跑来。他们渐渐看清了一个是小董,一个是杜平,啊!最后一个是马英。霎时间,疲倦劳累一扫光,三个人一齐跑着迎上去。建梅跑到二虎跟前说:"我还要找你算账哩,队里交给你们的任务是怎么完成的?"

"我认输。"二虎上去握住建梅的手,一使劲,痛得建梅叫起来。

"气死牛,"马英跑上来捣了二虎一拳,"又在欺负人吗!"

二虎忙把建梅丢开,伸着两只胳膊将马英紧紧抱住,说:"你可回来了!"说着晃了晃他斗大的四方脑袋。

他这少有的动作,引起大家一场大笑。老孟推开二虎,把马英拉到跟前,仔细端详了一会说:"还是那个模样儿,比以前好像还结实了。"

杜平笑着说:"那是自然,进了一次革命学校嘛。"

老孟望着马英,眼前忽然浮起马老山就义前的形象,心里一酸,眼角里挤出两滴眼泪,顺着脸上的皱纹流到胡子上,慢慢落下来。

二虎一见,吵道:"看你败兴不败兴,大好的喜事,哭起来了。"

"你懂个屁,这是高兴泪!"老孟这一急,忽然扑哧一声笑了出来,又对马英说:"讲讲,你们是怎么碰到一起的,可叫我们好找。"

马英便将他出城以后找到杜平的经过讲了一遍。原来杜平把老孟他们三个派走以后,又考虑到两个问题:一是目前肖家区的情况,郑敬之和马英都应该知道,可能不到这个区来;二是马英被捕是在城东,捕前可能留下关系,所以他便来到吉祥区接马英。事实证明这个判断完全正确,马英出城以后,便先到城东大东庄云秀家里把枪取了,并且在这里会到了赵振江,当夜正好和杜平接上头。在回来的路上,碰上追击老孟他们的伪军,就在敌人的屁股上敲了一家伙,又迅速撤出来,转到这里。

老孟听罢说:"要不是你们来得巧,我们说不定已经见了龙王爷啦!"

杜平说:"现在就该听你们的了。"

老孟和二虎相互对望了一眼,都有些不好意思。杜平指着他们两个笑着说:"我知道,你们两个到了一块就热闹了。"

小董忽然摸住二虎背的那两支大枪说:"这是得的战利品吧?"

"那还用说。"二虎骄傲地说,"还有一辆大马车,四个汉奸哩!"

又把腿一拍,"都他娘跑丢了。"

沉默了半天的苏建才说道:"还提那辆马车!差点坏了大事。要不,早跑回来啦。"

建梅听见哥哥说话,转过脸来。苏建才用一种胜利后骄傲的眼光望着她,那意思像是说:"你不是说要考验我吗?怎么样,我不是吹的吧。"原来建梅是苏建才入党介绍人,曾对他说过要再考验他一个时期。

建梅望着他那胜利的表情,满身尘土和疲倦的样子,还留下明显的战斗痕迹。觉得他能经过这样一场战斗,确实不容易,她打心眼感到钦佩和尊敬,她觉得今天在他们兄妹的情感上又增加了一层新的友谊,不由上前抓住他的手,亲热地叫了一声:"哥哥。"

十五 不能失信

春天终于来了。被敌人炮火轰焦了的大地又开始发青了,被敌人烧毁了的、剩下的半截树木,也长出嫩嫩的芽儿。冀南抗日战争的人们,也像这些春天的草木一样,不管敌人怎样摧残,顽强地生长和战斗着。

明媚的阳光照进一座小小的院落里,苏建梅正在院里洗衣服,忽然抬头看见李朝东,慌忙甩着两只湿手,迎上来说:"李政委来了。"

"噫!又长高啦,"李朝东仔细观察着建梅,说话还是那样爽朗、热情,"越来越像个大闺女了。"

"还是大闺女呢?都老了。"建梅也故意地说。

"啥老了?还没长胡子呢!"李朝东开玩笑道。接着哈哈大笑起来,"你们的队长、政委在吗?"

"在屋里睡觉呢,我去叫他们。"建梅说着就慌起来。李朝东忙把她拉住:"让他们睡一会儿吧,不慌。"

建梅忽然看见李朝东衬衣袖子脏得不像样子了,就说:"李政委,脱下来我给你洗洗吧!"

李朝东一向不客气,他懂得这些年轻人的心情,知道她们能为自己同志做点工作,心里是多么高兴。就边脱边说:"好吧。"

这时杜平和马英都醒了,从屋里迎出来。李朝东推着他们说:"到屋里谈吧。"三个人走进屋。

"县大队两个中队马上要调到分区,编入分区独立团。"李朝东坐下来说道。他说话总是直截了当:"我本人也跟着走,今后县大队的担子,主要就落在你们两个人的肩上了。"

杜平和马英突然听到这消息,觉得很意外,一时不知该说些什么,沉默起来。只听李朝东继续说道:"杜平同志任县委书记,兼县大队政委,马英同志是县大队长……"

"我……我怎么干得了!"马英没等李朝东说完,咮地站起来,发急地说。

"冷静点嘛,怎么又发急了呢?"李朝东笑着把马英按下来,说,"干不了?你和我说这个有什么用?你最好对中村和刘中正说去,跑到北城门下喊道:'叫我当县大队长,我干不了啊……'"

马英听到这里忍不住又笑了起来。李朝东接着说:"中村和刘中正会教会你的,用枪杆子教会你!"

马英无话可说了。是啊,还能在敌人面前叫困难吗?天塌了还有地托着,在共产党员面前没有克服不了的困难!他问:"队伍呢?"

"给你留下一个排,另外从各区游击队抽一些,继续扩大县大队。"

"枪,一时困难一些。"

"我正要和你谈这件事,军区发给我们三十条枪……"

"在哪呢?"马英一听有枪,精神就来了,抢着问道。

"在军区,离这里有两百来里地,要你们自己去取。"李朝东说到这里,把脸沉下来,严肃地说道,"不容易,要走三四天,要过几道封锁线,还要过反动的黄沙会所辖区域,弄不好就连老本赔上了。"

"什么时候走啊?"马英问。

"这两天就去吧。"李朝东说罢转过脸来问杜平:"老杜,你看还有什么?"

杜平正注意着他二人谈话。他有这样一个习惯,在别人正式谈话的时候,他很少插嘴,趁这机会他早把一些问题考虑得很成熟了。听李朝东问他,这才答道:"我没有意见,只是县大队走得太仓促了,能不能再待些时?"

"我也这样想。不过,这是冀南军区党委的决定,命令又来的很急。老杜,没有啥,说干就干吧! ……"

这天杜平把工作安排了一下,肖家区的工作决定由建梅负责。从各区游击队抽调人的通知也发了出去。夜间李朝东就回分区去了。过了两天,从各区抽调的游击队员陆陆续续都来了,肖家区去的有老孟、王二虎、苏建才、小李、张玉田等人,总共加起来是四十名,其中有十三名有枪的老战士,其余都是新扩进来的空手游击队员,准备去取枪的。

马英当下编了班,指定了班长,便命令大家睡觉,准备晚上迎接任务。他沿着几个屋子检查了一下,见大家都睡熟了之后,才回到自己的屋子里躺下来,可是翻来覆去怎么也睡不着,眼前出现了许许多多的生活场景,有过去的,有未来的,一幕幕地变幻着,但终于,这些生活场景愈来愈模糊了……

建梅手里提着个小包袱,轻轻地推开屋门,见马英一个人睡着,她愣了一下,蹑手蹑脚地走过去,面对着马英坐在炕沿上。虽说他们两个认识已很久,在一起工作也已有不少时候了,但她仿佛第一次发现他那高高的宽宽的额头,似乎在睡觉时还不停地在考虑问题;他那又浓又黑的眉毛下面,就像潜藏着一种巨大的力量;

他那匀称的呼吸声,也仿佛传出了他那坚定的革命胜利信心。她忽然想到,任何物件,经过长时间的磨练,终究要毁坏的;只有人,革命的人,越磨练越坚强,像太阳一样,放射出它那永不熄灭的光辉!

马英在睡梦中恍恍惚惚觉得有个人坐在身边,睁眼一看,是建梅。忙推开被子坐起来说:"怎么不叫醒我?"

"睡得好好儿的,叫醒你干啥?"

"不是叫你久等了?"

"我乐意。"

"你乐意?你什么都乐意!"马英一边登鞋,一边说,"真是个怪脾气。"

马英这种坦率的态度,建梅不知为什么感到是冷冷的,把小嘴一噘,说:"当了县大队长,就摆起架子,说话这么冲人。你今夜就要走了,俺是来请示你,有什么指示没有?"

马英玩笑地说:"噢,我明白了。你是说,我要走了,你还有指示。好吧,区委书记同志,有什么指示,你就只管吩咐吧。"

建梅扑哧一声笑了:"你讽刺人家做什么?俺是来听你的嘛。"

"听我的?好,我可是不客气,"马英抬起头来想了想说,"平常学了很多词,到时候都用不上了,说什么呢?总之,希望你依靠党,依靠群众。这话好说不好做,只有你紧紧地依靠了群众,群众才能掩护你,帮助你的工作。"

马英讲的是有些生硬,建梅听着却感到甜甜的。她本来准备好嘱咐马英的一番话,忽然觉得没有必要说了,她觉得他现在最需要的是休息,就说:"你睡吧。"

"睡不着。"

"你呀,"建梅抱怨又关切地说,"太爱想心事,不怕把身体累坏了!你看人家二虎,能吃能干又能睡。"

"事不由人。"马英无可奈何地说。

"好好睡,我走啦。"建梅走出大门,忽然发现手中那个小包袱,又咚咚地跑回来,把包袱往炕上一抖,命令似的说:"换上!"

马英一看,是一件洗过的白粗布衬衣,一双布袜子,他一句话没说就乖乖地把它换上。他有个老经验,知道建梅给他做的活,是从来不准他道谢的。

马英穿上这件干净的衬衣,浑身觉得舒畅,躺在炕上,实在睡不着了,就起来去找杜平,商量起下一步的工作来……

杜平的意见,为了安全,叫马英带领全体部队去取枪,他留在当地工作。马英认为必须留下一部分部队坚持斗争,打击敌人,保护群众;他只从新编来的人中挑选十几名去取枪。杜平说:"那可是只有十三支枪啊!"马英说:"保证完成任务。"有人建议说:"把新编来的都带去吧。"马英说:"过几道封锁线,还要穿过会门区,还是小部队灵活。"最后决定去二十人,十三人有枪,七个徒手回来时运枪。

天黑,大家饱吃了一顿饭,班纵队排在院子里,马英站在队前激动地讲道:"同志们,报告给大家一个好消息,由于我们游击队破路、割电线、扰乱敌人,为我们的主力部队创造了许多有利条件,我们的主力部队一连打了不少胜仗!"

人群中一阵热烈的掌声。

"同志们,好消息还在后边哩。军区为了奖励我们,发给我们三十条枪!"

又是一阵热烈的掌声。不知谁带头喊起口号:

"庆祝我们的胜利! 更多地消灭敌人!"

"感谢军区对我们的关怀!"

"同志们,大家说的对,这是军区对我们的关怀。这些枪是我们的战利品,也是我们的同志用革命的热血换来的! 我们一定要把它取回来……"

"取枪?"

"上哪取枪?"有人小声地提出疑问。

"同志们,我们要到军区取枪,来回要用几天时间,要通过几道封锁线,要通过反动的黄沙会区域。任务是艰巨的,但也是光荣的!……"

这时,人们唧唧喳喳地小声嘀咕起来:

"军区在哪?"

"黄沙会?"

"那不是出了县啦?"

"……"

马英听不清大家唧喳什么,把手一挥,说道:"静一静,静一静!"接着他又动员了一番,宣布了几条行军纪律,最后问道:"大家有没有信心?"

"有……"声音不怎么整齐。

"有没有信心?"马英重复地厉声问道。

"有!"声音像一声巨雷。

马英脸上露出一丝微笑,喊道:"出发!"

队伍列成单行,一个跟一个,快步地出了村。

大家第一次远离自己的家乡,心中都有些紧张,有人不时地扭过脸来往后看看,可是大家一句话也不说,都屏住气息,路上十分宁静,只有脚下发出轻微的沙沙声……

走了一阵,马英站在路口看着战士们一个一个从自己脸前走过,大家都像变严肃了,就连苏建才、张玉田、小李这些熟人,也把脸绷得紧紧的一句话也不说。过了一会才过完,二十个人的单行队摆在路上竟有这么一大串,他不禁感到自己责任的重大,把这么多人带到军区可不容易啊!

无数昏暗的村庄和那些模糊不清的炮楼从身旁一个跟一个滑过去了,到了下半夜已经走了五十多里地,越过县境。忽然走在前边的尖兵小李跑回来向马英报告道:"已经接近封锁线,发现了敌人的探照灯光。"

马英爬上路沟一看,果然前边像打闪似的,一明一暗。马英立即命令停止前进,整队集合,一会队伍便排列成两行,站在路沟里,只见二虎惊慌地走到马英跟前说:"少了一个人!"

马英觉得奇怪,走到队前一个个数了数,果然少了一个人,他立即对二虎说:"到后边看看是不是掉队了?"

二虎答应了一声朝后跑去了。小李走到马英跟前低声说:"可能是开小差了?"

"不可能!不可能!"马英不假思索地说,"这是多么光荣的任务,谁不愿意去?"

"你知道有人不相信我们取枪啊!我在路上听人小声说:是要整编他们……"小李接着道。

正说着,二虎气喘吁吁地跑回来了,说:"没找到。"

这时队员们乱唧咕起来,其实他们有的早知道了。马英越想越生气,走到队伍前边低声喝道:"同志们,我们队伍里出了逃兵,这很可耻……"他再找不到恰当的字眼,反复地重复着逃兵这句话。接着又说道:"今天的任务,关系着全县人民的利益,没有枪杆怎么打敌人,可是有人却不相信党,说是整编他们的,难道共产党还说空话吗?就是整编又有什么关系,革命还能挑拣地方吗?……"

"到底到什么地方取枪啊?"

"说清楚大家就放心了。"这一来,有些人不放心,乱吵吵起来。

到什么地方取枪,这是上级交代了不能公开的。马英只好说:"这是军事秘密,暂时不能告诉大家,不过大家应该相信,共产党员是决不说假话的!"

大家听到这里都不做声了,可是有人心里还直嘀咕。马英以为大家没有意见了,接着说:"马上过封锁线了,大家要沉住气,不准说话,没有命令不准开枪!"

队伍又顺着路沟往前进发,前边的探照灯越来越亮了,一会儿呜地从头上扫过去。这些空手游击队员都是刚参加工作的,没见过这玩意,心里发慌,又怕整编,接着有人又溜起来。走到了封锁线,再一查人数,竟又少了两个,马英气得说不出话来。

封锁线是一条宽大的公路,两头相距五里地,有两个高高的炮楼,炮楼上两架探照灯不停地在搜索,像是敌人的两只凶狠的眼睛。马英带着大家爬出路沟,静静地伏在地上,单等敌人的探照灯一扫过,就趁机冲过去。可是刚等这架探照灯扫过去,那架又扫过来了,刺得眼睛睁不开,风吹得稠密的电线发出一种刺耳的怪叫。

苏建才把身体紧贴在地上,心却噗通噗通激烈地跳动。忽然在他脑子里升起一个可怕的念头,这念头像是一条长长的铁丝,牵着他的心一拽一扯地使它跳动。他一转脸,看见二虎在身边,不由自主地问道:"咋样啊?"

"咋样?"二虎说,"把脑袋掖到腰里了,有一条命顶着,还能开小差?"

苏建才浑身一哆嗦,眼前一黑,不觉忽忽悠悠什么也分不清了……

马英觉得这样等下去也不行,到天亮就更不好办了,轻轻喊了一声:"冲!"大家听了,精神一振,一齐爬起来弯着腰拼命往前跑,刚跑过公路,炮楼上的歪把机枪就响了,马英喊道:"下路沟!"

大家又往前跑了没多远,便噗通噗通地都跳下路沟去。

大家在沟里跑了一气,枪声渐渐远了。一看,只剩下十三个人,十三条枪,空手人一个也没有了,原来有的在公路上被冲散了,有的没冲过公路,就拐回去了。马英想:人没有了,领了枪怎么拿法?回去吗,不行,那有人更以为我们是说假话了!不能失信,坚决要去,就是拿回来一条枪也好!……

又走了一段路,天已快明了,到了前边一个村子,马英让大家休息,等到天黑再走。大家跑了一夜,精疲力尽,路上又跑了那么多人,都无精打采,不愿意说话,一忽儿就睡着了。

马英躺下来,却怎么也睡不着:才走了一夜就跑了快一半!还有两天呢,到那时不都跑光了!……事已至此,总得想个办法才行,先不忙走,等大家醒了好好研究研究,再这样糊里糊涂下去是不行了……

天快黑的时候,小李推醒了马英:"醒醒,醒醒,又跑了两个!"

"啊!都是谁?"马英一骨碌坐了起来。

"有张玉田,还有苏建才……"

"张玉田,苏建才?难道他们也会……"马英正出神地想着,王二虎进来了,说:"都跑了,连个影子也没找到。我就知道苏建才这小子没胆子,上不了阵,光吹牛皮,到时候就草鸡了。昨夜他的脸色就不正嘛。"

"苏建才带着枪呢,要是叫敌人查出来了怎么办?"小李担心地说。二虎气冲冲地说道:"活该,那是他自己找的!"

他们说着话,把大家吵醒了,都坐起来惊奇地望着,不知谁嘟嘟囔囔说:"自己的枪都背不完了,还取啥枪呢?"

"这是什么话?"马英气得脸色都变了,接着严肃地说,"同志们,如果有人不相信党,把枪留下来走好了,何必偷着跑呢?就是剩下我一个人,我也要到军区,哪怕领回来一支枪!"

"我坚决跟着你走!"王二虎破着嗓门第一个说道,"我要跑了抓回来枪崩了我!"

"我们坚决不逃跑!"接着大家异口同声地说道。本来剩下的差不多都是些骨干了,他们又见马英、王二虎这样坚决,都愿意坚持到底。

这时,天已经黑了,马英命令出发。王二虎听了就把多余的两支步枪往自己肩上一抡,头前走了,大家一个紧跟着一个走了出去,都像是憋着一口气,无形中加快了脚步。马英看到这情景,心里才松快了一些,是啊,革命斗争才是衡量阶级觉悟高低最准确的尺子,谁高谁低一量就量出来了。

苏建才一个人孤单单地往回走着,心里像煮开了的稀饭,上下翻腾着:抗日嘛,在哪里也是一样,为什么非跟着去取枪呢?这一道封锁线就够厉害的了,前边还有三道呢!他又想起他去投中央军,落了个讨着饭狼狈而归,差点送了性命。远离家乡,人生地不熟,两眼乌黑,可是凶多吉少呀!马英他们恐怕……

苏建才想着走着,下半夜,已经离肖家镇不远了。上哪去呢?见了杜平政委怎么交代呢?去找建梅他们吗?一想到这里,建梅那些鼓励他的话,在耳边响起来,建梅那一双快乐的眼睛就在他脸前闪耀起来,但闪着闪着就由快乐变为惊疑,啊!她哭开了。不行,我不能去见她!……正在作难,想起张玉田先跑了,不如到他家去吧!刚刚走到玉田家门口,忽然听见张大爷正在骂玉田:"你这没出息的东西!我白养活你这么大!你给我滚出去,不找上队伍别进我的家门!"接着就听到"啪、啪"两声,这是张大爷在打玉田。苏建才直觉得脸上热乎乎的,就像打在他脸上一样。

"算了吧,孩子已经做错了,也是一时糊涂,等队伍回来再送他去。"这是赵大爷劝说的声音。

苏建才哪里还敢进去,慢慢摸着墙退了出来,靠在一垛土墙上出神。怎么办呢?他想去找老孟,他认为老孟头脑简单一些,多说几句好话,可能就会原谅过去,然后再叫老孟领着他去见杜政委,挨上几句批评就归了队,反正我也没有投敌,也不会怎么处置我!

第二天苏建才果然找到了老孟。老孟以为马英在路上出了什么事,大吃一惊!急问道:"你怎么回来啦?马英他们怎么样了?"

"过封锁线被敌人冲散了。马英他,他……"

"马英怎么样?"

"不知道,反正是凶多吉少。"

"既然打散了,为什么你不去找?"

"我,我……"

老孟气得胡子也抖动起来,厉声质问道:"我问你,取枪是往南走,你为什么往北走?打散了就能腿肚子朝了后!就是死了也要脸朝南!走,跟我走,我送你去。"

"领我去见杜政委吧!"

"胡说,我领你去过封锁线,去赶上马英的队伍!"

老孟把独角龙往腰里一掖,头前大步向南走,苏建才只好垂头丧气地跟去。

十六 夜走清洋江

当时的冀南军区也是驻在敌人的包围圈里,只不过离周围敌人的据点稍远一些罢了。但是大家到了军区,总觉得是到了最安全的地方,踏踏实实地睡了一觉。

吃过晚饭,马英听取了军区首长的指示,把领来的三十支步枪捆做十捆,动员了五个老乡来挑。一忽儿,来了五个年轻力壮的小伙子,他们都是村里的积极分子,听说帮着县大队送枪,都很高兴,一进院就问道:"在哪里集合啊?"

"就在这里。"马英说。

五个人有些奇怪,四下乱看,马英不解,问道:"你们看什么?"

"就这几个人吗?"一个老乡反问道。

"这几个人还少吗?"马英也反问道。那老乡没有说话,伸了伸舌头。马英接着解释道:"兵不在多而在精,人少倒不容易暴露目标。"说罢,他向九个队员喊了一声:"立正!"

九个人一个挨一个整齐地站成一排。

"有不怕死的没有?"马英突然严肃地大声说道。

"有!"王二虎喀的一声,站了出来。

"有!"这是小李的声音。

"有!""有!"……一个跟一个喊着,九个人全站出来了。

那五个老乡看这情景,不由伸了伸舌头。

"王二虎、李小黑跟我前面走!"马英接着转过来对大家说:"你们在后边护送枪支,有人在就要有枪在!"

王二虎、小李听了,哗啦一声把子弹推上枪膛,冲出大门,同志们紧跟上,顷刻,这支威威武武的小部队,又消失在黑暗的路上了。

第二天夜里,他们走进了反动的黄沙会区域,大家的心都紧张起来,各个村子里不时传出骇人的梆子声。走了一半路的时候,担枪的老乡说担不动了,要歇一歇。马英生怕在路上出事,动员大家说:"再辛苦一点,没有多远就过去了。"

又走了一阵,老乡们实在担不动了,一齐要求稍歇一会。马英看着大家累的那样子也过意不去,又想这会门区一共五十里地长,现在已经走得差不多了,估计天明一定可以冲过去,就说:"好吧,稍歇一会就走。"

五个老乡一听,满心高兴,哗啦一声,把枪一齐放在地下。

咚咚咚咚,前边村子里发觉了擂起大鼓;当当当当,后边村子的锣声也响了起来。紧接着咚咚咚,当当当,周围十几个村子的锣鼓声响成一片。"有土匪噢——""捉土匪噢——"一些怪声的嚎叫也伴着锣鼓声喊了起来,一队一队的黄沙会,高举着灯笼火把,从四面八方向着首先发出警号的村子合围上来。

"前边走!"马英向担枪的老乡喊道。他跟二虎、小李三个断后,和敌人绕开村子,那些担枪的老乡也忘了累,担着枪拼命在前边跑。大约跑了两三个钟头,锣鼓声才慢慢平息了。可是,这会走到什么地方,谁也说不上来,大家迷失了方向,马英想找个目标辨别一下,四下一瞧,漆黑一团,地和天连在一起,什么也看不到。大家这时也跑累了,都坐在地下想起办法来。

"走吧,走到哪算哪!反正不能老蹲在这里!"王二虎突然说道。

马英没有答话,他在想,不行,要是天明走不出会门区,那一切就完了,死倒是小事,完不成任务是大事啊!……他抑制住自己的慌乱,对大家说:"冷静一点,想一想,听一听。"

大家只好静静地待下来。

"你们听,这是什么声音?"忽然小李说道。

"清洋江的流水?"二虎高兴地说道。大家一听都兴奋起来,马英说:"好吧,往那边走走看。"

大家向前走了一阵,那流水声越来越清楚了,可以肯定离清洋江不远了,马英命令大家沿着江的流水方向往北走。走着走着,东方发白了,马英弄不清走到什么地方,不敢进村,只是催着大家快走。

黎明的时候,马英才辨别出,因为在里边兜了几个圈子,这会儿才刚刚走出会门区。大家只有赶到前边村子里住宿。快走到村边猛然发现这村边出现了一条公路,路旁还堆着一堆堆新挖出来的黄土,看样子还在修呢。马英以为走错路了,问大家,大家都说不错,这路可能是鬼子这几天才修的。马英立刻紧张起来,他想,这路既然没修好,敌人今天一定会再来的。现在天已大亮,不能再往前走了,身后又是会门区,怎么办呢?……忽然发现不远有一个看园子的小屋,他让担枪的老乡把枪放在这里先回去,叫大家看住枪,便独自一个人进村打探情况。

走到村口,正碰上一个老头,马英问道:"鬼子常来吗?"

"天天来,天天来,"老头子看了看天气惊慌地说,"这就该来了。"

马英心里暗吃一惊,忙说:"我们有几个人,在老大爷家里借住一下行吗?"

"可不行!"老头子摆了摆手推托道,"一会这村里大街上都是鬼子,你们到前村去吧。"

马英只得往前走,可是一想,人倒好办,怎么能担着枪朝前走呢？灵机一动,回身向老头说:"老大爷,借给我两把铁锨吧!"

"行,行。"老头子说罢,到院里掂出两把铁锨。马英拿上铁锨飞快地跑回小屋对大家说:"先把枪埋到路沟里!"

大家听罢一人扛了一捆,跑向路沟,把枪放在路沟的壁角,把路沿上的土一扒就埋住了。鬼子因为防止八路军的活动,命令各村把我们备战的路沟全部填平,靠敌人据点近的村庄就应付一下,做做样子,于是填平的路沟弄得坑坑壑壑,这样的路沟,我们基本上还可以利用,在沟里运动队伍,打起仗来,可以作为掩体。现在把枪埋在沟里,因为都是新土,也不显什么特殊的痕迹。大家在路沟里走一截埋一捆,刚埋了三捆,忽然听见远远响起马蹄声,小李抬头一看,惊叫道:"鬼子,鬼子!"

大家一听,都紧张起来,从沟里往出探头,马英一边拉他们一边说:"不要看,不要看,赶快埋枪!"说着自己找了个隐蔽地方一望,果然左边半里地远的地方出现了一路骑兵,前面一个鬼子腰里插着太阳旗,迂回着朝他们这个村子来了。马英猛一回头,右边也出现了一路,还有马拉炮,看样子敌人是有目的来的,他估计可能是黄沙会向敌人报告了。

这时大家埋的只剩下三捆枪,听到两边马蹄声越来越近了。

轰!日——哐!就在这时一颗炮弹从头上飞过,在远处爆炸了,不知谁说道:"咱们赶快跑吧,这三捆不要了,要不鬼子来了背的枪也保不住!"

"不行!"马英怒气冲冲地说,"枪一捆也不能丢,这是同志们用血换来的。赶快埋,鬼子来了就跟他干,只要留下一个人也要把枪弄回去!"

"别害怕,鬼子用大炮吓唬人的。"王二虎说着又加劲地干起来。等十捆枪都埋完的时候,鬼子说话声都听得见了。马英带着大家,弯着腰顺路沟跑进前面村子。这时听着敌人已经到了村边,马英忽然见路西有家小门没有关,就不管三七二十一领着大家闯了进去。说也奇怪,这院子里没人,到处破烂不堪,脏得不行。马英想把门关上,可是一想鬼子叫门怎么办？不如来个"空城计",不关它算了,领着大家进了那唯一的小黑屋,说道:"沉住气,鬼子进了院也不开枪,直等鬼子进了屋……"

橐橐橐橐,街上响起鬼子的皮鞋声。大家都屏住气,握着枪,等着这突然的战斗。马英透过窗纸上被吹破的一个小洞往外瞧,见一队鬼子端着刺刀从大街上走过,忽然有一个鬼子拐回来往这院里看了看,又慢慢跨进院门,大家听到院里有脚步声,都相互望了一眼。马英小声对大家说:"只一个,千万别开枪,捉活的。"

王二虎一听,把枪放下,卷起袖子,准备好架势,单等这鬼子进来。那鬼子在院里转了一圈,又朝这小破房子望了一眼,大约是看这里太脏了,嘴里不知咕噜了一句什么,转身出去了。二虎换了一口气说:"该这小子走运。"

紧接着便听到前前后后的砸门声,喊叫声,一直闹了好大一阵,声音才渐渐平息了。大家刚喘过一口气,忽然院里又响起脚步声,立刻紧张起来,马英说:"是个老大娘,大概是房东吧。"

那老大娘进屋来了,左手提个破竹篮,右手拄个枣木棍子,头发已经全白了,看样子有七十多岁。她一见大家,惊慌地愣住了。马英忙解释说:"我们是八路军,暂时在大娘家里躲一躲,也是赶巧啦。"

"行啊！老天爷保佑你们平安就行。"老大娘叹了口气说。

"大娘,你家还有什么人啊？"马英问。

"就我一个孤老婆子,儿子叫他们抓走了。"

马英听这声音好熟悉,可是想不起来这是谁,就问:"大娘,你姓啥？"

"姓周。"

马英猛然想起,这是周大贵的母亲？他那天在训练所的门口曾见过一面。忙问道:"大娘,你是大贵的娘吗?"

"你,你是谁啊?你认识大贵?"老大娘惊异地瞅着马英。

"我叫马英,我们一起在壮丁训练所受过罪。"

"大贵,他,他……"周大贵的老娘说不下去了。

"他,他……"马英怎么说好呢?眼前出现了周大贵惨死的情景,他的眼睛潮湿了。

"你,你说吧同志,告诉我,他怎么了?"老大娘双手摸着马英的胳膊说道。

"他死了!死得有骨气。"马英沉重地说罢,把头低下来。老大娘像是没有听见,也没有说话,也没有掉泪,直愣愣地站在马英面前望着他。

"大娘,你不要难过。"小李上前搀住老大娘说,"你儿子虽然死了,我们八路军都是你的儿子……"

这时街上又响起一阵脚步声,老大娘忽然振作起来,推着小李说:"快坐下吧,孩子。"便走向门口。

大家都屏声静气地听着,过了一会,老大娘回来说:"鬼子出村了。"说罢,她这才呜呜地哭了起来。哭了一阵,擦干眼泪说道:"孩子,叫你们受委屈了,大娘家里穷,没吃的。"

"我们带的有干粮。"马英说罢,想起周大贵以前说过家里穷困的情景,眼睛不觉又湿润起来,问道:"这些时你的日子怎么过啊?"

"把那亩地让外甥种着,有时给我口饭吃。"老大娘接着说道,"你大娘少亲无故,有三个外甥也不顶用,大外甥去年死了,二外甥不亲,三外甥前两年叫鬼子抓去了,还不知死活……"

"三外甥叫什么?"马英问道。

"田三,你也知道吗?"

马英这时想起王二虎三打马车时,是田三在岗楼上发觉的,就将这事对周大贵的老娘说了一遍,她一听,气得浑身直哆嗦,说道:"想不到这孩子不行正,死心给鬼子办事,打自己人,他还不知道他表哥是叫鬼子害死的！我去找他,说什么也要把他找回来。"

正说着,街上又响起一阵脚步声,老大娘又慌忙跑向门口,过了一会敌人又走了。这天敌人就这样一连闹了几趟,但总没进门,一直到了傍黑,敌人才全部撤回据点。

马英先派小李去侦察一下,看看埋的枪发生了问题没有?一会小李回来说:"路沟全是马蹄子印。"

"枪呢?"大家惊慌地问道。

"还在那呢!一捆也没少。"小李伸了伸舌头。二虎揪住他的耳朵说:"你这个小鬼,尽吓唬人。"

"小鬼!你是大鬼?"小李不服气地说。接着又机密地向马英报告道:"老乡们说:前村有三个汉奸在发'良民证',还带着枪呢!"

"是不是真的啊?"

"人家好几个人都这样说。"

马英一听劲头来了,受了好几天的气,也没痛痛快快打个仗,现在枪也埋好了,天也快黑了,就是打不赢,跑也跑得了,于是他把匣枪一抽,对大家说:"去收拾这几个倒霉货!"

"好!""走!"大家听说打仗都高兴起来,立即由小李带路,摸出村了。

前村离这村只有三四里地,走到村边,果然见村口场地里排着一队老百姓在领"良民证",一个汉奸站岗,一个汉奸管发,还有一个汉奸背着手枪,一只脚蹬在椅子上,口里叼着烟卷,看样子是个当官的。马英照准这家伙叭的就是一枪,只见他腿猛一跷,头一仰,栽倒了。顿时人群大乱,纷纷往地里乱跑,那两个汉奸把东西一扔也杂在老百姓中间跑起来,老百姓们自然不愿跟汉奸混在一起,都躲着他们,一会便把这两个汉奸孤零零地甩在地里。马英喊了一声:"追!"大家便拼命地追起来,那两个家伙像是长了兔子腿似的,跑得可真快,马英怕追不上,就喊道:"开枪打!"

叭!叭!立时一阵枪响,前面一个汉奸被打倒了。这时前边出现了一条路沟,剩下的一个汉奸跳到路沟里,马英让大家小心,怕这小子打冷枪。

嘣!就在这时忽然远处传来一声枪响。

"这是独角龙!"二虎子叫道。

"独角龙?"马英想,敌人没这种枪,莫不是老孟来接应了?正想着,路沟爬出两个人,头前一人提着两支枪,右手拿的独角龙,左手拿把盒子,一看正是老孟!后边跟着苏建才。马英三步两步跑上前去抓住他:"老孟大爷!"

苏建才把头低下来,一句话也不说。马英忽然生起气来:"你是怎么搞的!你参加工作的时间也不短了,你说的那些话都吹啦!你要求入党,就要按照党员的标准去做呀!"

"你还回来做什么呀!"二虎气愤地说。

"二虎,你骂我吧,狠狠骂吧,我不怪你。"苏建才声音颤抖着,含着泪花又转向马英:"队长,是我错了,你就处分我吧!"

小李看到苏建才那可怜相像是后悔了,便说:"你现在不是又回到队伍里来了吗?回来了就好。"

"不,不。小李,我有错就要受处分,我甘心情愿。"

马英感到任务要紧,就说:"苏建才,回去你写个检讨,听候处理。"

回到周大贵家里,大家忽然嗅到一股米饭的香气,原来是老大娘给他们熬了一锅热稀饭,马英问:"这粮食是哪里弄来的啊?"

"孩子,你们别管是哪里来的,只管吃就是了。"老大娘说。大家都觉得过意不去,临走的时候,把自己带的干粮偷偷给老大娘留下了。

当下他们把枪挖出来,又请了五个老乡担上,便趁黑出发了。

轰隆隆隆,远远的天空响起雷声,一阵紧似一阵,好像在催促他们快走。顷刻,大家都感到发闷,眼看一场暴雨就要来了,有的说:"下吧,下吧,下起来敌人不出来巡逻了,更好走。"

说着,豆大的雨点就劈头盖脸地浇将下来。一霎时大家浑身上下的衣服全湿了,五个担枪的老乡,肩膀被水浸得直发痛,不住地换肩,马英为了减轻他们的负担,让每人多背一支大枪。地下的路也越来越难走了,一走一滑,就像地下有个人拽腿似的,弄不巧,便被拽躺下,走了两三里地,一个个都变成泥人了。

霍的一个闪电,把旷野照耀得如同白天,他们这支小部队完全暴露在平地上了。马英说了声:"不好!"他意识到这种处境的危险,如果遇上敌人的巡逻队,那就非常困难了,忙命令大家迅速向东下清洋江隐蔽。这里离清洋江只一里多地,刚跑下清洋江,就在闪电中看见一路鬼子骑兵冒着雨沿着江岸不远的地方巡逻过去,马英暗地捏了一把汗,让大家沿着清洋江的河槽边继续往前走。

清洋江的水哗哗啦啦地卷着从身旁流过,听起来怪瘆人的,马英想,这要是在冬天从冰上走过江去,就安全多了,如今不仅过不去,又赶上一场猛雨,江水随时都可能暴涨起来,把他们连人带枪卷走,他叫大家提高警惕,随时准备上岸。

雷仍然在响着,闪电仍然在打着,雨还是无休止地在下……

同志们渐渐看见封锁线上的探照灯的灯光了。该死的封锁线!就像是一把刀子截然把这一块地方切成两半。只要越过它,虽然仍在敌人的圈子里,但总算到了自己的家了,那里有自己熟悉的村庄、道路、田野,更重要的是那里有自己熟悉的群众。大家都眼巴巴地望着封锁线那边的天空,就像地上的鱼儿望着大河中的水一样。

呜的一下,探照灯光从头上横扫过去。马英叫大家贴紧河槽隐蔽着加快朝前走。他对大家说:"加劲走啊,冲过去,靠着河边敌人看不清楚……"

话没说完,就听见大江上游哗哗地传来巨大的响声,一霎时觉得地动山摇。

"涨水了！"一个担枪的老乡惊叫道。

"上岸！"马英命令。

大家立刻先帮助担枪的老乡上去，然后一个个往上爬，最后边的小李刚爬上半截身子，水已经来了，马英上去拉住他一只胳膊，只见他的身子已经被水打得横起来，马英把他拉到岸上，他的鞋却被水冲跑了。

霍的一个闪电，空中一亮，马英看见这里离敌人的炮楼只两百多米，一道强烈的探照灯光正向这里扫来，忙命令道："卧倒！"

大家都静静地趴在地下，全身紧贴着那泥水的土地，凉冰冰的，一股发腥的雨水气直往鼻孔里钻。马英想，怎么办呢？四周一点隐蔽的地方也没有，闪电、探照灯一个劲地在头上晃，时间长了就是不动，敌人也可能会发觉的；往前硬冲吧，太危险，恐怕伤亡过大。……最后他考虑分两班冲，头一班由老孟、小李护着枪先过，剩下的八个人在后边组织战斗，吸引敌人的火力，这样虽会有伤亡，但枪支能保得住。他小声叫道："老孟，老孟。"

没有人答应，大家相互看了看，才发现老孟不见了。小李着急地说："是不是叫河水冲跑了？"

嘀！西边突然一声枪响。

"独角龙！"大家异口同声地说道。马英想，莫非老孟又和敌人干上了？

嘀！又是一声。接着敌人炮楼上响起了密集的枪声，远处打成了一片火海，这边岗楼上探照灯一下子扭过去了。马英的心豁然一亮：老头子是在用计啊！他转过脸来说："谁去接应老孟？"

"我去！"二虎站起来大声说道。

"一定把他接回来！"马英对二虎说罢，又向大家命令道："立即冲过去！"

顷刻，同志们像脱了缰绳的马，一个个抖擞精神从地下爬起来，朝前冲去。

大家一气跑了二里地,才歇下来,回头看了看,火光也没有了,枪声也不响了。一个个都提心吊胆地在想:老孟、二虎他们怎么样了?打着的时候,倒不觉得怎么,因为知道他们还在和敌人战斗着,并且从火光中可以判断出他们在什么地方,甚至他们什么样的姿态都能想象得到;可是现在一停下来,一切就都不知道了,答案只能有两个极端,一个是他们安全脱险了,另一个是……

　　马英不放心,走到前村,让大家原地休息,便和小李又朝回摸去,想看看动静。走了一里多地,听见前面沙沙地响,他们赶紧伏在地下。

　　渐渐分辨出那脚步声越来越近了,终于走到跟前,隐约地看见是一个人影。这时忽然一个闪电,他们看见原来是二虎背着老孟,忙抢上前去一齐问道:"怎么样了?"

　　"他腿上挂彩了。"二虎说。

　　小李慌忙叫道:"老孟大爷,老孟大爷!"

　　老孟却不答应,小李小声地哭了。马英说:"可能是流血过多,昏过去了。"这时他们才借着闪电看清楚老孟腿上的血还顺着裤腿和雨水一齐往下流。小李忙撕下自己一只袖子给他缠了。然后和马英换着背上,一直背到村里。

　　大家一看老孟,脸色惨白,不觉个个心酸。房东老大娘忙熬了一碗姜汤给他喝了,这时他才慢慢睁开眼睛问道:"过来了吗?"

　　"过来了。"

　　"枪呢?"

　　"都在这。"

　　"你摸摸!"小李还特地抄起一捆递给他。老孟用手抚摸着枪,嘴角上露出一丝微笑。

　　早晨,院子打扫得干干净净,马英把三十条枪五条一堆架起来,一共是六堆,排了长长一行。四周围满了看热闹的孩子们。那些取枪时跑了的人,这会都被集合来了,他们听说大队真的取回了枪,又惊又喜,有的说:"这回准要挨批评了!"有的说:"只要发枪,挨打我也愿意。"

王二虎喊了口令,四十多个人分两排站在枪后,跑回来的战士一个个都低着头,不敢吭气。马英站到队前气鼓鼓地问道:"同志们,是去整编啊,还是取枪呢?"

"取枪。"大家异口同声说,声音却很小,像是在肚里说的。

"现在大家明白了。"马英接着问道,"当初为什么不相信呢?为什么不相信党呢?共产党什么时候说过假话?"

大家一声不吭,只是耷拉着脑袋听着,有人看着旁边耀武扬威的王二虎,后悔自己不该跑了的。

忽然张大爷推着张玉田来了,他走到队前对马英说:"队长,我把这没出息的东西交给你。"接着转过脸来对玉田说:"以后再跑了,就别想进我的家门!"

玉田本是个诚实的青年人,这次开小差主要是怕编走,家里没人照管,后来见他爹这样子,后悔也来不及了,想回来,又觉得没脸见人,让他爹连拉带骂,才算把他弄来了。

马英看见玉田,想起和他在一起战斗的情形,他总是不声不响地靠在你身边,可是当你把命令一下,他就立刻像只小老虎似的冲向敌人,是个好同志啊!马英忽然感到不能光怪同志们,杜平对他讲过,一个农民成为一个自觉的有组织有纪律的革命战士,还需要一个过程,走的时候没有动员好,自己不也有责任吗?又看一看大家那为难的样子,就不忍再往下讲了。转过脸来对王二虎说:"发枪!"

大家一听说发枪,脸上那股愁眉苦脸的样子早跑光了,个个喜笑颜开;接过枪摸摸这,弄弄那,呼里呼啦乱拉栓,背一会,扛一会,真不知怎么拿才好。一个个精神抖擞,倒十分威武,马英看着心里也乐和起来了。

当下进行了整编，一共新编了两个排，王二虎是一排长，赵振江是二排长，原大队留下的那个排是第三排。小李是大队的侦察员，小董是大队的通讯员，老孟当了大队的参谋，苏建才是文化干事。

新的大队正式组成了，都在庆祝这个光荣的日子，好不热闹。老乡们见自己的队伍组织起来了，笑在脸上，喜在心里，有的还送来鸡蛋、军鞋等许多慰劳品。杜平和马英忙着接待群众。大队的战士和干部一个个红光满面，正由苏建才领着唱歌，嘹亮的歌声响彻云霄……

十七　伏　击

晨风吹动着晚秋的庄稼，掀起一起一伏的波浪。建梅挟着一个小包袱，双手拨着高粱秆子，急促地在庄稼地里走着，高粱穗儿有的已经弯下腰来了，那些红的、黑的、黄的五颜六色的高粱子儿亮晶晶的、饱唧唧的，真叫人可爱。她不由伸手捻下几粒，含在口里。

刚刚赵大爷从肖家镇送来消息说：杨百顺昨天下午从衡水受训回来了，还拉回来两大车配给的军用物资。苏金荣也把这几天抢收来的租子，载了十几马车，他们准备今天下午一同回县城。只带着一个中队的伪军，和十几个便衣队员，还有二十多个鬼子，正是打伏击的好机会。建梅本打算派别人去给县大队送信的，后来考虑县大队没有固定的活动地址，这又是一份重要的情报，送不到就误了大事，才决定自己亲自送去。

建梅也不知道大队现在驻在什么地方，只好按着县大队经常活动的村子去找，想不到走到肖家镇东十五里地小王庄，就找到县大队了。

杜平见她进来,放下手中的一本《论持久战》说:"什么风把你吹来的?"

"抗日的风。"建梅抑制不住内心的兴奋。

"没听说过。"杜平笑了笑颇有兴趣地说,"今天我才明白了,还有抗日的风和不抗日的风之分啊!"

"那当然有啦!"建梅天真地解释说,"对抗日有利的就是抗日的风,对抗日不利的就是不抗日的风。"

杜平听出这话里有文章,忙问:"敢情你是带来对革命有利的事啦?"

建梅眨着眼睛自信地点了点头,接着把情报对杜平详详细细地讲了一遍。要在别人,听到这消息一定会高兴得蹦起来,而杜平却几乎没有什么表示,只是用心地听着。等建梅说完,又问了几个情况,最后他才简短地说道:"很好。"

杜平是不大轻易表扬人的,这两个字在他来说,已经是对同志的最大鼓励了。建梅和他在一起工作时间很长,自然了解他的脾性,心里充满了喜悦。她非常乐意和她的首长杜平、马英、李朝东在一起,他们三个人不管谁到了她的身边,她都觉得身上有了劲,增加了她斗争的勇气和信心;但除此以外,他们三个人却在她身上引起了不同的反应:她和李朝东在一起的时候,就显得特别欢乐、愉快、无忧无虑;和马英在一起的时候,就感到兴奋、激动、幸福;和杜平在一起的时候,就觉得心里热乎乎的,身上暖烘烘的,像孩子偎在母亲身边一样,不愿离开。李朝东到分区工作了,离得远难以见面。怎么没见马英呢?于是问道:"马英同志哪里去了?"

杜平笑了笑:"很不凑巧,他执行任务去了。"接着又问道,"建梅,你现在当领导了,学习怎么样?"

"忙得不可开交,哪里有时间!"建梅的脸红了。

"要说忙嘛,我们的毛主席最忙,可是他还抽出时间写书哩!"杜平说着,翻出几本油印的小册子,有《目前形势和党的任务》《大量吸收知识分子》《中国革命和中国共产党》，一齐递给建梅说："这都是毛主席最近写的，拿回去好好看看。"

建梅望着这几本小册子，立时觉得耀眼夺目，心里热腾腾的。不知是因为激动，还是惭愧，脸越发地红了。她举手给杜平敬了个礼，咚咚咚地跑出去了。

中午，趁着人静的时候，队伍从晚秋的庄稼地里绕着往肖家镇至西河店公路的埋伏点运动。这次伏击正赶上秋老虎，天热得要命，没有一点风，谷子棵一根根直立在地里，垂着穗，一动不动，也像是热得受不了似的。杜平弯着腰领着队伍在谷子地里走着，直觉得透不过气来，浑身黏糊糊的，不是个味儿。他回头看了看战士们，一个个汗流满面，衣裳都湿透了，只是每个人的脸上都显得兴奋、紧张，那表情好像是在回答杜平：这一回一定要把敌人一口吞掉！

到了埋伏地点，战士们都静静地伏在一大片谷子地里，更加觉得热，地下直往上冒热气，烤得心里发慌。

杜平在一块高地上，透过谷子垅的空隙朝公路上观察着，眼前的一切恍恍惚惚地旋转起来，心里猛一痛，吐出一摊血。他急忙挖起一块土将它埋了。

"政委，怎么样啦？"小董从身后出出溜溜爬上来问道。

"不怎么的。你替我监视一会敌人，我考虑一下问题。"杜平艰难地说罢，把头压在胳膊上，吃力地呼吸着。

小董早已看出他是犯了病，就想劝他回去，刚叫出一个"政"字，又一想，杜平叫他监视敌人，他怎么能擅自离开战斗岗位呢！心里火焦毛辣，一时抬头望望公路，一时回头看看杜平……

杜平昏昏沉沉，脑子里翻翻腾腾，浑身觉得四分五裂，一种巨大的痛苦在折磨着他。仿佛眼前突然出现了一个凶恶的魔鬼，张牙舞爪地来夺取他的生命。……在这种情况下，他懂得，唯一的办法就是鼓起革命胜利的信心,像和敌人斗争一样,坚持和病魔斗争! 要挺住劲,不动摇!"坚持、坚持……坚持就是胜利! ……"他脑子里默默地念着。

坚强的斗争意志终于战胜了病魔,他的头脑渐渐感到清醒了,回忆刚才,像是做了一场噩梦。他抬起头来说道:"小董,告诉赵振江、王二虎,让那些身体弱不能坚持的同志先撤回去。"

"你……"

"执行命令!"

小董只好噘着嘴爬走了,心里还在想:等开党小组会时,我再给你提意见。一忽儿小董回来嘟哝着说:"叫谁回去谁也不回去,他们说政委那个身架子还不回去,我们怎么能回去!"

杜平笑了笑说:"你这小家伙,尽拿话来敲我。"对战士们这种坚持斗争的精神,他打心眼里感到高兴,觉得这些战士更可爱。想了想,他写出一个名单交给小董说:"上边有名字的都得回去,这是命令,懂吗?"

"懂!"小董只得又爬走了。

大队继续在这里坚持着,可是公路上一点动静也没有,毒辣辣的太阳挂在天空好像停止了走动,干部、战士每个人的心里都憋着一股闷气。

太阳终于慢慢地落下去了,可是公路上仍然连个影子也没有,战士们都松懈下来,议论纷纷:

"我看敌人是靠不住来了。"

"老子等他八天八夜,看他来不来!"

"来不来,老子今天先吃了一顿'焖肉'!"

"……"

天已经黑下来了。杜平知道今天已经没有希望,从谷子地里站起来,一挥手说道:"撤走!"

杜平没下命令之前,大家虽已感到没有希望,但似乎还有那么一点点,因为指挥员还在那里等待着,战士对指挥员是无限信任的。如今指挥员下了命令,肯定这次战斗就这样不愉快地结束了,战士们一个个懒散地从地里爬起来,稀稀拉拉地往回走。

杜平拄着棍子回来,喝了两碗白开水,身上好过一些了,把胳膊左右一撑,做了个拉弓的姿势,提了提精神,对小董说:"召集干部开会。"他知道,必须在这个时候,抓紧做好思想工作,首先做好干部的工作,并且要用指挥员坚定的、乐观的、胜利的信念,去影响他们。

干部们一个跟一个走进来,不声不响地找位子坐下,都显得无精打采,愁眉苦脸。王二虎双手叉腰,眼瞪得像两个小灯盏子,气得呼呼地直喘粗气。杜平见了暗暗想笑,招呼说:"大家都离二虎子远一点,他快要炸啦!"

一阵大笑在屋子里爆发开来。二虎卷起袖子,也傻笑着说:"杨大王八到衡水鬼子那里回了回炉,坏得更出奇了!"

又是一阵大笑。沉闷的空气已经扭转过来,杜平心里一阵高兴,大声说道:"同志们,不要泄气,敌人今天没有来还有明天,明天不来还有后天,他只要还回来,我们坚决要消灭他!今天没有来有什么坏处?不过给我们多留点时间更好地做好准备……"

大家一想,也是,今天没有等到敌人还有明天嘛,又没把敌人放走,何必这样泄气呢?老孟笑了笑说:"只是气不过,白等了一后晌,热了个半死,真要憋我老汉个气臜。"

杜平也笑道:"有气不要紧,明天冲鬼子出去,可不要跟肚子生气,真憋出气臜来可不得了。"

大家说说笑笑讨论了一阵子,杜平让大家回去好好向战士们动员动员,干部们随后便高高兴兴出去了。

第二天天不明,大队便向公路上进发,这时,天气凉爽多了,战士们个个抖擞精神,都要出出这口气,一忽儿便到了公路边,大家都觉得今天要能打上敌人,比昨天得劲多了。

杜平决定调换一下地点,带着中队干部顺着公路向前走了一里地,在公路的东边谷子地里发现了一片坟地,离公路只几十公尺远,正是一个很好的战斗地形,截击退却都比较方便。

二虎咋唬着说:"这就是我们打马车的那老地方!"

苏建才说:"可惜那时没有长起来这么高的庄稼。"

二虎一听苏建才卖后悔药,心里烦不过,正想吵两句,因为在党小组会上大家提过他们两个人的意见,就把话憋住了。杜平见这里的地形不错,就对二虎说:"你们排埋伏在这里,打敌人的头,千万要记住,听我的命令开枪,必须把敌人的尖兵班放过去,等敌人的本队全部落入我们的包围圈中。"

"知道了。"王二虎立即跑回去带队伍。杜平接着往北走,步量着敌人本队的距离,约莫差不多了,自言自语地说:"大概到这里。"

"对,也只是这么长。"

杜平听赵振江答话,转脸问道:"你说什么这么长?"

"敌人本队的距离。"

杜平听了,暗暗高兴,不想赵振江已经猜想到他的意图,忙又问道:"那你说,你们排该怎样战斗?"

"我想应该埋伏在这里,切断敌人的后路。"

"对。"杜平双手一拍,"必须让敌人全部落进我们的包围圈。"

"那么我们要啃敌人的屁股了。"老孟说。

杜平纠正他道:"不是屁股,是脑袋。敌人突然遭到前边的伏击,必然掉转头往后跑,千万不能让敌人咬住啊!孟参谋也在这里吧。"

"你放心吧。"老孟笑道,"不管他是脑袋还是屁股,一齐往里砸!"

等一切布置好以后,天已经大亮了,不少的农民下了地。杜平腰里插着手枪,手里拿着锄头,混在老百姓里一边锄地,一边向公路上观察着。

太阳从地平线上爬出来的时候,公路的北头隐约地出现了三辆马车,杜平猜想是苏金荣和杨百顺来了,他用倒车牛锄地的姿势由北往南退着,一边对大家说:"同志们,准备战斗,敌人已经来了,听我的命令才准开枪。"

战士们立刻紧张起来,一个个都像是要出膛的子弹,肃然伏在地上,单等命令一下,便立即喷射出去!忽然又听见杜平从南向北走过来说道:"同志们,不要打枪,这次来的只几个汉奸,是给苏金荣蹚路的,我们要坚决打苏金荣的埋伏!"话音刚落,大家就听见公路上骨骨碌碌的马车声,那马车声越去越远了,王二虎不由粗声地说道:"算是这些小子们走运。"

过了一会,公路上终于又出现了敌人,最前面是一个斥候①,离斥候一百米是尖兵班,尖兵班再往后几十米才是本队。敌人都坐在马车上,紧抱着枪,四下里环顾着。最后的四辆马车上,两辆坐的是戴钢盔的鬼子,太阳光照得一闪一闪的发亮;两辆坐的是穿白衣服的便衣队,杜平估计苏金荣可能在里边,便边锄地边命令道:"同志们,我们要等的敌人来了,沉住气,听我的命令。"

此时,公路两旁的农民都跑光了,唯独杜平还在锄地,那斥候疑惑,端着顶膛枪下了公路,朝杜平的方向来了。杜平一看,敌人的尖兵班刚刚走到伏击圈,可是敌人的本队还没有全部走进伏击圈内,只得装做若无其事地锄着地,继续往后退,那斥候越发觉得可疑,大步向前赶来,看看离得不远,喝道:"站住!"

杜平站下来一看,敌人已经全部落入包围圈内。

"举起手来!"那斥候又喝道。

杜平一手拔枪,随着把头一低,叭的一声,子弹从头上飞过去。

---

① 军事术语:即是前面的搜索兵。

这一来,战士们都从谷地里蹿出来,枪声四起。那斥候一见不妙,拔腿就跑,但叭的一声,早被一枪打倒,杜平举着枪喊道:"同志们,打呀,不能让一个敌人跑掉!"

子弹像雨点似的飞向敌群!马惊了,拉着车向前飞跑,来不及跳下来的敌人就从上边栽了下来。有的马被打死了,马车翻在路旁,汉奸们有的藏在车后还击,有的趴在车下抖抖索索等着缴枪,还有的掂着枪、弯着腰围着马车乱转,就像是油锅里的虾子,蹦着跳着等死。

鬼子队长一声怪叫,督着十几个鬼子掉转屁股,往北突围,早被赵振江的神枪队截住,接二连三撂倒几个鬼子。鬼子见势不妙,一面用那挺歪把机枪掩护,一面上起刺刀准备白刃战。歪把机枪凶恶地吼叫起来,打得大队的战士抬不起头,有两个战士一欠身子,便被打倒了。几个战士有些发慌,有个叫小根的战士吓得只往后出溜,两下子便出溜到老孟的身边,老孟气得照他屁股狠狠就是一拳:"你往后出溜什么?鬼子也不是钢头石脑袋,你看……"老孟说着顺手甩出去个手榴弹,不偏不错,恰好扔到鬼子机枪手的脊梁上,轰的一声爆炸了,歪把机枪也哑了火,战士们又提起精神,端着枪向敌人射击。……

鬼子见自己已处于死地,呜里哇啦一阵怪叫,端着刺刀直冲过来,在一阵手榴弹爆炸声中,他们丢下两具尸体,冲出重围了。

在一排和伪军、二排和鬼子激战当中,赵振江一眼看见便衣队下了公路,绕着朝南跑了。回头再一看老孟,正在摆弄着那挺炸坏的机关枪,他发急地说:"孟参谋,你是怎么搞的,快追呀!"

老孟这才醒悟过来,带上一部分战士朝鬼子追去。一阵激烈的枪声,鬼子又栽倒三个,剩下的几个残兵败将跳下路沟,顺着路沟跑。老孟顺着路沟追去。鬼子的皮靴、钢盔扔了一路。渐渐鬼子越跑越远了。

赵振江带着十几个战士朝向南跑的便衣队追去,因为发现的晚,敌人已经跑出半里地远。苏金荣把礼帽也扔了,长衫也脱了,杂在便衣队里边跑。赵振江也弄不清哪个是苏金荣,一连瞄准打倒了三个,跑到跟前一看都不是。

杨百顺最滑头,一听枪响便溜下公路,独自一个人偷偷往西河店炮楼跑去;他跑得又快,此时早已上了炮楼,又和于老寿下来把苏金荣和便衣队接上去。

战士们见苏金荣、杨百顺都上了炮楼,气得直跺脚。杨百顺在上边还说风凉话:"谢谢八路弟兄的欢送。有一天杨爷送你们的时候,把你们送上天!"

于老寿也嚷道:"穷八路,有本事上老子的炮楼!"

赵振江说:"于老寿,你有种露一露头!"

于老寿不知赵振江的枪法厉害,把胸脯一拍,从垛口上探出身子说:"老子出来了,怎么样!"

叭的一声枪响,杨百顺知道不好,拽了于老寿一把,枪子打在于老寿的肩膀上,他一声嚎叫,接着朝下就响起一阵激烈的枪声。

赵振江急忙带着队伍撤回来了。

杜平见一部分鬼子和便衣队冲出重围,剩下的伪军已经消灭得差不多了,下令解决战斗。王二虎把布衫一脱,左手掂着手枪,右手握着一把手榴弹,喊了一声:"冲啊!"带着战士猛扑上去,汉奸们吓得早把枪举起来,有的不住地捣蒜似的磕头,连连恳求:"八路老爷饶命。"

战士们一见敌人投降,有的就上前去夺战利品。小根正从一个鬼子身上解水壶,谁知那鬼子并没有死,忽然举手一枪,正打在小根的肩膀上。杜平看得真切,气得火星直冒,一枪把那个负伤的鬼子打死,大声喊道:"同志们!战斗还没有结束,不要乱拿东西!"

不到半个小时,战斗胜利结束了。大队押着十二辆马车的战利品和几十个俘虏,迅速地离开公路。今天战士觉得比往常任何次胜仗都高兴,因为这次不仅消灭了一个中队的汉奸,还消灭了八个鬼子,赶跑了苏金荣和杨百顺,而且打得特别痛快,便索性排着队唱起歌来。只有杜平背着枪走在队伍的最后边,心情比往常显得沉重……

杜平躺在炕上,眼前晃动着小根的影子,一个年轻的战士无谓地负伤了,作为党的代表,作为一个指挥员,他觉得他应当承担这种责任。这是一次严重的教训,必须让战士们树立起集体主义思想,坚决克服这种战场上乱拿东西的错误!……

老孟穿着新缴获来的牛皮鞋,咯咯吱吱走进来说:"政委,找我有什么事吗?"

"你去通知各排,把各人缴获的战利品都交出来,谁也不准私人入腰包。重要的物品上交,多余的零星物品统一分配。"

"知道了。"老孟咯咯吱吱在屋里转了一圈,才走出去。

过了一小会,老孟忽然转了回来,照例在屋里咯咯吱吱转了一圈,却没有说话,杜平问道:"战士们拿的东西集中起来了吗?"

"嗯,嗯……"老孟含混地答道。

"还有别的事吗?"

"没有。"老孟答罢,又在屋里转了一圈,才走出去。

杜平躺下,刚有些迷糊,又听得地下咯咯吱吱地响,睁眼一看又是老孟,他翻了个身又睡下了,老孟只好又退出去。

傍黑,战士们在谷场上做游戏,四周围着好多老百姓看热闹,场子里不时传出哄哄的笑声。杜平走近一看,便被一个战士拽住:"欢迎杜政委唱一个。"

"这我可不行。"杜平用手指了指嗓子。

"扭秧歌!""扭秧歌!"战士们一哄而起。王二虎上前推住杜平说:"政委要带头!"

杜平又指了指腰说:"这个也不行了。我给大家讲个故事吧。"

"欢迎!""欢迎!"战士们呱唧呱唧地鼓起掌来。

杜平刚讲了一句,就连声咳嗽起来。一个战士慌忙递过来一碗水说:"先喝口水,润润嗓子。"

忽然小董跑来,把双手一挥,瞪着眼睛吵道:"你们是怎么搞的,不知道政委在战场上犯了病吗?"

大家一听,傻了眼,不知怎么才好,显得十分狼狈。杜平忙说:"没关系,讲个故事累不着我。"接着意味深长地讲道:"在古时候,有一个白胡子独身老汉……"

"政委,你是讲那个老头种瓜的故事吧?我记着的,我来替你讲。"小董打断杜平的话,不由分说便讲起这个故事。他那有声有色的讲演很快抓住了听众的注意力。杜平望着他笑了笑,轻轻地走开了。

前边不远的树下,堆着一大堆战利品,管理员一手拿着算盘,一手拿着毛笔,忙得不可开交,嘴里不知嚷嚷的什么,各班来领东西的战士他也不理,只顾清点东西,杜平站在旁边看了一会,便在前边一个石磙子上坐下来。

"政委,"老孟突然出现在杜平身前,背着脸说道,"我想回区上工作。"

"为什么?"杜平觉得十分奇怪。

"领导上不信任我。"

"唉!老孟大爷,你怎么越活越糊涂了。"杜平站起来,走到老孟面前,"咱们在一起这么多年,出生入死,就像是父子兄弟一样,怎么能谈得上不信任呢?"

老孟眨巴着眼睛,没有回答,像是受了莫大的委屈。杜平更加不解,思索了半天,也想不出个道理,问道:"老孟大爷,到底是谁得罪下你了,你就痛痛快快地说出来,是我的错,我坚决改正;是同志们的错,咱们就批评。"

"我缴获了一双皮鞋,穿着正合适,你下命令非叫集中起来不行,这不是……"

杜平心里实在觉得好笑,拍着老孟的肩膀说:"把战利品集中起来这是为了统一分配,怎么会扯到不信任你,再说你穿着一双皮鞋正合适,我怎么知道?"

"你知道,我今天穿着皮鞋到你屋去了三次。"

杜平这时才想起老孟每次去时脚下咯咯吱吱的响声,只是没有留意,这个一向细心的人,这一回疏忽了。现在他越发意识到这个问题的严重性,如果干部思想上不解决问题,那就很难说服战士了。他严肃地问老孟道:"你知道二排的战士小根是怎么负伤的吗?"

"不是叫鬼子打的吗?"

"是啊,打仗本来免不了流血,只是他伤得太没有价值,就是为了敌人的一只水壶,被鬼子的冷枪打了。在昨天解决战斗的时候,有些干部战士一窝蜂上去拿东西,喊都喊不住,简直不像个队伍,你说要是敌人的后续部队来了怎么办?"

老孟从未想到这些,听了,想起追鬼子时只顾拾东西的情景。又听杜平说道:"如果谁拿了什么,什么就是谁的,谁喜欢什么就要什么,以后打仗的时候大家只顾拿东西,你说这队伍还怎么带呢?……"

一番话说的老孟如醉方醒,觉得自己实在渺小,只顾想着一双皮鞋,却从来没有考虑到部队的影响。老孟没等杜平说完,便抢着说道:"是我老汉一时叫鬼迷住心了,没话说,我服从命令。"

杜平望着老孟,忽然想起来,肖家区的游击队长最近牺牲了,县委已经决定新队长叫老孟去担任,一来他熟悉情况,二来他上了岁数跟着大队跑不方便。杜平向老孟一提这事,老孟便说:"那不行。是不是大队不要我了?"

杜平说:"不叫你走,你要走;叫你走,你又不走了。还说服从命令哩!"

老孟张了张口,说不出话。杜平拉他坐下解释说:"那个差事比你现在担任的工作还重要,独当一面,不容易。"接着开玩笑道:"和你干闺女一块工作吧。"

老孟确实很希望和建梅一起工作,把胡子一摸,说:"我服从命令。"

"这才对嘛。"杜平忽然想起来,问道,"皮鞋呢?"

"早上缴了。"

杜平不知怎么忽然可怜起这个老头子来,为了一双皮鞋竟然要求调动工作,便拉着他说:"咱们到那边去看看。"

到了管理员那里,杜平说:"哪一双皮鞋是?"

"那一双。"老孟指着一班来领东西的战士手中正拿着的一双鞋说。杜平从那战士手中把鞋取过来道:"这双鞋孟参谋穿着正合适,分给孟参谋好不好?"

"好!"几个战士异口同声地说。杜平把鞋递给老孟说:"拿去吧。"

老孟接过鞋嘿嘿地笑了,那花白胡子又抖动起来。

杜平把老孟送走,天已经黑了,听得对面屋里战士们在吵吵。有的说:"苏金荣和杨百顺要不是上了西河店炮楼,这回准捉活的了!"有的说:"西河店的于老寿坏透啦,老百姓没有不骂他八辈的!"

"你们说于老寿吗?"这是王二虎的声音,"我还给他记着一笔账哩,那一次打马车叫小舅子追的好败兴!"

"王排长,咱们把西河店的炮楼拔了吧!"

"给政委提个意见,打个炮楼试一试!"

"鬼子都打了,还怕几个汉奸!"战士们闹哄起来。

一提起打西河店炮楼,杜平自然便想起马英,算时间,他该回来了啊……

十八　一枪未发

马英和小李搀着周大贵的老娘,整整走了一夜,已经回到肖家区,虽然十分疲劳,精神却很愉快。

原来大队就曾策划过夺取西河店炮楼的战斗,当时对于"硬攻"和"智取"这两个方案进行了争论,最后决定智取。因为敌人占着有利的工事,我们又没有重武器,容易造成大量伤亡,而且这是全县夺取的第一个炮楼,只能成功,不准失败。马英想起到军区取枪回来时,碰到过周大贵的老娘,她是田三的妗子,就提出争取田三的问题。杜平觉得这个办法很好,叫马英去动员周大贵的老娘去做争取田三的工作。马英到了周大贵的家提起这事,老大娘没等他说完,颤颤巍巍地拄起棍子说:"我跟你走吧。"

马英心里一阵激动,忙说:"大娘,你不把家里拾掇拾掇了?"

老大娘把棍子一捣:"你看我这家里还有啥吗?"接着说:"想不到这孩子不学好,我正说去叫他回来哩。他要是不回来,孩子,你就把他拴回来!"

"大娘,"马英笑着说道,"还是好好劝他,要是劝得他回心转意,愿意帮助抗日,还能办大事哩!"

"你们还要这个坏小子吗?"老大娘惊疑地问道。

"怎么不要?只要他愿意改过自新,还是一份抗日的力量。"

"要说也是啊!"老大娘感叹地说道,"我就去劝他,你们看着该让他干啥就干吧,干啥也行,我把这小子交给你们了。"

马英先把周大贵的老娘安置住了,就去找大队。杜平一见他,扯着他的手坐下说:

"周大贵老娘动员好了吗？"

"我已经把她带来了，老大娘可积极，根本用不着动员。"

"太好啦，今天休息一下，明天去执行任务。"

"为什么还等明天，我今天就去！"

杜平深深了解马英的性格，没有阻拦。

天黑，马英便领着周大贵老娘到了西河店，在一个堡垒户①家里歇下。马英暂时隐藏起来，便由我们控制的伪村长到炮楼上给田三送信去了。

田三在他弟兄三个里年纪最小，周大贵的老娘也很疼他，有时他也常住在周大贵家里，和他们感情很好。两年前他被刘中正的队伍抓去当了兵，开始他常常想起他们，夜里偷偷地哭。不知什么时候他慢慢赌起钱来了，接着吃喝嫖赌都会了，对周大贵他们的感情也逐渐淡薄了。有次他刚发了饷，拿着那一块半钱到街上想找人捎回家去，可是不知怎么一下子走到酒店里，买了一瓶子酒咕咕嘟嘟喝光了，之后他也没让人带回信，他决心永不想家，永不和家来往了。人既然当了汉奸兵，就不是好东西，也落不得好死，就这样混吧，混到哪里算哪里，说不定哪一天就没有命了。……这天忽然听说他妗子来找他了，便心乱如麻，又回忆起那痛苦的往事，他向站岗的说了几句好话，便偷偷地离开炮楼进村了。

田三一眼看见他的老妗子，样子大变了，头发全白了，顶上脱光了，满脸皱纹，一双昏花的眼睛，两年不见怎么就老成这个样子了？老大娘一看田三，也变样了，面黄肌瘦，颧骨突出老高，再配上那一套土黄色的军装，更显得难看。二人相互一望，一句话也没说，就抱头大哭起来。哭了一会，田三镇静下来问道："大妗子，你怎么跑这么远来了，俺表哥呢？"

---

① 堡垒户：即指掩护抗日人员的基本群众。

"他死了,叫鬼子害死的!"

"他……"田三的脑子好像被人猛一击。以前他不管他大妗子,总觉得有表哥在照管,可是他怎么死了?他知道他二哥又很刻薄,不禁想到:老人这些时是怎么熬过的啊!

"可是你还跟鬼子干事!"老大娘突然用那双昏花的眼睛盯住田三说,"你还在炮楼上报告你们的队长追八路军!"

"大妗子,这也不能怨我呀!那是上边交代了的,出了事要杀头哩!"

"好吧,怕杀头就跟我回去吧。"

"回哪去,到处都是鬼子的天下,捉住了还有命?"

"你怎么?死心当汉奸了!你不想想你表哥是咋死的,你还有良心没有?"

"大妗子,你别冤枉我,我也是没有办法。你叫我跟你回家,上哪去?在家里能待得住吗?"

"不要紧,回家我送你当八路去!"

"当八路!"田三吓了一跳,"你是不是说笑话,八路捉住我还有命?"

"我和八路军说好了,保不出事。"

"你……"

这时,马英突然从里间屋走出来了。他精力充沛,两眼闪光,腰间插一支二十响的驳壳枪,田三一下子被弄得不知所措。突然,噗通一声跪到地下,口喊:"别打死我,我是个好人,我那老妗子还靠我养活呀!"

"站起来!"马英大喝一声,"你过去是个好庄稼人,可是当了汉奸变坏啦!"

田三刚爬起来,周大娘气得浑身哆嗦,指着他的鼻子骂道:"你这个坏东西,自从披上这身黄狗皮,六亲不认,把你大妗子早忘了!你要是不回到正路上来,我……我这老命也不要了。"说着就一头向田三撞去。

田三急忙把周大娘扶住,哀求道:"饶我这一回吧,我一定改邪归正。"

马英叫他们都坐下来,心平气和地向田三讲起抗日的道理,最后说:"希望你不要忘记周大贵的死,要报这个仇,回到人民这边来。"说的田三满面羞惭,频频点头。

周大娘说:"孩子,脱下这狗皮来,跟我们走!"说着就去解田三的衣服扣子。

田三吞吞吐吐地说:"我,我愿投降八路,可……可是,"此时忽然眼前现出伪军队长王洪建凶恶的面孔,对拃粗的大棒子在他头顶上乱舞,心里通通直跳,不由得长叹一声,"唉,反正是没活路,八路不杀我,可王洪建饶不了我啊!"

马英看田三已有回心转意,到了研究打炮楼的节骨眼了,说:"这你不用担心,咱们想办法把炮楼拔掉,捉住于老寿。"

田三心想,那炮楼子工事坚固,楼高、沟深,还有机关枪架在楼上,……不觉脱口而出:"这能打得下来?"

"用个计策嘛!"马英微微一笑。接着把预想的作战方案又想了一遍,问道:"明天夜里有你的岗吗?"

"有,十二点钟。"

"好了。"马英高兴地说,"到你上岗的时候,把炮楼的门打开,在岗楼上用烟头画三画作为信号,队伍便立即摸进去,炮楼就不愁拿不下来。"

老大娘接着又向田三嘱咐了几句,田三便回去了。刚走到炮楼下边,就听那站岗的说:"糟了,刚才队长点名,找不到你,连我也训了一顿。"

田三一听头发直乍,可是又没有什么办法,只好硬着头皮进去。

伪军小队长于老寿进城养伤去了,现在换的是王洪建。这王洪建是王瑞生的本家,念过中学,原来在国民党县政府里当过几天

217

文书,不知什么时候耍起枪杆子,日本鬼子来了就当上伪军小队长,前几天才调到这里。俗话说:新官上任三把火,他要给当兵的先来个下马威。这时他正在院里向伪军训话,一见田三回来了,劈脸就是一耳光:"你上哪去了?"

"上街喝酒去了。"田三怕出娄子,胡诌道。

"你可知道私自外出,违犯军纪吗?"

"知道,请队长饶我这一次。"

"哼!饶了你还怎么制服大家。来!给我打二十军棍。"王洪建怒冲冲喝道。顿时出来三四个人将田三按倒,一五一十在屁股上狠狠打了二十下,打得田三满头是汗,牙咬得直响,心想:看你能不能混过明天晚上!

"把他押三天禁闭,谁他妈再犯,加倍处罚!"

田三一听,心里发毛,忙央告道:"请队长原谅,少关两天吧。"

"一天也不能少!"王洪建冷笑了一声,上了炮楼。

田三被推在小黑屋里,门上了锁。他心里又急,屁股又痛,不由哭了起来。他想:八路军一定以为他靠不住,大妗子也不知该气成什么样了,自己又挨了一顿毒打,真是有苦说不出啊!……

第二天夜里,县大队六十多个同志排成单行,向西河店炮楼进发。马英走在队伍的最前面,心里有一股说不出的激情,充满着胜利的信心。是啊,这次我们的力量压过炮楼上的敌人,又有田三为内应;再看看同志们,一个个生龙活虎,劲头十足,迈着大步朝前走着,真像是一口要把西河店的炮楼吞掉。

炮楼越看越近了,三层楼上射出的灯光越来越亮了。杜平赶上一步说:"匍匐前进吧。"

"匍匐前进!"马英转过脸来小声命令道。接着大家一个跟着一个卧倒了。马英和杜平在前边并排向前爬着,慢慢地接近沟沿了。这西河店炮楼原是奶奶庙改修的,原来的房子全拆了,新修了一道围墙,有一丈多高。围墙中间是一座方形的三层炮楼。原来那条环庙沟被利用起来了,又挖深了一些,和村子连着的那一段房子被拆了,在大门口加上一座吊桥,这会早已拉了起来。二人爬到沟沿,不约而同地相互望了一眼。静下来,听了听,三楼上像是在说笑,可是听不清说的是什么。杜平掏出怀表看了看,正是十一点四十分,他翻身睡在地下,安静地等待时间了。

大家都安静地等待着……

过了一会,马英小声问道:"到时间了吗?"

杜平看了看表,大针小针并在一起,说:"到了。"

"怎么不见动静?"

"你看嘛。"

马英抬头一看,见炮楼顶上好像有两个人在换岗,一会只剩下一个了。马英想:这一定是田三了。他屏住气息望着那黑影,奇怪,他怎么不抽烟呢?……忽然望见了一个火头,他心里高兴极了,眼巴巴地瞅着,可是老半天也不见那火头在空中划。过了一会,那火头熄灭了,大概是一支烟抽完了。他沉不住气,用肩膀碰了碰杜平,小声道:"怎么搞的,是不是田三变了卦?"

杜平也感到奇怪,可是他想,要是田三变卦,也不会完全没有动静,而看三楼上的样子也不像是有准备的样子,他对马英说:"可能有了新的情况,他无法下手。"

"管他啥原因,干吧,不能智取就硬攻!"马英说。

"不,再等等看看。"

"算了,准没希望,要行早划烟头了,干吧,难道说没有田三还能不打仗?三十个汉奸有什么了不起,一个拼一个也拼他过了!"马英气愤地说。杜平看了看马英那孩子气的脸,也有些生气了,但还是平静地说:"打仗可不是瞎拼命。就说拼也难拼过人家,人家在炮楼里,咱们在炮楼外,战士们又有些人没打过仗。"

"那你说怎么办呢?"

"撤。"

"撤？就这样一枪不发撤回去？"

"嗯。"

马英心中不服，可是看了看杜平在黑暗中模糊不清的脸，不知一股什么力量，使他没有继续争辩，轻声地传了一声撤退的命令。

大家都摸不着头脑，有的趴在地下还不愿意走呢！催了好几声，一个个才无精打采地往回走，不知谁噗通一声摔倒了，炮楼上传出了"八路！八路！"的嚷叫便打起枪来。杜平和马英下令不准还枪，跳下路沟往回走。大家不时地抬起头来看看那炮楼上的枪火，一个个都憋了满肚子气，可是感到杜平和马英那严肃的神情，谁也不敢吭声。

第二天，马英见战士们一个个垂头丧气，心里也闷闷不乐。他想到街上转转，刚走到门口，就见有个老乡问一个战士："你们昨夜去打炮楼，打得怎样了，听见响了好一阵子枪哩！"直问得那个战士哑口无言。马英怕那老乡也问他，便转身走回来，只见杜平这时也刚从屋里出来，他便问道："战士的情绪低落，连老乡的情绪也影响了。第一次打炮楼就碰上这个，怎么办呢？"

杜平走上前去，双手搭在马英的肩膀上，望了望他，慢条斯理地说："别说战士和老乡了，先看看你自己的情绪吧！"接着把他拉坐在一条凳子上说："胜败兵家之常事，何况咱并没打败，要是这样，今后打了败仗该怎么办呢？再说，咱们去扰乱了敌人一下，也费了他们不少子弹，这也是好事嘛。"

马英听了杜平的话，觉得句句是理，特别是杜平那样沉得住气，使他感到自己的不足。说道："我看，你还是把这些道理给大家讲讲吧。"

"我看倒是你讲讲合适。"杜平笑着道。

正说着，小李领着建梅进来了。杜平拍着手笑着说："准又是抗日的风把你吹来啦。"

建梅忙说："人家是来工作的。"

"欢迎,欢迎。"马英说道,"多日不见了,我正说拿下了炮楼要去看你的。"

杜平说:"你不是说来工作的吗?把你的工作谈谈吧。"

建梅反倒有些不好意思了,说:"小李,你讲吧。"

小李故意做了个鬼脸,说:"工作是你做的嘛,我是个货贩子,一讲就打折扣。"

建梅咳嗽了一声,清清嗓子,双手把头发往后一拢,才说:"上午我让王瑞生到西河店炮楼打听了一下,原来昨天王洪建说田三私自外出,违犯军纪,把他打了二十军棍关起来了。王瑞生给他讲了个情,他答应明天就放人。"

杜平说:"这个工作做得不错,能把队长的思想打通。"

马英摇摇头:"还不知道靠得住靠不住哩!"

"保证靠得住!王瑞生和王洪建是一家子,论辈数,王洪建还得叫他爷哩。"建梅说着,脸激动得通红,引得大家都笑了。

第二天,果然田三派伪村长送来了信,约定当夜十二点行动。马英和杜平向部队重新做了动员,夜间便向西河店出发了。

马英和杜平又肩并肩趴在这沟沿,不禁想起上一次的情景,马英想:该不会又落空吧?

"他妈的,光顾打牌,也不来换班!"忽然楼顶上那个站岗的埋怨道。说着打了两个哈欠。

"田三!田三!"又听到一个伪军喊道。接着三楼上也传出呼唤声:"丁班长,快回来,三缺一都等着你哩!"

田三闻听呼唤,早已准备好了,故作不耐烦地嘟囔道:"又他妈的该老子的班了。"说着走到炮楼门口,装做查看门上锁没有,把锁子打开,然后跑上楼顶。等那个站岗的下到二楼,又停了一会,仔细一听,毫无动静,便把那点着的烟卷在空中划了三划。

马英在沟边趴着看得真切,但心里还是直嘀咕,生怕看走了眼,用膀子碰了碰杜平说:"行动吧?"

"立即行动！"杜平答道。马英向后一挥手，王二虎就跑上前来将梯子顺到沟里，马英带着二十多个人一个跟一个溜下沟去，杜平带着其他人在沟外掩护，以防发生意外。马英他们下到沟里，又把梯子搬到里边沟沿上，顺着爬了上去，不到五分钟，二十几个人便全到院子里了。马英让王二虎带着两个班解决二楼的伪军，他自己带着小李、小董便摸上三楼，只见对面坐的王洪建正歪着脑袋，拿着一张麻将牌在桌子上敲着，捉摸着打什么呢！

"不要动！"马英大声喝道。

"别闹，他妈的我都快输光了！"王洪建不耐烦地骂道。马英上前一手提住桌布，哗啦一声给他们抖了摊子："站起来，现在不是打牌的时候了！"

"你他妈——"王洪建用拳头把桌子一击，正要骂人，可是刚说出三个字，抬头一看，吓傻了眼，三支枪口冲着他们，他慌忙把双手举了起来，三个伪班长也跟着把手举起来了。

"枪？"马英问道。王洪建向炕上努了努嘴，小李上前取了那支手枪，又在门后取了那三支步枪。马英接着说："下去吧。"

王洪建走在前面，三个伪班长跟在后头，走下楼梯。到了院里，早见那三十个伪军已被王二虎俘虏，哆哆嗦嗦排成两行站在院当中，三个伪班长不声不响地也跟在队后，王洪建却像是怕失掉自己身份似的，一个人站在旁边。王二虎猛地把他一推，说道："过去！过去！"

"大家不要害怕。"马英站在队前训话，最后说，"我们这就放你们回家。不过回去以后不要再当汉奸，如果再当汉奸，被我们捉住就不客气了。好吧，你们可以走了。"

汉奸们不知是害怕，还是不相信，站在那里谁也不敢动。

"走吧，走吧，放你们了！"马英大声说道。这时一个跟着一个才慢慢溜出去。王洪建趁机也想走，杜平拦住他说："你暂时留下来跟我们走一趟。"

王洪建一听,脸立刻变了颜色,央求道:"队长,饶我一命吧。"

"不要害怕,我们不要你的命就是。"

"我……我也是为了一口饭吃,可没办过什么坏事。……"

"你是怎么了?共产党说一句算一句!"杜平说。二虎把王洪建一推说:"走!走!"把他押出去了。

杜平命大家把战利品搬走以后,打开炮楼上所有的窗子,在楼下点起了火。一霎时,熊熊的大火着了起来,四边的窗户都吐出火苗,一股浓浓的黑烟直冲入云霄……

接着北面肖家镇炮楼,南面杜烟炮楼都响起了密集的枪声。王洪建在路上不时地回头看看,大概是希望他的伙伴来救他,他哪里知道他的伙伴只不过是为了壮壮胆子,表示一下自己投入战斗罢了。

在一间小黑屋子里点着一盏菜油灯,马英坐在椅子上拨着灯头,弄得火花乱飞,杜平倒背着手在地下来回踱着。

"报告!"小李在外边喊了一声。

"让他进来。"杜平说罢,小李将王洪建带进来。王洪建脸色惨白,但还是强打着精神笔直地站着,心里不住地背诵那一套编好了的供词。可是杜平一句话也没有问他,却叫道:"王洪建,你来看看这是什么?"

王洪建莫名其妙,颤抖着朝前跨了一步,低头一看,是一个大本子,封皮上写着:"伪军功过簿"五个大字。只见杜平拿起本子,坦然地对他说道:"这上边汉奸的名字都有,谁办的好事坏事都记在上边。"杜平说着掀开本子,"这里有你两笔账,一次是在城里追击县大队长,一次是在西河店炮楼里毒打田三……"

"我……我那都是服从上级的命令啊!"王洪建没等杜平说完就抢着说道。杜平向他摆了摆手:"自然是服从命令,要不那罪恶就更大了。"

"我承认,我承认,只求官长留我一条命。"

"你放心吧,我们这就放你。不过你以后不能再做坏事情,我们欢迎你立功赎罪,反正这账本在我们手里,好事坏事我们都知道。"

"是,是。"王洪建连声说道,"我一定听从您的吩咐。"

"好吧,你可以走了。"

王洪建规规矩矩地朝杜平、马英鞠了两个躬,来了个向后转,出去了。

王洪建走后,马英对杜平说:"像这样的汉奸队长,怎么能这样简单地放了呢。他就是靠当汉奸吃饭的,回去了准得又当汉奸。"

"在汉奸当中,这样的汉奸多几个怕什么呢?"杜平笑了笑接着说,"王洪建回去刘中正不会信任他的,慢慢他就会被我们争取过来。"

王洪建跑回城里,果然当夜就到了刘中正那里。看见刘中正的满脸杀气,他就吓得站在门口不敢往前走。原来刘中正刚在红部挨了一顿臭骂,憋了一肚子气,这会儿见王洪建来了,可算找着了出气的地方,走上前不由分说,一连就是几个耳光,接着骂道:"他妈的,你是干什么吃的?你去的时候,我怎么交代你的?西河店是肖家镇的后门,这是多么重要的地方!就叫人家连鸡窝子都端了。"

王洪建装作委屈地胡编道:"人家八路军来了一个团,火力那么强,直打到弹尽……"

"别他妈胡诌了!一枪未发,一枪未发!就叫一把毛孩子收拾了。"刘中正气得咬着牙在屋里乱蹿。王洪建见刘中正知道了底细,吓得浑身冒汗,忙央求道:"刘队长,咱们在一起共事多年,赏我碗饭吃吧。"

"哼哼,"刘中正冷笑了一声,"现在你知道吃这碗饭不容易了。"

刘中正当下撤了王洪建的职,给他安了个大队副官的名义,有职无权;立即又派他的亲信于老寿带着一个小队往西河店去了;随后他带上三个中队配合中村到城北进行"扫荡"。县大队趁机转移到城南,又拿下了十里铺的炮楼。

十九 "铁壁合围"

空中泛着鱼鳞般的白云,就像灵巧艺人把它镶在碧蓝的天幕上一样。半个月没有听到枪炮声了,公路上看不到一队队野猪似的鬼子,地里边看不到一群群豺狼似的汉奸,敌人都憋在据点里,一望无际的平原宁静而辽阔。

可是人们并不因此而感到轻松,相反地预感到一次特大的灾难即将到来,都把心提起来过日子。大家仿佛看到:凶恶的敌人在拉着一张大弓,这股劲憋得越足,这张弓就拉得越满,这次灾难也就越加残酷了。

县大队的战士、干部也在纷纷议论当前的形势,有的说敌人要进行"大扫荡"了;有的说敌人在别处进行"扫荡",把兵撤走了;还有的说我们要大反攻了,鬼子快完蛋了。……杜平是个处事稳重的人,这几天一连召开了县委会、大队干部会议,要大家提高警惕,进行备战,并且每天派出好几个人四处侦察,可是一点消息也没有得到,所以往哪里转移,一时拿不出主意……

苏建才这几天的心抽的紧绷绷的,忽然想起来,自我安慰地说:"也可能是大反攻的时候到了,难道鬼子能猖狂一辈子?"

杜平摇了摇头,望望马英说:"你看呢?"

要在从前,马英会脱口而出;如今他也感到问题复杂起来,需要用用脑子,所以没有立即回答。他来回踱了两趟,想了想才说:"敌人毫无动静,很难说是真正毫无动静,可能是我们没有获得情报,看来敌人是把消息封锁了。那么敌人为什么要封锁消息呢?……"马英像是问别人,又像是问自己。

"封锁消息?"杜平想:是啊,侦察员没有获得情况,连城里内线人员也没有送来任何消息,这不完全说明了这一问题吗?他暗暗同意马英的判断,随即高兴地问道:"那你说敌人为什么封锁消息呢?"

"我想,这说明敌人正在有计划地行动,准是又要'扫荡'了。……"

"那恐怕就是一次大规模的'扫荡'!"苏建才没等马英说完,就紧张地说。

"是啊,绝不是平常的扫荡。"杜平点了点头。

三人正谈着话,分区司令员李朝东派人送来了信,大家慌忙拆信观看,但见那信上写道:

杜平、马英:

  获悉敌情:昨日由天津开往德州两列军车,衡水也有增兵现象,估计近期敌人将有一次大规模的"扫荡",因此你们要迅速做好一切战斗准备。

朝 东

大家将信看毕,肯定了这一判断,立刻进行一切战前部署。半夜,忽然区游击队长老孟闯进来对马英说道:"抓住一个汉奸,这家伙非要见你不行。"

"带进来。"马英说罢,就见两个战士押进来一个小伙子。马英一看,原来是肖阳,暗暗想笑,随命大家出去。肖阳见大家都走了,才对马英说:"他们光违反纪律,打了我好几耳光。"他说话还是那样爽快,天真。

"谁叫你装得像来。"马英笑了笑说,"城里的情况怎么样?"

"这几天鬼子把得好严啊！谁都不能出来。"肖阳说着长出了一口气，好像这会儿才透过气来，"鬼子明天就要扫荡，今夜是让我们出来了解八路的去向的。"

"敌人的兵力有多少？"马英问。

"城里增了一个大队。沿城东西公路上的村子里都住满了。"

"其他方向呢？"

"不知道。"

马英匆匆打发肖阳去了之后，就找杜平研究这个情况。现在南边沿县城的公路已经被敌人封锁了，东边德州、北边衡水鬼子都增加了兵力，看来敌人的包围圈即将形成。唯有西边还没有发现敌情，可是向西去的侦察员小李还没有回来，详细情况不得而知。时间又刻不容缓，杜平和马英决定连夜先向西行动。

满天星星在闪耀着。部队出了涧里村，跨过肖家镇通往县城的公路，向西直进。绕过一个村子又一个村子，静悄悄的，一点声响也没有，就连那些最爱说笑的老战士也都一声不吭了，大家都知道这是一次不平常的行动。

忽然路旁腾地站起一个人。

"干什么的？"尖兵张玉田哗啦顶弹上膛问道。

"我。"小李推着自行车走过来。

战士们呼地围上去："前边情况怎么样了？"

小李一摆手，没答话，推着车子直往后走。一见杜平、马英，他停住车子急促地说道："你们怎么还往西走？盐河岸上的鬼子都满啦！"

战士们听到，立刻唧唧喳喳一阵骚动。马英把手枪一抢，站出来大声说："乱什么！这有什么奇怪，我们就是跟鬼子打仗的嘛，要是没有鬼子，还要我们县大队干什么？"

队伍又安静下来，可是一个个都眼巴巴地望着马英和杜平，等待着他们的调度。几个领导同志研究了一下，东西两面有清洋江盐河之隔,北边有铁路线封锁,都难以突破;南边公路线上虽也有封锁,但地形较为有利。最后决定从西南方向突围。马英立刻命令道:"王二虎,带领一排头里走,三排和直属队跟上,赵振江的二排在后边掩护。"

王二虎把胳膊一挥:"跟上来!"一排的战士便扛着枪匆匆地跑上前去。往后是三排和直属队,再往后是二排。这支一百多人的队伍开始在路沟里急速前进。

正走着,听到后边有跑步声,马英停了一下,等离近了一看,原来是老孟、建梅带着区游击队来了,还有一些区干部,一共二三十人。马英生气地说:"叫你们隐蔽,你们跟来干什么?"

"跟着大队突围啊!"老孟呼呼歇歇地说。建梅走上来补充说道:"人多力量大嘛。"

马英看着这些熟悉的面孔,看着这一双双恳切的眼光,不好再说别的:"跟上去!"大家立刻都跑向前去了。

此时,天已黎明,四周好像和平常一样宁静,大家都预感到一种不利的情况,都一声不吭,只是刷刷地朝前走,这时倒真希望早一点打上,反正这一仗是免不了的,早打早出去。轰!日——哐!一个炮弹在不远的一棵树旁爆炸了,树被连根拔起来,树枝子飞了满天。哐!哐!接连又是好几炮,无目的地在地上开了花,这是敌人"扫荡"的前奏。马英一边向前跑一边喊道:"快点走,趁早冲出去!"

话音未落,前边的枪声响了。敌人的火力是这样强,顷刻,枪声响成一片,哗哗地像是下雨,分不出点子,子弹像大风卷起的沙石撒将过来,一排被压在路沟里了。马英跑上前喊道:"冲!"

"冲!"王二虎跟着喊了一声。十来个战士站起来,连地方都没动,就有三个战士栽倒了,其余的人又只好伏下来。王二虎把小布衫一脱,光了膀子圆瞪着眼睛喊道:"冲啊!为革命牺牲是光荣的!"

立刻跳起来十几个战士向前冲了一丈多远,又被打倒了三个,其余的全都趴下了。这时杜平从后边跑上来喊道:"你们有几条命?这样冲锋不行!"

"不牺牲人怎么能冲过去!"马英大声说道。

"敌人火力这么强,你有多少人够牺牲的!往后撤!"杜平接着向后喊道,"二排掩护。"

二排迎上去,一排没有费多大事就抬着伤员撤下来了,接着便一起顺着路沟往回跑。很奇怪,鬼子并没有追赶,也没有迂回包围,却仍然不紧不慢地往前推进。大约他们是想:这部分人终究是落在他们这方圆五十里地的包围圈内了。

他们跑得快,鬼子走得慢,渐渐把鬼子甩远了。杜平和马英商量了一下,决定从东南方向冲。他们岔向一条路沟,走了五六里地,进了一个村子,马英和杜平上到一个高房子上一瞭望,嘿!鬼子铺天盖地从南边卷来了,离村子只有一里多地。步兵后边是一队骑兵,奔驰得尘土飞扬。真不知道敌人用了多大兵力!

他们没有战斗,继续往后撤,转了一上午,又回到夜里出发的涧里村。鬼子继续一步步从四周往前压缩,包围圈越来越小了。根据地的老百姓都在逃难,大人小孩遍地都是,那些被枪声惊了的牛也撅着尾巴满地乱窜。

杜平和马英又商量了一下,这样瞎冲是不行的。他们估计,南边敌人的兵力所以十分强,是因为没有有利地形防守,北边有铁路线,敌人可能布置的兵力较少。再者分区部队在北边,如果能和分区部队接应上就好了,于是他们决定向北冲。

这时鬼子已从屁股后头跟上来,子弹从头上嗖嗖飞过,老百姓、牲口不断倒下。县大队顺着路沟向北跑了三里地,忽然发现迎面匆匆地来了一支部队,马英一眼便看出头前走的一人正是李朝东。

"分区的队伍来了!"不知谁这样喊了一声,后边的人都蹦起来乱看,小董傻愣愣地看着分区队伍的转盘机枪和"三八式",打心眼羡慕,心想:这下子可不怕鬼子了。马英赶上前一步说:"李司令,你们从什么地方来的?"

"从铁路线上被鬼子赶来的。看样子你们屁股后边也有鬼子追着!"李朝东站住,两手叉着腰说道。

"南边敌人兵力厚,突不出去。"

"这样说,还得打回去。"李朝东想了想,转身对部队喊道:"同志们,打回去啊!"他喊着又跑向前去。李朝东打仗一向是走在队伍最前面。马英和杜平带着县大队跟在分区部队后边。大家霎时像皮球打足了气,精神来了,一个个蹦着往前跑。

这时的包围圈缩小得大约只有五六里地左右,四处响起的密集的炮火呼呼呼的像是刮风似的,直打得尘飞土扬,连太阳都遮住了。部队走没多远,就和敌人接上火,冲上去一个班,被敌人压下来了,又冲上去一个排,又被压下来了。县大队的同志见前边迟迟不能前进,更是着急,真想上前去干一阵子。李朝东知道时间越长,越难突破,鬼子发现了目标必然在这里集中更大的兵力,于是他立刻决定将三个连九挺轻机枪全集中来,并亲自端着一挺冲在最前面。顿时九挺机关枪像是九条火龙,杀开一条血路,后边的步枪、手枪也一齐响了起来,打开了一个缺口。鬼子发觉了,太阳旗在空中展了几展,两翼的队伍便朝这里一齐拥来,二三十挺歪把子机枪立刻又将这个缺口封锁了,分区的一个排和县大队区游击队都隔在这边。杜平对马英说:"趁鬼子集中在这里,赶快向东转移,从那里冲出去。"

马英下了命令。大队立即向东转移。只听苏建才惊慌地叫道:"不跟分区走,又上哪去啊!"

这时杜平才注意到苏建才,只见他满头大汗,脸色惨白,声音都变调了。有几个战士听了他的话也迟疑起来,都怕离开分区。杜平解释说:"都集中在那里有什么好处,只能叫敌人一齐消灭!

我们趁敌人不防,从这里冲出去!冲不出去也能牵制敌人的兵力,好让分区走。"

大家听这话有理,都一齐向前跑去,不多会便和敌人接上火了。马英叫大家把手榴弹掏出来,往前冲。王二虎一只手扔出三个手榴弹,紧接着又是一排手榴弹扔过去,轰隆轰隆地在鬼子群里爆炸了。同志们呐喊着冲上去,有的在敌人的机枪声中倒下了,后边的就从死者的身旁踏过去。苏建才趴在地下扔出一个手榴弹,双腿弹了几弹没敢站起来。刚刚鼓起勇气往起爬的时候,一排子弹从他头上扫过去,又赶紧趴下了。

敌人的一梭子机关枪子弹从头上扫过之后,建梅猛抬头,看见马英高举着匣子枪呐喊着指挥突围。一扭脸,又见刚才射击她的那挺机枪朝向马英,浑身一抖,脱口喊道:"马英同志,快……"一转念,停住话,掏出个手榴弹投向敌人,敌人的那挺机枪哑巴了。

"打得好!"身旁的老孟叫道。

"掩护大队突围!"建梅命令道。随着这激昂的喊声,一阵激烈的枪弹飞向敌人!

这时鬼子将太阳旗又展了几展,两翼的鬼子又朝这里拥来,顷刻这个缺口又被敌人密集的火力封锁了,马英和杜平突过去,才发觉区小队一个人也没有过来,立刻返回接应,可是刚转回头来,就被敌人的火力压住了。马英喊了声:"冲!"有几个战士掂着手榴弹往前跑了没几步,便倒下了。敌人的火力愈加猛烈,把马英脸前那一片坟头都快削平了,路沟旁边那几棵柳树的树皮也被剥得光光的。看来接应毫无希望,只有往下撤。

撤出来一清查人数,只有八十多个人了。他们顺着路沟朝南走。奇怪得很,鬼子虽然看见他们突出来,却并不追赶,仍然继续往里推进!大家都不约而同地回头看看,暗地为区小队捏一把汗,现在包围圈里就只留下他们了。一会身后响起了猛烈的枪声,大家又不约而同地相互望了一眼,意思是说区小队怕是壮烈牺牲了。

马英听着这枪声,眼前出现了建梅和老孟的影子,他痛苦地急促地朝前走去……

这时,已经是下午两三点了,大家半夜起来到这会还没吃饭,又累又饿。再往前不远就是小王庄,他们决定进村子先弄点干粮吃再走。刚走到街心,叭!一枪打过来,一个战士倒下了。

"冲过去!"马英想:和敌人遭遇的突然,他们的重武器施展不开。紧接着一阵手榴弹,同志们便冲上前去。鬼子们见八路来到眼前,都端着明晃晃的刺刀噢噢地叫着冲上来。

"杀啊!""冲啊!"紧接着一阵喊声,乒乒乓乓展开了白刃战。

"杀出去!"马英喊着,让大家且战且走。有个鬼子看出马英是指挥员,端着刺刀朝他冲来。马英照这鬼子就是一枪,却没打响。鬼子的刺刀已经逼在他胸前。就在这一霎时,有个人突然将鬼子拦腰抱住,马英看是张玉田。接着后边又来了个鬼子,一刺刀扎在玉田的后心,就在这时又听嚓的一声,那鬼子的脑袋便飞在一边了。只见王二虎挥着他那五寸宽的大砍刀,正杀得起劲!杀一个数一个数字,这已经是第七个了。马英又一枪将脸前那个鬼子打死,再一看玉田,双眼紧闭,他已经牺牲了,可是双手还紧紧地抱住那鬼子的腰。马英看这情形不觉落下泪来。

大家冲出村外,再一看,又牺牲了十几个同志。鬼子仍然没有追赶。这时杜平才弄清楚鬼子不追的原因,这大约就是敌人的"铁壁合围"战术,包围圈套包围圈,一层裹一层。他对马英说:"要继续做好战斗准备,现在恐怕还没有出包围圈呢!"

马英点了点头,仍让王二虎带领一排在前打冲锋,赵振江带领二排在后打掩护。有几个挂轻伤的走在中间。

忽然远处扬起一阵尘土,有个战士惊叫道:"骑兵!骑兵!"队伍立刻引起一阵慌乱。杜平安定大家道:"骑兵有什么了不起!沉住气,它的目标大,好打得很。"

"准备好,打排子枪!"马英也补充道。

那骑兵是专门搜索突围的小部队和散兵的。看样子他们像发现了目标,朝这边奔驰而来。鬼子们一个个高举着战刀,落日的余晖映在战刀上,放射出一道道火红的毒光。

"打!"马英一声喊。

叭!叭!叭!一排子枪打过去,从马上栽下三个鬼子。可是其余的鬼子像没看见似的,仍然挥着刀,扬着马向前猛冲!

"打!"马英又喊一声。

叭!叭!叭!又是一排子枪扫过去,鬼子接二连三栽下四五个,其余的鬼子却冲上来了。战士们有些慌乱。

"二排掩护,一排往前边村里冲,进了村就不……"马英带着队伍在前边正跑着,忽听杜平说了半截话不说了,知道不好,回头一看,见杜平躺在地下,小董扶着他对马英喊道:"政委负伤了!"

马英不管三七二十一,一头扎回来,双手就去架杜平。杜平一手捂着胸部的伤口,一手推开马英:"不要管我,赶快走,你要把队伍带出去。"

马英听罢,心痛如绞,他颤抖着声音说:"不行,要走咱们一起走,要死就死在一起。"

"你说什么?能叫敌人一齐把我们消灭了吗?"杜平厉声说道。接着又柔和地劝道:"听我的话,把队伍带走。我,我不行了……"

"政委!政委!"小董哭喊道。

"你怕死吗?"杜平大声说。

"不怕!"小董一伸手抹干眼泪,可是鼻子还抽搐着。

"那就赶快跟着队长走!"

这时路沟上扬起一阵尘土,敌人的骑兵已经到了跟前。杜平大声喊道:"同志们,起来跟鬼子拼,战斗到……"

"拼啊!""拼啊!"战士们端着刺刀,握着手榴弹从沟里跳出来。

"二虎子,把政委背走,这里的鬼子交给我!"喊话的是赵振江,只见他两眼血红,正用刺刀把一个鬼子从马上挑下来。王二虎二话没答,拽着杜平的胳膊往身上一背就跑,马英带着一排边打边掩护着往村里跑。杜平已经昏过去了,血,顺着王二虎那黝黑的脊梁滴下来,落在晒焦了的土地上。

马英带着一排、三排冲进村子。村里跑得空无一人。大家不敢住在村里,怕鬼子将村子包围,进来搜索。为了迷惑敌人,他们没有出村南,却出了村西,绕着一条小路拐向正南。因为人少,目标小,鬼子没有发觉。夜,很快也就来临了。

再说赵振江年轻力壮,又有一身好武艺,这会儿大显身手,一会儿挑死了九个鬼子,在旁边的小李也不住地跟着叫好。这时敌人已经将去路封锁住,要想突进村子是不可能了。就在这时赵振江的左臂被鬼子扎了一刀,血顺胳膊流下来。小李照后边鬼子打了一枪,那鬼子翻身落马,一只脚还插在马镫子里,被那马拖跑了。

赵振江趁机跳下路沟,命令大家顺路沟往东跑。他们只剩下二十几个人了,子弹、手榴弹也都快打完,一个个精疲力尽。鬼子见游击队伤亡了大半,他们料想剩下的人也跑不出他们的圈子,就在后边不紧不慢地追着,不时地顺着路沟瞄准打枪,又被打倒两个。

哗哗哗哗,忽然听到前边清洋江的水响了。

"冲过江去!"赵振江喊道。跑在前边的小李也接着说:"宁淹死也不当俘虏!"

这正是夏天,清洋江的水满了槽。赵振江命令部队在江岸掩护他和小李先游过江去占领阵地,再接应大家渡江。小李第一个把枪背起来,跳到江里,接着赵振江也跳下去了。

说也奇怪,鬼子在后边并未打枪。他二人拼命地用双手扒着往前游,不知哪里来的劲头,后边像是有人推着,身子直往前蹿。那江岸越来越近了,只有一丈远了,只有五尺远了,只有两尺远了,把胳膊再伸长一点就摸住江岸上的沙子了,啊!他们竟然游过去了。小李第一个爬上岸边,他心里是多高兴!终于逃出了鬼子的天罗地网!他吃力地拐着两只胳膊往堤沿上爬,爬,沙子从他身下无声地流下去……猛抬头,忽然看见堤沿上趴着黄乎乎的一排鬼子,正在狰狞地向他狂笑。这时堤上跳出两个汉奸,将他拖上去,捆了。

游在后边的赵振江看到小李被捕,自己体力也已支持不住了,心想死了也不能当俘虏,把心一横,顺着江水漂了下去……

二十　兄　妹　俩

分区和县大队的主力冲出重围以后,剩下的队伍、干部、群众立刻被敌人压缩在一块方圆二三里的平地上,四周的村子全被敌人占了。

在这一块光秃秃的平地上,没有路沟,没有房屋,仅有的几棵大树也被敌人的炮火拔掉了。区小队、区干部,还有分区、县大队留下来的一些战士,仍顽强地和敌人抗击,那些刚刚被敌人的炮弹炸开、土还烫人的炮弹坑,就成了最好的战斗地形。

傍黑,敌人的炮火猛烈地向这块土地上倾泻,看样子他们立刻要解决战斗了。老孟推了推身旁几个同志,一个也不动,他忽然想起建梅,她上哪里去了呢?不由喊了两声:"建梅!建梅!"

没有回声。他没有想到,在这漫天的炮火声中谁能听得见喊叫呢?他慢慢地往后爬,爬……轰的一声,一颗炮弹在他原来的地方爆炸了,那几个同志的尸体又被送上天空。老孟被那火药味呛得连连咳嗽了几声,小声咒骂道:"操他娘,连囫囵尸首也不让落!"

他继续往后爬。在他身旁发现了一个母亲的尸体,在她的身下压着一个看样子刚满生的孩子。那孩子闭着眼睛,双手还紧紧地扯着母亲的衣裳。老孟情不自禁地去拽了拽那孩子的小手。孩子一动也不动,他的手冰凉,身上却没有伤痕。从情况判断,可能是母亲为了维护孩子被打死而把孩子压死的。在母亲的身边躺着一对小姑娘,模样儿差不多,一个眼角上有个洞,一个脑门上有个凝结了的大血块,她们这会儿还手牵着手呢!不远的地方,有个男人,和他们的长相差不多,只是下半身全没有了。老孟看这情景不由感叹道:"一家子,一家子全完了!"

忽然听到不远的地方有人叫他,这时他才意识到敌人的炮火停止了,大约是要打扫战场了。他忙用手遮住耳朵一听,隐约地听见是叫:"老孟大爷!"这是建梅的声音。他先还以为耳朵听错了,又仔细一听,果然不错,他不顾一切站起来就朝那方向跑去。

建梅坐在一个炮弹坑边,双手支撑着地,望着跑来的老孟。两个人的眼光霎时碰在一起,他们像是有很多年没有见面,眼圈立刻都红了,泪水连珠似的滚出来。在战友们一个个倒下的时候不知道哭,当他们活着见了面的时候却止不住地流泪了!……

老孟三步两步跑上来,一把将建梅抱住,这时才发现建梅左腿负了伤,血从裤子里浸出来,染湿了土地。他颤抖着声音说:"闺女,你受罪了……"

建梅紧紧地靠在老孟的怀里,用那一双泪汪汪的大眼睛仰望着老人干瘦的面孔,泪水像泉水般地一股劲往外涌……老孟爱抚地理着建梅那蓬乱的短短的头发,她那美丽的脸儿就像一面明光四射的镜子,照亮了他的心。透过这面镜子,他看到了美好的未来,他要保护她,他要继续战斗,为美好的未来而战斗!……

建梅突然离开老孟的怀抱,止住眼泪,严峻地说:"老孟大爷,枪里还有子弹吗?"

"有啊!"

"把枪给我!"建梅嘶哑着声音说。

"做什么?"

"还能让鬼子捉住当俘虏吗?"

"你说的啥?"老孟着急地说,"我背你走。"老孟说着就背建梅。

建梅用手推着他说:"上哪去？四面都是鬼子!"

"那也得走,总不能坐在这里等着!"

"老孟大爷,你不要管我了,快走！快走!"建梅望见敌人来了。老孟一句也不答,拽住建梅就往身上背。

"不要动!"四五个伪军端着刺刀一齐将他们围住。建梅着急地喊道:"打,打,快打呀!"

叭！老孟开了枪,打倒一个。这时刘中正突然出现,喊道:"捉住这个老杂种!"

顿时那几个伪军一起拥上来捆他,老孟还不服地两只胳膊直抡。刘中正抽出那日本战刀照老孟头上就是一刀背,一股鲜红的血顺着他的眉毛颧骨流下来。刘中正又喝道:"把他带走!"

建梅看着这一帮汉奸,气得圆瞪着眼睛骂道:"汉奸！走狗！你们为什么这样残害自己的同胞!"

刘中正听到骂声,怒冲冲地走至苏建梅跟前,举起战刀,但他定睛一看,立刻把刀收了回去,冷冷地又带有点惊疑地说道:"这不是苏县长的侄姑娘吗？哈哈,叫你受惊了。"接着喊道:"来人,把苏小姐搀到镇上去。"

立刻跑来两个伪军,把枪倒背上就来搀建梅,建梅喝道:"滚开！我自己走。"

她咬着牙支撑着站起来,可是刚一迈步,痛得她腿一软就倒下了。两个伪军不由分说,架着她的胳膊便向肖家镇走去。

刘中正冷笑了一声,朝前走去。一群鬼子、汉奸正赶着一群老百姓从脸前走过,他停下来仔细地观察着每一个人的脸,忽然发觉一个熟悉的面孔,那人也像同时发觉了他,站下不动了。刘中正漫步走过去,上下打量了那人一番,说道:"这也是你们苏家的福气,兄妹俩在这样的战斗中都还活着,不容易啊!"

原来那人正是苏建才。他在县大队突围以后,自己像失去了主心骨,一个劲地往后撤,有三个战士也不自觉地跟着他跑,他一见急了,喝道:"你们老跟着我做什么,往前冲啊!"那三个战士返到前头,他一个溜到后边,把枪埋了,跑到老百姓群里,想着混出去,不想恰好碰着刘中正,一下子弄得张皇失措,愣住了。

"这是苏县长家的少爷,送到肖家镇去。"刘中正带有点讥讽的口气向伪军命令道。

苏建才被两个伪军押着,踉踉跄跄茫然地走在路上,脑子里杂乱地想起许多事情:这短短的一天真像过了好多年似的。以前他常听人说革命斗争是残酷的,要革命,就要牺牲流血!可是从来也没有今天体会的这样深刻。在今天,他亲眼看到许许多多的同志在枪炮声中倒下了,他们死得那样简单,那样从容,就那样一声不响地与世长辞了,他们的生活、理想、前途……一切的一切,一霎时就全完了。他忽然想到他自己,从早晨和敌人一遭遇,在他的脑子里就立刻浮起一个可怕的念头:被打死或者被俘虏!他好容易熬过这一天,这一天是多么不容易过啊!每一分每一秒他都有死去的危险。谢天谢地,老天爷长眼睛,枪子没打在他身上,他熬过来了。他和老百姓混在一起,天也快黑了,用不了多久他就完全可能脱险了。没想到偏偏在这时就被刘中正发现,事情是这样凑巧,被俘了,十二小时以前还仅仅是一种想法,现在却变成不能推翻的事实。命运完全掌握在敌人的手里,只要他们的食指轻轻把枪机一扳,自己就完了。多么可怕!……他在大队工作时,就知道杜平、马英和县委几个负责同志,都曾被捕过,也都在敌人的法庭上经过严峻的考验。他听他们讲过那些骇人听闻的故事,看见过他们身上那些斑斑点点的伤痕,也羡慕过他们这些光荣的斗争历史。在他写入党志愿书要求入党的时候,他忽然想到:要是自己遇到这些事情怎么办呢?当时他的回答是肯定的,要经受住这种考验,但那时总觉得这是非常遥远的事情,然而现在竟变成眼前的事实,敌人随时都可能把他拉到法庭上,用各种刑法摧残他的生命。……不知怎么,他脑子里忽然浮起一线希望,心中得到安慰,他想起了苏金荣。是啊,他是敌人的县长,自然可以救他,可是苏金荣会轻易地救他吗?他不敢往下想,太可怕了!……

苏建才走到他家的大门口,他又一次看见他所熟悉的高高的门楼,黑漆大门,还有那两个旗杆墩子。在他童年的时候,每逢过年,他就穿着新绸袍子在这里放爆竹,想不到如今却成了这个大门里的罪人!他走进院子,四下看了看,依然是那个老样子,只是没有从前那样整洁、庄严,而显得阴森、冷暗起来。他被押进东厢房,门口站了岗。此时天已全黑下来,屋子里点了一盏小油灯,照得半明半暗,苏建才不禁觉得毛骨悚然!

一会儿,有个汉奸端进来一碗热气腾腾的焖饼,一股菜油的香气钻进苏建才的鼻孔。他这时突然感到饿得厉害,端起那碗焖饼就狼吞虎咽地往嘴里扒拉,可是刚吃了两口,猛觉得肚里塞得满满的,吃不下去了,昏昏沉沉一头扎在炕上。

突然一阵枪响,他抬头一看,杜平、马英带着县大队进来了,来救他了。他感到一阵心酸,想哭,又哭不出来,正要伸着双手扑向大家,就在这一霎时,他看见杜平那锐利的眼光,仿佛直射到他的心上,猛地过来一把抓住他喝道:"胆小鬼,看看你的脸色变成什么样子了!……"

"我……"他想申辩,却说不出话,拼命地喊叫了一声,从迷梦中醒来了……

忽然他听到一个熟悉的脚步声,这声音非常轻,然而却像万马奔腾似的,重重地踏在他的心上,他颤抖起来,闭起眼睛把头和身子紧缩在一起。这是谁呢?这是苏金荣。门吱的一声响,大约是苏金荣进来了,他仿佛看见了他这可怕的叔父的面孔。还在他童年的时候,在外人看来似乎是庄严、而他却感到可怕的他叔父的面孔,就深深地印在他的脑子里,终于他听见苏金荣说话了:

"败家子!败家子!苏家怎么会出了你们这样的败家子?"苏金荣好像是叹了一口气,"罪有应得,这下子就老实了。……"

"报告！苏县长,大太君中村请你。"一个护兵在门外喊道。苏金荣答应了一声,接着对苏建才说:"我警告你！现在你是落在皇军手里,我替你做不了主,你要自量着点！"

苏建才想和苏金荣说些什么,说什么呢？他不知道。一阵轻轻的脚步声,苏金荣大约是走了。中村把他叫走了。中村,这是个杀人的魔王;他的叔父,是个自私自利阴险的家伙,他是什么事都能做出来的！他们将要干些什么呢？……

苏金荣来到客厅,只见中村坐在太师椅上,旁边站着刘中正和宪兵队长小野。中村一见苏金荣就龇着满口大黄牙笑问道:"你的侄儿侄女,八路的？"

"是,是。"苏金荣一边点头,一边用手指着外边道,"都已经捉到了,请求太君发落。"

"没关系的,没关系的。"中村连连摆了摆手,"我的见见。"

"是,是。"苏金荣随即转身向外边的汉奸喝道:"带进来！"

一忽儿,苏建才、苏建梅一前一后地被押进来了。建梅抬头一看,除了苏金荣、刘中正以外,还有两个鬼子。在这以前,马英曾不止一次地对她描画过中村和小野的相貌,现在看他们的长相,一定是马英所说的那两个家伙了,想不到自己也落在他们手里。她转眼看了看苏建才,他的脸灰得像撒上了一层土,她奇怪地用眼盯着他,为什么他跟着大队没有突出去呢？就在这时苏建才也望了她一眼,但他立刻把头低下了。

中村站起来,走到兄妹俩跟前仔细地端详了一会,问道:"你们八路的什么的干活？"

兄妹二人不做声。苏金荣站起来补充道:"太君问你们在八路里干什么？"

"当兵。"苏建才说。

"你呢？"苏金荣冲着苏建梅喝道。

"也是当兵。"

"女八路?"中村很感兴趣地走到建梅跟前,看了一阵,又看了看苏建才,摆摆手说:"不是的。土八路的不识字,你们八路干部大大的。"接着喀喀在地下转了两圈,又十分温和地说:"八路大干部的没关系。皇军最喜欢年轻人,有知识的年轻人,有才干的年轻人。呶?……"

兄妹二人不说话。中村对苏金荣说:"你的告诉他们,没有关系。能给皇军干事,大大的有赏。"

"是,是,我一定叫他们为皇军效劳。"苏金荣连忙答道。中村接着跟小野讲了几句日本话,便和刘中正一齐出去了。

小野见中村走了,便大模大样地坐在太师椅上,双手抱着那把战刀,泥菩萨似的鼓着眼睛,望着苏金荣的一举一动。

苏金荣本来是滑得流油的人,早明白了鬼子的用意,此刻他的命运就落在这两个年轻人的身上,他要想尽一切办法来制服他们,他还要给鬼子建立功勋呢!

苏金荣沉着地走到苏建梅跟前,试探着问道:"你到底在八路里干什么?"

"不是告诉你了吗?还问什么!"建梅转过脸来盯着他反问道。

"死丫头,嘴还这样硬!"苏金荣冷笑了一声,他知道这姑娘倔强的性格。决定先制服苏建才,随即喊道:"来人,把她带走!"

苏建梅被架走了,眼前就剩下苏建才,他忽然觉得像失掉了什么,心里冷了半截。苏金荣走到他跟前,换了一种口气温和地说:"建才,既然到了这步田地,也不能光怪你们,也是我做长辈的管教不够。事情过去了,就不再计较它,只要你能回到正路上来,俗话说:浪子回头金不换!刚才太君说了,他不是很器重你们吗?……"

苏建才死神般地盯住苏金荣。苏金荣的嘴角上挂着一丝阴险的微笑,他同样在紧盯着苏建才。

"建才,我现在只问你一个最简单的问题,你在八路里究竟干什么?"

苏建才没有回答。

"你说话呀?"

"当兵。"

"老实点!"

"是当兵嘛!"苏建才带着恳求的口吻道。他想:大队文化干事那是万万说不得的,八路干部,日本人岂能饶过!……

苏金荣像是看透了他的心,瞟了他一眼,紧接着说:"你害怕吗?哈哈,这我完全可以担保。不管你在八路里做什么,只要你老老实实说出来……"

也许他真能保我不死,告诉他吧;不告诉他,他终究也会知道的。……不,不能!说了就成为自首,一句话就会使自己变成叛徒;那以后……

"建才,你不要做梦了,你还以为八路会回来吗?哈哈,不会了。你要好好看看当前的形势,这世道要往哪里走?将来是谁的天下?"苏金荣说到这里,突然变色,大声喝道,"告诉你!你们的县大队已经完蛋了!铁壁合围,十几道包围圈,就连一个苍蝇也别想飞出去!"

苏建才一霎时感到沉重的压力,脑子里不知想些什么,口一松,便说道:"我……只是个大队的文化干事,教战士们认字唱歌的。"

"你妹妹呢?"

"她……她是当兵!"

"也好。"苏金荣又平和了一些,"我再问你个问题,这肖家区共产党的组织?"

轰的一下,苏建才的头蒙了。这他是的的确确不知道啊。可是他们怎么会相信呢?

"你说呀,怎么又不痛快了?"

"我不知道。"

"来人!"苏金荣已经完全掌握住苏建才的弱点。随着他的声音,顿时走进来几个大汉,手里掂着绳子、鞭子。

"我,我说,我说……"苏建才的声音颤抖着,"我,我……我实在不知道啊!"

"吊起来!"

两个汉奸过来,将苏建才扭住,哧的一声,苏建才就被悬在客厅的梁上了。

"怎么样,说吧?"

"我,我……"

"加砖!"苏金荣说罢,转过脸去。拿起一只水烟袋,呼噜呼噜地抽起来。

苏建才的脚上吊了两摞砖,汗从他的头上雨水般地滴下来。

"建才,你可不要怪你叔父心狠,我也是不得已而为之。"苏金荣背着脸说,"我劝你,还是早早说了吧,何必吃这些苦呢?你以为你那些同志还会记着你吗?会赞扬你坚贞不屈吗?你不要做傻子了。不知有多少人就是这样做了无谓的牺牲品,将来享受光荣的不是你,而是别人!"说到这里,他突然转过脸来,厉声说道:"我老实告诉你,你是地主的儿子,你是共产党革命的对象,你以为他们会相信你吗?不会的,他们会骂你是叛徒!阶级异己分子!"

苏金荣就像一条毒蛇,狠狠地缠着、咬着苏建才的心,他的心已经被他掏空了,他完全失掉了自卫的能力,他完全被他俘虏了。他觉得一切都完了。

"我,我,我说,我自己实在不……"

"加砖!"

"建,建梅,她……她是区委书记,她会知道的……"

苏建才被从梁上卸下来,立刻瘫痪在地下,两个汉奸把他架了出去。

"把苏建梅带来!"

苏建梅被拖进来。苏金荣冷笑着说道:"区委书记,请坐吧!"

建梅大吃一惊,他怎么会知道的?……莫非是苏建才叛变了?不,不会的,他想入党,他参加工作那么早,怎么会?她镇静下来说:"区委书记又怎么样?"

"不怎么样。只和你商量一下,把区里共产党的组织交出来!"

建梅没有回答,她的思想早飞到这间客厅之外了。她仿佛看见了全区一百多个党员,看见他们每个人的熟悉的面孔,忽然这些人都惊疑地注视起她来,好像在说:"苏建梅,这就看你的了!"是啊!决不能为了自己的生存把同志们出卖了!她心里也像在说:同志们,你们放心吧……

"你在想什么呢?"苏金荣冷笑了一声,上前一步说道,"你还想有人来救你吗?别做梦了,他们再也不会来了,永远不会来了!现在能救你的,只有你的叔父,我!"

"你,我从来也不希望你救我。现在我落到你们手里了,要杀要剐随你们的便吧!"建梅甩了甩头发,忍住痛站了起来。她牢牢地记着党的话:在敌人面前不屈不挠,才算是好党员!想到这里,一股自豪的心情涌上心头。

"你还是放明白点,不要让共产党把你的心迷住了!"苏金荣接着向外面喊道,"把苏建才带进来!"

两个汉奸架着苏建才进来了,一丢手,苏建才就瘫软地卧在地下,浑身像没有了骨头。苏建梅看着他那样子,不由惊呆了,一会儿的工夫,他竟变成了这个样子,要不是他趴在地下,脊背呼呼歇歇地颤动着,和死人又有什么区别!

"劝劝你妹妹,叫她不要执迷不悟。"

"什么?"

"劝你妹妹不要执迷不悟!"

苏建才慢慢抬起头来,用那一双无光的眼睛望着建梅。

"叛徒！叛徒！"一霎时在建梅脑海里浮起这个念头，真像一把钢锥扎在她的心上，是她的亲哥哥，她的同志，把她出卖了，她多么痛心啊！

"我，我，你叫我说什么？"苏建才向苏金荣伸着手，像在讨要什么。

"告诉她，马英他们全完啦！"

"马英他们全完啦……"苏建才脸望着天花板，机械地重复着。

建梅颤抖了一下。马英他们真的全完了？她忽然想起今天下午的恶战，许多同志倒下了，在这样的战斗中是很难冲出去的啊！莫非……不要紧，大队完了还有分区，分区完了还有军区，再往上还有党中央和毛主席，共产党是杀不完的！

"告诉她，把地下党员的名单交出来。"

"把地下党员的名单交出来……"苏建才依然机械地重复着。

建梅再也忍不住了，扑上去一把揪住苏建才的领子："你这个叛徒！党教育你的是什么？你对党说的是什么？你说啊……"

"我，我实在受不了啦！"苏建才神经质地叫道，"你们打死我吧！你们枪毙我吧！"

建梅气昏过去了。

稍停，她慢慢醒转过来。苏金荣忽然变得温和起来说："建梅，你也不要太任性子，这是你的脾气，我不怪你，百人百性嘛。可是你也要想想，我当叔父的还不是为了你好，为了我什么？你娘也常嘱咐我，要我管教你们，做长辈的人也不容易啊！"他又叹了一口气，接着说："你总在外边，真个要靠八路一辈子，你也要替你娘想想，她老了，时常惦记着你，就你这一个闺女啊！……"

建梅忽然想起她娘，自那次在路上和她娘分开以后，她一直没有再见到她，也没听到她的消息。她虽然可恼，也很可怜，她终究是一个家庭妇女，她有什么主见？不是也常受苏金荣的气吗？但忽然她的身子颤抖了一下，警惕起来。你在想什么？你在留恋什么？难道他们用鞭子和绳子还没有把自己教育够吗？眼前站的是狡猾的敌人！这是敌人的圈套,决不能动摇自己的立场！

苏金荣看她好像有了回心转意的样子,紧逼一步说:"你那婚姻的事,也不勉强,过来了由你。你要愿意做事,在皇军这边也可以做嘛,在哪里不是干事,这不比你当穷八路……"

"住口!"建梅突然骂道,"你这个汉奸！走狗！你还有什么脸？不知道羞耻!"

迎头一棒,打在苏金荣的头上。从来还没有人当面这样骂过他,他不觉恼羞成怒,喝道:"来人!"

立刻有几个汉奸,抬着一个烧得红乎乎的炭火盆走进来,里边烧着烙铁。苏建才在一旁看着,双腿抖了起来。苏金荣那凶狠的面目露出来了,冲着建梅狞笑道:"一句话,党员的名单交不交?"

"不交!"建梅咬得牙关咯咯地响。

"给我烙!"

"二叔,烙不得,你饶了她吧,她还年轻,不懂事。"苏建才拉住苏金荣的绸褂子乞求道。

"滚开!"苏金荣命令道,"动手!"

两个汉奸扭住建梅的胳膊,一个汉奸拿着那红红的烙铁,放在她的背上。……

建梅不知道痛,直觉得心里热乎乎地往上冒。是什么力量支持着她呢？是党！好像有个人在她的耳边大声说:"苏建梅,你是党的好女儿!"她又模模糊糊地看见眼前有很多人在晃动,那是谁呢？是马英,是杜平,是老孟,是许许多多的同志,同志们在鼓励着她,这些人越来越晃动的厉害,一忽儿眼花缭乱,终于什么也看不清了。……

慢慢地她醒来了,这时才感到了背上剧烈的疼痛,好像一只魔爪在撕揭她的皮肤。她抬起头来,见杨百顺正和苏金荣低声讲些什么,只见苏金荣点了点头,杨百顺便扭过脸来对苏建才说:"问你一件事,县大队经常在哪一带活动?在肖家镇东南常驻哪个村?"

"这,这……"

"不要吞吞吐吐了,大队的干部,能会不知道吗?"杨百顺望着苏建才,朝炭火盆努了努嘴,"人身上可没有长树皮!"

"大王庄、何村铺、小陈家店……"苏建才喃喃地说着,一个字一个字像是从嘴里蹦出来的。

苏建梅气得直想把他的嘴堵住,可是她一举胳膊,才发现自己一动也不能动了。忽然一种喜悦的心情涌上她的心头:他们为什么要打听大队活动的地方呢?一定是大队突围了!好啊!只要同志们活着,那就好了。不知怎么,这时她的眼泪从她那双深深的眼眶内滚了出来。

杨百顺摇摇晃晃地走到建梅跟前,说道:"苏建梅,要麻烦你跟我们出去扫荡一次。不瞒你说,县大队跑了,不过他们跑不出我们的圈子。皇军调动了几十万兵力,冈村宁次司令官亲自指挥,三个月要把八路消灭干净!"

杨百顺的话真使建梅担心起来,从这次"扫荡"看,鬼子确是与往日不同。马英他们现在在哪呢?他们还有多少人?他们知道敌人还继续去追捕他们吗?她真恨不得插上翅膀飞出去,把所有的情况告诉他们。

"我知道,你和马英不错,真是天生的一对。"杨百顺笑了笑说道,"只可惜棒打鸳鸯两分开,一个南一个北。我劝你想长远点,干脆到皇军这边来,把马英也劝过来,我可以保证你们有官当,有饭吃,谁都知道我杨百顺在太君面前是说一不二的。到了那时,你们再结婚,建立家庭……"

建立家庭?她的确曾隐隐约约地有过这样的憧憬:将来鬼子打走了,革命成功了,她和马英在一起,建立一个新的家庭,那将是多么幸福!……可那是多么纯洁的想象啊!而今天却突然从杨大王八这个肮脏东西的口中吐出这些话来,真把她这高贵的感情都玷污了！她想啐他一口，可是舌头在嘴里转不过弯来，口干得合都合不拢了。

"怎么样啊？很简单，就是带一下路，劝劝他。嗯？……"

此刻，建梅多么想看到马英、杜平和同志们啊！哪怕见一面吧，她有多少话需要对他们讲。然而，不能，决不能去！她用嘶哑了的声音对着杨百顺说："你们不要做梦了，我什么也不会给你们办的！"

"哼！真不愧是女英雄啊，不过，对不起，现在由不着你了，去也得去，不去也得去！"杨百顺向外喊道："来人！把她带走。"

汉奸们把建梅架出去了。

"请王队长！"

一忽儿王秃子恭恭敬敬走进来。苏金荣上前拍了拍他那肥肥的肩膀说："王队长，太君命令你明天跟杨队长出去扫荡，捉马英！知道吗？"

"是！"王秃子听到马英的名字，不禁打了个寒战，然后来了个立正，向后转，大步走了出去。大约是他想在县长、宪兵队长和这位便衣队长的面前，故意表现得坚决一点吧。

苏金荣又走到杨百顺跟前，亲热地说道："老弟，这回就看你的了！"

"放心吧，咱们在一起共了这么多年事，我的本领你还不知道！"杨百顺得意地笑了笑，直着脖子走出去。

这时，坐在那里一动不动、泥菩萨似的小野，才慢腾腾地站起来，用手轻轻地弹了几下刀鞘说道："好的，好的。"

苏金荣听了，心里像落下一块石头，一屁股坐在太师椅上。此时他才想到自己是这样疲倦，顺手端起一杯凉茶，咕咚咕咚地饮了下去。

二十一　党的好儿女

　　天,黑乌乌的,隐约地可以看见那灰色的路沟。
　　马英走在最前面,搜索着前进。身后是一副担架,其实就是一块地主客厅上的花格子门扇,上边放了一条破棉絮,杜平昏迷不醒地躺在上边,由王二虎和四个战士轮换抬着。可是走了已经有十五里地了,王二虎高低不让人换,累得他呼哧呼哧大口地喘粗气。
　　早晨出发的时候,还是一支一百多人的队伍,而如今很多同志牺牲了,负伤了,被冲散了！政委负了重伤。这支部队是马英看着它一天天成长壮大起来的,是经过千辛万苦、千难万险才把它组织起来的。和王金兰的斗争,到军区冲破敌人的封锁线,西河店的战斗……
　　"大队长,政委醒了,叫你！"忽然小董跑到前面轻轻地喊道。
　　马英急忙转回来,走到担架旁:"怎么样了,觉得好些了吗?"
　　"你们往哪里抬我?"杜平有气无力地说道,"告诉你们,你们这样抬着我是没有战斗力的。再遇上敌人怎么办？把我放下来。……"
　　"放下来,放在哪里,就放在这路上?"马英气冲冲地说,"你想想,这怎么能办得到?"
　　"政委,我们舍不了你啊！"小董带着哭腔说。
　　"同志,"杜平严肃地说,"你们这是怎么回事呢？要这样,我们就得天天哭了。同志,理智一点,理智……"他的声音又微弱得听不见了。
　　王二虎却一句话也不说,只顾抬担架大步往前走。
　　眼看着背后燃烧着的村庄愈离愈远了。前边就是大王庄,这是他们部队常来活动的地方,村南不远有一座破庙,他们也在这里躲过敌人,马英让先到庙里休息,再到村子里找饭吃,大家整整一天没有吃饭了。

轻轻推开庙门,没有动静,马英张开匣子枪的大小机头,头前走进去。只见神案上香炉里还有几撮正烧着的半截香,他不由感叹道:这年头,有的老百姓还指望这些泥菩萨来保佑他们呢!他把那几撮香捏在一起,四周搜索了一下,见没有什么可疑的现象,叫把杜平抬进来。

抬到大殿上,杜平仍然昏迷不醒。马英留下来守着,命令大家进村找吃的,又嘱咐小董一定要赶快给政委弄些东西吃。

大家都走了。马英借着香火看了看杜平,只见他的脸色惨白,嘴唇干裂,眼泪便不由夺眶而出,他想,人成了这个样子!他又看了看杜平胸上缠着的那件白布衫,血从里边浸出来,凝固了一层又一层。他握住杜平那干瘦而又冷冷的手,把耳朵贴在他的胸口听了听,心脏还在跳动,他长长地出了一口气。心想要是能再过两个小时就有办法了,前边十几里地就是何村铺,那里可以想法找治外伤的老医生……

他站起来,到庙门口看了看,小董还没回来。

杜平从昏迷中醒来了,他不觉得疼痛,也不觉得难过,只觉得心里空得慌,好像血液已经流干了,浑身一点力气也没有了,就连眼皮都动弹不得。

他已经预感到生命属于他的时间已经不长了,可是他并不感到突然,也不感到惊慌和痛苦,这一刻是他早就想到了的。夺去他生命的不是病魔,是鬼子的子弹,他用他的鲜血又给敌人写下了一笔账,在同志们复仇的心上,又加了一把火!……

他是一九三五年来到这个县的,他是这个县第一个革命的播种人。七年来,他在这块六十里见方的土地上撒遍了革命的种子,遍地开放出革命的花朵,闪耀着鲜艳的光辉,他闭着眼睛,就像看见满天星星一样。这里边有一颗最亮的星星,那就是马英,是他工作的接替人,他为党而感到光荣和骄傲。他趁现在还活着时要完成的唯一的任务,就是要马英带着剩下的同志们立刻离开他,迅速地转移到安全地区。……他振作着叫道:"马英同志,马英同志……"

"政委,我在这里,我在这里。"马英一只腿跪在地下,把嘴凑到杜平的耳边答道。

杜平用尽平生气力,把眼睛睁开了,他要再看一看他这亲密的战友。香火光中,他模糊地看见马英的脸,觉得那脸比以前变得更加沉着坚定了。他声音微弱地说道:"我没有什么话要给你讲。你,你已经成长起来了。只希望你把队伍带出去,一定要带出去,这是我们党的命根子,记着,记着……"

"我记着的!我记着的!"马英连声重复着。

"还有,"杜平像是想起一件大事,用了很大的气力,但声音还是那样微小,"苏建才……他……表现不正常……"他的嘴唇还在颤抖着,却没有声音了。一霎时,他的双眼一合,头栽到一边。

"杜政委!杜政委!"马英不顾一切地大声喊叫,回声在这间阴森森的大殿里嗡嗡作响,却没有人回答。

马英摸了摸杜平那冰冷的手,茫然地站起来,杜平生前和他在一起的那许许多多的生活场景一齐出现在他的眼前,他的一举一动、声音笑貌都活生生地印在他脑子里,他,他怎么会死了呢?……他一步一步走到那黑乌乌的庙院里,眼泪唰唰地流了下来。

多少战友倒下了,多少同志失散了,残酷的战争给予他沉重的压力,眼前黑乎乎的,……忽然,在他眼前出现了一个小小的火花,爆发开来,越爆越大,火花后闪出杜平的身影,他的态度还是那样从容,他的面孔还是那样镇定,他的眼睛还是那样充满着胜利的信念!……"希望你把队伍带出去……这是党的命根子……记着……"这熟悉的声音又在他耳朵里盘旋。他不禁摸了摸腰里的手枪,暗暗地宣誓道:"我一定记着你的话,把队伍带出去,为同志们报仇!……"

这时,小董端着一砂锅热腾腾的面条闯进庙门,脸高兴得通红,望着马英,孩子气地叫道:"大队长,那家老大娘可好啦,听说政委负了伤,给咱政委下的面条!"这孩子天真地以为杜平只要吃了这锅面条,他的伤就会好了。

马英听着小董的话,心一裂一裂地发痛,他怎么对这孩子讲呢?小董以为马英没有听见,就端着锅兴冲冲地跑进大殿。他从担架旁取下杜平的茶缸,用毛巾擦了又擦,然后小心翼翼地把面条盛在里面,用筷子搅了搅,鼓着嘴吹了吹,又尝了尝不烫嘴了,这才双手端着递到杜平脸前,叫道:"政委,政委。"

"政委,那老大娘可好啦,听说你负了伤,专给你下的面条。"小董重复着说,"老大娘还打了两个鸡蛋,你看这上面还漂着鸡蛋花呢!"

没有人回答他,大殿里这样安静。

"政委!政委!"

"政委!政委!……"

一霎时,借着香火,他看见杜平那苍白的脸,当的一声,把面缸子扔了。政委,他死了?他,他怎么会死呢?他是世界上最有本事的人!最好的人啊!小董放声地哭了。这个从来没有享受过家庭温暖的苦孩子,当他一投入革命队伍的时候,杜平就像慈母般地爱抚着他,教他识字,教他工作,给他讲故事……而如今他突然地死了,就像一刀刺在这个孩子的心上。

半晌,小董才有所省悟地跑出来,拉着马英说:"大队长,政委,政委死了!"

"他没死!"马英紧握住小董的手,激动地说,"他永远活在我们中间!"

"是啊!永远,永远……"小董想,我们永远会记着他的。

同志们都回来了,大家围着杜平的尸体低下头,无限悲痛的心情冲击着这间昏暗残破的大殿,一个个忍着泪,扒掉了殿下的方砖,用手挖出了地下的泥土,把杜平同志掩埋了。

小董这时盛了一缸子面条,走到马英跟前,说:"大队长,你吃吧。"

马英接过来,眼望着吃不下去。小董拉着哭腔学着杜平的口气说:"人是铁,饭是钢,不吃怎打仗啊!"

这句话像是触动了马英的心事,用筷子扒拉扒拉吃了两口,忽然又停下来问道:"小董,你还没吃吧?"他爱抚地望着这孩子,强打起精神说道:"来!咱们响应政委的号召,一齐吃。"接着又给小董盛了一缸,二人算是勉强把这大半锅面条吃完了。

下半夜,同志们又上了路,大家走不上几步,就身不由己地回过头来看看那座破庙。先前,抬着政委虽说担惊受怕,疲倦劳累,但好像总觉得有所安慰;如今,政委死了,减少了担架的负担,也都吃饱了,却都反而觉得冷落落的,不是滋味,好像没有了依靠。因此谁也不愿说话,都只顾闷着头走路。

马英走在前面,心里更觉得孤单单的。他对杜平的信任,胜于信任自己,是好是坏,是错是对,都有杜平保着险,自己放大胆子干好了。现在,只有他一个人了,一切都要他自己做主,事情是一点也错不得的。他感到一副沉重的担子压在他的肩上……

"大队长,该拐弯了。"小董提醒他。马英这才从沉思中省悟过来。

黎明时分,他们到了何村铺,这是鬼子合围的边沿,一般说,是比较安全了。何村铺也是个小穷村,只有几十户人家,大队以前常在这里住,里边有好几家最可靠的基本群众,马英让田三在村边放哨,便带着大家进了村。

在一家小门上轻轻扣了三下。一阵咳嗽声,走出一个老汉,老汉一见马英,惊喜地说道:"可把人惦记死了,直听北边打了一整天!"

"大爷,叫你担心了。"马英说罢,二虎、小董、大年、小顺……一个跟一个走进来,老汉还只顾往门口瞅。马英说:"没有了,就我们这些人。"

"怎么?就你们……"老汉抓住马英的胳膊,眼泪顺着他那满是皱纹的脸流了下来。同志们也都想起自己的战友,感到一阵悲痛。

"大爷,只要大队有一个人活着,他就在和敌人战斗。总有一天,我们会把鬼子赶走的!"马英激动地说道。他是在对老大爷说,又像是在对所有的人说。老汉擦干了眼泪,点了点头:"我信得过你们。"

马英抬头望了望隔壁的小楼房,这是何村铺唯一的一家地主。问道:"何家的人在吗?"

"早搬进城了,只有一个伙计看门。"

"好,我们先休息一下。"马英这才放了心。

唉!两天两夜没有合眼,大家往地铺上、炕上一躺,霎时便呼噜呼噜睡着了。

杨百顺一心一意要为他的主子立功,天不明便带着王秃子的中队,押着苏建梅,按着苏建才指给他的县大队活动路线出来搜索了。

他们过了大王庄,径往何村铺去。杨百顺带着两个便衣队员走在前面,看看走进村子,忽然发现有个站岗的抱着枪靠在树上,仔细一看,那人一动也不动,头歪在肩上,原来田三困得不行,睡着了。杨百顺带着那两个人蹑手蹑脚走过去,看看只离丈把远了,杨百顺猛一步蹿上前去将田三拦腰抱住,田三睁眼一看,知道不好,正待要喊,一个汉奸用手将他的嘴捂住,他用牙咬那汉奸的手,这时另一个汉奸也蹿上来,一刀子扎在田三的胸上,田三倒下了。杨百顺把手一挥,王秃子便带着队伍把村子团团围住。建梅在后边看这情景,大吃一惊,莫非大队的同志真叫他们发现了! ……

马英一听这不平常的响动,警觉地坐了起来,忙推醒大家,这时老汉从门口跑进来惊慌地说:"汉奸进了街啦!"

马英带着大家准备越墙向村外跑,谁知刚一爬上墙头,叭的就是一枪,子弹从头上飞过去,敌人在村边趴了一排,早已布置好了。看样子敌人是有目的来的,兵力也不会少,硬冲有困难!他猛抬头看见隔壁那个小楼,就对大家道:"上楼!"

大家翻过墙去,上了楼,把门堵了。这时敌人朝楼上打起枪。马英对大家说:"不还枪,节约子弹。敌人冲的时候再瞄准打,到跟前就用手榴弹,只要能坚持到天黑就有办法。"

王二虎把袖子一卷,将一堆手榴弹都揭开盖放在窗台上,气冲冲地骂道:"跟狗日的们干!打死一个够本,打死两个赚一个!"他一夜没打枪,憋得不行,这会精神可来了。小董和大年、小顺也把枪推上膛,各人把住自己的窗口。

伪军们围着小楼瞎打了一阵子枪,杨百顺叫停下来,接着喊道:"把苏建梅带来!"

一忽儿建梅被押来了。杨百顺洋洋得意地抖着一条大腿,望着建梅冷笑地说道:"苏建梅,咱们这一天可没白跑,我总算给你把他找到啦!"接着把眼向那远远的小楼一翻:"你看,就在那上边。"

建梅不由自主地转脸看了看那小楼。啊!莫非他真的在上面吗?她的眼前立刻出现了马英的形象:那宽宽的肩膀,那结实的身材,还有时时在鼓舞着她的那双勇敢智慧的眼睛,……不,他不会被敌人围在这里的!

"建梅,咱们好赖也是乡里乡亲,我不能见死不救。我再说一遍,你要愿意的话,咱们马上到楼下把马英叫出来,你们见个面,劝上他几句,只要他能放下枪……"

"废话!"建梅忽然感到敌人多么愚蠢,多么无能啊!这时,还对她怀着希望,这不说明他们更加没办法了吗?他们还不知道这永远是一种梦想呢！她冷笑了一声道："你以为共产党员和你们这些汉奸一样？讲几句好听的,就会投降？就会卖国？你想错了！"

"哈哈……"杨百顺也冷笑了一声,"我不过是给你们指条活路！你以为他还能逃出我的手心吗？不愿意要活的,叫你见死的！打！"

杨百顺接着跑上前去,督着汉奸们往上冲！一阵稠密的枪声在四周响了起来。

马英一听没有机关枪、小炮,知道来了一帮汉奸,便对大家说："沉住气打,尽是些假鬼子！"

大家都端枪瞄准,等那十几个伪军走近……叭！叭！一齐开火,顿时前跌后仰地倒下了三个,剩下的转身就跑。

苏建梅远远看着,心里乐得开了花:她仿佛看到马英打枪那股神气劲儿,睁一只眼闭一只眼,屏住呼吸专神地瞄准,……他的一举一动,每一个姿势,都是那样健美;王二虎该卷袖子了,再不然就光膀子了;小董在打了胜仗时,照例是抿着嘴笑的;杜平呢？还是那样沉着稳重,敌人在他眼里就像是一堆没用的石头似的……

连着两次冲锋,敌人赔了七八条命,没有接近小楼一步,杨百顺气得直骂王秃子："你这是啥熊队伍？一点屁用也没有！"

王秃子不服地说："不发机关枪！不发迫击炮！胳膊腿也不能当枪使！"

"杨大王八、王秃子,你们小心点,"二虎在楼上叫骂道,"老子出去了把你们大卸八块！"

王秃子一听见叫他的名字,吓得直哆嗦,杨百顺却回骂道："只怕你这小子出不来了！"

"你他娘有种,上前来一步……"

杨大王八见攻不下来,决定下毒手了,喊道,"把她带来！"

伪军们把建梅押来了,杨百顺和几个伪军拥着她顺着村边的路沟走到小楼前,这里离小楼约有十几丈远,建梅被拥在路沟边,露出半截身子。杨百顺和那几个伪军都尾随在她身后,接着他冲着小楼喊道:"请你们马队长讲话,我杨某要开枪不算好汉。叫他来看看这是谁!"

建梅瞪大着眼睛望着那楼上的小窗户,心里是这样激动。啊!一霎时她就会见到马英了,能再见他一面,死也甘心!……不,不,她不希望见他,他应当远走高飞,不应当在这个小楼上出现,让敌人困着他……

"你看,你看,苏书记!"小董摇着马英的胳膊说。像是顺头泼了一瓢冷水,马英浑身打了个寒战,不顾一切地从窗口探出头来。啊!是她,她那红润、丰满的脸变得惨白和消瘦了,眼窝深深地塌了下去,那双眼睛显得更大了,更亮了。她的衣裳已经一片片地破碎了,胸前是横七竖八紧紧勒着的绳子,双手倒背着。她挺着胸昂着头,晚风吹着她蓬乱的头发和她身上被撕破了的布片。她的身体像突然变得高大起来,顶向天空……

一眨眼,建梅也看见了马英,那个小窗户像是变成了万宝洞,竟能使她看到似乎在生前已经不能看到了的人。啊!他还是穿的那件小白布衫,是她帮他洗了又缝,缝了又洗,不知缝洗过多少次啊!现在它上面滚满了尘土,已经变成灰色了,肩上挂了一个大口子,袖子脱下来,露出他那黑红的肩膀。他那从不变样的脸,也显得消瘦了,浓浓的眉毛拧在一起,眼睛冒出火光……霎时,他们的眼光碰在一条线上。……

杨百顺从建梅身后探出头来,向马英喊道:"马队长,我给你保个媒。不是别人,就是你这位区委书记。只要你放下枪,到皇军这边来……"

像是无数钢针刺在马英的心上,他浑身都要气炸了,他想瞄准杨百顺给他一枪,可是那手中的枪只是发抖……

杨百顺见马英不回答,接着喊道:"你好好想一想,不要再做傻

257

了,人生还不是为的吃喝玩乐,你过来我包你有官当,有钱花。要是你不答应,我就得把你这位区委书记就地枪毙!"

"马英同志!"建梅鼓起劲喊道,"你不要听他的鬼话,叫他们打死我吧,我不怕!"

"建梅同志,我相信你,你是党的好儿女!"马英激昂地喊道。

是她敬爱的人,马英同志,也是党,向她喊出了这样的话:相信她,她是党的好儿女!还有什么比这更崇高的呢?除此以外她还需要什么呢?她不禁兴奋地高喊道:"同志们,你们可要冲出去啊!"

"我们一定冲出去!"同志们同声喊道。

杨百顺见打不动他们的心,恶狠狠地说道:"不叫你们看看脸色,你们也不知道厉害!"说着照建梅脸上就是一皮鞭子,建梅倒下了,伪军们又把她扶起来。她那端正而又好看的脸上立刻暴起一条血印。大家看了直恨得咬牙切齿,小董不由哭喊道:"苏书记,我们一定替你报仇!"

啪!又是一鞭子。

建梅忽然想起苏建才,鼓起最后一口气喊道:"同志们,你们要警惕啊!苏……"

杨百顺本还要利用苏建才,听苏建梅要将他揭破,一慌之下,照建梅头上就是一枪。建梅倒下了。

马英再也忍受不住了,食指一搂,叭!叭!嘟……二十发子弹一气打了出去。打得杨百顺带着几个伪军连滚带爬地顺着路沟往回跑。这时小董呜呜哭了起来,马英喝道:"哭什么?打!打!"

小董看着马英那冒火光的眼睛,擦干眼泪便叭叭地打起枪来。马英昏沉沉地靠到窗户上。

杨百顺的毒计破产了,又赶着伪军们往上冲,十几个伪军端着枪呐喊着冲上来。马英一搂枪机,才发现子弹打光了,急忙抄起一个手榴弹扔出去,接着同志们打起枪,伪军们丢下两条死尸又跑回去了。

王秃子远远地坐在一棵树下,像是若无其事,杨百顺走过去气冲冲地说道:"你是怎么搞的?"

"没有机关枪、迫击炮,我是攻不下来!"

杨百顺知道王秃子是有名的橡皮,一枪打不透,气得没有办法,只好派个便衣队员去请救兵。

天终于黑下来了。

小楼外横三竖四地摆了一片伪军的尸体,有几个站岗的伪军在死人空子里来回走动着,有的疲乏了,就坐在地上打盹。还有两个负了重伤的伪军躺在地上哼哼着。

马英决心突围,他估计可能被敌人冲散,就规定了第一和第二集合点;如果无法集中,就暂时分散隐蔽,听候通知。一切布置妥当后,让同志们都把裤腰带解下来,结在一起,一头拴在窗户上,一头拖到楼外。马英领头顺着绳子一个个跟着滑了下去,然后一个跟一个摆开距离往前爬。

马英刚爬到死人堆里,衣裳拖着地发出沙沙的响声,被一个站岗的发觉了,端着一闪一闪发亮的刺刀走过来,马英憋住气一动不动地靠在那死人身边。站岗的照死人踢了一脚,骂道:"妈的,死了你还闹鬼!"接着又在死人身上扎了两刀,才走过去。

马英继续往前爬,渐渐离死人堆有好远了,他回头想看看小董。可是黑乌乌的什么也看不见,仔细一听,有轻微的沙沙声,他想小董也一定过来了。这时,王二虎刚爬到死人堆里,他爬着爬着,忽然摸到一支大枪,他想一定是打死的汉奸丢下的,伸手就往回抽……

"八路!八路!"那拿枪的家伙原来是睡着了的站岗的伪军,他觉着有人拉枪,死命抱住叫了起来。

王二虎一急,用手榴弹照那家伙脑袋上砸了一锤,夺了枪就跑。

叭！叭！汉奸们打起枪。

马英他们被迫四散跑开，紧接着身后传来一阵稠密的枪声。

二十二　各自为战

哗哗哗……

赵振江隐隐约约听到流水声，又像是一队凶恶的鬼子骑兵从身旁疾驰而过……

忽然一阵风吹来，他打了个寒战，脑子清醒了，觉得身下冰凉冰凉，耳旁的流水声也愈来愈响了。他慢慢地睁开眼睛，在茫茫的黑夜里，看见浑浑的江水就从身旁流过。他不禁伸手插进水里，试了试，水把他的手打向前去，现在才明白了，是江水把他冲在沙滩上。

他抬起头朝西望了望，看见肖家镇一带有好几处火光，这是敌人傍黑时放的火，现在仍然燃烧着，估计入夜不久，他决定沿着清洋江朝南爬出敌人的包围圈，或许还能追上大队。想着，往起一挪身子，猛的一阵剧烈的疼痛，像是往下卸他的胳膊似的，这时才发觉负了伤的左胳膊埋在沙土里了。他咬着牙将沙土扒开，把胳膊往上一抽，刚刚凝固住的伤口裂开了，血突突地往外冒，他脑子一阵昏眩，急忙将伤口捂住，血从指头缝里浸出来。他镇静了一下，撕下一只袖子将伤口扎住，又振了振精神，用右胳膊撑住地，双腿一屈，再把腰一直，他向前爬了第一步。接着一步一步像蚯蚓似的向前爬动……

每往前爬一步，他心里就默默地数一个数字，现在已经数到两百四十九个数字了。他的半边身子磨得发热了，浑身的力气用尽了，步子变得越来越小，一步和一步间歇的时间越来越长，他想，这样何时才能爬到城南啊!……他觉得往前一步也挪不动了。忽然想到,再往前爬一步就是两百五了啊!这个数字霎时在他脑子里翻了一百倍,变成"两万五",在他眼前放射强烈的光辉,他看见无数个坚强的人在长征路上艰难地行进,他们分区司令员李朝东也在里面,脸上还是充满着乐观胜利的表情。……他把牙一咬,心里默默地说道:"红军两万五千里长征都走过来了,爬这几百步又算什么?"这时,身上不知从哪来了一股劲头,哧——哧地迅速朝前爬去……

他爬着爬着把正在数着的数字忘记了,天到了什么时候,也说不上来。这时爬到一条约摸有三尺深、三尺宽的小沟边,要在平常,一抬腿就迈过去了,可是现在他就像面对着一条万丈深沟似的,谁知道下去还能不能上来呢?……他回头望了望西北将要熄灭的火光,怎么办?就在这里隐蔽吗?……不,不!鬼子的大队人马都集中在这一带,恐怕村子里都住满了,岂不是自投虎口吗!还是坚决往南爬,就是万丈深沟也要下,想着,一骨碌滚到沟里。

他在沟里休息了一阵,开始往沟上爬。不料身下全是干沙,沙子无声地往下流,像是故意和他为难,爬一步就得退两步,爬了几次,还是在老地方。他休息了一会,憋住气,忍住疼,用两只胳膊往上爬,哧——哧——,眼看着到了沟沿,腿再一曲就上去了,但一松气又出溜下来了。

他趴在沟底无限懊恼。忽然一想,懊恼有什么用呢?刚才不是已经接近胜利了吗?再加一把劲就行了。他又振作了一下,开始一鼓作气往上冲,终于他把一条腿跨上了沟沿,心里霎时充满了胜利后的愉快,就像夺下了敌人的炮楼一样。

又爬了一阵,约摸已经爬到城东了,可是一步也爬不动了。他觉得头上触动了一个东西,猛抬头,才发现这是一只人脚,再往远处一望,模糊中还看见躺着好些人,他估计这里发生过激烈的战斗。

沙,沙,忽然响起一阵轻轻的脚步声。

赵振江心里一跳,朝前望望,隐约地看见走来几个人,弯着腰在死人堆里游来转去,猛然想到,这是敌人来打扫战场了。他想从身上摘下枪来,他想从腰里抽出那唯一的手榴弹,可是什么也没有办到,他的胳膊弯不过来。

那几个人越走越近了,他心中一喜,这绝不是敌人打扫战场,因为敌人绝不会这样肃静;这一定是自己同志来营救彩号了。这时那几个人已经走到他身边,却没有停留。就在这一霎时,他认出其中一个是吉祥区的妇救会主任常云秀,他急忙张口想喊,却喊不出声音,又想用手招呼一下,却仍然动弹不得。眼巴巴地瞅着她们过去了,心里一酸,差点流出泪来,他想,同志们就这样走了?……

忽然听到她们在低声说话,一个说:"恐怕不会有了,要有,也该说话哩。"

又一个说:"是啊,鬼子来这里打扫过一次战场,要有,也就被他们害了。"

"不。"这是云秀的声音,"说不定有的同志伤重昏过去了,被鬼子漏掉了的呢?……咱们再回去好好看看。"

赵振江在新的县大队组成以前,就曾到吉祥区协助过工作,后来也不断到这一带活动,他看着云秀由一个单纯、天真的姑娘,变成一个既聪明而又忠实的革命战士了。不过对于云秀的忠实和聪明,从来没有这时感到的深刻。他终于听到云秀那清脆的声音:"赵排长!"

他望着云秀微微地点了点头,以后的事情他就不清楚了。

经过半夜艰难的周折,云秀她们总算轮换着把赵振江背到了大东庄她家里。赵振江还是昏迷不醒,云秀望着他,蓦然想起马英第一次来到她家的情形,那是多么好的一天,从那一天起马英就把她引到一条新的道路上,战斗的道路上,她参加了党,成为一个革命干部。时间过得多快呀,转眼已经三年多了,三年来的变化和发展多大呀！……可是这一次敌人的"铁壁合围"，县大队打散了，干部们死的死,伤的伤,隐蔽的隐蔽起来了,她感到孤独和空虚,一阵难过,豆大的泪珠便从眼眶里滚了出来,正落在赵振江的脸上。云秀猛然想起,我在这里哭什么呢！救同志要紧啊！她擦了擦眼泪,对她爹说:"你照护着赵排长,我去弄点药来。"

"行啊。"常大爷自从修炮楼挨了打,进步多了,他们家里也常住伤员。

黎明,云秀转回来了。刚走到村口,就听见村后叭叭响了两枪,顿时像大河决了口子似的,人们拖儿带女的从村里往外跑。常大爷迎面跑来,一把将云秀抓住说道:"快跑吧,敌人进村了！"

"赵排长呢？"

"这时还顾得他！"

"爹,你一到这节骨眼上就糊涂了！"云秀甩脱她爹的手,朝村里跑去。

人们喊也喊不应,拉也拉不住,还以为她是疯了。

云秀刚跨进大门,敌人已经走进胡同口,她慌忙把门上住。

赵振江已经清醒了,正在炕上摸索着,寻找他的手榴弹和枪支。云秀不管三七二十一,把他背进小后院的地缸里。刚刚转回来,敌人已经把门砸开了。一群伪军用刺刀逼住她,七嘴八舌地喝道:

"臭娘们,你胆子真不小,还敢把大门插住！"

"准他妈藏的有八路,交出来！"

"不交就挑了你这个臭娘们！"

接着就把云秀押到屋里。伪军大队长胡二皮看见炕边有双男人鞋,指着云秀问道:"你把这个男八路藏到哪里去了？"

"那是俺哥哥的鞋。"云秀坦然地答道。

"你哥哥上哪去了？"

"俺娘送他进城看病去了。"

"为什么不把鞋穿走？"

"用床抬去的,穿鞋干啥？"

"嗯！……"这句话反问得胡二皮答不上来,"好个刁滑的娘们,一定是受过八路训练的。"说着,抓住云秀的头发,按在墙上碰。

云秀被碰得头昏眼花,为了迷惑敌人,索性大哭大叫起来。

胡二皮的手大概累酸了,把云秀丢在一边,像个狗似的,用鼻子到处嗅着,忽然叫道:"没有八路才怪哩,这是哪里来的血腥气？搜！"

砰的一声,有个伪军把通到后院的那个小窗户推开了。

云秀一惊,汗珠便从头上滚出来。

忽然村外响起激烈的机关枪声,伪军们吓得拖着枪挤着往门外跑。胡二皮壮着胆子说:"这是我们的大部队来了！"可是刚走到胡同口,就见一排子弹顺街扫进来,才知道遇上八路军的大队,憋在胡同口不敢往外冲。

云秀想,这一定是正规军来了,兴奋和仇恨的心情壮大了她的胆子,拿上藏起来的赵振江那颗手榴弹,追上胡二皮,偷偷地扔了出去。

轰的一声响,炸死了好几个敌人。

"八路！后边也来了八路！"伪军们沉不住气,瞎叫道。

胡二皮把手枪一抢,扯着东北腔喊道:"妈的巴子,都给老子冲,冲出去一个人五两大烟土！"

大烟兵一听,提起精神,连滚带爬地逃走了。

原来李朝东带着分区部队突到石德铁路以北,鬼子发觉了,开始往那里运动。为了避免和敌人的主力部队接触,李朝东下令连夜向南转移,以五个小时的时间走了七十里路,天明来到这里,正和胡二皮的队伍遭遇上,打了一个胜仗,没有进村,便继续向南转移了。

赵振江本是由于饿、累、流血过多,一时昏迷过去的,云秀给他上了药,又吃了一顿热汤饭,狠狠睡了一觉。傍黑从梦中醒来,精神好多了,已经能在地下走动。忽然听到云秀在对面屋里批评她爹,却听不到常大爷吭声。他走过去说道:"大爷,我要走了,去找队伍去。"

"你,你不能走!"常大爷上去抓住他的手,激动地说道,"赵排长,我对不起你,我老汉错了。你住下吧,就是住个三年五载也行,有我在就有你在。"

赵振江也激动地说:"大爷,这是哪里话。我住在这里已经暴露了目标,敌人可能还要来,咱们总不能等着。再说,我也能走了,应该去找部队。"

云秀忙过来说:"看你这个样子,怎么能走,还是再养两天吧。我家不保险,我再给你找个堡垒户。"

"云秀,我是个革命战士,我一天也不能离开党和队伍啊!"赵振江这句话要说是从口里说出来的,倒不如说是从心里冲出来的。这个纯正的年轻人,从小就兢兢业业地劳动、习武,他想,只有有了本事才能不受有钱人欺负,腰杆子才能硬起来。可是真正懂得力量的源泉,是从他参加了革命队伍入了党才开始的。今天,只剩下他孤单单一个人的时候,更深刻地体会到这一点。当你离开了党和部队,你自己有天大的本事,也是施展不开的。

云秀见劝他不住,只好等天黑把他送出去。当她望着赵振江消失在夜幕中时,忽然又想到她第一次送马英出去时的情景,唉!现在他和县大队的同志们在哪呢?……

何村铺传来的枪声渐渐远了,马英在一群坟堆里歇下来。遭受敌人的追击,在马英来说,真是家常便饭了,如果把这些路程加在一起,恐怕总有好几千里地。可是无论哪次遭受敌人的追击,都是和同志们在一起,有时同志们还来打接应;这次却只有他一个人,在这空旷的黑夜里奔跑着,谁会来接应他呢?同志们死的死,伤的伤,东离西散……他靠在一个坟头上,双手背在脑后,眼望着那乌沉沉的天空……

马英抽出手枪,卸下梭子,用手按了按里边的弹簧,又弹了弹,好像还希望里边能蹦出几粒子弹,一粒也是好的啊!现在就剩下一个人和这一支空手枪了,怎么办呢?考虑考虑下一步的工作吧!……可是这时他的思绪就像一匹受了惊的马,漫天漫地奔驰着,怎么也收不回来。他想起了王二虎,王二虎在他身边,他身上就像多长了一只巨大的胳膊,挥动起来,再厉害的敌人也挡不住他!如今这个猛小子不知哪里去了,他该不会闯出祸吧?……小董这孩子怎么搞的,听得清清楚楚地在身后边,怎么没有跟上来呢?……他的思想忽然飞到大王庄那个破庙的大殿里,他敬爱的老师,亲密的战友,杜平同志就埋在这地下。好生生的人,那样坚强稳重的人,忽然死了,再也不会说话了!他真想把地挖开,问问他当前应该怎么办?……他想来想去,有一个人他不敢想,那就是苏建梅。可是事情却像是故意为难他,建梅那欢乐的笑容,关切的眼光,还有她那临死前被敌人残害的形象,却老在他眼前晃动。奇怪的是,今天杨大王八给他保媒,多么可笑又多么可恨,想拿这个来动摇他们的立场,敌人真是太愚蠢了!可是不知怎么,他的脑子总是纠缠在这个事情上,为什么过去他从来没有想过这件事情呢?在他看来建梅对谁都是那样热情、关心,不,有些不同……霎时在他脑子里出现了一种美妙的幻想,但立刻又破灭了,他感到一种说不出的痛苦、空虚和失望……

忽然脸上一阵发烧,像是做了见不得人的事似的,心怦怦地跳起来,这是什么时候?这是在想些什么?现在的任务是:重整旗鼓,继续和敌人战斗啊!他想着,站起来拍了拍屁股上的土,大步朝前走去。

路上,他归到正题上想道,看样子鬼子的"大扫荡"还没有结束,还要拉几天大网①。眼下得先找个落脚的地方,躲过这几天,再把剩下的人聚起来,继续跟鬼子干仗!

走了一段路,天已经黎明,马英看着就到小陈家店了,加快了脚步。进了村,见街上冷清清的,家家户户都关着门。

哇哇!几声叫,一只老鸦从头上飞过,马英觉得好不扫兴。这村子他好久没有来了,忘记了王大成家住在哪里,他想叫开门问问,又怕万一碰到了坏人,正在踌躇,东边响起一阵脚步声,他急忙躲进一个胡同。只见杨百顺、王秃子领着汉奸队从街上走过,口里一边喊着找村长,看样子他们要住下来,马英想,这下子可糟了。

"你怎么在这里?"忽然一个人低声说了这么一句,拉住马英就走。他回头一看,有点面熟,可记不起是谁,一直走到那人家的院里才问道:"你是谁啊?"

"我是陈宝义。"那人笑了笑,"怎么,记不起来了吗?就是在肖家镇口老槐树上你救下来的那个人。"

马英这才想起来,忙说:"你赶快给我找个地方,汉奸们在捉我!"

"他妈的,村长是不是住在这里?"杨百顺在门口叫道。陈宝义一手把马英推到屋里,急忙迎出去说:"是,是。队长,在这里。"

杨百顺走进来,照陈宝义脸上啪的就是一耳光:"老子找他妈你半天,到哪去啦?"

"队长,是我耳朵聋啦,没听到。"

"告诉你,八路跑到你这村来啦,限半小时给我交出来!"

马英在门后边听得清清楚楚,暗吃一惊,他知道这是吓唬村长的,可是为什么他们也到了这个村呢?杨百顺为什么对他们部队行动的规律竟摸得这样清楚?他脑子里立刻浮起一个可怕的念

---

① 鬼子每次"大扫荡"之后,便将部队分散在这块地区反复来回"清剿"一阵子,群众称之为拉大网。

头,莫非大队里出了叛徒?……这时他听到陈宝义答道:"队长,咱这是明朗区①,别说是八路,就连根八路的汗毛他也藏不住!"

"老子他妈要搜!"

"好,好,等一会我领队长去,你先歇歇。"

马英在门后听着气得咬牙,心想,杨大王八这小子真是坏透了!可惜枪里没有子弹,要有非打死他不行!这时陈宝义走进屋来顺手拉了一张席子,端上大烟灯大烟枪,拿了一包烟土(这是伪村公所专门支应敌人用的),想不到杨百顺也跟着进到屋里来了,马英在门后屏住呼吸握紧拳头,陈宝义忙说:"队长,院里歇,院里凉快。"

杨百顺没有走,他向四周扫了一眼,陈宝义吓得一哆嗦,把烟枪掉了。刚好杨百顺猛转过身来,陈宝义说:"队长,这是做啥?差点叫我把烟灯打了。"

"少废话,快跟我去搜!"杨百顺说着用手猛一推,把陈宝义跌跌撞撞推到院里,他跟着也走出来。马英这时才松了一口气,想着,等他们一出去就好了。谁知他们刚走到大门口,听着又进来一个人,马英抠破窗纸一瞧,认得是王秃子进来了,只见杨百顺对他说:"走,搜八路去!"

"队长,你去吧,我跑了一夜,实在跑不动了。"王秃子把双手一摊,"你看,我吃得这么胖,怎么比得了你们?"原来这家伙是个烟鬼,一看见那烟灯烟土早走不动了。杨百顺只好瞪了他一眼,跟着陈宝义走了。

王秃子把席子铺在地下,点起大烟灯,坦然地躺下来,大腿架在二腿上,便咝咝地抽起大烟。马英在屋里看着气急了,真恨不得一棍子把他揍死!就在这时听到隔墙陈宝义喊道:"王大成,你家藏八路了没有?"

---

① 敌人自称其统治区为明朗区。

"村长,别开玩笑,咱是安分守己的良民,怎么能藏八路。"这是王大成的声音。紧接着就听见翻箱倒柜,闹了一阵子才走了,紧接着另一家又响起来。

马英心里暗暗高兴,他想,等王秃子一走,他就翻墙到王大成家里,可是一看王秃子,还在那里津津有味地抽着,实在急人。过了好一会,王秃子终于把大烟枪放下了,马英想这大概是抽完了,果然王秃子站起来,双手往空中一举,打了个哈欠。马英眼巴巴地瞅着他,这家伙大概要走了,他的腿抬起来了,啊!他朝屋里走来了。马英急忙又躲在门后。原来王秃子没有过足瘾,还想找点烟土抽,进得屋来便乱翻乱摸,他无意识地把门一拉,猛然看见马英站在后边,顿时吓得张口结舌,说不出话来。马英趁机一把将他的领子揪住,一手拿空枪对着他的秃脑袋说:"不要动,动一动我就打死你!"

王秃子本是个窝囊废,且听王瑞生说过马英如何神通广大,早已吓得变成一摊泥巴,拼命往下出溜,弄得马英提着都很费劲了。半响才听王秃子结结巴巴道:"马队长,咱……咱,咱们在肖家镇常打交道,都……都是老交情啦。看在这点份上饶我一命,以后或、或许还有用着小人的时……"

"不准你告诉杨大王八我在这里,也不准加害村长。"马英接着恐吓他道,"若不按我的话办,我叫你半夜死,你活不到五更!"

"是,是,是……"

马英把手一甩,王秃子一屁股坐在地上。马英走出来,见院墙不高,使劲一蹿,便翻了过去。王大成的媳妇忽然听院里噗通一响,吓了一跳,一见是马英,拉着他就往屋里走:"老天爷,你从哪里来的啊?"

"村长的家。"马英刚说罢,王大成也回来了,他忙问,"陈宝义啥时当的伪村长,靠得住吗?"

"你认识他?"王大成接着说,"这人不赖,先说叫他当伪村长,他说啥也不干；后来劝说他，表面给鬼子当村长，暗地为大家办事啊，这才答应了，干这差事不容易，没哪天不挨打的。"

马英听了这才放心，遂对王大成说："我把手枪存在这，马上就走。"他考虑这里离吉祥镇太近，王大成家里又无隐蔽之处；这里离大东庄不远了，不如到常云秀那里去，她家有个地缸，听说这些时那里群众工作开展得也不错。

王大成怕杨百顺一时走不了，也觉得不安全，说："这会儿街上尽是汉奸，稍等一等吧，反正我家也被搜过了。"

马英也感到太累，说了一声"好吧"，就藏在院里草垛底下睡了。王大成又给他身上蒙了一些碎草。他媳妇装做纳鞋底，搬了个小板凳坐在草垛边护着，有事的时候好通话。

中午，王大成把马英叫起来，说："汉奸们都睡了。"原来那些汉奸昨天一夜没睡，也累得不行，跟着杨百顺到各家胡乱转了一圈，便倒在街上的阴凉地方，横七竖八地睡着了。杨百顺见搜不出八路，趁机向村公所勒索了几个钱，也就拉倒。

王大成领着马英绕过几条胡同，一直送他出村，上了往西南的大路，才回去。马英在路上一边走一边盘算着碰到敌人的对策。走了约五里地，忽见远远迎面来了一路鬼子，打着太阳旗，他赶紧又向朝西的一条小道走去，见西边有一片树林子，想着赶快钻过树林子鬼子就看不见了，看看离树林子只差几步了，一下子蹿了进去，只见脸前忽然亮光一闪，两把刺刀对住他的胸口，原来一队鬼子正在这里吃饭，机关枪就架在马英的脚边。他想这下子可糟透了！那两个鬼子先在马英身上摸了摸，见没有什么东西，便将他推到一个日本军官面前，那日本军官端着饭盒站起来，看了看马英："什么的干活？"

"买卖的干活。"

"什么的买卖？"

"纸烟的买卖。"

"货的没有？"

"我到大东庄要账去。"

鬼子军官没有再问，蹲下去吃饭。马英装着老百姓叉开腿站着。

"你的哪一团？"鬼子军官突然问道。如果真是八路军，不注意便会被这突然一问，脱口说出自己的番号。马英吃了一惊，因他不是正规军团里的，自然不会说出来，随即改做糊涂地说："俺村里有反共自卫团。"

"今天多少号？快快地说！"鬼子军官吼叫着。

马英又吃一惊，因为八路军常用阳历，有时也会脱口说出来。马英原来已经推算好了，忙说："今天是四月二十六。"

鬼子军官又不做声了，只顾吃他的饭。马英心里暗想："这家伙真鬼，可不能让他问出娄子来！"鬼子军官吃完饭了，把饭盒子一扔，冲着马英又问道："八路的有没有？"

这下子可难了，说有，必得跟着鬼子去找；说没有，就会说你通八路。马英略想了一下说："有。"

"哪里有？"

"前五天大王庄逢集，我在那卖烟，看见有两个穿紫花衣裳的，像是八路。"

"往哪里去了？"

"咳！"马英故作吃惊的样子，"我就怕打仗，一见他们就赶紧收起摊子回家啦。"

鬼子军官认真地在本子上记了几行字，然后嚓——地一下把那页纸撕下来，交给一个鬼子兵，便把马英押走了。走出树林，朝原来迎面的那些鬼子的方向去了，那路鬼子正在路旁休息，马英见后边有一大溜汽车，知道是远处来的野鬼子，不会有城里的汉奸，便放大胆子。鬼子把马英押到一个军官面前，看样子这个军官比那个军官还要大一点，他看了纸条，又望了望马英，照着原话问了一遍,马英答的一字不差。只见他摆了摆手,旁边一个鬼子道:"开路开路的!"

马英听了故意装做满不在乎地往前走。沿路的鬼子疲倦不堪,一个个满身是土,倒在路旁。看看快走出鬼子的队伍了,最后一辆汽车上有个鬼子看来只有十六七岁,向马英招了招手,马英只好上去。那家伙在马英身上摸了一阵,摸出一块钱伪币,这家伙拿着一动也不动地瞅着,像是没有见过似的。马英说:"金票你的新交,达八够的米西。"①

那鬼子这才把它塞在衣兜里,向马英摆了摆手。马英跳下汽车,刚走了几步又碰上几个鬼子,一个鬼子拦住马英:"什么的干活?"

"你的大大的太君,叫我那边的看看!"马英大声说着,心里真有些不耐烦了。那鬼子看马英这神气,又见是刚从鬼子队里出来的,量也不是八路,吼道:"开路,开路的!"

马英大步地朝前走去,心里不觉暗暗想笑。

到了大东庄,天已经傍黑了。马英叫开云秀的门,常大爷一见他,吃了一惊,接着温和地说:"这几天鬼子天天来,快到屋里去。"随后又向后院喊道:"云秀,你看谁来啦?"

云秀从屋后的小窗户探出头来,那双大眼睛一闪,接着便露出喜悦的光芒:"马英同志!到后院来吧。"

马英从小窗户跳进去,见云秀正在地缸下面挖洞,累得满头大汗,只听她爽朗地说道:"藏在这里,把地缸一盖,保险鬼子发觉不了。"

马英忽然想到:这正是一个好办法,在当前敌人大规模"扫荡"的时候,必须运用分散的更隐蔽的战术。他满感兴趣地问道:"你怎么想起这个办法?"

---

① 日语:金票即钱,新交即给的意思;达八够即纸烟,米西即吃。

云秀也学着他们的口气说:"敌人教的。哎呀,我还忘了告诉你,昨天赵排长隐蔽在这里。"

马英一喜:"他上哪去了?"

"昨夜走的,说是去找部队。"

马英心里忽然充满了希望:经过这次残酷的战斗,不少战友倒下了;可是还有不少战士在独立地坚持和敌人斗争。他现在的主要任务是,应当迅速地把失散的同志们组织起来。他对云秀说:"把你家作为一个联络点,咱们分头去联络同志们。"

"行啊。"云秀愉快地答道。

马英感激地望了云秀一眼,他现在唯一的助手,就是这个姑娘了。

二十三 阴　　谋

杨百顺在当天傍晚带着队伍回到肖家镇,刚刚走进镇东口,就远远看见红牡丹骑着一匹大洋马从镇南的大街上走来。

原来红牡丹这几天在城里守不住寡了,也来肖家镇凑热闹,顺势抖抖她的威风。她骑在一匹枣红大洋马上,把那"红牡丹花"旗袍卷在腰间,一双又白又粗的大腿搭在马肚子两边,马后边还跟着两个护兵。街上的老百姓看这阵势,都只好溜着墙根走,低着头,生怕惹下这个妖精。就在这时一个老头从西胡同里赶出一辆马车,正和红牡丹的马撞在一起,那枣红大马脖子一扬,四条腿便踢了起来,红牡丹本来不会骑马,却偏偏充数,一下子弄了个倒栽葱,摔到地上,"红牡丹花"旗袍也从屁股后一直撕到背上,她顾不得羞丑,露着那肥大的屁股,一步扭上去,照那赶车的老头就是几耳光,大概是把她的手震痛了,随后又喊道:"打,打,给我打这个老兔崽子!"

那两个护兵一听,上来没头没脸地打起那个赶车的老头,老百姓看见都敢怒而不敢言。杨百顺听说中村"扫荡"没回来,早想上红牡丹的心事,便赶过来假做人情似的说:"算了,算了,跟他一样做什么?"

红牡丹正下不了台,见杨百顺来劝她,便趁机说:"问问这个老兔崽子是哪村的。把他的名字记下来,以后再跟他算账!"说罢,便跟着杨百顺一扭一扭地走了。

杨百顺把红牡丹领到苏金荣的后院一个偏屋里说:"今天中村太君扫荡可是没回来?"

"没回来又怎么样?"

"这还不是小秃头上的虱子,明摆着的事:该咱两口子热乎热乎。"杨百顺说着就伸手去抱红牡丹,红牡丹一手将他推开,抬高身价地说:"谁跟你是两口子,也不尿泡尿照照你自己的长相!"

杨百顺见这情形,只好低声下气地说:"小姐,赏我个光吧。"

红牡丹没有做声,眼珠子朝他一转,嘴一撇,杨百顺便一下子扑上去,双手将她抱起。

"太君回来了。"一个护兵在院里喊道。

"他妈的!"杨百顺一下子泄了气,双手一松,噗通一声,把红牡丹摔在地下,只听她尖着嗓子嚷道:"你跟老娘生什么气,怨你不走运!"

杨百顺顾不着理她,赶紧出来迎接中村。中村一见他便撅起仁丹胡子问道:"你的扫荡的怎么样?"

"大大的胜仗。"杨百顺将打何村铺的事情瞎吹了一通,随后又如此这般,向中村献了一计,只见那中村喜笑颜开,拍着杨百顺的肩膀说:"好的,好的。"

说罢,便朝屋里走了,紧接着屋里传出中村和红牡丹嬉笑的声音。杨大王八狠狠地吐了一口唾沫,便离开后院。

杨百顺走进前院东厢房,苏建才正在一杯杯地喝酒,见他进来,不喝了,把脸扭过去。杨百顺上前一步,笑着说道:"怎么不喝了,来,我来敬你一杯。"

苏建才也不动,也不说话,只是用双手蒙着头。杨百顺端起酒杯自己喝了,一连又饮了几杯,然后把袖子往上一抹,一只腿蹬在椅子上,晃着脑袋说道:"建才,有一桩了不起的事,要请你办一办啊!"

像是一根钉子猛钉在苏建才的脑子上,他再也忍不住了,站起来朝杨百顺抖着两手说:"我,我什么都告诉你们了!你们还要什么?干脆要我的命吧!……"

"唉!……看你把话说到哪里了?"杨百顺笑了笑说,"这可是个好事,别人恐怕想还想不上哩!我们这就把你放回去。可是你还要假装着共产党逃回去,先找到马英,把他们消息报来,然后再把他的地下组织、活动情况一齐弄来,那共产党八路军就不愁在我县一网打尽了……"

"什么?你叫我当汉奸,我不干!"

"哈哈,笑话。你不干,你已经干了你还说你不干?告诉你,你出卖了苏建梅,出卖了县大队,我们已经按照你指定的路线,在何村铺把县大队消灭了!"

当头一棒,苏建才瘫痪在椅子上,杨百顺向前逼上一步说:"你不要白费心思,这辈子你也别想再当八路了,只要皇军把你这功劳一宣布,八路还会饶了你吗?"

"我求求你,"苏建才瞪着他两只失神的眼睛央求道,"你们不要再逼我了,我什么也不干,我当个老百姓。"

"当老百姓,你想得倒怪清闲,你知道你是干什么的,你是八路军大队干部,皇军会轻易放过你吗?告诉你,苏建梅已经被枪毙了!"

"她,她……你们……"

"不要管她了,你自己的命也在阎王爷的门口!眼前只有两条路:一条是到皇军这边来,好吃好喝有官当;一条就是到阎王老子那里去!"

苏建才忽然站起来,握住酒瓶咕嘟咕嘟喝了个精光,空瓶子从他手中滑下来,掉在地上,摔碎了。他一头栽到桌子上,手把酒杯也撞在地下,弄得丁零当啷乱响。

"建才,我再劝你一遍,不要太死心眼了,有福不享,何苦跟着穷八路受罪呢!到这边来,别说有酒喝,什么都有。你看,你二十五了,还没有讨个老婆……"他说着说着见苏建才昏沉沉地趴在桌子上,一动也不动,便停住话走了出来。

稍停,苏建才清醒了一些,听到院里嗒啦嗒啦有木板鞋的响声,像是朝这屋来了。他不禁抬起头来。一个漂亮的日本娘们站在地下,苗条的身材,清秀的面孔,穿一身日本式的花绸旗袍,原来这就是日本的随军妓女稻川芳子。她微微笑了笑,便走到苏建才身边坐下,问道:"你的,苏少爷?"

苏建才茫然地不知所措,向旁边的凳子挪了一步,稻川芳子也赶上一步,又紧挨他坐下。接着用手搭在他的肩上,便用那夹生的中国话,温和地安慰起他来。

这些天来,苏建才所听到的除了那些高声的怒骂,就是恐吓和威胁,所看到的除了那些绳子、鞭子、烧红的烙铁,就是那敌意的眼光;而这时,他忽然听到了一个女人温和的声音,看到一个漂亮多情的女人的面孔。一霎时,他感到这日本女人成了唯一能够安慰和体贴他的人,他在这女人面前屈服了。他被这女人俘虏了,他忽然一头栽到这个日本女人的怀里,呜呜地哭了起来……

第二天醒来,苏建才忽然感到两脚越陷越深,更觉得可怕,那稻川芳子却只管劝他放心,不要想这些事。今天的饭菜更加丰盛,八个菜一个汤,好几瓶啤酒,苏建才想着活一天算一天,不管三七二十一吃了个饱。这一天总算提心吊胆地过去了,杨百顺没有来,苏金荣也没有来,只有稻川芳子一个人跟着他鬼混。第二天仍然谁也没有来。第三天晚上,杨百顺和苏金荣一起来了。杨百顺一进门就说:"这几天的日子过得不错吧?"

苏建才的脸红了。立刻又恐惧起来。

"不识好歹的东西!"苏金荣接着道,"当初要听我的话,也不会当八路,也不会受那些罪。跟着我该享多少清福,你也不是没享过福的人。"

"建才,我们这就是来给你送行的。"杨百顺又接下去说,"先把公事办完,以后享福的时候还长着呢!"

"叫我办什么事?"他忽然留恋起这两天的生活来,不由看了稻川芳子一眼。

"什么事?我前两天不是给你谈过?放你回去的事。"

"我……我……"苏建才望着苏金荣。

"建才,这可是一条阳关大道啊!"

"他,他们知道了会打死我的!"

"他们怎么会知道?神不知鬼不觉。"苏金荣得意地笑了笑,"建才,这就看你的了。要想没事,就得早早把这帮人除掉!"

"那这样回去,他们会怀疑我的!"

"这自有办法,你只管放心好了。"苏金荣向杨百顺使了个眼色,杨百顺便会意地先走出去。

杨百顺来到客厅,命把李小黑带来。小李曾经放走过马英的母亲,又是大队侦察员,他们自然想从这个年轻人口中得到些东西,可是杨百顺一连审讯了三次什么也没有得到。这次他把小李一带进来就问:"怎么样,想好了没有?"

"想好了,要杀要剐痛快一点!"

"你倒想得好,没那么便宜的事,明天开大会下你的油锅!带走。"杨百顺喊了一声,两个汉奸把他带到后院,单独押在一个小屋里,门口又加了一个岗。

小李想:可能真的明天要下他的油锅了,要不怎么单独把他押到后院,又加岗呢？再说今天审讯也没有动刑。他正在想着,忽然听到前院客厅里有人惨叫,不由心跳起来,这像是苏干事的声音啊？莫不是他也被捕了！……小李他们六个人那天在清洋江东岸被鬼子捉住以后,当夜就在江边一刺刀一个,把那五个同志都挑了,鬼子的刺刀刚扎向小李的后心时,杨百顺来了,他认识这是放走马英母亲的李小黑,便跟鬼子讲了讲,把他带到肖家镇。小李自被捕以后,看到自己的同志都被鬼子杀害了,这时听到苏建才的声音时,格外感到亲切,不觉流出泪来。

一会儿,门开了,一个人踉踉跄跄被推进来,跌在小李的身上,他用手一摸,摸了一手黏糊糊的血,不由心疼地叫道:"苏干事!"

"小声点。"苏建才故意惊疑地问道,"你怎么也被俘了？"

"过清洋江时叫鬼子捉的。"

"队长、政委呢？"

"他们冲出去了。"小李接着问道,"鬼子明天是不是要收拾咱啊？"

"可能是的。"

"那怎么办呢？就等死吗？"

"别慌,有办法,"苏建才把嘴凑到小李的耳边说,"跑！这是我家的房子,我知道,这小屋靠后街,是土坯做的,能挖通。"

"苏干事!"小李激动地望着苏建才。苏建才在黑暗中好像看到小李那锋利的目光,不禁心亏地跳起来。忽然小李在地下摸起一把破剪刀,便高兴地在后墙上挖起来……

一忽儿,杨百顺来了,开开门用手电灯往四周照了照,苏建才忙和小李坐在一起把那挖的地方挡住。杨百顺看了看走了,苏建才接过那把剪刀继续挖,终于把洞掏通了。苏建才先爬出去,小李紧跟着也爬出去,苏建才领着小李绕过几个胡同,便出了肖家镇。叭！叭！接着后边便打起枪来,二人拼命地朝地里跑,跑了好一阵,枪声渐渐听得远了,小李才喘了一口气。

第二天,是鬼子这次"扫荡"的一周,各个据点来的野鬼子都先后撤回去了。这天下午,中村也下令回城,于是一支长长的队伍便摆在城北的公路上,中村骑着大洋马,耀武扬威地走在最前面。可是跟在后面的队伍却不像个样子,这七天东奔西跑谁也没有睡好觉,早已累得人困马乏。尤其是汉奸队走了个七零八落。汉奸们个个都有抢来的大小包裹,有扛着的,有背着的,也有用手挽着的,还有套在脖子上的;有的把抢来的红绸子被面扎在腰里,有的把抢来的花被子披在身上或顶在头上,个个都累得东倒西歪,还有的拄着棍子,用三条腿往前慢慢挪动着。这花花绿绿的奇形怪状活像庙里的五百罗汉。

中村回头一看这一长溜乱糟糟的队伍就火了,这哪像个打胜仗的样子,太有失"皇军"的体面,于是下命令:"队伍停止前进,整顿军容。"

汉奸们正想歇歇腿再走,于是一窝一群地都蹲到公路两边。中村从排头走到排尾仔细检阅了一番,然后站在队伍中间高声喊叫起来,唾沫星子乱飞,大金牙翻译官一句一句地翻译着:"我们胜仗大大的,你们走的乱七八糟的不行,这还像个队伍吗?简直是一群叫花子,真给皇军丢人!把你们的东西统统放到队伍后边的马车上去,进了城各人还是拿各人的,皇军统统的不要;把枪扛到肩上,把胸膛挺起来,步子迈大一些,整齐一点,不要失了皇军的体面,我们大大的胜仗……"

汉奸们立刻忙起来了,有的怕和别人抢的东西混在一起吃了亏,在包裹上写上自己的名字;抢得少的汉奸们自然想借这个机会来浑水摸鱼,故意把抢来的东西零乱地扔到马车上;还有聪明一点的汉奸,只把抢的笨重东西放到车上,好衣服好被面都缠到自己的腰里,外边再穿上军衣。经过整理之后,队伍确实整齐多了。可是中村还有些不放心,他走到后边看了看,发觉车上满载着死人、伤兵和抢来的东西,更不体面了,他撅起两撮仁丹胡,头摇得像拨浪鼓一样:"不行不行的!"

马上有两个汉奸跑过来从车上往下拉死尸,中村的小近视眼一瞪:"八格牙路!"跟着噼噼就是几脚。先挨了打的一个汉奸低着头连声说"是"。没挨打的一个汉奸赶快缩到后边去了。中村近视眼一转,很快地有了主意,他吩咐用抢来的白被单子严严实实地把马车蒙上,并在白被单子上写上三个大红字"战利品",他这才满意了,呵呵大笑起来,叫队伍继续行进。

北门外已集结了不少人,大小汉奸们都按照文东武西的次序排列在两旁,顺着大街是一溜站岗的,手里都端着上刺刀的步枪,刺刀后面站着一群被拉来凑数的老弱居民,北城门楼上挂着一条横幅,上写着"欢迎皇军凯旋归来"八个大字。

队伍来到了,在人群中间穿过;先回城的汉奸县长苏金荣站在前头,向着中村深深鞠了一躬,中村在马上点了点头。苏金荣很快地就转到他的马屁股后边跟着走进城;路左边的汉奸警备队长拉开嗓子喊了一声:"卡西拉——米!"① 汉奸们顿时像触了电似的,一齐把脑袋扭过去,用眼瞪着洋马上的中村;路右边的文职汉奸官员,个个半弯着腰,像死了人去吊孝的样子,恭顺地低着头看着中村的马蹄子扬起的灰尘。

中村立刻上了城门楼,在那里像疯狗似的叫了起来:"县里的八路统统消灭了,这是皇军给中国人办的大大的好事情,以后要加强中日提携,好好为皇军效力,共享这皇道乐土上的幸福……"

二十四　群众的心没有变

那天黑夜,王二虎从汉奸尸首堆里爬出来,一气朝正西瞎跑了

---

① 日语:向右看的口令。

好几里地。枪声渐渐朝正南小陈家店的方向转移了,他忽然感觉到后头有人追他,回头一看,见只一个人,便站下来等着。只听那人喊道:"大队长!"

"是我。"王二虎听出是小董的声音。

小董赶上来说:"二虎哥,你怎么瞎跑呢?这都快跑到敌占区啦!"

"跑到哪算哪,敌占区就不是人住的?"

小董知道他表哥的脾气,噘起嘴不再说话。其实往这里跑倒是跑对了,因为这一带离敌占区近,敌人反倒不注意,把大部分兵力都调到根据地去了。再说杨百顺是按照他们队伍原来活动的路线追击的,所以敌人在小陈家店碰上马英,却把他们放过了。

过了一会,大年和小顺也追来了,原来他们见有人往这边跑,也就糊里糊涂跟来了。又等了一会,仍不见马英。二虎说:"这里离我姨家小黄庄只有二三里地,先到我姨家住几天再说。"

大家也没有更好的主意,就都同意了。走到小黄庄,已经是后半夜,不好叫门。二虎把大家领到靠后院的墙脚下,他双手叉腰,背靠着墙来了个骑马式说:"上吧!"

小董一只脚踏住他的膝盖,一只脚再踏住他的肩膀,二虎往起一站,小董往上一蹿,便上了院墙,大年和小顺照样一个跟一个爬上去,然后他们把王二虎也拽到上边,接着又一个跟一个跳到院里。

二虎娘正睡得熟,听到院里有响动,慌忙披了衣裳起来,刚走到门口,就见二虎迎过来叫了一声:"娘。"她愣了一下,接着就扑到二虎身上,埋怨地说:"你这么大了,一点心眼也不长,光知道在外边瞎跑!你可知道你娘这两年的日子咋过的?我天天梦见鬼子去捉你啊!……"她接着擦了擦眼角上的泪花,伸着手说:"把枪给我,别干了,以后就老老实实待在你姨家里。"

二虎没有理她那一套,却低声对他娘说:"院里还有好几个同志哩!"

"啊!——"二虎娘往院里一看,见还有三个背枪的,不禁叫了一声,"孩子,你怎么把队伍带到你姨家来了?你在咱家闹腾的叫鬼子把咱家的房子烧了,还想叫把你姨家的房子烧了吗?"

"娘,你就记着那两间破房子,等打走了日本鬼子我给你盖新的。"

"你们啥时候能把鬼子打走,就凭你们这几个人?还不是叫人家撵得瞎跑。"

"大姑,"小董听她瞧不起他们部队,可不服气,插进来说道,"你别光看眼前这一点,毛主席说过,要持久战呢!"这是他从杜平那里学来的。二虎娘这时才发现有一个背枪的是小董,一把拉过来说:"你这孩子,还没枪高呢!怎么也跟着出来鬼混?"

"抗日,怎么能算是鬼混?"

正说着,二虎的姨父姨娘都从前院赶来了。老头子一见院里站着好几个当兵的,吓愣了。半晌才说:"这是怎么回事啊?"

"姨父,"二虎叫了一声,走上前说道,"我们打算在这里住几天……"

"使不得,使不得!"没等二虎说完,老头子就抢着说,"这离西河店炮楼只二里地,那于老寿一天出来好几趟,怎么能住得队伍?"

"住几天怕啥,别人又不知道。"二虎接着说,"天快明啦,不管怎么也得住下来再说。"

"二虎,你可别怪你姨父,这可不是旁的,你看你娘住在这多少天我也没说一句话,这……"

二虎刚才说了那一套,就忍着好大的性子,这会儿再也忍不住了,就强硬地说:"姨父,我是在这里住定了。你就别再说旁的,吵起来,让炮楼上知道了,在家里打起仗来可不是耍的!"

老头子本是胆小怕事,听这一说更害怕了,一时不知该说什么。二虎娘见这情形,忙上去对二虎说:"你是怎么跟你姨父说话的啊!二七大八啦,一点事也不懂。"

"我姨父不听我说咋办?他也不想想俺栓弟是咋死的!"二虎一提起他表弟栓子的死,大家都沉默了。这时人们才注意到对门屋门口站着一个年轻媳妇正在低声哭泣,那就是栓子的媳妇桂枝。原来栓子是两个月前在西河店修炮楼的时候,被于老寿打死的。二虎的姨娘这时也哭起来,接着说:"就叫二虎子他们住下吧,眼下到处鬼子扫荡,让他们上哪去?"

"好,好,住下,住下。叫鬼子来了一遭把房子烧了也清静,这年头活着不如死了好。"老头子说罢,便颤抖着往前院走了。黄大娘望了望他们,也有些发愁:住在哪里呢?这后院两个屋子,一个是她媳妇桂枝住着,一个是二虎娘住着,那屋子又小。这时只见桂枝说道:"娘,我跟俺姨住在一起,叫表哥他们住在我那屋吧。"

黄大娘一想,觉得媳妇自愿腾房子,也就答应了。二虎说:"不用了,住在那里跑也跑不及,不胜住在那个放家具的小黑屋里,敌人来了也不容易发觉。"

原来靠桂枝住的房后,有一间小黑屋,里边尽是放些成年用不着的破家具,还有二虎娘从他家拾来的盆盆罐罐也放在里边。桂枝想:那里脏得要命,如何能住人?就说:"你们就住在我这屋吧,白天我到村头给你们放哨,要是炮楼上来人,你们再往小黑屋里藏不行吗?"

大家都觉得这个主意好,便同意了。当下就到屋里去休息。白天,桂枝、二虎娘、黄大娘轮班到村口去放哨。

二虎傻睡了一觉,醒来忽然听到呼哧呼哧地响,不耐烦地问道,"谁在哭?"

哭声停止了,好像是擤鼻涕。

"谁在哭?"王二虎大声问道,他是最看不惯这个的。

"小董。"小顺说,原来他们早都醒了。小董在他胳膊上捏了一把,意思是说他不该说。

"就你的泪多!"二虎没好气地问道,"你说说是什么伤了你的心?"

小董不做声。

"说呀,我问你哩!"

"我是想大队长,他,他会不会……"小董没有说完,但大家早明白了他的意思。其实大年和小顺也早有这想法,只是没有说出来罢了。可是二虎从来没有想过这些,他是不喜欢考虑这些毫无根据的事的,听小董这一说,就不由生气地答道:"大队长还没死,你就哭起来了,真够败兴的。我告诉你,他死不了,他跟敌人打了那么多仗,枪子从没碰过他,这回怎么找到他身上?"

后边这句话倒是安慰了小董,是啊!那么多次战斗他都出来了,这回怎么就出了问题呢?……他这位表哥说话虽有时呛得叫人受不了,但跟他在一起,总能叫人提起精神。他忽然想起"铁壁合围"那天碰到的分区部队,那崭新的"三八式"和转盘机枪真叫人羡慕,一个冲锋就突出了鬼子的防线,打得好痛快!灵机一动说道:"咱们投正规军去吧,反正县大队也找不着了。"

大年说:"对,拿着活人还能叫尿憋死?投正规军去,在哪不是抗日?"

二虎说:"又想溜号了是不是?"

"谁想溜号?想溜号不是娘养的!"大年不服地说。

二虎本要大吵一顿,忽然多了个心眼:如今自己是这里唯一的领导人了,怎么好发脾气呢?就改口说道:"咱们的对头中村、苏金荣、刘中正、杨大王八还没有宰了,全县几十万老乡还指望着我们,就这样走了?我不干,我非在这地方上跟狗日的见个高低不行!"

小顺说:"要我说,走到哪说哪。正规军要咱,咱就去;不要咱,在这里跟敌人干也行,反正不能装熊!……"

大家正议论纷纷,突然桂枝闯进来说:"于老寿带着队伍进村了!"

大家一骨碌爬起来,抄起枪,就往小黑屋里钻,因那屋太黑,只碰得那些盆盆罐罐乱响,一忽儿街上便响起脚步声。二虎坐在这黑屋里想:藏在这怎么能行?敌人不发觉没话说,要是发觉了就没处跑!于是站起来说:"出去,上房。"

"你怕敌人找不着你吗?"小董拽住二虎说。大年也道:"这里离敌人据点这么近,他们不会猜到这里藏着八路。"

二虎见大家都劝他,只好坐下,可总觉得藏在这里不保险。小董忽然说:"二虎哥,咱们在这屋里再垒道墙好吧?"

"垒啥墙?"二虎莫名其妙地反问。

"夹皮墙。"小董接着解释道,"我在肖家镇杂货店里当伙计的时候,掌柜的家里就有一道夹皮墙,里边尽放些贵重东西。咱们也垒一个,藏人不很好吗?"

大家都觉得这是个好办法。等下午敌人走了,便动起手来。王二虎在家时当过泥瓦匠,干起来很在行,不到晚上,他便领着大家把墙垒起来了。夹皮墙里有二尺多宽的地方,可以站人,墙角下留了个出口,外边摆了一张破床,床上又放了叉耙扫帚一些破烂不堪的用具,从外边看就像是一间完整的房子。弄好了,大家也演习了一番,都觉得很保险。

王二虎他们一连在这里住了好几天,都平安地过去了。又听说鬼子"扫荡"完了进了城,这天晚上便分头出去打听马英的下落,可是到后半夜回来的时候,谁也没打听出个结果,大家都闷闷不乐。以前总坐在屋子里,心里还有些希望,想着等鬼子"扫荡"一结束就有办法了,现在"扫荡"结束了,却找不到马英,心里都觉得无底,反恐慌起来。

二虎想:老这样藏着总不算回事,要想法打仗,打死一个敌人就赚他一个,多得一条枪就可以增加一分力量!他对大家说:"同志们,咱们是抗日的,不是逃难的,要找着敌人打仗。明天小董到各村去侦察一下,要碰上三五个人,咱们就去把他收拾了!"

大家也觉得这样老藏着没有意思,打打仗倒也痛快,就高兴地答应了。

第二天天刚亮,小董便出去侦察,刚一出村,远远看见一队人马朝这边来了。他想:莫不是鬼子又搞什么"铁壁合围"?赶紧跑回来向王二虎报告道:"鬼子大队人马从东南朝村里来啦!"

王二虎虽说是个大老粗,可是粗中也有点细,他想:县城在这村的西南上,鬼子已经回城了,怎么会从东南上来呢?就问:"你慌里慌张,看清了没有啊?"

"看清了,肩膀上都扛着枪的嘛!"

"好吧!"二虎说,"我和小董出去看看,只是他娘的不是'铁壁合围'就行。"

他和小董提上枪,插上手榴弹,刚走到大门口,二虎娘看见他们像出去打仗的样子,忙拦住道:"你又上哪去啊?大白天尽是人家的人,你找死哩!"

"鬼子快进村了,俺们出去看看就回来。"

"你们快藏起来,哪也不要去。"二虎娘上去拽住二虎和小董的胳膊,二虎把胳膊一甩说:"娘,你总叫我憋在家咋行,什么情况也不知道,出去看看怕啥!"

二虎娘知道儿子的脾气,拦也白搭!就说:"我咋生下你这个要命的儿子,快走,快走,要打你上远远打去,不要叫你娘知道,担惊受怕的这是怎么啦。"

二虎一听,忙拉着小董出了大门。

这时天还早,街上冷清清的,天空中纷洒着濛濛细雨,虽是夏天,却有一点寒意。二人好几个白天没有在街上走过了,如今忽然清楚地看到这清静的街道,呼吸到这新鲜的空气,心里感到十分爽快。他们溜着墙根,一直走到村外。那支队伍已经离村不远了,不是单行,也不是双行,却是一窝一团地走着,不像是队伍;肩上也确是扛着东西,不过也不大像枪。那支队伍越来越近了,这时才看清楚,原来是些老百姓扛着铁锨镢头。二虎不由在小董的肩膀上捣了一家伙:"就你能瞎咋唬!"

小董自己也觉得好笑,忽然说道:"你看,他们往西河店炮楼那边去了。"

王二虎也觉得奇怪,对小董说:"咱们过去看看。"

那群老百姓忽然见前边来了两个背枪的,也都惊得自动站住了。王二虎上前一步,叉住腰问道:"老乡们,你们去做啥啊?"

"王排长,俺是去修工事哩。"其中王大成认识王二虎,上前答道。

大家一听说是县大队的同志,都松快起来。王二虎接着问:"修啥工事?"

"到西河店跟于老寿修工事嘛!"

这句话像是投进王二虎脑子里一颗手榴弹,立刻爆炸了,他冲着王大成嚷道:"好啊!人家抓你们还抓不到哩,你们自己倒送上门了!"

"这也是没法子,"王大成解释说,"老百姓有啥能耐,惹得起人家?"

"谁愿意给汉奸们做事,修工事又不是享福?"

"哪天不挨打能过得去?"

"都是被逼着干的嘛!"

人群中七嘴八舌地诉起苦来。王二虎也是最见不得这个的,他想:既然敌人压迫你们,就该跟敌人干嘛!他大声说道:"老乡们,回去吧,中国人不能给鬼子汉奸修工事。"

大家一听傻了眼,都不做声了,可是也不走,这时王大成站出来说:"那可不得了,于老寿这家伙坏透了,杀人不眨眼!"

王二虎一听,不耐烦地说道:"弄了半天还是怕死啊,怕死就不要抗日了!"

"话可不能这样说,谁家没有老婆孩子,谁家没有房子地啊,总不能都不过了吧?"一个年轻小伙子不服地说道。王二虎一听火气更大:"为了自己的孩子老婆,就跟鬼子去当汉奸吗?"

"谁去当汉奸来?"

"你抗日怎么抗到老百姓头上来了?"

这下子把群众惹翻了,都朝王二虎拥来,王二虎把手枪一抡,喝道:"谁愿意跟敌人修工事,谁就是去当汉奸!"

大家见势头不对,也顾不着这些,一拥而过。

叭!叭!王二虎朝天打了两枪,骂道:"谁敢当亡国奴?都给我滚回去,我的枪子可是不认人!"

王大成知道王二虎什么事都会干出来的,就劝大家先回去,以后再商量,大家也怕闹出事来,只好回去了。

王大成回到家里,正碰上云秀在家里坐着。他媳妇说:"云秀来打听县大队的同志们哩,你整天出去,见着了没有?"

云秀接着说:"大成哥,你可操上份心,这是咱们上边交代的任务啊!"

"见着了。"王大成心里还怄着一股气,"王排长带着小董,还差点闹出乱子!"

"王排长?大队长正找他呢!"

"大队长?……"王大成兴奋地凑上来,急促地问道,"你见到大队长了?我先问你,他是怎么交代的,可兴让老百姓'资敌'[①]?"

"不支应人家能行?"云秀解释说,"不过可不是真心支应敌人,只是为了少受点害。能拖就拖,或者多要少给。马英同志说:'这只是暂时的缓兵之计,将来环境一好就不支应了。'前天俺村往炮楼上送粮食,马英同志打了两枪,俺们又把粮食拉回来,就说八路截了。"

"这才是办法哪,"王大成拍了一下大腿说,"可是今天王排长

---

① "资敌":指为了避免更大损失,应付敌人,给敌人送粮食、出民夫等事。

硬不叫大家去修工事,逼着大家回来了。说不定今天于老寿又来闹什么乱子!"接着便将事情的原委详详细细讲了一遍。云秀听罢,便赶忙回去了。

天黑,马英也回来了,还带着两个战士,他们都是在"大扫荡"时被打散,新近接上头的。今天马英领他们到十里铺截了两个汉奸,又弄了两支枪,云秀帮他把枪藏起来,就将见到王大成的情况从头至尾讲了一遍。马英听了又高兴又生气,当夜就往小黄庄去了。

快到小黄庄的时候,他忽然觉得身后一闪一闪发亮,转身一看,原来是一个村子起了火,从方向上判断一定是小陈家店,他想,这都是王二虎惹起的,心里不觉更加生起气来。……

王二虎平常不管在什么情况下都是最能睡觉的,今夜忽然睡不着了。他想,莫非是群众心变了吗?要真是那样,可该怎么办呢?就在这时听到了敲门声,他更惶惑起来,是不是群众知道了他们的地址,向敌人报告了?立刻喊道:"快,快,起来!"

小董他们三个迷迷糊糊爬起来,就跑向小黑屋钻进夹皮墙了。二虎一个人站在院里,这时桂枝也顾不着那些礼节,拉住二虎的胳膊就往小黑屋里拽:"快进去啊!"

"不要管我,我看看到底是什么人?"二虎说着把桂枝推开。忽然听到前院说话的是马英的声音,一头就蹿向前去,刚好和马英碰了个满怀。两个人不觉哈哈大笑,二虎接着向小黑屋里喊道:"都爬出来吧!"

小董他们爬出来,一看是马英,都高兴地围上来,问长问短。马英看了看他们的夹皮墙,赞赏地说道:"二虎子能搞个这东西也不简单啊!"

"这是小董想的法。"二虎连忙补充说。小董一听别人提到他,就忸怩地不好意思起来。马英接着说:"这一回你们倒是弄对了,跑到敌人的眼皮底下,看来越住的离敌人近越保险。"

二虎说:"还不是瞎猫碰上个死老鼠。"

"碰上了,学会了,不就不瞎了吗?"马英说到这里提高声音,"我们越碰越坚强,越碰办法越多,总有一天我们要把敌人碰垮的!"

小顺说:"对呀,可是还有同志想到正规军去呢。"

小董和大年的脸红了。小董对着王二虎有些话不得不吞了回去,在马英面前他是有什么就说什么。他斜着望了马英一眼,低着头慢慢地说道:"什么清剿啦,合击啦,扫荡啦,这些咱们都经过了,都有办法对付;就是这个'铁壁合围'没法对付,大圈套小圈,遍地鬼子兵,冲也冲不出,避也避不开,实在伤脑筋。"

二虎说:"打仗这玩艺,是把头提在手里,说不定哪天就扔了,还怕伤脑筋!"

马英拍了拍小董的肩膀说:"没有不能对付的办法,只要敌人能想出来,我们就能想出来,我们并不比敌人少长个脑袋!不,我们要比敌人的脑袋多得多,我们有广大群众为后盾。"他掏出李朝东的来信,说:"看看这个。"

小董接过信,看着看着不由便朗诵起来:

……在任何情况下,对形势的估计,我们都要看到问题的两个方面。不能被困难所吓倒,要看到有利条件的一面,鼓起抗日必胜的信心。我们这一次虽然受到重大的损失,但也取得了重要的经验教训。敌人现在向根据地伸张了许多据点,对我们控制得更严了;但却分散牵制了他们的兵力。敌人暂时取得了胜利,却冲昏其头脑,造成我们反击的有利条件。……根据当前的新形势,我们必须采取更隐蔽的战术,神出鬼没,速战速决,消灭敌人有生力量,壮大自己的队伍。这里有延安《解放日报》的一篇社论《一个极其重要的政策》是对我们当前斗争的指示,你们要认真学习。

小董的声音越读越响亮,越读越有劲,这声音在他们眼前冲开一条光辉的道路!一个个露出了愉快的笑容。

小董把这社论读完,大家可活跃起来了。大家最有兴趣的是那两个故事,一个是孙悟空化作小虫钻进铁扇公主的心脏里,把她战败了。一个是贵州的小老虎吃掉了庞然大物的驴子。大家一致表示,我们也要变成孙悟空和小老虎,去战胜日本妖精,吃掉日本驴。

马英却突然严肃地说道:"要变成小老虎和孙悟空,进行隐蔽战术,有个首要条件,就是要更密切地联系和依靠群众,就像鱼儿需要水一样。所以我们对待群众要像对待自己的父母一样,要关心群众疾苦。可是,"他把脸转向二虎,"今天是你把修工事的群众截回去的吗?"

"是啊?"听二虎的口气好像在说:难道这也错了吗?

"是不是向群众开了枪?"

"是的,可我是冲天打的。"

"怎么,还能冲群众打?"听马英的口气很严重,王二虎却不理解。马英说:"把武器带上,跟我走!"

王二虎一甩手,头前走了。后边的小董他们也不吭声地跟出来,马英把他们带出村,指了指那远处的火光说:"你们看!"

大家这时才忽然明白了,眼巴巴地瞅着那火光发愣。马英走到二虎跟前说:"你呀!……脑袋瓜子里就一个直筒子,连一个弯弯也没有。"

"我娘生的就是我这个脑瓜嘛。"二虎心里觉得也很委屈,自己本来也是好心啊!接着说:"以后我跟着你算了,我一个人谁知道该怎么干?"

"你也是个领导,要独当一面啊!自己干不了就跟群众商量嘛。"

这句话倒提醒了王二虎,他忽然想起,当时遇到这事为什么没有跟小董他们商量呢?那夹皮墙不就是小董发明的吗?……二虎这人是个直筒子脾气,知道自己错了,就能认错,他对马英说:"这都怨我了,你给我处分吧。"

王二虎不承认错误,马英恨不得把他这几句话从他嘴里掏出来;现在一承认,马英又想起他许多优点,反倒不忍心责备他,只说了声:"跟我到小陈家店去。"

到了小陈家店,火早已救灭了,可是老远就嗅到那烟焦味儿。走近一看,大约烧了村头上好几家人家,有几个老大娘正坐在街上哭哩,旁边还有一些人劝说。大家见来了几个背枪的,都愣住了,有的认识王二虎,怕他再找什么事,就往家溜。马英急忙叫住大家说:"乡亲们,这都是我们县大队的错,使群众遭受到不应有的损失。不过我们要把于老寿这笔账记下来,一定给大家报仇!"

有一个正在哭着的老大娘忽然不哭了,站起来拉着马英的衣裳说:"汉奸把我的房子烧了,把我的儿子抓走了,剩下我孤老婆子可怎么办啊!"

王二虎一步蹿上去抓住老大娘的胳膊说:"这都是我闯的祸。老大娘,甭难过,看俺王二虎拿于老寿的脑袋来,给乡亲们报仇!"

老大娘看着二虎那诚心的样子,忽然把手缩回去,又呜呜地哭了。这时王大成出来劝说大家:"房子已经烧了,哭也没有用,人抓走了咱总要想办法弄出来。只要咱们县大队回来了,早把鬼子打走,还有什么不好呢?……"跟着也有些人劝说,烧了房子的人就先安置在别的家住,最后算把大家都劝回去了。

马英接着和王大成商量,决定明天还是去给于老寿修工事,先应付一下,等把人放出来了再说。不过像于老寿这样的死心汉奸,总要敲他一下才行!

二十五　锄　奸

这几天王二虎思想上背了个大包袱，特别是一住到小陈家店，这包袱就更加沉重了。这天他领着大年、小顺转移到小黄庄，饭也不想吃，倒头便躺下了。桂枝见这情形，忙问道："表哥，你病了？"

"心病！"二虎直筒筒地说。桂枝不敢再问，出去了。大年和小顺知道二虎是急于报仇，谁也劝说不了他，也就没有理会。

夜里，大家都睡熟了。王二虎悄悄爬起来插上枪，翻墙出去。他打听到于老寿天天晚上要出去和村上的一个破鞋睡觉，就决定到炮楼底下等他。西河店炮楼他们曾打下来过一次，地势很熟，他在沟前不远的路旁蹲下来，眼巴巴瞅着炮楼上的动静。其实这天很黑，是什么也瞅不见。过了一会，仍然没有动静，二虎想，是不是来晚了啊？就在这时，炮楼的院门一响，手电灯光一闪，接着那吊桥吱吱扭扭便放了下来，隐隐约约看见好像只一个人，二虎料定必是于老寿，屏住呼吸，做好准备。看看那人走到跟前，二虎一步蹿上去，拿枪对住他的胸口："不要吭声，张口我就打死你！"

那家伙万没想到炮楼边会藏着八路，早惊得目瞪口呆。二虎把他的手腕子一拧，那家伙轻轻哎呀了一声，便把脸扭过去。二虎押着他离开西河店。一边走，一边疑惑：都说于老寿是个大块头，怎么这家伙这样瘦小呢？就问道："你是不是于老寿？"

"我是个当兵的，于老寿天没黑就进村了。"

"你黑夜出来干啥？"

"嗯……"

"快说，不说我打死你！"

"我……我想到村上弄个钱花花。"

二虎想：不管你是不是于老寿，反正他娘的不是好东西，就把他押到小黄庄。叫开门，黄老汉一见二虎押进来个汉奸，就说："你……你怎么什么都往家里弄！"

二虎没有答话，直往后院去了。大年、小顺听得前院响，惊醒了，一看不见了王二虎，正在奇怪，二虎押着那家伙走进来。大年问道："从哪捉的？"

"炮楼底下。"

"怎么不叫俺去呢？"小顺埋怨地说。

"人多了目标大。"二虎答道。

小顺看了看那汉奸说："王排长，那次打炮楼，这家伙被捉过呢！"

那家伙一听，噗通一声跪到地下，求告道："八路老爷，饶命，我当兵也是为了一口饭吃。"

这时桂枝也走进来，一看那家伙吃了一惊，忙对二虎说："这就是领鬼子捉你表弟的薛班长！"

那家伙连连磕头说："奶奶爷爷，饶我一命。"

"捆起来！"二虎一喊。大年和小顺就把他拖到椅子上，把胳膊和上身一起捆在椅背上，还怕他跑了，又把他的腿和椅子腿捆在一起。桂枝气得举手就去打他，可是一想起她死去的男人，又伤心地呜呜哭着出去了。

黄老汉和黄大娘听说抓到仇人，都来出气。黄大娘又是拧，又是啐，黄老汉拿着烟袋锅一边在他头上啪啪地敲着，一边唠叨地说："你们这些作孽鬼也有今天！"

要在别人，早把他们拦住了，可是遇到王二虎只嫌打的轻，有时还帮着打两下。只要王二虎一动手，那家伙便龇牙咧嘴，可是一声也不敢叫。

正在这时，马英、小董和陈宝义来了，看这情形不觉想笑，马英问陈宝义："这个姓薛的怎么样？"

"别提啦！"陈宝义愤愤地说，"坏得出奇，西河店炮楼上数了于老寿就是他了。"

马英想，这些死心汉奸如果不除掉，他们不是越发目中无人吗？只有铲除死心汉奸，才能振奋人心啊！他问清楚这个姓薛的详细罪行，便把二虎叫出来说："现在就把这家伙带出去执行了。"

"是！"王二虎高兴地答道。随即把那家伙从椅子上解下来，又重新捆好，带着大年和小顺也一齐去执行任务。小董听说是枪毙人，也要求一块去了。

那家伙看这情形，觉得不对头，问道："八路老爷，你们是不是去枪毙我啊？"

"不是，没有事，你放心走吧。"二虎说。

走到村口，他越发不放心了，又问："八路老爷，你们是不是去枪毙我啊？"

"就是枪毙你，怎么样？"王二虎被他啰嗦烦了。那家伙噗通一声跪下道："八路老爷，只要你能饶我一命，我把我藏的枪都挖给你们。"

"什么枪？"二虎问。

"我藏的三支步枪。"

"藏在什么地方？"

"埋在一块坟地里。"

"准是他妈的胡说，枪埋在坟地里做什么？"小董插进来说道。

"不胡说，要胡说枪毙我。"

二虎想，好吧，到哪里你也别想跑了。弄出枪了算罢，弄不出来再跟你算账。他把绳子这一头往自己胳膊上一拴，说："你领我们去，找不着枪了大卸八块！"

"是，是，是。"

大年和小顺去村里拿了两把锹。他们跟着这家伙走了一截路，二虎问："到了没有？"

"快了,就在前边。"这家伙一连领着他们绕了两个坟堆,每到一堆坟前就仔细查看一番,然后说一声"不是",转个圈子再往前走。这三转两转已经把他们转迷了。小董猛一抬头,看见前面高高的一个黑橛子,说道:"二虎哥,这家伙把咱领到炮楼底下了!"

那家伙一见诡计被识破,拔腿就跑,嘴里一边高喊道:"八路来了!"他却没想到绳子拴在二虎的胳膊上,把二虎猛不防弄了个跟跄,可是他自己却一头栽倒了。这时炮楼上打起枪,二虎也不管三七二十一,拖住那家伙就跑,只听到子弹在头上嗖嗖乱响,直到他们跳下一条路沟,心才安定下来。再一看那家伙已经快拖死了,只顾躺在地下哼哼。大家气得了不得,抡起铁锹把他的脑袋砸了个稀巴烂。

他们往回走了不远,碰到马英来接应,问清了是这么回事,便说:"真是太麻痹了。"

"都是想枪想迷了啊!"小董这句话算是说到了大家心上。

第二天,西河店街上出了一张枪毙"薛班长"的布告,上面把他的罪恶写得一清二楚。并且警告于老寿不许作恶。老百姓看了无不拍手称快,都说:"孽罐子满了。"

这消息传到汉奸耳朵里,都不免有些心惊肉跳,唯有于老寿不相信,他说:"八路早消灭光了,哪里还有八路?班长身上没有枪伤,是被铁锹砍死的,一定是老百姓搞的鬼。"并且把附近三个村的伪村长扣起来,限三天交出打死"薛班长"的老百姓,对那些修工事的人也管得更紧了。马英觉得问题很严重:打死一个死心汉奸,不但没有打下于老寿气焰,反而使他变本加厉;其次,被抓去的那三个伪村长,都多少了解一些县大队活动的情况,万一他们吃不住劲,向于老寿一说,那对今后工作开展也很不利。考虑的结果是必须把于老寿这家伙干掉,可是怎么个干法呢,他一时想不出主意来。

二虎昨夜打死了那家伙,心里解了解气。这一来,他也伤了脑筋,坐也坐不住,躺也躺不稳,忽然站起来对马英说:"打他个小舅子,于老寿也不是铁头罗汉,咱们有七条枪嘛!"

"硬攻?"马英反问了一句。要在从前,他也许会这样做的,第一次打西河店炮楼的时候,他不是曾主张过这样做吗?现在他一听王二虎这样说,不知怎么忽然想起杜平,他想,杜平同志如果活着,他该怎么做呢?不知不觉他便把自己假设为杜平,把这个问题想了一遍,然后对二虎说:"你呀,什么时候才能把问题好好想一想呢?"

王二虎本要冲他说两句自己不会考虑问题的话,可是话到嘴边,又费劲地把它咽回去了,自己怪自己:难道就真的不能把问题想一想吗?他往炕上一倒,就仔细地琢磨起来。停了一会,忽然说道:"还他娘去等,姓薛的能等上,姓于的就等不上吗?"

"算了吧。"小董说,"于老寿又不是木头脑瓜,他明知道姓薛的是夜晚出来被捉的,他还会故意上你的勾?"

"那这小子总不能钻在炮楼里一辈子不出来吧?"二虎这句话倒提醒了马英,他想:是啊,只要这小子出来,就能把他干掉!可是这两天要不出来怎么办呢?……

大家正谈着,王大成来了,马英问他:"你可知道于老寿什么时候下岗楼吗?"

王大成想了想说:"一是晚上找破鞋睡觉,一是西河店逢集的时候,他早起到街上赶集。"

"他是不是每次都要赶集?"

"哪次也少不了他。他买东西从没给过钱,你想他会不去?"

"什么时候逢集?"

"明天就逢集。"

"有办法了!有办法了!"马英抓住王大成的肩膀晃了起来。弄得大成摸不着头脑,忙问怎么回事?马英说:"到集上去打这个小子。"

"好,我领路。"王大成一听精神也来了。

297

"你认识他?"二虎问。

"扒了他的皮我也认识他的骨头。"

"谁像你呢？捉了个老鼠当成猫。"小董开玩笑道。二虎接着说:"算了,算了,哪把壶不开你提哪把壶。你还是哭鼻子去吧。"说得大家都笑起来。

第二天清早,马英、二虎化装成赶集的,肩上搭了个褡子,跟着王大成上西河店去了。

在从前,这西河店除了赶不上肖家镇,也算数一数二的大集了。日本鬼子来了以后,这里的集曾经停了半年,后来才慢慢又恢复了,不过远没有从前热闹,都是些卖菜的,卖吃的;像家具、摆设一类的东西,这年头谁还有心去置,置也置不起。不过集上倒添了一项兴隆的生意,那就是卖豆饼的,从前这东西多是喂牲口的,现在却成了人们的主粮了。

马英走到西河店集上,王大成把他们领到街心一个群众的过道里,藏在门后边。马英说:"这里不行吧,于老寿要不到这里来怎么办呢?"

"放心就是了,这小子赶集不转遍不放心,生怕漏掉一点好东西。"王大成说罢,便到村口打探情况去了。

王大成在村头上抽着烟,和一个卖菜的拉起话来,眼却不住地往路上瞅着。一袋烟没抽完,就见于老寿摇摇晃晃出来了,大块头,一脸络腮胡子,身后边跟着个俏娘们,胳膊上挽着个篮子。原来这家伙心虚,昨夜干脆把这个破鞋弄到炮楼上去了。于老寿走到一个卖猪肉的跟前,说:"割五斤肉。"

卖肉的不敢怠慢,慌忙挑好的割了五斤。于老寿接过肉往那破鞋的篮子里一扔,就往前走。那卖肉的赶上来,哀求道:"于官长,请赏个钱吧,我这小买卖实在做不起了。"

"混蛋!"于老寿转过脸来横眉瞪眼地骂道,"你也不打听打听,你于爷买东西花过钱没有!"

王大成看得真切,正准备向马英去报告,忽然不知从哪里蹿出一个老头,手举菜刀,从身后照于老寿的脑袋劈去,只听于老寿啊呀一声便倒在地下。那破鞋尖着嗓子叫道:"杀人了!"

人们一看是杀的于老寿,哪个去管,便四散跑开。远处的人不知怎么回事,也有往里跑的,街上大乱。马英和王二虎也跑到街上看动静,只见王大成跑来说:"一个老头拿菜刀把于老寿砍了!"

马英估计是抗日积极分子干的,他怕炮楼上的汉奸下来,朝天打了两枪,警告敌人。枪声一响,顿时像是大堤决了口子,四街口的人像河水般地涌了出来。那老头扔下菜刀,摘下于老寿的手枪,也杂在人群里跟着跑。炮楼上的汉奸听到枪响,以为是八路来了,不敢下炮楼,只是在楼上胡乱射击。

马英忽然隐约地看见远远有个老头子在跑,手里像是提着一支枪。马英想,此人莫非就是打死于老寿的人吗?就对二虎说:"咱们赶上去看看。"

老头跑了一阵,忽然发现后边有人追他,朝后打了一枪。就在这一霎时,马英从他那打枪的姿势上,看出他是老孟,忙对二虎说:"那是老孟嘛!"

这下子提醒了二虎,再看他那跑路的样子,不是他又是谁呢?随即高声喊道:"老头子——你瞎打什么啊!"

老孟听到喊声,停下了。马英和二虎赶上去,只见老孟一步跑上来,抓住他们一人一只手,眼泪夺眶而出,颤抖着声音说:"想不到能看见你们……"

马英和二虎心里也不由一阵难过。从"铁壁合围"那一天起,到现在才不过十来天,可真像隔了一世一样。大家沉默了一阵,还是二虎先打破这沉闷的空气说:"还提那些老事做啥,现在不是又碰到一起了吗?"

"对,咱们应该高兴高兴!"马英望着老孟说,"你看,今天你又打死于老寿,得了枪,夺了头一功啊!"

老孟这才嘿嘿地笑了。

他们回到小黄庄,大家都关心地问起老孟分开后的情况,接着老孟便将自己被俘的情况讲了一遍。心急的二虎问道:"那你怎么跑出来的啊?"

"哼,连我自己也糊里糊涂的。"老孟眨巴眨巴眼睛,慢腾腾地说道,"那天汉奸把我捉了,和一大串俘虏拴在一起,有认得的,有不认得的。刚走进涧里村,碰到一个便衣队员,他一见我就说:'老家伙,是你啊,这回可叫我捉住了!'你猜这个人是谁?"

"我怎么知道?"二虎反问他。

"就是'铁壁合围'前一天我抓的那个汉奸!我想这下子可糟了,怎么落到他手里,他会放过我吗?心里暗暗埋怨大队长,不该把这家伙放了……"

大伙都听他讲得入神,不由望望马英,马英心里暗暗想笑。

"他把我的绳子解下来,带走了。"老孟继续讲道,"我想完了,鬼子汉奸杀人是不眨眼的,他们看谁不顺眼,就往出一拉,不是枪崩就是刀砍,我们三十多个人走到涧里村的时候,就剩下十八个了。那人把我带出村,我想对他说:'你这没良心的东西,我们放了你,留了你条活命,你不但不改过,反而火上加油……'可是我又一想:对汉奸说这些做什么呢?难道向他们求饶吗?大丈夫,要死就死得有骨气!这时,我真想骂他几句,可是骂他什么呢?骂他顶什么用?……我只顾想,他却带着我只顾走。这时天黑蒙蒙的,快黑透了。我突然想起:跑!就在这时恰好走到一个路沟边,我猛一蹿,噗通一声跳下去,那人好像没有捉着绳子似的。我也顾不着这些,没命地朝前跑,紧接着天空响了两枪,那人也没有追赶,你们说奇怪不奇怪?……"

大家一听,便七嘴八舌地议论起来:有的说是那人有意放他的;有的说是没留神,黑洞洞的天上哪去追啊?马英明知道这是肖阳干的事,又怕他们老纠缠在这上面,岔开话说:"老孟大爷,这些天你碰着咱们的人了没有?"

"没有啊!"他忽然想起来说道,"建梅叫刘中正捉了。"

一句话卷走了刚才那热闹的空气,都沉默起来,你望望我,我望望你。老孟霎时发现了这里的问题,急忙问道:"建梅,她?……"

"她……"马英只说出一个字,话就在嗓子眼哽住了。二虎接着说:"她叫杨大王八打死了!"

老孟一听,呜呜地哭了起来。他哭的那样沉痛、伤心,就像一个慈祥的母亲一样。他想起他们被捕前的那一霎:建梅倚在他的怀里,他从她那庄严坚定的面孔上看到了美好的前程,可是……他忽然嚎啕着叫道:"她还年轻啊! 她不应该死啊! ……这些汉奸狗养的! ……"

马英沉重地说:"不该死的人太多了。仇恨,仇恨,我们有多少仇,多少恨啊!"

二虎说:"老孟大爷,别哭了,拿出精神跟狗日的干!"

老孟忽然止住泪,把胸脯一拍,说:"我不杀这些狗养的汉奸,把我的孟字抠了!"

"对,跟小舅子们干!"

"非把这笔账算清不行!"

大家齐声附和着,仇恨的火焰在同志们的心上,猛烈地燃烧起来……

二十六 敌人的妄想

那天夜里,苏建才和小李从肖家镇跑出来,大约跑了半里地,小李大腿上的伤口痛得厉害,跑不动了,就只好慢慢往前爬。苏建才逃跑以前,也被杨百顺不由分说打了一顿,虽说是苦肉计,也着实有些伤痕,又弄了些假相,他也装做吃不消了,跟着小李往前爬。不过,这几天精神上的折磨,也真使他有些吃不消。

他们爬到涧里村,已经是后半夜了。以前大队常在这里住,有不少堡垒户,两个人商量了一下,决定到张玉田家去。他们叫开门,张大爷一看,两个人满身是血,不像个人形,差点吓得叫出来。苏建才说:"张大爷,我们刚从肖家镇跑出来。"

"好孩子,快进来吧。"张大爷听出是建才的口音,忙把他两个搀进来,把门关上。又叫小莲去温了点热水,给他们洗了伤口,便安置他们睡下了。

第二天下午,小李对建才说:"这里离肖家镇只有六里地,太近了,咱们再往东转移一下吧。"

"你看,咱这个样子还走得动?再说鬼子刚扫荡过,他自己也该喘口气啊。"苏建才话虽是这样说,其实却是另有原因。原来杨百顺曾经布置他要和肖家镇上假做卖香烟的特务彭君庭联系,住得远了自然不方便。小李当然不了解这些,听他说得也有道理,加上他又是大队干事,也就同意了。

他们一连在这里住了三天,天天让张大爷出去打听大队的下落,可是总没有个结果。小李的伤势一直不见轻,又找不着大队,心里愁得不行,躺在炕上不住地叹气。苏建才装得十分沉得住气,一个劲地劝他说:"放心吧,过两天总有消息的。"可是他心里却另打着一套算盘,不知怎么,他觉得找不到大队心里倒有些安慰,是啊,如果真的永远再也找不到马英他们,不省去他许多心事吗?也许他会少犯一些罪恶?……可是他立刻又惊慌起来,如果真的永远找不到马英,那么苏金荣、杨百顺还费这么大事利用他做什么呢?……想到这里,他的心又感到非常不安。小李见他忽然愣起来,便问:"苏干事,你想什么呢?"

"我想自己去打听一下。"苏建才猛然想起一桩事来。

"你的伤……"小李当然不知道苏建才的"伤势"是怎么回事。

苏建才这时装做很艰难的样子,站起来在地下走了两步,说:"行了。"

这天夜里,苏建才出去了。他偷偷地拐到肖家镇彭君庭家里。彭君庭有三十来岁,高挑个儿,长得细眉细眼,歪嘴巴,特别是笑的时候,那嘴巴就和耳朵连起来了。他让苏建才坐下,冷笑了一声,问道:"有眉目了吧?"

苏建才望着这家伙阴不阴、阳不阳的脸色,又害怕起来,他现在是在和一些魔鬼打交道,他们随时都在张牙舞爪地瞅着他,随时都可能一口吞掉他。他略略冷静了一下说:"一点眉目也没有。"

"哈哈,这就奇怪了!"彭君庭又冷笑了一声,"八路前天打死薛班长,昨天打死于老寿,你怎么不知道呢?"

一霎时,苏建才脑子里出现了马英战斗的情形,他自己要是不被俘,不也和他们在一起战斗吗?可是现在他正和汉奸们串通一起,去暗算他们!去犯罪!不,他怎么能干这些事?……忽然他耳边仿佛响起了一个严厉的声音,这是苏金荣、杨百顺的声音:"他们会骂你是叛徒,是阶级敌人!你出卖了县大队!你害死了苏建梅!你和马英有不共戴天之仇!他们会饶了你吗?……"

"你说呀,你当真不知道吗?"彭君庭追问道。

"我,我实在不知道。"

"那也好。不过昨天杨队长来信,他叫我警告你,要早下手,斩草除根,以免后患。如果将来等他们闹腾大了,对你自己也不利啊。"他们的谈话就到这里结束,彭君庭把他送出来,接着又在苏建才肩膀上拍了一下说:"伙计,还记得那个稻川芳子吧,东亚美人,她还在城里等你呢。嘻嘻……"

苏建才昏沉沉地走在这黑夜的路上。稻川芳子这个日本娘们的影子不时地又出现在他的脑子里,赶也赶不走,他怕她,但似乎又想她,她那妩媚的眼睛,妖娆的姿态,娇滴滴的声音。……唉!莫不是人生就是为了吃喝玩乐吗?这时他忽然想起彭君庭的警告:"斩草除根,以免后患!如果将来等他们闹腾大了,对你自己也不利啊!"他又仿佛看见马英和同志们那仇恨的目光威胁着他的生命。现在是你死我活的斗争,也顾不得别的了。他想一辈子就犯这一次错误吧,只要把马英这一帮人除掉,以后谁也不再知道我苏建才这个人。不管是日本鬼子占着也好,或者是蒋介石回来也好,共产党回来也好,只要有我吃的,有我喝的,让我活着就行了。……

他回到张大爷家里,小李忙问道:"找到了吗?"

"没有,不过倒有点消息,听说他们在西河店打死两个汉奸。"

"我在街上也听说了,可不知道是哪一部分的。"张大爷听了苏建才的话,也补充道。小李也提起精神说:"只要他们都还在,就好。"

正说着,门外有轻轻的叫门声。张大爷慌忙出去,不多会就见他兴冲冲地回来说:"你们看,谁来了?"

随着脚步声,走进来三个人,苏建才和小李抬头一看,是王二虎、大年和小顺。没等他两个人张口,二虎便一步抢上来,高声地说:"我说啊,不该死枪子就打不到他身上,你看,咱们不是又见面了吗?"

二虎说罢哈哈大笑起来。小李看见他那精神劲儿,本来有点伤感的心情一下子给冲跑了,觉得浑身又有劲了。苏建才看着王二虎,心却不由怦怦跳起来。不过王二虎还是那样满不在乎地和他说话,问他们离别后的情形。苏建才便将自己被俘的经过,真真假假讲了一遍,小李还特别补充说:"要不是苏干事,我早见了阎王啦!"

"小李在狱里表现也不错。"苏建才反过来称赞小李。接着忙问:"大队的情况怎么样?可把我们闷死了!"

王二虎直截了当地说:"大队现在分了两个班子,我领一班在城北,老孟领一班在城东,分组活动。眼下的任务有三条:第一,扰乱据点,疲劳敌人,瞅空消灭小股敌人,扩充我军实力;第二,发动群众,破坏公路,破坏电线;第三,第三……"他把脑瓜子一摸,转向小顺,"第三是啥啊?"

小顺说:"第三是捕捉和镇压死心汉奸,振奋群众,瓦解敌军。"

大年接着说:"在战术上,要采用更隐蔽的战术。"

接着二人你一言我一语补充个不休,像生怕漏掉似的。苏建才集中全副精力在听,可是弄了半天,仍然没有弄清楚马英现在哪里,只得装做不以为然地插嘴问道:"大队长在哪里啊?"

"在我姨家开县委会呢,大概明天开完吧。"

"得找他想办法弄点药啊,小李的伤一直不见轻。"苏建才心虚,怕别人注意他,又这样掩盖了一句。

以下的谈话,还是那样热情、随便,可是苏建才的思想早飞出去了,他想:明天县委会就结束,如何早一点把情报送出去呢?偏偏这夜王二虎就住下了,第二天仍然没有走。苏建才一点空子也抓不着,心里干着急。

第二天夜里,王二虎让他两个在这里安心养伤,便带着大年、小顺转移走了。苏建才想:现在送去也不晚,就是县委会开完了,马英也不一定马上走,如果他不见马英的面,就把马英搞掉,那真太幸运了。现在唯一的希望是小李能早点睡下来,可是小李这两天偏偏又兴奋得睡不着,一会谈这,一会谈那,苏建才只是心不在焉地嗯着。一直到后半夜,小李才算睡着了。他仔细听了听小李确实睡沉了,蹑手蹑脚走到院里,到对屋窗下听了听,张大爷和小莲也睡着了,这才慢慢走到门口,轻轻将门开开,出去又把门倒关上,然后才一阵风似的跑向肖家镇。到了彭君庭家里,上气不接下气地把情况报告了一遍。彭君庭听了,蹬上车子就往城里跑了。

苏建才回到张大爷家里,看了看小李,还在呼噜呼噜睡呢!他便装做解手回来,在小李身旁睡下,可是翻来覆去怎么也睡不着。……

杨百顺接到情报,立即带上一个便衣班,出了北门。便衣队员穿的全是白绸布衫子,清一色匣子枪。骑着一长排崭新的自行车飞驰在公路上,月光一照,就像一道电光向北划去。

"站住!"杨百顺忽然叫大家停下来,"冯班长,把肖阳那一班也叫来!"

冯班长答应了一声,骑着车子拐进城了。原来杨百顺考虑,如果县委会没开完,恐怕一个班解决不了问题,才叫把肖阳那班便衣队也叫来。当下他又命令大家继续向小黄庄疾进!

拂晓走到村南口,他们连车子都没下,二十多支匣子枪张开机头,直插到黄老汉的家门口。

正在村北口放哨的桂枝,只顾注意那西河店的炮楼,忽然听到街里有响动,回头一看,见敌人已经到了自己家门口,一时不知该怎么才好。杨百顺立即命令几个便衣队员上房压顶,自己带着几个人就要推门进去。恰逢这时,黄老汉背着粪筐子出来拾粪,刚开开大门,就被杨百顺几个人拿枪逼住,吓得老汉把粪筐子一扔,一屁股坐在地下,不会说话,也不会动弹。黄大娘还算沉得住气,一见此情,就歪着小脚往后院跑,想把马英他们叫起来。刚走到马英房子的窗下,正要叫喊,杨百顺和几个汉奸早已一步抢到她头里用枪将门堵住。黄大娘什么话也喊不出来,两手扒着窗台只是哆嗦,这时二虎娘从对屋里走出来,也被这场景吓傻了。只听杨百顺在门外叫道:"马队长,请出来吧,外边八抬轿等着你哩!"

"不出来老子开枪啦!"两个汉奸也帮着腔叫道。

屋子里鸦雀无声。

"进去搜!"杨百顺向那两个汉奸命令道。

两个汉奸你瞧我,我瞧你,谁也不敢进。杨百顺拿枪比画着他两个又喊道:"不进去,先打死你们!"

有个汉奸见逼得没法了,叭!先朝里打了一枪,才弯着腰走进去。二虎娘见他们打枪,上去拽住杨百顺的衣裳说:"你们千万别打枪啊!"

"去你妈的!"杨百顺一脚将二虎娘踢倒在地。接着听见屋里边的汉奸说道:"连个人影子也没有。"

杨百顺这才敢走进去,一看果然无人,被子叠得整整齐齐,不像住了人的样子,他觉得奇怪。这不仅杨百顺觉得奇怪,就连二虎娘和黄大娘也感到奇怪,五更的时候各个县委委员才开完会回去嘛,马英和小董两个人明明睡在这屋里,怎么跑得这样快呢?

原来马英睡觉十分机灵,街上脚步声一响,他就推醒小董,去收拾夹皮墙的洞口,自己坦然地迅速把被子叠好,也跑向小黑屋,杨百顺领着汉奸将他睡觉的屋门堵住时,他刚刚钻进夹皮墙的洞口,两条腿还拖在洞外的床底下。后来趁着汉奸们吵吵闹闹,才把两条腿抽进去,用活砖把洞口垒上。

杨百顺从屋里出来,向房上的人喊道:"看见跑了没有?"

"没有啊!"

"他妈的,他就是飞出去也该有个影子啊,搜!"命令一下,汉奸们就在前后院各个屋里翻腾起来,有的就趁机往腰包里塞东西。杨百顺带着两个汉奸来到小黑屋,把那破床、家具翻了个个儿,也没看到半点影子,只得扫兴地走出来。这时,肖阳带的一班人也来了,帮着搜了一阵子,自然也没有任何结果,他凑到杨百顺耳朵上说:"这情报是不是靠得住?"

"靠得住!这……"杨百顺说了半截,怕泄露机密,停下了。肖阳本来觉这次情报十分奇怪,想打听一下它的来路,谁知杨百顺把口封住,只好罢了。杨百顺见捉不到马英,伸手抓住二虎娘问道:"老婆子,你说,你把八路藏到哪去啦!"

"老总,俺家没有住八路。"

"你不说,老子揍死你!"杨百顺说着,从墙角抄起个顶门栓,抡起来就打。这时桂枝刚好走进来,拦住杨百顺说:"有什么话你就说吧,为什么打人?"

"哈哈,"杨百顺冷笑了一声,望了望桂枝说,"怕挨打就把八路交出来!"

桂枝这年轻媳妇虽说看起来羞羞答答,可是很稳重,心眼也多,她想汉奸既然找不着他们,一定是钻进夹皮墙了,就说:"人家早走了。"

"什么时候走的?"

"五更走的。"

"胡说!"

"不信你们找啊,难道这院子里还能藏得住人?"

杨百顺接到的情报本来就说昨夜县委会开完了,今天五更走了也是可能的,八路军不一向是鬼得很吗?他这样想着,随后说道:"八路上哪去啦?"

"那谁知道,人家上哪也不会跟咱老百姓说。"

这句话又说得杨百顺哑口无言,心里气得不行,准备放火烧房子。肖阳看出了他的意思,急忙又凑上来说:"何必打草惊蛇呢,不如放长线钓大鱼。"

杨百顺一愣,觉得是理,随后向汉奸们摆了摆手,离开了黄老汉家。唯独冯班长一个人不想走,照旧这屋翻翻,那屋翻翻,桂枝怕他发现漏洞,忙说:"老总,你要什么你就拿吧。"

"谁要这些破烂,还不够双鞋钱哩!"他一边说着,继续乱翻。桂枝看出来他是想要钱,就说:"我们是小户人家,要多了没有,十块八块还要借借才行。"

"快一点!"那小子这才一屁股坐在椅子上。桂枝刚出门,就听见一个汉奸在街上叫道:"冯班长,队伍走远了。"

"我马上就来。"

"队伍向村南了,你可快点来啊。"

"我知道,别他妈啰嗦了!"他恶狠狠地把那个汉奸打发走以后,又坐在院里等这十块钱。

刚才这院里发生的一切,马英在夹皮墙里都听得清清楚楚,估计敌人已经出村了,就小声对小董说:"把这个汉奸干掉!"接着两个人便抽掉洞口的砖,悄悄从里边爬出来。

"不要动!"马英拿枪撞了撞冯班长的后心。吓得这家伙头也不敢回,乖乖地举起手来,小董顺手把他的匣枪取了。

"老天爷,你们这是干啥呀,吓死人!"二虎娘和黄大娘一齐叫起来。

"大娘,我们这就走。"马英向她们两位老人说了一声,便把这家伙捆上,押了出去。

杨百顺走着走着,忽然发现不见了冯班长,问道:"冯班长呢?"

"在后边。"一个汉奸答道。

"找他去!"

那汉奸只得骑着车子拐了回去,走到黄老汉门口叫道:"冯班长!队长叫你哩。"

没有人答应。他只好走进院里,桂枝一见他忙说:"早走多会了。"

"上哪去了?"

"还不是跟你们队伍走了。"

那汉奸只得退了出来。可是一想:回去怎么交代呢?便决定到村北看看,蹬上车子出了村北口,走没多远,就看见路沟里有三个人,有一个是冯班长,走在前面,像是被捆着,他扭转车子就往回跑。

"敌人发觉了。"小董喊道。马英回头一看,果然有辆车子往回跑,说:"往东北树林子里跑!"

杨百顺他们正走着,去找冯班长的汉奸追上来,只见他惊慌失色地说道:"八路把冯班长捉走了!"

"有多少人?"

"两个。"

"他妈的,两个人就把你吓成这样?"杨百顺壮起胆子,喊了一声:"追!"

二十多辆自行车掉转头,立刻又像一道电光划向前去。

自行车自然比人跑得快得多,一忽儿,杨百顺便发现了有人在路沟里时隐时现地跑着,汉奸们立刻在车子上打起枪来。

小董听到子弹从头上飞过,不觉回头一看,一排明晃晃的自行车已经能看清楚了,对马英叫道:"他们追上来了!"

"不怕他,在车子上打枪打不准。"马英说着一枪将冯班长打死,"加点油,前边就是树林子。"

小董抬头一看,离树林子还有半里地,可是敌人已经越追越近,似乎已经听见车子呼呼的响声。马英也有些着急,想停下来和敌人干,可是四周又没有好的地形。

叭!正在这时,忽然前面树林子里打来一枪,马英想,糟糕,难道前边也有敌人等着?……紧接着身后哐嘡一声响,回头一看,倒了一辆车子。

叭!又是一枪,接着身后又是哐嘡一声。

"又打倒一个!"小董高兴地喊道。马英想,这是谁呢?枪法好准!县大队只有赵振江的枪打得最好,可是他?……莫非……他想着,脚不停地继续向树林子跑去。

杨百顺见一连倒了两辆车子,吓得赶紧从车子上跳下来,其余的人也一个跟一个下了车子,趴在地上。肖阳凑过来对杨百顺说:"这样子打可沾不了光,又不摸底,我看咱们还是回去吧?"

杨百顺本来就没有打仗的本事,出来咋呼一下可以,真碰上硬的就草鸡了。原想出来讨个便宜,可是看这情形不行了,要再死上几个人回去就不好交差,他在中村面前一向是充能人的,光棍不吃眼前亏嘛。想到这里,他便向大家命令道:"撤回去!"

汉奸没有一个不怕死的,巴不得听到这样的命令,一个个急忙地跳下路沟,弯着腰,骑着车子夹着尾巴跑回去了。

马英和小董跑到树林子边，林子里闪出一人，马英一看，果然是赵振江，兴奋地喊了一声"老赵！"就跑上去抓住他的手摇晃起来。只见赵振江一边笑着，一边咬着牙把手抽回去，马英这时才发现他左胳膊上的枪伤还没好清，忙问起他这些时的情景。赵振江说他离开云秀家里，就一直到处奔跑着找大队，昨天偷偷地回到肖家镇，从他爹那里知道县大队在西河店这一带活动，按照他爹的意思，叫他先藏在家里，等他爹打听到县大队的下落再说。赵振江报仇的心切，非要自己去，他说碰上三两个敌人不要紧。他爹知道他枪打得准，心眼也活，就依从了。不想今天出来正碰上马英。

马英望着赵振江，想起了小李和二排的同志，他们是为了掩护大队而牺牲的！……马英忽然又想起日本鬼子来的那一年，他们跑到清洋江东岸，赵振江的情绪好像表现有些消沉，当时他曾担心过他，怕他经不住考验。那次回到肖家镇，他听赵大爷说振江的媳妇孩子都死了，就更加担心，想不到他出狱以后，发现赵振江特别坚强，这时他才摸透他的性格，他不好说话，爱沉思，心里有主见，不知道的人总以为他是情绪不高呢！这次"铁壁合围"表现得更出色，所以这些时他一直很想念他，他想，振江虽没有二虎那样泼辣，但比二虎机智稳重得多，如果很好地培养一下，是一个不坏的指挥员。今天忽然又见了他，觉得十分愉快。

当下他们研究了一番，决定先到涧里村。

这天早晨，苏建才和小李躺在炕上忽然听到枪响，都坐起来。小莲忙来催促他们："钻洞吧！"

"不慌。"

"小莲，你到村口看看，进了村钻也不晚。"两个人一替一句地说着，都想听听动静。

"大概是二虎子又打上了！"小李说道。

"他就是好打仗。"苏建才补充了一句。可是他心里早已明白了，这枪声明明是从小黄庄那边来的。他的心一霎时又怦怦跳起来,这是怎么回事呢?看样子是打出来了,要是打出来?……他正想着,枪声停止了,更使他摸不着头脑,是牺牲了呢?还是跑出来了呢?这时,就像有个小虫子正爬在他的心上,一口口地咬着,他感到有一种说不出的痛楚。

"苏干事,苏干事。"小李连着叫了两声,苏建才只顾想得出神,没有听到。小李还以为苏建才有些惊慌,反安慰道:"不要紧,你别看二虎粗里粗气,粗中有细呢!"

"我不是担心他,我是在考虑……"苏建才想了想说,"在目前的情况下,应该运用什么战术?"

"二虎不是讲了吗?大队提倡隐蔽战术。"

"是啊!可是有没有更好的战术呢?"苏建才装做沉思的样子,轻轻地便把话题转到这上边来了。

二人正谈着,忽然小莲带着马英、赵振江、小董进来了,苏建才大吃一惊,瞪着两只傻眼望着马英说不出话来。这种场面在同志们偶然的相会中是常见的,马英并不奇怪,亲热地向前和他们打招呼。小李和赵振江早拥抱在一起,小李激动地又带点开玩笑的口气说:"我还以为你见了龙王爷呢。"

"连我自己也没想到还能活!"赵振江也说,"我还不是以为你也完了。"

"五个同志都牺牲了,就剩下我一个,我是和苏干事一起跑出来的。"

"只差一点也就完了。"苏建才插上来说,"第二天就要开刀哩!"

"回来就好,养好了伤再跟鬼子干。"马英笑了笑,便去看小李的伤。这两天小李一高兴,伤势也有些见轻,张大爷一天给他洗一回,还不知从哪里弄了点刀疮药。小李对马英说:"你看看苏干事吧!打得也不轻哩!"

马英又过来看苏建才的伤,苏建才把上衣一脱,背上果然有被鞭子抽的一条条的伤痕,苏建才说:"屁股上还有。"

"我看看。"马英关切地说,苏建才刚想说:"不用了。"恰好小莲又走进来,他向马英使了一个眼色,马英会意了,就没勉强让他脱裤子。苏建才趁机探问道:"刚才是哪打枪的啊?"

"我们打的。"小董抢着答道。

"我们还以为是二虎干的呢!"苏建才假装糊涂地说。马英却爽朗地说道:"想不到今天又跟杨大王八干了一仗,没让这小子占便宜。"

"你们看!"小董摆弄了一下新得的匣子枪,"还打死三个汉奸!"

又像是当头打了苏建才一棒,他的心紧张得差点蹦出来,想不到好事办成坏事,杨百顺岂肯与他甘休!他恐慌起来……

忽然,门一开,张大爷回来了。把马英他们三个拉过来,一个个端详抚摸了一会,说:"都回来了,都回来了啊!"他把话一顿,问道:"玉田这孩子,可在哪啊?"

小李本来知道玉田牺牲了,可是一直不敢对老人说。马英上去握住张大爷的手,沉痛地说:"玉田,他已经牺牲了,他刺死了好几个鬼子,牺牲的勇敢!"

张大爷一愣,泪花从眼角里挤出来,他并不是在哭,而是在回忆儿子的以往,他想起送儿子归队的那一天,儿子没有辜负他的教养,为祖国流尽了最后一滴血……

"大爷,你不要难过,他……"马英刚说到这里,张大爷就打断他的话:"我,我不难过,这我就放心了。有你们在就行啊!"说到这里,他把声音提得很高,声音里寄托着真诚的希望和无限的信任。

马英激动地把张大爷抱住。他经常教育战士:群众是自己的爹娘,也唱这样的歌子。可是这时他才仿佛真正理解了其中的含意,觉悟了的劳动群众,真比自己的爹娘还要亲啊!有这样的群众,还怕战不胜鬼子?他望着张大爷,高声说道:"我们要报仇!"

"我们要报仇!"同志们一齐把拳头握紧,像宣誓一样。

张大爷眼角上的泪始终没有掉下来,他微笑了。走过去抚摸着正在哭泣的小莲说:"别哭了,闺女,学习你哥哥。"接着转过脸来说:"你们该休息了,我去放哨去。"

他颤颤巍巍地迈着矫健的步子出去了。马英望着他的背影,感慨地朗诵出一首诗:

> 敌人的刺刀,指给我们斗争的道路,
> 儿子的热血,染红了父亲的心,
> 伟大的党,唤醒了受苦难的人们!
> ………

马英躺在炕上怎么也睡不着,早晨所发生的事情,又在他脑子里翻腾起来,杨百顺是喊着他的名字捉他的,而且早在房子上压了顶,看样子一定是有目的有准备的。那么他是从哪里获得情报的呢?……他忽然又联想起前些时杨百顺对他的追击,把他们大队活动的规律竟掌握得那样准,当时他曾经考虑到是否出现了叛徒?现在不能不又想到这个问题,莫非问题真出在内部?……一想到这个问题,他的心就痛,对于和自己同生死共患难的同志们,难道能这样怀疑吗?但这两次沉痛的教训,迫使他不得不冷静下来考虑这个问题。他把二虎、老孟一个个从头想了一遍,立刻便把这种想法推翻了。因为这些人都知道有个夹皮墙,而杨百顺却不知道这个,所以送情报的人自然也不知道了,这便说明不是这些同志,他轻松地喘了一口气。但他的思想立刻又转到新近碰到的这三个人身上:赵振江今天早晨把敌人打退的,当然肯定不是;小李呢?在县城救过他的母亲,他了解,这个青年人心诚实得就像一块铁,再看他这一身还未好的伤痕,怎么会干出那样的事呢?……这时他的脑子不由一下子便集中到苏建才身上,忽然想起杜平临死前的一句话:"苏建才在'扫荡'中表现不正常!"以致使他睁开眼睛看了看身旁的苏建才。苏建才合着眼睛睡在他对面,似乎还轻轻地打着呼噜,还是那样一张平静的而又熟悉的面孔,只是稍瘦了一些。马英想,他虽说比较软弱,但人终究还是要求进步的。他又仿佛看见苏建才脊梁上那一条条的鞭子印,把这个念头打消了。俗话说,没有不透风的墙,难道自己老住在一个村子,敌人就不会知道吗?想到这里,倒觉得搞出一条教训:隐蔽战术要是老隐蔽在一个地方,也就不叫做隐蔽了。这时,他才觉得有了个头绪,慢慢地把眼合上了。

苏建才听马英睡沉了,心里才算稍平静了一些,也不由睁开眼看了看马英,马英就连睡觉的时候也显得那样坚定、沉着。苏建才从一参加工作就很信任马英,特别是佩服马英的才干、胆量。对这些,他一向是甘拜下风的,以后的事实也证明了他的眼力不错。如今,他脑子里忽然又浮起一个可怕的念头,杨百顺这小子斗得过马英吗?今天他就吃了败仗。如果斗不过,该怎么办呢?他害怕起来!……忽然想到,不如把这一切都向马英交代了吧,也许他会原谅我的,你看他对同志们的态度不还是那样亲近吗?……不,不行!他立刻又打消了这种念头,现在他是不知道我犯了罪啊!他对敌人是从不姑息同情的!一霎时他脑子里又出现了杨百顺、苏金荣、彭君庭的影子,还有那个稻川芳子,昏沉沉的,使他麻木了。……

二十七 地 道 战

从"铁壁合围"开始,日寇进一步把主要矛头朝向在敌后坚持斗争的八路军和新四军,驻守在交通线上大小据点里的鬼子、伪军,向广大抗日根据地侵扰。吉祥镇炮楼里的伪军中队长胡二皮,也奉了他主子的命令,像乌龟似的,把他的爪子伸向周围的村庄。

这正是炎热的夏天,加上前些时炮火的轰击,遍地焦土,就连空气也显得十分干燥。五个伪军倒背着大枪,懒洋洋地出了吉祥镇炮楼,直奔大东庄。

云秀正在村头放哨,远远望见敌人,转身就往回跑,刚跑了两步,忽然想,我这么慌做啥,敌人来了多少?他们是来干啥的?也该看个究竟。她在一个破墙垛子后藏下,透过墙上的茅草,看见只来了五个伪军,懒洋洋地不像打仗的样子,才放下心,慢慢往回走。刚走到胡同口,忽然又想,敌人究竟来干什么还是没有弄清楚,不如再看个究竟。

五个伪军一齐走进村公所,只听一个伪军叫道:"老子他妈的干死了,快弄点水来!"

"是,是,这就打发人去烧。"答话的是伪村长。

又听一个伪军叫道:"要在你们村南头修炮楼,后晌胡队长带领队伍来看地形,你要准备一百个人的饭……"

云秀听到这里赶忙往回跑,一进门就拉住老孟说:"村公所来了五个黄狗子,说后晌胡二皮就带着大队来,你们赶快转移吧!"

"你说,"老孟急忙问道,"村公所来了几个黄狗子?"

"五个啊!"

"一锅端他的!"老孟把腰一拍,喊道,"起来!起来!"

两个战士在炕上睡得正沉,迷迷糊糊地爬起来跟着嚷道:"走!走!"

云秀一听,急了,说:"老孟大爷,你咋啦,胡二皮大队后晌就要来啊!"

"后晌再说后晌,这会儿才晌午嘛。"

"那不行,太冒险,大队长叫我掩护你们,出了问题我要负责。"

"哎呀!"老孟也发急了,"要怕冒险,顶好把脑瓜子割下来锁在箱子里!"

两个战士也帮着腔说:"我们的脑瓜子都是'铁壁合围'的时候

拾来的!"

老孟接着又缓和下来劝云秀:"好闺女,听我的话。大队长不是交代了吗?要瞅机会消灭小股敌人,好容易碰上这个机会,怎么能轻易放过呢?告诉你,敌人现在麻痹得很,好收拾。再说,咱那个地洞还没开过张,正好用一用,保险出不了问题。"

云秀见老孟再三相劝,觉得他讲得也有道理,说:"好吧,我给你们带路,看敌人不防备时再下手。"

"行,行。"老孟忙说。

云秀提了一壶茶水。她想,如果敌人发觉了,就说是送开水的。她领着老孟三个拐了三道弯,便走到胡同口。街上静得很,一个人也没有。云秀走到村公所门口一瞅,伪军们正四仰八叉躺在院里睡,回头向老孟招了招手,便顺着大街走到村外去站岗。老孟带着两个战士一下子闯到院里,伪军们还躺在院里打呼噜呢!有个战士在一个伪军屁股上踢了一脚:"起来,起来,孟参谋长跟你们讲话!"

一听参谋长三个字,那伪军咻的坐起来,一支步枪正戳住他的脑袋,吓得目瞪口呆,其余的三个伪军也跟着爬起来,傻愣愣地望着他们,有个战士一数,说道:"还差一个呢?"

原来"班长"正在屋里抽白面,忽听院里有人说什么"参谋长……"还以为他们的参谋长来了,忙收起摊子跑出来,刚好被站在门口的老孟一把将他的衣领子揪住,掏出手榴弹在他脑袋上猛一敲:"看你还往哪跑!"

那家伙把头一缩,双手作着揖求告道:"八路老爷饶命。"

有个战士顺手把他一推,喝道:"少啰嗦!站好听参谋长讲话!"

五个伪军一排站在南墙根,垂着手,歪着头,有的眨巴着眼睛,看样子还没有睡醒。老孟倒背着手向五个伪军宣传抗日道理,从天南扯到地北,半生不熟的越讲越起劲……

五个伪军听着虽然不感兴趣,可是也不敢吭声。那两个战士却沉不住气了。以前在县大队流行着这么一句口头禅:"天不怕,地不怕,就怕老参谋来讲话!听不听,反正两点钟。"知道他讲起来没完,忙凑到他耳边说:"孟参谋,天不早啦!"

老孟猛然省悟过来,冲着五个伪军骂道:"都他娘滚蛋!"

伪军们巴不得他早说这一句话,连滚带爬地跑出去。老孟把缴获的武器背起来,带着两个战士刚走出村公所,就见云秀气喘吁吁地跑来,埋怨道:"你们咋弄到这个时候,胡二皮快进村了!"

"走!"老孟说着,想从村这头出去。

云秀说:"来不及了,地里没处隐蔽,还是到我家吧。"

老孟三个跟着云秀跑回去,连武器带人一齐下了地洞。云秀拉着常大爷,说:"爹,爹,你快下呀!"

常大爷没答话,一手将云秀推下洞,把地缸盖上。

洞内顷刻变成漆黑的世界,碰着鼻尖看不见人。像是被装进了布袋,浑身没有一点活动的余地;又像是在深沉的黑夜,茫茫无边。他们仿佛与现今的世界隔绝了。

耳边微微地听到有叫骂声、哭喊声,这是敌人在抓人。渐渐地响声平息了,寂静得像世界上一切都不存在似的。敌人现在干什么呢?谁也说不上来。

寂静、沉闷,慢慢地变成一种压力,仿佛这地洞在逐渐收缩,要把他们捏在一起。大家终于明白了,原来是地洞没有通气的地方,洞内的空气渐渐稀薄,呼吸愈来愈困难了。老孟实在憋不过,说道:"把缸顶开,透透气。"

云秀急忙拽住他说:"外边情况一点不知道,那怎么能行!"

"那也不能憋死在这里啊!"

"老孟大爷,你连这点困难都不能克服?"

这一来把老孟那股倔劲激起来,他把大腿一拍,说:"好,咱们就坚持,看谁先叫苦。"不过他心里却暗暗佩服云秀的沉着和细心。

时间一分一秒地消磨着,这黑暗的世界像是永远不会明了。不知过了多长时间,终于听到一声微微的声音:"云秀!"

"爹……"云秀的声音断续着,接不上气。

常大爷使劲把地缸掀起来,一股新鲜空气蹿入洞内,大家贪馋地狠狠呼吸了两口,心里觉得无限舒畅。往上看,灰蒙蒙的,原来天已经黑了。老孟挣扎着从洞里站起来,说:"又到阎王爷门口走了一遭。"接着问:"黄狗子们走了没有?"

"大队走了,留下一个班在村南围沟里搭了个帐篷,住到这里监工,要修炮楼子。"常大爷说着叹了一口气,"今天这些黄狗子可把老百姓糟害透了。"

大家一听,心里像是挂了块石头,沉得不行。忙问怎么回事。常大爷接着叹息着说道:"胡二皮一来,就把全村的男女老幼都赶到村南的麦场上。先把老年哥的二小子抓出来,问他村里谁是八路。孩子什么也不说,又把他吊在大树上活活折腾死。……"

云秀听着,眼里冒出泪花,她知道二小子是个党员。又一个好同志牺牲了。

"狗日的临走时又抓走十几个妇女,村北老栓家的闺女媳妇都给抓走了,还不是弄到炮楼上去了!这还不算,明天就要修炮楼,全村不管男女老幼,能抬腿的都得去!……"

老孟面对着这个严重的情况,坐在洞口上,开始慎重地考虑这个问题。敌人已经把王八爪子伸到根据地来了,仍然按原来的斗争方式是不行了,就说蹲这个地洞吧,不仅憋得要命,万一敌人发觉了,跑都没法跑。领导上号召运用更隐蔽的战术,可是怎么个隐蔽法呢?……忽然想起一个主意,说道:"同志们,敌人会在这个村子里修炮楼,我们就不能在这个村里挖地道吗?从这个院里一直挖到村外,能进能出,能躲能跑,你们说得法不得法?保险比蹲在这个地洞里焖肉强,在这里说不定啥时候就叫人家把锅端啦!"

一个战士说:"好是好,可是要从这里挖到村外,得挖到哪年哪辈子啊！"

云秀说："不要紧,敌人会强迫群众修炮楼,咱们就不会发动群众挖地道吗？这是为自己办事,还怕大家不乐意。咱们还要发动群众自己挖地洞,我们要不是有这个地洞,不也叫黄狗子抓走了。"

老孟说："着呀,不过一定要找可靠的群众,保守秘密。"

"那当然啦。"云秀说罢,便去串联人。当夜他们就动起手来。……

地道终于挖成了。老孟经常带着两个战士到修炮楼的地方扰乱敌人。老百姓一听枪响就四散跑开,监工的敌人也慌了手脚,胡二皮的大队一来,老孟他们早钻了地道。这样弄得大东庄的炮楼很久还没完工,胡二皮急得骂道："穷八路有能耐跟你胡爷摆开阵势干一仗,别他妈的净给老子抓痒痒玩！"

吉祥镇的维持会长吉官起献计道："听上边说,八路现在到处挖老鼠洞,他们准是用的这玩艺。"

胡二皮一听,喊道："把他的老鼠洞掏了！"

吉官起忙说："不慌,那么大个村子,你上哪去掏啊？我先去给你侦察一下。"

吉官起是吉祥镇上的头号大地主,抗战一开始,他父亲便领着全家跑到天津,偏偏吉官起好出风头,又带着老婆孩子跑回来,当了维持会长,和胡二皮串通一气,无恶不作。这天他化了装,在大东庄守了一个下午。傍黑时分,看见老孟背着枪带着两个战士进了常云秀那个三道弯胡同。等他跟进去,不见了老孟三个,这又是个死胡同,肯定是藏在这胡同里某一家了。他不敢叫门查问,急急忙忙返回吉祥镇。

天黑,马英来了,还没坐下,云秀就兴奋地领着他去看地道。来到村边一个坟前,看了看四下无人,说："从这里进。"

马英一看,这座新坟是个假的,腰间有个洞口,上边盖着木板,木板上堆着的土里还长出了青苗。马英先钻了进去。小董云秀也紧跟来,划着一根洋火,点起一盏小菜油灯,弯着腰朝里摸去。

　　这地道有四尺高、三尺宽,顶上是个拱形。地道内隔不远就有一个卡口,刚刚能容一个人钻过去,这是准备在地道内抵抗敌人的工事。这个地道还有三个口,一个通在原来云秀家地缸下那个地洞;一个通在村边一眼干井的半腰,从这里可以往洞内送饭;还有一个口通到路沟的壁上,外面没有一点痕迹,在不得已的时候可以从这里打开跑出去。地道内还装设有许多气眼,有的通墙缝里,有的通到砖头堆里,有的通到杂草丛里……

　　云秀领着马英和小董钻出地道,说:"大队长,你看俺们挖的这个地道还有啥缺点?"她虽是在征求意见,语气里却充满了自豪的心情。

　　小董没等马英开口,抢先说道:"我看这比地下铁道还美哩!"

　　马英心里也着实高兴,不过他觉察出云秀有一种自满的情绪,应当对她要求更高更严一点,她现在已经是一个共产党员,一个领导干部了啊!想了想说:"不错啊,可是还不能满足。这个地道只注意到隐蔽防守,却没有注意向敌人进攻。我们可以利用各种各样的伪装,修一些暗堡,在这里跟敌人摆开一个新的战场。那我们就不再被动,而转为主动了。"

　　云秀默默地点了点头,不禁脸红了。

　　马英走进北屋,见老孟和两个战士睡得正沉,没有叫他们。退出来,在对屋炕上躺下,考虑起下一步工作:要争取在青纱帐以前县大队发展一些人,并把各区游击队建立起来。目前已经弄到不少枪支,可是还有一个问题,那就是人。人们虽然都愿意抗日,但经过这次"铁壁合围",不免有些人害怕,信心不足。……

　　他正想着,门一响,云秀拿着碗进来取米,他忙坐起来对云秀说:"咱们现在有枪了,你看,你们村能不能动员几个人参军?"

　　云秀翻起那一双大眼睛想了想说:"能。"

　　"他们没有顾虑吗?"

"有顾虑怕啥,咱们鼻子底下长的是什么,不会向他们解释?"

"怎么解释呢?"

"就说现在有了地道,不怕鬼子'铁壁合围'了……"云秀讲到这里忽然停下来,翻了马英一眼说,"俺不说了,你故意考俺哩,这些道理你不比俺懂得多么?"

"不是考你的,这是正话。"

"正话也不说了。"云秀笑了笑,取上米就走,走到门口忽然又转回来兴奋地说,"给我条枪吧。"

"你要枪做什么?"马英也快乐地说道,"咱们大队又不要女兵。"

"谁说不要,你们大队以前就有呢!"

"谁?"

"苏建梅。"

这三个字一下子触动了马英的心,他没有那样快乐了,不过还是平静下来说:"她不在大队。"

原来前几天老孟向她讲了不少建梅的情况,一边讲一边流泪,云秀有些情况也没听清楚,所以正想问问,就说:"听说她可能干了,又识字,又会讲话,她和老孟同志最先跟你在一起工作是吗?那时全区只有你们三个人……"

这话引起了马英许多回忆。他又想,这一定又是老孟向她瞎吹哩。

"云秀,拿米来啊,锅快开啦!"正在院里烧火的小董喊道。

"来了。"云秀答应着,却没有走动,反而索性坐在炕上继续问道,"听说你们两个人很好呢?"

"我和哪个同志不好呢?"马英觉得好笑,反问道。

"那,那总不一样吧。"

马英心想这闺女问得真怪,连我自己都没有很好地想过,怎么回答她?这时小董一边嚷着锅开了,一边进来对云秀说:"你问建梅吗？我告诉你,她可像你啦!"

一句话说得云秀满脸通红,不知该怎么才好。

"你不信呢?"小董十分认真地说,"连长相都怪像的,大队长,你说呢?"

"是啊。"马英看着小董那天真的样子,只好这样说。

"俺哪能比得了人家!"云秀低着头说。

"怎么比不了,你看,前几天你送了个信就得五支枪!"小董夸奖地说。

"小鬼,快走吧,你不是说锅开了吗?"云秀说着,端起碗,把那根粗辫子往身后一甩,推着小董走出去。马英看出这闺女心里那股乐和劲儿,不知怎么感觉心绪有些乱纷纷的……

咚咚咚……胡同里突然响起一阵脚步声。马英腾地站起来,跑到院里低声喊道:"敌人来了,快钻地道!"

老孟三个背起枪揉着眼睛就往后院跑。这时满胡同响起砸门声。大家下进地道,常大爷刚把地缸盖上,门已经被砸开了,一个伪军上去揪住常大爷,喝道:"老家伙,地洞在哪里?"

常大爷装做哑巴,指了指口,摆了摆手。那伪军啪地打了他一耳光,打得老人满口吐血。胡二皮走进来四下一望,猛然省悟道:"我来过这里。那一次我嗅到这里有血腥味,准他妈是八路的窝子,搜!"

伪军们到处翻腾起来。胡二皮用擦枪的探条捣了捣地缸底,说:"这下边是空的!"

两个伪军把地缸一抬,下边显出地洞。胡二皮用探条指着常大爷道:"老家伙,别装聋作哑了,老老实实把八路叫出来没你的事。"

常大爷破口喊道:"同志们,快跑呀!……"

胡二皮伸手给了常大爷一耳光:"你他妈的不哑啊!"

常大爷连血带痰唾了胡二皮一脸:"我哑了还怎么骂你们这些

狗养的！"

胡二皮用手把脸一抹，说："把这个老家伙捆起来。"接着又冲洞里喊道："土八路，出来吧，不出来我就把这老家伙挑了！"

"同志们，不要管我……"

一个伪军用手巾将常大爷的嘴塞住。胡二皮接着说："谁下去捉八路，捉一个十块钱。"

有个大烟鬼噗通一声跳进去，刚往前走了两步，叭的一声枪响，便送了命。

胡二皮又吼道："谁再下去，二十块大洋！"

可是没一个吭声。胡二皮见洞边站着个伪军，猛一脚把他踢下去，那家伙还没弄清方向，一声枪响，就糊里糊涂死去了。其余的伪军一齐求告道："队长，别叫我们去送死了。"

胡二皮眼珠子一转，生出一个歪点子：用一根绳子牢牢将常大爷拴住，命一个伪军跟在后面一齐下地道。胡二皮还一边在大声地喊叫："土八路，不要打枪，老头子下去了！"

跟在常大爷身后的那个伪军，一边往前摸索，一边哆哆嗦嗦朝里打枪。突然旁边蹿出一人，将他的脖子卡住，只喊出一个"唉"字，就断了气。胡二皮一听，急忙拽绳子，猛地往后一仰，差点闪倒，原来绳子已被割断，只拽出个绳子头。胡二皮急了，命令用烟熏，外边还用个大风车往里扇着，一股浓黄的烟子朝地道里涌去。

马英正在地道里领着大家往后撤，撤到第一个卡口，浓烟已经跟来，大家一个跟一个爬过去，马英爬过去正准备来拽常大爷，只听常大爷说道："咱们总跑不过烟子，我在这里堵卡口，你们走吧！"

"那不行，过来再堵……"一股烟子从卡口里蹿过来，呛得马英直咳嗽。

"过去就……"常大爷一句话没说完，便用脊梁紧紧靠住卡口。

马英拉他也拉不动。只得带着大家从路沟里钻出来，在四处打起枪。胡二皮一时摸不着头脑，以为洞里的八路已被熏死了，他又往洞里掷了几个毒瓦斯弹,就带着队伍撤回吉祥镇。

大家把常大爷救出来,老人已经牺牲了。云秀趴在常大爷身上大声哭起来。马英看着这父女两个,想起第一次来他们家里的情景,心里感到无限悲恸和激动,浑身又像充满着巨大的力量,似乎一伸拳头,就可以把敌人的炮楼打倒。他不禁默默地自语:"抗日的人们成长起来了!……"

二十八　一打肖家镇

秋天,华北平原上,遍地嫩绿和金黄,整个大地连成一块。叫人看了,觉得这大自然那么干净、纯真、美好。可是,就在这干净、纯真、美好的土地上,一排排一行行纵横交错地插着敌人灰色的炮楼,像是无数个钉子钉在地毯上,把这大自然的景色破坏了。

傍晚,风又吹起来了,大地立刻变成了金色的海洋,一起一伏的波浪遍地翻滚着。马英带着小董穿过青纱帐去往分区开会,他不住地呼吸着这快要成熟的庄稼散发出来的香气。

这是"铁壁合围"以后,分区召开的第一次各县大队干部联席会议,马英有一种迫不及待的心情,脑子里不时地出现李朝东的影子,仿佛他又叉着腰站在他脸前嘿嘿地笑着,他觉得有许多话要对他说,说什么呢? 所有的情况,他都在几次信中讲得清清楚楚了,可是总觉得好像没有说完似的。

到了分区,各县的领导干部都来了,马英认识得很少,差不多都换了,仅从这一点上就看出敌人这次"大扫荡"的残酷性;不过敌人并没有把我们征服,前面的同志倒下了,后边的同志又踏着前者的鲜血跟上来! ……马英正想着,李朝东的小警卫员向他招呼道:"马队长来啦!"

"司令员呢?"马英问。

"出去了,快回来啦,你们还没吃饭吧?"

"不饿,我想先休息一下。"

"好。"小警卫员把马英和小董领到李朝东的房子里,"你们就在这歇吧。"

马英一看,炕上乱七八糟扔着许多零碎东西,有望远镜、打火机、刮胡子刀,还有一只口琴,都是日本货。小警卫员拿过来两盒匣饭说:"马队长,你们还是先吃点吧!这是日本造。"接着又解释道:"司令员说,要持久战,就要狠狠吃日本的东西,把他的东西吃光了,他就滚蛋了!"

这句话把马英说得笑起来。小董嘴馋,揭开饭盒,尝了两片香肠说:"还没有肖家镇上卖的那好吃呢!"一边说,一边吃,直等他把香肠都吃完,才算放心地躺下了。

李朝东回来,见他们两个睡得正沉,没有叫,便在炕沿上坐下来。他望着马英,想起杜平来:他们在一起工作了许多年,杜平的身体总是那样瘦弱,似乎随时都可能病倒,然而他并没有病倒,却牺牲在敌人的枪弹之下。也许是因为这个缘故,使他心里更加难过。他不由把两撇眉毛紧锁在一起,大约这就是他最痛苦的表示了。

马英警觉地感到旁边有人坐着,睁眼一看,忙坐起来说:"回来了?"

"嗯,你睡觉怪机灵的。差不多了,当指挥员是要这样的。哈哈……"李朝东又恢复了平常那样愉快的心情,他在下级面前是从不表现丝毫痛苦与难过的。

马英原来憋着一肚子话,也不过是"大扫荡"中那些残酷的遭遇,现在忽然觉得说这些毫无意义,便把话题转到最近的工作上,什么隐蔽战术、反资敌斗争、铲除死心汉奸……谈个不休。等他停下来的时候,李朝东拍了拍他的肩膀说:"太好啦!分区正准备让你在会上做个典型报告呢。"

"啊!"马英吃了一惊,发急地说道:"那怎么行,我这都是乱谈,怎么能做报告?"

"你照这样谈就行啦!"

"司令员,开会啦。"参谋长走进来说道。李朝东拉住马英说:"走,走,就这样办。"

在会上,马英平静地谈了这些时战斗的情况,再一看,参加会议的人都在用心地听着,有的还往小本子上记,马英不由感到有些紧张,自己实在感到没有什么可讲的……接着下面又有两个县介绍经验,一个是介绍部队的政治工作,一个是群众工作。马英倒觉得人家说得挺有意思,也不由拿起小本子记起来。

最后李朝东讲话,他分析了当前的形势:经过几年来的持久战,无论敌人的物资还是人力,都消耗得差不多了,这次敌人大规模的"扫荡",正说明敌人很伤脑筋,扫荡以后,我们的战斗反倒很活跃了,这就使敌人更伤脑筋,所以他号召大家鼓起胜利的信心,在青纱帐期间可以把部队集中起来活动。要保卫秋收,狠狠打击敌人,各县都要掀起一个百条枪运动。

大家的情绪非常高,马英自报要搞两百条枪,有报一百八的,有报一百五的,只有一个县最少,也报了一百二十条枪。会议到晚上才开完,本来要大家休息的,可是谁也不愿意多留一天,立即在当夜便赶回去了。

李朝东最后把马英留下来,说:"地委决定让你担任政委,兼任大队长。"

霎时,马英觉得一副沉重的担子落在肩上。要在从前,他会不加考虑地提出几条理由,拒绝担任这样重要的工作。可是现在他懂得,许多战友倒下了,革命需要他做这样的工作,他觉得应当挺身而出,主动担任更多的工作,只有这样才对得起死去的战友,他抬头望了望李朝东期待的眼光,坚定地说:"我服从组织决定,一定把工作做好。司令员还有什么指示吗?"

李朝东若有所思地说:"当前的问题,我在会上都交代了;关于领导方法的原则,杜平同志生前已经对你讲得很多了。"他突然一笑说,"祝你成功!"

"我一定记着党对我的指示。"马英端正地敬了个礼,转身就走。

"等一等,"李朝东把他叫住,掏出一只日本怀表,说,"把这个带去,以后打仗用得着的。"

马英收下来,想说什么,可是又没说出来,只好望了李朝东一眼,好像是在说:我决不辜负领导的希望,这两百条枪保证要拿过来!

七月的华北,夜里还有些凉意,晚风吹过,高高的庄稼发出轻轻的沙沙声。一股激情涌上马英的心头,啊,未来的充满着胜利信心的战斗就要开始了!

走到何村铺,已经是人们熟睡的时候了。一个多月以前,杨百顺曾经把他们包围到这里,马英回想起来,就像是昨天的事情。他凝望了一会儿那座地主的小楼房,便叫开了隔壁的大门。大队预定在这里集合,王二虎带着队伍已经先来了,大家都没睡,坐在院里擦枪。马英没有看到苏建才,便问:"苏建才呢?"

二虎没有回答,往屋里努了努嘴,马英走了进去。苏建才正躺在炕上发愁,忽见马英来了,忙坐起来,眼里闪出喜悦又带有点恐惧的眼光。马英上前一步问道:"不舒服吗?"

"嗯!"苏建才应付了一声。原来他伤好以后,就暂把他和王二虎分配在一起工作,没有具体的职务。他这些时最伤脑筋的是,跟着王二虎没有一点脱身机会,杨百顺现在怎样打算,他一点也不知道,马英的情况更不得而知。现在见马英来了,唯一的希望是离开王二虎,跟上马英,他想了想便对马英说:"我还是跟着你吧,跟着二虎我不能发挥作用。"

"苏干事,这话怎么讲?"二虎在院里听到,闯进来说,"跟我你就不能发挥作用,难道说是我压制了你?"

从前,每当他们两个人争执,苏建才总要让上三分,这次他为了和二虎闹翻,借此离开二虎,便故意顶撞道:"你虽说没有压制我,可是哪次听过我的?"

"我哪次行动没征求你的意见?"

"我提意见还不是等于零。"

"意见又不是命令!大队长把队伍交给我,我要负责……"

"你们这是干什么?"马英用手在桌子上一击,大声说,"天天跟敌人敲打着,你们自己还闹不团结。我对你们说,从今天起,大队就集中活动,在干部会上你们两个要把思想检查检查。"

苏建才一听大队要集中活动,知道自己今后活动的机会更困难了,一时什么话也说不出来。二虎也气鼓鼓地坐在一旁。

忽然院里一阵喧闹,大家走出去一看,原来是老孟和赵振江带着队伍一齐到了,顿时冲破了刚才那沉闷的空气,大家又热闹起来。马英一望,院子里黑压压地站了一大片,不由高兴起来。老孟还多带来十个空手的,马英问他:"你带这些空手的做啥呢?"

"用处可大了。你说到青纱帐时要搞了枪,谁来背啊?"老孟捻着胡子,张着嘴反问道。这句话倒提醒了马英,他预感到形势的变化,想不到老头子倒先走了一步。他用一只胳膊抱住老孟那干瘦的肩膀激动地说:"老孟大爷,你看得可真远!"

"我这是门后边耍大刀。"老孟说着,调皮地望了马英一眼,把马英弄得哈哈大笑起来。

夜已经很深了,村边加上两个流动哨,战士们都躺下睡了。东屋里一盏小油灯呼呼地燃着,大队的干部会议开始,这也是"铁壁合围"以后第一次会议,大家都感到十分新鲜,所以精神都很集中。老孟老大娘式地盘腿坐在炕上,拿着小烟锅一股劲儿在那只小烟布袋里戳,他那小烟锅也是从关东带来的,已经跟他有三十多年的历史,烟锅儿已经快磨平了,所以戳了半天,仍然只装了那么一点点。老孟的左边炕沿上坐着苏建才,他双手抱着膝盖,仰着脸。他的下首椅子上坐着王二虎,大约是他不愿和苏建才坐近了,把椅子挪开了一点,因为肚子里的气还没有消完,把椅子拖得啪啪达达直响。他这边坐的是赵振江,只怕就他坐得端正一些。侦察员小李也列席参加了会议,他没有坐,却靠在门扇上站着,这是他的老习惯,所以谁也没有劝他坐下。大家围成个圆圈,马英一只腿站在地下,一只腿登在炕沿上,宣布会议开始。他说话照例是开门见山:"同志们,咱们已经在分区打了保票,在青纱帐期间要搞两百条枪,现在青纱帐已经起来了,大家看看该怎么办?"

"打!"大家异口同声地说。

"当然要打,"马英说,"问题是先打哪里?怎么打?大家要研究研究。"

"目前情况,"苏建才为了争取主动,打了第一炮,"仍是敌强我弱,敌众我寡,自然要遵照由小到大,由少到多的原则。"

"说具体点,到底是打哪?"王二虎一听他这一套就有些不耐烦。苏建才这时觉得再没有和他吵的价值,就尽量装做有修养,想了想,平和地说:"我看可以考虑打西河店,第一,过去打过这个炮楼,地势熟悉;第二,于老寿死了,暂时有个班长代理小队长,顶不了啥事。"

苏建才这个分析,博得了大家的赞扬,就连马英也觉得有点道理。忽然王二虎站起来说:"要我说,不打就不打,要打就拣个大的,打一个算一个!"

"二虎这话有道理,"老孟嗒嗒磕了两下烟锅子,接着道,"免得打狼惊虎,以后再打就难了。我看王秃子就是个对象,干脆打肖家镇去!"

一提打肖家镇,苏建才暗自吓了一跳,他想,如果真的把肖家镇打下来,那将大大震动彭君庭和杨百顺,对自己会更加不利。他正想反驳这个意见,可是抬头一看,马英似乎流露出赞扬老孟的眼光,便把话又咽下去了。

"你的意见呢?"马英问赵振江。

赵振江一向不轻易发表意见,发表意见就很有分量,所以马英也一向重视他的意见。赵振江想了一下说:"王秃子是个饭桶,不过肖家镇工事很坚固,有两道围墙。还有一个问题,我们人少,没有狙击部队,县城和东南上的吉祥镇以及南北各炮楼,都随时可以增援肖家镇,如果我们一时打不下来,把我们堵在里边,就很危险。"

"要这样前怕狼后怕虎,趁早收起摊子,回家抱孩子牢靠!"二虎这一说,赵振江火了,哧地站起来说:"二虎子,你这话是叫谁听的?我孩子老婆都叫鬼子杀了,我抱什么?"

王二虎正要还嘴,马英打断他的话:"你先等一等。振江的话有道理,我们不能不考虑我们的后路。这一仗,我们只能打胜,不能打败。大家想一想办法,明天夜里我先和小李到肖家镇炮楼上去侦察。"

这个问题讨论到这里就结束。马英下边介绍了王二虎和苏建才闹不团结的情况,他介绍完了向二虎说:"这会儿该着你讲了。"

二虎子把脑袋一歪,不说话。马英正要催他,苏建才却抢先发了言,他检讨自己不冷静,对二虎不尊重,没有看到别人的优点。样子也表现得很诚恳。这一来,猪八戒倒打一钉耙,大家便将目标都集中到王二虎身上。半响,王二虎突然说道:"检讨有啥用?是骡子是马咱们肖家镇炮楼上见。"

这句话把大家可惹翻了,一齐向王二虎开了炮,有的说他"目无组织";有的说他"拒绝批评";有的说他"个人英雄主义",七嘴八舌地讲个不休。王二虎只管低着头,始终一句话也没说。

散了会,同志们都走了,马英把二虎留下来,对他说:"你今天这是什么态度?"

二虎闷着头,仍然没说话。

"你知道,你这样下去要脱离群众。你是共产党员,不但不承认自己的错误,反倒和同志们生起气来!"

"我和同志们生什么气?"二虎突然说道,"我气的只有一个人。"

"谁?"

"人家大干事嘛!"二虎子讥讽地说道,"今天我对赵振江说话说错了,明天我找他赔礼,老赵打仗有种,我佩服。苏建才他算干啥的,他打死过几个敌人,他捉过几个俘虏,抗日也不是挂在嘴头上的。"二虎越说越有气,"我就奇怪:大队突围,人家都冲过去了,他就冲不过去?他叫汉奸抓住了,建梅死了,他就没死,苏金荣那老家伙会饶了他?⋯⋯"

这几句话引起了马英的沉思,他素来知道王二虎说话虽然粗气,可是一针见血,便进一步问道:"你这话有什么根据?"

"根据我说不出来,反正我看着他不顺眼!"

"好吧,你回去吧,不过可不要到处乱放炮。"马英对二虎虽然常常责备,但这种责备往往出于喜爱。今天会上的事情,他一方面生二虎的气,另一方面对他那淳朴固执劲儿又觉得喜爱,所以当听到他谈起苏建才这些事情,觉得错并不在二虎身上⋯⋯

二虎一走,马英思想上又翻腾起这些事情:二虎看不惯苏建才,提出的那两个问题,确实值得考虑。杜平死的时候不也说苏建才表现不正常吗?可是小李说他在狱里表现不错呢?⋯⋯思来想去,一直到天快明的时候,才算睡着了。

第二天夜里,马英和小李先到了王瑞生家里,让他介绍介绍肖家镇炮楼的情况。王瑞生拿着一支铅笔在一张破烟盒纸上边画边说道:"炮楼的最外围,是一条围沟,两丈深,三丈宽,沟里有水,大约有三四尺深;过了沟,是一道围墙,有七八尺高,白天四角上设有四个岗哨。因为这围墙有半里地见方,太大,不容易守,晚上岗哨便撤到炮楼上了。"

"看来越过第一道围墙没有问题?"马英插问道。

"没有问题。第一道围墙里是一块空地,本来以前是有房子的,王秃子心虚,把它都拆掉了。在这空场子的西南角上,才是炮楼,它有三层,上边一层住的是王秃子和他老婆,中间一层住的两个小队,最下边一层是仓库和拘留所。这个炮楼的屁股后还有一个小炮楼,有两层,上边住着鬼子一个班。两个炮楼的外边又一道围墙。唉!"王瑞生说到这里叹了一口气,不说了。

"怎么啦?"

"说也是白费。"

"你只管说就是了。"

"那围墙有三丈多高,墙外边还有两丈深的围沟,别说爬,就是搬上梯子也够不着。炮楼上还有岗。"王瑞生后悔地说,"都怨我,那次我向他吹,说你能飞檐走壁,谁知道这家伙当成真的,吓得拼命往起修围墙,你看糟糕不糟糕!"

马英听了,不由大笑起来。他从王瑞生手里接过那张破烟盒纸说:"好吧,我们回去研究研究。"说罢,便和小李朝炮楼来了。

他们走到第一道沟边,把衣裳脱了,只穿一条小紫花裤衩,往沟沿上一坐,便溜到沟底,水有齐胸深。小李不禁小声说道:"好凉!"

"比清洋江的水还凉吗?"

"那时候谁还记着凉,什么都不觉着。"小李又回忆起那次游过清洋江的情形。二人小声说着话,已经蹚了过去。靠在沟边一听,什么动静也没有。这沟不陡,用手扒了几个豁口,便爬了上去。二人一搭肩,又翻过墙头。他们蹲在地下观察了一下,除了那西南角上黑乌乌的高高的两个橛子,什么也看不见,二人开始朝前爬行。这一来才发觉地下坑坑洼洼,高低不平,原来拆去房子后的地基,没有打扫干净,一不小心就会发出声响。马英小声对身旁的小李说:"小心点!"

"知道了。"答话声却在前面两丈远的地方。马英暗想:这小鬼像老鼠似的,爬得真快!

小李趴在一个破墙垛子后面停下了,这是扒房子没扒净剩下的。他跐起脚从墙头上一看,好像正偏对着大门,离沟也不过两丈多远。炮楼上站岗的吐了一口痰落在沟里,小李都听得清清楚楚。一会儿,马英也爬上来,小李说:"大队长……"

马英捅了他一下,小李把话吞回去了。二人又观察了一会,马英便指挥小李一起顺着原路爬回来。二人蹚过沟,一边穿衣裳,马英一边问小李:"你要跟我说什么来?"

"我说,咱们夜间把队伍带进来,藏在那墙垛子后边,等白天汉奸们出来放吊桥的时候,一下子冲进去!……"

"嗯……"马英被这个建议吸引住了,他想,敌人什么时候出来放吊桥呢?一定是在早晨到外边放岗的时候。早晨……这时大多数敌人还没有起来,不正是下手的好机会吗?……他越想越觉得有门,一下子脑子里四通八达,都成了路子,拉住小李的手就往回走:"行,行,就这么办。"

"不怕王秃子不出来,到王八窝子里掏他去!"小李也高兴起来。二人说说笑笑往前走,精神十分愉快。

马英忽然想起一个问题,问道:"小李,你看苏建才这人如何?"

"你是大队长,他是干事,在一起工作时间又长,不比我清楚?"小李反问道。马英笑了笑说:"那是我的看法,我问的是你的意见。"

"要我说,打仗当然比不上王排长,可是论修养可比王排长强多了;就像昨天开会,人家检讨了,王排长是什么态度?"小李略停了一下,想了想说,"苏建才也不能算不坚决,人家在监狱里就没草鸡,要不是他,我也出不来。"

"可是有同志反映他胆小,软弱?"

"软弱是有点,那是对同志们啊!胆小平常好像是有点,可是杜政委从前说过:'看一个人要看他在节骨眼上能不能经住考验。'在监狱里人家表现就不错嘛。"

马英想,看问题是应当从关键着眼,可是他同时却有两种表现:杜平说他不正常;小李又一口咬住他很坚决。杜平的话虽然靠得住,可是没说清楚;小李却是亲眼所见,说的又是板上钉钉,这就使他拿不定主意……

苏建才知道马英到炮楼上去侦察去了,想借这个机会到肖家镇彭君庭那里去联络一下。谁知老孟这天晚上到了他屋里,谈这谈那,一会儿谈起苏建梅,一会儿谈起苏金荣,弄得苏建才心绪不宁,又不得脱身,好半天才算把老头子打发走了。他看了看天还早,估计马英不会立刻回来,便假借查岗为名出去了。走到村口,忽见前面来了二人,因为天黑,发觉时已到跟前,一看正是马英和小李,只好问道:"回来了?"

"嗯,"马英也问他,"上哪去啊?"

"查岗。"

这句话使马英很感动,他知道从前苏建才一向在这方面都是很细致的,不觉又回想起他很多好处,没有理会,便让他去了。

马英和小李走到院里,有两个战士没有睡,正拿切菜刀削着两个木头棍子,见马英来了,都停下来,一时不知该怎么才好。马英问:"还不睡觉,这是做什么呢?"

两个战士你看看我,我看看你,似乎都在等待着对方先说话。小李上前拿起一根木头棍子,忽然对马英惊奇地说:"这是做枪呢!"

马英接过来一看,果然做的是一条假枪,还挺像。他夸奖道:"做得不错。"

两个战士又互相对望了一眼,嘿嘿地笑了。

"你们做这个干什么,又不顶用?"马英问道。

"我们没有枪。"一个战士说。原来他们是老孟带来的没有枪的新战士。另一个补充说:"可以吓唬敌人!"

一霎时在马英脑子里浮起一个念头:是可以吓一吓敌人!特别是我们目前兵力不足。用这种办法不同样可以牵制敌人吗?他想到这里问那两个战士:"你们能不能做机关枪?"

"啥都能做。"一个战士向另一个战士努了努嘴,"他是木匠。"

"就是没样子。"那个战士说道。

"小李,你给他们画个图样。"马英说罢就往外走,正好碰到苏建才。原来到肖家镇去一趟,来回至少要两个钟头,他见马英回来了,就没敢再去,当真地查了一下岗就转回来。马英一见他,就兴奋地说道:"有办法了,咱们找他们去。"弄得苏建才摸不着头脑。

马英把老孟、二虎、赵振江都找来了,大家团团围住一张小方桌,马英一只手撑着桌子,一只手在空中舞动着,把小油灯头扇得来回呼呼地摆动,他的声音响亮而又有力:"同志们,两个战士提供给我们一个好办法,我们要用疑兵计迷惑敌人,牵制敌人,以弥补我们的兵力不足。明天交给全体同志一个任务:每人要做一支木头枪。"马英看了大家莫名其妙的眼光,微笑着接着说:"我们把这些木头枪发给民兵、积极分子,后天早晨由这里出发,到城东吉祥镇去,并且故意把目标暴露给胡二皮,再让伪村长们到炮楼上去送信,声称正规军来了,这样敌人必然把注意力集中到城东,而不注意肖家镇。我们在肖家镇打起来,吉祥镇和其他炮楼上的敌人也不敢来支援,这样我们所防备的就只有城里的敌人了。"

大家听了,你望我,我望你,眼角上挂起笑纹,二虎摸了摸脑瓜子说:"行了,行了。"

"万一吉祥镇炮楼的敌人要出来,跟我们打起来怎么办呢?"苏建才说道。二虎听他这一说,把脸一扭,没答腔。老孟磕了磕烟锅子说:"胡二皮没吃了豹子胆!"

"这样设想是对的。"马英说,"不过不要紧。即使胡二皮出来,我们也可以抵挡一阵,何况还有青纱帐掩护。"

苏建才点了点头,没有再说什么。马英接着道:"后天夜里,我们便向肖家镇炮楼第一道围墙里运动,都埋伏在破墙垛子后面。"马英在桌子上给大家画了个图,"天明敌人来放吊桥的时候,一齐冲进去,乘其不备,立即解决战斗!现在把几项任务分配一下:第一,要一个排到西河店狙击,防备城里的敌人,大家看谁去合适?"

同志们听了都不约而同地望着赵振江,老孟说:"振江的枪法准,最合适。"

"怎么样?"马英望了望赵振江,他没说话,笑了笑,就算是答应了。他接受任务是从没二话的。马英接着问:"第二,小炮楼上的刘瞎子最顽固,谁去打?"

"我去!"二虎说。

"行了。"马英望了望老孟,"这样大炮楼二楼上的两个小队就只好交给你了。小李带两个战士负责解决放吊桥的。"

苏建才望着马英说:"我呢?"

"你和司务长、炊事员在后边准备接应伤员。"

一切布置停当,大家都很满意。

第三天上午,吉祥镇炮楼上的敌人都趴在墙垛子上惊慌地朝东望着,远远地一支队伍时隐时现地由北向南从高粱地里穿过,半个钟头还没过完。伪军们议论纷纷,都不约而同地说是正规军,有一个伪军说:"你看,还有机关枪嘛,土八路怎么会有?"

胡二皮也摸不清底细,只是命令不准放枪,把吊桥拉起来,任何人也不准出炮楼。一忽儿,小陈家店的伪村长陈宝义来了,站岗的不让他进,他说有紧急情报,站岗的只得去向胡二皮报告,胡二皮一看果然是陈宝义,才让他进来。陈宝义一进来就摇着双手说:"可不得了啦!村里八路住满了,都是外乡口音,不知道从哪来的。"

胡二皮听了大吃一惊。就在这时大东庄的伪村长也来了,说得比陈宝义还吓人,他亲眼看见还有马拉炮呢。接着一个一个周围村里的伪村长都来报告,尽是一个口气。胡二皮虽说是个老兵油子,可是听了这情况心里也不能不发毛,忙向城里摇电话,电话已经不通了,再摇肖家镇,也不通,只得派人赶紧向城里送信。就在这时炮楼南边响了两声小口径新式步枪的声音,有个伪军在炮楼上还了一枪,胡二皮照那家伙就是一耳光,骂道:"他妈的,你怕把八路老爷招不来?!"

小汉奸们慌得更是不行,一个个从炮楼上上来下去,像是丢了魂似的。胡二皮的老婆只顾收拾抢来的金银财物,连队长片刻不离的大烟枪也锁在箱子里了。

这天下午,马英偷偷地由城东南将队伍带到城北,让战士们吃了顿饱饭,睡了个大觉,在后半夜便向肖家镇炮楼进发了。走到第一道沟边,马英命令脱衣服下沟,由小李带路,每隔五公尺一个人,向破墙后边运动,任何人都不准说话,不准咳嗽,他特意看了看爱咳嗽的老孟说:"记住了吗?"

"我保证!"老孟忙说。

同志们接着脱下衣服,只穿一条小裤衩,手拉手高举着枪,开始蹚沟。这种大规模的出击是很少的,同志们不免心里都有些兴奋,黑暗中似乎都能感觉到对方紧张的面孔。

大家爬过沟,越过墙,开始一个跟一个向前爬行。小李第一个爬到破墙后边,然后上来一个拉一个,心里默默地数着,最后拉住一只干枯的手,知道是老孟,暗地笑了笑,向马英报告道:"二十四个人,都到齐啦!"

马英点了点头。这时天已经快明了,同志们一个靠一个挤在墙后,屏住呼吸。炮楼上站岗的一阵急促的咳嗽,接着便小声咒骂起来,听不太清楚。

忽然卜——的一声,大年的枪托子在墙根上碰了一下,就在这时炮楼上站岗的发觉了:"八路!八路!"接着叭叭地打过来两枪。

带班的汉奸班长上楼听了听,毫无动静,向那站岗的骂道:"混蛋！怕死鬼。八路都到吉祥镇南边去了，这里哪会有八路？"

半响，再没有动静。天慢慢开始亮了，可是还是阴沉沉的，大地上浮起一层薄雾，那炮楼反倒显得模糊不清了。马英心里不由一阵高兴，真是老天爷也在帮助我们啊！

吱的一声，大门开了，接着骨碌碌……哐，这是放吊桥的声音。到第一道围墙站岗的四个伪军哼呀哼呀唱着小调走出来了。马英浑身的血沸腾起来，往起猛一站："同志们，冲啊！"

战士们端着顶膛枪，一个个跳起来，像是一群火驹，直冲过吊桥，冲进院里。小李带着两个战士早把那四个站岗的逼住，把枪下了。马英高举着匣子枪，飞也似的蹿上三楼，老孟带着队伍也上了二楼。

马英闯进三楼的房子，王秃子刚提着裤子起来，一见马英忙说："大……大……大队长，请……请坐。"

"枪！"

"那不是，在桌子上。"

马英把枪取了。在此同时小董也把王秃子的护兵的枪下了。这时马英才发觉被子团成个圆蛋蛋，哆哆嗦嗦直抖，问道："那是什么？"

"我老婆。"

"起来！"小董喝道。

马英把王秃子和护兵押下去。走到二楼，老孟他们已经将两个小队解决了，原来这些伪军还钻在被窝里。这时，一个个披着单子，提着裤子，像叫花子似的被押出来了。

叭！叭！忽然小炮楼上的鬼子朝这边打起枪，又嘟嘟地往院里扔手榴弹。原来他们这个小炮楼没有开门，王二虎一下子没闯进去。鬼子整顿起队伍进行抵抗。

二虎见大炮楼解决了，心里着了急，他领着几个战士一齐用膀子撞楼门，哐当哐当地撞得直响。鬼子班长见门快撞开了，便领着几个鬼子兵顶着,一忽儿门撞得错开了缝,二虎喊道:"加油,快开了!"

叭!鬼子从门缝里打出一枪,正打在二虎的右胸上。二虎把牙一咬,一瞪眼,顺手塞进去个手榴弹,轰的一声就在里边爆炸了,一股白烟从门缝里蹿出来,随后里边是叽里呱啦的一阵乱叫。紧接着,咚咚又掷进去了几个手榴弹,炮楼里没有了动静。这时二虎才感觉站不住,靠在墙上,大年把他背了出去。

一共不到十分钟,便全部解决战斗。肖家镇上的老百姓听说打开了炮楼,都来看热闹。马英叫打开粮仓,老百姓一窝蜂地将粮食背了出来。马英把战利品一清理:步枪八十二支,手枪五支,手榴弹三百余枚,子弹四箱。打死打伤敌人十七名,俘虏九十一名。王秃子的老婆还躺在炕上死气白赖地不走,后来听说要放火烧炮楼,才连忙滚了下来。

马英让把步枪的枪栓卸下来,由汉奸们自己背上,最后在炮楼下放了一把火,便押着俘虏离开肖家镇。大队的同志加上俘虏一共一百多人,摆在路上好长一溜。王秃子走在中间,来回晃着脑袋直望,半晌对身旁的老孟说:"你们只二十四个人?"

"你嫌少了吗?"

"不少,不少。"王秃子连连点头,顿时引起战士们一阵大笑。

二十九　叛徒的下场

肖家镇一仗,轰动全县,人们更觉得有希望了。

中村和刘中正带着全县日伪军,一连进行了三天"扫荡",可是连个八路的影子也没有找到,只好扫兴地回来,这使中村和刘中正大伤脑筋。

这天夜里,王秃子被放了回来,带着他老婆来到刘中正家里。

刘中正在警备队司令部一听说王秃子回来了,气得直咬牙,喝道:"把他带来!"

一会儿,王秃子被押进来了。只听他叫了一声"妹夫",便一动不动地站在地下,像个大冬瓜放在那里。刘中正头上的青筋立刻暴了起来,走上前去,噼噼啪啪、左右开弓地给了王秃子一顿耳光,骂道:"真他妈的混蛋,没有比你丢皇军的人再厉害的!"

王秃子虽说受刘中正的气受惯了,但还从没挨过这样的打,心里也不免有些生气,索性往椅子上一坐,说道:"别给我耍这一套,当了几天队长就不认亲了!"

"你别以为我没有办法对付你,我马上就撤你队长的职!"

"别拿撤职吓唬我,不当队长更心静,反正你得养活我。"

这下子算是将了刘中正一军,半天说不出话来,最后叹了一口气说:"我算把你没有办法。好吧,再派你到大东庄去,可是不许再丢掉。"

"妹夫,你不要叫我驻外防了,我不是干那个买卖的。"王秃子央告道。刘中正只好耐心地解释:"你这次丢了炮楼,皇军要处罚你哩。我在皇军面前打了保票,说你忠心皇军。你说你不去,住在城里怎么能行?"

王秃子看了看四下无人,掏出一张县大队发给他的"反正归降书",递给刘中正说:"妹夫,把这个收起来,说不定什么时候就用得着了。"

"反正归降书"是县大队特地印的一种宣传品,上面写着抗日的道理和伪军携带武器投诚的奖励办法。伪军持此证投诚,可以得到宽大处理,是专门印来瓦解敌军的。刘中正看罢上面的文字,勃然大怒,喝道:"你身为皇军官员,竟敢带这种涣散军心的东西,脑袋瓜子还要不要哇!"

"嗯,你何必这样死心眼呢?"王秃子不慌不忙地劝道,"八路军可不好惹,都给咱们记着账哩,连他妈跟哪个破鞋睡觉都记得清清楚楚。办一件坏事,加个黑点;办一件好事,加个红点。要是黑点多,红点少,那就活不成了,听说于老寿……"

"啥他妈的红点黑点,又不是推牌九。"刘中正打断王秃子的话,"还有没有,都把它交出来。"

王秃子无可奈何,又掏出来三张。刘中正最后凶狠地说道:"我警告你,再不好好干,把炮楼丢了,我要把你交给皇军处理,那时你可别怪我不认亲了!"

刘中正把王秃子打发走了以后,整了整军服,便到红部去了。只见中村一个人坐在桌旁咕咚咕咚地喝啤酒,杨百顺弓着腰站在对面。只听中村不耐烦地说:"快快地,快快地!"

"是,我一定办,亲自到肖家镇去办,十天之内把马英的头交来。"杨百顺说罢,深深地鞠了个躬,退出去。

刘中正见中村的气稍微平息了一点,才进前献计道:"太君,八路所以逞强,全仗青纱帐之力,我看不如让老百姓把庄稼砍了!"

"什么的?"

"把庄稼砍了!"刘中正重复了一句,"防止八路活动。"

中村放下酒瓶子,倒背着手在屋里兜了两个圈子,突然转过脸舞着手说道:"好的,好的,统统的砍掉!"

"是!"刘中正立刻回到联队部写了一道命令:

　　限三天内将高过四尺的庄稼一律砍掉,违令者杀;全村抗拒者,将村子烧光!……

晴空一声霹雷,震动了全县数十万农民:

"我们就不砍,让这些王八蛋烧村子来吧!"

"反正不让人活,跟他们拼了!"

"忍着点吧,鸡蛋碰不过石头!叫砍就砍,熬过这一时,早晚总有天亮的时候。"

顷刻,人们又大难临头了。这消息很快便传到了县大队。

县大队自拿下肖家镇,威名大震。立刻有很多民兵、积极分子参军,队伍迅速扩大到一百二十人,扩编成两个中队,每队六十人。一中队长王二虎,政治指导员老孟;二中队长赵振江,政治指导员大年,现在城南活动。苏建才仍然没有分配具体职务。这天马英带着一中队住在涧里村,傍晚没什么事情,苏建才便一个人在街上溜达,忽然身后响起一个熟悉的声音:"苏干事,多天不见了!"

苏建才回头一看,大吃一惊,原来这叫他的正是彭君庭,商人打扮,身上背个钱褡子。苏建才没见他的时候想见他,见了他又想躲他,自然躲不及了,慌忙四下一看,见没有人,这才说:"做什么?"

"做什么,难道你忘了吗?"彭君庭冷笑了一声,"这些时你倒是怪清静,干脆来个不露面,害得我到处瞎找,你想就这样算了吗?"

"我,我实在是脱不得身。"

"哼,这些时,你不但没有办成事,反倒把肖家镇的炮楼给丢了。皇军的脸色可不好看。"彭君庭望了望苏建才那失神的脸色,接着说,"今个杨队长亲自来了,他给中村打了保票,十天以内把马英的人头送去!他给你的限期是三天。"

"这……"

"怎么样?日本人说话可是说一句算一句,杨队长也不含糊,人头总是要的,没有他的,你的也行!"

"你,你宽限几日,我实在……"

"少废话!"彭君庭立刻变了脸,嘴又歪到耳朵上,厉声道,"就在今夜!"

"我,我一个人怎么行?你们……"苏建才乞求道。

"那好,你告诉我,你们今天夜里到什么地方宿营?"

"马英刚才说,到小陈家店。"

"什么时间开到?"

"夜十二点以前。"

"好,一言为定,我们今夜带队伍去。不过,要是在小陈家店找不到你们,你就别想再要脑袋……"彭君庭刚讲到这里,见远远来了一人,立刻变得满面笑容,对苏建才说:"以后有空到我家串门去。"

他说罢,便扬长而去了。留下苏建才一个人恍惚地站在那里,小李过来说:"那像是彭君庭啊,听说这小子不是个好东西,他和你说啥来?"

"还不是几句客套话,我没理。"

小李看苏建才的神情,觉得有些奇怪,忽然想起马英曾向他征求过对苏建才的意见,莫非?……他想跑回来汇报,又怕苏建才怀疑,便从容地跟苏建才说说道道地走回来。

马英接到鬼子要老百姓砍庄稼的消息,觉得问题很严重,这样不仅打乱他们青纱帐期间的战斗计划,也破坏了今年的秋收,关系着全县几十万人民的生命。他决定立即到各区跑一趟,以便动员全县力量,开展一个保卫青纱帐的运动,他要把两个中队集中起来打个大胜仗,压下敌人的气焰。保卫住青纱帐,就是胜利!他正在收拾东西,小李进来把他看到的情况报告了。马英向来注重调查研究,全县的敌情、社情、群情都了解得很详细,他知道彭君庭,是肖家镇的行商,和汉奸常有来往,很可能是敌人的密探。苏建才怎么和他有来往呢?他叫小李继续注意,一定要解开这个闷葫芦。

话刚说完,苏建才进来了,一看马英在收拾东西,问道:"大队长,你到哪里去呀?我跟你去吧!"

"不,你跟孟指导员一块。"

当头一棒,他们的计划全部破产了。苏建才觉得脑子一阵昏眩,他想,事情为什么总是和我苏建才为难?这一来杨百顺到小陈家店捉不到马英,岂肯与我甘休!马英以下所交代的话,他一句也没听进去。

"小李,你把小董叫来,告诉他这就走。"马英说罢,又背过脸去整理东西。小李答应了一声,出去了。

苏建才一见此情,浑身颤抖了一下,脑子里立刻浮起一个念头:打死马英!趁此机会,一不做,二不休。看到马英的手枪就放在床上,想偷偷地拿过来,对准马英的后心。……

"建才,"马英背着脸坦然地叫了一声,苏建才手哆嗦了一下,缩了回来,只听马英继续说,"你看我们的队伍发展得多快,鬼子的寿命不长了。"

"是,是。"苏建才声音有点颤抖。"不能打!不能打!"苏建才暗自想道。马英这句话提醒了他:这里有百十个人,他要是打死马英,他还能跑得了吗?他赶紧把偷枪的手抽回来。装做懒洋洋地走了出来,他这颗心算是收下了,再没有动手的机会了。

马英一切收拾好了,带着小董出了大门,老孟和小李去送他们,走到村边,马英转过身来说:"今天苏建才表现有点不正常,黄昏时又来了肖家镇上的货郎,还是提高点警惕好。今天不要住小陈家店了,我看就住大王村。"

苏建才回到屋里,把鞋一脱,便倒在炕上。这时,他忽然想起来忘记问马英先上哪个区去了。可是又一想,只要把队伍带到小陈家店,打起来,捉不到马英他也可以找个借口,能打垮大队,他也总算给他们办了点事;从今以后一进城便可以洗手不干了。想到这里,才算轻松地松了一口气:这回可熬出来了。

天渐渐黑沉了。

队伍开始朝南行进。苏建才兴冲冲地走在最前面,仿佛特别有精神。小李紧跟在他身后。小李觉得马英一走,心里便显得空落落的,感到不是味。今天黄昏的事又在他脑子里翻腾,感到有些不放心。想着想着,他便放慢了脚步,落在了后边。这时身旁忽然有人拉了他一把,一看,是一班长小顺,只听他低声说:"小李,大队长上哪去了啊?"

"不知道,反正有任务。"

"咱们呢?"

"往大王庄转移。"

"不是说到小陈家店吗?"

"不去了。这是大队长交代的,要经常变换地方,防止敌人掌握我们的规律。"

"这就叫神出鬼没,大队长真有一手。"

"王二虎、赵振江,还有孟指导员,哪个不是好样的!"

"别嚷嚷!晚上行军不许说话。"老孟过来干涉了。

部队继续急促地朝前行进,渐渐能看到小陈家店了。苏建才心想这一功他算是立准了。

尖兵班已经进了村,大队也慢慢陆续走进村子,一直等队伍全部进了村,却仍然没有停止,继续穿村而过;看着,尖兵班已经又出了村子,苏建才觉得奇怪,难道他连小陈家店也不认识了?急忙跑去质问老孟:"已经到了,还上哪去啊?"

"大王村。"

"大队长不是交代住在这里吗?"

"这村子太大,容易暴露目标!"

"可也不能不执行大队长的命令!"

苏建才硬吵着赖着要把队伍弄到小陈家店。老孟知道无论如何也不能住小陈家店,但是又绝不能露了底。不由二人顶撞起来。小李这时插了进来:"告诉你吧!行动计划变啦,到大王村是大队长的命令。"老孟光怕露了底,"去,去,就你知道得多。到大王村是我的主意。"

当的一声,像一把大铁锤打在了苏建才的心上,不禁暗暗叹道:"马英啊马英,你的点子也太多了,真是无法对付呀!"心想今晚杨百顺扑了空,怎么交代呢?"……人头总是要的,没有他的,你的也行!"彭君庭那阴森森的声调又在耳边响起。又想到,马英为什么突然改变行动计划呢?在涧里村头上给老孟交代了些什么呢?莫非是发觉我了,不禁吓出了一身冷汗。他想来想去,决心瞅个机会溜走,在公路上迎住杨百顺,把他们领到大王村来,可是小李总是寸步不离,太讨厌了。

原来苏建才觉得小李是他的靠山,今天突然觉得变成他眼中的钉子:傍黑他和彭君庭接头的时候,偏偏就让小李看见了,从行军到现在好像小李是一直在注意着他,莫非小李对我有了怀疑?莫非马英给小李布置监视他?他越想心里跳得越厉害。

队伍住在了大王庄,小李和苏建才睡在一个炕上,小李的脑子里浮起了许多疑念:苏建才带他从肖家镇跑出来,竟那么顺利,敌人连追都没追?苏建才在监狱里被敌人打得满身是血,为什么伤口又好得那么快?从肖家镇跑出来,那些时他的精神总是傻傻愣愣,这是什么原因?今天傍黑他和彭君庭谈话,刚才又执拗地要住到小陈家店去,这又是为什么?……莫非真的有阴谋!小李又想到昨天马英叫他帮着调查解开闷葫芦,刚才老孟又嘱咐他多加注意,观察动静,于是他时刻警告自己千万别睡着。

鸡叫了,苏建才想杨百顺大概已经出发了,必须立即离开这里,迎到公路上去送信。

苏建才刚站起来,小李就问道:"上哪去啊?"

"查岗。"

小李更觉得奇怪,就说:"我跟你一块去吧。"

苏建才迟疑了一下,忽然想,一块去也好,解除他的疑心,等他们一来就先把他打死,免除后患,于是说了声:"好吧。"

二人先到村北向哨兵询问了一些情况,就转到村南的路口上。苏建才拉着小李坐在一个石碾磙子上,忽然说道:"小李,你对我有什么意见啊?"

小李一愣,觉得很突然,一时不知该说什么:"我还没有很好地想过。"

苏建才说:"今天我在路上态度很不好,你一定有意见吧?当时我也不觉得怎么,回来越想越不对头。"接着沉重地叹了一口气说："这都是我的小资产阶级思想在作怪,自尊心太强,认为自己意见不被接受,就是不尊重自己,还怕影响自己的威信。所以……"

小李更加生疑,黑更半夜的在野外说这个干啥呢?

苏建才说着看着,企图慢慢麻痹小李,待机逃走。忽然看到远远的路上隐隐约约是来了一队人马,心想一定是杨百顺来到了,再也不能迟疑,必须赶快迎上前去,他顺手就去抢小李的手枪……

"敌人!"小李在这一霎时也看到大路上的队伍了,好像正向这里而来。

"不要动!"苏建才冷不防夺过小李的手枪,对住小李的后心。

小李的脑子立刻炸了,不顾一切把胳膊一抡照苏建才的脑袋打去,苏建才没敢开枪,怕惊动老孟他们来追他,就跑不脱了,他仗着个子高,咕咚一声把小李摔倒在地上,拔腿就跑。小李一面爬起,一面喊道:"汉奸跑了,汉奸跑了,快追!"

喊声未落,苏建才啪的一声扑倒在地。"跑不了!"随着一声巨吼,一大汉一脚踩在苏建才背上。小李一看是老孟,赶上来,捡起苏建才甩掉的枪。原来老孟对苏建才很警惕,发现他行动不轨,便在暗中跟着。当苏建才逃跑时,他正蹲在前面,冷不防把苏建才绊了个狗啃屎。他已在此隐蔽观察多时。

向这村扑来的队伍,越来越近了,老孟带一个排布置在预先布置好的抵抗线上,他命令小李去通知部队紧急集合,待命行动。然后把苏建才捆了个结结实实。苏建才心想反正事已败露,命已不保,便大叫大嚷起来,"快救救我呀,快救救我呀!"企图使来的队伍闻声赶快来救他,老孟把手枪往他脑袋上一捅骂道:"你再叫唤,我崩了你个小舅子!"

那支队伍来到跟前了,一看原来是马英带二中队来了。苏建才一下子瘫倒在地上。

马英看到老孟已把苏建才绑了起来,满意地向老孟说:"干得不错嘛!"老孟嘿嘿地笑了。

队伍驻上房子,天已明了。到小陈家店扑了空的敌人,气得瞎打了一阵枪,扫兴地返回县城。

马英审讯苏建才,他还想抵赖,马英大喝一声,"带进来!"两个战士把彭君庭带了进来,"你看这是谁?"瘫在地上的苏建才再也无法抵赖,一一按实招了供。原来昨晚马英根据小李提供的情况,先到了肖家镇,了解到彭君庭和杨百顺有勾结,然后拘捕了彭君庭,供出了和苏建才接头的情况。他为了处理叛徒汉奸苏建才,也怕苏建才另有与城里敌人联络的渠道,万一将情报送了出去,一中队会受损失,所以连夜押着彭君庭带上二中队赶来了。

马英把苏建才和彭君庭的罪行和处置意见,向分区写了一个请示报告,命令小李骑上自行车立即送去。小李知道是为这件事,车子蹬得比往日更快,简直像飞云,像闪电,这天晚饭后就返回来了。

马英看了回信说:"上级批准了,马上执行。"小李把枪一掏说:"都交给我吧!"老孟上前把小李一推说:"咱俩一人一个!"

一个班把两个坏蛋拖出了村外,只听到叭、叭两枪,两个坏蛋像死狗一样都栽倒在地下,战士们还不解气,叭,叭……接着又是十几枪,每人向着苏建才又补了一枪,一面打枪一面骂:"叫你当叛徒!叫你当汉奸!"

三十　打开铜墙铁壁

太阳已经老高了。各村的男女老少才垂头丧气地走到自己的地里,可是大家看着那些肥实的高粱穗儿,那一个一个裹得紧紧的玉蜀黍,谁也不忍心下手。

嚓的一声,陈宝义先割倒一棵,他转身对大家说:"乡亲们,狠狠心,割几棵应付一下吧。"

于是人们一边小声咒骂着,一边嚓嚓地动起手来。忽然一阵枪响,接着炮楼上的机关枪也响了。这年头人们听打枪听习惯了,一点也不觉得害怕,反倒有说不出的痛快。知道八路军来了,都高高兴兴地往回跑。陈宝义边跑边对王大成说:"大队的同志们来啦,这个办法真不错!"

原来这是他们预先和大队商量好的办法,王大成接着说:"明天少去些人,到地里慢慢磨,等枪一响,就往回跑。"

"光跑还不算,我还要到炮楼上去一趟,就说八路正规军来了,吓唬吓唬这些王八蛋!"

"你可小心点。不要把底子漏了,叫人家真个找到大队!"大成媳妇插嘴道。陈宝义做了个鬼脸说:"大嫂,你只管放心吧,难道我连这点都不懂得?东报西来西报东,叫日本鬼子扑个空!少报多来多报少,骗得鬼子瞎白跑!"

大家听了都哈哈大笑起来,异口同声地说:"明天就依计而行。"

就这样磨了几天,庄稼也没有砍倒几棵,胡二皮大怒,把周围几个村的伪村长叫到炮楼上骂道:"你们天天他妈的报告有八路正规军,老子就不信,今天我就要去碰碰!"当天他便带着队伍出去"扫荡",怒冲冲地一连烧了三个村子。

老孟见几个村子起火,便带着一中队和胡二皮干起来,赵振江闻声,也赶来向胡二皮夹攻。胡二皮很快又缩到炮楼里去了。

马英这天已经将各区工作布置完了,也来到城东研究这个新的情况,他想,光靠扰乱敌人不行。对于像胡二皮这种铁心汉奸,必须进行重重的打击,便立即给胡二皮写了一封警告信,送到吉祥镇维持会。维持会长吉官起赶紧将信转给胡二皮。

胡二皮看了信,冷笑了一声道:"你们这一手只能吓唬王秃子,你二爷不尿这一套!"说罢,对护兵道:"集合!"

哨子一响,八十多个汉奸三路横队排在院里。胡二皮的队伍有一半是东北人,都是些老兵油子,枪法准,还有一挺机关枪,他们自称是"常胜军",但人们常叫的倒是"大烟军"。原来胡二皮的兵每人都有杆大烟枪,个个面黄肌瘦,三分不像人,七分倒像鬼。胡二皮更不用提,脸像一张黄表纸,浑身皮包骨头,这会大约是过足了大烟瘾,歪着脑袋,躬着虾米腰,站到队前训起话来:

"告诉弟兄们,土八路想拿老子的炮楼,真他妈是癞蛤蟆想吃天鹅肉,也不看看他二爷是谁!老实说,我和八路打交道可不是三五年了,八路的鬼把戏我都知道,他们只能糊弄王秃子,我胡二皮不上他的当。你们看!谁要进我的炮楼,就要过三道深沟,一道铁丝网,还有和城墙一样的围墙。真是铜墙铁壁!"他越说越高兴,顺手点起一支烟,吞云吐雾地吸起来,"弟兄们只要把炮楼守住,我就要挂上少校的东洋刀了。你们当然也有功,班长升排长,当兵的升班长,每人还外加十两大烟土!"

胡二皮的兵一听到赏大烟土,都提起精神,齐声呼道:"愿和队长同生共死!"

这一来胡二皮更洋洋得意,立刻布置了一番,决定来个下马威,给马英个脸色看看。

第二天,天没亮。吉祥镇的维持会长吉官起就亲自带着维持会的人,敲着锣,让老百姓到一个干水坑里去听胡二皮训话。

太阳已经晒住屁股了,胡二皮才从被窝里爬起来,站到炮楼上一望,只见干水坑里才来了百十个老头,这下子可火了,马上下了一道命令,要维持会长按户口册子点名,穿着黄衣服的大烟鬼们也大批出动,挨家挨户去搜查。

一个年轻妇女抱着不满月的婴儿,后边还跟着一个光屁股的大孩子,牵着她的衣角也被赶出来了,汉奸们在后面边骂边赶着:"快快开路,快快开路!"这鬼叫的声音把小孩们吓哭了,牵着母亲衣角的那个孩子的屁股上也被枪托子打红了,母亲实在忍耐不住,回过头去护孩子,汉奸们一枪托子打在她的头上,鲜血流了一路。

正在哭叫着吵闹着,后边又传来了"躲开躲开"的咆哮声,两个汉奸抬着一个人过去了。这青年妇女看得真切,原来是已经病了两个多月的李二奶奶。到了上午十点钟,那个干水坑终于填满了人,大家都默默地坐着,或躺在那烫热的土地上。

坑里的人一直晒到十二点,昏倒了好几个,这时胡二皮还在炮楼里嘟嘟地抽大烟。又过了好大一会,胡二皮才凶狠狠地带着护兵来了。他站在靠镇西口的坑沿上,高举着右手,用了吃奶的牛劲,喊了一声:"阿此马里!"①

几十个汉奸立刻像一堵墙似的排列在他的面前,然后又遵照他的命令散开。群众眼巴巴地看着他们,准备听听胡二皮究竟放个什么屁。

忽然一声哨子响,机关枪、步枪嗵嗵嗵一齐开了火。……无数的子弹从人们头上飞过,耳朵都快给震聋了。大家都紧靠在一起,孩子们吓得乱哭乱叫。

大约过了十分钟,枪声才停下来。胡二皮开始讲话了:"今天是给你们一个下马威,叫你们认识认识皇军的威风。吉祥镇三百来户人家谁要是藏了八路,就杀你们个鸡犬不留。到那时候你们才知道我胡二皮真正的厉害!……"

接着维持会长吉官起又宣布了什么"良民守则",定了很多规矩,才算散伙。

原来县大队的班长小顺是吉祥镇人,这天回去看家,也赶上这次下马威,被胡二皮圈了一上午。他下午回到大队部便将事情的经过向马英哭诉了一遍。他说:"我奶奶六十多岁了,病了两个多月,还叫他们抬到坑里,活活给吓死了……"

大家听了一个个咬牙切齿,老孟说:"打他个小舅子,捉住胡二皮先剥他的狗皮!"

---

① 日语:集合。

"打吧,大队长,"小董附和着说,"咱们才缴获了一百二十条枪,离两百条还远呢!"

"胡二皮还有挺机关枪呢!"小顺也补充说。

马英想,胡二皮这样铁心,又这样逞强,如不把他收拾掉,其他汉奸也不会老实,对整个保卫青纱帐的斗争也有很大影响,他暗自下了决心:你就是铜墙铁壁,我也要把你打开!不过表面上他不露声色,还是那样坦然,接着问小顺:"你家在吉祥镇,可有熟人了解炮楼上的情况?"

"我哥哥在炮楼上当过长夫,可能知道点。"

"好,今夜把你哥哥叫来。"

深夜,小顺带着他哥哥大顺来了。大顺有三十来岁,长的老实巴交的,一看就是个庄稼人。他一进门一屁股坐在炕上,就先向马英诉起苦来:"大队长,咱们在镇上成天连一口大气也不敢喘,今天可见到亲人了!无论如何要把我肚子里的话诉说诉说。"他喝了两口茶,接过了大队长给他的扇子,"胡二皮这小子可真是'头上长疮,脚心里流脓',坏透了。这几个月找我们镇上要五个长夫,轮流到据点里干杂活,我就是一个,五天轮流一回,给他们扫院子、担水、打扫茅坑,还要给他们洗衣服。胡二皮他老婆,那个臭娘们在这里的时候,连他妈的内衣裤也叫我们洗,真把人糟蹋透了。这还不算,我们去一次就准挨一次打,你们算算该打了我们多少次了。有一回我给那臭娘们打洗脸水,不小心把水泼了一点,胡二皮这小子火了,叫来了两个当兵的,把我按倒地上,光大棍子就打折了三根!……"

大顺唠唠叨叨地一说起这些苦处就没完。马英听着他的话,望着他的脸就仿佛和他一同去经历了一番痛苦,只等他把这些都诉说完了,才问起炮楼上的情况。大顺忙说:"你看我这个人,只顾瞎扯旁的,把正事都忘了!"接着便介绍起炮楼的情况,"提起胡二皮修的工事,可不知道耽误了老百姓多少工,里里外外修了三道沟,沟沟有水,外加一道铁丝网;围墙修的有城墙厚,日夜有岗,机关枪架在四层炮楼的顶上,枪不离人,人不离枪,这小子防得可真紧!……"

马英听着大顺的介绍,他的思想便随着飞到吉祥镇,他仿佛看见了那一道道的围沟,那扭成麻花似的铁丝网,在那高高的围墙后探出了胡二皮又黄又瘦的脑袋,向他狞笑。

这个家伙,带领着散兵第一次抢劫了马庄,如今又死心塌地地当汉奸,残害老百姓。……马英的思想一下子又转到战斗方案上,他首先考虑到打肖家镇的办法,但马上就否定了,因为在炮楼三百公尺之内,光秃秃的,连一点隐蔽的地方也没有,要从三百公尺外的镇西口冲到围墙里,这简直是不可能的事。他考虑的第二个战斗方案是夜间偷袭。他立刻也推翻了,光过这三条沟和一道铁丝网,就不知要费多大事,何况胡二皮提防得很紧,枪不离人,人不离枪,就是攻进围墙也打不进炮楼。……马英想着想着就有些不耐烦了,难道当真被胡二皮吓住了?打!硬攻!脑子里立刻浮起这个念头。就在这时,仿佛忽然身后有个人揪住自己,耳边响起一个熟悉而又平静的声音:"同志,冷静点!"这是杜平的声音,马英刚才心中那股怒火立即消失了。是啊,打仗可不是儿戏,胡二皮的兵抽了大烟不要命,枪法准,又在炮楼里边,这不是明明碰钉子吗?那怎么办呢?他陷入愁苦的思索中……

老孟在对屋睡醒一觉,一看马英这屋还点着灯,就过来用长辈的口气说道:"睡吧,睡吧,车到山前必有路,别光傻发愁了。"

"你倒说得好,"马英笑了笑说,"路也不是等出来的,也得我们开啊!"

"那也不是一夜的工夫。"

马英知道老孟的脾气,他不清楚的事他不放在心上;他知道了比谁都放不下,就特意把吉祥镇炮楼的形势讲了一遍。老孟果然听得入了神,也忘记叫马英睡觉,一屁股坐在炕上不走了,没等马英说完就不服地说:"我就不信,人不离枪,枪不离人,拉屎的时候也带着枪?"

这句话猛然提醒了马英,忙问大顺:"他们是不是一天到晚真的枪不离人,人不离枪?"

"不……"大顺说。

"那么什么时候不带枪呢?"

"吃饭的时候。"

"你把敌人吃饭的详细情况讲讲。"马英眼里又闪出平时那股欢乐劲儿,兴奋地问道。

大顺回答说:"天热了,敌人搭了凉棚,都在那里吃饭。枪就挂在炮楼里。"

"炮楼离凉棚有多远?"

"约莫有四五丈吧。"

"是都到凉棚里吃饭吗?"

"就胡二皮不去,让勤务兵给他送。另外炮楼顶上和院门口还有两个站岗的,等换了班再去吃饭。"

正说着,去查岗的赵振江领着陈宝义来了,陈宝义没进门声音便先闯进来了:"大队长,明天俺村往吉祥镇炮楼送粮食,你派几个同志去截了吧。"

"你说什么?再说一遍。"马英站起来问道。

"明天俺村往炮楼送粮食……"

没等陈宝义说完,马英上去抓住他的手说:"伙计,你来得真巧,真是万事俱备,只欠东风,就差你了。"

大家都莫名其妙地望着马英,不知是怎么一回事。只听他爽朗地说道:"同志们,有办法了。刚才大顺介绍,炮楼里只有吃饭的时候,枪才和人离开。这是个好机会!我们要打吉祥镇,必须抓住这个时机。这时候只有胡二皮和两个站岗的三个人有战斗力,其他的全成了废物,这样我们便可以少制多。刚才宝义说:他们明天

355

要给胡二皮送粮。这就太巧了,我们不是可以化装做送粮的进去吗?"

"着,着,"老孟吧唧着嘴说道,"你的心眼真灵活,这下子算是瓮中捉鳖,胡二皮跑不了啦。"

"先别高兴得太早了,"马英瞅了老孟一眼,接着说,"现在的问题是必须准确地掌握敌人吃饭的时间,要不然弄错了,我们进去的人就别想出来。"

这确是个难题,大家都静下来,半晌,忽然赵振江站起来搓了搓手说:"要把时间掌握得准确,就得掌握他们内部的人。"说罢,便又坐下了。

"就这一句,完了?"老孟望了赵振江一眼,"你多说两句不行?说多了又不赔本。"

"这一句就解决问题嘛。"马英笑了笑,转过脸来问大顺,"你能不能再进一次炮楼?"

"别说我,谁也不行,这几天胡二皮怀着鬼胎,把得可紧了。"

大家一听,都扫了兴,又沉默起来。马英望了望老孟:"这回该听你的了。"

老孟张着嘴傻愣愣地想起来,嘴忽然一动。小董说:"来了!"

"没有。"老孟把嘴一合,逗得大伙都笑起来。这时忽然小李说道:"他不让人进去,总不能憋在里边不出来吧?"

"倒是有人出来。"大顺说。

"出来都上哪去?"马英问。

"上维持会去。"

"多是什么时候去?"

"每天早晨。"

"去干什么?"

"要肉要菜,还有时打醋打酱油。"

"为什么总是早晨去?"

"因为天热,肉不能放着,当天要了当天吃。早晨,那个特务长就把一天吃的肉拿回去。"

马英问得很详细,一面问一面想,逐渐战斗方案产生了。

"好吧,那我们就到维持会去等他。"

"不行,维持会长吉官起可是个死心汉奸啊!"陈宝义和大顺一齐说道。马英笑了笑,用手指弹了弹炕上的手枪说:"不怕他死心,要教育他活一点。"

"怎么着,"老孟得意地望了望马英,"我说车到山前必有路嘛!"

"算了吧,要依你睡觉去,怎会想出办法来。"小董插嘴道。

"睡觉总是少不得的,现在我还要劝你们睡觉。"

"先别慌,还得请你辛苦一趟。"马英对老孟说,"现在请你带一中队到公路上去打狙击。"

"我去?振江打狙击可是有经验啊。"

"振江枪准,要留下来对付胡二皮。"

"那没话说,"老孟颤抖着胡子走出去,只听他在院里喊道,"一中队集合啦!"

马英接着和赵振江、小李如此这般地商量了一下,也立即出发了。

第二天天不明,马英穿一身白绸衫子,戴着茶色眼镜,和小李、还有两个战士,突然闯进维持会长吉官起的家。马英知道这小子很滑头,便让小李堵住大门,自己带着两个战士直奔后院去。吉官起还没起床,听到前院响声不对,披上衣裳就往外跑,刚走出屋门,就被马英用枪逼住,吓愣了。马英说:"你不要害怕,我们只和你一同到维持会坐一会。"

"好,好,请便。"吉官起忙说。

"你家里的人呢?"马英问。

"都在屋里。"

马英向一个战士使了个眼色,那战士便端着枪走进去,马英接着说:"我先把话讲明白。要出半点儿差错,找你算不清的账!"

"是,是。"吉官起愁苦地朝屋里望了一眼。马英说:"好了,咱们到维持会去。如果有人问我是谁,你就说是:衡水皇军三〇二五部队的便衣队王队长。"

"是,是。"吉官起又一连说了几个"是",便领马英他们来到维持会。马英又让小李留在维持会的门口,看住门,防止吉官起跑了。随后对吉官起说:"等一会炮楼上有人来,你问清他什么时候开饭,就没你的事了。"

这时吉官起已经弄清楚马英的用意了,不过他想:"胡二皮日夜把守得很紧,他们要想拿下来才是见鬼。"就答应了。马英和一个战士也便躲在里间里。

太阳出来的时候,胡二皮的特务长提着个大瓶子走进来喊道:"吉会长,给我打一瓶子醋。"

"快吃饭了吧,做的啥饭?"

"今早吃面条,我把醋打回去就开饭。"

吉官起派人给他打了一瓶醋,又把一个装满菜和肉的篮子递给他。那特务长提着大篮子走到门口说:"吉会长,跟我去吃碗面吧。"

"没工夫,改天再去吧。"吉官起说。这时马英便从里间闯出来对吉官起说:"先请你委屈一下,就坐在这里,不要动。"一个战士立即拿枪将吉官起逼住,他只好一动不动地呆坐在椅子上。

马英和小李迅速到了大顺家里,把已经化装好了的赵振江、小董五个人带出来,朝炮楼走去,预备队也早已运动到镇西口,准备接应。

马英一个人空着手走在前面,赵振江和四个战士背着口袋、挑着筐子跟在后边,小李装做掉了队,走在最后,是准备专门解决站岗的。马英走到第一道吊桥边,站岗的厉声问道:"干什么的?"

"送粮的。"马英坦然地答道。

"哪村的?"

"小陈家店的。"

"你……"那站岗的仔细瞅了马英一眼,"你不是小陈家店的村长!"

"我是陈宝义的兄弟,我哥哥有事不能来。"

"为什么来这么早?"站岗的有些奇怪,平常送粮的都是拖拖拉拉,催都催不来。

"我们早来早回去,大秋天,都还忙着下地哩。"

那站岗的还在犹豫。

"怎么样?"马英故意装做不耐烦了,"你们不要,我们就扛回去。"说着转脸向大家喊道:"伙计们,炮楼上不要,咱们扛回去吧!"

"谁叫你们扛回去的!"站岗的大声说着,便骨碌碌把吊桥放下来。马英领着大家穿过吊桥,进了围墙,一直朝炮楼走去。特务长一见骂道:"混蛋!把麦子担到后院去,往炮楼里去干啥?"

马英他们装做没听见,只管往炮楼那边走,已经快到炮楼的门口。特务长上去一把抓住赵振江背的布袋,又骂道:"你们他妈的聋啦,瞎往哪走!"

赵振江趁势把布袋一丢,拿枪冲住特务长。就在这时大家一齐把口袋担子扔了,马英带着两个战士抢先跑进炮楼,哗啦一声把门关了。那些正在吃饭的伪军早乱成一团,碗打得粉碎,面条泼了一地,有几个汉奸冲向炮楼想取枪,赵振江举手一枪,把炮楼顶上那个站岗的打下来,顿时摔成肉饼。大喝道:"谁再跑,我先打死谁!"

几十个汉奸被吓愣了,还有的就往大门外跑。小李这时早把那站岗的枪下了,堵住大门。汉奸们又往回窜,你撞我,我碰你,像是热锅上的蚂蚁。这时正在四层楼上的胡二皮高举着手枪,鬼嚎似的叫着:"给我打!打……"第三个"打"字还没出口,赵振江照他的手腕子叭的就是一枪,正打个准,手枪从四层楼上掉下来。胡二皮捏住那只受伤的手就往下跑,刚跑到三楼,就被马英用枪逼住:"不要动!"

"我投降。"胡二皮哭丧着脸,颤抖着把手举起来。

这时镇口的预备队已经赶来了,八十多个俘虏,一个也没跑脱,长长地排了一溜被押出去。把战利品一清理:机关枪一挺,步枪七十九条,手枪四支,子弹、手榴弹一共十五箱。大家最感兴趣的是那挺机关枪,都过来乱摸,还不住地乱问。小董跑过来对马英说:"一共一百九十二条枪了。还差八支就够两百条了。"

"赶快走,回去再算账!"马英向大家说道。赵振江急忙扛起机关枪,将队伍带出去。战士们说说笑笑,"真正的铜墙铁壁是人民,可不是胡二皮吹牛的他这乌龟壳啊!"笑声迅速地消失在青纱帐里。

胡二皮的四层炮楼顷刻间变成一个大烟筒,楼下是熊熊大火,楼顶上蹿出一股浓浓的黑烟……

三十一 "运输队长"

二虎的伤势渐渐显轻了,只是走动还不方便。这些时他住在他姨家里。桂枝对他照顾得十分周到,一忽儿问饥,一忽儿问热,伤重的时候就连拉屎拉尿也照管,这使二虎很过意不去,常撑着劲说:"你回去歇着吧,我自己行了。"桂枝在他身边的时候,不知怎么他就觉得心里热乎乎的;桂枝一走呢,又觉得冷清清的,不是个味儿。他心里烦躁起来,想着早点回队伍去,可是一连几天一点也听不到大队的消息,更加觉得烦躁,不由便闷声闷气地叫道:"娘!"

"做啥呀?"他娘慌忙跑进来。

"还没有大队的消息吗?"

"没有,你急什么呢,你们大队长不是让你好好地休养吗?"

"是真的没有吗?你们可不要哄我。要是哄我,我这就找大队去!"

"你这个孩子!哄你做啥?快不要乱想了,你的伤还没有好完嘛……"二虎娘的话还没说完,桂枝就从外边跑进来,兴奋地说:"街上的人说,大队把吉祥镇的炮楼拿下来了,胡二皮和几个死心汉奸都被枪毙了,这一来各炮楼上的汉奸都吓坏啦。"

"你看看,大队把吉祥镇炮楼都拿下来了,我还在这里躺着,像什么话?走!"二虎说着就要往外走,他娘和桂枝都慌了,上去就拉。这时,门外忽然响起一个熟悉的声音:"二虎,伤好了吗?"随着帘子一挑,马英和小董走进来。

"好了。"二虎上前一步抓住马英的手,他像是又回到队伍里了。马英不由想到了苏建才,所以更觉得二虎亲切,用双手握住二虎那只大手摇起来。

"大队长,你来得正好。"二虎娘对马英说,"你可管教管教他,伤还没好清,就闹着要打仗去!"

二虎向他娘白了一眼。马英笑着说:"慌什么呢,以后打仗的机会还多呢!"接着他把最近的形势和这几天斗争的情况详细讲了一遍。二虎听了,确实感到有很大变化,心里更加兴奋,忽然想起来问道:"那挺机关枪分到哪队了?"

"二中队。"

"怎么分给二中队?"

"打炮楼是振江带的队,再说他又会使。"

"机关枪有什么难学,不信试试,给了我保险能打得响!"

这时赵振江恰好走进来,从二虎这两句话上他已经猜出他的意思,就对马英说:"一中队要,就把机关枪给一中队吧。"

"我们不要。"二虎一听赵振江的话,反倒不好意思起来,接着对他说,"以后瞧着吧,我要不夺挺机关枪我不姓王!"

大家看着二虎那股劲,不由都笑起来。忽然门帘一挑,小李闯了进来,他是刚从东门外侯老奎那里回来的,跑得满脸通红。马英忙问道:"情况怎么样?"

"鬼子真鬼透了,"小李气喘吁吁地说,"他们知道大队最近在城北城东活动的厉害,一定要往城南城西转移,却故意对下边的说,要到吉祥镇、肖家镇去'扫荡',实际上却是往城西城南去。"

"也难怪鬼子滑头,"马英笑了笑说,"最近他们跑了不少冤枉路,连大队的影子也没有碰上,自然要生些诡计。"

"大队长,你们还在这稳坐江山!"负责监视敌人的老孟突然闯进来说,"敌人已经出了城啦!"

大家一听都紧张起来,准备立即行动,马英想了想说:"不慌,这可能是敌人的疑兵计,小李,你赶快骑车子再去看看。"

小李骑上自行车走了,马英这才让大家做战斗准备,老孟有些不信,说:"莫非鬼子把咱打肖家镇那一手也学去了。"

一会,小李回来了,高兴地向马英报告道:"敌人一路出东门向城南拐了,一路出北门向城西拐了。"

"哈哈,鬼子真的学会了啊!"老孟说。马英纠正他说:"只可惜学得晚了点。"

大家说笑了一阵,马英接着说道:"我看,既然打击敌人,就打得狠一点,乘此机会把大东庄的炮楼拔了。"

"对!"老孟第一个举手赞成,"打疯狗就得往死里打!"

大家也齐声道好,只是讨论到战斗方案,意见不一致,有的主张硬攻,有的主张智取。二虎自然是主张硬攻的,他想:"和王秃子打交道也不是三两天了,他的底子咱们还不摸?这么多人一去,吓也把他吓拉了。"

"是啊,打败的鹌鹑斗败的鸡,这家伙上不了阵势。"老孟也附和道,"你们忘了,现在咱们还有机关枪呢!"

小李是主张智取的,他说:"人急跳墙,狗急上房,王秃子虽是个草包,可还是个汉奸,上次丢了肖家镇,这回要再丢了大东庄,脑瓜子恐怕就长不牢了。他要豁上命跟咱拼,或者钻到炮楼里不出来,你有啥办法?"

"算了吧,"老孟说,"王秃子别说是丢了大东庄,就是丢了县城,也掉不了脑瓜,谁不知道他是刘中正的大舅子!"

"大舅子顶个屁,后边还有个鬼子哩,刘中正还是跟鬼子打旗子的哩。"

两人说着便吵起来。小李因为消息灵通,举出很多事实,如说肖家镇炮楼丢掉后,刘中正曾给中村打过保票,还把王秃子弄到联队部训了一顿,甚至打了几个耳光都能说出来,所以他总占着上风。老孟呢,也不示弱,他和谁一吵嘴,就不讲理了,信口胡说,如质问小李:刘中正的事情你怎么知道?你是他的参谋长?你钻到他肚子里啦?

这一来屋子里就热闹了,大家哄笑起来,马英说:"算了吧,你们瞎吵吵有啥意思?"接着转过脸来说:"振江,你的意见呢?"

赵振江也望着他们两个只顾笑,听马英问他,才说:"我同意小李的意见。"

"光同意?你得说个理由啊!"

"能智取,为啥要硬攻呢?"

"又是一句话。"老孟把嘴一吧咂,坐在一旁了。二虎接着说:"能智取,你也得说个法儿,反正王秃子不会双手把炮楼送给你。"

赵振江想了想,笑了笑,这才慢腾腾地说道:"我有一计,可不知行不行?"

"你快点说吧,管它行不行。"二虎催促道。赵振江接着说:"敌人说要到城北城东扫荡,王秃子未必知道他们到城西城南。我们不是得了许多汉奸军装吗,就化装成汉奸队,装做扫荡的,等王秃子一放吊桥,就冲进去打他个冷不防……"

大家听了,齐声说妙。老孟说:"你怎么不早说呢?这回主攻任务是我的,我来装汉奸队长。"

"不行,不行。"二虎打断他的话说,"汉奸官哪有你那么大岁数的,还是我来干吧!"

"你的伤没好,怎么行?"

"好了,好了。"

"你还是再休息几天吧。"马英也说道。

二虎红起脸说:"打吉祥镇我没参加,打大东庄也不让我去,要我干什么呢?再休息几天就生锈了。"

"你怎么这样讲!让你休养这是党对你的爱护,是交给你的任务。"马英忽然觉得话说得重了,对一个负伤的同志怎么好这样讲呢,接着便缓和地说道:"吉祥镇是振江带队打的,大东庄就给老孟,等你的伤好清了,下次的战斗任务一定交给你。"

二虎听了马英这一番话,只好罢了。接着大家便立刻行动起来,战士们一边化装,一边说笑。有个说:"今天我们也要当几个钟头的汉奸。"又一个说:"装汉奸就要有汉奸的派头,见了王秃子就要狠狠地揍,要不然就不像汉奸了。"大家听罢都笑起来。

队伍化装好了,排成三路纵队上了公路朝前行进。战士们还是说说笑笑,觉得比往常哪次战斗都轻松愉快,一来因为这次战斗特别有趣,二来大家谁也没把王秃子放在眼里。队伍渐渐离炮楼不远了,老孟向队伍命令道:"不准说话了,把枪扛到肩上,走整齐一点!"

王秃子自从来到大东庄炮楼,像是多长了个心眼,防守得特别小心谨慎,白天也把大门关上,把吊桥拉起来。他自己从没出过炮楼,活像个乌龟似的,脑袋尾巴一齐缩到硬壳里。

这天王秃子曾经接到电话,说是"皇军"要出来"扫荡",所以忙了大半天,准备迎接"皇军",可是久久不见人来。正在发闷,忽然站岗的报告道:"皇军来了!"

王秃子从窗口一望,果然西北的大路上来了一路人马,看样子有一个中队,可是仔细一瞧,却没有"皇军",因为都不是戴钢盔的。他有些奇怪,电话中不是明明说是"皇军"要来的吗,怎么光皇协军呢?也是这小子挨打挨的鬼了,他把电话紧摇了两下,打算问问警备队部,可是电线断了,心里更加疑惑,莫不是八路又再用什么计谋?他用手狠狠在秃脑袋上敲了两下,为难起来:去迎接又怕中了八路的计,不去又怕得罪了上司。这时,队伍已经越来越近了,他忽然急中生智,决定派一个班下去迎接队伍,自己带着两个班在炮楼上看动静。

伪军班长带着一班人,抬着一大桶开水,拿着几摞碗从炮楼里走出来,把水桶、碗摆在路边一个石台子上,十几个伪军分立两厢。队伍已经来到跟前了,班长上前一步,举手向老孟敬了个礼,说道:"官长辛苦!"

老孟本来想着王秃子要出来的,现在一看却只来了个班长,心中大怒,骂道:"混蛋!你他娘叫王秃子自己出来!"

王秃子在楼上听了,觉得不对,"王秃子"本是他自己的诨名,上司对部下怎么能这样称呼呢?再一看老孟,不正是上一次在肖家镇捉他的八路吗?立刻猪一样地嚎叫起来:"八路!八路!"

伪军们一听,掉转屁股就往里跑。老孟急了,喊道:"打!打!"

一阵枪响,噗通噗通有几个伪军栽到沟里。有几个跑得快,已经钻到院里把吊桥拉起来。

这一来老孟抓了瞎,又急又气,恨不得把王秃子拽出来撕了,只见他圆瞪着眼,颤抖着胡子,破着嗓子骂起来:"打呀,打呀,打他个秃驴!照炮楼的窟窿眼里打!"

战士们一听叫打,都高兴起来,谁也想过过打枪的瘾,噼噼啪啪立即朝炮楼的眼里射击。小顺架起机关枪,嘎嘎嘎就是一梭子,把炮楼眼打得稀巴烂。

那王秃子倒是沉得住气,不还枪,也不答话。老孟更加生气,正要再喊叫打,就听见马英跑上来喊道:"不要打枪了!"

老孟知道自己做得不对头,忙解释说:"王秃子这小子鬼透了,不吓唬吓唬他,他就不知道厉害!……"

"算了算了,你真算了不起!把王秃子都吓住了。"马英打断老孟的话,接着冲炮楼喊道:"让王秃子出来讲话!"

炮楼里鸦雀无声。

"让王秃子出来讲话!"老孟也帮着腔喊道,"不出来我就攻炮楼了!"

这一来倒是有些效果,王秃子靠在窗根说道:"我就是王秃子,请说吧。"

"你出来讲话!"马英听出是王秃子的声音。

"你们可不要打我。"

"保证不打你,八路军说一句算一句。"

窗子口一闪,露出个秃脑袋瓜。王秃子一见马英和那挺正冲着窗口的机关枪,又赶紧把脑袋缩回去,高声叫道:"大队长,再原谅我一回吧。我没出息又当了汉奸,也是为了一碗饭吃。"

"今天缴枪,保证不杀你的头。"马英喊道,"不要紧,你大胆出来讲话。"

那只秃脑袋又从窗口里探出来了。

"王秃子,你看见我们的队伍了没有?这可不是二三十个人了。老实告诉你,今天要是没有把握消灭你就不来。快点缴枪吧!"

"大队长,我敢不缴枪啊,不过我要给弟兄们商量一下。"

"好,你去商量吧。"

过了一会,王秃子又把头探出来了:"弟兄们有的是关外人,咋办哩?"

"不管是哪里的,愿意回家的马上发给路费,愿意抗日的可以参军。"

王秃子又蘑菇起来:"我们联队长的脾气你们是知道的,捉住了可活不成。"

老孟火了:"什么联队长,你们联队长也活不长了。"

"好,我再和弟兄们说一说。"王秃子吓得把头又缩回去。停了约莫二十分钟,这家伙又找到新的理由:"有些家眷要求把东西收拾收拾再缴枪。"

"可以,私人东西我们不要。"

王秃子的头一缩进去就是半晌,马英猜着了他的心思,说道:"王秃子,你别耍小聪明,我们知道你想拖时间,等城里鬼子来救你。老实告诉你,鬼子都上城南城西去了,要不我们也不会在这里跟你磨时间,干脆点,缴枪吧!"

这下子正说到王秃子心上,一时不知该咋办。马英见王秃子还不缴枪,命令道:"开枪!"

嘎嘎嘎,机关枪瞄准窗口又是一梭子,砖头块子四散飞开。

"别打啦,别打啦,我们缴枪,马上缴。"王秃子接着求饶道,"大队长,我的反正归降书叫联队长没收了,你可不要打死我,我是再也不当汉奸了。"

"你放心就是,咱们打交道也不是一回了,我说话是算数的。"

炮楼门打开了,步枪、手枪,成箱的子弹、手榴弹都搬出来了。伪军家属们也都扛着行李卷儿走出来,王秃子的老婆紧紧地抱着个大花包袱,像是怕别人抢了似的。不过这一次她不像打开肖家镇炮楼时那样害怕了,一见老孟忙堆起笑容说:"同志们,你们辛苦了。"

"谁跟你是同志。去!去!"老孟喝道。王秃子的老婆急忙溜在一旁。这时王秃子出来了,老孟正等着他呢,二话没说,上去就是一拳。

"队长,客气点。"王秃子赔着笑脸,深深鞠了一躬。老孟气得骂道:"他娘的,就你当汉奸当的死心,放你回去还当汉奸!"

"队长,我可是人在曹营心在汉啊。"王秃子慌忙解释说,"你看,连这一次我一共给你们送了一百多条枪了。"

"哼!运输队长。"一个战士说道。王秃子忙接着道:"不错,运输队长,运输队长。"

顿时引起战士们一场大笑。

马英过来让大家赶紧收拾东西转移,并当场给汉奸们发了路费,让他们回家。有几个愿意参军的跟着大队走了。王秃子带着老婆不敢回县城,逃回天津去了。

中村和刘中正带着全县人马,在城南城西"扫荡"了一天,连个八路影子也没有碰到,还以为八路钻了地洞,一下子抓了好多伪村长,非叫他们交出八路不可,伪村长异口同声地说:"八路都在城东、城北,好久没有来了。"

"八格!"中村骂道,"你们良心统统的坏了,我的大大的知道,八路都在你们村里藏起来了!"

伪村长们一听,吓得浑身哆嗦。正在这时,忽然肖阳来报告道:"大东庄炮楼被八路烧了!"

中村一听傻了眼,知道自己又输了一着,便把伪村长们放了,立即兵分两路,绕着城向大东庄进发。肖阳骑着车子走在队伍的最前面,满不在乎。王洪建骑着车子跟在肖阳屁股后边,心里却害怕得不行。

"肖班长,"王洪建问道,"你骑那么快干啥,难道你就不怕八路?"

"八路有什么可怕?他还不是中国人!"肖阳知道王洪建被撤掉小队长的职以后,当了个挂名副官,连枪都没有,心中不满,故意这样点拨他。王洪建果然一下子想起那次被俘的情景,可是那时县大队只几十个人,如今经过"铁壁合围"反倒越闹越大了;再一看鬼子汉奸,一天不如一天,越觉得没有混头。……肖阳见他不吭声了,怕他出坏主意,暗里警告他说:"王副官,听说你上次在西河店被俘了。"

"谁,谁说的?"王洪建慌了,脸通红。这件事他本来隐瞒了,只说是跑出来的,如今让便衣队知道了,如何了得!忙解释说:"这才是没有的事。"

"那有什么稀奇,我看将来谁也躲不了这一关。"肖阳笑了笑。王洪建摸不透肖阳的心思,只好求告道:"肖班长,你可不能向外人说啊!"

"放心吧,咱们弟兄们在一起共事也不是一两年啦。"

二人说着已经来到大东庄炮楼,县大队自然早就走了,只留下一个空筒子炮楼还在冒着余烟。

"没法子的。"中村来了在炮楼四周转了一圈,说了一句老实话。接着转过脸来对刘中正说:"王秃子良心坏了的!"

"是,是,"刘中正连连说道,"捉住他了我一定按军法处理。"

中村一怒之下,命令开炮,那门小钢炮立刻无目的地朝四面八方咆哮起来。

县大队的战士们听到炮响,都拍着手说道:"这是中村给打死的汉奸吊孝的。"

三十二　八路进城了

……万山丛中抗日英雄真不少,
青纱帐里游击健儿逞英豪!

县大队高唱着胜利的凯歌,在全县人民的支援下,在青纱帐期间一连打了许多胜仗。敌人控制根据地的阴谋破产了,深感到兵力分散的苦头;在我军严重打击下,又像王八似的,把刚刚伸出来被剁得残缺不全的爪子缩了回去,把兵力仍集中在肖家镇、吉祥镇……这些交通线上的主要据点。

秋收时节到了。敌人各据点都准备了汽车、马车、麻袋、苇席,四出抢掠。鬼子实行"以战养战"的政策,不发给伪军给养,迫使其出来抢掠,对根据地的庄稼,有时抢掠不及,便趁禾苗干熟之时放火焚烧。凡放火之处,一片焦土,哭声震天。

全县军民立即展开保卫秋收的斗争,男女老少一齐动员起来,采取"零割零打""分晒分藏"的方法,让鬼子烧也连不起来,抢也不能全抢走。县大队两百多人和各个区队全部投入战斗,可是仍觉得不够使用;各据点的汉奸要出动就一起出动,这使马英很伤脑筋。

忽然郑敬之来了一封信,马英看罢,自言自语地拍案叫好。原来信中说:伪军副官王洪建有意反正,他们准备在城内组织一次战斗,扰乱敌人,以配合保卫秋收的斗争,请求马英的指示,……他不禁想起杜平模范地执行党的敌伪政策,要不是他坚持把王洪建放回去,也不会有今天。就在这时,小陈家店的王大成来了,说:"吉祥镇维持会长吉官起报告敌人陈宝义通八路,鬼子当天就把陈宝义抓到城里去了。"马英听罢,决定立刻到东关去一趟,亲自和郑敬之联系一下,一来研究组织城内战斗问题,二来让他们把陈宝义抢救出来。

当夜,马英便带着小董来到侯老奎的馍馍房,侯老奎一见,着急地说:"怎么,你自己也来了?"

"我就来不得?"马英笑着说。

"太险!"

"怎么,敌人注意你了?"

"没有。"

"那怕什么?"马英爽朗地笑道,"离敌人越近越保险,你忘记我在城里那些时了?"

"快别说了,"侯老奎用手指了指屋顶,"都因为你撞了马蜂窝,弄得大家提心吊胆的,老郑前天来的时候还提起这事呢,他说你吃了豹子胆啦。"

马英笑了笑说:"他说我吃了豹子胆,我看他倒是吃了狐狸心了,把鬼子捉弄得昏三倒四。"

二人说笑着,来到后院的磨房,侯老奎双手扶着那面柜说:"帮帮忙。"

马英和小董一齐端住面柜用劲抬起一看,下边是一个洞,小董不由高兴地说:"这个旅馆不错。"

"只此一家,别无分店。"侯老奎补充道。

马英和小董跳下去,侯老奎又把面柜移上。因为这洞矮了一点,马英直不起腰来,忙划了根洋火一照,原来是个六尺宽一丈长的地下室,里边摆着一张桌子,桌上放着一架油印机,张着嘴,蜡纸还没有取下来,地下散着一些传单,看样子是刚刚有人在这里工作过。他伸手拣起两张纸片一看,一张是县大队战斗捷报,一张是"告汉奸家属书",他把它好生叠起来夹在小本子里,想起这些地下同志工作的情景,不禁赞叹道:"不容易啊!"

黎明,马英听到上边有两个人说话:

"我们好几年没有见面了!"

"马上就叫你看见。来,帮帮忙。"

上边一亮,面柜移开了。噗通一声,郑敬之跳下来,二人没有说话,互相对视了一番,似乎都有些惊奇。郑敬之还是那样白胖,只是额上添了几道皱纹;马英呢,好像变得比以前高大和结实了。一阵沉默之后,两个人的手便紧紧地握在一起。

"信收到了吗?"

"我就是为那封信才来的。"

"你看呢?"

"很好。只是王洪建靠得住吗?苏金荣、杨大王八诡计多端。"

"靠得住。王洪建和杨大王八的矛盾很尖锐,杨大王八曾布置过肖阳监视他,这一来倒使他们拉上线了。"

"好吧,今夜你把王洪建叫来。"马英忽然想起另一件事,"陈宝义叫鬼子捉了,你知道吗?"

"早知道了,案子在小野那里,听说中村还审过一次,不好办。"

"想办法把案子弄到你手里就好了。"

"我尽量办吧。"

晚上,郑敬之把王洪建领了来。他有些局促不安,眼睛露出惭愧和惊疑的光来,想说什么,可是又不知说什么才好。马英上前一步,抓住他的双手说:"你愿意投诚反正,我们欢迎你。"

王洪建一时觉得心里热乎乎的,回想起当汉奸时那些日子,这时就像一脚踏进自己的家门似的,激动地说:"大队长,我本来是个没出息的人,大家这样对待我,实在过意不去,我愿夺敌人一挺机关枪,作为我反正的礼物。"

"你的心意我们已经知道了,以后立功的机会还多,夺一挺机关枪可不是容易的事。"马英这话是故意激他的。王洪建因为大受感动,又急于立功,便说:"我王洪建虽无能耐,可是对付这帮汉奸,还有些办法……"接着便把城里兵力布置情况讲了一遍。

马英听了很高兴,和郑敬之商量了一下,决定打掉敌人的南门楼,接着研究了具体战斗方案,并决定在明天行动。马英当夜便派小董去通知王二虎,把一中队开到城东七里营隐蔽,并让他带几个机智勇敢的战士,携带手枪立即到东关来。

第二天,正是东关逢集,街上的人来来往往十分拥挤,赶牲口的,卖东西的,还有吵架的,嚷成一片。王二虎带着七个战士,化装成赶集的,一个个担着一担子青菜,腰里插着手枪,便混进了侯老奎的馍馍房。王洪建早已来了,马英向他们做了介绍,又宣布了战斗计划,最后问王洪建:"你可有枪吗?"

"没有。"

"好,把我的拿去。"马英说着就把自己的枪取下来。王洪建颤抖着双手接过手枪,半晌才说道:"大队长,我要不拿下南门楼,我不回来见你!"

"好,祝你们成功。"马英和大家一一握了手,便由王洪建推着自行车带着他们朝东门走去。

"王副官,买菜啊!"城楼下的汉奸问道。

"特务长不在,我帮帮忙。"王洪建说罢,穿门而过,王二虎他们紧跟着走进去,又拐过两道街,便到了王洪建家里。

下午,全城突然戒严,鬼子为了防止八路军混进城来,常常这样进行大搜查。全城的警察、皇协军一齐出动,顿时全城出现了恐怖、紧张的空气,家家户户男女老少都聚在一起,屏住呼吸,等待着灾难突然降临。街上响起了令人心跳的脚步声、口令声、哨子声,有时传来被抓走者的申辩声,接着就是几声咒骂或是打人的鞭子声,这时坐在屋里的人便不免互相对望一眼,叹息道:"这是抓走谁家的人了。"

王洪建正和王二虎他们坐在屋里商量夜间的行动,忽听街上戒了严,大吃一惊;王洪建说:"敌人是不是有目标啊?"

"不管有目标没有,我们得争取主动,不能让敌人堵在屋里。"王二虎说着,哧的一声把手枪拔出来,那七个战士也跟着拔出手枪。就在这时,院里响起了一阵脚步声,王二虎忽地冲了出去,王洪建想拉也没拉住。王二虎冲到院里却愣住了,眼前是一个十三四岁的小姑娘,她开始有些惊讶,但立刻又镇静下来。这一来倒弄得二虎不知所措,心想,这闺女好胆大啊。这时王洪建和战士们已经走出来,他一看,认得是荷花,便一手把她拉进来。

"这是干啥的?"荷花机警地问道。

"八路军同志,"王洪建忙问,"有信吗?"

"有。"荷花从衣缝里取出个小纸条。这时二虎和战士们又进来了,荷花呆呆地瞅着他们,心想,他们就是和汉奸们不同,比那些汉奸精神多了。王洪建看罢,便对二虎说:"你们就躲在这里不要动,我到门口招呼一下。"

二虎接过纸条一看,上面写着两行小字:

虎:

敌人这次行动,并无目的,千万记住:冷静应付一切,不可盲动!

之

二虎这时已经明白了一切,上去拉住荷花的手说:"小鬼,你真行。"

荷花不懂"小鬼"两个字的意思,正在出神,忽然街上响起一阵脚步声,她抽开手便跑到院里去了。

一个警长端着个大肚子,带着两个警察走到王洪建家的大门口。王洪建赔着笑说道:"查户口吗?请进来吧。"

两个警察端着枪进了大门。

"回来!"警长喊道,"真混蛋,王副官的家还查什么?"

两个警察赶紧退出来。王洪建又笑嘻嘻地接着说:"还是进来查查好,彼此都放心。"

"这是哪里话,一家人还有什么差错,对不起。"胖警长说罢便领着那两个警察进了隔壁的院子。

王洪建暗里捏了一把汗,荷花高高兴兴地跑到屋里对二虎说:"查户口的走了。"

二虎感激地上去握住她的小手,不想握得她尖声地叫了起来。

黄昏时分,王洪建的老婆抱着孩子出了东门,在东门外的破庙前边早有一辆马车等着她,侯老奎帮她上了车,便由王大成赶着车往小陈家店去了。马英从王洪建老婆手里接过一张纸条,知道一切都准备好了,便到七里营带上一中队朝南门外开去。

深夜,王二虎和七个战士也都换上伪军军装,由王洪建领着向南门走去。

这时,月亮已从街东房脊上爬出来,照着这座小城,灰蒙蒙的,更显得冷森、凄凉,各街尽是一些当兵的口令声,和偶尔从那些高大的门楼里传出几句女人的说笑声。

大家都紧张地、急促地走着,王洪建在前边不时地回答着敌人的口令。走到南城边,忽然城上一个站岗的喝道:"干什么的?"

"叫喊啥,我。来查岗的。"

"王副官啊!"

"城门上锁了吗?"

"早锁好了。"

"我检查一下,要是马马虎虎叫八路进来了可不是玩的。"王洪建说着便进了城门洞,拿早已准备好了的钥匙把锁打开,留下一个战士守着,立即带了两个战士上了城墙,王二虎带着四个战士走向卫兵所的门口。

城楼上的四个站岗的,分散地站着。王洪建说:"今天晚上情况紧急,口令改了,我来告诉你们。"

四个站岗的一听有情况,都吓得急忙围过来。

"不要动!"三支匣枪逼住他们,"我们是八路军,把枪放下来!"

四个人乖乖地把枪放下来了。就在这时真查岗的小队长和一个通讯兵从城墙那边走过来,只听那小队长嚷道:"他妈的,都挤在一块干什么?"

"我找他们有事。"

"王副官啊……"那小队长一句话还没说完,已经有一支枪对住他的胸口,他赶紧把双手举起来。一个战士上去把他和通讯兵的枪一齐下了,王洪建接着轻轻地拍了三下手。

王二虎听到信号,知道城楼上站岗的已经被解决了,立即带着三个战士冲进卫兵室。屋里点着个马灯,机关枪架在八仙桌上,小炮蹲在桌子底下,二十几个皇协军还在呼呼地睡觉。

"不要动!"王二虎上去抱住机关枪喝道,"谁动一动,马上叫你们吃炒料豆子!"

伪军们一个个睁开眼睛,都吓傻了。两个战士上去"呼里哗啦"把墙上挂的步枪枪栓都卸了,然后命令道:"背上枪,一个跟着一个走。"

伪军们光着腿,披着被单,夹着空枪筒子排着队走出来了,这时王洪建也把城上的俘虏们一齐押下来,汇合在一起,出了南门。

马英早带着队伍在南关等着,准备打接应。这时见他们安然地出来了,便高兴地迎上去说:"祝你们胜利。"

"机关枪弄来了。"王洪建兴奋地说。王二虎接着道:"还有门小炮呢!"

"给他们送个信。"马英命令道。

王二虎端住机关枪嘎嘎地照空城门就是一梭子。王洪建接过小炮,轰轰地一边往城里打了三炮。马英立即带着队伍离开南关,向城北转移了。

这一来,城里乱了营,四城上的伪军瞎打起枪,街上的汉奸也来回乱跑,都吆喝着:"八路进城了!""八路进城了!"有的汉奸已经换上便衣。老百姓们也都从梦中惊醒,站在院里或躲在门后看动静。

刘中正听得枪响,立刻爬起来披上衣裳,登上皮靴,向城南门卫兵所打起电话,可是只听得电铃响,没有人接,他知道不妙。正在这时,另一架电话响了,护兵把耳机递给刘中正:"红部来的。"

刘中正慌忙接过电话。只听中村怒吼道:"什么的干活?快快的!快快的!"

"是,是。太君放心,只要有我刘中正头在,就有县城在。"他放下耳机,两步走到院里,翻身跃上马,双腿一夹,皮鞭子一甩,那马便蹿出了大门。这时正逢苏金荣牵着他的小老婆跌跌撞撞走来,惊慌失色地说道:"八路进城了!"

"请县太爷里边歇着吧。"刘中正冷笑了一声,便打着马朝南走了,他的警卫部队第五中队,扛着三挺机关枪紧跟在后边。走进南大街,一群散兵迎面跑过来,刘中正大怒,叭地朝天打了一枪,骂道:"滚回去!我养活你们干什么的?"

散兵们吓得又往回跑。刘中正走到城下,一看城门大开,再一看卫兵所,枪和人全没有了,是兵变了呢?还是八路摸进来了?一时弄不清原因。他让五中队留守在这里,便到四城去巡察。

天明,老百姓忽然发现满街标语:

"打倒日本帝国主义!"

"把日本鬼子赶出中国去!"

"投诚反正是汉奸的唯一出路!"

"坚持抗日的八路军万岁!"

"中国共产党万岁!"

顿时,人们有了希望,觉得这苦日月就要熬出来了。

三十三　报　复

红部正在召开紧急会议。耶稣堂大厅里的空气,显得异常紧张。中村瞪着两只小眼珠子凶神般地坐在桌子中间,汉奸首脑们分坐在长桌的周围,一个个像怀里揣着个小老鼠,噗通噗通直跳。

"八格牙路!八格牙路!"中村失掉了平常那股假文明劲,连连骂道,"皇军大大地重用你们,你们统统地没有用的,土八路的防不住,给皇军大大的丢了脸……"

汉奸们一个个耷拉着脑袋,连平常说惯了的"是"字也不敢说了。中村把眼睛忽然转向苏金荣,问道:"昨夜什么的情况?"

苏金荣昨夜躲在警备队部,哪里知道,汗早顺着脸流下来,忙掏出小手帕沾了沾,瞅了瞅身旁的警察局长:"这,这由警察局负责……"

五十多岁的胖局长,白了苏金荣一眼,摊开双手:"这,这个……"

忽的刘中正站了起来:"昨夜的情况是这样……"

这一来算是给胖局长解了围。就在这时,门帘一掀,肖阳探进头来,给杨百顺使了个眼色。杨百顺向中村欠了欠身子,便退了出来。肖阳把他拉在一边轻声地说:"昨夜情况查清。联队长的副官王洪建投敌,将南城门一个小队全部拉走,损失机关枪一挺,小炮一门,手枪一支,步枪二十七条。城内标语估计也是他们贴的……"

"我先问你,我交给你的任务是什么?"杨百顺道。

"我昨天不是到衡水去了吗?"肖阳反问他,原来这天肖阳故意借口离开县城,并且是经杨百顺允许了的。所以杨百顺不好再说什么,而这会肖阳给他送来这一情报,不正可以使他大显身手了吗?他立即回到原来的位子上坐下,神气俨然和刚才不同了,大腿跷在二腿上抖着,破例地在这样紧张的会场上点起一支香烟。这时只听刘中正得意地讲道:"……从昨夜当时的情况判断,是小股八路偷袭,目的只在于扰乱我军,因为仅仅抓走了几个站岗的,并未造成重大损失。"这里刘中正隐瞒了一些情况,他估计别人是不会知道的。接着又吹嘘道:"当我闻悉此情之后,立即率全体官兵,亲赴疆场,将八路赶走,官兵表现了军人的天职……"

"联队长请把话再讲明白一点!"杨百顺冷笑了一声,朝上喷了一个烟圈。这小子本来也不把刘中正放在眼里,一心要在他干老子面前逞能,此时见刘中正夸夸其谈,便觉得看不顺眼,想趁机敲他一下。刘中正听了暗吃一惊,可是觉得杨百顺抓不住他的把柄,不大在乎。对杨百顺这样的质问,却使他十分恼怒,也冷笑着说道:"既然杨队长比我清楚,那就请便。"

"联队长可有一个王副官吗?"

"自然,这是谁都晓得的。"

"那么他上哪去了呢?"

这时刘中正忽然想起昨夜发生敌情时,没有看到王洪建,而直到今天早上也再没见到他,莫非……可是他觉得这毫无根据,立刻镇静下来说:"我不知你问这是什么意思,你有什么话就放明白点说吧。"

"那我就对不起了。根据我的调查,"杨百顺特别加重这个"我"字,又向中村斜瞄了一眼,见他正在聚精会神地听着,继续说道,"根据我的调查,昨夜的情况,是联队长的副官王洪建带领一个小队投敌,损失机枪一挺,小炮一门,手枪一支,步枪二十七条。"

刘中正大吃一惊,他勉强冷静下来,说道:"不见得吧?"不过口气却没有原来那样硬了。

苏金荣对杨百顺的过分逞强傲慢也真是讨厌,但他终究是个没有头脑的家伙,好笼络。对刘中正则一向视为眼中的钉子,昨夜又受了他一顿奚落,这时不免有些幸灾乐祸。想着半天没有开言,也不像话,便自作聪明地说道:"我看此事,只要把王洪建找来自然便明白了。"

"快快的!快快的!"中村说道。

两个鬼子骑上马,两个汉奸登上自行车,立即到王洪建家里查看一遍,回来报告道:"王洪建家里一空,老婆孩子在昨天下午便逃出城去了。"

刘中正的脸刷的变成一张白纸,咮的一声,木头人似的站起来。

中村一句话没说,慢慢地走到刘中正面前。全屋的人似乎都停止了呼吸,只有杨百顺一个人用手指在桌子上轻轻地弹着。

中村站在刘中正面前,仔细地观察着,仿佛这样就能从他身上看出一切。刘中正依然是那样直挺挺地站着,良久,一动也不动,连眼皮也不眨一下,只有那不听人指挥的汗珠,一粒粒顺着眼睛鼻子滴下来,落在那贼亮的皮鞋上。刘中正此刻忽然想起十多年前在黄埔军官学校听蒋介石训话的时候,他曾经直挺挺地这样站着,就因为这,他一出来便当上了营长。如今他又是这样地站着,他是站在日本军官面前,他犯了罪,他的命运将会怎样呢?……也许一忽儿自己的生命线就要断了!好吧,死也得死得有骨气,我是个军人,我曾经得到过蒋委员长的赏识,我曾经立志要干一番事业,自己虽不能光宗耀祖,可也决不能往祖宗脸上抹灰。这时他忽然又浮起一线希望:自己这一生,奋斗出来可也不容易啊,难道自己的命运就这样完了。不,一个大人物的命运是不会这样随便结束的,何况中村也是个用人之人,难道会不理解他吗?……想到这里,他鼓起信心,站得越发笔直了。

"怎么样?"中村终于问道。

"王洪建投敌,实实不知道,是我教育不严,有罪于皇军,愿受一切惩罚。"刘中正答道。

"凭良心的说话。"

"我敢以人头担保,誓死效忠于皇军,如心意不诚,战场上枪子打穿我的脑袋。"

苏金荣一直眼巴巴地瞅着中村,他所以把刘中正看作眼中钉,正是因为他需要他,想把他笼络在自己势力之下。如果把刘中正搞掉,对他并无好处,反之使他失掉了笼络对象。他看了看中村的脸色,早已觉察出他有宽恕刘中正之意,便趁机装好人说道:"刘兄忠于皇军,任人皆知,此次之错,还望他立功赎罪。"

"愿在近日扫荡八路,以报此仇!"刘中正也趁此举起一只胳膊宣誓道。

刘中正在中村的眼里一向被高看一等,中村认为他的军事才干是苏金荣和杨百顺谁也比不了的。今天这一来,无非是想警告他们一下,再一看刘中正这点"武士道"精神,也很使他赏识。于是拍了拍刘中正的肩膀,龇着黄牙笑道:"没关系的,愿你战斗成功!"

这时,所有的汉奸才算轻轻地松了一口气,只有杨百顺一个人闷闷不乐,他并非与刘中正有仇,只是因为今天没有得到中村的夸奖,有些遗憾。原来这中村自尊心很强,从不愿别人提起扫兴的事,王洪建投敌并不光彩,自然不愿多提。

这天的情况,肖阳大体上都弄明白了,晚上便来到郑敬之家里。郑敬之没等肖阳开口,便兴高采烈地先说道:"今天的戏唱得热闹吧!"

"热闹是够热闹,只是还不过瘾,没有动刀子动枪。"肖阳接着便把会上的情况讲了一遍。郑敬之静心地听着,一个劲地抽烟,最后站起来说:"我们把情况估计得太简单了,中村是不会轻易处置刘中正的。他对刘中正,就像是绝户头生了个败家子,留着吧,不成器;丢了吧,可就这一个。"

"刘中正这小子也算铁心透啦,一个劲跟鬼子拧在一起。"

"最可恼的还是中村,他有一套笼络人的手腕。"郑敬之笑了笑说,"不过这只是戏的开场,往后还有热闹的看,这一次就把刘中正和杨大王八哄起来了,刘中正绝不会就这样轻易饶了他,等着他们打架吧。"

正说着,便衣队员王小其来了,他见没有外人,便兴奋地说道:"今天联队部的电话可忙坏了,各炮楼里的汉奸听说八路进了城,吓得乱往回打电话,都问是不是八路的正规军来了,我看这一回至少三天不敢出炮楼。"

"他一年不出来才好哩!"郑敬之接着道,"不过估计敌人最近可能有一次报复,你们要想办法把敌人这一次布置弄清楚,绝不能让大队吃亏。"

三个人又商量了一阵,肖阳和王小其便回去了。

刘中正回到警备队部,立刻把密探尹麻子找来。他显得比平常客气,让尹麻子坐下,说道:"老弟,又要麻烦你出去一趟。"

"队长,这是哪里话。"尹麻子忙说,"到外边出差这是我的本分嘛。"

"这次不比寻常,"刘中正严肃地说,"这一仗……"他忽然停住了,他想不能把这一切都向尹麻子说明,那样岂不是被他抓住小辫子了吗?尹麻子也听出这里有文章,想探听一下,趁机问道:"这一仗想是关系很大?"

"自然,自然,"刘中正只是应付了一下,便转过话题说,"给你三天时间,把马英确实住的地方弄清楚,立即报告给我,不准走漏一点风声。事情办好了,自然有好处,我刘某是不亏待人的。"

"是,是,我一定照你的吩咐办。"

"好,你去吧。"

尹麻子转身走了。刘中正又想起这天的情景,虽然有些害怕,可又有些自豪:我刘中正总算称得起英雄好汉,没有吓孬,在座的那些人不管换上谁,也非得草鸡了不行。这时不禁对中村无限敬仰和感激起来,他识时务,会用人,要是碰上别人,说不定他刘中正已经完蛋了。他忽然想起杨百顺,不由无名怒火高万丈:我与你无冤无仇,你何苦这样来拆我的台呢?你原来不过是跟我牵马的,如今仗着个臭娘们混上个便衣队长,也就不少你的了,还妄想骑在我的头上。……这时他不由联想到苏金荣,他虽然也看不起他,觉得他胆小,可他是个文人,文人总是这样的。何况他们的交情也深,今天会上不是还拉了他一把吗?他决定和苏金荣拉在一起,共同对付杨百顺,想到这里,便骑上马朝苏金荣的公馆走去。

"受惊了,受惊了。"苏金荣把刘中正让进客厅里说。

刘中正哈哈一笑,说:"没什么,大丈夫还在乎这些?"

"啊,是刘队长啊!真了不起,中村太君回去一个劲夸你呢!"红牡丹从屏风后扭出来说道,原来她和苏金荣正在鬼混。刘中正一见红牡丹,自然便想起杨百顺,心想要不是你这个破娘们,我也受不了这个制,便没好气地说道:"我比杨队长差得远,他比我腰杆子粗多了。"

"怎么,夸你也夸出错来了?"红牡丹听出刘中正的话中带刺,也讥讽道,"刘队长今天的气魄可真不小!"

"去他妈的,我刘某可是不认人!"刘中正把桌子一拍骂道。

红牡丹吓了一跳,一溜烟地跑了。苏金荣劝说道:"跟这种女人生气做啥?沾不了光。"

"我不怕她,大丈夫不靠女人吃饭。"刘中正嘴虽是这样说,可是心里不免有些后悔。接着说,"苏兄,也难怪我生气,心中实在不服。对于中村,没有话说,如今是日本人的天下嘛,何况中村也有教养,识时务,能用人。说实话,我服人家;对老兄你,我一向尊敬,你是社会上有地位的人,家大业大,全县哪个不知,哪个不晓。只是杨大王八,他算什么?不过是一个地痞流氓。可是现在竟然要骑在你我头上!"他把"你我"两个字说得特别重,以便把他们俩的命运扯在一起。

苏金荣只轻轻地说道:"这小子做得是过分了一点。"

"这才是开始。这小子不知道天高地厚,往后够你我呛的,说不定就会葬送在这小子的手里。我看不如到中村面前告他一状,也让他知道点厉害……"

苏金荣一边听刘中正讲着,心里一边暗暗盘算,对于刘中正的来意,他早猜着了。他现在值得提防的倒是刘中正。刘中正胸怀大志,有军事才干,又是外来派。以前刘中正依附于他,那是刘中正不得势的时候,现在对他不是就不够尊重了吗?如果将来他一旦成了事,岂有他容身之地!实在说,他对今天刘中正和杨百顺产生的矛盾,倒是非常庆幸,这样就可以利用杨百顺打击一下刘中正的傲慢劲,而刘中正反击一下杨百顺自然也是好事。可是让他和刘中正一起彻底把杨百顺打下去,那他是绝对不干的,岂不等于自己搬石头砸自己的脚吗!所以等刘中正说完,便推辞道:"老兄,别太性急了,君子报仇,十年不晚。咱们弟兄在一起共事多年,我岂有袖手旁观之理?只是眼下抓不着他的把柄,空口去告,弄不好反为不美,我看倒不如耐心一点,等待时机。"

刘中正以为苏金荣怕事,不愿意干,却没有考虑到其中另有文章。不过苏金荣说要"等待时机",这句话倒是提醒了他,牢牢记在心里。

刘中正回到家里,想起和红牡丹吵的一架,放心不下。俗话说:"光棍不吃眼前亏,大丈夫能大能小。"于是从他老婆箱子里取出一副金镯子,让他的护兵第二天给红牡丹送去。

红牡丹昨夜回去果然在中村面前说了刘中正许多坏话。可是中村知道红牡丹说话没有准头,不大理会,他坚信他自己的处理是会得到刘中正感激的。第二天红牡丹接到刘中正的礼物,便将昨天的话全部翻案,又一股劲说起刘中正的好来。这使中村很得意,他更相信自己判断得正确。

这天的后半夜,尹麻子回来了,他把刘中正从梦中叫醒,报告道:"马英带着一个中队刚刚开到城东小何村宿营,估计明天一天都不会走动。"

"可靠吗?"

"我亲眼在村边看见的。当兵的帮助老百姓收了一天庄稼。看样子个个累得不行,真是再好没有的机会。"

刘中正把各中队长叫来,命令道:"立刻将四门紧闭,除皇军之外,任何人不准出城,放走一个人我就要你们的脑袋!"

"是,是,遵照联队长指示。"中队长们一齐说道。

"还有,立即做好战斗准备,待命出发。"

"可不知上哪里扫荡?"

"到时候你们自然就知道了。"

中队长们没敢再问,各自回去了。刘中正骑上马便驰往红部。

此时,天已黎明,中村照例在操场里做着体操,练他那"武士道"精神的元气。刘中正只好站在操场边等着,不敢惊动他。中村见刘中正这么早便来了,知道有要事,可是还是坚持着把体操做完,才过来问道:"紧急情报的有?"

刘中正把情报讲了一遍,中村拍了拍他的肩膀说:"好的,好的,全县人马一齐出动!"

刘中正走后,杨百顺便来了。原来肖阳一早见街上皇协军的气色不正,心下疑惑,又见刘中正朝红部去了,知道必有情况,赶紧向杨百顺报告。杨百顺自然更放心不下,就来到红部打听情况。中村见他来得正好,把情况讲了一遍,立即让他带便衣队随军出发。

杨百顺回到便衣队,闷闷不乐。他不理解中村为什么对刘中正这样信任,他想如果这次"扫荡"成功,那刘中正更加不得了!可是又一想:没那么便宜的事,我杨百顺花了那么大力气都没有把马英弄住,你刘中正也未必见得……

肖阳见杨百顺躺在炕上生气,心里早明白了八九,便问:"莫非要出发扫荡了?"

杨百顺嗯了一声。

"为啥咱们就不知道呢?"

"都是他妈的刘中正一手搞的!"

"有他刘中正就行了,还要咱们便衣队干啥呢?"肖阳故做不满地说道,"叫我们去看热闹去!"

杨百顺一听更加生气,越发不愿出去"扫荡",成功了自然他脸上不好看,失败了也跟着去丢人,倒不如坐山观虎斗,想到这里便对肖阳说:"我不去了,中村问我,就说我有病,你带领大家去吧。"

"我也不去。"

"去吧,去吧,"杨百顺劝道,"中村叫去的,不去交不了差。"

其实这正是肖阳的用意,接着趁机问道:"到什么地方扫荡啊?"

"城东南小何村。"

"活见鬼,我看等咱们走到人家早跑啦。"肖阳说罢,赶紧退出来,对王小其说:"你赶快到东关侯老奎的馍馍房去一趟,叫他立即到小何村告诉大队马上转移!"

王小其为了避免嫌疑,骑上车子飞奔南门。走到城门根下了车子,向皇协军们招呼道:"弟兄们借借光,开开城门,我出去有点事。"

皇协军惹不起便衣队,忙客气地说:"对不起,今天联队长亲自交代了,不让开城门。您先请回歇歇,听说天明就开放了。"

"天明?还等到明年哩!开开,开开,我有急事!"

"老兄,不是我们不开,我们实在当不了家。你要一定出去,跟我们冯队长讲去。"

王小其自当便衣队员以后,也是傲慢惯了的,从没碰过这样的钉子,又怕耽误时间完不成任务,所以发了脾气:"别拿队长的牌子压我,什么冯队长!得罪了杨队长你们吃罪得起!"

皇协军们见他搬出了杨百顺,自然知道不好惹,可是今天上边交代得又特别严,也不敢违抗,左右为难起来。

"谁在下边吵!"警备队的第五中队冯队长在城墙上听见了,喝着走下来。王小其一见,知道这小子是刘中正的亲信,只得好言说道:"冯队长,兄弟出城有公事,请把城门开开。"

"哈哈,"冯队长冷笑了一声,"你出城是公事,难道我守城是私事?"

"这是哪里话,自然都是公事,我也是跟杨队长跑腿的,不准出城我只好回禀杨队长。"王小其最后还想再用杨百顺吓唬他一下,谁知这小子一听火了:"哼!张口就是杨队长,老实说,我根本不知道什么杨队长,我只知道我们刘联队长,有刘联队长的命令我就开门。"

"老兄,你说话可要留点后路。"王小其见弄僵了,只得骑了车子赶紧回来。走到南大街口上,刚好碰上秦方芝上学校去,他跳下车子把情况讲了一遍,叫她去找郑敬之想办法,又骑上车子到便衣队去了。

秦方芝没有进学校,便拐向郑敬之家里去。郑敬之已经接到肖阳送来的信,知道敌人马上出去"扫荡",王小其已经出城去送信。不过他从警察局知道刘中正将城门封锁,很难混出去,再者他觉得这样做很容易暴露。正在发闷,秦方芝闯进来,把王小其出城失败的事情告诉他,他暗暗发急道:"怎么办?怎么办?时间刻不容缓!"

秦方芝说:"不行,就立刻进行放火,牵制敌人。"

郑敬之同时也想到这个问题。可是这是地下工作所不允许的,这样对今后长期埋伏造成重大困难;但是不这样做,大队可能就要受到损失……

"吃饭吧。"郑敬之老娘端着一碗稀饭、一盘馍走进来说,"方芝来了,一齐吃吧。"

"大娘,我吃过了。"秦方芝说。

"吃饭!"郑敬之的眼睛立刻注视到那盘馍上,"有办法!有办法了!"他兴奋地望了秦方芝一眼,二话没说便飞快地跑出去。

"唉!饭又不吃了。"老娘抱怨地说。

"大娘,他有要紧事。"秦方芝解释说。

"我知道。"

"荷花呢?"她忽然想起这个可爱的姑娘,和这个未来的幸福家庭。

"不是上学去了吗?"

"哎呀,你看我倒忘了,学生们一定在等我了!"她笑了笑,跑出大门。

"唉!都是些忙人。"老娘望着她的背影叹了口气。

郑敬之跑到便衣队,见肖阳一边整队,一边发愁,忙问道:"肖班长,出发了?"

"嗯,郑股长啊!"肖阳忽然觉得有了希望。

"吃饭了吗?"

"没有。"

"到城门口弄几斤馍馍吃,方便得很。"郑敬之说罢便走了。

"方便得很?"肖阳眼睛一亮,明白了,"王小其,到李老拴那里赊五斤卤肉!"

王小其知道这是挨骂的事,可是看肖阳那表情,知道这里有文章,便去了。肖阳到屋里找了个包单,出来对大家说:"弟兄们,到东门楼上吃馍馍去!"

"走!""走!"便衣队听说吃东西自然高兴。肖阳带着他们上了东门楼,接着冲城外做买卖的喊道:"把卖馍馍的侯老头叫来!"

一会侯老奎来了。肖阳使了个眼色,把包单往下一扔说:"称二十斤热馍。"

"是现钱,是赊买?"侯老奎故意问道。

"少啰嗦,你把馍弄来再说。"

侯老奎装做不敢还嘴,走回去忙把包单检查了一遍,发现一张小纸条,只见上面写道:

立即通知马英迅速撤出小何村!

侯老奎慌忙把纸条一撕,便估堆包了二十斤馍,送到城下,便衣队的人用绳子把馍提了上去,一阵哈哈大笑:"侯老头,钱等发了饷再送去。"

侯老奎摇了摇头走开了。他回到馍馍房,把门倒关上,便骑上自行车,飞也似的朝小何村跑去。

便衣队的人又是馍又是肉,饱餐了一顿。皇协军们看见眼馋地说:"人家便衣队真阔气!"

早晨七点钟,一个中队的鬼子,三个中队的皇协军,外加二十个便衣队员,由中村和刘中正率领着浩浩荡荡出了东门。街上的老百姓惊疑地看着这些面带杀气的鬼子汉奸,都暗地为八路军捏了一把汗。肖阳走到侯老奎馍馍房的门口,看见门倒关着,才算松了一口气。

刘中正恨不得一下子飞到小何村,使劲用马鞭子抽着马屁股,飞奔在公路上。害得那些皇协军不得不扛着枪气吁吁地跟在马后边跑,屁股上挂的水壶、刺刀、手榴弹丁丁当当碰得乱响,还不住地一个劲喊:"跟上!""跟上!"中村骑在马上看着那一眼看不到边被割得光秃秃的庄稼地,皱着眉头摇起脑袋。

刘中正带着先头部队,以最快的速度,一个多小时开到离城十八里的小何村,立即命令两个中队分左右二路迂回将小何村包围,接着一步步往里压缩,机关枪已经将所有的路口都封锁了。刘中正见村里丝毫没有动静,有些奇怪,他不准打枪,等待着中村。一会中村带着鬼子来了,命令:"开炮!"

轰!轰!两颗炮弹落进村中,顿时蹿起两股浓烟,却没有人喊叫,中村也觉得奇怪,把战刀一举,鬼子汉奸便端着枪,呐喊着冲进去,却原来空空如也,一个人影子也找不到。

原来马英在半小时以前接到侯老奎的情报后,让年老有病的群众钻了地道,带着年轻人撤了出来,另外留下两个班在这四周扰乱敌人。

中村和刘中正正在疑惑,四周响起零星的枪声,刘中正说:"太君,跟踪追击吧?"

"没用的。"中村摆了摆手,"八路事先得到情报,有了准备的。"

"想不到这次又失利,都怨我无能。"刘中正直立在中村面前请罪道。

中村深深了解刘中正的心情,知道这里另有情况,他扶着战刀沉思了半晌,对这屡次失利,不得不承认自己在战略上的失败,自然不能怪刘中正。他摇了摇头,叫把村子点着火,又将战刀一挥,那些鬼子汉奸便垂头丧气地回城了。

三十四　将 计 就 计

听到刘中正"扫荡"失败的消息,杨百顺特别得意,骂道:"真他妈是秃子跑到和尚庙,硬充数!你杨爷出去扫荡还打死几个八路,你他妈连个八路的汗毛也没拔掉,联队长顶个屁!"他骂了一阵子还不解气,又到苏金荣那里把刘中正奚落了一顿,直说得刘中正一钱不值。苏金荣呼噜噜抽着水烟袋哼啊哈啊地答应着,却不表示态度,有时露出一丝微笑。

正说着,护兵进来禀道:"联队长求见。"

"请进。"苏金荣刚说罢,杨百顺就站起来说:"我告退。"

苏金荣想拦他,可是没拦住。杨百顺走到二门口正好和刘中正打了个照面,两个人像是同时触到电似的,各自把脸一扭,走了过去。刘中正气得把皮靴踏得喀喀响,暗暗说道:"好小子,走着瞧吧!"

走进二门,苏金荣迎了出来,刘中正开言便问道:"这个王八羔子在骂我什么来?"

"不要听他的,这小子说起话来没有分寸。"苏金荣说。刘中正哼了一声说:"俺两家算是成了冤家对头,以后就斗吧,看谁斗得过谁!"

二人进得客厅,分宾主坐下,刘中正接着道:"有件要事,和苏兄商量。"

苏金荣走出客厅看了看没有外人,回来说:"请讲。"

"此次扫荡扑空,情报毫无错误。我们到达的时候,敌人刚刚撤走不久,而且将老百姓全部带走,这就完全证实敌人事前得到了情报。可是敌人怎样得到情报的呢?这件事当时除了我、中村、杨百顺三个人以外,再没有任何人知道,而且四门紧闭,你说这不奇怪吗？"

苏金荣知道刘中正分明是猜疑杨百顺，而套他的口气。他如何能这样回答他呢？只推说："是有些奇怪，你看呢？"

"我倒不是说杨百顺会通八路，"刘中正只好说道，"我是怀疑他向他的部下讲了，因为那一天早晨全城只发现便衣队员王小其一个人要出城……"

"放他出去了吗？"苏金荣问道。

"没有。不过，难道他就不会用别的方法把情报送出去了吗？再仔细想一想，他们便衣队办过几次好事？"

"很可疑！"苏金荣也感到有道理，他想他们曾经派苏建才打入县大队，难道敌人就不会把奸细派进来吗？

"我想请你一同去见中村，把事情对他讲一讲。"

苏金荣想，如果把这事情讲给中村，自然也有他一份功劳，只是因为问题牵涉到杨百顺，就不愿意去，便说："还是你一人去吧。"

"苏兄莫不是怕事？"刘中正笑了笑说，"这有证有据，名正言顺，也不是我们诬告他！"

"不，我是说我们两人去，倒落得一齐挤他；还是你一个人去好，日后中村问我，我自然替你说话，那样不更得劲吗？"

刘中正虽感到苏金荣推辞，却觉得也有道理，就独自一个人去了。

中村这几天正在为此发闷，屡次"扫荡"扑空，迫使他冷静下来考虑这一切，他想起武藏不明不白的死，马英母亲的被救，维持会的失火，王洪建的投敌，以及这满街的标语，难道都是偶然的吗？不，绝不是的！他忽然像看到有一个人在向他嘲笑，不，是一群人。他们吃的是他的饭，穿的是他的军装，却暗中在和他干仗，都好像在对他说："中村，这一招棋你又走输了！"……他突然站起来，把桌子一拍，疯狗似的吼道："八格牙路！统统死了死了的！"可是冷静一想：不行，难道能把所有的汉奸都杀了吗？他头痛了……

就在这时,刘中正来了,把便衣队王小其的情况讲了一遍,中村听了大喜,说道:"便衣队良心坏了坏了的!"不过他对杨百顺深信不疑。他知道近些时杨百顺和刘中正的矛盾,如果让杨百顺知道这情况是刘中正弄来的,必然影响杨百顺工作的进行。于是他叫刘中正先回去,单独把杨百顺叫了来说:"前天扫荡小何村,出发前你和你部下讲了的没有?"

杨百顺想了想说:"只和肖班长一个人讲了。"

"他,可靠吗?"

"可靠,可靠,他大大的忠实皇军,我的有力助手。"

"不可靠的,便衣队良心坏了坏了的!"

杨百顺吓了一跳,心想怎么怀疑到我头上来了?接着中村把王小其的情况讲了一番,最后又说:"奸细的不止一个,大大的有!"

杨百顺一听,这才放了心,忙说:"我一定仔细的调查。"

"好的,调查出来大大有赏。"

杨百顺回到便衣队,躺在炕上寻思起来:对于下边的便衣队员,他也有过怀疑,只是怕一查影响整个队的情绪,也坏了便衣队的名声,说不定那样一搞中村对他也不相信了。再说也没把握;此时既然中村指出来了,要是不查出一两个奸细,交不了差,于是他把肖阳叫来问道:"前天到小何村扫荡,出发前你跟大家讲了没有?"

"讲了。"原来这便衣队里只有少数几个地下工作人员,肖阳出发前便将情报有意公开,以便将来敌人查的时候迷惑敌人。杨百顺骂道:"你真混账,脑子长到屁股上了,这是机密情报,怎么能跟大家讲呢?"

"那怕什么,都是自己弟兄,还信不着?"

"自己弟兄?我告诉你,咱们这里头有八路!"

肖阳大吃一惊,接着故作不解地说:"真是笑话,要是有八路,咱们的脑瓜子还长得住么?"

"我告诉你,王小其就是个嫌疑犯,在扫荡那天他偷偷要出城……"

"噢——"没等杨百顺说完,肖阳便抢着说,"那是我让他去买馍馍的嘛。"

这一来杨百顺也犹豫了。队员们借着他的牌子唬人也是常有的事,何况他并没有出得城,如何能怪他呢?可是又一想,王小其没有办过一次好事,又时常顶撞他,就说:"反正他不是个好东西,你说他给我办过啥事?这回倒跟我弄出麻烦来了。你今后要注意他的行动,可千万不能让他溜了。"

肖阳见杨百顺把话说完了,只得满口答应。晚上,他便来到郑敬之家里商量。郑敬之听了,倒背着手在地下踱来踱去,思索起来。肖阳着急地说道:"老郑,我看不行了,干脆叫小其跑了算啦!"

"那杨大王八找你要人怎么办?"

"不要紧,我顶得过去,大不了挨一顿打。"

"不行,那不是解决问题的根本办法,那样就会更加引起敌人的怀疑,不仅会牵扯到你,而且会牵扯到我,还有整个组织。我想,我们不应当逃跑,而应当想办法迷惑敌人,使敌人相信我们。"

"要敌人相信,那就只有给敌人办事了。"肖阳泄气地说。这话忽然提醒了郑敬之,他说道:"是要给敌人办事,不过要办这样的事:在敌人看来对他有利,但实际上却对我们有利的事。"

坐在一旁的秦方芝忽然说道:"我倒想起这样一个办法,可不知行不行?"

"你讲。"

"不过要得县大队配合一下。"

"那又不难,你说吧。"

秦方芝接着便如此这般讲了一番。郑敬之、肖阳听了齐声说好,当即给马英写了封信,由荷花送到侯老奎那里。

这天晚上,郑敬之和马英在侯老奎的地洞里会了面,马英一见郑敬之就上去握住他的手说:"谢谢你们,谢谢你们,上一次情报要是再晚一步,就很困难了。"

"再过几天,就该向你们道谢了,有件事正要麻烦你们哩!"郑敬之也笑着说。

"什么事?"

"敌人已经怀疑到王小其,并让肖阳暗中监视他。我估计敌人怀疑的可能不只他一个人,看来他们是已经注意起我们来了。我们决定来个将计就计,想找一个铁心汉奸,弄几支破枪强埋在他家里,然后让王小其到敌人那里去报告,这样,一来迷惑了敌人,二来也除了铁心汉奸,这不是两全其美!"

"你算真有两下子!"

"这可不是我的功劳,这一计是秦方芝献的。"

"秦方芝?"马英有些惊奇,接着欢笑地说道,"老老实实个人,都跟你学乖了。"

郑敬之哈哈大笑起来:"现在就差这个铁心汉奸对象了。"

"你怎么聪明一世糊涂一时呢?吉祥镇吉官起不是个好对象吗?我到镇上抓他两次都没有抓到,一弄就钻到炮楼里去了。"

"嗨,你看我倒真的忘了。如果能把吉官起告下来,陈宝义也就有救了,倒咬他一口,就说打吉祥镇是他干的事!"

马英回去,在大队里挑了三支不能用的破枪筒子,便让赵振江带上一个班往吉祥镇上执行任务去了。

半夜,赵振江到了吉官起家里,吉官起又上炮楼里住去了,管账先生吓得藏在炕洞子里,找了半天才把他从里边拖出来,只听他结结巴巴说道:"八,八……路先生,饶……我一命,我只在他家管……管账。"

"我们知道,你不要害怕,坐下来咱们有事商量。"赵振江让他坐下。管账先生坐在椅子上直抖,弄得椅子吱吱扭扭响个不停。赵振江接着说:"我们有三条枪用不完了,暂且在贵府寄存几天……"

"使,使不得!"没等赵振江说完,他就抢着说,"少东家回来了我担待不起。"

"那不要紧,你只管推在八路军身上。"赵振江说着把枪一支支地放在桌子上,"请你打个收条。"

"这,这如何使得?"管账先生摆着双手,"八路先生,你们行行好,我实在担待不起!"

赵振江突然把脸一变,喝道:"你怎么这样不识好歹,话已经说明,你尽可以推在我们身上,难道你惹得起八路!"

管账先生一下子吓愣了,他想是啊,他如何惹得起八路呢?半晌,才说道:"我写,我写。"接着铺开纸,磨着墨,抖擞着手歪歪扭扭写了一张收条,盖了印。

赵振江接过收条,看了看没有差错,便带着战士们走了。管账先生把枪塞在藏他的那个炕洞子里。

第二天上午,吉官起从炮楼上回来了,管账先生对他讲起昨夜的事情,没等他讲完,吉官起便拍着桌子骂道:"你这个老糊涂虫!怎么能给八路存枪,我跟他妈的八路军誓不两立,再说叫皇军知道了,还以为我私通八路,那如何得了!"

管账先生本来还要讲打了收条,这一来便不敢讲了。又听吉官起问道:"枪呢?"

"在炕洞子里。"

吉官起从炕洞子里把枪取出来一看,尽是些破烂,不仅少这缺那,还生了锈。吉官起又骂道:"这些穷八路不知又搞什么鬼名堂,准是想暗害老子,我要把枪送到炮楼上去。"

管账先生一听他要往炮楼上送枪,害了怕,他给八路军打了收条啊!可是不敢跟吉官起明说,只好拐着弯劝道:"少东家,日后八路要来家里要枪怎么办呢?"

"哼!他还想要枪,我还想要他的命呢!"

"少东家,话虽是那样说,可是八路要真的来了咋办,这伙人鬼得很,可难防得住!"

"我不怕他,以后我就干脆搬到炮楼上去住。"

管账先生见他执意要送枪,心生一计,便跑到后院对吉官起的老婆说:"少奶奶,昨夜八路把枪藏到咱家里,少东家今儿个非要把枪送到炮楼上不行,日后八路来了,要枪咋办?"

吉官起的老婆本来因为八路军来到他家几次,就够担心的,这一来更吓得不得了,抱着孩子从后院吵出来:"你光图自己清静,不顾俺孩子大人的死活,你一弄钻到炮楼里,丢下俺孩子大人提心吊胆过日子。"她顺手抓住一根枪说:"这枪你不能往炮楼里送,难道你得罪的你那八路爷爷还不够吗?这不是存心要俺孩子大人的命!你要多嫌俺娘俩,就把俺打死算了,何必让八路作弄俺呢?"

这一张利口好厉害,直把吉官起说得哑口无言,半晌才说:"你要害怕咱一块到炮楼里住。"

"谁住你那个王八窝子,男不男女不女,不知道都是些啥人!我不知道哪辈子作的孽,寻了个你,叫我跟着受这个罪,我的天呀!……"说着便大哭起来。管账先生在一旁附和着说:"少奶奶也够作难的。再说总住在炮楼里也不是办法,你比不得人家当兵的,东跑西颠,两个肩膀夹着个头,混到哪里算哪里。你有家有产,也得为孩子老婆想想。"

吉官起心里也有些活动了,老头子说得也是理,又见老婆还只顾哭,便说:"就依你们,可是这枪怎么办呢?"

"把它埋了,等八路来要的时候再给他。"

"也好。"吉官起答应了一声,立即便把枪埋在厨房的地底下。

过了两天,赵振江又来了。问那管账先生:"我叫你保存的枪支可在?"

"在,在,保存得好好的。"管账先生巴不得叫他赶快把枪起走,慌忙提上马灯,领着路说,"跟我来。"

走到厨房,管账先生说:"就在这下面。"

赵振江命战士把砖起开,那三支枪果然放在下面,还用麻袋好好地包着,赵振江让原封不动地仍然把它盖好,管账先生忙问:"你们不把它起走?"

"我们只看看藏得保险不保险。"

"不保险,不保险,藏在这里怎么能保险呢?我看你们还是起走吧。"

"不,我看这地方保险得很。"赵振江接着警告他道,"枪就好好放在这里,再不要动,保证没有问题,出了事情也与你无关;若把枪挪动了,将来连累着你,我们可不负责。"

"是,是。"管账先生连声应道。

赵振江连夜派人赶到东关,把详细情况告诉了侯老奎。

第二天,郑敬之接到这一情报,便找肖阳、王小其作了布置,随后便到监狱里给陈宝义送信去了。

第三天上午,肖阳忽然慌慌张张地跑到杨百顺屋里报告道:"我昨天派王小其到吉祥镇侦察敌情,不知道怎么他现在还没有回来!"

"什么?"

"王小其到现在还没有回来。"

"准他妈的是跑啦!"杨百顺气得眼里直冒火星,一步从炕上蹿下来,揪住肖阳的衣领子骂道:"你这个蠢货,我是怎样交代你的,告诉你这家伙通八路,你怎么轻易叫他一个人出城?"

"我是想试一试……"

"现在人已经跑了,皇军找我要人怎么办?那我就找你,让你他妈的去顶账!"杨百顺骂着举手正要打肖阳,忽然院里一个便衣队员报告道:"王小其回来了。"

杨百顺觉得奇怪,把手放下,说道:"把他带进来!"

两个便衣队员把王小其扭进来,王小其故作莫名其妙地说:

"杨队长,这是怎么了,好生生的把我抓起来做什么?"

"你自己做的事情你自己知道!"

"我究竟是犯了什么法啦?"

"私通八路,死了死了的!"

"这才是冤枉,我通八路有什么证据?"

"我先问你,昨夜你上哪去了?"

"这才奇怪,不明明是肖班长让我去侦察敌情吗?"他转过脸来问道,"肖班长,你说呢?"

肖阳故意不做声。杨百顺又吼道:"你说得倒好听!老实说,你跟八路送的什么情报?"

"我也老实告诉你,我不通八路,我倒侦察出一个私通八路的人!"王小其忽然变得强硬起来。杨百顺冷笑了一声道:"你不要瞎咬人,谁信你那一套。"

"不信拉倒,你把我交到太君那里咱再说,看看我调查的是不是真八路!"

杨百顺见王小其态度这样强硬,有些犹豫了,本来怀疑王小其通八路的根据就不足,昨天出去没有按时回来,也说不定真的侦察到情况了,如果他要在中村面前说出重要情报,那自己不是往脸上抹灰吗?于是问道:"你且说谁通八路?"

"吉祥镇维持会长吉官起。"

"哼!你这点鬼把戏我早就猜透了。"杨百顺冷笑道,"谁不知道吉官起效忠皇军,私通八路的陈宝义就是他告下的。我知道你要反咬好人!告诉你,这点把戏只能糊弄别人,瞒不过你杨爷。"

"不信拉倒,反正我有证有据,咱们见了太君再说也行。"

杨百顺又放心不下,只得问道:"你说你有什么证据?"

"八路打吉祥镇炮楼的时候,就是在吉官起家里集合的,炮楼上吃饭时间也是吉官起调查的,要不八路怎么能掌握那么准。他为了掩盖自己,才故意给陈宝义栽赃。你想八路就是借着陈宝义送粮的名义,他想借哪个村长的名还不是一样!再说吉祥镇炮楼里的事情陈宝义怎么会知道呢?你不要光看他表面上怪不错,那是故意装的。"

这一番话说得头头是道,杨百顺暗暗有些心动,只听王小其继续说:"这还不算,他家里给八路藏的还有枪!"

"你见了吗?"

"没有。可是我调查了好几家都说是的。"

"我却不信。"杨百顺嘴里这样说,心里可是想着,要是真能从吉官起家里挖出枪来,那就太好了,岂不又是一大功。肖阳这时插进来说:"我看不如到吉官起家里去搜,如果搜出来那没有话说,肯定吉官起通八路;搜不出来,再把王小其送到宪兵队处理。"

杨百顺觉得这话有理,叫先把王小其押起来,自己立刻带着便衣队一溜烟地朝吉祥镇出发了。

到了吉祥镇,杨百顺命令把吉官起的房子团团围住,上房压了顶,然后才叫门。管账先生一开门,肖阳便上去用枪逼住他问道:"家里有没有八路?"

管账先生吓得哆哆嗦嗦瘫在地下:"没,没,没……"始终没有说出那个"有"字。杨百顺、肖阳带着队冲进去搜了一阵子,果然没有八路,才又出来逼问管账先生:"你说,八路藏的枪埋在哪里?"

"快说,不说打死你这个老东西!"

管账先生吓得只是说不出话来。肖阳说:"准是他妈的藏了枪啦,要不怎么吓成这个样子。"

"搜!"杨百顺一下命令,大家便拿着铁锹、火棍,"嗵嗵嗵"在各屋墙上地下乱敲起来。肖阳明知道埋在厨房地下,就对一个队员说:"你到厨房看看。"

那队员去了一会,跑出来说:"找着了,三条枪,还用麻袋包着哩!"

杨百顺接过枪一看,冷笑道:"想不到你这小子会干这一手!"

接着对肖阳说:"不要找了,你到炮楼上把他叫回来,不要惊动他。"

肖阳到了炮楼上便把吉官起叫出来。吉官起在路上心里直嘀咕,探问道:"杨队长找我可有什么事?"

"没啥事,听说是顺便来看看你。"

吉官起听了这才放心,一走进大门看着便衣队员们一个个那紧张的眼光,就感到风头不对,正准备停下来再问一声,只见杨百顺从客厅里走出来喝道:"捆起来!"

话声未了,立刻上来几个便衣队员,扭住吉官起的胳膊,便五花大绑地将他捆了起来,吉官起大叫冤枉。杨百顺用手把枪一指,喝道:"你看这是什么?"

"那是八路硬埋在我家里的。"

"你为什么不报告?"

"我……我怕八路抄我的家。"

"难道你就不怕皇军!分明是通八路,还耍什么赖,老实说,还有多少枪,埋在哪里?"

"没有了,就这三支。"

"我看不给你点厉害看看你是不说实话,打!"

啪!啪!啪!肖阳照吉官起屁股一连就是几鞭子。吉官起早吃不住劲了,乱说起来,一会说七支,一会说八支,一会说在东屋,一会说在西屋,害得便衣队员挖了半天一支也没有挖到。杨百顺大怒,喝道:"再不说实话,就打死你!"

"杨队长,"吉官起声音颤抖着,求告道,"我爹和苏县长、刘联队长都有些交情,看在这点份上,饶我一命。"

如果只提苏金荣倒还罢了,一提起刘中正,杨百顺就怒火万丈,骂道:"什么屌刘队长也不行,带走!"

肖阳把吉官起拴到自行车后边。杨百顺还想去捉管账先生,可是不知他什么时候早溜了,此时天色不早,不敢久留,只得罢了。

便衣队耀武扬威地带着吉官起往回走,特别是杨百顺,心里十分得意，想着这一次又在中村面前露了一手。沿路的老百姓看到，也都高兴地暗暗说道："狗咬狗！"

三十五　狗 咬 狗

法案中间坐着中村，左边坐着小野，右边坐着杨百顺，吉官起卧倒在法案前，血肉模糊，面无人色。只听杨百顺怒问道："八路军打吉祥镇，可是在你家集合的？"

"是。"

"炮楼上开饭时间可是你报告的？"

"是。"

"给八路窝藏枪支，可是事实？"

"是。杨队长，可这都是八路军逼着我干的啊！"

"哈哈，你当了八路，还说是逼着干的！明天八路逼着你还敢把县城拿了哩！再问你，陈宝义可是你陷害的？"

"不是，陈宝义确有串通八路的嫌疑。"

"混蛋！难道打吉祥镇是你们两个人合伙干的？你自己是八路，还会告八路，分明是陷害好人！"

那两条洋狗见杨百顺发了怒，便从案子下蹿了出来，呼哧哧吐着舌头瞅着吉官起，吉官起早吓得魂不附体，忙改口连连称"是"。杨百顺笑着转向中村道："案犯俱都承认，实是串通八路的奸细，请太君处置。"

中村一来是恨之入骨，二来想以此示众，警告一下隐藏在内部的八路，所以立即命令道："死了死了的！"

肖阳听罢，一手提着匣子枪，一手揪着吉官起往外就走。这时刘中正刚好走进来，吉官起噗通一声给他跪下，求告道："刘队长，看在我父亲的面上,给我讲个情,救我一命……"

"你犯了法,就该甘心受法律制裁,谁能救你!"刘中正暗吃一惊,生怕连累了自己。这时肖阳已经将吉官起带出去了,刘中正忙又表示态度说:"知法犯法,理所应当。"

杨百顺接着命令把陈宝义带来审问,陈宝义便将郑敬之教给的口供背了一遍,杨百顺觉得合情合理,便对中村说:"陈宝义说的句句实情,实是被吉官起陷害。"

"放了的。"中村接着又咕噜了几句日本话。杨百顺这几年也学得几句日语,便翻译道:"太君说委屈你了。"

"感谢太君明断。"

中村见杨百顺处理得有条有理,十分满意,大加赞扬了几句,还把王小其提升为副班长,刘中正站在一旁听了,满面惭愧。

枪毙吉官起,这一来没有把地下工作人员吓住,倒把汉奸们吓得不轻,人人自危,提心吊胆,暗自叹息。

这天晚上,肖阳、王小其、秦方芝一齐来到郑敬之家里开会。郑敬之一见王小其,就握住他的手说:"恭喜你,恭喜你高升一步。"

"谢谢你的提拔!"王小其也玩笑地说。

"怎么是我呢?"

"不是你是谁?"

大家哈哈大笑了一阵,把方桌抬到当中,四个人围了一圈,打着麻将开起会来。肖阳先把这一工作进行的整个情况汇报了一下,郑敬之听了说:"这里边还有文章作,吉官起在法庭上曾经向刘中正求救,我看干脆把他们两个扯在一起,满可以让杨大王八再告他一状。"

"对,"肖阳接着说,"我看最起初怀疑王小其的一定是刘中正,因为是他的队伍把的城门;再说他还不是想趁机整杨大王八一下,不想搬起石头反砸了自己的脚,我看也可以给他加个诬赖好人的罪名。"

王小其也附和着说："对,还有那个王洪建,加在一起就够他受的了。"

秦方芝说道："搞得太厉害了,是不是敌人容易识破?"

郑敬之笑了笑说："这样的搞法,越搞得厉害敌人越糊涂,因为成了他们内部的纠纷;不过我们要注意掩盖自己的身份。"

大家刚商量停当,忽听门口的荷花说道："杨叔叔你好!"

"好,好,小家伙真会说话。"这是杨百顺的声音,不知这小子怎么转到这里。

哗啦一声,肖阳把桌布一抖,嚷道："我不来就是不来了,看你把我怎么样!"

"那不行!"王小其上去揪住肖阳,"赢了你就不来了,没那便宜的事!"

"算了吧,"郑敬之上来解劝道,"都是自己哥们,何必呢!今天不来还有明天哩。"

"你倒说得好听,我知道你赢了!"王小其又把矛头转向郑敬之,这时恰好杨百顺走进来,郑敬之便说："好,好,杨队长来了,杨队长说说,我劝架反劝出不是来了。"

肖阳、王小其一见杨百顺,都故意不做声了。杨百顺也装做宽宏大量地说："没关系,该怎么着还是怎么着。"

郑敬之原来是布置要大家散伙,让肖阳去进行工作的,所以秦方芝一边往外走一边说道："我不输不赢,刚够本,天不早了,我回去啦。"

王小其接着把手一甩,嘟噜着："算我倒霉,以后走着瞧。"说罢也走了。

"杨队长,走吧。"肖阳上去挽住杨百顺一只胳膊,"今天我请你的客。"

"不坐会儿了?"郑敬之说。

"不了。"肖阳把杨百顺拉到外边说,"郑敬之这小子真滑头,我知道他赢了,故意拆台子。反正我也赢了,拆就拆,只是把小其一个人坑了,嘻嘻……"

"你这小子真有两下子。"杨百顺拍着肖阳的肩膀赞扬道。

肖阳买了一斤卤肉,又到杂货店里打了一瓶酒,和杨百顺坐在炕上对喝起来。几杯酒下去之后,杨百顺胡吹道:"老子不是吹的,全县大大小小数一数,哪一个敢和他杨爷比一比!我何村铺打垮了县大队,小陈家店打了个大胜仗,这一回……"

"这一回还用说,连中村太君都佩服你!"肖阳连忙奉承道。

"可是他妈的还有人压在我头上!"

"谁?"

"刘中正、苏金荣!"

"苏金荣不过是挂个县长的牌子,刘队长是黄埔军官学校出身,可是真有两下子!"肖阳有意激杨百顺,让他把矛头转向刘中正。

"什么屌刘队长,他有什么能耐,我就不服他!你说说,他办过什么好事?他妈的,他扫荡八路没有一次不扑空的!"

"杨队长,上一回他扑了空,还赖咱们便衣队的人通八路。"

"谁说的,是他赖咱们?"

"你想想,不是他是谁?中村太君又不守城门,王小其那次出城还和他五中队冯队长吵了一次架呢。"

这话猛然提醒了杨百顺,他早就知道刘中正在暗中对付他,可是抓不到事实,这一来有根有据,不觉大怒,骂道:"好小子,你竟敢暗害你杨爷,瞧着吧,不叫你吃点苦头,你不知道你杨爷的厉害……"他越喝越醉,唠唠叨叨骂个不休,一直到昏昏沉沉快睡着的时候。肖阳见大功告成,让他躺下,退了出来。

次日,杨百顺醒来,想起昨夜所谈,愈加怀恨刘中正,便把肖阳找来计议,他说:"我想去告刘中正一状,你看可能告得下来?"

"那可难说,刘中正可有两手。"肖阳有意透露道,"就像昨天,吉官起拽了他一把,你看他三言两语就糊弄过去了。"

杨百顺听了,心里一亮,暗暗高兴,这一回可抓住刘中正的把柄了,这不正是通八路的根据吗?可是表面上却自作聪明地吹嘘道:"他糊弄个屁!我早就看出来了,不过没有当场出他的丑。就凭这一点,也得叫刘中正脱一层皮!"

"杨队长,"肖阳接着又奉承道,"你这一说,我看也行了。还有上次王洪建那事,拉在一起一想,我真怀疑他不保险,别看他是联队长,人心隔肚皮,谁猜得着!"

"管他通八路不通八路,反正俺两家是死对头,我不叫他瞧瞧我的厉害,我不姓杨。"杨百顺越说火头越大,立即整了一下服装,便朝红部去了。

中村昨天处决了吉官起,今天似乎显得比往常特别高兴,正在和红牡丹一起饮酒,见杨百顺进来,忙热情地招呼让座,龇着黄牙说道:"酒的米西。"

"谢谢,"杨百顺拉了一把椅子坐在中村身边,"干父,有一件重要情报向您报告。"

中村向红牡丹摆了摆手,红牡丹瞪了杨百顺一眼,扭着屁股走了。

"干父,只是这个人和我不对劲,说出来怕你怀疑我报复他。"

"嗯!没关系,快快的讲。"

"昨天审讯的时候,刘中正来了,你可知吉官起对他说些什么?他叫他念在他们的交情上救救他。这就怪了,难道说他和八路有什么交情?"

中村站起来了,在大厅里兜起圈子,杨百顺的两只眼睛也随着他转起来,看着中村停下来望着他,才又说道:"再说,王小其这回查出了八路,这证明他效忠皇军,可是刘中正却诬告他私通八路,这是为什么呢?"

中村听了杨百顺这一番话,不禁又想起前些时"投敌"王洪建,刘中正当时隐瞒了实情,确实值得怀疑;可是又一想,刘中正这种人是不会通八路的,他是地主出身,他父亲在土地革命的时候被共产党杀了,他又受过很深的国民党的教育……

"干父,"杨百顺见中村犹豫起来,忙又加了一把火,"城里边八路活动得这么厉害,我看要是没有个大头在里边指挥,也搞不起来。你不要光看他表面,人心隔肚皮,吉官起就是个例子。"

是啊,人心隔肚皮,他想了一下最近接连发生的一些事情,觉得任何中国人他都难以信得着。……他决定再考验一下刘中正。

中午,中村派人给刘中正送去一分请帖,请他来吃饭。中村请他们吃饭,也是平常事,所以刘中正不以为意,就高高兴兴地来了。这次中村没请别人,只他们两个,二人边喝边谈,议论了一阵军事战术,刘中正渐渐有七八分醉意了,中村看着已经到了时候,便问道:"你看,县城里私通八路的有?"

"自然有,只是没有抓到。"

"抓到了的,吉官起八路大大的。"

"哈哈,"刘中正冷笑了一声,"吉官起效忠皇军,怎么是八路?我看枪毙吉官起恐怕是冤枉了。"

中村想:怪不得他替吉官起叫冤,准是私通八路,说:"我还抓住一个八路大大的!"

"谁?"

"你,刘中正!"

啪的一声,刘中正手中的酒杯掉在地下,一身冷汗使他从醉梦中惊醒,直立起来:"太君原谅,是我酒后胡说。"

"良心坏了坏了的!"中村怒吼道,"来人!"

话音未落,早有几个鬼子和便衣队员从屏风后蹿出,不由分说,将刘中正五花大绑地捆了,那条尖嘴的大洋狗也跟着从人群中挤出来。

"太君,"刘中正求告道,"我只是猜想吉官起可能是冤枉的,并无根据,还望念我跟随你战斗多年,原谅我一次。"

"八格！快快的讲,你和吉官起什么关系的？县城谁的通八路？"中村吼道。

"这实在是误会。"

"不讲？打！不客气的。"

几条鞭子立刻抽在刘中正的身上,那大洋狗猛扑上去,将刘中正的领章肩章连同军装顺着胳膊撕下来。

"讲！"中村喝道。

"太君,这实在是误会,自从皇军来到,我便将我的毕生献给大日本帝国,如何会通八路,谁人不知我刘某和共产党有血海深仇！"

中村知道刘中正有股硬劲,想再榨一榨油,命令继续打。一霎时,刘中正被打得满脸流血,军帽也被狗抓掉了,头发蓬散着,可是他仍然保持着他那军人的尊严,笔挺地直立着。这一点使中村内心里十分敬佩,暗暗感叹道:"真不愧是英雄！"他口里虽然仍在吼着,逼着刘中正讲,口气却无形中没有刚才那样凶了。

刘中正此时只有一个想法,要撑得住这股英雄劲,要誓死表现出自己对日本的忠心,他真恨不得把自己的心挖出来,双手捧给中村,让他看看他是不是忠心。他提了一下精神,用那嘶哑着的声音一字一句地说道:"太君既然不信任我,我不如一死以表忠心。"接着大呼道:"我生不能剿共立功,死了在地下也要和八路作战,只可惜我活着没有给皇军效劳的机会了。"说罢,以头撞墙,鲜血顿时顺着墙壁流下来。这时中村忽然上前拦住,激动地说道:"你的忠心大大的,我的知道了！"

刘中正听罢,便昏了过去。中村命抬到后院好好医治,并特地把稻川芳子找来侍候。

中村回想起这事,多少有些后悔,暗暗埋怨杨百顺有点太过分,自己脑袋也不够冷静,怀疑刘中正通八路的根据本来就不足嘛。不过这一来也有好处,总算使他放心了。现在所担心的是只怕刘中正内心里对他不满,所以晚上特地提了两匣子日式点心,换上一身西装,尽量装做文雅些,去看望刘中正。

中村一进门,便装模作样,显得十分惊讶,说道:"对不起,我的喝醉了酒。"接着坐到床前,看了刘中正的伤势,"便衣队的八格,打得太厉害了。"又指了指手中的点心,"小小的米西。"

中村这样待人是很少有的,自然使刘中正感激万分,忙欠起身子说:"我不敢怪罪太君,太君又这样对我照顾,只有感激。既然有人告我,太君进行审查是完全应该的。"

"没有人告你,"中村解释说。刘中正笑了笑,他早已猜想到杨百顺,便趁热点破:"太君,我知道是杨百顺告我的,不过我不和他一般见识,绝不计较,中国有句成语:宰相肚里撑舟船,太君只管放心好了。"

中村真是又惊讶,又钦佩,跷起一个大拇指说道:"你的大大了不起!"

"太君,我有几件事要和您相商,可不知您还信不信我的话?"刘中正又趁机说道。

"大大的相信。"中村双手拍着肚子。

刘中正说道:"第一件:今后少闹纠纷,大家要一条心。内部虽然可能有几个八路,我想成不了大事。"

"好的,好的。"中村连连点头。

"第二件:集中使用兵力,把主要兵力放在城北县城到衡水的公路线上,这是我们的生命线。肖家镇是这条线上的关口,要放上一个大队。"

中村听罢,又连连称是。

"第三件:肖家镇必须派一个能干而又可靠的人,我想建议你调任杨百顺为大队长,镇守肖家镇。"

只这第三件,中村没有马上答复,他知道这是刘中正有意想把杨百顺支开,不过他答应考虑考虑再说。临走时,刘中正要求今天这事不要传出去,以免动摇军心,中村自然答应了。只是这事如何能瞒得住,第二天这新闻便被肖阳他们传遍全城,还发现了不少油印传单,题目叫做:"联队长的苦戏"。

过了几天,中村将调任杨百顺的事情征求苏金荣的意见。刘中正这一次受审,早吓得苏金荣脱了一层皮,幸亏吉官起没有把自己咬上,他也感到杨百顺留在城里实在危险,但杨百顺终究还是个地方派,和他有共同的利益,能够抓住一部分武装实力,对他也有好处,便满口赞扬同意。中村考虑留下杨百顺也没太大好处,反倒弄得矛盾百出,加之肖家镇确实应该有个可靠的人,便决定调任杨百顺。杨百顺不知内情,觉得独霸一方也不错,只是提出要中村亲自指挥,不受刘中正干涉。中村也怕刘中正的势力过大,答应了。杨百顺还要求三个中队每队要有一挺轻机关枪,大队里要配备一挺重机关枪和一门迫击炮,中村都答应了,还额外把稻川芳子送给他。杨百顺立即挂上少校东洋刀,骑上大洋马,耀武扬威地带着队伍上肖家镇去了。杨百顺走后,便衣队长便由宪兵队长小野亲自兼任,肖阳提升为便衣队副队长。

三十六 两 份 情 报

已经是深秋了,满地落着又黄又焦的树叶子。

现在大队已经扩编为三个中队,赵振江提升为大队参谋长,老孟被任为三中队的中队长。这天下午,三百名英雄的方队,整齐地摆在一个树林里,三挺机关枪和一门小炮并排着架在队前,战士们个个都穿着洗得干干净净的粗布衣服,头发剃得光光的,光头上包着才发的新毛巾。村里老大娘眉开眼笑地纷纷抬来了热开水、熟鸡蛋。孩子们也来了,抱着一摞一摞的碗,请叔叔们喝水,有的孩子还一碗一碗地送到战士们的跟前。外村的群众听到这个消息,也纷纷赶了来,争先恐后地要看看自己的队伍,人们围在方队的周围,后来的人看不见就拼命地往里挤,大家都仰着头兴奋地喝彩道:

"嘿!好大一片!"

"你看,还有机关枪哩!"

"叔叔,哪是机关枪呀?"孩子们好奇地问。

"那有两条腿的就是。"

"一……二……三……"孩子们都在数着带腿的机枪。王二虎的姨父黄老头指着一挺歪把机枪说:"怎么那一挺机枪把扭了,也不去修理修理。"

人群中立刻响起一阵大笑。一个青年民兵逞能地解释道:"老大爷,你算是真洋气,我告诉你吧,那是鬼子的歪把子,顶好的机关枪,打起来声音脆得就像是炒豆子似的。"

"你知道那挺机关枪是谁夺的?"另一个民兵故意问道,却不等别人回答便接着说,"那是孟指导员,你们看,就是他。"他用手朝老孟站的方向一指,"五十多岁的人了,可是打起仗来比小伙子们还行。"

刚才那个青年民兵打趣地说:"只怕比上咱黄大爷还差一点,黄大爷胆子可真不小,树叶掉下来都不怕砸破头。"

"哼!你们就是会逞能,又没打过仗,瞎吹啥哩!"黄老头不服气地说,引得大家又是一场大笑。这时却有两个老大娘在人群中聚精会神地谈论着,周围的笑声好像与她们无关似的。

"大嫂,你看那不是小良吗?多精神!"

"俺小良可能干啦,听说他一个人就得了三根枪。"

"俺小强这几天和我吵着非参军不行,我想这孩子从小没出过门,当兵去我怪不放心的。"

"你可不明白,人家同志们就和一家人一样,俺小良在队上,比为娘的待他还好,有一次他病了,人家大队长还给他熬药哩!"

"是吗?过两天我把俺小强送到部队上去。"

在今天庆祝保卫秋收胜利大会上,分区也派来了代表,还送给一面锦旗,上面写着"青纱帐里逞英豪!"七个大字,战士们的情绪更加高涨。

保卫秋收的伟大胜利,不仅在军事上、政治上,就是在经济上,也给予敌人沉重的打击。中村感到单靠自己的力量是无能为力了,跑到衡水去搬救兵。他不知分区部队活动得更厉害,衡水的情况也很吃紧。鬼子的联队长稻本素知马英不好惹,生怕吃了亏,不愿发兵,并将中村大骂了一通。中村无奈,急得两撇仁丹胡子朝天撅了起来。忽然急中生智,想出一计,对稻本说:"马英上一次打了胜仗,必然轻视于我,我们可乘敌人骄傲之际,打他个冷不防。我带一支小部队沿公路向肖家镇进发,故意把目标暴露给敌人,你带一支大部队从公路以西的小路向肖家镇进发,会合在肖家镇,将消息严加封锁。马英发觉我们人马不多,必然集中全部兵力埋伏于肖家镇以南的公路上等着我们,这样就可以把县里的八路一网打尽!"

稻本也早想打击一下八路的气焰,只是无计可施,此时听了中村的计策,大喜,说道:"马英年轻好胜,消灭他没有问题。"

第二天便依计而行。中村带着十几个鬼子,几十个汉奸,赶着七辆马车上了往肖家镇的公路。稻本带着两百多名鬼子,三百名汉奸,两挺重机关枪,十几挺轻机关枪,还有好几门小炮,下了公路,偷偷摸摸朝肖家镇摸来了。

县大队的侦察员小李,在公路东边远远地看到公路上来了敌人,骑上自行车打算跑回大队部报告。走了没有几步,他心想不能回去,到底有多少敌人呢?是鬼子呢还是汉奸?是到肖家镇去的呢,还是下公路去"扫荡"的呢?这些都需要弄清楚。他掷下车子,绕着路沟摸到公路跟前,下决心看个明白。

敌人过来了,小李趴在红荆棵里,偷偷数着一、二、三……共十八个鬼子。他怕忘记了还用手指头在地上写了个"十八";接着又数着后边的敌人。敌人过完了,小李算了一算,除了鬼子以外,还有七十八个伪军,一共是九十六个人。日寇有机关枪一挺,伪军有两挺,还有七辆马车……敌人走远了,小李站起来瞭望着,呵,是顺公路走的,一定是到肖家镇去的。一直到看不见敌人的时候,他才骑上车子往回跑,他心想,哪一次的情况也没有这一回弄得清楚。

小李回到大队部,把情况汇报了一遍,马英笑着问道:"怎么弄得这样清楚,恰好是九十六个?"

"我一个一个数了的。"

马英估计这可能是中村从衡水回来了,不由一阵喜上心头,打胜仗的机会又来了,暗暗下定决心:这一回要活捉中村!

"大队长,你看谁来了?"忽听小董在院里喊道。话音未落,只见常云秀气喘吁吁地说道:"大队长,你还在这里闻风不动呢?听说肖家镇上鬼子汉奸都住满了!"

马英也忘记接待她,急忙问道:"你怎么知道的?"

"我去县妇救会开会,走到半路碰到好几个老乡说的,我没有顾着开会,就先到这里来啦。"

"是好几个老乡都这样说吗?"

"是啊,他们都说得一模一样。"

马英转身对小董说:"把各中队领导干部叫来。"

一忽儿,大家便陆陆续续来了。老孟一进门就玩笑地说:"常云秀主任来了,以后还是常来着点,听说大队长常常找你有事。"

云秀的脸立刻羞红了,大家都笑起来。马英只好陪着一笑,接着严肃地说道:"同志们,今天有紧急情况……"

笑声立刻停止了,一个个都紧张起来,听马英把情况讲了一遍,照例沉默了一会。王二虎第一个开言问道:"小李,你弄的情况有把握没有?"

"我是亲眼看见的,这还能错,错了我负责。"

"那老乡们怎么说肖家镇住满了呢?"

"老乡们害怕,还不是总好往多里说。"

因为平常马英好批评王二虎不用脑子,所以这次特地询问了半天,才正式发表意见:"我看既然小李肯定说只有这么多人,就要打。一块肥肉送到嘴边,不能不吃。"

"就是多个百八十也没关系,一锅端他的。"老孟也附和着道。

"我看这埋伏还是不慌打,敌情没有弄清楚。"赵振江刚说罢,派到肖家镇附近的侦察员便回来了,说敌人已经将消息封锁,不要说进肖家镇,就连找个从肖家镇出来的老百姓都找不到。赵振江听了接着说:"我看这仗还是不打好,敌人一定有阴谋,日本鬼子的报复性大得很。"

马英听了觉得有道理,犹豫起来。只听王二虎说:"他想报复,也得有本钱,满打上他把全城的鬼子汉奸都弄出来,也不在乎他!"

老孟也补充说:"他有准备,咱也有准备,只要选好地形就没问题,打埋伏可不是一两次啦。"

马英盘算了一下说:"这次从衡水来的敌人,拉着七辆马车,我估计可能是中村领的配给物资。根据当前的形势,衡水的鬼子不会派大兵送他,所以小李在肖家镇以北的公路上看到的是实际情况……"

"那肖家镇上的敌人呢?"有人问道。

"这可能是炮楼上杨大王八的队伍,中村怕中埋伏,只好叫杨大王八护送他。杨大王八的武器虽好,但是战斗力不强,即是他三个中队全部出来也没有关系。"

马英这个分析很有说服力,许多人都流露出敬佩欣喜的眼光。云秀不知是因为替马英担心,还是因为别的什么,脱口说道:"你不是说不打没把握的仗吗?敌人加起来好几百,我看……"

"你看,你还没有看到。"马英第一次不客气地打断云秀的话,

"现在的大队可不是从前那几个人了,兵对兵将对将也可以和他们干一阵子。"

"你可不要拿老眼光看人,如今的大队长,可是在全分区有名!哈哈……"老孟说着大笑起来。大家都知道老孟话中有含意,也都笑了。云秀虽然知道是开她的玩笑,心里却很高兴。马英独见赵振江一人不作声,便问道:"振江,你的意见呢?"

"我总觉得情况没有弄清楚,心里没有底。"

"你呀,"二虎不耐烦地说,"越打……"他本要说:"越打越胆小了。"可是想起那一次和赵振江吵嘴,就把后半截吞了回去。

马英素来佩服赵振江心细谨慎,可是总觉得多少有些过分,带兵不比做文章,得有点冲劲,这一次更觉得赵振江有些保守,便劝说道:"我们已经做了最坏的情况估计,即使这样,也可以保证胜利。我们要看到我们有利的条件,不仅人多,而且士气高涨,我们不怕杨大王八不去,去了更好,只要我们消灭了他的主力,肖家镇炮楼也就唾手可得!"马英做了个有力的手势,全屋子里的人都兴奋起来。

马英的态度突然严肃起来,说:"赵参谋长的意见是对的,我们还要做退一步的准备,如果敌人人多,就不必企图把敌人全部消灭,截住敌人的尾巴,得个几十条枪也就行了。"

马英说罢带着干部们去看地形。

在路上,赵振江的几句话还在马英脑子里响,他又想起杜平常说的"要掌握形势,研究敌情,知己知彼,才能百战百胜"。是呀!今天的敌情是不够清楚。敌人每天吃了饭不是光睡大觉,他们日夜想着鬼点子,做梦也想着消灭我们,敌人今天是不是耍花招用计谋?可是他们的诡计是什么呢?

马英忽然想到一打肖家镇时,曾用过以少变多的疑兵计,把城里的敌人调到城东去,而我们打下了城北的肖家镇;敌人越挨打越狡猾了,他们就不可能来个以多变少的疑兵计吗?他放慢了脚步想：今天的仗还打不打呢？万一遇到意外情况怎样处置呢？几个方案在他脑子里打起官司来，各有理由，……突然他大喊一声："好，我就给你来个计中计！"

在西河店以南三里地的地方，有一条由西南向东北的干沙河，因为近来下了雨，河里有了两三尺深的水。水虽然不太深，可是河身倒是很宽，大约有三百公尺的样子。这条河正在县城和肖家镇的中间，离两个据点各有九里地。肖家镇到县城这条南通北达的公路，就穿过这条河。在河中间还有一座三孔的公路桥。马英站在桥上，四下里看了看，兴奋地说："好得很，我们就在这里消灭敌人。"

"把敌人堵到这里，两边是水，两头有我们的机关枪，敌人就是插翅也难逃走。"王二虎补充道。

他们走到河的南岸，在公路西边十几公尺的地方出现了一道四五尺高的堤埂，王二虎像发现了什么秘密似的向马英建议道："这是埋伏的好地方，有一挺机关枪架在这里，敌人就别想冲出去了。离公路这么近，手榴弹也能发挥威力，我看就确定在这里埋伏吧。"

"在这里截住敌人倒是个好地方，可是后边是河，如果发生了意外，我们往后撤退就很困难了。"马英有些犹豫。

赵振江说道："你们看，背后是水，如果发生意外，就得顺着河往西南上撤退。撤到杜烟村南就有炮楼，最好不要选择这个地方打埋伏。"

马英仍然在考虑着，没有做最后决定。

他们又从公路上走到河的北岸，在距离公路二百公尺的地方是一片松树林，地形很高。树林前一百公尺的地方有不少坟头，马英站在坟头上前后左右看了看，指着坟头说："这个地方能进能退，我们就在这里打敌人的屁股。赵振江，你带二中队埋伏在这里，我带领一中队打敌人的头。如果有意外情况，二中队要坚守这个坟地,掩护一中队撤退。第一集合场在公路西的岳家庄,第二集合场还在东边的小黄庄。"接着转过脸来对老孟说:"敌人混乱之后一定会向东面逃跑。三中队就埋伏到公路东边,准备捕捉溃散的敌人。"

布置停当,队伍由各中队长带着迅速地运动到预定地点,王二虎带着一中队顺公路过了河,将队伍埋伏在堤埂子后边。马英向赵振江交代了一下应付意外事件的办法之后,就到一中队去了。

望远镜圈里隐隐约约出现了一路人马,从西河店出来,顺着公路朝这边来了,队伍缓慢地行进……马英望着,估计该完了,可是后边还有,就像是一条扯不完的皮尺,从西河店拉出来,马英一衡量,这时沙河槽里已经盛不下了。

"大队长,"蹲在马英身边的小董问道,"有多少人啊?"

"最少有四五百。"

"有多少鬼子?"

马英这时才注意到那一排排闪亮的钢盔,说道:"不少,恐怕快有一半了!"

"还打不打?"

"打!怎么不打!"马英说这句话是有些生气,觉得一个战士最要紧的是服从命令,不应该在战场上提这样的疑问。可是说罢这话,他不能不冷静地考虑当前的处境:敌人的兵力不仅在数量上超过自己,他们的战斗力也不能不说是相当强的。这样一对比,马英立刻意识到自己原来考虑问题时的片面性,只看到战士们情绪高,却没有看到大都是新兵,缺乏大战斗的经验,今天突然面临这样强大的敌人,不能不说是一次严峻的考验;但立刻又想到,打仗必须有信心,首先是指挥员,并且要用这种胜利的信心去影响战士们。紧急情况下的犹豫是会吃大亏的。他大声地对小董说:"打,坚决打,有多少消灭多少!"

中村从心眼里感激稻本的撑腰助威,在上司面前故意显出沉着勇敢的劲头,他雄赳赳地走在尖兵班的后头,傲慢地瞅着公路两旁的动静。可是走到沙河北岸,突然大吃一惊,愣住了,心想马英带兵神出鬼没,如果在这险要之处设下埋伏,把他们挤到这水套里,那可就插翅难飞。于是急忙跑到本队,向稻本联队长禀告。

稻本甩镫离鞍下了东洋马,由中村带路来在沙河边。只见一条三丈宽的公路穿过望不到边的沙河,两边都是水,确是一绝地。他急忙命令停止前进,便在两旁搜索起来。

中村带着一个中队鬼子兵,端着上着刺刀的枪,直奔二中队埋伏的树林子而来,两门小钢炮五挺重机枪也冲着树林子瞄准。快走到了,敌人都卧倒了,一个个地向树林子匍匐前进,有的鬼子兵已经站到坟头上了,可是一个人影子也没有见到。中村哈哈大笑,拍了拍胸脯,伸了个大拇指,又把嘴撇了一撇,伸了个小指头,那意思是说"皇军"威风,八路没什么了不起,之后,便把队伍整顿了一下,顺着公路一头就扎进水套里去了。

现在已经看得清清楚楚了,中村指挥着一百多个鬼子汉奸,已经进入包围圈里了,有几个大个子鬼子端着歪把机枪走在前头。马英想:如果只有这么多敌人那该有多好,两头一卡,一个也跑不掉,都得喂王八去。可是事情并不那么如意,在这些敌人后边,鬼子汉奸还在陆续地行进,一眼看不到头。这真像用一口小铁锅煮了一条大鱼,不仅煮不熟,那大鱼只要一翻身,似乎就可以把锅滚翻。这就只有贪小点口,吃它个小半截,那多半截只有交给赵振江了。

双方的人都沉默着,但这种沉默预示着一场剧烈的战斗就要到来。有的敌人已经到了南岸,一中队的战士似乎都听到鬼子粗粗的喘气声。马英看着敌人已经落入一中队的火力网,举手叭的就是一枪。一中队的机枪、小炮、步枪一齐向敌人射击起来。

日——轰!随着枪声,一颗炮弹就在马英的身旁爆炸,马英卧倒了。小董推着他叫着:"大队长!大队长!"

马英清醒过来,只觉得身上重重挨了一下,用手一摸,是几大块湿泥打在身上,炮弹皮子把裤腿炸走了一大块。他立即对小董道:"不要紧,上堤!"

马英爬到堤上,堤前已摆满了敌人的尸体,还有的尸体漂浮在红色的河水中;敌人向北退走,可是被赵振江的机关枪截断了,两头出不去,两边又是水,敌人就趴到水里展开了火力。此时枪声、炮声早已响成一片,敌人的火力这么强,简直听不到自己的枪声。马英突然想起"铁壁合围",自那以后还没有听到过这样密集的炮火哩。

对岸的轻重机枪一齐扫在堤沿上,尘土飞扬起来,阵前什么也看不见,只听得鬼子汉奸嗷嗷地叫着冲上来。马英喊:"准备手榴弹!"又转脸对背后的王洪建喊道:"瞄准敌人的机关枪打!"

轰!王洪建一炮正打在对岸重机枪旁,射手被打死了,重机枪哑了火。鬼子汉奸一犹豫,又见堤后甩出一排手榴弹,眼前是一团团的火球,又丢下几具死尸,便连滚带爬地跑回去。一中队趁热冲了上去,捉了几个俘虏,得了一些枪支,终因敌人太多,又退了回来。

嗒嗒嗒……对岸的重机关枪又响了。

"王洪建,瞄准打!"马英又喊道。却听不到回答,又喊了两声,仍不见回答,他对身旁的小董道:"你去看看他怎么搞的?"

小董一会跑回来说:"王洪建牺牲了。"

"你去把小炮撤走。"

"你……"

"不要管我,快点!"

"大队长,机枪打热了!"一排长小顺说道。

马英说:"你先带一排往后撤,机关枪小炮交给你,弄丢了我找你算账!"

一排的战士倒退着往后撤了,王二虎看见骂道:"你们他娘的往哪跑,谁跑我先崩了谁!"

"大队长叫一排先撤回去。"小顺答道。

王二虎没有说话,跑到马英跟前问道:"怎么,要撤了?"

"是啊,这样打下去不行。"

"赵振江也怪,他怎么不掩护。"二虎发急地说道。马英反问他:"你怎么知道他不掩护?敌人的兵力太大了,他正在北岸牵制着更多的敌人哩!"

两人正说着,鬼子汉奸又叫着冲上来了。马英喊:"同志们,打呀!"他前边的两个战士却不动,用手一推,才知道都牺牲了。这时鬼子汉奸已经冲到堤边,一阵手榴弹,敌人又退了下去。这时又有两个鬼子端着刺刀冲到堤上,王二虎跳起来,抡起砍刀,左右一挥,两个鬼子便都倒下了。

轰!轰!轰!敌人打过来一排炮弹,在堤沿上爆炸了,堤被摧垮了,土沙啦啦顺堤坡流下去。王二虎把那两个鬼子的尸体拖在前边,当做掩体,转过脸来对马英说:"你先带二排撤,这里交给我。"

马英想了想说:"好吧,不过你不要被黏在这里,一定要把队伍带回去,我们掩护你。"

马英带着二排撤了下去,接着王二虎的三排在二排的掩护下,也撤离堤沿阵地。敌人很快便冲上来。马英和王二虎轮换着掩护,顺着沙河向西南节节撤退。鬼子因为在水套里已伤亡大半,又遭到河北岸公路西二中队的牵制,又加上三中队远远在东北也打响了,摸不清底,没有全力追击他们,只是中村带着一部分人慢慢向前推进。

赵振江当敌人搜索之后,便把两个排埋伏在离公路一百公尺的坟堆后面,把一个排埋伏在背后二百公尺的松树林高地掩护。战斗一开始,赵振江就估计到一中队处境的困难,按照马英事先的指示,立刻截腰向敌人展开冲击,迅速地把敌人的主力吸引过来。

敌人用两个中队的鬼子、两个中队的伪军向他们发起猛攻,一下子便把他们压缩到背后二百公尺的松树林高地。他们虽然被压缩回来,但伤亡并不大,赵振江决定固守松树林高地,比较长时间地牵制敌人。

这松树林方圆有数十公尺,尽是些一搂多粗的松树,又十分稠密,正是狙击敌人的天然工事。赵振江将一、二排分别布置在高地前后,三排作为机动,根据情况,随时进行增援。

敌人见赵振江退得很快,料这股人并非他们的对手,几十个鬼子汉奸端着刺刀大模大样地冲上来。赵振江看看敌人已近,喊一声:"打!"排子枪、机关枪立刻一齐咆哮起来,上来的敌人横七竖八地倒了一大半。原来赵振江平时很注意教战士打枪,都打得十分准确,敌人遭到这一突然打击,都掉转头跑了回去。

敌人第一次冲锋失败以后,便展开了火力攻击,子弹飞蝗似的扫过来,噼噼啪啪一忽儿便把阵前的几棵松树皮剥光了,满天都是碎松枝飞舞着,又落下来。小李抖了抖头发,睁开眼,忽然惊叫道:"赵队长,你右胳膊负伤了!"

"知道啦。"赵振江一边答,一边从头上取下毛巾缠着。这时,敌人阵地上分出两路人马,向左右迂回。忽然一个战士叫道:"赵队长,敌人要把我们包围了,撤吧。"

"撤?"赵振江望了那战士一眼,"我们掩护一中队的任务还没有完成呢!"

"再等一会就撤不下去了!"一个战士说。

小李接过来道:"撤不下去就在这里跟鬼子干到底。"

轰!忽然一颗炮弹落在他的身旁,两棵松树飞上天空,那个战士吓得叫了起来。

"谁在叫?"赵振江厉声问道。等烟雾一散,看见是那个战士躲在后边,便伸手把他拽到前沿,说:"到前边来,前边看得清楚,比后边保险多了。"

那个战士伏到前沿,浑身吓得发抖。此时机关枪炮声停了,一个鬼子中队长挥着战刀,督着鬼子汉奸发起第二次冲锋。赵振江咬紧牙,左手举起手枪,对身旁的那个战士说:"你看,鬼子也是肉长的,要这样打……"话音未落,叭的一枪,那鬼子中队长应声倒地。那个战士看得出神,鼓起勇气就朝敌人射击。

鬼子兵见没了头,乱了营。又是一阵枪响,把敌人送了回去。

忽然背后响起了密集的枪声。原来敌人见前边久攻不下,便从背后发起了第三次冲锋。赵振江想到后边看看,可是一抬腿,发觉沉沉的,抬不动,原来腿上也中了一枪。他只得转过脸来对小李道:"你到后边去。"

"你,你怎么了?"小李这时才发觉赵振江脸色惨白得可怕。

"不要管我,你快去,有一个人在也不能让鬼子上来。"

"是!"小李只得忍痛地走了。背后的枪声更加激烈了。

枪声终于停下来了,前边的战士都转过脸去惊疑地朝后望着,忽见小李兴奋地穿过树林,大声说道:"敌人他妈的又留下三十几个!"

第三次冲锋被打下去,阵地上出现了死一样的沉默,赵振江忽然听到河南岸愈来愈远的枪声,不禁兴奋地叫道:"大队长和一中队撤出去了!"

"你听!"小李指着正东也叫道。赵振江定神一听,东边也传来愈来愈远的稀疏的枪声,对小李说:"老头子看样子也撤走了。"

赵振江这个估计不错。原来战斗一开始,老孟听得沙河两岸打得火热,捕住了敌人跑散的几匹大洋马之后,久久不见溃散的敌人,又听这火力,知道没有希望,便带着队伍来打增援,谁知一下子便被敌人强大的火力堵住,又无防守的屏障,只得往后撤退。还好,背后是条路沟,撤退很方便,边打边退,没有受什么损失,此时已经完全撤走了。

赵振江对小李道:"你去告诉战士们,敌人一定还有大规模的攻击,要大家做好准备,从死伤的战士身上把弹药集中起来。"

赵振江正准备撤走,敌人又展开了猛烈的火力攻击,接着两百多个敌人从四面八方冲上来,汉奸们还不住地嚷着:"活捉马英!""缴枪不杀!"原来敌人见这块高地久攻不下,以为马英和县大队的主力在这里,所以最后发起猛攻。

赵振江看着鬼子汉奸成群地凶狠狠地拥上来,便高声喊道:"同志们,打呀!敌人把老本泼上了,只要把这次冲锋打退,就是胜利……"他的声音愈来愈弱,忽然脑子感到一阵昏眩,以后的事情就什么也不知道了。

……

不知过了多长时间,赵振江微微听到小李在叫他:"赵队长,你看,你看。"他想:看什么呢?莫非敌人上来了?急忙问道:"敌人打退了没有?"

"早打退了。"小李答道。

"第几次冲锋?"

"六次。"

赵振江一惊,睁开眼睛。小李高兴地叫道:"赵队长,你醒了!快看,快看!"

赵振江抬头看时,只见正冲锋的敌人往后溃退,敌人背后响起猛烈的枪声,只听小李说道:"一定是分区的部队来了。"

赵振江心里一阵高兴,立刻又不省人事了。

在敌人背后打响的果然是分区部队。原来李朝东今天早晨接到内线情报,知道衡水的鬼子秘密出动,特地要解决马英的县大队。因为分区部队正在衡水以北活动,他唯恐有失,但通知马英已经来不及了,便亲自带着三个连赶来。李朝东打仗喜欢痛快,一赶到,抄住敌人的屁股,轻重机枪一齐展开了猛攻,一下子便打得敌人吃不住劲。稻本已经精疲力尽,又见伤亡了将近二百人,他料想是敌不过了,便命令汉奸将受伤的鬼子抬上,赶紧渡过沙河,跑进县城了。留下来的汉奸伤兵,只能在阵地上不住地惨叫。

李朝东带着队伍向前追了二三里地,便拐回来。此时马英、王二虎、老孟也带着一、三中队来接应,大家又会合在一起。马英看到松树林高地被打得横七竖八的树枝,和那一个个倒下了的战士,心里十分沉重。

这时天已傍黑了。李朝东让老孟带着三中队打扫战场,便和马英带着全部人马先回到小黄庄。赵振江和一些伤员也早由战士们抬了回去。

屋子里只有马英一个人,小油灯吱吱地叫着,更显得屋子里沉静。马英坐在灯下痛苦地思索着,脑子乱哄哄地整理不出个头绪。

"大队长在吗?"随着声音,小李推门进来了,他站在马英面前激动地说道,"大队长,我请求上级给我处分。"

马英慢慢地走到小李跟前说:"要处分,就该我受处分。今后你在侦察敌情时更细心一点就是了。"

"谁也不应该受处分!"忽然李朝东司令员闯进来了,他微笑着问道,"马英,这次仗是打胜了呢,还是打败了?"

马英一时无法回答,思索了一下说:"问题不在处分不处分,在于如何吸取教训……"

李朝东用斩钉截铁的口气说:"不对,应该首先庆祝胜利,总结经验。这个胜利不只是消灭了一两百名敌人,还大大地锻炼提高了我们的战斗力;你随机应变地指挥战斗,赵振江顽强地执行任务,这说明指挥员的水平也有了很大提高;两个县的敌人倾巢而出,你们还能打得他屁滚尿流,这就更增强了胜利信心,为全部扫清外围解放县城打下了基础……"

这些话使马英听了感到出乎意外,他一时还转不过弯来,只是继续全神贯注地听下去。

"你们大队从成立以来,只打过两次大硬仗,一次是铁壁合围,再就是这一次,虽然遇到了几倍于我的敌人,还能消灭敌人一部分,这不是很有进步吗?这是县大队战斗力进一步提高的转折点。"

马英兴奋地站了起来说:"好,明天就开一个祝捷大会,把缴获的武器摆到台前,把俘虏也叫来给战士们看看!"

"永远记住只准鼓劲不准泄劲。旺盛的士气是胜利的根本。拿胜利鼓舞士兵,拿战斗中的一些失利去激发战士们更大的仇恨,去夺取更大的胜利,这是指挥员的一条极重要的指导思想。"

马英把这些教导字字刻记在心里,顿时感到轻松了好多,忙叫小李找人去布置祝捷大会,一面又继续听李司令员说下去,但没等说完,他就插进来说:"另一方面,就我个人来说,应该也吸取一些教训。"他看了微笑着的李朝东一眼接着说:"这次敌情掌握得不够清楚,违背了不打无把握的仗的原则了。"

李朝东紧接着追问一句:"原因是啥呢?"

马英顺口答道:"是我的粗枝大叶。"他想这个答复准没有错,可是李朝东并不完全满意:

"我看,从上到下应该防止胜利冲昏头脑,防止骄傲自满的情绪。"

马英没有作声。

躺在炕上,他又反复地思索着,一股别扭劲涌上来,他想:虽然连连打了胜仗,可是警惕性愈来愈高了,怎能说是胜利冲昏头脑、骄傲自满呢?这次失败只是因为情况没有弄清楚,粗枝大叶,没有接受群众意见而已。……可是他一想起李朝东那肯定的口气,那有力的声音,他就不相信自己,也没有坚持意见的勇气了。他不得不重新考虑这个问题:为什么粗枝大叶呢?为什么不把情况弄清楚呢?这不正是自己骄傲轻敌吗?在敌我力量上做了错误的估计,又是为了什么呢?自己说现在的大队不是从前的大队了,这又是什么意思?更重要的是,为什么这一次自己不能接受赵振江正确的意见了呢?……想到这里,他忽然意识到问题的严重性,因为这种思想不只他一个人,也存在在干部和许多战士身上。问题一弄通,就觉得原来自己的思想竟是那样的糊涂、简单。……

第二天早晨,李朝东带着队伍要走了,他问马英:"想通了没有?"

"想通了。"

"想通了就好。经一事,长一智,活到老,学到老。这是真理。我们今后还会犯错误,但要尽量避免、减少、改正,千万不要因为一点失利就不敢干了,怕摔跟头就不学走路,那就只好一辈子躺到娘怀里,成了个瘫子。"

马英紧紧握着李司令员的手说:"首长,请放心吧,等打下肖家镇去给你报捷!"

李朝东跨马扬鞭而去了。

三十七　二打肖家镇

刚刚落过一场大雪,黑夜,大地灰茫茫的,更显得这平原辽阔、宽广,偶尔吹起一阵风,便又把地下的雪花卷得飞舞起来。

马英和小董骑着中村的大洋马,一前一后飞驰在这寂静的路上。这时已是五更时分,因为刚刚离开热烘烘的屋子,他们就更觉得寒冷,风一吹,浑身就像开了许多窟窿。

马英刚刚在城南十里铺召开了县委会,会议整整开了一夜,对许多问题取得了一致的意见。在交通线上一连打了几仗,使县城里敌人的处境更加困难,敌人最头痛的是缺乏弹药,眼下正向老百姓搜罗碎铜烂铁哩。县大队当前的任务是趁敌人困难之际拿下肖家镇,以便使县城更加孤立。马英每当想到这些未来的充满胜利信心的战斗,心里就像烧起一把旺盛的火,再冷的天也不觉得了。

他们回到大队部,天已经明了。两人睡了一觉,马英便召集起中队干部研究打肖家镇的问题。

自杨百顺来到肖家镇之后,成天派兵修筑工事,肖家镇炮楼已经大大地改变了样子。杨百顺现在是对谁也不相信,连肖家镇维持会长王瑞生他都不让进炮楼;他自己成天钻在炮楼里不出来,当兵的要出来就是一个中队,由中队长带着,生怕被八路捉走了。这样,炮楼里的情况、地形就谁也不知道,因为炮楼里边的工事都是当兵的自己修筑的。要打这炮楼就只有硬攻。目前两方面人员一般多,我们现在有三挺机关枪、一门小炮,比起以前拿任何炮楼时条件都好得多,因此大家的信心很大。研究的结果,决定先派侦察员小李把炮楼外的地形侦察一下。

深夜,小李侦察回来了,向马英报告了侦察情况:原来王秃子在这里时的第一道围墙早没了;第二道围墙修的有县城那么高,不知道有多厚,上面能走人,看样子不薄。围墙上每离十几步就有个站岗的,查岗查的也挺紧,总听着上边要口令。围墙外是一道围沟,有三丈深、三丈宽,不过眼下里边的冰都结实了,只有两丈深。围沟外不远是一道鹿砦,树梢朝外,树根朝里,也有一人多高。鹿砦外又有一道铁丝网,紧挨铁丝网又是一道围沟,和围墙外那道围沟一样。

马英听罢汇报,独自躺在炕上思索起来,他想:要越过这样重重障碍,毫无动静是不可能的,如果中途被敌人发觉,用炮火严加封锁,那样要想攻下炮楼就十分困难了。考虑的结果,他认为必须选择一个大风的晚上进行偷袭,只要能上了围墙,敌人的全部工事就白费了……

头一天是个晴天,第二天仍然不见有风,第三天早晨,太阳又出来了。马英心里不觉有些烦躁,走到地里,抓起一把土抛在空中,那土像瀑布一样垂直地落下,他摇了摇头走回来。

刚刚躺在炕上,他就听见窗子哗哗地响,慌忙跑到院里一看,只见天空忽然变得灰蒙蒙的,那棵小石榴树也不住地摇晃起来,他不由高兴地叫道:"小董,小董!"

"有!"

"去通知司务长,今天杀两条猪,吃顿肉饭。"

"是!"小董答着就高高兴兴地往外跑。马英把他叫住:"还有,把各中队干部叫来,就说召开紧急会议。"

小董一转身跑出去了,匣子枪在屁股上弹了起来,他习惯地用手抚住。

这天下午,大家饱饱吃了一顿大肉饭,有经验的战士们都说:"今夜一定有战斗任务了。"

果然不错,吃过饭,便传下来紧急集合令,大队立即全副武装,向肖家镇进发了。

刺骨的北风狂暴地吹着,把地下的沙土吹起来,打在战士们的身上、脸上,大家都把脸扭过来,背着寒风向前疾进。

八点钟就到达了肖家镇炮楼的外围。马英命令一中队担任主攻,挑选十二个奋勇队员由王二虎、小李带领,从东北角偷着爬墙,爬上去以后,固守一角。他自己带领一中队从这个缺口冲进去。二中队打掩护,也作为预备队。三中队两个排已上西河店打狙击,另一个排开到肖家镇炮楼南边,待打起来之后,用火力从南进行佯攻,以牵制敌人的兵力。一切布置停当,马英让王二虎把奋勇队员带来。

"都到齐了吗?"马英大声问。

"到齐了。"

他默默地从队前走过,战士们一个个直挺挺地立着,像是向领导表示决心。这使马英想起前几年到军区取枪时回来的情形。由于对战士们的信任,他觉得没有再嘱咐什么的必要,只走到王二虎面前说:"记住,你是一个指挥员,你的任务是带领奋勇队冲上围墙,而不是你一个人。"

"我坚决执行命令。"

"去吧。"马英又转过身来对各排长说,"准备冲锋!"

战士们立刻都把刺刀上起来,把子弹推上膛。机关枪小炮也迅速地瞄准围墙东北角的垛口。十四个奋勇队员抬着一架两节梯子,向前摸去。摸到沟边,把梯子顺了下去,一个跟一个往下爬。冰上很滑,大家手挽手慢慢往前走。到了沟边,又把梯子顺在沟沿上,一个跟一个爬上去。上了沟,便摸到铁丝网,王二虎用剪刀喀嚓喀嚓把靠地面的那根铁丝剪断,大家擦着地爬过去。风仍然嘶嘶地咆哮着,四周什么声响也分不清,大家索性放大胆子继续往前爬。到了鹿砦根,把梯子压在上面,王二虎头一个滚了过去,接着一个一个……小李滚到中间忽觉到耳朵嚓的一声,像是撕掉了似的,痛得要命;用手一摸,黏糊糊的,大约是被挂出来的血。他一句话也没说,继续跟着大家往前爬……

现在离围墙只有几十公尺了,围墙上敌人问口令的声音已经能听清楚。王二虎没有想到这样顺利,立即命令过第二道围沟,不到五分钟,又顺利地过来了。看样子敌人并未发觉,不过敌人似乎很警惕,围墙上的人往来川流不息,口令声也一阵紧似一阵。原来杨百顺每遇到这样的天气就怕八路摸进来,便命令他的部下严加防守,虚张声势。

王二虎让大家靠在墙根稍微休息一下,等围墙上渐渐平息下来,便轻轻把梯子竖在墙上。他一挥手,小李第一个蹬上梯子,像箭一样往上蹿去。身后一个跟着一个往上爬,一霎时,梯子上爬了四个人,压得梯子直闪。小李看看再有两步就上去了,浑身的热血立刻沸腾起来,正准备一步蹿上去……

"八路!八路!"突然一个伪军嚎叫起来。

小李大吃一惊,顺手甩上去个手榴弹,不料那家伙将手榴弹拾起又扔下来,轰的一声,在小李的面前爆炸了。小李手一松,身子往后一仰,栽了下来;随着梯子也断了,下边的三个同志也一起摔到地上。

火光中马英看得清楚,知道爬墙失败了,立刻下命令:"打!"

顷刻,子弹像雨点似的泼了过去,围墙的东北角变成一团火海,汉奸们也开始往这里集中。

王二虎抱起小李看了看,已经牺牲了。他放下小李,圆睁着双眼吼道:"竖梯子,上!"

"梯子断了。"一个战士道。

"往里竖嘛!"

梯子几乎是直立地竖了起来,仍然够不着围墙,王二虎用手扶着梯子喊道:"上啊!"

战士们立刻不顾一切地一个跟一个蹿了上去,最前的一个战士向下喊道:"够不着啊!"

"你他娘不会往上蹦吗……"王二虎骂道。话音未落,又是一颗手榴弹在空中爆炸了,两个同志负了伤,顺梯子滑下来。王二虎脑子一下子清醒了:为什么逼着同志们送死呢?于是立刻命令道:"撤退!"

九个同志架着四个负伤的,背着小李的尸体开始往后撤。北风卷着子弹呼呼地从头上飞过,奋勇队好不容易越过几道障碍又撤了回来,一个个滚的满身是土和血,衣服被撕得稀烂。

马英看着这些一个个撤回来的战士,不由一阵心酸,他看见王二虎背着小李,急忙问道:"小李怎么了?"

"牺牲了。"王二虎说着从背上把小李卸下来,马英双手把小李抱住,他那圆圆的面孔更显得纯真安详,好像是在说:我为党献出了自己的生命。马英禁不住滴下了眼泪。

"大队长,"王二虎庄严地说道,"我请求二次带领奋勇队冲锋,为小李报仇!"

马英在凝神考虑问题,没有答声。

王二虎闷声闷气地问道:"怎么又动摇了?我说啊,要打就得下决心,怕死就办不了事!"

429

马英只好耐心地劝道："同志！不行啊,我们要对战士的生命负责,我们不怕牺牲,可是不能作无谓的牺牲啊！"

王二虎忽然感到疲倦起来,一屁股坐在地下,大口地喘着粗气。

这时,已经是深夜十二点了,马英急得满身大汗,无精打采地坐在指挥所里,默默地想着:撤走吧,太扫兴了,助长了敌人的气焰;再组织冲锋呢,敌人已警觉了,会造成更大的伤亡。想来想去,无计可施。

"大队长,分区发了两个地雷,何不用一用呢?"忽然一排长小顺建议道。这话提醒了马英,可是一想有问题,便说:"运不到围墙根也是白搭。"

"为什么非从这里运呢?"小董说道,"咱们从西北角运不行吗?这边还继续派人牵制敌人,敌人一定不注意那边,这不是你经常用的办法吗?"

马英想,这小鬼什么时候学会的这一套,自己倒一时糊涂了。可是小顺说:"不行,还有个问题,地雷不埋进去不管用,要在围墙根埋地雷那不等于送死！"

"人家都说湿被子打不透,何不试一试呢?"小董又献计道。

马英忽然觉得小董今天聪明起来,心里十分高兴,命令立即试验。谁知五层厚的湿被子,一枪便打穿了,小董一下子泄了气。马英说:"不要紧,在城墙下敌人的枪是打不到的,就怕手榴弹,试试手榴弹炸透炸不透。"

王二虎把被子用棍子架起来,扔去一个手榴弹,轰的一声,近前一看,只炸透一层,大家立刻高兴起来。又研究了一阵,决定把湿被子垒在八仙桌子上,用铁丝缠紧,挑两个大力士带上洋镐铁锹顶着桌子去埋地雷。桌子绑好以后,战士们给它起了个名,叫做"土坦克"。

马英下令冲锋,东北角上立刻又热火朝天打起来,两个大力士顶着桌子偷偷向前摸去,一中队的战士也跟着向西北角运动。费了约莫半个小时,才算把地雷运到围墙根,敌人果然没有发觉,两人便乒乒乓乓在桌子下动起手来。

"八路!八路!"伪军们发觉了。轰轰地一连扔下几个手榴弹,火光中伪军们发现了这个怪物,吓了一跳,不知是什么玩艺,慌忙去向杨百顺报告。两个战士见敌人不打了,也不管三七二十一,只顾在桌子底下拼命地挖。忽然杨百顺喊道:"什么屌玩艺,给我用手榴弹往下砸!"

轰!轰!又是一阵手榴弹,忽然喀嚓一声,八仙桌子垮了,两个人被重重地压在下面,再也不能工作了,只得丢下地雷跑回来。

这时天已黎明,这一次冲锋又失败了。战士们一个个精疲力尽,马英气得直咬牙,忽见伪军们在垛口上往下乱看,立即命令拉线。轰隆隆隆,天崩地裂一声响,地雷平地爆炸了。八仙桌飞上天空,伪军们直吓得屁滚尿流。马英随即命令撤退,战士们一个个从地下爬起来,无精打采地往回走。此时才感到天气十分寒冷,肚子里那一顿饱饭也早已空了。只听伪军在炮楼上说起风凉话:

"八路弟兄辛苦了!"

"请进来喝杯茶吧,天怪冷的!"

"这个年下过得不错,真热闹!"

"今天请你们吃冻肉了!"

大队有几个战士也回骂道:

"精简节约,把王八肉留着过两天再吃!"

"等着吧,明天请你们坐飞机① 哩!"

马英昨夜受了风凉,又加上精神上的刺激,一下子病倒了,一连好几天不能下炕。赵振江的伤口已经好了,暂时负责大队的整个工作。分区留下来的陈医生也正式拨到大队里工作。他的技术

---

① 坐飞机,指地雷炸炮楼。

不错,怎奈缺少药,所以马英的病势仍不能减轻,他被烧得常常胡说八道。大家无计可施,商量了一下,让医生开了个药方,派小董去找侯老奎,叫郑敬之想法弄点药来。

王二虎自从二打肖家镇炮楼失利以后,心里结了个大疙瘩,见了谁也没好气,嘴里就像装上火药似的,说起话来冲死人,战士们也就都躲着他。马英这次的生病,他总觉得和自己有关,都怨自己没有完成任务,要是第一次爬上围墙就什么事也没有了,所以他特别挂念马英的病,一天来看几趟,弄得陈医生也不耐烦了。这天他刚刚走进院门口,就听马英在屋里叫道:"埋地雷,埋地雷,轰!炸开了。同志们,冲啊!……冲进去了,先把炮楼占住……"

王二虎走进去,只见马英满头大汗,气吁吁的,身上的被子全被推掉了,一个护士正拉着往他身上盖。他见王二虎进来,瞪着眼珠子瞅着,神志不清地问道:"你,你是谁?"

"我是二虎,来看你的。"

"二虎?你,你在这里做什么?围墙已经炸开了,还不给我冲,冲呵!不要叫杨大王八跑了……"

王二虎傻愣愣地站在炕前,满面惭愧,不知该怎样回答。小护士哄着马英道:"大队长,你放心吧,杨大王八已经被我们捉住了。"

"捉住了?"

"捉住了。你不信?就是一中队王队长捉住的,这不是他站在你身边吗?"

王二虎站在那里,更加满脸发烧。

"好,好,你知道,我们有血海深仇,枪毙他!"马英大叫了一声,然后像是有些疲倦了似的,比较安静地躺了下来,接着又叫道,"水,水……"

小护士慌忙给他递去水壶,他咕咚咕咚一气喝了个干净,长叹了一口气,才又躺下来。小护士赶紧推着王二虎说:"你快走吧,你们一来,他说起这些事就没完。"

二虎只得退出来,心里更加憋气。他想,杨大王八算什么东西,既无勇,又无谋,只不过仗着武器好,工事坚固罢了;只要砸开乌龟壳子,"王八"就稳捉。……他越想越觉得这一回叫杨大王八占了上风,实在窝囊,便去找赵振江、老孟商量。

赵振江虽然两处受了伤,好在只是流血过多,伤势并不严重,经过这几天的休养,已经能下地走动了;这时他恰好和老孟在一起说话,二虎一进门,就气呼呼地打断他们的话说道:"我说大队长的病啊,都是叫杨大王八气的,咱们不要在这里等大队长的病好啦,干脆马上把肖家镇炮楼拿下来,我管保大队长的病能好利落。"

赵振江没有马上回答他,在低头思索;老孟呢,自从小李死后,也不像从前那样莽撞了,他感到自己在这方面不如赵振江,所以这一次没有轻易发表意见,只是看着赵振江的态度。王二虎见他两个都不作声,就有些生气,说道:"怎么搞的?都叫杨大王八吓住了!"

"谁叫杨大王八吓住了?"老孟嚷道,"一百个杨大王八我也不看在眼里!"

"那你怎么不吭气?"

"我也得考虑考虑嘛!"老孟说着咝咝地抽起烟来,看样子他真要考虑一番。王二虎没法,又望了望赵振江,这才听他慢腾腾地说道:"我恨不得马上就拿下肖家镇炮楼,可是光空嘴说有什么用?得想个法子才行。"

"一句话,想打不想打?只要想打,还怕没有法子!"二虎不耐烦地说道。赵振江见他还是那股劲头,劝他说:"问题可没那么简单,不是想打就打,要有一定的条件才行。"

"我看呀,"老孟也拿烟袋锅指着二虎道,"批判了一阵子骄傲自满,你那股火气还没有泼下去,还得再批判批判。"

"哼!说来说去还是不能打,对吗?"王二虎一甩胳膊,气呼呼地走了。

大街上空无一人,寒风从房顶上呼啸着横扫过去,不知谁家的窗户没有关好,哐当哐当被风吹得直响。王二虎一点也不感觉寒冷,心里热乎乎的直冒火,他想,既然你们都不同意,我就来个先斩后奏,等把杨大王八捉住了,咱们再来讨论谁是谁非。可是要靠他这一个中队硬攻进去,那是不可能的。赵振江曾说,得想个法子,是得想个法子,可是想个什么法子呢?……他苦苦地思索起来。忽然想起大队打西河店的时候,曾经让老孟装过汉奸,因为没有装鬼子,老孟又说错了话,所以被王秃子识破了。最近交通线上两仗,得了鬼子不少东西,何不装次鬼子呢?他觉得有了门路;又一想,必须接受上一次的教训,万一被敌人发觉了,也要能迅速地冲进去,所以考虑的结果,决定装骑兵。因为马少,只能去十来个人,他从中队里挑选了十个年轻力壮的小伙子,都是些天不怕地不怕的猛将。他想,要是进去捉住杨百顺,就不愁敌人不全部投降。当夜便秘密行动起来,他们只三匹洋马,又向老百姓借了八匹高头骡子,天不明,就化装好了,大家演习了一番,便从西河店北边不远的地方上了公路。

　　这时天已大亮,王二虎骑着缴获来的中村的大洋马,挂着东洋刀,神气十足地领着队伍缓缓地向肖家镇炮楼行进。

　　那肖家镇炮楼顶上站岗的早已望到,慌忙报知杨百顺,杨百顺还没起床,一边穿衣裳,一边问道:"来了多少人?"

　　"大概有十来个。"

　　"不对!"杨百顺想:如今十来个人怎么敢出来呢?

　　"是只十来个人,我看得清清楚楚的。"

　　"去你妈的吧!"杨百顺骂着,便上了楼顶,一看,果然只十来个人,心下疑惑。再一看那马上坐的鬼子军官,既不像中村,更不像小野,他们哪有这样魁伟高大,可是这是谁呢?衡水来的皇军不是早已回去了吗?"不好!"他忽然惊叫了一声,这马不正是中村那匹马吗?听说他从衡水回来的时候丢了,怎么又回来了呢?莫不是八路又在用计？……他立即命令做好战斗准备，把重机枪冲大门架上，轻机关枪也在围墙上交叉着瞄准公路；接着将围墙的大门大开，派一个中队出去迎接，听他的命令，他的枪一响，就说明这是敌人，立刻展开猛烈的火力攻击。围墙外的一个中队要迅速截住敌人的去路，不能让一个八路跑掉。一切布置停当，单等着王二虎来了。

王二虎在马上忽见围墙门大开，出来一队伪军站立路旁，心中大喜，暗暗叫大家做好战斗准备，仍然坦然地向前行进。看看走至伪军队前，忽听那伪军中队长喊道：“卡西拉——米！”

王二虎不懂日语，不知该怎样回答，又怕敌人识破，看看离炮楼不远，大门又开着，便把战刀一挥，喊道：“同志们，冲啊！”

话音未落，叭的一声枪响了。原来杨百顺想等王二虎再往前走走，好完全落入他的包围圈，但见王二虎要冲进来，便打响了战斗信号，顷刻大门里围墙上的轻重机枪一起开火了，那些骡子没经过军事训练，一听枪响，惊了，四散跑开，有两个战士从骡子身上摔下来，被公路旁站立的伪军们捉住了。

三匹洋马冲到吊桥上，就遭到四面八方猛烈的射击，两个战士从马上打下来，牺牲了。王二虎坐下的马受了伤，双腿一弹，将王二虎摔到沟里去。

"捉活的！""捉活的！"一群伪军冲了上来。王二虎拔出手枪打去，不想子弹卡在枪筒里。有两个伪军见他的枪打不响，便放大胆子扔了枪，跳下沟来捆他。王二虎一拳打去，一个家伙摔了个脸朝天，另一个却吓得哆哆嗦嗦直往后退，伪军们面面相觑，谁也不敢近前。王二虎喝道：“小子们站远点，老子跟你们去！”

一群伪军端着刺刀，将王二虎拥进炮楼。

再说赵振江早晨听说王二虎带着十几个人去打肖家镇炮楼，知道不好，立刻和老孟带着队伍赶来，走到半路，正碰上骑骡子跑回来的战士，把事情的经过详细讲了一遍。赵振江顿脚说：“不管怎样,他也该跟同志们商量商量,怎么能一个人偷着去呢?"

老孟急得把双手一拍,一句话也说不上来。

晚上,小董从东关回来了,所需要的药品也都弄来,这是郑敬之设法从敌人的医药库弄的,因此费了不少事。马英打了几针,立刻退烧了,神志也清醒了许多,只是十几天病的折磨,使他的身体十分虚弱。因此赵振江和老孟没敢把二虎被捉的事情告诉他,当他问起王二虎时,便推说二虎生病了。

第二天桂枝领着二虎娘忽然闯进来,二虎娘一进门就气急败坏地指着马英吵道:"你们躲在这里倒清闲,你们知道俺二虎子这会咋受的?成天还说是同志!"

桂枝也帮着腔说:"大队长,可得想个办法呀,要不,大娘的身体会急坏的。"

马英还以为是二虎的病重了,忙说:"大娘,你放心,我马上想法到城里请个医生去。"

"啥医生!"二虎娘越加生气,"你装啥糊涂,俺二虎叫杨大王八捉走了你就不知道?"

"啊!"马英吃了一惊,接着以惊疑的眼光猛射了赵振江一眼。赵振江本怕增加马英思想负担,这时见问题说穿了,只得将事情的原委讲了一遍。他又安慰二虎娘说:"大娘,你放心吧,我们一定要设法把他救出来。"

"光说这个有啥用?再过两天杨大王八就要把他弄到城里了!"二虎娘又道。

赵振江说:"那才好呢,我们已经将公路封锁了,只要他出来,那就更好办事。"

二虎娘张开嘴还想说什么,可是忽然觉得没什么可说了,只好又把嘴合上,坐在一边。

马英听罢赵振江的一番讲述,心中十分恼怒,也不知是埋怨王二虎,还是恼恨杨大王八?⋯⋯

三十八　三打肖家镇

杨百顺守住了肖家镇,又捉住了中队长王二虎,这在汉奸群里确还算件新奇事,中村十分赞扬他,立即赏给他一千元伪币,可是又交给他三项任务:一、劝说王二虎投降;二、征粮五百石;三、搜集废铁十万斤。从此,杨百顺就不知天多高地多厚了,扬言要"消灭县大队,活捉马英!"稻川芳子也给他上劲说:"别看你又黄又瘦,才气可大哩,将来一定大富大贵。"还常常嘱咐他:"出去扫荡的时候,再多弄些金银首饰回来。"

可是事情并不如意,头一项任务就使杨百顺碰了钉子。他想王二虎是个硬汉子,准是吃软不吃硬,这天吃过早饭,便恭恭敬敬把王二虎请了来。

王二虎大步踏进屋门,屋子似乎都被震得微微晃动。只见他双手反缚着,胸前的衣裳撕掉了一大块,胸脯上露出一道道的血斑。他高仰着头,圆瞪着眼,两道浓眉显得更黑了,眼睛也显得更亮了,他的身躯也突然更加高大起来。一群汉奸兵提着匣枪,远远地围着他,就像看守着一只猛虎,好像王二虎一转身就会把他们吞掉。杨百顺也早已迎上来,一歪嘴,赔着笑脸说道:"王队长,请坐,昨天兄弟多喝了点酒,得罪了老兄,现在就是给你赔不是的。请坐,请坐。"

王二虎瞪了他一眼,右腿一抬,斜坐在八仙桌子上,喝道:"杨大王八,有什么屁你就放吧!"

"客气点,客气点,俗话说,英雄敬英雄嘛。"

"哈哈,"王二虎冷笑一声,"你算什么英雄,日本鬼子的走狗!"

"今天咱不谈中国人日本人,兄弟请你出来,是想咱兄弟在一起拉拉家常。"杨百顺叹了一口气,装做惋惜地说,"话又说回来啦,我这个人就是心肠子软,见老兄受这个罪,实在不忍。我对你说句知心话,何必在八路里受那份洋罪呢?只要你肯过来,我保证抬举你个大队副……"

"去你娘的吧!卖国贼,把你的祖宗三代都忘了!"王二虎破口大骂。

杨百顺见谈不下去,但还是忍住了,对他的汉奸兵说:"还不把饭抬来,王队长饿了。"

伪军们顷刻便抬来一桌酒席,鸡鸭鱼肉十分丰盛。杨百顺又道:"把太太请来斟酒。"

一忽儿,稻川芳子穿着宽道道日本花布旗袍,拖着拖板鞋走来,一进门先给王二虎深深鞠了一躬,然后走至王二虎脸前,操着一口夹生的北京话说:"你的,王队长?"

王二虎忽然见走来一个妖艳的日本娘们,不由怒火万丈,心想:都是你们这些王八羔子把中国人糟蹋够了!猛不防使一个扫堂腿,只听噗通一声,稻川芳子像鲤鱼似的直挺挺摔在地下,爬不起来。杨百顺大怒,龇牙咧嘴冲着王二虎骂道:"真他妈不识抬举!我看你是屎壳郎钻到粪坑里,简直是找死(屎)!"

"怕死就不当八路军,当八路军就不怕死!"

"好小子,来人!"

立刻上来几个大个子汉奸,把王二虎七手八脚捆到一条长板凳上,抬到院里,又抱来一捆捆的柴草,堆在王二虎身上。杨百顺接着得意地问道:"王二虎,我只问你一句话,投降不投降?"

"不投降!"

"请你烤火了!"

"烤吧,老子正害冷哩!"

"好,那就叫你暖和暖和。"杨百顺狞笑一声,划了一根火柴,把柴草点着了。

熊熊大火在院子里呼呼地燃烧起来,王二虎闭上眼睛,咬紧牙关,握紧拳头,顷刻眼前火星直冒,许多同志们的影子在眼前晃动,这时他才意识到,自己不该私自出来作战啊!……

大火中冒出与柴草不同的白色火焰,一股异样的气味也漫散开来。王二虎仍然一动不动,一声不吭,一个叫沈五的伪军挤了挤另一个伪军的肩膀,小声说:"真英雄!"

杨百顺见王二虎还是一气不吭,觉得无计可施,又怕烧死了他在中村那里交不了账,便命令道:"把他拖出来,现在死了便宜他啦!"

王二虎被拖了出来,不省人事,伪军们往他头上泼了一桶凉水,他翻了个身,便又被伪军们拖进黑屋子里去了。

杨百顺摊派下去的粮食、废铁也没人理会。他决定先把王二虎放一下,到乡里去抢粮搜铁。当天下午,便带着两个中队,抬着重机关枪朝涧里村出发了。

到了涧里村,先将村子团团围住,机关枪架在西街口,一个个便端着刺刀躬着腰,撅着屁股搜索进去。这时才发觉村子里的人早已跑光,只留下几个老头子在应付差事。杨百顺拔出东洋刀指着那一群老头问道:"粮食,废铁,都弄到哪去了?"

"这年头,兵荒马乱,哪里还有多余的粮食!有一点,昨天也早送到肖家镇了。"一群老头一齐说道。

"胡说!肖家镇连个屁也没有嗅到。"杨百顺拿东洋刀在张大爷肩膀上拍了拍,"我知道你们这儿是八路窝子,都叫共产党毒化透了,不给你们点颜色看看,你们是不知道厉害!来人,把这些老家伙给我吊起来!"

一霎时,十几个老人都被吊在那干枯了的树上。

"你们先在这里歇会儿。"杨百顺又转脸对伪军命令道:"给我搜,一个洋钉一颗米粒也不能给他们留下!"

伪军们立刻在各家翻腾起来,一忽儿一个中队长来报告道:

"全村都搜遍了,只搜出百十斤铁。"

"饭桶!"杨百顺骂道,"做饭的锅不是铁吗?统统给我砸了!"

一忽儿又一个中队长来报告道:"粮食给老百姓都藏了,只搜出一瓦缸子。"

"哈哈,"杨百顺冷笑一声,"我叫你们藏!藏了和尚藏不了寺,烧房子!"

吊在树上的老人一听说烧房子,一齐乞求道:"请队长开恩,十冬腊月天烧了房子,怎么过?"

杨百顺得意地笑了笑,说:"你们也知道不好过啊?那好说,把藏的粮食交出来,啊?"

"粮食都是各家自己藏的,我们实在不知道藏在哪里。"

"不知道?好,烧!"

"队长,你再宽限几日,"吊在最头前的张大爷说道,"等乡亲们回来商量商量,凑起来再给你们送去,要不,烧了房子还是弄不到粮食。"

杨百顺一想,也对,弄不到粮食他就交不了差啊!他命令把老头子们从树上放下来,然后对张大爷说:"我要把人都押到炮楼里去,留下你一个人给大家商量,八百石粮食,五千斤铁,什么时候交齐,我什么时候放人。"

张大爷本来用的缓兵之计,没有想到他把人带走,忙乞求道:"队长,你把人带走了我不好说话,大家向我要人怎么办?"

"好办得很,你向他们要粮食嘛。走!"

杨百顺骑上马带着伪军走了,十几个老人被用绳子穿成一串,押在队伍中间。张大爷靠在村边的一棵树上,茫然地望着他们的背影。

张大爷回到村里,忽然又听到前面一阵脚步声,抬头一看,是赵振江带着队伍赶来了,跑出去的民兵和青年男女也跟着队伍回来了,张大爷把事情的经过说了一遍,人们便七嘴八舌地议论起来:

"杨大王八坏透了,临死还要打个滚!"

"还不如叫这王八蛋把房子烧了,把人抓走了怎么办?"

"张大爷,你不该答应给杨大王八粮食,这小子从来不饶人,过两天还要来哩!"

"我看,准是叫人家一吊,吃不住劲了。"

"……"

张大爷满肚子委屈,不想一番好心倒落得满身不是。这时,后来的群众又围着他问道:"俺爹呢?""俺爷呢?"

张大爷一句话也回答不出来,赵振江见此情形,忙站到高处,挥着两只胳膊大声说道:"老乡们,静一静,这事不能怪张大爷,都因为杨大王八太狡猾。抓走的人不要紧,咱们大队做主。大家先回去收拾东西吧。"

群众听说大队做主,便放下心,先各自回去了。村里的民兵、干部又开始忙起来,站岗放哨,检查粮食隐蔽得保险不保险,准备迎接敌人的再次"扫荡"。赵振江又安慰了张大爷几句,把队伍留下来,独自找大队长去了。

这时马英的身体已经基本上复原,回到队伍上了。赵振江把涧里村的情况汇报了一下。马英听罢,兴奋地站起来说道:"只要杨大王八还钻出炮楼,我们就一定能消灭他,只要能把他的主力消灭了……"

"那肖家镇就稳拿,对吗?"老孟想起马英在沙河战斗前说过这样的话,故而接下去道。

大家听罢,哈哈大笑了一阵。马英说道:"你放心吧,这一次再不会犯上回的错误了。不过问题是,敌人出没无常,必须想法把敌人诱出来,有准备有计划地打。"

"我在路上倒琢磨了一个法子,"赵振江说道,"让张大爷去向杨大王八假报情况,就说村里弄的粮食,区游击队扣住不让送。不过干这差事要有胆量,还要沉着,不知张大爷敢去不敢去?"

马英拍手叫好道:"我看再没有他合适了。我最清楚他们父子两个人的脾气,一模一样。你想想玉田活着的时候那股倔强劲,就知道张大爷干了干不了啦。"

大家商量停当,后半夜,县大队便全部运动到肖家镇去涧里村的小路上,埋伏起来。马英带着小董立刻到了张大爷家里,如此这般地对他讲了一番。张大爷说:"我正想去哩,我还要叫村里人看看我老汉是不是软骨头,是不是汉奸。"

两人走到村边,马英又嘱咐道:"大爷,杨大王八的花招多得很,千万不要叫他识破了。"

"你放心吧,我要把杨大王八勾不出来,我就不回来啦!"张大爷把烟袋锅子一抡,兴冲冲地走了。

张大爷来到肖家镇炮楼,正是伪军们吃早饭的时候,站岗的端着枪喝道:"干什么的?"

"涧里村的,找杨队长有要紧话说。"

一忽儿围墙上出现了个伪军官,对张大爷道:"老头子,你有什么屌要紧话,赶快讲。"

"我要找杨队长亲自讲话。"

"一个穷酸老头,还找杨队长,赶快他妈的讲!"

"这差事是杨队长亲自交给我的,讲给你,杨队长怪罪下来,我担待不起。"

那伪军官见张大爷来头很硬,只得把杨百顺请了来,杨百顺一见是昨天那个老头,问道:"老家伙,粮食弄来了没有?"

"这里说话不方便。"

杨百顺觉得有些来路,命他进来。伪军开开大门,放下吊桥,在张大爷身上搜了个遍,才把他放进来。张大爷故作机密地对杨百顺道:"昨天老百姓一回去,我就把队长的旨意给他们传说了。大家都说救人要紧,好歹算是把粮食凑起来,一共三千多斤,我想也差不多了;正要往出运,区游击队来了,押住粮食不叫运,你说咋办呢?"

"区游击队来了多少人?"

"十来个。"

"到底多少人?"杨百顺喝道。

"就是十来个嘛。"

"捆起来!"

伪军们一拥而上,早将张大爷捆了。

"老家伙,别跟我来这一套!"杨百顺狞笑道,"老实说,涧里村埋伏了多少八路?他们派你来干什么?"

"啥八路不八路,你叫我来的嘛!"

"不说实话,把这老家伙给我挑了!"杨百顺大喝一声。伪军们便把张大爷推上围墙,一个伪军端着闪亮的刺刀,直指向张大爷的后心。只听张大爷叫道:"不识好歹的东西,你挑了我不要紧,看你上哪里弄粮食去!"

杨百顺原只是想吓唬他一下,如今见张大爷面不改色,便信以为真,向那个伪军摆了摆手,又把张大爷带了下来,亲自给他解了绑,笑着说道:"老先生,我给你闹着玩的。不过要麻烦你老一趟,给我们带带路。"

张大爷知道杨百顺还是不放心,他泼着把这一把老骨头搁上,说道:"行了,可是打仗的时候别叫游击队看见我,看见了以后活不成。"

"哼!十来个土八路,今天我要全部消灭他!"杨百顺吹嘘道。随后命令伪军赶快吃饭,吃完饭立刻带着两个中队出发了。

杨百顺心虚,生怕中了埋伏,所以将队伍摆成战斗队形,搜索着慢慢向前推进。他骑在马上,用望远镜不住地四处瞭望。

马英原也料到这一着,所以将一、三中队分别埋伏在路旁远远的两块坟地里;估计敌人遭到突然袭击之后,一定不敢往前跑,必然往后退,所以将二中队埋伏在马庄,等战斗打响以后,迅速出击,

443

切断敌人的退路。因为这样的包围圈太大,敌人仍然有逃脱的可能,所以他们决定用神枪先把杨百顺打死,敌人没了指挥官,自然不战而乱,再消灭敌人就有把握了。

打杨百顺的任务交给了赵振江。

马英伏在路南的一个坟头后面,透过坟头上的荒草丛,用望远镜向前观察着,但见杨百顺在马上四下里回顾,张大爷低着头走在他的马前,忽然偷着往这边看了一下,像是在说:"怎么还不动手呢?"马英用膀子靠了靠身旁的赵振江,把望远镜递给他,赵振江看了一下说:"动手吧?"

"好,动手。"马英答道。

赵振江突然紧张起来,这一枪就看他的了。猛地往起一站,把手一甩,叭的一声枪响,杨百顺滚下马来。伪军一见大乱,听得是南边枪响,便一群群地往北跑,看样子想占领北边那片坟地。马英站起来,把枪一抡,往日的那股威风劲又来了,只听他喊道:"同志们,冲啊!不要把张大爷伤了。"

战士们都觉得跟马英打仗过瘾,如狼似虎地从坟后跳出来,谁也没打枪,端着刺刀呐喊着冲了上去。

张大爷见伪军们都向北跑了,回头一看,杨百顺还在地下慢慢地爬动,原来由于赵振江过度紧张,那一枪还没有打中他的要害,张大爷见他没死,搬起一个大石头去砸,杨百顺听得身后有人,转身一枪,打中了张大爷的胳膊,张大爷手一松,那大石头落下来,正好砸中了杨百顺的脑袋。

老孟带着三中队在坟地里看着伪军们走近,喊一声:"打!"机关枪、步枪就一齐响起来,敌人呼里哗啦倒了一片,抬着的重机关枪也扔了,都撅着屁股往回跑,一中队的机关枪立刻也叫起来,战士们的喊声四起:

"缴枪不杀!"

"杨大王八都完蛋了,你们还跟谁卖命呢?"

伪军们知道不行了,把枪一扔举起手来,有的赶紧掏出县大队发的"反正归降书"。有一股伪军冲出去,也被马庄出来的二中队截住,缴了枪。连马英自己也没有想到战斗进行得这样神速,真是兵败如山倒,恰好应了杨百顺自己的话,"全部消灭"了。

战斗一结束,战士们都去看杨百顺,见他已经死了,对他这样的死都十分"惋惜",觉得便宜了他。战士们又把张大爷的胳膊包扎好了,放到了一个临时担架上,马英过去握住他的手说:"大爷,谢谢你了。"

"我总算替小李报了仇了。"张大爷轻轻地说道。

稻川芳子和汉奸官的女人们,忽听东边枪响,都上到炮楼顶上朝东张望。

"这可好啦,八路一个也跑不了。"

"咴,杨队长真有两下子。"

"又该太太们过几天松活日子了。"

一群妖娆的女人唧唧喳喳地议论着、笑着,稻川芳子说中国话不方便,就鼓掌表示庆祝。忽然一个女人高声叫道:"快看,快看,回来了三个人,跑得真快,准是来送信的。"

"队长的心真细,"又一个女人接着道,"怕太太们不放心,仗没打完就派人送信来了。"

正说着,那三人已经跑到炮楼下面,为头一人,满头大汗,面色惨白,只听他气呼呼地说道:"太太,不好啦,杨队长阵亡,弟兄们都被八路消灭了,就跑回来我们三个人。"

哇的一声,一群女人哭叫起来。留下来的伪军中队长道:"别哭了,赶快去收拾东西,准备撤退。"

这一下提醒了那些女人,都慌忙跑去收拾自己的行李。伪军中队长见她们把大包袱小包袱都捆好了,便对他的护兵道:"把她们的东西都给我收过来!"

那些女人们哭着叫着死揪住包袱哪里肯放,伪军中队长朝天打了一枪,喝道:"谁不放我马上枪毙她!"

女人们傻了眼,松开手。

"八路把炮楼围了!"忽然站岗的来报告道。伪军中队长忙把东西锁起来,然后指挥当兵的道:"赶快上墙,守住炮楼,一个人赏二十块大洋!"

伪军们立刻提着枪上了围墙。

再说王二虎和两个战士被押在黑屋子里,听得东边响了一阵枪声,又听见炮楼上的女人们一阵哭叫,伪军们也一个个惊慌地跑来跑去,判定是县大队打了胜仗,于是高兴得不行,一齐唱起歌来。

"王队长,别唱了,队长听到了不答应。"站岗的探进头来说道。不知为什么,站岗的一向都很害怕王二虎,所以说话总是客客气气的。王二虎他们没理他,照样唱,站岗的哀求道:"王队长,求求你别唱了,别叫俺们当兵的作难。"

王二虎不唱了,他困难地站起来走到门口,问道:"炮楼上的洋太太们,刚才是给谁哭丧的?"

"不,不是,大概是她们吵架的。"站岗的哪里敢讲实情。

"胡说!我知道,是你们的头头被我们八路军消灭了!哈哈……"王二虎说着大笑起来。

"谁在笑?"伪军中队长从这里路过,喝道。

"我在笑!"王二虎大声说道。

"你,哼!我马上枪毙你!"

"我们马上就要你的狗命!"

"看好他!"那家伙向站岗的喊了一声,又瞪了王二虎一眼,便咔嚓咔嚓地走了。

一个战士担心地问王二虎道:"他们会不会真……"

"放心吧,杨大王八都不敢烧死我,他敢把我们怎么样?"

实际上那家伙只是吓唬一下,一直到晚上也没有动静。王二虎忽然想起那个站岗的伪军沈五,一天了,还没有见他来换岗。原来沈五是不久才被杨百顺抓去的新兵,心眼好,前几天看见王二虎受刑,十分同情,也很敬佩,所以经常给他通风报信。

深夜十点钟,沈五来换岗了,王二虎他们三个人急忙凑到门口。没等他们开口,沈五便兴奋地说道:"杨大王八被打死了,早上出去的两个中队只跑回来三个人,现在县大队已经把炮楼包围了。"

三个人一听,高兴得什么似的,王二虎把门一推,大声说:"让我出去!"

"轻点,轻点,"沈五吓了一跳,"你上哪去,你的伤还没有好清,好好待着吧,一会大队就打进来了。"

"我还等着大队来救我!我自己的胳膊腿是干啥的?快开锁!"

"这,不行……"

"你不开,大队进来我先要你的命!"

"没有枪,出来也是白费。"

"有手榴弹也行。"一个战士道。这话提醒王二虎,他想了想,严肃地对沈五道:"我把话对你说清楚:你马上给我弄一箱子手榴弹,今夜把炮楼拿下来,功劳也有你的一份;要是不干,我可要把你按汉奸办。"

沈五本来也愿意,只是胆小,怕伪军们发觉;可是又一想,要是大队打进来,王二虎真把他当汉奸处理怎么办?于是问道:"我先去看看行不行?"

沈五走到院里,才发觉一个人也没有,连伙夫都上了围墙;走到炮楼下弹药房一看,也没有人,他赶紧抱起一箱子手榴弹跑回来。

"干!"王二虎说罢就要动手。一个战士拦住他道:"不慌,等外边打响了再干,里应外合才有劲。"

王二虎觉得有理,便让大家做好战斗准备,大队从哪里冲锋,他们就到哪里,把那里的敌人消灭,把住一个口子,迎接大队冲锋,只要能冲进围墙,就能保证战斗的胜利了。

说话间,东北角上响起猛烈的枪声,王二虎一手抓了几只手榴弹,喊道:"跟我来!"

沈五提着枪,一个战士攥着两把手榴弹,另一个战士抱着手榴弹箱子,跟着王二虎穿过院子,直登上东北角的围墙。一群伪军正堆在那里抵抗,机枪射手正竖起机关枪嘎嘎嘎向下扫射,王二虎一手扔过去四颗手榴弹,轰隆一声,恰好在人群中爆炸了,接着又是一阵手榴弹,伪军们还不知是怎么一回事就完蛋了,横七竖八地躺了一堆。王二虎高声喊道:"同志们,上啊!王二虎在这里。"

"二虎子,我上来啦!"老孟带着奋勇队正爬到梯子半中腰,听得是王二虎的声音,便吆喝着冲上来。

围墙上的伪军一见八路进来了,吓得丢魂失魄,到处乱窜。炮楼上的伪军小队长也不知该怎么好,想问问中队长,一回头才发觉中队长不见了;他自料难以守住,就把枪从炮眼里扔出来。

原来那中队长见东北角围墙上打得激烈,知道不行了,便把抢来的细软金银打了个包袱背在身上,拿了一条绳子想从围墙上溜下去。

这会儿他正把绳子拴在垛口上,准备往下滑。不想一条腿刚跨出墙外,正碰上王二虎过来,手榴弹没揭盖没拉线,就捣蒜似的砸在他头上,这家伙眼前一黑,双手一松,便栽下去摔死了。

这时马英带着大队已经冲了进来,他不住地喊着:"二虎!二虎!"不知是埋怨还是赞扬,他憋了一肚子话,多么想立刻见到他。

"大队长,我在这里。"二虎上前答道。

马英抓住二虎那两只伤痕斑斑的手,望着他那满面的伤痕,嗓子眼忽然像哽了件东西,一句话也说不出来了。

三十九　洼地战斗

　　肖家镇炮楼的战利品搬了一夜,才算搬完。天明,仍然没有听到南边狙击部队的枪声,马英让先不慌烧炮楼,去动员肖家镇上的老百姓来拆围墙。这里的老百姓都吃尽了杨百顺的苦头,如今见炮楼打下来,杨百顺也被打死了,便成群结队地扛着镢头铁锹来了,一时丁当声、叫喊声和说笑声响成一片,冲破了这寂静的黎明。战士们虽然打了一夜仗,可是谁也忘了休息,和老乡们一起干起来。有时老乡们还当面赞扬几句,战士们听了,心里更乐,充满了自豪感。马英站在炮楼上,望着那将要被拆平的围墙,十分感慨地说:"群众真了不起!"

　　再说中村坐在红部,早有汉奸密探报知:肖家镇失守,全军覆没。中村听罢,暴跳如雷,立刻命令天明出发"扫荡"!刘中正接到命令,暗暗庆幸杨百顺死得好,可是对于"扫荡"信心不足,他想:杨百顺有三百人,武器也不错,又有肖家镇的坚固工事,都被消灭了,恐怕出去个两三百人凶多吉少,便对中村道:"敌情不明,我看还是侦察侦察再说吧。"

　　"不行的,再侦察,八路的跑了。"

　　"我是想,会不会有八路的正规军……"

　　"正规军的统统的消灭!"中村吼道。

　　刘中正不敢再劝,只得带上三个中队跟随出发,中村留下一个小队守城,带着两个小队鬼子,一共加起来三百多人,天不明便出了北门,上了去肖家镇的公路。

　　当他们走到城北五里地的杜烟炮楼,中村忽然踌躇起来,让队伍停止前进。他根据以往的情况判断,八路军打炮楼,照例是有狙击部队的,如果这样直进,碰上八路的狙击部队打起来,八路的主力不是早撤走了吗?想到这里,心生一计,命队伍下了公路,从西绕过西河店,向肖家镇进发。

刘中正骑在马上,心里不住盘算,总觉得这次"扫荡"有些冒险,生怕陷入八路的包围,一下子完了。他忽然想出一个脱身之计,对中村道:"既然八路可能在西河店埋伏有狙击部队,如果我们去打肖家镇,敌人抄住我们的后路怎么办?我看不如兵分两路,太君带大队人马去扫荡八路主力,我留一个中队在后边掩护,也可以狙击西河店的八路。"

中村觉得刘中正言之有理,便依从了。刘中正为了不使中村猜疑,将他的主力五中队七中队拨给中村,自己留下了没有什么战斗力的四中队,反正他不准备打仗,只想望望风而已。

中村带着队伍,隐蔽在路沟里迅速地往肖家镇进发。到了肖家镇炮楼的西面,中村从路沟里探出头来一望,看得清清楚楚,县大队战士正在和老百姓一齐拆炮楼。他把战刀一挥,鬼子伪军立刻从路沟里跳出来,列成战斗队形,向肖家镇炮楼猛冲过去。

马英忽见敌人漫地而来,立刻喊道:"三中队,把敌人给我顶住!"

"是!"老孟答应一声,立刻把队伍拉到沟西沿。顷刻,西边便响起了激烈的枪声。马英大声对老乡们喊道:"老乡们,你们赶快跑吧!"他见老乡们跑光了,便放下心,命一中队掩护,边打边向东撤退。

中村见八路往后撤,又想刘中正在后边,无后顾之忧,便狠命追击,火力也愈来愈猛烈起来。县大队的战士们,一夜没睡觉,自然很疲倦,又遭到敌人这一突然袭击,心里有些慌乱,沿路不断有人负伤倒下,战士们又得去抬那些死伤的同志,所以队形也混乱起来,好不容易撤至涧里村,已经伤亡了十几个同志。马英觉得这样太被动,进了村便喊道:"同志们!把敌人打回去!"

战士们原来跑得有些泄气,听说反击,提起精神,掉转屁股便冲了出去。王二虎虽然伤势还未全好,但还是参加了这次的战斗,这时他从射手手中夺过那挺歪把子,端着便向敌人扫起来,新缴获的杨百顺那挺重机枪也架在房子上打响了。敌人乘胜追到村边,突然遭到这一打击,一下子被压到村边一块洼地里。

　　马英上房一瞭望,洼地里有两百多敌人,另有一路敌人,大约有一百多人,还有一些骑马的,刚刚下了公路,缓缓地朝这边走来。马英担心这两路敌人合在一起后,不易对付,便命赵振江带一、三中队在这里挡住敌人。他带二中队绕着路沟,直奔公路上那路敌人。那路敌人原来就是刘中正的直属队和他带的四中队,正在观望,突然遭到马英的袭击,抵挡不住,向南败退下去。退至西河店正好碰上县大队打狙击的一排,两下夹攻,刘中正更沉不住气,望风而逃,一直跑到西河店以南六里地的杜烟。马英带着队伍急追猛打,沿路得了好几匹马,捉了十几个俘虏,直至杜烟炮楼下边,见刘中正上了炮楼,便不再追赶,仍命小顺带着一排在这里监视敌人,他骑上马带着二中队又迅速转回来。

　　中村挥着战刀,几次督着鬼子汉奸往村里冲,都失败了,因为县大队占着有利的地形。他正在焦急之时,忽见身后来了一路人马,还有好几个骑马的,他料定是刘中正来增援的,又提起精神,伪军们也一个个高兴地叫起来:"我们的援兵来了!"

　　话声未落,屁股后嘎嘎嘎响起了机关枪,伪军们知道上了当,就都慌乱起来,有一个伪军哭丧着脸叫道:"我们叫八路包围了!怎么办呀?怎么办呀?……"

　　中村怒目咬牙,手起一刀将那个伪军劈了,接着挥起那沾满鲜血的战刀又呜里哇啦地督着鬼子汉奸往外突围,鬼子伪军在坑沿上摆下一堆尸体,便又滚了回去。

　　马英指挥三个中队紧紧将敌人包围,又通知肖家镇和吉祥镇两个区的游击队来助战,四乡的民兵听说将敌人包围了,也自动前来参战,一共凑起来不下五百人。涧里村的老百姓,原来一听枪响,大队还没撤到村里,便都跑光了,这时也都返回来,杂在队伍中喊口号、鼓掌助威。一忽儿又抬着一笼笼的热蒸馍,直接送到了阵地上,老大娘们也你一罐、她一壶,提着米汤开水,送到战士们的身边。一见有伤员,妇救会的年轻姑娘媳妇们便自动地抬下来,包扎包扎背到村里,卸下门板抬上,立刻转到后方去了。

此时,战士们早已忘记了疲劳,精神百倍,一心要消灭洼地里的鬼子汉奸。敌人憋在这个倒霉的坑里,又饥又渴,中村连续组织了几次突围,也无济于事。马英想发起冲锋解决战斗,可是现时敌人在坑里还没有受多大损失,十挺轻机枪一挺重机枪还在火热地叫着,如果硬冲,必然造成大量的伤亡,而且会给予敌人突围的可能,所以考虑的结果,马上还不能解决战斗。枪声一时紧,一时松,双方就这样对峙着,一直持续到天黑。

马英立刻召集中队长开会,要大家想法迅速解决战斗,再这样持续下去,只怕敌人就会趁黑天突围了。赵振江说道:"黑天,对敌人突围有利,对我们冲锋也有利,大家看怎么个冲法。"

"我们包围的敌人是鬼子和刘中正的王牌军队,"马英接着道,"战斗力很强,也很顽固,要他们投降是不可能的,唯一的方法是要想法大量地杀伤敌人!"

"那就用手榴弹嘛,往坑里边扔最得劲!"二虎说。

"对,摸到坑边,只管往里丢啦!"

"组织奋勇队,一齐摸过去干才行。"

马英和赵振江一商量,觉得这是个好办法,决定组织六十个奋勇队员,每人拿一只篮子,里边装上手榴弹,由王二虎带领从四面向里摸,到了坑沿一齐轰击。其余的战士都要上好刺刀,准备敌人突围时,展开白刃战。布置停当,正待行动,忽然老孟道:"光说拼刺刀,怎么个拼法?我说今天是打瞎摸仗,黑天摸地谁认识谁,到时候不打死自己人才怪哩!"

马英觉得老孟言之有理,决定每人胳膊上缠条白手巾,又规定了口令,这才各自回去。

天已经黑沉了,一阵激烈的枪声之后,六十个奋勇队员挽着篮子,从四处向洼地摸去。王二虎爬在最前面,只管往前摸,也不知摸到什么地方,天空的风呼呼刮着,也分辨不出前后的声响,突然当啷一声,碰翻了一只罐头盒子,一个鬼子就在他身边鬼一样的叫起来。

"八路!""八路!"汉奸们也怪声地嚎叫。

顷刻,洼地里的机枪步枪一齐响了,王二虎早已将一把手榴弹甩了出去,轰隆隆地在坑里爆炸了,霎时几百颗手榴弹从四面八方投了进去!

轰隆隆……轰隆隆……轰隆隆……像是连接不绝的巨雷,但见火光冲天,药味四散,大地在颤抖……

敌人的许多机关枪都哑了火,遍地尸体,伪军们哭喊起来。中村见处于绝境,便命令剩下的鬼子汉奸捡起死者的枪都捆起来背上,又命令用枪绑成担架,把打死的鬼子小队长的尸体都抬上,其余的人则都上起刺刀,一声嚎叫,鬼子汉奸们便决死地向西南角上冲去。

马英在火光中,把这些看得清清楚楚,便命令把敌人堵住。战士们立刻从左右两方向西南角集中:"冲啊!""杀啊!"喊声四起,明亮的刺刀在黑暗中乱舞。

一场激烈的混战,敌人把背的枪扔了,小队长的死尸也扔了,又横七竖八地丢下一堆尸体,剩下十几个残兵败将冲出包围圈,很快地便四散消失在黑暗中了。

战士们追击了一阵,见敌人跑得无影无踪,便转回来打扫战场。这时,老百姓早提着马灯,拿着火把,掂着铁锹来帮着打扫战场,有的受了伤的伪军哭着求饶,敌人的五中队冯队长,这时也瞎摸着叫道:"叔叔大爷,救救我的命吧……"

"好,救救你!"一个老大爷说着抡起铁锹,一下子敲在那冯队长的脑袋上,"我叫你抢我的东西!我叫你烧我的房子!……"

马英最后清理一下战果:击毙鬼子四十七名,伪军八十余名,俘虏伪军一百余名;缴获重机枪一挺,轻机枪七挺,小炮五门,步枪手枪共两百支。最后他又把鬼子的尸体仔细检查了一番,没有发现中村,估计是突围跑了。

县大队奖给这次参加战斗的区游击队轻机关枪一挺,奖给参加战斗的民兵步枪二十支,并且嘱咐他们提防鬼子的报复,随后县大队便向东转移了。这时,战士们才忽然感觉两腿就像有千斤重似的,抬不动了。

中村从洼地里冲出来,他的部下都跑散了,眼前是孤孤单单地只剩下他独个。天,黑洞洞的,他早已辨不清方向了,往哪里去呢?碰到了八路怎么办?一番思索以后,他便匆匆地脱掉了军服和大皮靴,东洋刀也扔了,只穿着一件衬衣,一条裤衩,光着脚在野地里跑起来。北风呼呼地叫着,他也忘记了寒冷,只顾往前瞎跑,跑了一阵子,觉得不对头,又拐了回来。……

天渐渐明了,中村吓得不行,忽见前面一座村庄,也不知是什么地方。他后悔以前出来"扫荡"时没有留意,要不然也不会不知道东西南北,可是那时哪会想到有今天啊!他往远处望望,也看不到城墙,估计这里离城不近,可能是八路的根据地,也不敢进村。正在着急,忽见不远处有一个园屋,他想到那里找个老百姓问问路,再弄点水喝,一天一夜滴水不见,实在有点顶不住了。因为他身上还带着枪,所以他想就是万一碰上一两个八路的民兵也不要紧。想着想着便来到了园屋前,在门上轻轻扣了几下。原来王大成的媳妇在这里看园,刚刚起来,听得叫门,还以为是王大成来了,开门一看,是一个四十多岁的老鬼子,吓得倒退了几步。中村急忙赔笑道:"没关系的,皇军不打老百姓。"

大成媳妇定神一看,见他那狼狈的样子,想他一定是逃出来的败兵,胆子便大了些。中村又用手比画着道:"水的米西。"

大成媳妇懂了他的意思,装做顺从地给他到外边去弄水,中村又对她道:"回来的县城带路,金票大大的给。"

大成媳妇想,你还想跑啊?表面上却假装乐意地点了点头,走出门,冷不防把门一关,反锁上,拔腿就往村里跑。中村知道上了当,用王八盒子枪从窗口瞄准大成媳妇;可是又一想,惊动了村里的民兵怎么办?只得把手抽回来,无计可施,急得在园屋里乱转。

大成媳妇没进村,就扯着嗓子喊起来:"快来吧,鬼子来啦!"

村里人一听说鬼子来了,东西也顾不着收拾,便往东街口跑。大成媳妇急得直跳脚,又拉开嗓子喊道:"别跑,别跑,只一个鬼子,被我锁在园屋了!"

这时王大成已经当了村里的民兵队长,刚刚带着民兵从南街口出来,对他媳妇道:"你瞎咋呼啥啊?"

"有个鬼子……"

"我知道了。"王大成一挥手,便带着民兵出了村。老百姓听说只一个鬼子,也都拐了回来,好奇的年轻人和孩子们也都跟着民兵去看热闹了。

王大成带领民兵一直摸到园屋前,发现门已经卸掉,进去一搜查,空无一人,知道鬼子跑了,转脸埋怨他媳妇道:"你怎么让他跑了?"

"哼!我还不知道怨谁呢?"大成媳妇也噘起嘴道。

中村跑到杜烟炮楼,早被刘中正接上去。中村一见刘中正,便想起当初不该不听他的话,可是又一想,当他被围时,刘中正不去解救,便怒气上升,正待发作,刘中正忽然顿足大哭起来,说道:"想不到我的五中队七中队完得这样惨!"

这话堵住了中村的嘴,他又想,如今杨百顺也死了,唯一依靠的武装力量就只有刘中正了,不便给他过不去,所以没有作声。回到县城,立即向衡水拍了个电报,请求稻本给他报仇。

当天下午,衡水就开出了十几辆汽车,还拉着四门大野炮,开到涧里村来。附近几个村的老百姓早已跑得无影无踪,只有洼地里一堆堆的尸体还搁在那里。鬼子们只好把那四门野炮,对着屁股支起来,向四方无目的地轰击。最后又拨给中村一小队鬼子,一挺重机枪,烧了几个村子,拉上鬼子们的尸首便回去了。中村回到县城,从此再不敢出来。

四十　任　务

这一年的春天来得特别早,旧历年刚刚过去不久,大地便一色青了。一连又是半个月的崭晴天,暖洋洋的;人们一个个精神焕发,似乎那寒冷的艰难的冬天是永远地过去了。

这时候,县城外围所有的据点,已经全部被扫清了,只剩下一个孤单单的县城,像一块脓疮,烂在那里。战士们已经有好久没有打仗了,这几天都在帮着农民春耕。马英还是那样忙,除了部队的休整训练以外,县委那一摊子他也要抓,一天到晚开会,总是半夜不能睡觉,有时一熬熬到鸡叫。马大娘常常睡醒一觉以后,想去叫他休息,可是一想到儿子是在为全县人民工作,就叹息一声睡下了。有次她实在心疼不过,就跑到马英那屋对他说:"孩子,你看有什么事娘能替你办的,叫你娘给你办办。"

"娘,这村里妇救会的工作不是你在办吗?"

"那是娘自己的工作,我是说,你自己有什么工作,娘能替你办办?"

马英望了望母亲那善良而又受过苦刑的面孔,心里一阵激动,接着又笑了笑说:"娘,我要你帮我做的工作,就是请你赶快回去睡觉,让我安心一点,好吗?"

马英话中带点恳求,说着又大声笑起来。马大娘听着他的话,先是有点生气,可是看着儿子那乐观高兴的劲儿,又无可奈何了。

马大娘回到屋里,正好碰上云秀回来睡觉,云秀见她从马英那屋出来,便问:"大娘,大队长还没睡吗?"

"没有。"

"你怎么不管管他呢?"

"我管得了吗?"

"管不了也得管!你是村妇救会主任,咱们妇救会有一条任务,不就是关心战士,关心干部的生活嘛?"

"你看这闺女,跟你大娘说起官话来了。"马大娘瞧了云秀一眼,她自从搬到这里来就深深地爱上这个姑娘了。云秀从小就死了娘,一直跟着老爹过日子,如今马大娘来了,她就像是找到自己的亲娘,好得不用说。马大娘见云秀爱和马英亲近,心里着实高兴,可是他俩却不常在一起,在一起时又只是像小孩似的闹着玩,马大娘暗暗埋怨他们不懂事,为他们着急。她想在中间说句话,又不好开口,如今不是兴自由了吗?……她想起这些,就含意深长地说:"你是区妇救会主任,你的本事大,你去管他吧。"

"他在做啥呀?"其实云秀正想去呢。

"谁知道写啥哩?"

"又不是开会,他一个人还不好办吗?"

云秀说着就跑到马英屋里,不管三七二十一,稀里哗啦便把桌子上的东西收拾了个干干净净,一边说道:"不要总这样憋着啦,该出去换换空气了!"

马英感到云秀的性情越来越变得爽朗泼辣,以前那股忸怩的劲儿一点也没有了,他怕她在这里捣乱,只好吹灯躺下了。

云秀走后,他忽然想起她的一句话:该换换空气了。他也感到确实闷不过,又想起母亲的关怀,决定明天抽点时间出去看看,想到这里,他点起灯来,赶着夜里把这一点工作做完。

第二天,又是一崭晴,连个云彩丝也没有,天空显得又蓝又高。马英早早地出去换空气,刚走出村,就见一个老大娘在井边浇园,正吃力地摇动着辘轳,马英忙上前说道:"大娘,我来替你浇一会。"

老大娘抬头一看,见是县大队的同志,说道:"好,好,就请同志帮会儿忙,我正要回去做饭哩。"

马英把水桶往下一放,手放在辘轳上乱跳,这时才想到已好久没有摸弄这玩艺了。他把水绞上来往石槽里一倒,不小心又泼在外边。

咯咯咯……身后忽然响起一阵笑声。他回头一看是云秀,就也笑起来,说:"多天没使,不服使了。"

"哪里,这不是大队长干的活嘛!"云秀调皮地望了他一眼,从他手中抢过辘轳把子,骨碌碌地放下去,一下子就把水绞上来,倒在石槽里,动作是那样迅速自然,就像玩着个小玩艺,显然她比马英内行多了。

"你看,水不通了,快拿锨去挖挖!"云秀命令道。

"是!"马英有点顽皮地答应了一声,像战士对首长那样,拿起锨就挖起来。

他们两个像这样一起在田间劳动,还是第一次,一种无限幸福的感觉,涌上这姑娘的心头,她的脸绯红了,深情地望了正在全力劳动的马英一眼,说:"大队长,你说县城啥时候能解放啊?"

"快了。"

"要是把县城打下来,全县解放了,再把小日本从咱中国赶走,那该有多好!"

"那还用说吗?"马英仍然只顾干活。

"到了那时候,再不用打仗了,咱们的任务就是这样劳动,种地……"

"咱们……"这话打动了马英的心,一种美妙的幻想从脑子里掠过,他直起腰来说,"不过那时就不像现在这样劳动了,那时要建设社会主义,共产主义,集体劳动,干起活来都要吹号的……"

"啊呀,那才别扭呢!"云秀用手往后拢了拢她那剪发头。马英接着开玩笑地说:"我说你是个体农民思想嘛,不行。我是当兵出身,就喜欢过集体生活,到那时就该改造你了!"

"别瞎说了!看你。"云秀突然惊叫道,"挖这么深做啥,把水都存住了,又不是叫你挖战壕哩!"

"我这是忘我的劳动态度啊!"马英说罢,两人一齐哈哈大笑起来。

"大队长——"忽然远处有人喊道,随着响起一阵马蹄声。马英抬起头来,那马已经来到井台前,一个年轻的战士从马上跳下来,原来是李朝东的警卫员小董。

小董原先是跟随马英的,有次马英带着他到分区开会,知道李朝东的小警卫员已在一次战斗中牺牲了,还没有警卫员,便问道:"你怎么不再找个警卫员呢?"

"我还没有找好对象。"

"你看我们小董怎么样,行了就留在你这里。"马英想把小董留下来有两个用意:一是觉得李朝东应该有个很好的警卫员来照护;二是跟着李朝东能学很多东西,他希望能通过司令员的亲自培养,让这个好孩子做更多的工作。

"你舍得了吗?"李朝东问道。

"我是送他来住学校哩,怎么舍不得?"马英笑道。

"队长包办不行,这得自己同意。"李朝东也知道小董忠实能干,很待见这个孩子,于是摸着他的头道:"你愿意吗?"

在小董的眼里,李朝东简直是神话般的人物,自然愿意跟着他,可是一想起马英和县大队的同志们,他就有些难过起来。

"怎么,不说话了,不说话就是不愿意。"李朝东逗着他说。

"不,我愿意!"就这样,小董留在分区了。

那天晚上,李朝东正趴在桌子上写东西,小董坐在炕上忽然呼哧呼哧地哭起来了,李朝东转过脸来对他说:"明天回大队去吧。"

"不,我不回去!"

"那可不兴哭鼻子!"李朝东说着停下了工作,在皮包里翻腾了半天,翻出一盒日本糖搁在他面前说,"吃吧,吃饱了不想家。"

小董想起李朝东就爱捣弄这些日本玩艺,又咯咯地笑起来。李朝东在他头上拍了一下:"小鬼!"

这时马英忽见小董来了,上去一把搂住他的肩膀说:"小家伙,好吧?"

"好是好,只是渴坏了。"说罢便跑到石槽前蹲下咕咚咕咚地喝起来。云秀上前把他的头往水里一按,开玩笑地说:"喝吧,要喝就喝够!"

小董也不示弱,不吭声,双手在水里猛一拍,水点子飞了马英和云秀一身,云秀叫道:"哟!溅了俺们一身。"

"俺们?我才走了几天,就俺们你们分得那样清楚!"小董调皮地扫了云秀和马英一眼。马英上前把他拽起来,说:"别闹了,告诉我,分区叫你来有什么任务?"

"司令员让你在今天晚上以前到分区去一趟。"

"何必等到晚上呢?现在就去。"马英转过脸来对云秀说:"告诉赵参谋长,我到分区去啦。"

马英到大队部牵出一匹马,翻身跃上便和小董向北飞驰而去。正在地里帮着老乡们春耕的战士们,都不约而同地抬头望望,有的小声说道:"一定又有战斗任务了。"

"要有战斗任务,你说打哪啊?"另一个战士问道。

"那还用说,打县城嘛!"

"打县城就有办法,我这个老套筒子早该换换了。"

"你的志向太小了,我还想弄挺机枪扛扛呢!"

"哈哈哈……"田野上传出一阵笑声。

马英扬起鞭子打着马跑了一阵子,放慢步子,转过脸来对小董道:"跟着司令员,都学了些什么东西啊?"

"学了很多新鲜玩艺,"小董在后面大声答道,"司令员一有空,就给我上课。什么立场、观点、方法……"

"你听懂了吗?"

"开始不懂,慢慢一解释就懂了,比如说立场吧,什么都有立场,人有人的立场,牛有牛的立场,人要杀牛,站在人的立场上说该杀,要是站在牛的立场上呢? 就不愿意了。所以是个人就有立场,鬼子有鬼子的立场,老百姓有老百姓的立场。咱们抗日,闹革命,就要站在中国人的立场上、站在穷人的立场上。大队长你说对吗?"

"对,对。"马英听小董滔滔不绝地讲出一大套,心里着实高兴,连连称赞。

"我以前以为司令员专会打仗呢,谁知道他的学问可大了。"

"打仗也要学问啊,你表哥比上赵参谋长就差这么一点。"

"唉,那你过去怎么不对我讲讲呢?"

"对你讲,你也得听啊!"

小董腼腆地笑了,以前马英一向他讲这些的时候,他不是借口有这事,就是借口有那事,只想法子躲开。这一下子正好自己将了自己的军,便有点不好意思地把缰绳一扯道:"大队长,别说了,你看日头老高啦!"

马英笑了笑,挥起鞭子,两匹马又在大路上飞驰起来,屁股后扬起一阵尘土。

中午他们赶到了分区司令部。司令部就住在衡水以东二十里的一个村子里,如今由于八路军势力的壮大,连衡水城里的鬼子也不敢随便出来了。

小董像招待客人似的先把马英让进去,又倒茶又拿烟,把那些日本糖果饼干也端出来了,摆弄停当,才出去找李朝东。

"老脾气还没改,又是这么早来了。"李朝东一边说着一边走了进来,一见这桌子上的招待,他又玩笑地说:"对老首长就是不同啊!"

"那当然啦。"小董自豪地答道。

"别的县都还没有来吗?"马英忙站起来问道。

"不,别的县不来,就找你一个人。"

马英想这一定是有什么特殊任务了吧?忙问:"分区有什么任务给我们县吗?"

"不,是你们县自己的任务,你猜猜?"

"打县城?"

"对。有信心没有?"

"有!"马英毫不考虑地答道。怎么能没有信心呢?他想。

"好,"李朝东让他坐下,"那就谈谈你的打算吧。"

马英虽然想过打县城的事情,可是没有具体研究过,临时思索了一下说:"我想,第一步把全县所有的兵力集中起来,县大队有五个中队,七个区游击队合起来有三个中队,再加上各区有武装的民兵,一共不下一千人;不过这些人多是新兵,特别是打这样大的攻坚战,更缺少经验,所以要赶紧集中起来加以短期训练;第二步,把城里的内线工作做好,现在警察局、便衣队、警备队里都有我们的人,可是掌握的武装力量不多,因此要迅速地扩大一部分人,然后来一个里应外合!"

"敌人的兵力呢?"李朝东问道。

"鬼子有六十多个,伪军有五百多人,还有百十个警察,凑起来也有千把人;不过有战斗力的就是鬼子和伪军的一、三、九中队,其中鬼子有一小队是新调来的,听说都是些新兵,我们还没有较量过。这样算起来,敌人也只能算是有五六百人。"

"不能这样算账,"李朝东纠正他说,"在没有攻进县城以前,敌人应当有一个算一个,你想,当官的拿指挥刀在后边督着,当兵的蹲在炮楼里,趴在城墙上往外打枪,怎么能不算数呢?啊?……"

马英觉得李朝东的话有道理,嘿嘿地笑了。李朝东接着又说:"可是当我们打进城里以后,这部分敌人就会迅速瓦解,那时他们就可以不作数了。所以,要把你刚才说的第二步当作第一步走,做好内线工作这是解放县城的一个关键,切记要慎重、慎重、再慎重,把这一工作做好了,再调集兵力,这样可以避免敌人的注意力,打他个措手不及!"他把右手从空中劈下来,结束了他的谈话。

李朝东自己独立工作的时候,乍看起来总有些使人感到草率,因为他处理问题总是那样迅速、干脆,像是不假思索似的,其实他对每个问题都进行了周密的考虑,往往在问题没有发生之前,他对各种可能发生的情况早已进行了正确的判断,所以问题一旦发生,他便能迎刃而解。他对下级交代任务时,总是详细而又耐心地反复解释,直到对方完全弄通了为止。但他也很少问他们是否真正通了,而是靠他那一双敏锐的眼睛去观察,有时尽管你自己说通了,他知道你不通,还是不放你走的。这时他见马英坐不住了,知道对他的布置没有什么意见,急着要回去打仗,便又问道:"还有什么困难和要求吗?"

"没有了。"马英站起来就要走。

"好好想想,"李朝东开玩笑般地对他道,"要是现在不说,以后想起来我可不管了。"

马英根据以往的经验,知道还有问题,赶紧站住思索起来,想了半天,才笑着说道:"分区能不能调给我们点队伍打狙击?"

李朝东哈哈大笑起来:"放心吧,我已经决定抽两个连打狙击,衡水的鬼子你就不要管了,只管打你的县城吧。"接着又指了指马英的脑瓜说:"又有点热了!"

马英笑了。

李朝东出来送马英,走到村边,他紧握住马英的手说:"你们打县城是咱全分区第一炮,一定要打响。"

"放心吧,我们在县城里见面。"

"小董,送大队长回去!"

"是!"

两骑马又飞也似的向前奔驰而去,转眼间便消失在广阔的原野上了。

四十一　生死关头

这一天东关集上,伪军、警察、便衣队显得特别活跃,来来往往,出出进进,咋唬着,叫骂着。……不知道的人还以为敌人又要出发"扫荡"了,其实这是地下工作联络的一部分人,正在往城里偷运手榴弹呢!还带进去化了装的十几个县大队的战士。

郑敬之在侯老奎的馍馍房指挥着这次活动。吃过早饭的时候,工作已经进行完毕,他提了一兜馍馍走出来。没走几步,迎面便碰上一个人,一脸麻子,三十岁年纪,穿一件长衫,戴一顶礼帽,手端一只鸟笼。郑敬之认得是尹麻子,正待开口,尹麻子早已抢先问道:"郑股长,买馍馍啦?"

"嗯。"郑敬之答应了一声,吹了几声口哨,逗了逗鸟儿,便回城去了。

尹麻子望着郑敬之的背影,望了好一阵子。尹麻子整天端着个鸟笼子城里城外转悠,打探情况,忽然发觉经常有些生人在侯老奎的馍馍房出入,便引起他的注意。他想,这侯老奎从前不是和马英的父亲很有交情吗?莫不是……可是又见郑敬之常到这里来,郑敬之是小野掌握的人啊,这就使他奇怪了!所以更经常不断地到这里侦察。

天黑,郑敬之在城里把一切布置停当,出城到侯老奎馍馍房和马英接头,侯老奎正坐在门口抽烟,见郑敬之来了便狠狠地抽了一口。这是他们事先商量好的暗号:如果烟锅子红红的一亮,是表示马英已经来了,平安无事;如果出了事情,则将烟锅子里的灰磕了出来。郑敬之跨进门,便招呼侯老奎道:"尹麻子经常在这街上转吗?"

"是啊。"

"你要警惕他的行动!"

"知道了。"

郑敬之走进后屋,马英正坦然地躺在炕上思索什么,见他进屋就赶紧坐起来。两对充满兴奋、胜利、喜悦的目光立刻碰在一起。

"怎么样啦?"马英问道。

"都准备好啦。部队呢?"

"已经在四乡动员好了,十点钟往城边运动。"

"好吧,我把城里的情况汇报一下。"郑敬之慢慢说道,"城墙东北角炮楼上的小队长已经被我们争取过来了。其中有一个班长,原来就是你在壮丁训练所发展的人,其他的班长和当兵的都还闷在鼓里。行动开始时先由肖阳带领的便衣队中我们掌握的十一个人以查岗为名,把这个炮楼拿下来,尽可能不要打起来。炮楼拿下之后,便在第三层楼上的炮眼里举起红灯,这时部队就可以登城。他们并负责掩护,狙击东、北两个城门楼上的敌人。战斗打响以后,住在北街的警备队部的一、三中队必然出去增援,警察局和警备队是对门,这时我便带领地下工作人员占领警察局,用机枪封锁警备队的大门,不让他们出来。那一百多只手榴弹已经运到警备队的左邻铁匠铺里,这是我们的联络站,有十几个工人,战斗开始,把手榴弹抬上房,往警备队的院里丢,杀伤敌人。小顺带的十几个混进城去的县大队的战士,现在分散地藏着,战斗开始,集中起来开到西街东口,狙击西街里耶稣堂的鬼子,能堵一阵子就行了……"

哒！门口侯老奎的烟袋锅磕了一下。

郑敬之把话停止了,紧接着就听到门口的说话声,跑已经来不及,两人拔出枪,躲到门后。

原来尹麻子今夜化了装,乡下农民打扮,穿一身黑夹袄,头上围条洋毛巾,所以一直当他走到门口时侯老奎才认出来,他吃了一惊,忙将烟袋锅一磕,说道:"做啥呀,尹掌柜?"

侯老奎这些表情动作都被尹麻子看在眼里了,答道:"买馍馍。"

"没有了。"

"生意不坏啊!"尹麻子知道侯老奎想赶他走,狡猾地笑了笑。这时,侯老奎心里已镇静下来,反说道:"到屋里坐坐吧。"

这一来倒把尹麻子吓住了,他想,里边要真有八路怎么办呢?自己就一个人,岂不是送死吗?说了声"不坐啦"就转身走了。

等他转进一个胡同,侯老奎赶紧上了门面去报信。谁知尹麻子并未走远,躲在墙后看了个清楚。侯老奎这一走,他便肯定了这里有八路,立即回去搬兵去了。

见侯老奎进来,郑敬之忙问道:"谁?"

"尹麻子。"

郑敬之沉默了半晌,说道:"老侯大爷,你不该把门上上,太不沉着了,这下子算是暴露给人家啦!"

"怨我,怨我,"侯老奎敲着自己的脑袋,"你们赶快走吧,不要管我,大不了搁上我这条老命算啦!"

"尹麻子现在城里做什么?"马英问道。

"可能是刘中正的密探。"郑敬之回答说。

"会不会影响我们的大事?"

"不要紧,我想办法对付他。你看对城里的布置还有什么指示?"

"我同意。只是小顺他们不要在西街东口狙击鬼子,他们没有机关枪,很难狙击住。可以在西街西口固守一间房子,牵制敌人,鬼子听到前后枪响,摸不着头脑,可能不敢出来。"

郑敬之暗暗佩服马英军事上的才能,说道:"好吧,我执行你的指示,什么时间行动?"

"下一点。"

嗵嗵嗵……街上响起一阵急促的脚步声。侯老奎一使劲,独自把面柜移开:"快!快进去吧!"

马英还在犹豫,郑敬之一手把他推下去,跟着自己也跳下去,转脸叫道:"老侯大爷……"

侯老奎没答话,咬着牙,一下子又把那面柜移上了。这时砰砰的叫门声已急促地响起来了。他刚迈出后屋,哐啷一声,门已被砸开,几把明晃晃的刺刀将他逼住,尹麻子卷着袖子提着枪跟了进来。侯老奎忙问道:"尹掌柜,这是为啥呀?"

"为啥?哼,"尹麻子冷笑了一声,"一会你就明白了。搜!"

伪军们在两间屋子里翻腾了一阵子,出来报告说:"没有搜到。"

"老家伙!"尹麻子拿手枪筒子在侯老奎的脑门上捣了几下,"把八路藏到哪啦?"

"尹掌柜,这究竟是怎么回事?咱们安分守己的老百姓,怎么会藏八路?你们该不是走错门啦……"

啪!啪!啪!侯老奎脸上一连挨了尹麻子几个耳光,"别他妈装洋蒜,老实讲,地洞在哪里?"

"啥地洞?咱磨房咋会有地洞?"

"哼哼,没地洞,干你们这行没地洞才怪哩!给我扒!"

丁零哐当……锅台也砸了,炕席也揭了,还是一无所获。尹麻子走进去,指着那面柜说:"这个怎么不搬了?"

侯老奎听了暗吃一惊。原来那些伪军看到里边满盛着面粉,都嫌它重谁也没动。听尹麻子一说,只得去搬,三个伪军把面柜搬倒,雪白的面粉倾了一地,忽然发现下面是个洞,往旁边一闪,便嚎叫着四散跑开。尹麻子得意地问侯老奎:"这是什么?"

"地洞。"

"干什么用的?"

"在这兵荒马乱年头藏东西的。"

"说得倒好听!给我下去抓人!"

伪军们面面相觑,谁也不敢下去,伪军班长拿枪托子在一个伪军的屁股上捣了一下,喝道:"下去!"

那伪军朝洞里叭叭打了两枪,见没有动静,就跳下去了,伪军班长又赶下去了几个伪军。这时他们才发现这是个地道,一直向后通去。他们一齐朝里又开了几枪,才慢慢朝里摸去,越走越窄,走到尽头刚容下一个人,往上一摸是个脸盆大的小圆洞,顶上硬硬的不知是什么,使劲一托,便推开了,一股凉风钻进来,那伪军急忙朝上打了两枪后,慢慢地爬了出去,这时才弄清楚他们到了后街。原来那洞口上盖的是一块半边的磨盘,磨盘上堆着一堆垃圾,伪军们查看清楚,急忙回去报告说:"八路从后路跑啦!"

"跑啦!"尹麻子一听,打亮手电筒,噗通一声跳到洞里。侯老奎趁他不提防,抄了一个顶门栓,呼的一声,朝他的脑后砸去,尹麻子觉得脑后一阵风,忙把脑袋偏开,顶门栓砸在他的左肩上,他"啊呀"叫了一声,便回手一枪,打中了侯老奎的胳膊。两个伪军上来将侯老奎捆住,尹麻子一边揉着肩膀,一边气急败坏地骂道:"他妈的,你死到眼前还要蹦三蹦哩,带走!"

侯老奎被捆进城去了。

尹麻子到了警备队部见了刘中正,早已忘了那肩膀的疼痛,喜笑颜开地说道:"刘队长,也是你的运气,今夜我捉了个老共产党,就是东关馍馍房的侯老奎,马英他爹的老朋友。他妈的,八路正在他家开会,都叫这老家伙从地道里放跑啦。"

刘中正半信半疑,这几年他们虽然抓了不少"共产党",可是有几个真正算是共产党呢？连他们自己也搞不清楚，便淡淡地问道："在哪里？"

"带进来！"尹麻子喊了一声。

侯老奎倒缚着手，昂然地走了进来。刘中正虽然经常出入城关，可是不注意这馍馍房，所以没见过他，现在他看到站在他眼前的这老汉已有五十上下的年纪，一脸花白的胡楂子，两眼炯炯发光；这时他胳膊上的血已把那白麻绳染红了，正顺着胳膊往下滴。刘中正慢慢走到他跟前，问道："你就是共产党？"

"哼！共产党？"侯老奎冷笑道，"我还不够资格，我不过是个抗日的普通老百姓，给共产党办点事。你们想捉共产党，没那么容易！"

"今夜共产党可在你家开会？"

"来来往往那是常有的事。"

刘中正被他这答话愣住了，一时不知该问什么才好，半晌，才突然醒悟了似的说："还不快给老先生松绑！请坐，请坐。"

绑松开了，侯老奎站在那里却动也不动，刘中正很有些难堪，只得又走上前来说道："老先生，你既然不是共产党，咱们就好说话。八路军在你家开会，我知道你也是不得已，你放走了他们我也不怪你，你怎么惹得起他们！我只请你告诉我，开会的都是谁？他们谈些什么？"

"不知道。"

"唉，怎么会不知道呢？三言两句也该听到一点，我知道你是不敢说。不要紧，你要觉得住在关里不保险，就搬到城里来，我给你找房子，要是本钱不宽绰……"

"刘中正，你这个大汉奸！"侯老奎破口骂道，"我老实告诉你吧，你想套我的话，没有！要命，我老汉倒有一条！"

刘中正的长脸一下子拉得更长了，两道青筋暴起来，骂道："狗吃屎的东西，给我打！"

打手们一齐上来,把侯老奎折腾了一阵子,他索性一句话也不说了。刘中正没有办法,让先把他带下去,便和尹麻子计议说:"这案子很大,绝不止他一个人,一定牵涉的人不少。城里不是经常出事吗?怎奈这老家伙不说怎么办?"

"我倒发现了一个可疑的人。"尹麻子阴险地笑着说道。

"谁?"

"郑敬之。我经常发现他到侯老奎的馍馍房去,昨天早晨我还见他去买馍馍哩!"

这话提醒了刘中正,一个司法股长,难道用得着自己去买馍馍吗?再一想,他给皇军办过什么大事呢?……尹麻子看出他的话已被刘中正重视,忙又献计道:"刘队长,何不打电话到四城上问一问,看他刚才出城了没有?要是出城了,那就说明在侯老奎那里开会的准有他!"

刘中正立刻向四城摇起电话,南城门上值班小队长回答说:"郑敬之天黑出城,回来有一个多小时了。"

"没错。"尹麻子兴高采烈地道,"正是我抓人的时候。"

"可是他出的南门。"

"唉,你想,他干这种事怎么能不避嫌疑呢!"

刘中正觉得有理,可是一想郑敬之是小野手下的亲信,自己不好处理,便对尹麻子说:"我得带侯老奎到红部去一趟。"

"好,好。"尹麻子想这一次便可以在皇军面前抬高他的身份,带上侯老奎就打算走,刘中正却把他叫住:"你不用去了。"

这使尹麻子大为不满,但是只能气在肚里。刘中正让伪军押上侯老奎,自己骑上马,便直奔红部去了。

肖阳刚从红部走出来,迎面碰上刘中正,又见马后边带着伤痕斑驳的侯老奎,不禁大吃一惊,但当他的视线和侯老奎那坚定的目光相遇时,他的心情也就略略平静了下来。

"太君在吗?"刘中正跳下马来问道。

"在。"肖阳说罢,转身跟了回去。

侯老奎被架在大厅门口,伪军们把他丢下就转身走了。侯老奎因流血过多站不住,在地下卧倒了。

刘中正走进大厅,在中村的耳边叽咕了几句什么,随后中村走出来,围着侯老奎走了一圈,向肖阳挥了挥手,叫他带下去。肖阳架起侯老奎就走,到了过道,见四下无人,忙低声道:"老侯大爷,我们……"

"孩子,你不要管我,千万不能把大事坏了。"侯老奎颤抖着声音说,"我不行了,我只求你对老郑说说,我死了能把我算个党员……"

肖阳刚要说话,见小野迎面走来,只得把话收住,继续架着他走。出了过道便是特别禁闭室,门口站着两个岗,侯老奎被关了进去。

肖阳回来,走到大厅门口,听见中村道:"郑敬之良心坏了坏了的!"

"不,郑敬之大大的可靠。"这是小野的声音。接着又听到中村吼道:"什么的可靠?中国人统统的靠不住!"

肖阳没有再听下去,拔腿就往外走。便衣队就在隔壁,他跨进门,正碰上王小其出来解手,一把揪住他,拉出来说道:"你赶快去告诉郑敬之,叫他立刻隐蔽,中村已经发觉他了。他是全城的内线总指挥,绝不能叫敌人抓住。"

"知道了。"王小其扭头就走。肖阳又把他揪住:"你去通知秦方芝,让秦方芝去找他,可能敌人已在监视了。"

王小其绕着小胡同飞快地朝秦方芝的家跑去。秦方芝因为知道今夜有战斗行动,所以还没有睡,听得门外的叫门声知道是自己人,她刚把两扇门拉开,就听王小其急促地说道:"老郑叫敌人发觉了,你赶快去通知他,立刻隐蔽!隐蔽!……"

秦方芝一下愣住了,刚想张口再问什么,可是觉得已刻不容缓,把头发往后一拢,便朝郑敬之家跑去,一路上脑子乱哄哄地也不知在旋转些什么。她拐进了郑敬之住的那条街,见街上静悄悄的,想是还没有发生什么事情吧?又四下看了看,见街上没有人,便直奔郑敬之家的大门。郑敬之和平常一样地坦然迎出来,这使秦方芝有些奇怪,但她立刻明白了,他还什么也不知道啊!

"老郑,你,你赶快走……"

郑敬之已经完全明白,他不惊慌,也不奇怪,因为这已是他意料中的事情。

"敌人已经发觉你了。你……"

"不,我不能走。"

"你,你知道他们马上就要来抓你。中村、刘中正,都是些杀人不见血的刽子手,他们会……"

"不,我绝不能走,这关系着全城的解放!"

"你,你傻啦!就是关系着全城解放,你才得走!你是全城的内线总指挥,你要是被他们抓……"

"不,你不懂!"郑敬之似乎有些生气地说,"敌人要是抓不住我,必然大搜查、戒严,那我们的计划就全部破产啦!还有县大队进来的十几个同志,也得暴露给敌人;马英他们要是攻城,还会造成更大的牺牲!"

"可是,战斗很快就要打响了,少躲一会就行啦,他们不一定马上……"秦方芝带着恳求的口气说。

"同志,你冷静点!现在才十点钟,还有三个钟头呢!……我问你,你能让我为了保全自己的性命,让同志们流血吗?"郑敬之突然变得严厉起来。

"不,不,我不……你怎么说这个话,你不要再说了。"

"方芝,"郑敬之缓和了一下口气,"我了解你,你会明白我的,你会同意我这样做的!人总免不了有一死,可是要死得有骨气,死得值得!为了革命,多少同志洒热血,抛头颅,我们为什么就不能这样做？你说，对吗？"

"对，对……"她重复地回答着。这话以前郑敬之曾不止一次对她讲过，可是只有这一次，她才仿佛真正懂了。

"方芝，"郑敬之抓住她的两只胳膊，沉重而又严肃地说道，"你得马上离开这里，去通知肖阳，叫他按原计划行动，就说我把全部工作交给他了。还要告诉他，不要顾及我的生命，而把他自己暴露了，这是命令，纪律！"他摇了摇她的胳膊，"方芝，你是党员，应该听我的话。"

秦方芝一下子扑在他的怀里，把脸紧贴在他的胸上，轻轻地说道："我，我一定听你的话。"

郑敬之紧抱了她一下说："好吧，就这样，不要难过，敌人没有抓住什么证据，也许能遮掩过去。"他略停了一下又说："如果发生了万一，我家地下埋着一个小箱子，你找我母亲要过来，交给组织，那里有党的文件和同志们这个月的党费；还有荷花，也望你好好照顾她。"

他说罢，不自然地笑了笑。秦方芝不敢回头再看他一眼，就转身跑出去了。

敌人还没有来，郑敬之在院里来回踱了两趟，把所要考虑的事情又在脑子里温习了一遍，觉得所要做的都已做完，这才长长地嘘了一口气，仰望着天空，骄傲地自语道："再有几个钟头天就晴了！"

他漫步回到屋里，他娘问道："刚才是谁来啦？"

"方芝。"

"有什么事么？"

"没有。"

"可不要出事，这两天我总是心惊肉跳的。"

郑敬之想解释，可是话到嗓子眼就哽住了。他坐到炕上望着荷花的脸端详了一会。这时街上响起脚步声。他站起来说："娘，我到局里有点事。"

473

他刚走到院里,一个鬼子、两个汉奸已经走进大门,那汉奸客气地说道:"郑股长,太君请你议事。"

"好吧。"郑敬之说着跟他们走出来,这时才看见十几个伪军端着刺刀拥在门口,他故意问道:"这是做什么呢?"

"嗯……"那汉奸支支吾吾地没说出个所以然来。

郑敬之走进耶稣堂的大厅,见中村坐在椅子上,小野、刘中正、肖阳站立两旁。他恭恭敬敬地走到中村脸前立正敬了个礼道:"太君找我有何贵干?"

"刚才,天黑的时候,你的什么地方去了?"中村问道。

"天黑的时候吗,我到南关我姑姑家去了啊!"

"不对,到你的朋友家去了!"

"太君,什么的朋友?"

"大大的好朋友。"中村向外喊道,"带进来!"

大厅外的汉奸应声而去,一忽儿将侯老奎架进来。中村指着问道:"这个,你的好朋友!"

"啊,这是东关卖馍馍的侯老奎嘛,认识,认识。"郑敬之坦然地答道。

侯老奎听得郑敬之说话,睁开眼睛,正待说话,中村赶紧一挥手,汉奸们又把他带出去了。中村接着对郑敬之道:"他的共产党。"

"啊!太君,这我实在不知道,还以为他是好人呢!"

"八格!"中村站起来吼道,"你和他的一样,共产党!他统统的供认了。"

"太君,这实在是冤枉!我愿意和他对质。"郑敬之见侯老奎刚一张嘴便被拉走,知道他没有供认,故而这样说。中村被弄得一时不知该说什么,刘中正出来解围道:"用不着对质,要是没抓住证据也不会叫你来,现在就看你招不招啦!"

"我忠心为皇军效劳,你叫我招什么?"

刘中正走到中村跟前低声说:"这种人就是天生的贱骨头,不打不招认!"

"打!"中村吼道。

肖阳的头上立刻像是挨了一棒,这屋里只有他们四个人,打郑敬之的任务照例应该是肖阳,怎么办?能拿敌人的鞭子抽打自己的同志吗?不,不能;可是不打,就会把自己暴露给敌人了,他现在是担任着全县城的指挥任务啊!……一时心里像是万把刀绞,他掂着鞭子走向郑敬之,可是他的手举不起来,郑敬之早已看透他的心,生怕敌人发觉了,忙转过脸来说:"肖队长,你打吧,我不怪你,我知道这是刘中正给我栽的赃!以前他就整天和杨队长作对,如今杨队长死了,他又来害我!在他的眼皮底下谁也容不了,都要一个个拔掉。他存的是什么心,皇军总有一天会明白的!"

肖阳刚举起鞭子,中村上前拦住,让先把郑敬之带下去,便和小野咕噜起日本话来了。

刘中正尴尬地站在一旁,不知该怎么才好。突然,中村大吼道:"侯老奎、郑敬之统统死了死了的!"

刘中正这时才松了一口气。

侯老奎和郑敬之一前一后被绑出了红部,每一只胳膊拴两股绳,由四个伪军四吊角牵着,前后拥满了拿刺刀的鬼子和汉奸,中村、小野、刘中正、肖阳都一齐跟在后边。肖阳迈着沉重的脚步,两条腿就像是有千斤重似的。他现在要和这些野兽一起去屠杀自己的同志!看着自己的战友一个个倒下!不,不能!这时似乎有一个声音在他耳边响道:"你手里掂的是什么?是武器,你的枪口应当对准敌人!只要你把扳机一搂,中村就会躺下了。"他不由握紧枪,抬头一望,不想眼睛正碰在郑敬之身上,他是那样坚定沉着地走着,那意思好像是说:"同志,你冷静一点!这是命令!纪律!只要你把扳机一搂,整个战斗计划就全完了!"……他痛苦地把手放下来。

侯老奎被连架带拖地走着,忽然脑子清醒了,周围这样多的敌人,这不是去结果他吗?但他并不感到死的恐怖,仿佛这是理所当然的事情;对那么多惊慌地围着他的敌人,他只觉得他们渺小得可怜!无限自豪的心情在这个老人的心里开了花,他突然高呼起来:

"打倒日本鬼子!"

"毛主席万岁!"

"中国共产党万岁!"

"八路军……"

一条毛巾塞在他的口中,声响没有了。郑敬之在后面望着这个坚强的老人的背影,有说不出的敬仰和羡慕。这时他好像看到大街两旁家家户户的门后有无数的人在门缝里往外瞧着,人们将会发出怎样的议论呢?一个高呼口号,一个默默无声,一个是至死不屈的抗日老英雄,一个是至死不变的铁心汉奸!……他真想破开嗓子高呼几声口号,让人们知道他郑敬之原来也是个共产党!可是立刻他就自己警告自己:为什么你还想你自己呢?目前正是和整个敌人决战的时候,应该让你在牺牲以后,在敌人的眼中你还只是个嫌疑犯;否则要是暴露了自己,敌人就会因为肯定在他们心脏里真的有了共产党而警觉起来,那样不仅今夜的战斗将失去胜利的保障,今后整个的地下组织也将有暴露的可能!而那么多的同志,还有方芝、荷花、老娘……不能!绝不能!一种崇高的感情流遍了他的全身,他不禁又望了一眼侯老奎的坚强的背影;即将到来的胜利鼓舞了他,他似乎已看到了敌人的末日,顿时感到了充实和力量,眼睛也更明亮了起来。

他们一齐被押上了北城墙,被推在一个断头台上。郑敬之望着城北那黑乌乌的原野,仿佛看见马英带着队伍正向这里急进!他的心在笑了。

突然中村一声怪叫,一个鬼子兵端着明晃晃的刺刀扎进了侯老奎的后心,英雄的老人倒下了。

"郑敬之!"中村狞笑道,"你的承认了共产党,没关系,皇军大大的重用,警察局长的干活。"

"太君,这是刘中正给我栽的赃,我死不瞑目!"

没等郑敬之说完,中村又是一声吼叫,鬼子兵又端着刺刀冲向郑敬之。郑敬之安详地合上了双眼,忽然听到中村一阵狂笑,接着上前拍着他的肩膀说:"你的忠实皇军大大的。"

原来中村在审讯时听了郑敬之的一番对答,心里就有些嘀咕,曾派人到南关他姑姑家进行了查问,好在郑敬之为了以防万一,在跑进城时去他姑姑家做过布置,所以查问自然也没有得到什么新的情况,可是中村还不放心,又叫他陪了一次绑,见他自被绑后到现在的一番表现,这才算完全放心了。

郑敬之看了一眼站在他面前带着满意的狞笑的中村,又看了一眼躺在血泊中的侯老奎,憎恨和复仇的烈火在他的心里燃烧,"这次生命的获得就是胜利!"想到这里,他的嘴角掠过了一丝冷冷的微笑。……

四十二　黎明前的战斗

茫茫的黑夜里,一道道的人河从四面八方向县城汇集,最前面是雄赳赳的战士,往后是老乡们组织的担架队,再往后是妇女们的救护队、慰劳队,连各村的儿童团也来了。

"可不能叫苏金荣跑了!那年他带着黄狗子到俺村去催租,活活把我打了个半死,这一回打开县城捉住他非解解恨不行!"一个老头抬着担架,一边走一边愤愤地说道。一个中年人答着说:"俺一家老少五口,累死累活一年到头还吃不上个饱饭,他到俺家还动不动说:是他养活了俺。这次捉住他我非得问问他到底是谁养活了谁?"

"你们嚷嚷什么？暴露了目标你们负得了责任吗？"这是肖家镇担架队的领队赵大爷的声音。人们不吭声了，可是后边又嚷嚷起来，赵大爷挥着手朝后跑去。

"往后传，原地休息！""往后传，原地休息！""……"突然声音像无数个扩音器似的，一个跟一个传向后去，这本是战士们的术语，经老头和妇女们一传，便走了调儿，可是由于接近县城，气氛过于紧张，所以谁也顾不着笑话谁。

先头部队离城只有两里地了，马英站在一个土岗子上望着这座城市，那城墙、城门楼、炮楼的轮廓隐约地出现在眼前，黑乌乌的，死沉沉的。

马英掏出怀表看了看，大小针并在一起，整整十二点，各中队长已经到齐了。忽然侦察员来报告道："东关的联络站被抄，侯老奎被捉，在十一点多钟便听到北城的断头台上有鬼子的吼叫声。为了避免暴露目标，没有向群众进行了解。"

马英的心一下子收紧了，莫不是出了问题吗？要真是那样，那原来的一套计划不就全部作废了？可是看看城里那死沉沉的样子，又不像是出了问题，忽然郑敬之的面影在他脑里浮现了，"他会有办法的！"想到这里，他又鼓起了信心。

"振江，"他转过脸来对赵振江说，"万一情况发生了变化，我看就使用那两个'土坦克'从北城门硬攻，再说城里绝不会叫敌人一网打尽，总能发挥点作用吧。"

"行啊。"赵振江答道。

"不过土坦克过沟很困难。"

"不要紧，我们攻城预备的有长梯子，可以把梯子架在沟上，从梯子上推过去。"

"好，在没发生意外以前，我们还按原计划进行。"

"不过，我想去带突击队，防止意外。"

原来计划是让王二虎打头阵的，现在情况可能有变化，马英考

虑单靠勇显然是不行了,还要有谋,所以同意了赵振江的意见,立即向各中队长发布命令:

"第一路,由赵振江率领二、四中队,首先登城,直插西街,包围耶稣堂里的鬼子,不准跑掉一个敌人;第二路,由王二虎率领一中队、民兵暂编三中队,继一路进城之后,会同郑敬之领导的地下武装,迅速解决警备队的敌人,并增援第一路;第三路,由老孟率领第三中队,解决伪县政府、新民会、看守所,以及城里的残余敌人;四个区游击队,各配备轻机关枪一挺,负责封锁东西南北四个城门,捕捉溃散敌人,并配合主攻部队完成夺城任务。"接着又宣读了几项战场纪律,便分头行动了。

赵振江带着队伍,抬着二十挂长梯子朝城东北角摸去,摸到护城河边,战士们都一个个静静地伏在地下,一会儿,马英也摸上来,靠在赵振江的身边,望着城上那个三层炮楼。

"几点啦?"赵振江轻声问道。

"已经到……你看,挂起来啦!"

三层炮楼眼里出现了一盏红灯,像是一颗明亮的星星,不过左右都看不到,只有在城下才看得清,因为那个炮眼的角度是朝下射击的。

"行动吧?"

"行动!"马英命令道。

战士们立刻从地下跃起,迅速地爬过沟,把梯子竖在城墙上,赵振江一手掂着枪,一手爬着梯子,飞也似的蹿上去,到了城墙沿,一双有力的手把他那左手握住,只听那人轻声说道:"你们可来了。"随手一拉,把赵振江拽了上去。赵振江认得是肖阳,急忙问道:"出了问题了吗?"

"已经解决了,一切可以按原计划行动。"

说话间,战士们已经爬上来,一踏上这城墙上的砖头,大家都有一种说不出的激情,似乎都感到这城市已经是属于自己的了。

赵振江让中队长带着二中队先往西街去,他在城上继续招呼着四中队登城。当四中队全部登上城时,北门楼上的敌人首先发觉了,扫过来一梭子枪弹,接着东城门楼上也朝这边打起枪来,火力十分强烈。赵振江留下一个排配合肖阳掩护,便带着四中队急速朝西街去了。

王二虎在这里指挥着第二路人马冒火登城,他倒觉得这样打起来过瘾,不住地高声喊道:"同志们,上啊,枪子专找胆小的!"

一中队全是些打断腿不知道痛的小伙子,像无数的炮弹,一个个飞上城去。民兵们见了也都壮起胆子跟上来。……

郑敬之被放回去以后,便偷偷地到了警察局,十二点半的时候,他在院里轻轻地吹了一声口哨,那些地下工作人员和动员好反正的警察,纷纷从炕上跳起来,抄起枪喝道:"不准动! 谁动就要谁的命! 我们是八路军。"

这些毫无战斗经验的警察早已吓得傻了眼,缩在被窝里浑身直抖。郑敬之让把他们集中在一个房子里,门口站上岗,对他们交代说:"老老实实待在这里,没你们的事。"

郑敬之又在房上放了两个警戒哨,随后便带大家在大门的过道里筑起工事,把警察局那挺机关枪架在这里,单等一打响,便把大门开开,冲着对门扫射。这时警备队部的大门还敞得大大的,两个站岗的端着枪在门口胡转悠。

一会儿,城东北角上便打响了。刘中正凭着他的经验,一听便知道这是在城墙上战斗,说明八路军进来了! 这时一个护兵拿着电话对他说:"联队长,北门楼电话。"

他早已知道电话里要讲的是求援护城,他想这对他并不上算,不是去替鬼子卖命吗? 现在他考虑的是如何能保存自己的实力和如何突围了;经验告诉他,只要有枪杆,到哪里都有饭吃,都有官当,所以他没有接电话,却冲着护兵喊道:"告诉一中队,叫他们赶快给我往外冲,走南门!"

刘中正的一、三中队还算有战斗经验,听到枪声不乱,一忽儿便集合起来,刚走到大门,嘎嘎嘎地顺着过道打进来一梭子机枪,哗啦一声,队伍闪到两旁,中央摆下几具尸体。刘中正扯着嗓子骂道:"他妈的,郑胖子,夜里怎么没有把你挑了!"

接着他赶紧组织队伍往外突,可是对门的机关枪步枪打个不停,根本没有可能。两个当兵的刚冲到过道口便栽倒了。刘中正又喊道:"炮手呢?给我把他的机枪打掉!"

轰的一声,炮弹正落在警察局对门过道的顶上,钻了个洞,在里边爆炸了,机枪哑了火,伪军刚冲到过道口,机枪又叫了起来,立时又摆下几条死尸退回来了。刘中正又喊道:"打!"

语音未落,轰隆隆!轰隆隆!一阵雨点似的手榴弹从天空中降下来,院子里成了火海,紧接着爹呀妈呀的一阵乱叫,院里便躺满了死尸,剩下的都往屋里边钻。

在屋子上往下摔手榴弹的工人由于没有经验,一时高兴,便将一百多个手榴弹摔光了。这时刘中正听不到手榴弹响,便命令伪军们从房上往外冲,他知道再不冲出去就有被歼灭的危险。伪军们一边用机关枪往房上扫射,一边搭起软梯子往房上爬。房上的工人慌了,有的揭起砖头瓦块就往下砸,就在这万分紧急的时候,忽听到身后呼呼呼一阵响,转脸一看是县大队的同志们上来了。王二虎卷着胳膊袖子,抱着机关枪站在房顶上嗒嗒嗒地冲着院子扫射起来,接着步枪、手枪一齐开了火,手榴弹也一束束地扔进去,院子里又是一团团的火球。伪军们吃不住劲,叫着喊着缩进屋里。

经过连续几次沉重的打击,伪军们死伤大半,已经处于绝境,人心惶惶,斗志涣散,王二虎早已看出敌人沉不住气,一声喊叫:"同志们,冲啊,捉俘虏!"

战士们一听,也顾不着房子高低,噗通噗通地就往院子里乱跳,有的跳在那些受了伤的伪军身上,便引起一声尖利的哭叫;这时又有一个排从大门里冲了进来,来势猛不可挡,伪军们见大势已

去,纷纷从窗里门口把枪扔出来,乞求道:

"不打啦!不打啦!"

"我们投降。"

"缴枪……"

仅仅十五分钟,便胜利地解决了战斗。一群群的俘虏从大门里押出来。郑敬之站在门口,见有个俘虏穿着一套很不合身的军服,把军帽压得低低的,夹在一群俘虏中间低着头朝外走,待他走到跟前,郑敬之把他的军帽往他脑后一推说:"这不是联队长吗?"

战士们听见都围了过来,像是瞧西洋景似的,有的便奚落他道:

"你的东洋刀哪里去了?"

"卖给切西瓜的啦?"

"唉,多可怜,洋老子也不来看看孩子!"

刘中正低着头,合着眼,满脸的肉绷得紧紧的,一句话也不说,他知道只要他说出一个不字,就会遭到一顿无情的拳脚。这时王二虎走到他面前,大笑着说:"哈哈,刘中正,这回你该认输了吧?"

刘中正摇了摇头,像是不服气,硬充英雄地说:"是我中了你们的诡计。"

"不对!"王二虎做了个手势,故做斯文地说,"是人民群众的力量!"

"他不懂这个。"郑敬之说道。王二虎向战士们一挥手:"把他带走!"

一个战士提着刺刀,上前把刘中正推了个踉跄。

留下一个排打扫战场,王二虎带着其余的人增援赵振江去了。郑敬之走进院子查看战士们打扫战场,忽见一个穿一身便衣的人正从一个墙角往上爬,胳膊已经挂上墙头了,他立刻喝道:"站住!站住!"

那人听得是郑敬之的声音,慌了,回手一枪,郑敬之一低头,把帽子打飞了,他随手还了一枪,那人便从墙上摔下来。郑敬之过去把那人翻起一看,正是尹麻子,已经被打死了,郑敬之还不解恨,照他的脑袋又补了三枪。

这时,老孟带着三中队已将伪县政府、新民会、看守所的敌人一扫而光了,被关押在看守所里的人也已放了出来,可是没有抓着苏金荣,他就直奔苏金荣的"公馆"去。老孟以前跟苏金荣赶车,路熟,一霎时便摸到了,战士们迅速上房压了顶,老孟第一个跳进院子,进了苏金荣住的屋子,一看,苏金荣不在,他老婆在炕上团成个蛋儿,老孟拿枪对着她喝道:"苏金荣上哪去啦?"

"后,后,后……"这女人只说出一个"后"字,下边的话再也说不出来了。老孟想起苏金荣以前也曾弄些不三不四的女人住在后院,便直奔后院而去。

原来这一夜苏金荣趁中村审讯郑敬之之际,把红牡丹弄来睡觉,正睡得香甜,忽听得四处枪响,便晕头转向,不知道东南西北,和红牡丹一齐钻进炕洞子里。过了一会,脑子略略清醒了,知道藏在这里不是长久之计,忽然又听到院子里老孟说话,拔腿便往后门跑去。红牡丹见苏金荣一跑,脑子也清醒了,忙从炕洞里往外爬,就在这时,老孟猛掂着枪闯进来,红牡丹吓得一下子缩了回去。老孟听得炕洞里有响动,上前一瞧是红牡丹,便揪着她那烫发头拖出来。这时红牡丹一见是老孟,一边磕头,一边瞎叫起来:"孟太君,孟司令,孟官长……"

叭!老孟一枪结果了她的性命,再往炕洞里一瞧,没有苏金荣,他便立刻蹿出来。忽见后门大敞着,便料定苏金荣是从后门跑了,他出后门,正巧看见苏金荣拐进一个胡同,于是迅速向前追去,为了想捉活的,老孟一直没有开枪,苏金荣知道后面追来的是老孟,心里一慌,摔了个斤斗,当他爬起来再跑,便缩短了两人的距离,老孟更鼓足劲儿往前追。苏金荣听得脚步已近,回头一看,只见老孟一个人,便壮起胆子开了一枪,正打在老孟的前胸,见老孟

483

栽倒了,他又拔腿向前跑去。这时马英已将北门东门拿下,正带着一队民兵去取南门,刚好从这里经过,老孟用手指着,喊道:"苏金荣,他……"

马英把手一挥,民兵们都朝前追去了,他赶紧双手抱起老孟,但见他脸色惨白,两眼紧闭,贴胸一听,心脏还在跳动,马英大声喊道:"赶快抬走抢救。"

民兵们由于并不熟识城里的街道,又缺少战斗经验,追了一阵子便不见苏金荣了。原来苏金荣乘机闪进一个小胡同,他见墙角躺着一个牺牲了的民兵,便急中生智,把那民兵的手巾解下来包在自己的头上,又换上那民兵的衣裳,系上腰带,化装成了民兵的模样。他放大胆子跑出胡同和民兵们混在一起,一边叫喊着:"苏金荣出南门了!出南门了!"

民兵都是各村的人凑起来的,相互不熟悉,天又黑,也弄不清楚,这时离南门已近,一齐都向南门拥去,城门上的游击队忙道:"什么事?"

大家齐道:"苏金荣从南门跑了!"

游击队也弄不清,便跟民兵们一齐往外追,苏金荣便乘此机会溜掉了。

再说赵振江带领第一路人马,战斗打响的时候,已经来到西街口,小顺带着十几个人同时也在耶稣堂背后的一所房子里打起来。那中村果然不敢出来,只派了一个班出来搜索,刚出门,便被二中队猛烈的炮火顶回去,随后又将耶稣堂团团围住。

中村慌忙向刘中正摇电话,可是电话直响,却没有人接,接着那里便传来猛烈的炮声,中村知道不好,又急忙向衡水拍电报告急,请求救兵,同时命令鬼子坚决守住耶稣堂。

空中立刻升起几个照明弹,把这耶稣堂的周围照得清清楚楚。耶稣堂四周的房子早被拆光了,架着铁丝网,墙上都挖有枪眼,鬼子沉着地用机枪步枪向外射击,那门小钢炮也在院子里吼叫着助威。

赵振江一面命令炮手往院子里打炮,一面命令大家瞄准敌人的枪眼射击,杀伤敌人;因为鬼子的枪打得较准,要是这时硬冲,必将造成大量的伤亡,所以双方就这样相峙着。

一会儿,王二虎带着队伍来了,当他了解了这情况后便不在乎地对赵振江说:"在涧里都把中村打垮了,在这里就不行?难道说中村比以前长硬实了!"

"同志,你怎么不分地点条件呢?"赵振江不以为然地反驳道,"那时敌人被逼在一个坑里,现在却有围墙、铁丝网!那天夜里伸手不见五指;今天夜里却比白天还亮!"

"那也得想个法子,老这样等着,一会就天明啦!"

王二虎这话提醒了赵振江,他忽然想到那土坦克,便对二虎说:"你到北门外把土坦克弄来。"

"这才对嘛!"王二虎笑着走了。

中村见一个多小时过去了,还没有听到援兵的动静,又急忙往衡水拍了一份电报,接到回电说已经出动了,他又鼓励鬼子说大批援兵就要开到,要他们奋勇抵抗。其实衡水这时也很吃紧,稻本听说中村求救,便派出两汽车鬼子,谁知出城不到十里就中了分区部队的埋伏,给打回去了。

赵振江忽听身后轰隆隆一阵响,回头一看,是王二虎把土坦克推来了。土坦克是用厚柳木板做的,长方形,有两个方桌那么大。外面用铁丝绑着五层湿被子,下面安着四个牛车轮子,地雷装在前面,由四个身强力壮的战士在里边推着,这玩艺一共加起来有千把斤,所以走起来轰隆隆的,倒是十分威武。

赵振江把土坦克检查了一遍,立刻命轻重机枪一齐掩护,但见一层火网盖过去,直打得砖瓦飞扬,鬼子无还手之力,土坦克便乘机朝耶稣堂的大门直冲过去,这耶稣堂大门口的路平时本是走汽车用的,所以修得又平又光,不大一会那土坦克便冲到大门口,战士们迅速把地雷取出来,埋在大门根,又推着土坦克回来了。

他们刚回来,轰的一声,地雷爆炸了,耶稣堂的门楼崩塌了,门扇不见了,赵振江把匣子枪一举:"同志们,冲啊!"

"冲啊!""杀呀!"战士们端着刺刀冲进去!

枪声不响了,人也不喊了,满院子只听得呼哧呼哧的声音,双方展开了肉搏战! 鬼子一个一个地倒下了;那些新鬼子兵把枪一扔,蹲在地下就哭了起来;宪兵队长小野换了一身便衣,正准备逃走,被王二虎一把揪住,也乖乖地当了俘虏;只是没有发现中村,大家见耶稣堂大厅的门关得紧紧的,料定在那里边,便朝里打起枪来,赵振江上前一脚把门踢开,只见中村四仰八叉地躺在地上,肚子切开了,肠子流了一地,那把镶着三个金星的东洋刀,还紧紧地攥着,原来这家伙已自杀了。

黎明,全城战斗胜利结束,枪声停止了,可是似乎比战斗中还要忙乱,大街上的人们跑来跑去,川流不息:押俘虏的,捉汉奸的,抬彩号的,清理战利品的……不住地有人追在马英的身后请示报告。马英走到伪县政府门前,对支前工作队的王瑞生说:"指挥部临时在这里办公,请你写张条子给贴上。"

"大队长,你评评理!"

马英猛听得有人叫他,抬头一看,是云秀拖着支前工作队管粮食的陈宝义来了。没等马英发问,就听到云秀气呼呼地说道:"我们把彩号包扎完了,自动帮助他们去运粮,他竟不让,说我们女……"

"大队长,我是怕她们一来,弄乱了……"陈宝义没等云秀说完就抢着道。马英一挥手,打断他的话:"你们干部该做什么呢? 就是要学会组织管理嘛!"

陈宝义无话可说,转身就走了,云秀也忙跟着跑去。

马英刚一转脸,就见郑敬之和肖阳一齐过来了,他忙迎上去,便紧紧地拥抱起来,马英第一句话便问道:"老侯大爷他……"

"他英勇地牺牲了。"郑敬之特别加上"英勇"两个字,并且说得十分沉重。肖阳接着道:"他死前曾对我说,要求批准他为共产党员。他真够得上是个好党员!"

"是啊,"马英说,"我同意追认他为共产党员,不过县委会要讨论一下。"

"马大娘!"郑敬之忽然惊叫道,"怎么,你让大娘也来了?"

"我娘参加工作了。"马英笑着说。郑敬之和肖阳听了,忙抢先迎过去。马大娘拍了拍他两人的肩膀,笑着说:"还是以前那样子,没有变!你们可不容易啊!"

马大娘忽然发现了马英,便一把抓住他问道:"孩子,苏金荣给打死了没有?"

"他跑了。"

"跑了?"马大娘惊疑地说道,"你怎么让他跑了!"一种仇恨和愤怒的表情在她的脸上掠过,"跑了,这坏蛋,跑了。"她沉重地喃喃道。

马英直立在马大娘面前,这时杜平、建梅、小李、玉田等许许多多同志和乡亲的面影,以及父亲、姐姐的模糊的影子似乎都一个个地在他眼前出现了;但他随即又想到眼下急需进行的许多工作,首先是需要和李朝东取得联系,……他上前抓住马大娘的手,带着显然有些激动的声音说道:"跑不了,娘,他跑不了的,我会记住他欠下的我们的账的。"

"大娘,放心吧,我们总有一天会抓住他的!"郑敬之也在一旁说道。

马大娘望着他们,慢慢地点了点头,今天的胜利已经给了她这样的确信,她又怎么会不信儿子和同志们的话呢?

太阳已经升得很高了。春天的阳光带着无限的暖意照临在这解放了的县城上空,照临在历尽灾难、如今是为胜利而忙碌着的欢腾的人们身上。马大娘望着站在她面前的在战斗中锻炼得更其坚强和成熟了的儿子,望着周围这些年来和乡亲们一同饱受艰辛的同志,望着沸腾着胜利的大街,有些辛酸然而又是充满了欢乐和激动的眼泪漾满了她的眼睛。……

尾　声

十年以后。

一列特别快车,穿过华北平原,由北向南飞驰而去。遍地金黄的庄稼迅速地向后旋转。

马英和云秀对坐在窗口,不时地谈着话,心里都有些激动,他们就要离开久居的北方,到南方去参加祖国建设了。

他们的两个小女孩却趴在窗口,专心地朝外瞅着。大的八岁了,叫玉华;小的五岁了,叫小兰。小兰一边瞅着,嘴里还不住咯哧咯哧地学着火车走动的声音。

"小兰,不要吵,"玉华装着大人说话似的,"爸爸妈妈在讲话呢!"

"不,我偏吵,妈妈喜欢。"

"爸爸,小兰不听话!"

"妈妈,姐姐又告状了!"

"别闹,别闹!"马英拍了拍两个孩子的脑袋,朝窗外指着说,"你们看,到咱们老家了!"

这时火车已经过了石家庄,正在冀南平原上疾驶,那战斗的年代的记忆,霎时也在马英的脑际浮现。

县大队成立不久,他到太行山根据地受训的时候曾路过这条铁路线。那时,敌人在这铁路两旁挖了两道深沟,盖了许多炮楼,炮楼上架着探照灯、机关枪,披着虎皮的铁甲车,也不时在这条铁路线上疯狂地驰过……不要说是过铁路,就是听到这铁路旁嗡嗡的电线响声,也感到阴森森的,他们是在一个月黑头天,由正规军一个团掩护着从这里硬冲过去的。那时周围是一片枪声,满天火花,子弹从头上嗖嗖地飞过,炮弹在身旁轰轰地爆炸,然而同志们还是不顾一切地向前猛冲,掉到沟里了,不知道痛,把腿揉一揉,再往沟上冲,你抬我架……终于都胜利地冲过去了,可是,有些同志就把自己的鲜血洒在这壕沟里、铁轨上,长眠在这里了。……

他的眼睛仍然望着窗外在旋转着的大地,心情有些沉重起来。但无法平息那起伏的思潮。

那时,敌人就是用这些铁路、公路,把我们祖国的土地,切成一块块,一条条,来封锁我们,想蚕食我们!然而,敌人输了,我们把敌人的封锁打垮了,把敌人赶走了,如今铁路是我们自己的了,两旁的深沟也早已填平,变成了两行望不到尽头的大柳树……

"妈妈,妈妈,我看见了!"小兰打断了他的沉思,她用小手指着不远的一座小房子说,"那是咱们的老家吗?"

"傻孩子,咱们的家离这里还有二百多里地呢!怎么能看得到?"云秀笑着说。

玉华自豪地说:"我到过老家,奶奶还抱过我呢!爸爸,是吧?"

"嗯。"马英心不在焉地答道。但玉华却越发得意了,她冲着小兰嚷道,"我到过老家,你没有到过,奶奶还抱过我,就没有抱过你……"

小兰委屈地揪着云秀的衣裳,拉着哭腔道:"妈,姐姐说我没有到过老家……"

"玉华,你别老逗她!"云秀接着搂住小兰说,"那时还没有生你啊,以后再领你回去。"

"我不是和姐姐一块生的吗?"

一阵哄笑,小兰仿佛也知道自己说错了话,害羞地把头埋在妈妈的怀里。马英笑着说:"小家伙,跟谁学的那么好强?啥都要跟你姐姐一样,这也能一样吗?"

大家又笑了。

这时车厢里一阵轻微的骚动,拥进来了不少旅客,都在东张西望地寻找着座位。他们是刚上车的。

"你该是大队长吧?"忽然马英的肩上被轻轻地拍了一下。

马英转过脸来一望,眼睛突然亮了。

"你,二虎?"

"大队长!"

一阵紧紧的拥抱之后,马英才发现王二虎穿一身洗掉了色的军装褂子,蓝马裤,还是以前那样魁伟高大,只是满脸的胡楂子显得比以前稠密了;二虎看马英穿一身灰布制服,黑皮鞋,又干净又整齐,还戴上了眼镜,显得比以前文气多了。

"王队长,快放下东西在这里坐吧。"云秀红着脸,一边说着一边接过了二虎递给她的鼓得满满的背包。二虎这时才看出是云秀,便紧紧地握了她的手,又看了看玉华和小兰说:"嘿,可不简单,你已经是两个孩子的母亲了!"

云秀笑了笑,忙对孩子们说:"叫叔叔,这就是从前和爸爸在一起打鬼子的叔叔。"

"叔叔!"玉华和小兰一齐叫道。二虎用两只胳膊将她两个抱住,问道:"叫什么?"

"我叫玉华,她叫小兰。"玉华指了指自己,又指了指妹妹。小兰却仰着小脸问道:"叔叔,你真的会打鬼子吗?"

"会呀!"

"怎么个打法呀?"玉华也问道。二虎把手往她俩脖子上一搁:"嚓!就是这样。"

这一来把大家都逗笑了。小兰伸着胳膊,用小手够着二虎的脖子一砍说:"我也会,嚓!……"

云秀忙把小兰拉过去,在她背上拍了一下说:"怎么一点礼貌也不懂,能对叔叔这样吗?"

王二虎哈哈地笑着说："日子过得多快啊,孩子们都这么大了!"

"是啊!"马英也感慨地说,"我们分开已整整九年了!自从过黄河以后,我就一直没有听到你的消息,还以为——"

"以为我牺牲了?不会的,我没对你说过吗?枪子专找胆小的,找不到我头上来。……嗯,大队长,告诉我你这些年在哪工作?"

"在北京坐了好几年办公室了。最近领导上派我上南方去搞建设去。"

"云秀呢?"

"我吗?我打算做点基层工作,工厂、农场都行,到了那里再说。你呢?王队长,这些年你在干啥呀?"

"修铁路,开山,放炮!"

"那倒正对你的胃口。"

"是啊,我转业的时候,领导上叫我到工厂去,我说那太闷人了;后来领导上说,铁道工程队缺人,你到那里去吧。我想,修铁路,走遍天下,这倒不错。"说到这里,他像是突然又想起了什么似的,大声嚷道:"嗳,你们知道咱们那些老同志都在干啥吗?赵振江在哪里?我真想他。"

"他还跟李司令在一起,都在朝鲜。"

"啊!"王二虎又羡慕又惋惜地说道,"抗美援朝的时候,我不知向领导上要求了多少次,就是没给批准,要不——"

"要不你也成问题!"马英半开玩笑地说,"现在打仗可不是你抡大刀的时候了,全是现代化的装备,你啊,还得学习两年。"

王二虎嘿嘿地笑了几声,又问道:"我那个表弟呢,还跟着李司令吗?"

"早不跟了。"马英并没有回答他小董在哪里,他从网兜里抽出一本文学刊物,递给二虎说:"你看看这个。"

二虎接过来,但见那封面上密密麻麻写着几行小字:

我最敬爱的老首长马英同志:

您好吧,念念。这里发表了我一篇稿子,是根据咱们的经历写的,现寄给您,请审阅、指正。

另外我打算把咱们大队当时的整个斗争历史写一部抗日小说,让人们知道我们今天的胜利是怎样得来的。当然,我知道自己各方面修养很差,完成这样一项任务是很困难的,但我一想到过去牺牲了的许多同志,想到这也是党交给自己的任务,就什么也顾不得了。杜政委以前不是常说,在共产党员面前没有克服不了的困难吗?

敬爱的老首长,您在当时担任领导工作,一定了解很多丰富生动的材料,希望能给我一些帮助,好吗?我相信您一定会支持我的。

此致
革命敬礼!

你身边的小战士　小董
×月×日

二虎打开第一页,见那标题写道:"血战沙河岸——"

"是不是九十六个敌人那回事啊?"王二虎在问道。

"不是那一回还是哪一回呢?"马英反问道。二虎连声称赞道:"不错,不错,这个材料很好,那一次战斗可真够激烈!"

"对我来说,那可是一次最大的教训,"马英沉重地说,"血的教训啊,是啊,也应该让大家记住这些教训。"

"别提那个了,"二虎还是那样满不在乎,爽朗地说道,"胜败兵家之常事,打仗能不死人,不伤人! 老孟大爷怎么样了?"

"腿落了点残废,不要紧,退休了。他闲不住,当了农业合作社的社长。"

"老郑现在什么地方?"二虎突然又问道。

"郑敬之吗?"马英一下子变得愉快了,"还是干老本行,在公安局工作。真有意思,从前他是暗地里和公开的敌人斗争,现在是公开地跟暗藏的敌人斗争!"

"他和秦方芝已经结婚了,还生了个男孩。"云秀补充道。

"肖阳呢?"

"还跟他在一起。"

"今天的报,看报啦,今天的报……"他们正兴奋地谈着,卖报的服务员已经走过去了。马英忙将钱塞到玉华手里说:"快去,买一份报来。"

"叔叔,买一份报!"玉华喊着跑去了。一忽儿便拿回一份报来,二虎夸赞道:"真会办事。"

马英接过报纸,立刻被一条消息吸引住了,不由高声叫道:"干得好!你们听,"他接着朗诵道:"某市破获现行反革命暴乱案一起,罪犯苏金荣等七人全部落网……"

"是吗?!"二虎和云秀同时惊叫了一声,一齐围拢来,马英指着上面的照片说:"你们看。"

照片上是一堆罪犯的证物:有国民党的党旗,美制手榴弹,卡宾枪,反动印信……左上角是苏金荣的照片,削光了头,合着眼,脸色十分难看,显得比从前苍老了许多。二虎粗声粗气地说道:"还是他娘的那个熊样子!"

"快写封信告诉咱娘吧,让她老人家高兴高兴。"云秀道。

"不用了,这就是郑敬之和咱们县一齐搞的,你们听,"他接着念道,"此案的破获曾得到该犯原籍人民群众的大力支持,提供了许多有价值的线索,因而才……我说上个月我去看老郑,他怎么问起我苏金荣的事啊,不过他没有对我说明,真是保密。"

"这一下子算是应了你的话:他跑不了。"二虎道。

马英严肃地说:"不过我们千万要提高警惕,敌人没有睡觉,他们永远不甘心自己的失败。"

"爸爸,他是好人是坏人?"小兰指着苏金荣的照片问。玉华忙抢着说:"你没看他那样子,还会是好人吗?"

"他是坏人,最坏的坏人。"云秀说。

"啪!啪!"小兰用手拍着苏金荣的照片,说,"打死他!打死他!"

立刻引得大家又笑起来。

火车进了郑州站,王二虎下了车,和他们挥手告别,他还是那样爽朗地大笑着,云秀的眼泪却止不住地流出来了。当车子继续开动以后,她感慨地对马英说:"我们这些老人要都能在一起工作该有多好!"

"你怎么光说孩子话呢?祖国到处都需要人。"马英虽然这样说着,心里也感到这次的相聚实在太短暂了,因此也不免感到一阵难过。

已经是深夜了,火车继续向南行进。

马英靠在椅子上似睡非睡,许多往事在他头脑里翻腾,他越想越兴奋,再也睡不着了,索性睁大了眼睛,他看见云秀和孩子们正在安详地睡着。他拉开窗帘,眼前是一片白茫茫的大地,黎明即将到来,江南秀丽的山河在黎明中也渐渐明晰起来,他感到火车是在更快地飞驰了。